I0631997

L'IDIOT

PARIS. TYPOGRAPHIE E. PLON, NOURRIT ET Cie, RUE GARANCIÈRE, 8.

TH. DOSTOÏEVSKY

L'IDIOT

TRADUIT DU RUSSE PAR VICTOR DERÉLY

ET PRÉCÉDÉ D'UNE PRÉFACE PAR

LE Vᵀᴱ E. MELCHIOR DE VOGÜÉ

TOME PREMIER

PARIS

LIBRAIRIE PLON

E. PLON, NOURRIT ᴇᴛ Cⁱᵉ, IMPRIMEURS-ÉDITEURS
RUE GARANCIÈRE, **10**

AVERTISSEMENT

On me pardonnera de revenir encore une fois à Dostoïevsky. A peine connu par quelques traductions, l'étrange écrivain a été exalté, puis dénigré outre mesure. Aujourd'hui seulement on pourra porter sur lui un jugement équitable et complet; voici la pièce capitale du dossier, le livre tantôt profond, tantôt absurde, qui demeura toujours son œuvre de prédilection; le romancier y a mis toute son âme trouble, tout son idéal maladif.

Devant la critique littéraire, l'*Idiot* ne soutient pas la comparaison avec *Crime et Châtiment*. Le début est alerte et habile, les principaux personnages nous sont familiers dès les premières pages; mais bientôt un brouillard fantastique nous les dérobe; ils se perdent au milieu d'innombrables figures qui viennent grimacer au premier plan. Ce livre n'a pas l'unité et l'intensité d'action de l'autre roman; il ne nous montre pas, comme ce dernier, un drame moral où toutes les parties s'enchaînent et poussent le lecteur, haletant d'angoisse, vers une conclusion logique. Ce n'est pas aux lettrés que je le recommande, bien qu'en y regardant de près ils soient contraints d'admirer l'art prodigieux dépensé pour un assez maigre résultat; ils se lasseront vite de ces intrigues bizarres, obscures, sans lien apparent, à moins qu'ils ne s'égayent aux dépens de ce Russe, naïf imitateur d'Eugène Süe dans la préparation de ses coups de théâtre. Par contre, je ne crois pas qu'il y ait une lecture plus passionnante pour le médecin, le physiologiste, le philosophe, pour tous ceux que préoccupe l'étude de cette mystérieuse machine à penser, logée dans l'animal humain.

L'idée mère de l'*Idiot* est celle-ci : un cerveau, atteint dans quelques-uns des ressorts que nous considérons comme essentiels, et qui ne nous servent que pour *le mal*, peut rester supérieur aux autres intellectuellement et moralement, — moralement surtout. Dostoïevsky a imaginé un type assez proche de l'*innocent* des campagnes russes, du *saint* populaire, tel que le béatifiait la piété du moyen âge; il a reconstruit ce type avec les données de la physiologie, il l'a haussé de plusieurs degrés sur l'échelle sociale; il l'a transporté dans la vie moderne la plus compliquée; et il a voulu que cette créature inachevée joignît la prééminence de l'esprit à celle de la vertu. Il a voulu plus encore; pour bien mesurer toute l'audace de sa pensée, il faut rechercher la genèse de l'*Idiot*. Je crois qu'on peut l'établir presque à coup sûr. L'écrivain a d'abord songé au *Don Quichotte;* il y fait clairement allusion en un passage. Le roman de Cervantes a toujours un attrait particulier pour les imaginations russes; il avait déjà fourni à Gogol l'idée première et le cadre des *Ames mortes;* il suggéra à Dostoïevsky le désir d'incarner à son tour, en un personnage symbolique, l'éternelle protestation de l'idéal contre le train fâcheux du monde. Mais, aussitôt engagé dans cette voie, notre mystique recule plus loin et monte plus haut;

nourri comme il l'est de la moelle évangélique, une illu-
mination lui vient; pourquoi ne pas réaliser dans un être
vivant la parole du Maître : « Soyez comme des petits
enfants. » Tel sera le prince Muichkine, « l'Idiot ».
Écoutez-le parler et s'analyser lui-même : « L'homme
« aux soins duquel j'étais confié me dit un jour que,
« dans sa conviction intime, j'étais un enfant et rien
« autre qu'un enfant, au sens propre du mot; que par
« la taille et le visage je paraissais un adulte; mais que,
« par le développement, l'âme, le caractère, et peut-être
« même par l'esprit, je n'étais pas un adulte; et que tel
« je resterai, même si je vis jusqu'à soixante ans. Cela
« me fit rire; il se trompait, sans doute; pourquoi se-
« rais-je un petit enfant? Mais la vérité, c'est que je
« n'aime pas me trouver avec les grandes personnes,
« parce que je ne sais que leur dire. »

Pour qu'on ne se méprenne pas sur l'intention, l'auteur nous montre d'abord, avec beaucoup d'adresse, le
doux infirme vivant dans la société des enfants ses pareils
et adoré d'eux. Puis il le plonge dans un milieu de
coquins, d'usuriers, d'âmes perdues; dès qu'ils entrent
en contact avec lui, les plus pervers sont relevés, atten-
dris, rachetés au moins pour une heure. Toutes les
femmes sont attirées vers ce malade par un entraînement mystique; il leur rend un amour de compassion,
un sentiment qui semble tomber de plus haut et ignorer
les liens de chair, amour d'un esprit céleste pour une
créature terrestre. C'est peut-être le trait le plus original
et le plus obscur des romans de Dostoïevsky, cette conception subtile, tout ensemble ascétique et passionnée,
du plus humain des sentiments, qui ne garde chez lui
rien d'humain.

Est-ce donc une pure abstraction, cette figure ridicule

et touchante du prince Muichkine? Non, car un écrivain
aussi personnel ne pouvait renoncer à se peindre dans
le fils préféré de son imagination. Il lui communique
une partie de sa propre âme, celle qu'il estime la meilleure ; il lui prête ses idées dirigeantes, ses sensations
habituelles, et jusqu'à sa constitution. Pour commencer,
il le gratifie de son mal terrible, l'épilepsie ; et par
l'action de ce mal sur les centres nerveux, il justifie la
conformation intellectuelle de son héros : je ne dis pas
la déformation, ce serait aller directement contre la
pensée de l'auteur. Ce que le mal sacré a paralysé dans
cet organisme, ce sont toutes les mauvaises végétations
du cœur et de l'esprit, les passions brutales, l'égoïsme,
l'ironie, l'habileté mondaine. De là ce sobriquet, l'*Idiot*,
donné à la créature d'exception par tous ceux qui sont
incapables de comprendre sa grandeur idéale.

Le sujet ainsi préparé, il fallait gagner cette gageure ;
le faire évoluer dans un monde contre lequel il n'est pas
armé, au milieu des gens les plus retors et des intrigues
les plus embrouillées ; lui maintenir dans ce monde,
sans trop d'invraisemblances, une supériorité constante ;
montrer sans cesse la réussite inespérée de ses gauche-
ries, le triomphe de sa bonté maladroite sur les plans les
mieux ourdis ; faire de « l'Idiot », enfin, le *deus ex machinâ*
qui dénoue tous les imbroglios par le seul effet de sa
droiture. Dostoïevsky a gagné la gageure dans les meilleures parties de son roman. Le prince Muichkine est
simple avec les simples, il cause d'abondance de cœur
avec un laquais auquel il découvre toutes ses pensées, et
ailleurs avec l'homme qui vient de le souffleter. L'écrivain a su s'y prendre de telle sorte que l'idée de bassesse n'effleure pas un instant l'esprit du lecteur. Vis-
à-vis des sages selon le monde, ce simple sera plus sage

qu'eux, il trouvera les paroles qui confondent les doc-
teurs. Ici, Dostoïevsky est dans son véritable élément; il
concentre dans quelques mots, avec un rare bonheur,
toute la substance de ses méditations, tout ce christia-
nisme essentiel qui fait le fond de son âme. Qu'elles sont
parfois gracieuses ou profondes, les paroles de « l'Idiot »!
Soit qu'il dise, en parlant de ses petits amis : « L'âme se
guérit près des enfants et par eux »; soit qu'il réponde,
en défendant un malheureux qu'on juge trop sévèrement : « C'est une erreur de juger l'homme comme vous
faites; il n'y a pas de tendresse en vous, il n'y a que le
sentiment de la stricte justice; donc vous devez être
injuste. » A un malade condamné à une mort prochaine,
il jette cet adieu : « Passez devant nous et pardonnez-
nous notre bonheur. » Souvent, ce sont des mots d'un
ascétisme transcendant : « Peut-être me méprisez-vous
parce que je ne suis pas digne de ma souffrance », dit ce
même mourant. — « Celui à qui il a été donné de souffrir
davantage, c'est qu'il est digne de souffrir davantage. »
Et l'instant d'après, ce même homme fera ou dira les
choses les plus baroques; non point, remarquez-le bien,
que l'auteur les lui prête pour s'égayer ou pour accuser
un côté comique dans la figure de l'idiot; cet auteur
pense lui-même ces choses baroques d'aussi bonne foi
qu'il pensait tout à l'heure des choses sublimes. Le sens
du ridicule lui est totalement étranger, ainsi qu'à la plus
grande partie de ses lecteurs; auteur et lecteurs s'in-
digneraient en nous voyant rire aux larmes sur telle page
de l'*Idiot;* ils ne comprendraient pas pourquoi ce livre
nous fait l'effet d'un monstre chimérique, né d'un accou-
plement d'idées disparates; quelque chose comme un recueil des pensées de Marc-Aurèle, revu par MM. Clair-
ville et Siraudin. Nous, d'autre part, avec notre finesse

d'ironie, nous sommes presque incapables de comprendre
cet esprit sauvage, illuminé, sérieux; et la difficulté est
d'autant plus grande que, pour mieux nous dérouter, il
emprunte nos masques et nos vieux habits. A qui lirait
quelques pages au hasard, ce roman semblerait une imi-
tation des *Mystères de Paris;* pour que l'innocent Muichkine sorte à son avantage de tous les piéges qu'on lui
tend, Dostoïevsky a dû mettre en branle tous les ressorts
du vieil Ambigu : rencontres fortuites et à point nommé
d'une multitude de gens, héritages soudains, suppositions d'enfants, entrevues secrètes de nobles dames et
de courtisanes. C'est par son bizarre amalgame que ce
livre est si hautement symbolique du pays où il a été
écrit; ce pays revêt notre défroque, elle paraît d'autant
plus grotesque qu'il la porte avec une grave gaucherie,
et sous cette mascarade on trouve un fonds de pensées
vierges, originales et puissantes, caractéristiques d'une
race inconnue.

En effet, si folle que soit la débauche d'imagination
mystique dans ce roman, le lecteur français se tromperait en le jugeant tout à fait irréel. L'idiot, les personnages invraisemblables qui se pressent autour de lui, les
petites intrigues saugrenues où ils dépensent leur activité, tout ce monde et tous ces faits reprennent corps et
réalité, quand on les replace dans certains milieux russes.
Ainsi, j'ai cru longtemps qu'en imaginant ce type abstrait,
Dostoïevsky avait franchement perdu terre et lâché la
bride à sa fantaisie; je l'ai cru jusqu'au jour où le hasard
me fit rencontrer, précisément dans les conditions de
vie où l'on nous représente le prince Muichkine, un
homme qui eût pu lui servir de prototype; victime,
comme le héros du roman, d'une étrange maladie nerveuse, tenu pour idiot au jugement commun, doué pour-

tant de qualités intellectuelles et morales au-dessus de l'ordinaire, sans aucun aloi douteux. Ce jour-là, j'ai compris qu'il ne faut jamais accuser un artiste d'invention arbitraire, et que les formes innombrables de la vie ont toujours pu fournir un modèle à ses créations les plus surprenantes. De même pour ces femmes au cœur détraqué qui se disputent l'amour de l'idiot, Nastasia, Aglaé; et pour tous ces coquins qui apparaissent et disparaissent comme des ombres au tournant des pages, chuchotant leurs secrets.

Un trait général différencie ces personnages de ceux auxquels nous sommes habitués et les rend absolument inacceptables pour les bonnes gens de chez nous. Ce trait, le voici : ils ne font pas ce qu'ils veulent de leur esprit. Un honnête Latin fait ce qu'il veut de son esprit, ou du moins il le croit; il ne doute pas de son pouvoir pour enrayer, régler et diriger cette force soumise. Chez les Russes de Dostoïevsky, elle est indisciplinée; leur pensée, débandée comme un ressort de machine qui échappe au mécanicien, procède par sauts et par bonds, avec des transitions subites des larmes au rire; on croit entendre des pensionnaires de la Salpêtrière. De plus, cette pensée est compliquée et subtile au delà de toute imagination; telle phrase toute simple en apparence cache une demi-douzaine d'intentions équivoques; elle fait songer au roman qu'écrirait un Peau-Rouge, si le don d'écrire lui venait subitement. A chaque instant, dans un dialogue d'affaires ou d'amour, sans motif plausible, une tempête nerveuse secoue les deux interlocuteurs; ils se taisent, ramassés sur eux-mêmes pour l'attaque, se défient et se meurtrissent le cœur réciproquement, comme deux bêtes féroces; après quoi l'entretien reprend son cours naturel.

Une silhouette se détache avec une vigueur particulière

parmi tous ces êtres fantastiques; celle du marchand
Rogojine. Il fera plus que tous les autres crier à l'invrai-
semblance; c'est pourtant le type qui a le plus de chances
d'être vrai, dans le milieu où Dostoïevsky l'a cherché;
nul homme ne peut pousser l'excès et la bizarrerie de
nature aussi loin qu'un marchand russe quand il s'y met.
Ce Rogojine est un fauve dangereux, affolé par la passion. Il fait planer sur tout le récit une épouvante mystérieuse; on sent sur soi le regard énigmatique de ces
yeux immobiles, qui guettent et fascinent le prince
Muichkine au détour des rues. Rogojine aime une femme
qui lui échappe sans cesse au moment où il croit la posséder, attirée qu'elle est par le timide et inconcevable
sortilége de l'idiot; dans la scène finale du roman, il
prend cette malheureuse et la tue; Muichkine vient le
rejoindre au pied du lit où gît leur maîtresse; les deux
hommes la veillent ensemble, et ils causent, très-calmes,
réconciliés. Cette scène est peut-être la plus puissante
que Dostoïevsky ait jamais écrite. On se tromperait en
jugeant sur ma rapide analyse qu'elle relève du mélo-
drame vulgaire; les pages les plus tragiques de *Macbeth*
ou d'*Othello* ne donnent pas une impression pareille de
terreur concentrée. C'est fou, mais non pas à coup sûr
de la folie qui fait sourire; de celle qui glace et devient
vite contagieuse au premier chef.

C'est fou! Voilà bien certainement ce qu'on dira chez
nous de ce livre, des personnages et des événements qui
le remplissent. Et l'on se demandera une fois de plus si
la littérature a le droit de s'attacher à des exceptions
maladives. Je voudrais présenter à ce propos quelques
brèves observations. Le roman en général, et celui de
Dostoïevsky plus que tout autre, a pour objet de nous
peindre des états de passion. Est-il téméraire d'affirmer

que tout état passionnel est un commencement de folie, ou, si l'on aime mieux, une folie momentanée? que les mouvements désordonnés de l'esprit et leurs signes extérieurs sont les mêmes, dans l'aliénation constitutionnelle qui tombe sous le diagnostic du médecin, et dans l'aliénation passagère pour laquelle on ne réclame pas le secours de ce médecin? Qu'on veuille bien examiner à ce point de vue toute la littérature classique. Je ne parle même pas de Shakspeare, il me fournirait des arguments trop faciles; mais des écrivains les plus mesurés, les moins suspects de se complaire aux singularités pathologiques, d'un Euripide ou d'un Racine. Voyez, écoutez Oreste, Phèdre, Hermione; le désordre des sentiments et des idées, le désordre des gestes, quand un acteur de génie interprète ces rôles, est-ce autre chose en principe que la folie délirante, telle qu'un aliéniste l'observe dans sa clinique? Sans doute les convenances de l'art classique ont beaucoup atténué l'excès d'impulsion dans ces sentiments et ces gestes; c'est une question de nuances; mais les phénomènes sont du même ordre, sur ce théâtre où l'on représente des scènes de passion, et à l'asile où l'on traite des monomanes, des agités. Si, au lieu de ces héros relativement contenus, vous ramenez sur le théâtre Hamlet ou Macbeth, il n'y a plus aucune différence dans l'expression des deux folies. Ainsi, la littérature, qu'elle le veuille ou non, étudie un cas de maladie, elle fait de la pathologie mentale, chaque fois qu'elle nous dépeint un état passionnel très-caractérisé.

Ce qui distingue les écrivains classiques d'un Dostoïevsky, — en dehors des questions de mesure et d'intensité, — c'est que les premiers n'ont jamais soupçonné qu'ils s'aventuraient sur un terrain où leur art se rencontrait avec celui du médecin. Des rapports étroits qui

existent entre leurs personnages et les victimes d'une
affection morbide, ils n'ont pas conclu à l'identité de
cause. Au contraire, le romancier russe a la connaissance
de ces rapports. Il considère la folie comme un phénomène d'ordre général, normal en un sens, que tout être
humain subit à certains moments et jusqu'à un certain
degré. En dehors même de ces moments, il constate
dans la plupart des cerveaux certaines particularités
natives, du même ordre que celles qui reçoivent un stig-
mate officiel et conduisent leur homme à l'hospice. Bien
plus, il admet que ces conformations singulières sont
parfois un titre à notre admiration et à notre respect,
comme elles deviennent dans d'autres cas un objet de
dégoût et de réprobation.

J'effleure à peine les questions que ce livre soulève. A
chacun de les poursuivre aussi loin que bon lui semble.
J'en ai dit assez pour indiquer quelle sorte d'intérêt il
faut chercher dans cette nouvelle œuvre de Dostoïevsky.
Elle a peut-être le tort de venir trop tôt. Dans cinquante
ans, quand la science de l'homme aura imposé au grand
public la lente et inévitable révolution à laquelle nous
assistons, quand il aura fallu rayer des dictionnaires
usuels beaucoup de vieux vocables, dont l'acception trop
étroite ne répond plus à l'état de nos connaissances, —
et en premier lieu les mots de *fou,* de *folie,* — on s'aper-
cevra que ce Russe audacieux a remué bien des problèmes
qui seront alors sinon résolus, du moins franchement
acceptés par tous. On lui saura gré, au milieu de beaucoup d'exagérations et d'enfantillages, d'avoir su concilier ses intuitions physiologiques avec un idéal moral et
religieux, de ne s'être pas révolté contre un mystère
qu'il faut bien admettre, sous peine de méconnaître l'une
des deux évidences, celle du cœur ou celle de la raison.

Ceux qui aiment à réfléchir sur ces matières liront l'*Idiot* jusqu'au bout; ceux-là aussi qui ne plaignent pas leurs nerfs, qui se plaisent aux cours et aux expériences de M. Charcot. Ce ne sera pas le cas, je le crains, pour la clientèle habituelle des romans. Jugez donc, un roman qui fait penser autant qu'un traité de philosophie, et travailler l'esprit autant qu'un texte hiéroglyphique! Notre éducation littéraire nous a enseigné le respect des genres, et nous ne souffrons pas qu'on les mêle; il y a le livre qui doit faire penser et celui qui ne le doit pas; nous lisons volontiers les deux, mais chacun à son heure; ici, Paul de Kock et Ponson du Terrail; là, Malebranche ou Claude Bernard. Je devais prévenir loyalement que, dans cette fiction barbare, Dostoïevsky a mêlé les genres. Ceux que l'exercice de penser fatigue trop ne seront pas pris en guet-apens.

E. M. DE VOGÜÉ.

L'IDIOT

PREMIÈRE PARTIE

I

C'était à la fin de novembre; par un temps de dégel, humide et brumeux, le train de Varsovie arrivait à toute vapeur à Pétersbourg. Le brouillard était tel qu'à neuf heures du matin on voyait à peine clair; à droite et à gauche de la voie ferrée il était difficile d'apercevoir quelque chose par les fenêtres du wagon. Dans le nombre des voyageurs, il y en avait bien quelques-uns qui revenaient de l'étranger, mais les voitures les plus remplies étaient celles de troisième classe, et les gens de peu qui les occupaient ne venaient pas de fort loin. Tous étaient fatigués, transis; tous avaient les yeux appesantis par une nuit d'insomnie; le brouillard mettait une pâleur jaunâtre sur tous les visages.

Depuis l'aurore, dans un des compartiments de troisième classe, se trouvaient assis en face l'un de l'autre, près de la même fenêtre, deux voyageurs, — tous deux jeunes, tous deux vêtus sans élégance, tous deux porteurs de physionomies assez remarquables, tous deux, enfin, désireux d'entrer en conversation ensemble. Si chacun d'eux avait su ce que son vis-à-vis offrait de particulièrement curieux en ce moment, ils se seraient sans doute étonnés du hasard étrange qui les avait mis en face l'un de l'autre dans un wagon de troisième classe, sur la ligne de Varsovie à Pétersbourg. L'un d'eux, âgé de vingt-sept ans, était de petite taille; il avait des cheveux crépus et presque noirs, des yeux gris, petits, mais pleins de feu. Son nez était épaté, ses pommettes saillantes; ses lèvres minces esquissaient continuellement un sourire effronté, moqueur et même méchant; mais le front, haut et bien modelé, corrigeait l'impression déplaisante que produisait le bas de la figure. Ce qui frappait surtout dans ce visage, c'était sa pâleur cadavérique. Quoique le jeune homme fût d'une constitution assez robuste, cette pâleur donnait à l'ensemble de sa physionomie un air d'épuisement, et, en même temps, quelque chose de douloureusement passionné qui ne s'harmonisait ni avec le sourire impudent des lèvres, ni avec l'expression hardie et présomptueuse du regard. Chaudement enveloppé dans une large pelisse d'agneau, il n'avait pas eu froid la nuit, tandis que la fraîcheur nocturne de l'automne russe avait glacé son voisin, qui, évidemment, n'était pas préparé à l'affronter. Ce dernier avait sur lui un gros manteau pourvu d'un immense capuchon et privé de manches, comme en portent les touristes qui, en hiver, visitent la haute Italie ou la Suisse. Mais ce qui était bon pour voyager dans ces contrées devenait tout à fait insuffisant en Russie. Le possesseur de ce manteau, jeune homme de vingt-six ou vingt-sept ans, était d'une taille un peu au-dessus de la moyenne; il avait des cheveux blonds et épais, des joues creuses, une petite barbe pointue et presque complétement blanche. Ses yeux étaient grands, bleus et fixes; leur regard doux mais pesant offrait cette expression étrange qui révèle à certains observateurs un individu sujet aux attaques d'épilepsie. Le jeune homme avait des traits agréables, fins et délicats, mais son visage était pâle et même, en ce moment, bleu par le froid. Ses mains tenaient un petit paquet, — probablement tout son bagage, — enveloppé dans un vieux foulard passé de couleur. Ses pieds étaient chaussés de souliers aux semelles épaisses, et, — autre particularité contraire aux usages russes, — il portait des guêtres. L'homme à la pelisse d'agneau examina, un peu par désœuvrement, tout l'extérieur de son voisin, et à la fin lui adressa la parole.

— Vous êtes frileux? demanda-t-il avec un haussement d'épaules.

En même temps, il avait sur les lèvres ce sourire inconvenant par lequel les gens mal élevés expriment quelquefois leur satisfaction à la vue des misères du prochain.

— Très-frileux, répondit avec un empressement extraordinaire l'interpellé, — et, remarquez, ce n'est encore que le dégel. Que serait-ce s'il gelait? Je ne pensais même pas qu'il faisait si froid chez nous. Je n'ai plus l'habitude de ce climat.

— Vous arrivez de l'étranger, sans doute?

— Oui, de la Suisse.

— Fu — u!...,

Le voyageur aux cheveux noirs siffla et se mit à rire.

La conversation s'engagea. Avec une complaisance étonnante, le jeune homme blond répondit à toutes les questions de son interlocuteur, sans remarquer aucunement combien certaines d'entre elles étaient déplacées. Interrogé, il fit connaître, notamment, qu'en effet, pendant longtemps, plus de quatre ans, il avait séjourné hors de la Russie : on l'avait envoyé à l'étranger parce qu'il était malade; il souffrait d'une singulière affection nerveuse caractérisée par des tremblements et des convulsions ; c'était quelque chose dans le genre de l'épilepsie ou de la danse de Saint-Guy. En l'écoutant, l'homme aux cheveux noirs sourit plusieurs fois, surtout quand, à la question : « Eh bien, vous a-t-on guéri? » son voisin eut répondu : « Non, on ne m'a pas guéri ».

— Hé! sans doute ils vous ont fait débourser pour rien beaucoup d'argent, et ici nous avons foi en eux! observa aigrement le voyageur à la pelisse d'agneau.

— C'est l'exacte vérité ! ajouta un monsieur mal mis qui se

trouvait assis près d'eux ; — c'est parfaitement vrai, ils ne font qu'absorber en pure perte toutes les ressources de la Russie !

Celui qui venait de se mêler à la conversation avait la tournure d'un scribe de chancellerie ; c'était un robuste quadragénaire au nez rouge et au visage bourgeonné.

— Oh! combien vous vous trompez en ce qui me concerne ! reprit d'un ton doux et conciliant le client de la médecine suisse : — assurément je ne puis contester vos dires, parce que je ne sais pas tout, mais mon docteur s'est saigné pour me fournir les moyens de revenir en Russie, et, pendant près de deux ans, il m'a gardé là-bas à ses frais.

— Comment? il n'y avait personne pour le payer? demanda le voyageur aux cheveux noirs.

— Non; monsieur Pavlichtcheff, qui pourvoyait à mon entretien en Suisse, est mort il y a deux ans; j'ai écrit ensuite ici à la générale Épantchine, ma parente éloignée, mais je n'ai pas reçu de réponse. Là-dessus, je suis parti.

— Où allez-vous donc?

— Vous me demandez où je compte descendre?... Ma foi, je n'en sais rien encore... c'est comme cela tombera...

— Vous n'êtes pas encore fixé?

Et, de nouveau, le voyageur aux cheveux noirs se mit à rire, ainsi que le monsieur au nez rouge.

— J'ai peur que tout votre avoir ne soit contenu dans ce foulard?... dit le premier.

— Je le parierais, ajouta le second d'un air extrêmement satisfait; — je suis sûr qu'à cela se réduit tout votre bagage; du reste, pauvreté n'est pas vice.

La supposition de ces deux messieurs se trouvait être conforme à la réalité, et le jeune homme blond n'hésita pas une minute à le reconnaître.

— Votre petit paquet ne laisse pas d'avoir une certaine importance, continua l'employé, après qu'ils eurent ri tout leur soûl (chose à noter, celui dont ils se moquaient avait fini lui-même, en les regardant, par s'associer à leur hilarité, ce qui les avait fait rire de plus belle), — et, quoiqu'on puisse parier que les rouleaux de napoléons et de frédérics d'or y brillent par leur absence, cependant... si, en sus de ce modeste bagage, vous possédez une parente comme la générale Épantchine, cela ne sera pas sans modifier passablement la signification de votre petit paquet. Bien entendu, ce que j'en dis, c'est seulement pour le cas où la générale Épantchine serait effectivement votre parente, et où vous ne vous tromperiez point, par distraction... ce qui est on ne peut plus naturel à l'homme... s'il a beaucoup d'imagination.

— Oh! vous avez encore deviné juste, répondit le voyageur blond; — en effet, voyez-vous, je me trompe presque, je veux dire qu'elle est à peine ma parente. C'est au point que je ne me suis nullement étonné de son silence. Je m'y attendais.

— Vous avez fait inutilement la dépense d'un timbre-poste. Hum... au moins vous êtes franc et naïf, cela est louable! Hum... nous connaissons le général Épantchine parce que tout le monde le connaît. Le défunt monsieur Pavlichtcheff qui pourvoyait à votre entretien en Suisse, nous l'avons aussi connu, si toutefois c'était Nicolas Andréiévitch Pavlichtcheff, car il y avait deux cousins germains qui portaient ce nom. L'autre habite encore en Crimée; mais Nicolas Andréiévitch, celui qui est mort, était un homme considéré, il possédait de hautes relations et il a eu dans son temps quatre mille âmes.....

— C'est bien lui, on l'appelait Nicolas Andréiévitch Pavlichtcheff, répondit le jeune homme, et il regarda attentivement ce monsieur qui savait tout.

Ces gens si bien informés se rencontrent parfois, et même assez fréquemment, dans une certaine couche sociale. Il n'est rien qu'ils ne sachent; toute leur curiosité d'esprit, toutes leurs facultés d'investigation sont incessamment tournées du même côté, sans doute en l'absence d'intérêts vitaux plus importants, comme dirait un penseur moderne. Du reste, cette omniscience qu'ils possèdent est circonscrite à un domaine assez restreint : ils savent où sert un tel, qui con-

naît, combien il a de fortune, où il a été gouverneur, avec
qui il s'est marié, ce que sa femme lui a apporté en dot,
quels sont ses cousins germains et issus de germains, etc., etc.
La plupart du temps, les messieurs qui sont ainsi au courant
de toutes choses ont des habits troués au coude et touchent
par mois dix-sept roubles d'honoraires, mais ils trouvent
dans leur savoir une satisfaction d'amour-propre qui les
console au milieu de l'adversité.

Pendant toute cette conversation, le jeune homme aux
cheveux noirs regardait négligemment par la fenêtre, bâil-
lait, et avait hâte d'être arrivé au terme de son voyage. Il
semblait distrait, fort distrait, presque inquiet; sa manière
d'être devint même étrange : parfois il regardait sans voir,
écoutait sans entendre, riait sans savoir lui-même pourquoi.

— Mais permettez, avec qui ai-je l'honneur?..... demanda
tout à coup le monsieur bourgeonné au propriétaire du petit
paquet.

— Le prince Léon Nikolaïévitch Muichkine, lui fut-il immédiatement répondu.

— Le prince Muichkine ? Léon Nikolaïévitch ? Je ne
connais pas. Je n'en ai même jamais entendu parler, dit en
réfléchissant l'employé; — je ne parle pas du nom, le nom
est historique, on peut et on doit le trouver dans l'histoire
de Karamzine; je parle du personnage, il ne se rencontre
plus nulle part de princes Muichkine et même la renommée
a cessé de s'occuper d'eux.

— Oh! je crois bien! reprit aussitôt le jeune homme; —
à présent il n'existe plus d'autres princes Muichkine que moi;
je dois être le dernier. Quant à mes ancêtres, depuis plusieurs générations, c'étaient des gentilshommes paysans. Mon
père, du reste, a été sous-lieutenant dans l'armée. Mais je ne
sais pas comment la générale Épantchine se trouve être une
princesse Muichkine; c'est aussi la dernière dans son genre [1]...

_____

[1] Le double sens du mot russe *rod*, qui signifie à la fois genre et race
(comme, en latin, *genus*), prête à un calembour intraduisible en français.

— Hé, hé, hé! la dernière dans son genre! Comme vous avez tourné cela! fit en riant l'employé.

Le mot amena aussi un sourire sur les lèvres du monsieur aux cheveux noirs. Le prince fut un peu étonné d'avoir commis un calembour, d'ailleurs, assez mauvais.

— Figurez-vous que j'ai dit cela tout à fait sans y penser, expliqua-t-il enfin.

— Cela se comprend, cela se comprend, répondit gaiement l'employé.

— Mais là-bas, prince, vous étudiiez, vous aviez un professeur? demanda soudain l'autre voyageur.

— Oui... j'étudiais.....

— Eh bien, moi, je n'ai jamais rien appris.

— Je n'ai pas non plus acquis beaucoup d'instruction, observa le prince, comme s'il eût voulu s'excuser, — mon état de santé ne me permettait pas de faire des études suivies.

— Connaissez-vous les Rogojine? reprit vivement le jeune homme aux cheveux noirs.

— Non, je ne les connais pas du tout. Je ne connais presque personne en Russie. Vous êtes un Rogojine?

— Oui, je m'appelle Parfène Rogojine.

— Parfène? Mais ne seriez-vous pas un de ces Rogojine... commença l'employé avec une gravité renforcée.

— Oui, un de ceux-là même, répondit impatiemment le jeune homme sans laisser au monsieur bourgeonné le temps d'achever sa phrase; du reste, pendant toute cette conversation, il ne s'était pas une seule fois adressé à lui et n'avait jamais causé qu'avec le prince.

L'employé stupéfait ouvrit de grands yeux, et tout son visage prit à l'instant une expression de respect servile, craintif même.

— Mais... comment cela? poursuivit-il; — vous seriez le fils de ce même Sémen Parfénovitch Rogojine, bourgeois notable héréditaire, qui est mort il y a un mois, laissant un capital de deux millions et demi?

— Et comment as-tu su qu'il avait laissé deux millions et
demi de capital net? répliqua le voyageur aux cheveux noirs
sans daigner cette fois encore regarder le monsieur bourgeonné, et il ajouta en le montrant des yeux au prince : —
Voyez donc, il n'a pas plutôt appris la chose qu'il fait déjà
le chien couchant! Mais c'est la vérité que mon père est
mort et qu'après un mois passé à Pskoff je reviens chez moi
dans l'accoutrement d'un va-nu-pieds. Ni mon coquin de
frère ni ma mère ne m'ont rien envoyé; je n'ai reçu ni
argent ni avis! On n'en aurait pas usé autrement à l'égard
d'un chien! La fièvre m'a tenu alité à Pskoff pendant tout
un mois !

— Mais maintenant vous allez toucher d'un seul coup un
joli petit million, si pas plus; oh! Seigneur! dit le monsieur
bourgeonné en frappant ses mains l'une contre l'autre.

— Eh bien, qu'est-ce que ça peut lui faire? dites-le-moi,
je vous prie, reprit Rogojine en désignant de nouveau le
fonctionnaire par un geste irrité : — je ne te donnerai pas
un kopek, lors même que tu marcherais devant moi les pieds
en l'air.

— C'est ce que je ferai.

— A-t-on jamais vu cela! Mais tu peux bien danser pendant toute une semaine, je ne te donnerai rien!

— Eh bien, ne me donne rien! C'est ce que je veux; ne
me donne rien! Mais je danserai. Je planterai là ma femme,
mes petits enfants, et je danserai devant toi.

— Pouah! fit le jeune homme aux cheveux noirs en lançant un jet de salive, et il s'adressa ensuite au prince : —
Tenez, il y a cinq semaines, je n'avais d'autre bagage qu'un
petit paquet comme le vôtre quand je me suis enfui de la
maison paternelle pour aller à Pskoff, chez ma tante. Là, je
suis tombé malade, et, en mon absence, mon père est mort.
Il a été emporté par une attaque d'apoplexie. Mémoire éternelle au défunt, mais peu s'en est fallu qu'il ne m'ait fait
mourir sous les coups! Le croirez-vous, prince? si je ne
m'étais pas sauvé de chez lui, il m'aurait certainement tué.

— Vous aviez d'une façon quelconque excité sa colère? demanda le prince, qui considérait avec une vive curiosité ce millionnaire si pauvrement vêtu. Du reste, indépendamment de la grosse fortune dont il se trouvait hériter, le propriétaire de la pelisse d'agneau avait encore en lui quelque chose qui étonnait et intéressait Muichkine. Lui-même, de son côté, aimait à s'entretenir avec le prince. Toutefois, s'il causait volontiers, c'était moins par un besoin naïf d'épanchement que pour fournir un dérivatif à son agitation. On aurait dit qu'il avait encore la fièvre. Quant à l'employé, suspendu aux lèvres de Rogojine, il retenait son souffle et recueillait, comme un diamant, chaque parole qui sortait de la bouche du jeune homme.

— Sans doute il était furieux, et peut-être avait-il lieu de l'être, répondit Rogojine, — mais c'est surtout mon frère qui m'a nui dans son esprit. De ma mère il est inutile de parler ; elle est âgée, lit le ménologe, passe tout son temps avec de vieilles femmes et ne voit que par les yeux de mon frère Senka. Mais lui, pourquoi ne m'a-t-il pas prévenu en temps utile ? Nous comprenons cela ! A la vérité, j'étais alors sans connaissance. Il paraît, du reste, qu'on m'a expédié un télégramme. Malheureusement, il a été reçu par ma tante, qui est veuve depuis trente ans et ne voit, du matin au soir, que des iourodiviis [1]. Ce n'est pas une nonne, c'est encore pis. Le télégramme lui a fait peur, et, sans le décacheter, elle est allée le porter au bureau de police où il est resté jusqu'à ce moment. Je n'ai appris les choses que par une lettre de Vasili Vasilitch Konieff, il m'a tout révélé. Un poêle de brocart rehaussé de houppes en or filé recouvrait le cercueil de mon père : la nuit, mon frère a coupé ces houppes, se disant que « cela avait de la valeur ». Eh bien, rien que pour ce seul fait, il est dans le cas d'aller en Sibérie, si je le veux, parce que c'est un vol sacrilége. Hein, qu'en dis-tu, tête à effrayer les moineaux? demanda-t-il au monsieur

[1] Fous religieux.

bourgeonné. — Comment la loi qualifie-t-elle cela : spoliation des choses saintes?

— Oui, oui, spoliation des choses saintes! confirma aussitôt l'employé.

— On va en Sibérie pour cela?

— Oui, oui! On l'y enverra tout de suite!

— Ils me croient toujours malade, continua Rogojine en
s'adressant au prince, — mais moi, subrepticement, sans
rien dire, j'ai pris le train, bien qu'encore malade, et je suis
parti pour Pétersbourg. Ce que mon frère Sémen Séménitch
va être surpris quand il me verra arriver! Il me desservait
auprès du défunt, je le sais. Mais il est vrai aussi que, cette
fois-là, si mon père s'est fâché contre moi, c'est à propos
de Nastasia Philippovna. La faute en a été à moi seul, et je
n'ai eu que ce que je méritais.

— A propos de Nastasia Philippovna?... répéta servilement
l'employé, à qui ce nom semblait rappeler quelque chose.

— Mais tu ne la connais pas! cria Rogojine impatienté.

— Si fait, je la connais! répliqua avec un accent de
triomphe le monsieur bourgeonné.

— Allons donc! Il y a de par le monde bien des Nastasia
Philippovna! Quel toupet tu as, vraiment! J'étais sûr qu'un
être pareil allait tout de suite s'accrocher à moi! ajouta-t-il
en s'adressant au prince.

— Peut-être que je la connais! reprit l'employé : —
Lébédeff a beaucoup de connaissances! Votre Altesse m'in-
vective, mais si je prouve que j'ai dit la vérité?... Cette
Nastasia Philippovna, à cause de qui votre père vous a
donné des coups de trique, s'appelle, de son nom de famille,
Barachkoff : c'est, pour ainsi dire, une dame de qualité, et
aussi, dans son genre, une princesse. Elle est liée avec un
certain propriétaire nommé Afanase Ivanovitch Totzky et
elle n'a pas d'autre amant que lui. Ce Totzky est un gros
capitaliste, membre de plusieurs sociétés financières et,
comme tel, en relations d'affaires et d'amitié avec le général
Épantchine...

— Eh diable! mais c'est qu'il la connaît réellement! fit Rogojine surpris.

— Il sait tout! Lébédeff n'ignore rien! Pendant deux mois, Altesse, j'ai roulé partout avec Alexis Likhatcheff, qui venait aussi de perdre son père; il ne pouvait pas faire un pas sans Lébédeff. A présent il est détenu dans une prison pour dettes, mais alors il a eu l'occasion de les connaître toutes : et Armance, et Coralie, et la princesse Patzky, et Nastasia Philippovna.

Les lèvres de Rogojine blêmirent et commencèrent à trembler.

— Nastasia Philippovna? Mais est-ce qu'elle a été avec Likhatcheff?... demanda-t-il en lançant un regard de colère à l'employé.

— Non, pas du tout! se hâta de répondre celui-ci. — Likhatcheff lui a en vain offert des sommes folles, il n'a rien pu obtenir d'elle! Non, ce n'est pas comme Armance. Son seul amant est Totzky. Mais le soir on la voit dans sa loge au Grand Théâtre, ou au Théâtre Français, et les officiers qui sont là bavardent entre eux. Toutefois ils ne peuvent rien prouver. On se la montre, on dit : « Tenez, voilà cette Nastasia Philippovna », mais c'est tout; on n'en dit pas plus, parce qu'il n'y a rien de plus à dire.

— C'est ainsi, en effet, observa Rogojine d'un air sombre; — cela s'accorde bien avec ce que m'a dit, dans le temps, Zaliojeff. Alors, prince, je traversais la perspective Nevsky, vêtu d'une vieille redingote appartenant à mon père. Elle sortit d'un magasin et monta en voiture. Incontinent je me sentis comme percé d'un trait de feu. Je rencontrai Zaliojeff; sa tenue ne ressemblait pas à la mienne : il était mis avec élégance et avait un lorgnon sur l'œil, tandis que moi, chez mon père, je portais des bottes de roussi. « Elle n'est pas de ton bord, me dit-il; c'est une princesse, on l'appelle Nastasia Philippovna Barachkoff et elle vit avec Totzky. Maintenant celui-ci voudrait à tout prix se débarrasser d'elle, parce que, malgré ses cinquante-cinq ans, il a en vue un

mariage avec la première beauté de tout Pétersbourg. »
Zaliojeff ajouta que si j'allais ce soir-là au Grand Théâtre
pour la représentation du ballet, je pourrais apercevoir
Nastasia Philippovna dans une baignoire. Chez nous, il ne
faisait pas bon aller voir un ballet, c'était s'exposer à être
roué de coups par le père. Néanmoins, m'esquivant à la
dérobée, j'allai passer une heure au théâtre et je revis
Nastasia Philippovna; de toute la nuit je ne pus dormir.
Le lendemain, le défunt me remit deux titres de cinq pour
cent, représentant chacun une valeur de cinq mille roubles.
« Vends-les, me dit-il; ensuite tu iras régler un compte de
sept mille cinq cents roubles que j'ai chez les Andréieff et
tu me rapporteras immédiatement le reste de l'argent. Ne
t'amuse pas en route, je t'attends. » Je négociai les titres,
mais, au lieu d'aller chez les Andréieff, je me rendis droit au
Magasin Anglais. Là, j'achetai des pendeloques de diamants;
chacune était à peu près de la grosseur d'une noisette; leur
prix dépassait de quatre cents roubles la somme que j'avais
en poche; je me nommai et le marchand me fit crédit.
Après cela, j'allai trouver Zaliojeff : « Viens avec moi chez
Nastasia Philippovna », lui dis-je. Nous partîmes. Ce que
j'avais alors sous mes pieds, devant moi, à mes côtés, je ne
saurais le dire, je ne me le rappelle pas. Nous entrâmes dans
la salle, elle-même vint nous recevoir. Je ne me fis point
connaître et ce fut Zaliojeff qui prit la parole : « De la part
de Parfène Rogojine », dit-il, « en souvenir de la rencontre
d'hier; veuillez accepter. » Elle ouvrit l'écrin, regarda les pendeloques et sourit. « Remerciez votre ami monsieur Rogojine
de son aimable attention », répondit-elle, et, nous ayant fait
une révérence, elle se retira. Eh bien, pourquoi ne suis-je
pas mort en ce moment même? Si j'avais pris sur moi de
faire cette visite, c'est que je m'étais dit : « Peu importe,
je n'en reviendrai pas vivant! » Et le plus vexant pour moi,
c'était de me voir éclipsé par cet animal de Zaliojeff. Avec
ma petite taille et ma mise de larbin, je gardais un silence
embarrassé, je me bornais à la contempler en ouvrant de

grands yeux; lui, au contraire, vêtu comme un gandin, pommadé, frisé, avait dans ses façons toute la désinvolture d'un homme du monde, et elle l'a certainement pris pour moi. Quand nous fûmes sortis, je lui dis : « A l'avenir, ne t'avise plus de m'accompagner, tu comprends! » « Eh bien, mais à présent comment vas-tu faire pour rendre tes comptes à Sémen Parfénitch? » me répondit-il en riant. J'avoue qu'alors j'avais plutôt envie d'aller me jeter à l'eau que de retourner chez mon père, mais je me dis : « Tant pis, advienne que pourra! » et je revins à la maison comme un damné.

— Eh! ouf! fit l'employé avec une mimique exprimant l'épouvante, — c'est que le défunt vous expédiait un homme dans l'autre monde, pas seulement pour dix mille roubles, mais même pour dix roubles, expliqua-t-il au prince. Celui-ci considérait d'un œil curieux Rogojine, dont le visage semblait plus pâle encore en ce moment.

— Il expédiait dans l'autre monde! Qu'en sais-tu? vociféra le narrateur en réponse à l'employé, puis, se tournant vers le prince, il poursuivit son récit : — L'histoire ne tarda pas à arriver aux oreilles de mon père; d'ailleurs, Zaliojeff était allé la raconter partout. Le vieillard me fit monter à l'étage supérieur de la maison, et, après s'y être enfermé avec moi, me rossa pendant une heure entière. « Ce n'est là qu'un commencement : ce soir je viendrai encore te régaler », me dit-il. Que pensez-vous qu'il fit ensuite? Cet homme à cheveux blancs alla chez Nastasia Philippovna, la salua jusqu'à terre et se mit à la supplier en pleurant. A la fin elle alla chercher l'écrin et le lui jeta. « Tiens, vieille barbe, dit-elle, voilà tes boucles d'oreilles, mais elles ont acquis dix fois plus de prix à mes yeux maintenant que je sais à quel traitement Parfène s'est exposé pour me les offrir. Salue et remercie Parfène Séménitch ». Moi, pendant ce temps-là, avec la permission de ma mère, j'empruntais vingt roubles à Serge Protouchine et je partais pour Pskoff. J'y arrivai tremblant la fièvre. Les vieilles femmes se mirent à me faire la lecture du calendrier ecclésiastique. Ennuyé, j'allai

dépenser dans les débits de boisson le reste de mon argent.
Au sortir d'un cabaret, je roulai ivre-mort sur le pavé et je
passai là toute la nuit. Le lendemain j'eus le délire. Ce ne
fut pas sans peine que je repris l'usage de mes sens.

— Allons, allons, maintenant nous ferons la fête avec
Nastasia Philippovna! dit gaiement l'employé en se frottant
les mains; — à présent, monsieur, qu'importent ces boucles
d'oreilles? A présent nous lui en donnerons d'autres!...

— Si tu dis encore un seul mot au sujet de Nastasia
Philippovna, je te fouetterai, quoique tu aies été le compagnon de Likhatcheff, cria Rogojine, et il saisit violemment
le bras de Lébédeff.

— Si tu me fouettes, ce sera la preuve que tu ne me
repousses pas! Fouette-moi, les coups sont une prise de
possession! Quand on a fouetté quelqu'un, on a par cela
même scellé... Mais nous voici arrivés!

Effectivement, le train entrait en gare. Quoique Rogojine
eût dit qu'il était parti secrètement, plusieurs individus
l'attendaient. En l'apercevant, ils commencèrent à crier et à
agiter leurs chapkas.

— Tiens, Zaliojeff est là aussi! murmura Rogojine, qui les
considérait avec un sourire mêlé d'orgueil et de malignité;
puis tout à coup il s'adressa à Muichkine : — Prince, je ne
sais pas pourquoi je t'ai pris en affection. C'est peut-être
parce que je t'ai rencontré dans un pareil moment; pourtant je l'ai aussi rencontré, continua-t-il en montant
Lébédeff, — et il n'a éveillé aucune sympathie en moi.
Viens me voir, prince. Nous t'ôterons ces guêtres, je te
donnerai une pelisse de martre numéro un ; je te ferai faire
tout ce qu'il y a de mieux comme frac, un gilet blanc, ou
un autre, à ton choix ; je fourrerai de l'argent plein tes
poches et... nous irons chez Nastasia Philippovna! Viendras-
tu, oui ou non?

— Prêtez l'oreille à ses paroles, prince Léon Nikolaïévitch!
dit solennellement l'employé. — Oh! ne laissez pas échapper
une si bonne occasion!

Le prince Muichkine se leva à demi, tendit poliment la main à Rogojine et lui répondit d'un ton aimable :

— J'irai vous voir avec le plus grand plaisir et je vous suis très-reconnaissant de l'amitié que vous me témoignez. Peut-être même passerai-je chez vous dès aujourd'hui, si ''ai le temps. Vous-même, je vous le dis franchement, vous m'avez beaucoup plu, surtout quand vous avez raconté cette histoire de pendeloques; mais auparavant déjà vous me plaisiez, malgré votre air sombre. Je vous remercie aussi pour les vêtements et la pelisse que vous me promettez, car bientôt, en effet, j'aurai besoin de tout cela. En ce moment je possède à peine un kopek.

— Tu auras de l'argent, tu en auras dès ce soir, viens!

— Vous en aurez, répéta comme un écho l'employé, — pas plus tard que ce soir vous en aurez!

— Et êtes-vous grand amateur du sexe féminin, prince? Dites-moi cela bien vite!

— N-n-non! Voyez-vous, je... Vous ne le savez peut-être pas, mais, par suite de ma maladie congénitale, je n'ai même aucune connaissance de la femme.

— Eh bien, s'il en est ainsi, prince, s'écria Rogojine, — tu es un véritable iourodivii et Dieu aime les gens comme toi.

— Le Seigneur Dieu les aime, fit à son tour l'employé.

— Toi, suis-moi, taon, dit Rogojine à Lébédeff, et tous descendirent du train.

Lébédeff avait enfin atteint son but. Bientôt la bande bruyante partit dans la direction de la perspective Voznésensky. C'était du côté de la Litéinaïa que Muichkine devait aller. Le temps était humide. Le prince questionna les passants, et quand il sut qu'il avait trois verstes à faire pour arriver à destination, il se décida à prendre une voiture.

II

Le général Épantchine habitait une maison à lui, située
à peu de distance de la Litéinaïa, près de la Transfiguration.
Indépendamment de cet immeuble considérable dont il louait
les cinq sixièmes, le général tirait un beau revenu d'une autre
maison, très-vaste aussi, qu'il possédait dans la Sadovaïa.
En outre, il était propriétaire d'une fabrique dans le district
de Pétersbourg, et d'un domaine de grand rapport sis aux
portes mêmes de la capitale. Autrefois, comme tout le monde
le savait, ce personnage avait été intéressé dans les fermes,
et maintenant il figurait parmi les gros actionnaires de plusieurs sociétés en commandite. On le disait très-riche, très-
occupé, et très-influent par ses relations. Il avait l'art de se
rendre tout à fait nécessaire en certains endroits, notamment dans son service. Pourtant nul n'ignorait qu'Ivan
Fédorovitch Épantchine était un homme sans éducation et
qu'il avait commencé par être enfant de troupe. A coup sûr,
ces humbles débuts, rapprochés de sa fortune présente, ne
pouvaient que lui faire honneur, mais le général, quoique
homme de sens, avait ses petites faiblesses et il n'aimait
pas qu'on lui rappelât certaines choses. En tout cas, son
intelligence et son habileté étaient incontestables. Par
exemple, il avait pour système de ne pas se mettre en avant
là où il fallait s'effacer, et, aux yeux de bien des gens, c'était
un de ses principaux mérites de savoir toujours se tenir à
sa place. Qu'auraient dit ceux qui le jugeaient de la sorte,
s'ils avaient pu lire au fond de son âme? Le fait est que,
tout en joignant à une grande expérience de la vie plusieurs
facultés très-remarquables, Ivan Fédorovitch feignait d'agir
moins d'après ses inspirations personnelles que comme
exécuteur de la pensée d'autrui. Ajoutons que la chance ne

cessait de le favoriser, même au jeu. Il risquait volontiers de grosses sommes sur le tapis vert, et, loin de cacher sa passion pour les cartes, il s'y adonnait avec une ostentation de parti pris. La société qu'il voyait était sans doute assez mêlée, mais exclusivement composée de « gros bonnets ». Le général Épantchine avait cinquante-six ans, — l'âge où, à proprement parler, commence la *vraie* vie. Physiquement, c'était un homme trapu, d'une complexion robuste et d'une santé florissante; son teint ne manquait pas de fraîcheur et ses dents, quoique noires, tenaient solidement dans leurs alvéoles. Si, le matin, il montrait à ses employés un front soucieux, le soir, devant une table de jeu ou chez Son Altesse, sa physionomie redevenait souriante.

La famille du général se composait de sa femme et de trois filles adultes. N'étant encore que lieutenant, il avait épousé une demoiselle à peu près du même âge que lui; elle ne possédait ni beauté ni instruction, et sa dot se réduisait à cinquante âmes. Néanmoins, jamais dans la suite on n'entendit le général se reprocher d'avoir fait un mariage hâtif, d'avoir cédé à l'entraînement irréfléchi de la jeunesse; il avait pour sa femme un respect parfois poussé jusqu'à la crainte, et qui équivalait à de l'amour. La générale appartenait à la famille princière des Muichkine, maison peu illustre, mais fort ancienne, et elle était très-fière de son origine. Un des personnages influents d'alors, un de ces protecteurs qui vous protégent sans bourse délier, daigna s'intéresser à l'établissement de la jeune princesse. Un mot glissé par lui dans l'oreille d'Ivan Fédorovitch décida toute l'affaire. Pendant plus de vingt-cinq ans, les deux époux vécurent ensemble dans un accord presque parfait. Comme dernier rejeton d'une noble race, et peut-être aussi grâce à ses qualités personnelles, la générale avait réussi dès sa jeunesse à appeler sur elle la bienveillance de quelques dames très-haut placées. Plus tard, quand son mari fut parvenu à la fortune et à une brillante position officielle, elle commença à prendre pied dans le grand monde.

Sur ces entrefaites, les trois filles du général étaient arrivées à l'âge nubile. Si elles portaient le nom plébéien d'Épantchine, en revanche, par leur mère, elles appartenaient à l'aristocratie, elles avaient une jolie dot, leur père pouvait prétendre dans l'avenir à une très-haute situation, et, — détail de quelque importance aussi, — elles étaient toutes trois d'une beauté remarquable, sans en excepter l'aînée, Alexandra, qui comptait déjà cinq lustres révolus. La seconde, Adélaïde, avait vingt-trois ans, et la troisième, Aglaé, venait d'atteindre sa vingtième année. Celle-ci se trouvait être la plus belle des trois; dans le monde, elle commençait à attirer l'attention. Mais il y avait plus : ces trois demoiselles se distinguaient par leur instruction, leur intelligence et leurs talents. On savait qu'elles s'aimaient beaucoup et se prêtaient un mutuel appui. On parlait même de sacrifices prétendument faits par les deux aînées en faveur de la plus jeune, — l'idole de toute la famille. Dans la société, loin de chercher à briller, elles étaient, au contraire, fort modestes. Personne ne pouvait les taxer d'orgueil ou d'arrogance; on n'ignorait pas cependant qu'elles étaient fières et s'appréciaient à leur valeur. Alexandra était musicienne; Adélaïde cultivait la peinture avec un réel succès; toutefois, pendant plusieurs années presque personne n'en sut rien, la chose ne se découvrit que dans les derniers temps, et encore par hasard. Bref, la voix publique faisait le plus grand éloge des trois sœurs. A la vérité, elles étaient aussi en butte à certains propos malveillants. On parlait avec épouvante de la quantité de livres qu'elles lisaient. Elles ne se pressaient pas de se marier; elles ne prisaient que modérément le cercle dans lequel elles vivaient. Cela était d'autant plus remarquable qu'on connaissait la tendance, le caractère, les vues et les désirs de leurs parents.

Il n'était pas loin de onze heures lorsque le prince sonna chez le général. Celui-ci logeait au second étage et occupait un appartement aussi modeste que le lui permettait son rang dans la société. Un laquais en livrée ouvrit la porte et le prince dut entrer dans de longues explications avec cet homme qui le considérait, lui et son paquet, d'un air de défiance. A la fin, sur la déclaration plusieurs fois répétée qu'il était réellement le prince Muichkine et qu'il avait absolument besoin de voir le général pour une affaire urgente, le domestique l'introduisit dans une petite antichambre précédant le salon de réception et voisine du cabinet; après quoi, il se retira, laissant le nouveau venu entre les mains d'un autre valet. Celui-ci, âgé d'une quarantaine d'années et vêtu d'un frac, était spécialement chargé d'annoncer les visiteurs à Son Excellence. Sa physionomie soucieuse montrait combien il était pénétré de l'importance de ses fonctions.

— Entrez un instant au salon et laissez ici votre paquet, dit-il en s'asseyant dans son fauteuil avec une gravité compassée; en même temps, d'un œil étonné et sévère il examinait le prince, qui, sans se dessaisir de son modeste bagage, avait pris une chaise à côté de lui.

— Si vous le permettez, j'attendrai ici en votre compagnie; qu'est-ce que je ferais là tout seul?

— Puisque vous venez en visite, vous ne pouvez pas rester dans l'antichambre. C'est au général lui-même que vous désirez parler?

Évidemment le laquais ne pouvait se faire à l'idée d'introduire un pareil visiteur; voilà pourquoi il avait réitéré sa question.

— Oui, j'ai une affaire... commença le prince.

— Je ne vous demande pas quelle est votre affaire, la mienne est seulement de vous annoncer, mais, je vous l'ai déjà dit, il faut auparavant que je voie le secrétaire.

Le domestique se sentait de plus en plus enclin à la défiance : le prince différait trop des visiteurs ordinaires. Sans doute, le général ne recevait pas que du beau monde; ceux-là surtout qui l'allaient voir pour *affaires* appartenaient souvent à des conditions fort diverses. Le valet de chambre savait très-bien cela et il avait pour consigne de se montrer assez coulant; néanmoins, dans la circonstance présente, il n'osa rien prendre sur lui, jugeant que le mieux était de faire appel à l'intervention du secrétaire.

— Est-ce bien vrai que vous... venez de l'étranger? demanda-t-il enfin comme malgré lui. Le courage lui manqua pour formuler la vraie question qu'il avait sur la langue: « Est-ce bien vrai que vous êtes le prince Muichkine? »

— Oui, j'arrive directement de la gare. Vous vouliez, je crois, me demander si c'est vrai que je suis le prince Muichkine, mais la politesse vous a empêché de me faire cette question.

— Hum... proféra le laquais surpris.

— Je vous assure que je ne vous mens pas et que vous n'encourrez aucune responsabilité à cause de moi. Si je me présente ainsi vêtu et avec ce paquet, il n'y a pas lieu de s'en étonner : actuellement ma situation n'est pas brillante.

— Hum... Voyez-vous, ce n'est pas de cela que j'ai peur. Je suis ici pour annoncer et tout à l'heure le secrétaire va sortir. Ce serait seulement dans le cas où vous... Puis-je vous demander si vous ne venez pas chez le général comme besoigneux, pour solliciter un secours?

— Oh! non, à cet égard soyez parfaitement tranquille; ce n'est pas cela qui m'amène.

— Excusez-moi, j'avais eu cette idée en considérant votre mise. Attendez le secrétaire; pour le moment le général est occupé avec un colonel, mais vous allez voir arriver le secrétaire... de la Compagnie.

— Si je dois attendre longtemps, je vous demanderai la permission de fumer ici quelque part. J'ai sur moi une pipe et du tabac.

— Fumer? se récria avec indignation le valet de chambre qui semblait à peine en croire ses oreilles; — fumer? Non, vous ne pouvez pas fumer ici, et vous n'auriez même pas dû y songer. Hé... c'est renversant!

— Oh! il ne s'agissait pas pour moi de fumer dans cette chambre; je sais bien que ce n'est pas permis; je voulais seulement vous prier de m'indiquer un endroit où je pusse allumer une pipe, parce que j'ai cette habitude, et voilà trois heures que je n'ai pas fumé. Du reste, c'est comme il vous plaira ; vous savez, il y a un proverbe qui dit : Dans un monastère étranger...

— Eh bien, tel que vous êtes, comment vous annoncerais-je? grommela presque involontairement le domestique. — D'abord, comme visiteur, votre place n'est pas ici, mais au salon, et, en restant dans l'antichambre, vous m'exposez à recevoir des reproches... Et vous avez l'intention d'habiter chez nous, n'est-ce pas? ajouta-t-il en jetant encore un regard oblique sur le petit paquet qui ne cessait de le faire loucher.

— Non, je n'y songe pas. Lors même qu'on me le proposerait, je ne resterais pas ici. Le seul but de ma visite est de faire connaissance avec les maîtres de la maison, — rien de plus.

Cette réponse parut fort équivoque au soupçonneux valet de chambre.

— Comment! faire connaissance? reprit-il avec étonnement; — mais vous avez commencé par me dire que vous veniez pour affaire !

— J'ai peut-être exagéré en parlant d'affaire. Oui, si vous voulez, c'est bien une affaire qui m'amène, en ce sens que j'ai un conseil à demander, mais je désire surtout me présenter à la famille Épantchine, parce que la générale est aussi une Muichkine et que nous nous trouvons être, elle et moi, les deux derniers descendants de cette race.

Les derniers mots du prince mirent le comble à l'inquiétude du domestique.

— Ainsi, par-dessus le marché, vous êtes un parent? fit-il abasourdi.

— A peine. Sans doute, à la rigueur, cette parenté existe, mais elle est si éloignée qu'on peut la considérer comme nulle. Étant à l'étranger, j'ai une fois écrit à la générale et elle ne m'a pas répondu. Malgré cela, de retour ici, j'ai cru devoir me rappeler à son attention. J'entre dans toutes ces explications afin de dissiper vos doutes, parce que je vois que vous êtes toujours inquiet. Annoncez le prince Muichkine, et dès qu'on aura entendu ce nom, on sera fixé sur l'objet de ma visite. On me recevra ou on ne me recevra pas : dans le premier cas, ce sera bien ; dans le second, ce sera peut-être encore mieux. Mais je crois qu'on ne peut pas ne pas me recevoir ; la générale voudra voir l'unique représentant actuel de la famille dont elle sort ; d'après ce qui m'a été dit, elle prise très-haut sa naissance.

Plus le prince mettait de simplicité et de bonhomie dans ses paroles, plus il se faisait de tort aux yeux du valet de chambre. Celui-ci ne pouvait s'empêcher de reconnaître qu'une conversation très-convenable entre gens de même condition sociale devient souverainement déplacée entre un visiteur et un laquais. Or, comme les domestiques sont beaucoup moins bêtes que leurs maîtres ne se le figurent d'ordinaire, deux suppositions s'offrirent à l'esprit du valet de chambre : ou bien le prince était un quémandeur venu pour solliciter un secours, ou bien c'était tout bonnement un imbécile, car un prince intelligent ne serait pas resté dans l'antichambre et n'aurait pas raconté ses affaires à un larbin. Dans un cas comme dans l'autre, pouvait-on annoncer un pareil individu?

— Vous devriez pourtant entrer au salon, observa le domestique d'un ton plus pressant que jamais.

— Si j'étais allé m'asseoir là, je n'aurais pas pu vous fournir toutes ces explications, répondit le prince avec un gai sourire, — et vous resteriez encore sous l'influence des préventions qu'a éveillées en vous la vue de mon manteau et de mon petit paquet. A présent, peut-être jugerez-vous inutile d'attendre le secrétaire et irez-vous m'annoncer vous-même.

— Je ne puis annoncer un visiteur tel que vous sans avoir pris l'avis du secrétaire. D'ailleurs, tantôt le général a fait défendre la porte de son cabinet ; il ne veut pas être dérangé tant qu'il est avec le colonel, mais cette consigne ne s'applique pas à Gabriel Ardalionovitch.

— C'est un fonctionnaire?

— Gabriel Ardalionovitch? Non. Il est au service de la Compagnie. Débarrassez-vous au moins de votre paquet.

— C'est ce que je voulais faire; du moment que vous permettez... Si j'ôtais aussi mon manteau?

— Sans doute; vous ne pouvez pas le garder pour vous présenter au général.

Le prince se leva et ôta vivement son manteau, sous lequel il portait un veston assez convenable, bien que râpé. Sur son gilet serpentait une chaîne d'acier; la montre était en argent et de fabrication génevoise.

Quoique le laquais tînt cet homme-là pour un imbécile, il finit par se douter qu'il contrevenait aux lois de la bienséance en s'entretenant ainsi, lui, domestique, avec un visiteur. Pourtant le prince lui plaisait, dans son genre, bien entendu. Mais, à un autre point de vue, il excitait en lui une violente indignation.

— Et la générale, quand reçoit-elle? demanda Muichkine après s'être rassis à son ancienne place.

— Ce n'est pas mon affaire. Ses heures de réception varient suivant les personnes. Pour la modiste, madame est visible dès onze heures. Gabriel Ardalionovitch est aussi reçu plus tôt que les autres, et même au moment du premier déjeuner.

— En hiver, la température des appartements est meilleure ici qu'à l'étranger; là-bas, à la vérité, l'air extérieur est plus chaud que chez nous, mais les maisons sont inhabitables, l'hiver, pour un Russe qui n'est pas encore fait au climat.

— On ne les chauffe pas?

— Si, mais elles ne sont pas construites de la même manière qu'en Russie, c'est un autre système de poêles et de fenêtres.

— Hum! Et vous êtes resté longtemps à l'étranger?

— Quatre ans. Du reste, j'ai presque toujours habité le même endroit, j'étais dans un village.

— Vous devez vous trouver bien dépaysé chez nous?

— C'est vrai. Le croirez-vous? je m'étonne de n'avoir pas

oublié la langue russe. Tenez, à présent je cause avec vous
et je me dis en moi-même : « Mais c'est que je parle bien! »
Peut-être est-ce pour cela que je parle tant. Depuis hier,
vraiment, j'éprouve un besoin continuel de parler russe.

— Hum! hé! vous avez demeuré à Pétersbourg autrefois?
(Le laquais avait beau faire, il lui était impossible de ne pas
donner la réplique à un interlocuteur si poli.)

— A Pétersbourg? Je n'y ai guère séjourné qu'en passant.
Dans ce temps-là, je ne savais rien de la Russie et maintenant
il s'y est, dit-on, produit tant de changements que ceux qui
la connaissaient sont obligés de l'étudier à nouveau. Ici on
parle beaucoup, en ce moment, des institutions judiciaires.

— Hum!... c'est vrai qu'il y a des institutions judiciaires.
Et là-bas, est-ce que la justice est mieux rendue qu'ici?

— Je n'en sais rien. J'ai entendu dire beaucoup de bien de
nos tribunaux. Chez nous, par exemple, la peine de mort
n'existe pas.

— Et elle existe à l'étranger?

— Oui. J'ai vu une exécution en France, à Lyon, où j'étais
allé avec Schneider.

— On pend?

— Non, en France on coupe la tête.

— Eh bien, il crie?

— Allons donc! cela se fait en un instant. On couche
l'homme sur une planche et le couteau tombe, un large
couteau mis en mouvement par une machine appelée guillotine... La tête est tranchée si vite qu'on n'a pas même le
temps de cligner l'œil. Les préparatifs sont pénibles. Ce qui
est affreux, c'est quand on signifie l'arrêt au condamné,
quand on lui fait sa toilette, quand on le garrotte, quand
on le conduit à l'échafaud. La foule va voir cela et dans le
public se trouvent même des femmes, quoique l'opinion
désapprouve chez elles cette curiosité.

— Ce n'est pas leur affaire.

— Sans doute! sans doute! assister à un pareil supplice!...
Le coupable, un certain Legros, était un homme intelligent,

intrépide, dans la force de l'âge. Eh bien, vous me croirez ou vous ne me croirez pas, en montant à l'échafaud, il pleurait, il était blanc comme une feuille de papier. Est-ce que c'est possible? Est-ce que ce n'est pas épouvantable? Voyons, qui donc pleure d'effroi? Je ne pensais pas que la frayeur pût arracher des larmes à quelqu'un qui n'était pas un enfant, mais un adulte, à un homme de quarante-cinq ans qui n'avait jamais pleuré. Que se passe-t-il donc dans l'âme durant cette minute? A quelles affres est-elle en proie? C'est un attentat commis sur l'âme, rien de plus! Il est dit : « Ne tue pas », et, parce qu'un homme a tué, on le tue aussi! Non, ce n'est pas permis. Il y a déjà un mois que j'ai vu cela et ce spectacle est toujours présent devant mes yeux. J'en ai rêvé cinq fois.

Le prince s'était animé en parlant et une légère rougeur colorait son visage pâle, quoiqu'il n'élevât pas la voix plus que de coutume. Le valet de chambre l'écoutait avec un vif intérêt.

— Au moins, avec ce genre de supplice, on ne souffre pas longtemps, observa-t-il.

— Ce que vous venez de dire est précisément ce que tout le monde dit, répliqua le prince en s'échauffant, — et c'est pour cela qu'on a inventé la guillotine. Eh bien, moi, pendant que j'assistais à cette exécution, je me disais : Qui sait si la rapidité de la mort ne la rend pas encore plus cruelle? Cela vous paraît ridicule, absurde, mais, pour peu qu'on se représente les choses, une pareille idée vient naturellement à l'esprit. Figurez-vous, par exemple, un homme mis à la torture : son corps est couvert de plaies; par suite, la douleur physique le distrait de la souffrance morale, si bien que, jusqu'à la mort, ses blessures seules constituent son supplice. Or la principale, la plus cuisante souffrance n'est peut-être pas causée par les blessures, mais par la conviction que dans une heure, puis dans dix minutes, puis dans une demi-minute, puis dans un instant votre âme s'envolera de votre corps, que vous ne serez plus un homme, et que cela est

I.   2

certain; le pire, c'est cette *certitude*. Le plus horrible, ce sont ces trois ou quatre secondes durant lesquelles, la tête dans la lunette, vous entendez au-dessus de vous glisser le couperet. Savez-vous que ce n'est point là une fantaisie de mon imagination personnelle et que beaucoup ont tenu le même langage? Je suis tellement convaincu de cela que je vous dirai carrément ma façon de penser. Il n'y a aucune proportion entre la peine de mort et le meurtre qu'elle prétend punir : l'une est infiniment plus atroce que l'autre. L'homme que des brigands assassinent, celui qu'on égorge la nuit, dans un bois, n'importe comment, espère jusqu'à la dernière minute conserver la vie. On a vu des gens qui, le couteau dans la gorge, espéraient encore, fuyaient, suppliaient. Mais ici ce dernier reste d'espoir qui rend la mort dix fois plus douce, on vous le supprime radicalement; ici il y a une sentence, et la certitude que vous n'y échapperez pas constitue à elle seule un supplice tel qu'il n'en est pas de plus affreux au monde. Placez un soldat devant la bouche d'un canon dans une bataille, et tirez sur lui, il espérera encore, mais lisez à ce même soldat son arrêt de mort, il deviendra fou ou se mettra à pleurer. Qui a dit que la nature humaine pouvait supporter cela sans s'abîmer dans la folie? Pourquoi cette inutile cruauté? Il existe peut-être un homme à qui on a donné lecture d'une condamnation capitale et qu'on a laissé un moment en proie à la terreur, pour lui dire ensuite : « Va-t'en, tu es gracié ». Eh bien, cet homme-là pourrait raconter ses impressions. Le Christ lui-même a parlé de cet épouvantable supplice. Non, il n'est pas permis d'en user ainsi avec un être humain!

Le valet de chambre n'aurait pu exprimer ses sentiments comme le faisait le prince, mais l'émotion qu'il éprouvait se manifestait sur son visage.

— Si vous désirez tant fumer, dit-il, — eh bien, vous le pouvez, mais dépêchez-vous, afin d'être ici quand on vous demandera. Tenez, vous voyez cette porte, sous le petit escalier. Entrez là, il y a à droite une petite pièce où vous pourrez allumer une pipe ; seulement, ouvrez le vasistas pour qu'on ne sente pas l'odeur du tabac...

Mais le prince n'eut pas le temps d'aller fumer. Dans l'antichambre entra tout à coup un jeune homme qui tenait en main des papiers. Le valet de chambre se mit en devoir de lui ôter sa pelisse. Le jeune homme jeta un rapide coup d'œil sur le prince.

— Gabriel Ardalionovitch, commença le laquais d'un ton confidentiel et presque familier, — c'est un homme qui s'est présenté sous le nom de prince Muichkine et qui se dit parent de madame; il est arrivé tout à l'heure de l'étranger avec un petit paquet, seulement...

Le prince n'en entendit pas davantage, parce que le valet de chambre se mit à parler tout bas. Gabriel Ardalionovitch écoutait attentivement et regardait le prince avec plus de curiosité. A la fin, il cessa d'écouter et s'approcha vivement du visiteur.

— Vous êtes le prince Muichkine? demanda-t-il avec une politesse et une affabilité extrêmes. C'était un jeune homme de vingt-huit ans, fort bien de sa personne : blond, de taille moyenne, le menton virgulé d'une petite impériale, il avait une figure intelligente et très-belle. Seulement, l'amabilité de son sourire semblait factice; en vain il affectait la bonhomie et la gaieté, son regard était fixe et interrogateur.

« Il doit avoir une tout autre mine quand il est seul, et peut-être ne rit-il jamais », pensa le prince.

Il se hâta de fournir sur sa personnalité tous les renseignements qu'il put, répétant à peu de chose près ce qu'il avait déjà dit au valet de chambre et à Rogojine.

— N'avez-vous pas, il y a un an ou même moins longtemps, adressé de Suisse une lettre à Élisabeth Prokofievna? demanda Gabriel Ardalionovitch rappelant ses souvenirs.

— Effectivement.

— Alors on vous connaît ici et certainement on se souvient de vous. Vous désirez voir Son Excellence? Je vais vous annoncer.. Dans un instant le général sera libre. Mais vous

devriez, en attendant, passer au salon... Pourquoi est-il ici?
ajouta-t-il d'un ton sévère en s'adressant au domestique.

— Je vous dis que c'est lui-même qui a voulu ..

Sur ces entrefaites s'ouvrit brusquement la porte du
cabinet; de cette pièce sortit un militaire qui tenait à la
main un portefeuille et parlait haut en prenant congé du
maître de la maison.

— Tu es là, Gania? Viens donc ici! cria quelqu'un du
cabinet.

Après avoir fait au prince un léger salut, Gabriel Ardalionovitch s'élança dans la chambre où on l'appelait.

Au bout de deux minutes, la porte s'ouvrit de nouveau et
la voix sonore du secrétaire se fit entendre :

— Donnez-vous la peine d'entrer, prince, dit-il courtoi-
sement.

III

Lorsque le visiteur parut, Ivan Fédorovitch Épantchine,
debout au milieu de son cabinet, le considéra avec une
curiosité extraordinaire et fit même deux pas au-devant de
lui. Le prince s'approcha du général et se nomma.

— Eh bien, répondit le maître de la maison, — en quoi
puis-je vous servir?

— Je n'ai aucune affaire pressante; mon but était seulement de faire connaissance avec vous. Je ne voudrais pas
vous déranger, car je ne connais ni votre jour ni vos
heures... Mais moi-même j'arrive à l'instant du chemin de
fer... je reviens de Suisse.

Le général allait sourire, mais la réflexion l'en empêcha;
il resta un moment pensif, cligna les yeux, examina une
seconde fois son visiteur des pieds à la tête, puis, d'un geste
rapide, lui indiqua une chaise. Lui-même s'assit un peu de

côté et se tourna vers le prince comme un homme impatient de savoir ce qu'on lui veut. Gania, debout dans un coin du cabinet, débrouillait des papiers épars sur un bureau.

— En général, je n'ai pas beaucoup de temps pour faire des connaissances, observa Ivan Fédorovitch, — mais comme vous avez sans doute votre but, je...

— Je me doutais bien, interrompit le prince, — que vous ne manqueriez pas de voir dans ma visite quelque but particulier. Mais je vous assure qu'en dehors du plaisir de faire votre connaissance, aucun motif spécial ne m'amène.

— Certes, le plaisir n'est pas moins grand pour moi, mais on ne peut pas toujours s'amuser; vous savez, on a aussi des affaires... En outre, jusqu'à présent je ne puis rien découvrir de commun entre nous... aucune cause, pour ainsi dire...

— Il n'y a pas de cause, à coup sûr, et, sans doute, pas grand'chose de commun. Car, si je suis le prince Muichkine et si votre épouse est issue de notre race, ce n'est pas une raison, évidemment; je le comprends très-bien. Pourtant je n'en ai pas d'autre. Je viens de passer plus de quatre ans à l'étranger, et dans quel état me trouvais-je quand j'ai quitté la Russie! J'étais presque fou. Alors déjà je ne connaissais rien, et maintenant c'est encore pire. J'ai besoin de bonnes gens; tenez, j'ai même une affaire et je ne sais à quelle porte frapper. A Berlin déjà je me disais : « Ce sont presque des parents, je m'adresserai d'abord à eux; peut-être nous serons-nous utiles les uns aux autres, — si ce sont de braves gens. » J'avais entendu dire que vous l'étiez.

— Bien reconnaissant, fit le général surpris; — permettez-moi de vous demander où vous êtes descendu.

— Je ne suis encore descendu nulle part.

— Alors vous êtes venu directement chez moi au sortir du wagon? Et... avec vos bagages?

— Je n'ai pour tout bagage qu'un petit paquet contenant du linge; habituellement je le porte à la main. J'ai encore le temps de chercher un logement d'ici à ce soir.

— Ainsi vous avez toujours l'intention de louer un logement?

— Oh! oui, sans doute.

— D'après vos paroles, je pensais que vous comptiez vous installer chez moi.

— Pour cela il aurait fallu tout au moins que vous me l'eussiez proposé, et j'avoue que, même en ce cas, je n'y aurais pas consenti. Non que j'aie quelque raison de refuser, mais parce que... cela n'est pas dans mon caractère.

— Alors j'ai bien fait de ne pas vous inviter. Permettez-moi, prince, de tirer la conclusion de notre entretien : nous venons de reconnaître, vous et moi, qu'il ne peut être question entre nous de parenté, — quelque flatteur que cela eût été pour moi, bien entendu, — par conséquent...

— Par conséquent, je n'ai plus qu'à m'en aller? acheva le visiteur, qui se leva en souriant d'un air gai, bien que sa situation fût évidemment des plus critiques. — En vérité, général, malgré mon inexpérience absolue de la vie péters-bourgeoise, je pressentais que notre entrevue ne pouvait aboutir à un autre résultat. Eh bien, mieux vaut peut-être qu'il en soit ainsi... Du reste, quand j'ai écrit, on n'a pas non plus répondu à ma lettre... Allons, adieu et pardonnez-moi de vous avoir dérangé.

La physionomie du prince respirait en ce moment une bonhomie si franche, son sourire était si exempt de toute amertume qu'à cette vue un changement instantané se produisit dans les dispositions du général.

— Vous savez, prince, dit-il d'une voix qui n'était plus la même que tout à l'heure, — moi, c'est vrai, je ne vous connais pas, mais Élisabeth Prokofievna voudra peut-être vous voir à cause de la communauté du nom... Veuillez attendre un instant, si vous n'êtes pas trop pressé.

— Oh! tout mon temps est à moi, répondit le visiteur, et il déposa aussitôt sur la table son chapeau mou à bords arrondis. — Je l'avoue, je comptais que peut-être Élisabeth Prokofievna se rappellerait avoir reçu une lettre de moi.

Tantôt, quand j'attendais là dans l'antichambre, votre domestique croyait avoir affaire à un pauvre venu chez vous pour solliciter une aumône; je me suis aperçu de cela, et il est probable que vos gens ont reçu à cet égard des instructions rigoureuses. Mais, je vous l'assure, on s'est mépris sur l'objet de ma visite; mon seul but, en me rendant ici, était d'entrer en rapport avec vous. Malheureusement, je crains de vous avoir dérangé.

— Voici ce que je vous dirai, prince, reprit le général avec un gai sourire: — Si vous êtes réellement ce que vous paraissez être, il me sera agréable de cultiver votre connaissance; seulement, voyez-vous, je suis un homme occupé : à présent j'ai encore à lire et à signer quelques papiers, ensuite j'irai chez Son Altesse et de là au service. Dans ces conditions, malgré tout le plaisir que j'éprouve à me trouver avec les gens... comme il faut, bien entendu, cependant... Du reste, je suis si convaincu de votre excellente éducation que... Mais quel âge avez-vous, prince?

— Vingt-six ans.

— Ouf! Je vous croyais beaucoup plus jeune.

— Oui, on dit que je ne parais pas mon âge. Mais j'apprendrai à ne pas vous déranger, et cela me sera facile parce que moi-même je n'aime pas à gêner les autres... Et puis, enfin, je ne vois pas trop ce qui pourrait nous rapprocher, car, à en juger d'après les apparences, il ne doit pas y avoir beaucoup de points communs entre nous. A la vérité, bien souvent il semble qu'il n'y ait pas de points communs et il y en a beaucoup. La paresse humaine est cause qu'on ne les remarque pas... Mais, du reste, je commence peut-être à vous ennuyer? On dirait que vous...

— Deux mots : vous possédez quelque fortune, ou, peut-être, vous songez à vous occuper d'une façon quelconque? Excusez-moi de vous parler avec tant de...

— Laissez donc! Votre question est toute naturelle et je me l'explique très-bien; je n'ai pour le moment aucune fortune; je n'ai pas non plus d'occupation et il m'en fau-

drait. Jusqu'à présent ce sont des étrangers qui ont pourvu
à mon entretien; quand j'ai quitté la Suisse, Schneider, le
professeur chez qui j'étais en traitement, m'a donné juste
l'argent nécessaire pour mon voyage, de sorte qu'il ne me
reste plus maintenant que quelques kopeks. J'ai, il est vrai,
une affaire et j'aurais besoin d'un conseil, mais...

— Dites-moi, sur quoi donc comptez-vous pour vivre en attendant? Quelles étaient vos intentions? interrompit le général.

— Je voulais travailler n'importe comment...

— Oh! mais vous êtes philosophe; du reste... vous connaissez-vous des talents, des aptitudes quelconques, j'entends, de celles qui procurent le pain quotidien? Excusez-
moi encore une fois...

— Oh! vous n'avez pas à vous excuser. Non, je crois n'avoir
ni talents ni aptitudes spéciales. Ce serait plutôt le contraire,
attendu que, par suite de mon état maladif, je n'ai pu recevoir qu'une instruction incomplète. Mais, pour ce qui est de
gagner mon pain, il me semble...

Le général coupa encore la parole au visiteur et se remit
à le questionner. Le prince fit de nouveau le récit de son
existence. Il se trouva qu'Ivan Fédorovitch avait entendu
parler de Pavlichtcheff et même l'avait connu personnellement. Muichkine lui-même ne pouvait dire pourquoi cet
homme s'était chargé de son éducation, — peut-être était-ce
simplement parce qu'il avait été autrefois l'ami de son père.
Resté orphelin dans un âge encore tendre, le prince avait
été élevé à la campagne, car sa santé exigeait l'air des
champs. Pavlichtcheff l'avait confié à de vieilles dames, ses
parentes, qui étaient propriétaires en province; on avait
donné à l'enfant d'abord une gouvernante, puis un gouverneur. Le prince déclara, du reste, que, bien qu'il se rappelât
tout, il y avait beaucoup de choses dont il ne pouvait fournir une explication satisfaisante, parce qu'elles étaient demeu-
rées fort obscures pour lui. En se répétant, les accès de sa
maladie l'avaient rendu presque complétement idiot (ce fut
le mot même dont il se servit).

— Finalement, poursuivit le narrateur, — Pavlitchtcheff rencontra un jour à Berlin le professeur Schneider, un médecin suisse qui s'occupe spécialement de ces maladies-là, et qui a créé dans le canton du Valais un établissement psychiatrique où il traite l'idiotisme et la folie par l'hydrothérapie et la gymnastique; il donne aussi l'instruction à ses pensionnaires et se charge de tout ce qui concerne leur développement intellectuel. Voilà bientôt cinq ans que Pavlichtcheff m'a fait entrer dans la maison de santé dirigée par ce docteur; lui-même, il y a deux ans, a été emporté par une mort subite qui ne lui a pas laissé le temps de mettre ordre à ses affaires. Cela n'a pas empêché Schneider de me garder chez lui pendant deux années encore. Grâce aux soins qu'il m'a prodigués, je vais beaucoup mieux, mais je ne suis pas guéri. Cependant je désirais vivement retourner en Russie. A la fin est survenue une circonstance qui l'a décidé à me laisser partir,

Ce récit étonna grandement le général.

— Et vous ne connaissez décidément personne en Russie? demanda-t-il.

— Maintenant non, mais j'espère... d'ailleurs, j'ai reçu une lettre...

— Du moins, interrompit Ivan Fédorovitch, qui n'avait pas bien entendu les derniers mots du prince, — vous avez appris quelque chose, et votre maladie ne vous empêcherait pas d'occuper, par exemple, un emploi facile dans une administration?

— Oh! non sans doute. Et même je désirerais fort avoir un emploi, parce que je veux voir un peu de quoi je suis capable. Pendant les quatre années que j'ai passées en Suisse, j'ai toujours étudié, quoique d'une façon peu systématique, suivant une méthode propre à Schneider. De plus, j'ai pu lire beaucoup de livres russes.

— Des livres russes? Alors vous lisez et écrivez couramment?

— Oui, certes.

— Très-bien; et avez-vous une belle main?

— Une main superbe. Sous ce rapport, je possède un véritable talent et je puis me vanter d'être un calligraphe. Donnez-moi ce qu'il faut pour écrire, je vous le prouverai à l'instant même, dit le prince avec feu.

— Volontiers. C'est même nécessaire. J'aime cet empressement que vous montrez, prince; vous êtes vraiment fort gentil.

— Comme vous êtes bien monté en fournitures de bureau! Que de crayons, que de plumes vous avez! Un fameux papier, ferme, épais... Et quel beau cabinet que le vôtre! Voilà un paysage que je connais : c'est une vue suisse. Cela a été certainement fait d'après nature, et je suis sûr d'avoir vu ce lieu ; c'est dans le canton d'Uri...

— Cela est fort possible, quoique cette toile ait été achetée ici. Gania, donnez du papier au prince; tenez, voici des plumes et du papier; mettez-vous, s'il vous plaît, à cette petite table. Qu'est-ce que c'est? demanda ensuite le général au secrétaire, qui venait de prendre dans son portefeuille et présentait à son patron une épreuve photographique de grand format : — bah! Nastasia Philippovna! C'est elle-même, elle-même qui t'a envoyé cela, elle-même? questionna-t-il avec une extrême curiosité.

— Elle me l'a donné tout à l'heure, quand je suis allé la complimenter. Il y avait longtemps que je le lui demandais. Je ne sais si ce n'est pas une malice à mon adresse, parce qu'en un pareil jour je me suis présenté chez elle les mains vides, sans cadeau, ajouta Gania avec un sourire désagréable.

— Eh non! répliqua du ton le plus convaincu Ivan Fédorovitch, — quelle tournure d'esprit tu as! Une malice, quand elle est si peu intéressée! Et, d'ailleurs, quel cadeau aurais-tu pu lui faire? A moins de lui donner ton portrait? A propos, elle ne te l'a pas encore demandé?

— Non, elle ne me l'a pas encore demandé et peut-être ne me le demandera-t-elle jamais. Vous n'avez pas oublié sans doute, Ivan Fédorovitch, la soirée d'aujourd'hui? Vous êtes de ceux qui ont été invités tout particulièrement.

— Je m'en souviens, je m'en souviens, et j'irai, à coup sûr. Je crois bien, un jour de naissance, un vingt-cinquième anniversaire! Hum... Allons, soit, Gania, je vais te révéler un secret. Prépare-toi. Elle a promis à Afanase Ivanovitch et à moi que ce soir, chez elle, elle dirait le dernier mot : être ou ne pas être! Ainsi vois.

Un trouble soudain s'empara de Gania, qui pâlit légèrement.

— Bien vrai, elle a dit cela? demanda-t-il d'une voix tremblante.

— Elle nous a fait cette promesse avant-hier. Nos communes instances la lui ont arrachée. Seulement, elle nous avait priés de te laisser pour le moment dans l'ignorance de la chose.

Le général tenait ses yeux fixés sur Gania, dont l'effarement lui causait un visible déplaisir.

— Rappelez-vous, Ivan Fédorovitch, dit avec agitation le jeune homme, — qu'elle m'a laissé toute liberté de me décider jusqu'à ce qu'elle-même ait pris une résolution, et qu'alors encore j'aurai mon mot à dire...

— Ainsi tu... ainsi tu... balbutia le général saisi d'une frayeur subite.

— Je ne dis rien.

— Voyons, comment veux-tu en user avec nous?

— Je ne refuse pas. Je ne me suis peut-être pas exprimé si...

— Il ferait beau voir que tu refusasses! s'écria le général donnant un libre cours à son mécontentement. — Ici, mon ami, il ne s'agit pas pour toi de *ne pas* refuser, il s'agit d'accepter avec empressement, avec joie, avec bonheur... Qu'est-ce qui se passe chez toi?

— Qu'importe cela? A la maison tout dépend de ma volonté. Mon père, selon sa coutume, fait des extravagances, il est devenu un fieffé polisson; j'ai même cessé de lui parler, mais je le tiens en respect, et, vraiment, sans ma mère, je lui montrerais la porte. Naturellement, ma mère ne

fait que pleurer et ma sœur ne décolère pas. J'ai fini par
leur déclarer carrément qu'il n'appartient qu'à moi de
décider de mon sort, que je suis le maître dans la maison,
et que j'entends... être obéi. C'est à ma sœur que j'ai dit
tout cela, mais ma mère était présente.

— Et moi, mon ami, je continue à n'y rien comprendre,
observa d'un air pensif Ivan Fédorovitch en haussant un
peu les épaules et en écartant les bras. — Dernièrement Nina
Alexandrovna est venue aussi gémir et se désoler chez moi,
tu te rappelles le jour de sa visite? « Qu'est-ce que vous
avez? » voulus-je savoir. Sa réponse m'apprit qu'elle considérait ce mariage comme un *déshonneur* pour sa famille.
« Quel déshonneur y a-t-il donc là? permettez-moi de vous
le demander. Qui peut reprocher quelque chose à Nastasia
Philippovna ou signaler le moindre mal dans sa conduite?
Serait-ce parce qu'elle a été avec Totzky? Mais c'est tellement absurde, surtout étant données certaines circonstances! « Vous ne l'admettriez pas, dit-elle, dans la société de
vos filles! » Eh bien, celle-là est forte! Ah çà, Nina Alexandrovna! c'est vraiment ne pas comprendre, ne pas comprendre...

— Sa position? fit Gania achevant la phrase du général :
— elle la comprend; ne soyez pas fâché contre elle. Du
reste, ce jour-là, je lui ai lavé la tête pour lui apprendre à
ne pas s'ingérer dans les affaires des autres. Pourtant, si
tout va encore passablement à la maison, c'est seulement
parce que le dernier mot n'a pas encore été dit, mais il y a
de l'orage dans l'air. Si ce soir le dernier mot est prononcé,
ce sera du même coup la tempête déchaînée chez nous.

Le prince entendit toute cette conversation, assis dans le
petit coin où il s'appliquait à fournir la preuve de son talent
calligraphique. Quand il eut fini, il s'approcha de la table
pour remettre son papier au général.

— Ainsi c'est Nastasia Philippovna? proféra-t-il en examinant avec curiosité le portrait : — elle est étonnamment
belle! ajouta-t-il aussitôt du ton le plus chaleureux, et il

n'exagérait pas. Coiffée sans recherche, comme on l'est chez soi, vêtue d'une robe de soie noire dont la façon élégante n'excluait pas la simplicité, telle Nastasia Philippovna était représentée sur cette épreuve photographique; elle paraissait avoir des cheveux châtains, un front pensif, des yeux noirs et profonds; son visage, assez maigre, peut-être pâle, exprimait la passion avec quelque chose d'arrogant, semblait-il... Gania et Ivan Fédorovitch jetèrent sur le prince un regard surpris...

— Comment, Nastasia Philippovna? Est-ce que vous connaissez aussi Nastasia Philippovna? demanda le général.

— Oui; je ne suis que depuis vingt-quatre heures en Russie et je connais déjà cette belle personne, répondit le prince; là-dessus, il rapporta sa rencontre avec Rogojine et tout ce que ce dernier lui avait raconté.

— Voilà encore des nouvelles! dit le général repris par l'inquiétude : il avait écouté fort attentivement le récit du prince, et maintenant ses yeux semblaient vouloir fouiller dans l'âme de Gania.

— Il ne s'agit probablement que d'une polissonnerie, murmura le secrétaire un peu troublé, lui aussi, par ce qu'il venait d'apprendre, — c'est un fils de marchand qui s'amuse. J'ai déjà entendu parler de lui.

— Moi aussi, mon ami, j'ai entendu parler de lui, reprit Ivan Fédorovitch. — C'était après l'affaire des boucles d'oreilles : Nastasia Philippovna a raconté toute l'histoire. Mais maintenant c'est autre chose. Peut-être y a-t-il ici, en effet, un million et... une passion. Mettons que cette passion soit celle d'un polisson, elle peut n'en être pas moins violente pour cela, et on sait de quoi ces messieurs sont capables quand ils ont bu!... Hum!... pourvu qu'il n'arrive pas uelque anecdote! acheva d'un air soucieux le général.

— Vous avez peur du million? remarqua en souriant Gania.

— Et toi pas, sans doute?

— Comment l'avez-vous trouvé, prince? demanda soudain ania à Muichkine. — Vous a-t-il fait l'effet d'un homme sérieux ou seulement d'un gouapeur? Personnellement, quel est votre avis?

Au moment où Gania posait cette question, quelque chose de particulier se produisait en lui. C'était comme une idée nouvelle qui enflammait son cerveau et mettait des éclairs dans ses yeux. Quant au général, dont l'inquiétude était très-réelle, il regarda aussi le prince, mais sans paraître compter beaucoup sur cette source d'informations.

— Je ne sais que vous dire, répondit Muichkine. — mais il m'a semblé qu'il y avait en lui beaucoup de passion, et même une passion maladive. D'ailleurs, il a encore l'air très-souffrant. Il se peut fort bien qu'il soit de nouveau forcé de s'aliter dans quelques jours, surtout s'il ne se ménage pas.

— Ah! Ainsi, telle a été votre impression? fit Ivan Fédorovitch se raccrochant à cette idée.

— Oui.

Gania s'adressa en souriant au général :

— Peu importe qu'il soit dans le cas de retomber malade d'ici à quelques jours. Il ne faut pas tant de temps aux anecdotes de ce genre pour se produire, et il peut en arriver une avant ce soir.

— Hum!... sans doute... Oui, cela est possible, et alors tout dépendra des dispositions de Nastasia Philippovna, reprit le général.

— Et vous savez comme elle est drôle parfois?

— Que veux-tu dire? s'écria Ivan Fédorovitch tout déconcerté. — Écoute, Gania, je t'en prie, aujourd'hui ne la contredis pas, et tâche, tu sais, d'être... en un mot, d'être gentil... Hum!... pourquoi fais-tu cette grimace? Écoute, Gabriel Ardalionovitch, c'est maintenant ou jamais le moment de le dire : qu'avons-nous en vue ici? Quant à mon intérêt personnel dans cette affaire, tu comprends que je n'ai pas lieu de m'en inquiéter; de quelque façon que la question soit tranchée, elle le sera à mon avantage. Rien ne fera revenir Totzky sur la résolution qu'il a prise, par conséquen je ne cours aucun risque. Si donc je désire quelque chose à

présent, c'est uniquement ton bien. Examine toi-même;
est-ce que tu n'as pas confiance en moi? De plus, tu es un
homme.., un homme... en un mot, un homme intelligent, et je
comptais sur toi... or c'est, dans le cas présent, c'est... c'est...

Gania vint encore en aide à l'embarras de son patron.

— C'est le principal, acheva-t-il, et ses lèvres se crispèrent
en un sourire venimeux qu'il n'essaya pas de dissimuler. Ses
yeux flamboyants étaient fixés sur ceux du général, comme
s'il eût voulu lui faire lire toute sa pensée dans ce regard.
Ivan Fédorovitch devint pourpre de colère.

— Eh bien, oui, l'esprit est le principal! répliqua-t-il en
regardant audacieusement son interlocuteur, — et tu es un
homme ridicule, Gabriel Ardalionovitch! on dirait que l'arrivée
de ce marchand te fait plaisir, que tu vois là une issue pour toi.
Mais ici précisément il aurait fallu procéder dès le début en
homme intelligent, ici justement il faut comprendre et... et
agir des deux côtés honnêtement, franchement, sinon... mieux
valait prévenir à l'avance, pour ne pas compromettre les autres,
d'autant plus que ce n'est pas le temps qui a manqué pour
cela, et même il n'est pas encore trop tard à présent (le
général releva ses sourcils d'un air significatif), quoiqu'il ne
reste plus que quelques heures... Tu as compris? Tu as
compris? En résumé, veux-tu ou ne veux-tu pas? Si tu ne
veux pas, dis-le et que ce soit fini. Personne ne vous retient,
Gabriel Ardalionitch, personne ne vous entraîne de force
dans un traquenard, si toutefois vous en voyez un là.

— Je veux, proféra à demi-voix mais d'un ton ferme Gania,
qui ensuite baissa les yeux et garda un morne silence.

Cette réponse satisfit le général. Il s'était quelque peu
emporté, mais déjà on voyait qu'il regrettait de n'avoir pas
su se contenir. Tout à coup il se tourna vers le visiteur, et,
à la pensée que celui-ci avait entendu la conversation précédente, une inquiétude subite se montra sur le visage
d'Ivan Fédorovitch. Toutefois, cette impression s'évanouit
en un instant : un seul regard jeté sur le prince suffit pour
rassurer pleinement le général.

— Oh! s'écria-t-il en considérant le spécimen de calligra-
phie que Muichkine venait de lui présenter; — mais c'est
un modèle d'écriture! et un modèle rare encore! Regarde
donc, Gania, quel talent!

Sur une épaisse feuille de papier vélin le prince avait écrit
la phrase suivante en caractères russes du moyen âge :

« L'humble igoumène Pafnoutii a apposé sa signature. »

— Voyez-vous, ceci, expliqua-t-il avec une joyeuse animation, — c'est la propre signature de l'igoumène Pafnoutii,
relevée sur un manuscrit du quatorzième siècle. Ils signaient
parfaitement, tous ces igoumènes, tous ces métropolitains
du temps passé, et avec quel goût parfois, avec quel soin
consciencieux! Se peut-il que vous n'ayez pas au moins la
publication de Pogodine, général? Ensuite j'ai reproduit
un autre type : tenez, ici vous avez la grosse écriture ronde
qui était en usage chez les Français au siècle dernier, certaines lettres ne sont même plus formées comme cela aujour-
d'hui, c'est l'écriture courante d'alors, celle des écrivains
publics; le spécimen qui m'a servi de modèle provient de
l'un d'eux, — vous reconnaîtrez vous-même qu'elle n'est pas
sans mérite. Regardez ces *d* et ces *a* si bien arrondis. J'ai
transporté le caractère français dans les lettres russes, ce qui
est fort difficile, mais j'y suis parvenu. Voici encore une
belle et originale écriture, tenez, cette phrase : « Le zèle vient
à bout de tout. » C'est l'écriture des chancelleries russes ou,
si vous voulez, des bureaux de la guerre. On écrit ainsi les
documents officiels qui doivent être adressés à des personnages importants. Les lettres sont rondes aussi, le caractère
est noir, mais tracé avec un goût remarquable. Un calligraphe
n'admettrait pas ces ornements ou, pour mieux dire, ces
intentions d'ornements, tenez, voyez-vous, ces petites queues
inachevées, — mais l'ensemble a du cachet, et, vraiment,
l'âme même de l'écrivain s'y trahit : il voudrait donner car-
rière à sa fantaisie, obéir aux inspirations de son talent,
mais un militaire ne connaît que sa consigne et la plume
s'arrête à mi-chemin, esclave de la discipline; c'est déli-

cieux! Dernièrement, quand un échantillon de cette écriture m'est tombé sous les yeux, j'en ai été positivement frappé, et où le hasard me l'a-t-il fait rencontrer? en Suisse! Ça, c'est l'anglaise ordinaire : l'élégance ne peut pas aller plus loin, ici tout est exquis, ravissant, c'est la perfection. Voici maintenant une variante, une écriture mixte dont le modèle m'a été fourni par un commis voyageur français. Au fond, c'est toujours le type anglais, seulement les pleins sont un tantinet plus noirs et plus accusés; remarquez aussi que l'ovale a subi de même une légère modification : il est un peu plus arrondi. En outre, cette écriture admet les fleurons. Or le fleuron est la chose la plus dangereuse! Le fleuron exige un goût extraordinaire; en revanche, si vous le réussissez, vous obtenez une écriture qui défie toute comparaison, c'est à en devenir amoureux!

—Oh, mais comme vous avez approfondi tout cela! fit en riant le général. —Vraiment, batuchka, vous êtes plus qu'un simple calligraphe, vous êtes un artiste! Hein, Gania, qu'en dis-tu?

— C'est admirable, répondit le secrétaire, — et il a même conscience de sa mission, ajouta-t-il avec un rire moqueur.

— Ris tant que tu voudras, il y a là un avenir, reprit Ivan Fédorovitch. — Savez-vous, prince, à quel personnage seront adressées les écritures que nous allons vous faire faire? On peut fort bien, comme entrée de jeu, vous allouer trente-cinq roubles par mois. Mais voilà qu'il est déjà midi et demi, continua-t-il en regardant sa montre, — parlons affaires, prince, car je suis pressé, et nous n'aurons peut-être plus l'occasion de nous rencontrer aujourd'hui! Rasseyez-vous donc encore pour une petite minute; je vous ai déjà expliqué que je ne pourrais pas vous recevoir bien souvent, mais je désire sincèrement vous venir un tant soit peu en aide, entendons-nous, un tant soit peu, c'est-à-dire pourvoir à vos besoins les plus urgents; mais, une fois casé, je vous laisserai vous débrouiller comme il vous plaira. Je vais vous chercher une petite place dans une chancellerie, vous n'y serez pas surchargé de besogne, mais il faudra être exact.

Maintenant, pour le reste, écoutez : Gabriel Ardalionitch
Ivolguine, mon jeune ami ici présent, dont je vous prie de
faire la connaissance, habite en famille, c'est-à-dire avec sa
mère et sa sœur; ces dames ont chez elles deux ou trois
chambres meublées et bien en ordre pour recevoir des locataires; elles les louent, avec la table et le service, à des personnes munies de bonnes références. Nina Alexandrovna,
j'en suis sûr, aura égard à ma recommandation. Pour vous,
prince, c'est même plus qu'un trésor, d'abord parce qu'au
lieu d'être isolé, vous serez, pour ainsi dire, dans le giron
de la famille; or, à mon avis, vous ne pouvez pas, dès le
début, vous trouver seul dans une capitale comme Pétersbourg. Nina Alexandrovna et Barbara Ardalionovna, l'une
mère, l'autre sœur de Gabriel Ardalionitch, sont des dames
pour qui je professe la plus haute estime. La première est la
femme d'un de mes anciens camarades, le général Ardalion
Alexandrovitch, aujourd'hui retiré du service; quoique par
suite de certaines circonstances j'aie cessé de le voir, cela
ne m'empêche pas de l'estimer dans son genre. Ce que j'en
dis, prince, est pour vous faire comprendre que je vous
recommande personnellement, si je puis ainsi parler, et que,
par conséquent, je réponds en quelque sorte de vous. Le prix
de la pension est des plus modérés, et j'espère que votre traitement vous permettra bientôt de faire face à cette dépense.
A la vérité, l'homme a aussi besoin d'argent de poche; si
peu que ce soit, il lui en faut; mais vous ne vous fâcherez
pas, prince, si je vous fais observer que vous devriez plutôt
éviter l'argent de poche, et, en général, l'argent dans la poche.
Je parle ainsi d'après mon opinion sur vous. Mais, comme en
ce moment votre bourse est tout à fait vide, pour commencer,
permettez-moi de vous offrir ces vingt-cinq roubles. Naturellement, nous compterons plus tard, et si vous êtes un
homme aussi droit et aussi loyal que le font supposer vos
paroles, aucune difficulté ne pourra s'élever entre nous à ce
propos. Si je m'intéresse tant à vous, c'est que j'ai certaines
vues en ce qui vous concerne; un jour vous les connaîtrez.

Vous voyez, j'y vais tout à fait franchement avec vous. Gania, tu ne vois pas d'objection, j'espère, à ce que le prince loge dans votre demeure?

— Oh! pas du tout, au contraire! Et maman sera enchantée... répondit poliment le jeune secrétaire.

— Vous avez déjà, je crois, un autre locataire; comment l'appelle-t-on donc? Ferd...? Fer...?

— Ferdychtchenko.

— Ah! oui; votre Ferdychtchenko ne me plaît pas : c'est un bouffon de très-mauvais goût. Et je ne comprends pas pourquoi Nastasia Philippovna l'encourage ainsi. Est-ce que, vraiment, c'est un parent à elle?

— Oh! non, c'est une pure plaisanterie! il n'y a pas la moindre parenté entre eux.

— Allons, que le diable l'emporte! Eh bien, prince, êtes-vous content?

— Je vous remercie, général, vous avez fait preuve d'une bonté extraordinaire à mon égard, d'autant plus que je ne vous demandais rien; ce n'est pas par orgueil que je dis cela; le fait est que je ne savais même pas où reposer ma tête. Tantôt, il est vrai, Rogojine m'a invité à l'aller voir.

— Rogojine? Eh bien, non; je vous conseillerais paternellement, ou, si vous l'aimez mieux, amicalement, d'oublier même monsieur Rogojine. En thèse générale, selon moi, vous ferez bien de borner vos relations à la famille dans laquelle vous allez vivre.

— Puisque vous êtes si bon, commença le prince, — tenez, j'ai une affaire, j'ai reçu avis...

— Allons, excusez-moi, interrompit le général, — à présent je n'ai plus une minute. Je vais vous annoncer à Élisabeth Prokofievna : si elle consent à vous voir tout maintenant (je tâcherai de vous présenter d'une façon qui l'y décide), je vous engage à profiter de l'occasion et à vous arranger pour lui plaire, car Élisabeth Prokofievna peut vous être fort utile; vous portez, d'ailleurs, le même nom qu'elle. Si elle ne veut pas vous recevoir, n'insistez pas, ce sera pour une autre fois. Mais toi, Gania, regarde un peu ces comptes...

Ivan Fédorovitch sortit et le visiteur ne put aborder le sujet dont, à trois reprises déjà,. il avait essayé de l'entretenir. Gania alluma une cigarette et en offrit une au prince; celui-ci l'accepta, puis, n'osant parler de peur de déranger le secrétaire, il se mit à examiner le cabinet. Mais Gania donna à peine un coup d'œil à la feuille de papier couverte de chiffres sur laquelle le général avait appelé son attention. Il était distrait; son sourire, son regard, sa mine soucieuse frappèrent encore plus Muichkine quand les deux jeunes gens se trouvèrent seul à seul. Tout à coup il s'approcha du prince, qui, en ce moment, contemplait encore le portrait de Nastasia Philippovna.

— Ainsi, cette femme vous plait, prince? lui demanda-t-il à brûle-pourpoint en le perçant d'un regard sondeur.

Une arrière-pensée étrange semblait se cacher sous cette question.

— Son visage est étonnant, répondit le prince, — et elle n'a pas eu, j'en suis sûr, une destinée ordinaire. Le visage est gai, et elle a terriblement souffert, n'est-ce pas? Les yeux le disent, voyez ces deux petits os, ces deux points sous les yeux, à la naissance des joues. Ce visage est fier, hautain, et je me demande si elle est bonne. Ah! si elle était bonne, tout serait sauvé!

— Épouseriez-*vous* une pareille femme? poursuivit Gania, dont le regard enflammé ne quittait pas le prince.

— Je n'en puis épouser aucune, je suis malade, répliqua ce dernier.

— Et Rogojine, est-ce qu'il l'épouserait? Qu'en pensez-vous?

— Oui, je crois qu'il l'épouserait, et pas plus tard que demain, mais huit jours après il l'assassinerait.

En entendant cette réponse, Gania fut pris d'un tel frisson que le prince eut peine à retenir un cri.

— Qu'avez-vous? dit-il en le saisissant par le bras.

— Altesse, vint annoncer un domestique, — le général

vous prie de vouloir bien vous rendre auprès de Son Excellence Élisabeth Prokofievna.

Le prince suivit le laquais.

IV

Les demoiselles Épantchine étaient toutes trois d'une constitution robuste et jouissaient d'une santé superbe; elles avaient des épaules étonnamment développées, une poitrine puissante et des biceps presque masculins. A cette vigoureuse organisation correspondait, comme de juste, un estomac exigeant, et parfois leur mère, Élisabeth Prokofievna, faisait la mine en les voyant manger avec un appétit aussi féroce que dénué de vergogne. Mais comme, malgré le respect extérieur que lui témoignaient ses filles, celles-ci avaient depuis longtemps perdu l'habitude de s'incliner devant ses idées, la générale, dans l'intérêt de sa dignité personnelle, croyait devoir s'abstenir de toute observation. Très-souvent, à la vérité, le caractère refusait de se soumettre aux décisions de la sagesse; d'année en année Élisabeth Prokofievna devenait plus capricieuse, plus impatiente, disons même plus fantasque. Par bonheur, elle avait sous la main un mari très-endurant sur qui, d'ordinaire, elle passait sa mauvaise humeur; ensuite l'harmonie renaissait dans le ménage et tout marchait le mieux du monde.

Au reste, la générale elle-même ne manquait pas d'appétit; à midi et demi elle avait coutume de s'attabler avec ses filles devant un plantureux déjeuner qui pouvait presque compter pour un dîner. Auparavant les demoiselles avaient déjà pris une tasse de café que, suivant un usage établi par elles une fois pour toutes, on allait leur porter dans leur lit à dix heures précises, au moment où elles s'éveillaient. A midi et demi le couvert était mis dans une petite salle à manger voisine de l'appartement d'Élisabeth Prokofievna. Ivan Fédorovitch lui-même, quand ses occupations le lui permettaient, assistait à ce repas d'un caractère tout intime. Il y avait sur la table du thé, du café, du fromage, du beurre, du miel, des côtelettes, certains beignets que la générale affectionnait, etc. On servait même du bouillon chaud. Le matin où commence notre récit, toute la famille réunie dans la salle à manger attendait le général, qui avait promis sa présence pour midi et demi. S'il avait été en retard, ne fût-ce que d'une minute, on l'aurait aussitôt envoyé chercher, mais il arriva exactement. En s'approchant de sa femme pour lui souhaiter le bonjour et lui baiser la main, il remarqua cette fois dans sa physionomie un je ne sais quoi d'inquiétant. Dès la veille, il avait pressenti qu'il en serait ainsi aujourd'hui à cause d'une « anecdote » (c'était le mot dont il aimait à se servir), et le soir, avant de s'endormir, il s'était tracassé l'esprit à ce propos, mais le fait, pour être prévu, ne l'en alarma pas moins. Les jeunes filles vinrent embrasser leur père; quoiqu'elles ne fussent point fâchées contre lui, il semblait aussi y avoir chez elles quelque chose de particulier. Certaines circonstances, il est vrai, avaient rendu le général fort suspect aux siens, mais, comme c'était un père adroit et un époux expérimenté, il prit immédiatement ses mesures.

Au risque de nuire à l'ordonnance de notre récit, force nous est d'intercaler ici une longue parenthèse pour expliquer la situation de la famille Épantchine au moment où commence cette histoire. Quoique le général n'eût point fait d'études et se fût, suivant son expression, instruit lui-même, il ne laissait pas d'être, comme nous venons de le dire, un époux expérimenté et un père adroit. Tandis que la plupart des gens à qui le ciel a accordé une nombreuse progéniture féminine ne songent qu'à la marier le plus vite possible, Ivau Fédorovitch avait, au contraire, pour système de ne point pousser ses filles au mariage, de n'exercer aucune pression sur elles, et il était même parvenu à faire partager sa manière de voir à sa femme. Ç'avait été difficile sans doute, car l'amour des parents pour leurs enfants semble mal s'accommoder d'une telle méthode, mais le général invoquait des arguments fort topiques à l'appui de son système. Laissées entièrement libres, les jeunes filles se mettraient elles-mêmes à l'œuvre dès qu'elles sentiraient venu le moment de s'établir, et alors l'affaire marcherait rondement, attendu qu'elles s'emploieraient de tout leur cœur à la faire réussir, bannissant les vains caprices et les prétentions excessives ; le rôle des parents se bornerait à prévenir tout choix fâcheux, toute inclination déplacée, grâce à une surveillance aussi active et aussi occulte que possible. Enfin, il y avait encore ce fait que la fortune et l'importance sociale de la famille s'accroissaient chaque année suivant une progression géométrique : par conséquent, à mesure que le temps marcherait, les demoiselles Épantchine deviendraient des partis de plus en plus brillants. Mais pendant que le général raisonnait de la sorte, soudain se produisit un fait qu'on aurait pu facilement prévoir et qui néanmoins fut une surprise pour tout le monde : la fille aînée, Alexandra, atteignit brusquement sa vingt-cinquième année. Presque en même temps Afanase Ivanovitch Totzky manifesta, malgré ses cinquante-cinq ans, le désir de prendre femme. Appartenant au grand monde, immensément riche, homme de mœurs élégantes et de goûts délicats, Totzky voulait se bien marier et il appréciait extrêmement la beauté. Comme depuis quelque temps il était fort lié avec Ivan Fédorovitch, son associé dans plusieurs entreprises financières, il lui fit part de ses intentions, et, sous couleur de solliciter un conseil amical, lui demanda s'il pouvait sans témérité aspirer à la main d'une de ses filles.

La plus belle des trois était, nous l'avons déjà dit, la plus jeune, Aglaé. Mais Totzky lui-même, bien que d'un égoïsme extraordinaire, comprenait qu'il n'avait rien à espérer de ce côté-là et qu'Aglaé ne serait pas pour lui. Aveuglées peut-être par une tendresse excessive, Alexandra et Adélaïde rêvaient pour leur cadette une destinée exceptionnellement brillante, l'idéal de la félicité terrestre. Indépendamment de la fortune, le futur mari d'Aglaé devait posséder tous les avantages, toutes les perfections. Par une sorte d'accord tacite il avait même été convenu entre les deux sœurs aînées que, s'il le fallait, elles feraient un sacrifice en faveur de la plus jeune, afin de lui constituer une dot véritablement colossale. Les parents savaient cela ; aussi, lorsque Totzky eut fait connaître ses intentions matrimoniales, ils se crurent à peu près certains d'obtenir le consentement d'Alexandra ou d'Adélaïde, d'autant plus que la question de la dot ne pouvait en être une pour Afanase Ivanovitch. Profondément versé dans la science de la vie, le général avait dès l'abord accueilli avec toute la considération qu'elles méritaient les ouvertures de Totzky. Comme ce dernier, par suite de circonstances particulières, s'était aventuré avec beaucoup de circonspection et n'avait fait, pour ainsi dire, que sonder le terrain, les parents, à leur tour, en communiquant la chose à leurs filles, eurent soin de la laisser dans un certain vague. La réponse qu'ils obtinrent ne fut pas non plus très-précise, toutefois elle suffit pour les convaincre que, le cas échéant, Alexandra se montrerait docile à leurs désirs. C'était une jeune fille d'un caractère ferme, mais d'une humeur extrêmement égale ; bonne, raisonnable, elle pouvait épouser Totzky sans répugnance, et, si elle donnait sa parole, elle la tiendrait loyalement. Ennemie de l'éclat, au lieu de révolutionner l'existence de son mari, elle y apporterait plutôt le repos et l'apaisement. Sans posséder une de ces beautés qui attirent tous les regards, elle était fort bien de sa personne. Qu'est-ce que Totzky pouvait désirer de mieux ?

Et pourtant l'affaire traînait en longueur. D'un commun accord il avait été convenu entre Totzky et le général que, pour le moment, on s'abstiendrait de toute démarche formelle, de tout engagement irrévocable. Les parents ne se décidaient pas encore à aborder carrément la question avec leurs filles. Bien plus, un dissentiment commençait à se pro-

duire entre le père et la mère : Élisabeth Prokofievna était
mécontente, symptôme grave. Il y avait là une circonstance
gênante ou, comme disait Totzky, un « cas embarrassant »,
qui pouvait devenir un obstacle invincible.

Pour expliquer cette difficulté, il nous faut remonter à
dix-huit ans en arrière. A cette époque, dans une province
du centre de la Russie où Totzky possédait un de ses plus
riches domaines, il avait pour voisin de campagne un petit
propriétaire nommé Philippe Alexandrovitch Barachkoff.
C'était un ancien officier, issu d'une famille noble, mieux né
même qu'Afanase Ivanovitch, mais poursuivi par la déveine
la plus implacable. Criblé de dettes, il avait enfin réussi,
grâce à un travail de galérien, à remettre un peu d'ordre
dans ses affaires. Au moindre sourire de la fortune, le malheureux reprenait confiance. Le cœur plein d'espoir, il se
rendit pour quelques jours au chef-lieu du district où il
voulait voir un de ses principaux créanciers et, si faire se
pouvait, prendre des arrangements avec lui. Quarante-huit
heures après son arrivée, il reçut la visite de son staroste.
Cet homme, venu du village à bride abattue, avait le visage
couvert de brûlures; il apportait une sinistre nouvelle : la
veille, en plein midi, un incendie s'était déclaré dans l'habitation du propriétaire, la barinia avait péri dans les flammes,
mais les enfants étaient sains et saufs. Cette catastrophe
inattendue comblait la mesure; si habitué qu'il fût aux
coups du sort, Barachkoff ne put la supporter; il devint fou,
et, un mois après, mourut dans un accès de fièvre chaude.
Son bien fut vendu à la requête de ses créanciers; quant à
ses enfants, — deux petites filles de six et sept ans, — la
générosité d'Afanase Ivanovitch Totzky pourvut à leur entretien et à leur éducation; il les fit élever avec les enfants de
son régisseur, un ancien employé, Allemand d'origine et
père d'une nombreuse famille. Bientôt des deux orphelines
il ne resta que Nastia; sa sœur cadette mourut de la coque-
luche. Afanase Ivanovitch, qui résidait alors à l'étranger, ne
tarda pas à les oublier l'une et l'autre. Mais, cinq ans après,

l'idée lui étant venue d'aller visiter son domaine, il remarqua soudain dans sa petite maison rustique, parmi les enfants de son régisseur, une gentille petite fille de douze ans, vive, intelligente, et qui promettait d'être plus tard une fort belle femme; sous ce rapport Afanase Ivanovitch avait un flair infaillible. Il ne fit cette fois qu'un court séjour dans sa propriété, néanmoins il eut le temps de prendre certaines dispositions; un changement complet s'opéra dans l'éducation de la fillette : celle-ci fut confiée à une institutrice suisse, femme âgée, respectable, et très-expérimentée dans son métier, qui, durant les quatre ans qu'elle passa auprès de son élève, lui enseigna le français et les diverses sciences dont l'acquisition est indispensable à une demoiselle bien élevée.

Dans un village d'une province éloignée Totzky possédait un autre domaine, celui-ci peu considérable, où se trouvait une petite maison de bois récemment construite et meublée avec beaucoup de goût. Comme par un fait exprès, la localité s'appelait Otradnoié [1]. A une verste de là habitait une propriétaire veuve et sans enfants. Lorsque Nastia eut terminé ses études, cette dame, munie des instructions et pleins pouvoirs d'Afanase Ivanovitch, alla chercher la jeune fille et, l'ayant amenée à Otradnoié, s'installa avec elle dans la paisible maisonnette. Nastia eut, pour la servir, une vieille femme de charge et une jeune camériste fort experte. Il y avait là des instruments de musique, une jolie bibliothèque *ad usum puellarum,* des tableaux, des estampes, des crayons, des pinceaux, des couleurs, une admirable levrette, et, au bout de quinze jours, Totzky lui-même arriva... Dès lors il parut affectionner tout particulièrement ce modeste hameau perdu au milieu des steppes; chaque été il y venait passer deux ou trois mois. Ainsi s'écoulèrent quatre années d'un bonheur élégant et calme.

Un jour, — c'était à l'entrée de l'hiver, quatre mois après un voyage d'Afanase Ivanovitch à Otradnoié où, cette fois, il n'é-

[1] La Consolation.

tait resté que deux semaines, — Nastasia Philippovna apprit par la renommée que Totzky allait se marier à Pétersbourg : il épousait, disait-on, une jeune fille riche, belle et des mieux apparentées. Comme l'événement le prouva, la voix publique exagérait un peu, car le mariage dont on parlait comme d'une chose à peu près faite n'était encore qu'à l'état de projet vague. Quoi qu'il en soit, cette nouvelle amena une révolution radicale dans l'existence de Nastasia Philippovna. La jeune fille montra soudain une audace inaccoutumée et révéla le caractère le plus inattendu. Sans hésiter, elle quitta brusquement sa petite maison de bois, partit toute seule pour Pétersbourg et vint tomber comme une bombe dans la demeure d'Afanase Ivanovitch. Stupéfié, celui-ci voulut d'abord élever la voix, mais, dès les premiers mots, force lui fut de baisser le ton : son langage d'autrefois n'était plus de mise, sa logique naguère si persuasive ne produisait plus aucun effet. Devant lui était assise une femme toute différente de celle qu'il avait connue jusqu'alors et qu'au mois de juillet précédent il avait laissée dans le village d'Otradnoié.

En premier lieu, cette femme nouvelle se trouvait savoir et comprendre extraordinairement de choses. Comment son intelligence s'était-elle ainsi développée ? Où avait-elle puisé des données si exactes sur tant d'objets ? Était-il possible que ce fût dans sa bibliothèque de jeune fille ? Fait plus surprenant encore, elle raisonnait sur nombre de points comme un homme de loi et elle avait une connaissance positive sinon du monde, au moins de la façon dont certaines choses s'y passent. En second lieu, son caractère avait subi une transformation complète. Ce n'était plus du tout la fillette d'autrefois, avec ses alternances de timidité et de pétulance, avec ses adorables naïvetés de petite pensionnaire, avec ses tristesses, ses rêveries, ses étonnements, ses larmes, ses inquiétudes...

Non ; Totzky avait maintenant en face de lui une créature étrange qui le narguait, le criblait des sarcasmes les plus acerbes, lui déclarait carrément n'avoir jamais eu pour lui

dans son cœur autre chose que le plus profond mépris, un
dégoût poussé jusqu'à la nausée ayant aussitôt succédé chez
elle à la surprise du premier moment. Il pouvait se marier
à l'instant même, épouser qui il voulait; personnellement
elle s'en souciait comme d'une guigne, mais elle était venue
pour lui défendre ce mariage, et elle le lui défendait par
méchanceté, simplement parce que tel était son bon plaisir;
en agissant ainsi, elle n'avait d'autre but que de s'amuser
aux dépens de Totzky : chacun son tour; à présent c'était
elle enfin qui allait rire.

Voilà, du moins, comment elle s'exprimait; peut-être ne
ne disait-elle pas tout ce qu'elle avait dans l'esprit. Tandis
que la nouvelle Nastasia Philippovna tenait ce langage,
Afanase Ivanovitch réfléchissait sur l'incident et tâchait de
mettre un peu d'ordre dans ses idées. Ce ne fut pas sans
peine qu'il y parvint. Pendant près de quinze jours il ne
sut à quelle résolution s'arrêter. A la fin pourtant son parti
fut pris. Le fait est que Totzky, alors âgé d'environ cinquante ans, était un homme des mieux posés dans le monde.
Depuis longtemps sa situation sociale était assise sur les
bases les plus solides. N'aimant, n'appréciant rien au-dessus
de sa personne, de son repos et de son bien-être, il ne pouvait souffrir que la plus légère atteinte y fût portée. D'un
autre côté, avec son expérience de la vie et la sûreté de son
coup d'œil, Totzky reconnut très-vite qu'il avait maintenant
affaire à une créature absolument déraillée : avec elle l'effet
suivrait infailliblement la menace, rien ne l'arrêterait parce
qu'elle se moquait de tout; chercher à l'amadouer était donc
inutile. Évidemment il y avait ici comme un enfièvrement
de l'esprit et du cœur, une sorte d'indignation romanesque,
Dieu sait contre qui et à cause de quoi, un insatiable sentiment de mépris qui dépassait toute mesure, — bref, quelque
chose de trop contraire aux usages de la bonne société pour
ne pas inquiéter au plus haut point un homme comme il
faut. Sans doute, avec la fortune et les relations de Totzky,
on pouvait commettre une petite scélératesse pour se tirer

d'embarras. En outre, il était clair que, sur le terrain juridique, par exemple, Nastasia Philippovna ne se trouvait pas
en position de faire du mal, ni même de susciter un scandale quelque peu grave, car il serait toujours facile d'étouffer
l'affaire. Donc pas grand'chose à craindre, si la jeune femme
se décidait à agir comme on agit généralement en pareil
cas, et ne se lançait point dans quelque aventure par trop
excentrique. Mais cette considération ne pouvait tranquil-
liser un esprit aussi clairvoyant qu'Afanase Ivanovitch : il
avait lu dans les yeux étincelants de Nastasia Philippovna,
qu'elle-même se rendait très-bien compte de son impuissance
sur le terrain juridique et qu'elle avait dans la tête un projet
tout autre. Ne tenant plus à rien, se moquant de sa propre
personne encore plus que de tout le reste (il fallait que
Totzky fût bien intelligent et bien perspicace pour deviner
dans ce moment-là que depuis longtemps déjà elle ne se
souciait plus d'elle-même, et pour croire, lui sceptique
mondain, à la profondeur de ce sentiment), Nastasia Philippovna, pour assouvir sa haine, était capable de se perdre
sans retour, de se faire envoyer dans un bagne sibérien.
Afanase Ivanovitch n'avait jamais caché qu'il était un peu
poltron, ou, pour mieux dire, conservateur au plus haut
degré. Si, par exemple, il avait su qu'on attenterait à ses
jours au beau milieu de la cérémonie nuptiale ou qu'on lui
cracherait au visage devant tout le monde, il aurait eu peur
sans doute, mais moins pourtant de la mort ou de l'insulte
en elles-mêmes que de leur caractère *shocking*. Or Nastasia
Philippovna avait deviné cela, quoiqu'elle n'en eût encore
rien dit ; il n'ignorait pas qu'elle l'avait profondément étudié, qu'elle le connaissait à merveille, et que, par suite, elle
savait où frapper pour l'atteindre à l'endroit sensible. En fin
de compte, Totzky mit les pouces et renonça au mariage
qu'il avait en vue.

Une autre circonstance encore influa sur sa détermination.
On aurait peine à imaginer combien cette nouvelle Nastasia
Philippovna ressemblait peu, physiquement, à l'ancienne.

Auparavant ce n'était qu'une fort jolie fillette, et maintenant... Totzky s'en voulut longtemps d'avoir été myope
pendant quatre années. Du reste, il se rappelait qu'autrefois
déjà il y avait eu des moments où d'étranges pensées lui
étaient venues en considérant les yeux de la jeune fille : on
y pressentait en quelque sorte une obscurité profonde et
mystérieuse; leur regard semblait poser une énigme. Depuis
deux ans, Afanase Ivanovitch avait plusieurs fois remarqué
avec surprise qu'un changement se produisait dans le teint
de Nastasia Philippovna; elle devenait extrêmement pâle et,
— chose étrange, — cela la rendait encore plus belle. Comme
tous les viveurs, Totzky avait d'abord fait peu de cas d'une
conquête qui lui revenait à si bon marché; par la suite, il en
était venu à se demander s'il n'y avait pas une erreur dans
cette manière de voir. En tout cas, depuis le printemps dernier, son intention était de marier prochainement Nastasia
Philippovna; il comptait la doter et lui faire épouser quelque
monsieur raisonnable et comme il faut, employé dans une
autre province. (Oh! avec quelle amertume elle raillait maintenant ce projet!) Mais à présent, en retrouvant cette femme
parée d'une beauté nouvelle, Afanase Ivanovitch pensa qu'il
pourrait encore l'utiliser; il se décida donc à la garder à
Pétersbourg, où il l'installa confortablement comme une
maîtresse susceptible de lui faire honneur aux yeux de ses
connaissances.

Depuis lors, cinq ans s'étaient passés, et, durant ce laps de
temps, bien des choses avaient pris un caractère plus défini.
La situation d'Afanase Ivanovitch n'était pas gaie, elle avait
surtout ceci de cruel qu'il ne pouvait se remettre de sa première alarme. Il avait peur sans savoir lui-même de quoi,
— il craignait simplement Nastasia Philippovna. Pendant
les deux premières années, il lui supposa le désir de l'épouser;
si elle se taisait, c'était, pensait-il, par un excès d'amour-
propre : elle attendait que lui-même se déclarât. La préten-
tion aurait été étrange, mais Afanase Ivanovitch était devenu
soupçonneux : son visage s'assombrissait et il s'absorbait

dans des songeries pénibles. Sa surprise fut extrême et (bizarrerie du cœur humain!) mêlée d'un certain déplaisir quand, un beau jour, il acquit la conviction que, si même il demandait la main de Nastasia Philippovna, il essuierait un refus. Pendant longtemps il n'y comprit rien. Une seule explication lui semblait admissible : cette femme « ulcérée et fantastique » poussait l'orgueil si loin qu'à la position la plus brillante elle préférait la vaniteuse satisfaction de manifester son mépris par un refus. Pour comble de malheur, Nastasia Philippovna était inaccessible aux séductions banales : l'intérêt n'avait aucune prise sur elle; tout en acceptant le confort qui lui avait été offert, elle vivait très-modestement, et pendant ces cinq ans n'amassa presque rien. Afanase Ivanovitch eut recours à un moyen très-ingénieux pour briser ses chaînes : il entoura adroitement la jeune femme des types les plus propres à agir sur une imagination féminine; sans en avoir l'air, il la mit en rapport avec des princes, des hussards, des secrétaires d'ambassade, des poëtes, des romanciers, et même des socialistes. Rien n'y fit, il semblait que Nastasia Philippovna eût une pierre à la place du cœur et que toute sensibilité fût morte en elle. Vivant assez retirée, elle passait son temps à lire, à étudier, à faire de la musique. Ses relations étaient fort restreintes; elle voyait de pauvres et ridicules femmes d'employés, deux actrices, quelques vieilles dames; elle aimait beaucoup la nombreuse famille d'un respectable professeur; on avait aussi, dans cette maison, beaucoup d'affection pour elle et on était heureux de la recevoir. Le soir, elle avait assez souvent chez elle cinq ou six personnes. Totzky était le plus assidu de ces visiteurs. Depuis quelque temps, Ivan Fédorovitch Épantchine avait réussi, non sans peine, à se faire admettre dans ce cénacle. Ce qui avait coûté beaucoup d'efforts au général avait, par contre, été fort facile à un jeune employé nommé Ferdychtchenko, lequel visait à la drôlerie, mais n'était en réalité qu'un grossier bouffon. Les autres habitués de la maison étaient Gabriel Ardalionovitch et un étrange jeune homme appelé Ptitzine. Modeste, soigné, correct, ce dernier, qui sortait de la classe pauvre, exerçait maintenant la profession d'usurier... En fin de compte, Nastasia Philippovna avait acquis une notoriété singulière : nul n'ignorait sa beauté, mais c'était tout ce qu'on connaissait d'elle; personne ne pouvait rien raconter. Une telle renommée jointe à l'esprit, à l'instruction et aux façons élégantes de Nastasia Philippovna faisait de celle-ci une de ces maîtresses qui posent leur entreteneur. Les choses en étaient là lorsque Totzky confia ses intentions matrimoniales à Ivan Fédorovitch.

Dans son entretien avec le général, il fit les aveux les plus sincères et les plus complets. Il déclara qu'il était décidé à ne reculer devant *aucun* moyen pour recouvrer sa liberté; que, quand même Nastasia Philippovna lui promettrait de le laisser désormais parfaitement tranquille, cela ne le rassurerait pas; qu'il lui fallait non des paroles mais des garanties positives. Les deux hommes résolurent d'agir de concert. D'abord, il fut convenu qu'on recourrait aux moyens les plus doux et qu'on s'attacherait exclusivement à faire vibrer « les cordes nobles du cœur ». Ils se rendirent ensemble chez Nastasia Philippovna, et Totzky commença par lui avouer sans détour son épouvantable situation; il s'imputa tous les torts; il dit franchement qu'il ne pouvait se repentir de la façon dont il s'était conduit autrefois envers elle, parce qu'il était un fieffé débauché et un homme incapable de résister à ses passions, mais qu'à présent il voulait se marier, que ce mariage, des plus convenables à tous les égards, était entre les mains de Nastasia Philippovna, qu'en un mot il attendait tout de son noble cœur. Le général Épantchine, qui prit ensuite la parole en sa qualité de père, tint un langage raisonnable, il évita le pathétique et se borna à dire qu'il reconnaissait pleinement le droit de Nastasia Philippovna à décider du sort d'Afanase Ivanovitch; faisant adroitement parade d'humilité, il représenta que le sort de l'une de ses filles et peut-être aussi celui des deux autres dépendait de la résolution qu'allait prendre Nastasia Philippovna. Celle-ci ayant demandé ce qu'on voulait d'elle, Totzky répondit à cette question avec la franchise dont il n'avait cessé de faire preuve depuis le commencement de l'entretien. Il avait été si effrayé cinq ans auparavant que maintenant encore Nastasia Philippovna n'avait qu'un seul moyen de le rassurer, c'était de se marier elle-même. Il s'empressa d'ajouter que, de sa part, cette demande serait certainement absurde, s'il n'avait pas quelque lieu de la formuler. Il avait fort bien remarqué, il savait positivement qu'un jeune homme porteur d'un beau nom, appartenant à une excellente famille, Gabriel Ardalionovitch Ivolguine, en un mot, qu'elle connaissait et qui était reçu chez elle, l'aimait passionnément depuis longtemps déjà et sans doute donnerait volontiers la moitié de sa vie pour être payé de quelque retour. Lui-même, Afanase Ivanovitch, avait reçu les confidences de Gabriel Ardalionovitch, qui avait aussi révélé ses sentiments à Ivan Fédorovitch, son bienfaiteur. Enfin, si lui, Afanase Ivanovitch, ne se trompait pas, Nastasia Philippovna elle-même connaissait depuis longtemps déjà l'amour du jeune homme et ne semblait pas le voir d'un œil défavorable. Sans doute, à lui plus qu'à tout autre il était difficile d'aborder ce sujet. Si pourtant Nastasia Philippovna consentait à admettre que Totzky, indépendamment du désir égoïste d'assurer son propre bonheur, lui portait aussi à elle-même quelque intérêt, elle comprendrait qu'il la vit avec peine mener cette existence solitaire : pourquoi ce morne détachement de toutes choses et cette incrédulité systématique à l'égard de la vie, qui, dans l'amour, dans la famille, pouvait renaître si belle et trouver ainsi un nouveau but? Laisser se perdre des facultés peut-être brillantes pour s'abîmer dans la stérile contemplation de son chagrin, c'était là une sorte de romantisme indigne à la fois et de l'esprit sensé et du cœur noble de Nastasia Philippovna. Après avoir de nouveau répété que ce sujet était plus délicat à traiter pour lui que pour tout autre, il termina en disant qu'il voulait encore espérer que Nastasia Philippovna ne lui répondrait pas par le mépris, si, dans le désir sincère d'assu-

rer son avenir, il lui offrait une somme de soixante-quinze
mille roubles. Il ajouta en manière d'explication que déjà
auparavant il était décidé à lui léguer cet argent ; il ne s'agissait pas ici d'une indemnité... et, enfin, pourquoi ne pas
admettre et excuser chez lui le désir bien naturel de sou-
lager quelque peu sa conscience, etc., etc., tout ce qu'on a
coutume de dire en pareil cas. Afanase Ivanovitch parla
longtemps et avec éloquence ; en passant il glissa une affir-
mation curieuse : c'était, assura-t-il, la première fois qu'il
soufflait mot de ces soixante-quinze mille roubles ; jusqu'alors
ni Ivan Fédorovitch lui-même, ni *personne* n'avait eu connaissance de cela.

La réponse qui fut faite à ces ouvertures étonna les deux amis.
Le langage de Nastasia Philippovna n'offrit pas la moindre
trace de cette animosité violente, de cette raillerie haineuse
dont le souvenir seul donnait encore le frisson à Totzky. Au
contraire, la jeune femme parut contente de pouvoir enfin
causer amicalement et à cœur ouvert avec quelqu'un. Elle
avoua que depuis longtemps elle-même désirait demander un
conseil d'ami ; l'orgueil seulement l'avait empêchée de le
faire ; mais, maintenant que la glace était rompue, elle en
était bien aise. Avec un sourire d'abord triste, mais qui
ensuite finit par s'égayer, elle déclara qu'en tout cas il ne
pouvait plus y avoir de tempête comme autrefois ; que
depuis longtemps déjà ses façons de voir s'étaient en partie
modifiées, et que, si son cœur n'avait pas changé, du moins
elle sentait la nécessité de tenir compte des événements
accomplis ; ce qui était fait était fait, ce qui était passé était
passé ; aussi trouvait-elle étrange l'inquiétude persistante
d'Afanase Ivanovitch. Puis, se tournant d'un air très-respec-
tueux vers Ivan Fédorovitch, elle lui dit que depuis longtemps déjà elle avait beaucoup entendu parler de ses filles,
qu'elle éprouvait pour elles une estime sincère et profonde.
La seule pensée qu'elle pourrait leur être de quelque utilité
la rendrait heureuse et fière. C'était vrai que sa situation
actuelle lui pesait et qu'elle s'ennuyait fort ; Afanase Ivano-

vitch avait deviné ses rêves; elle aurait voulu renaître, sinon dans l'amour, du moins dans la famille, et trouver un but à sa vie ; mais, en ce qui concernait Gabriel Ardalionovitch, elle ne pouvait pas dire grand'chose. A la vérité, il paraissait l'aimer; elle sentait qu'elle-même pourrait le payer de retour si elle parvenait à se convaincre de la solidité de son attachement; mais, à supposer qu'il fût sincère, il était bien jeune, cette considération la faisait hésiter. Du reste, ce qui lui plaisait le plus dans Gabriel Ardalionovitch, c'est qu'il travaillait et qu'il soutenait seul toute sa famille. Elle avait entendu dire qu'il était énergique, fier, décidé à faire son chemin; elle savait aussi que Nina Alexandrovna Ivolguine, sa mère, était une femme excellente et des plus respectables ; que Barbara Ardalionovna, sa sœur, était une jeune fille très-remarquable, une personne d'un caractère énergique ; Ptitzine lui avait beaucoup parlé de cette dernière. D'après ce qu'on lui avait dit, ces deux femmes supportaient vaillamment leur malheur; elle aurait bien désiré les connaître, mais c'était encore une question de savoir si elles la recevraient volontiers dans leur famille. En somme, Nastasia Philippovna n'élevait pas d'objections contre la possibilité de ce mariage; toutefois cela demandait réflexion et elle désirait qu'on ne la pressât point. Quant aux soixante-quinze mille roubles, — Afanase Ivanovitch aurait pu en parler sans tant de précautions oratoires. Elle comprenait ellemême le prix de l'argent, et sans doute elle accepterait la somme qui lui était offerte. Elle savait gré à Afanase Ivanovitch de la délicatesse dont il avait fait preuve en taisant la chose, non pas seulement à Gabriel Ardalionovitch, mais au général lui-même; pourquoi cependant cacher cela au jeune homme? Elle n'avait pas à rougir de cet argent en entrant dans la famille Ivolguine. En tout cas, elle était décidée à ne demander aucun pardon à personne et elle voulait qu'on le sût. Elle n'épouserait Gabriel Ardalionovitch qu'après s'être assurée que ni lui ni les siens ne nourrissaient aucune arrière-pensée en ce qui la concernait. Comme, après tout, elle ne se reconnaissait aucun tort, il valait mieux que Gabriel Ardalionovitch sût dans quelles conditions elle vivait depuis cinq ans à Pétersbourg, quelles étaient ses relations avec Afanase Ivanovitch, et ce qu'elle pouvait avoir amassé de fortune. Enfin, si maintenant elle consentait à accepter une somme d'argent, ce n'était nullement comme prix d'un déshonneur dont elle était innocente, mais seulement à titre d'indemnité pour son existence brisée.

En prononçant ces paroles, Nastasia Philippovna s'était fort animée, ce qui, d'ailleurs, n'avait rien que de très-naturel; cette vivacité fit grand plaisir au général et il crut l'affaire finie, mais Totzky, toujours sous l'influence de sa première frayeur, n'en jugea pas de même et longtemps il craignit quelque rabat-joie. Cependant des pourparlers s'engagèrent; les deux amis qui avaient tablé sur l'inclination possible de Nastasia Philippovna pour Gania voyaient peu à peu cette hypothèse prendre une apparence de réalité, si bien qu'Afanase Ivanovitch lui-même commençait à ne plus désespérer du succès. Sur ces entrefaites, Nastasia Philippovna s'expliqua avec Gania. Très-peu de mots furent échangés entre eux, comme si cette conversation eût été pénible à la pudeur de la jeune femme. Tout en permettant à Gabriel Ardalionovitch de l'aimer, elle déclara expressément qu'elle ne voulait pas se lier : tant que la noce n'aurait pas eu lieu, elle entendait se réserver jusqu'à la dernière heure le droit de dire « non »; la même liberté était laissée à Gania. Bientôt un hasard obligeant apprit à celui-ci que Nastasia Philippovna savait parfaitement quelle opposition ce projet de mariage avait rencontrée chez les Ivolguine; elle ne lui en parlait pas, quoiqu'il s'attendît chaque jour à la voir aborder ce sujet d'entretien. Du reste, il circulait bien d'autres bruits plus ou moins vagues. Par exemple, Afanase Ivanovitch avait entendu dire que des relations, dont on ne précisait pas la nature, s'étaient établies à l'insu des époux Épantchine entre leurs filles et Nastasia Philippovna, — évidemment ce racontar n'avait pas le sens commun. Par

contre, Totzky ne pouvait s'empêcher d'ajouter foi à une
autre nouvelle qui l'inquiétait au plus haut degré : Nastasia
Philippovna, lui avait-on assuré, était parfaitement instruite
des sentiments de Gania : elle savait qu'il ne se mariait que
pour l'argent; qu'il avait une âme noire, cupide, violente,
envieuse et d'un amour-propre incommensurable ; qu'après
avoir ardemment désiré faire de Nastasia Philippovna sa
maîtresse, il s'était mis à la détester depuis que le général
et Totzky, exploitant son amour à leur profit, prétendaient
la lui imposer comme femme légitime. La passion et la
haine se mêlaient étrangement dans son cœur, et, quoique,
après de cruelles hésitations, il eût enfin consenti à épouser
cette « vilaine créature », il s'était juré *in petto* de se venger
plus tard sur elle de la contrainte morale qu'il subissait.
Nastasia Philippovna, disait-on, savait très-bien tout cela, et
elle machinait secrètement quelque chose. Cette nouvelle
effraya tellement Afanase Ivanovitch qu'il n'osa même pas
communiquer ses appréhensions au général Épantchine. Toutefois, il y avait des moments où, comme tous les gens faibles,
Totzky sentait soudain la confiance lui revenir. Ainsi, par
exemple, ce fut un grand soulagement pour lui, et il se reprit à espérer lorsque Nastasia Philippovna promit aux deux
amis de donner sa réponse définitive le soir de son jour de
naissance. Mais le plus étrange, le plus invraisemblable des
bruits mis en circulation, celui qui concernait l'honoré Ivan
Fédorovitch lui-même, n'était, hélas ! que trop véridique.

Ici, à première vue, tout paraissait le comble de l'absurdité. Comment admettre qu'au déclin d'une existence
respectée, avec son intelligence supérieure, sa profonde
connaissance de la vie, etc., etc., Ivan Fédorovitch éprouvât
pour Nastasia Philippovna un caprice frisant la passion? Sur
quoi comptait-il dans ce cas? il était difficile de le dire;
peut-être sur la complaisance de Gania. Du moins, Totzky
soupçonnait qu'entre le général et son secrétaire existait un
de ces pactes tacites comme il s'en forme entre gens qui se
comprennent à demi-mot. Du reste, nul n'ignore qu'entraîné

I.   4

par la passion, l'homme, le vieillard surtout, s'aveugle au
point d'espérer là où l'espoir est complétement chimérique :
bien plus, il perd le jugement et agit comme un petit sot,
eût-il, d'ailleurs, la sagesse de Salomon. On savait que, pour
l'anniversaire de la naissance de Nastasia Philippovna, le
général se disposait à lui offrir des perles magnifiques et
d'une valeur énorme. Quoiqu'il connût le désintéressement
de la jeune femme, il attachait une grande importance à son
cadeau, et, vingt-quatre heures avant de le remettre, il était
dans une sorte de fièvre, nonobstant l'adresse avec laquelle
il simulait le calme. Justement, la générale Épantchine avait
entendu parler de ces perles. Sans doute, habituée depuis
longtemps aux infidélités de son époux, Élisabeth Prokofievna n'y faisait plus guère attention, mais, dans le cas
présent, il était impossible de fermer les yeux : ce qu'on lui
avait dit des perles l'avait vivement intéressée. Ivan Fédorovitch s'en aperçut à temps ; la veille déjà certains petits
mots lui avaient fait dresser l'oreille ; il pressentait une
explication sérieuse et il en avait peur. Voilà pourquoi, le
matin où commence notre récit, il ne tenait pas du tout à
déjeuner dans le giron de la famille. Dès avant l'apparition
du prince, il avait résolu de s'esquiver en prétextant une
affaire quelconque. L'essentiel pour lui était d'arriver sans
encombre à la fin de la journée. Et tout d'un coup le prince
survenait comme à point nommé pour sauver la situation.
« C'est le ciel qui l'a envoyé ! » pensa le général en se rendant
auprès de sa femme.

V

Élisabeth Prokofievna était fière de sa naissance. Que
devint-elle lorsque, de but en blanc, sans la moindre préparation, on lui apprit que le dernier représentant de sa race, ce

prince Muichkine dont elle avait déjà entendu parler quelque
peu, n'était guère autre chose qu'un malheureux idiot et un
pauvre hère vivant d'aumônes? Le général avait prémédité
ce coup de théâtre : craignant un interrogatoire au sujet
des perles, il avait voulu détourner sur un autre objet
l'attention de sa femme.

D'ordinaire, dans les circonstances exceptionnelles, Élisabeth Prokofievna ouvrait de grands yeux, et, le corps un peu
rejeté en arrière, regardait vaguement devant elle, sans
proférer un mot. C'était une femme grande et maigre, avec
un nez légèrement bossu, des joues jaunes et avalées, des
lèvres minces et creuses. Sa chevelure grisonnante était
encore épaisse. Son front était haut, mais étroit. Ses yeux
gris et assez grands avaient parfois l'expression la plus
inattendue. Ayant eu jadis la faiblesse de croire que son
regard produisait un effet extraordinaire, elle restait inébranlable dans cette conviction.

— Le recevoir? Vous me parlez de le recevoir, maintenant, tout de suite?

Et, roulant les yeux le plus possible, la générale regardait
son mari, qui allait et venait en face d'elle.

— Oh! tu n'as pas à te gêner le moins du monde, ma
chère : c'est seulement dans le cas où il te plairait de le
voir, se hâta d'expliquer Ivan Fédorovitch. — C'est tout à
fait un enfant, et même un enfant à plaindre; il est sujet
aux accès d'une certaine maladie; en ce moment il arrive de
Suisse; il s'est rendu ici au sortir du wagon; sa mise est
étrange, c'est un peu le costume allemand, et, qui plus est,
il n'a pas un kopek; je n'exagère pas; il a presque les larmes
aux yeux. Je lui ai donné vingt-cinq roubles et je veux lui
procurer un petit emploi de scribe dans notre chancellerie.
Vous, mesdames, je vous prie de le régaler un peu, car il
paraît avoir faim...

— Vous m'étonnez, répondit sans changer de ton la générale; — il a faim et il est sujet à des accès! Quels sont ces
accès?

— Oh ! ils ne se renouvellent pas si souvent, et, d'ailleurs, il est presque comme un baby ; du reste, il a reçu de l'éducation. Je voulais vous prier, mesdames, de lui faire subir un examen, ajouta le général en s'adressant de nouveau à ses filles, — il serait bon de savoir à quoi il est apte.

— Lui faire subir un examen? répéta d'une voix traînante Élisabeth Prokofievna, tandis que son regard profondément étonné allait de ses filles à son mari et *vice versâ*.

— Oh! ma chère, ne donne pas un tel sens... du reste, comme il te plaira ; je me proposais de le traiter avec bienveillance et de l'introduire auprès de vous, parce que c'est presque une bonne action.

— L'introduire auprès de nous? Et il arrive de la Suisse?

— Qu'est-ce que cela fait qu'il arrive de la Suisse? Mais, je le répète, ce sera comme tu voudras. Cette idée m'était venue, d'abord parce que c'est un homonyme et peut-être même un parent, ensuite parce qu'il ne sait où reposer sa tête. J'avais même pensé que, comme membre de notre famille, il éveillerait en toi quelque intérêt.

— Cela va de soi, maman, s'il n'y a pas à se gêner avec lui, dit Alexandra ; — de plus, il arrive de voyage, il a faim, pourquoi ne pas le nourrir, s'il ne sait où aller?

— Et puis c'est tout à fait un enfant, on peut encore jouer à cligne-musette avec lui.

— Jouer à cligne-musette? Comment?

— Ah ! maman, cessez de poser, je vous en prie! fit avec colère Aglaé.

Adélaïde, qui était d'un caractère gai, se mit à rire.

— Appelez-le, papa, maman permet, décida Aglaé.

Ivan Fédorovitch sonna et donna ordre d'introduire le prince.

— Mais à condition qu'on lui nouera une serviette autour du cou, lorsqu'il se mettra à table, déclara la générale ; — il faudra dire à Fédor ou à Marc de se tenir derrière sa chaise et d'avoir l'œil sur lui pendant le repas. Est-il tranquille, au moins, dans ses accès? Ne fait-il pas de gestes?

— Au contraire, il est même très-bien élevé et il a de fort bonnes façons. Un peu trop simple parfois... Mais le voilà lui-même! Je vous présente le dernier des princes Muichkine, un homonyme et peut-être même un parent; faites-lui bon accueil. Ces dames vont déjeuner, prince; ainsi, faites-leur l'honneur... Mais, pardon, je suis en retard, je me sauve...

— On sait où vous vous sauvez, observa d'un ton significatif Élisabeth Prokofievna.

— Je me sauve, je me sauve, ma chère, je suis en retard! Mais, mesdames, donnez-lui vos albums pour qu'il y écrive quelque chose, vous verrez quel talent il a! C'est un calligraphe hors ligne! Tout à l'heure il a reproduit sous mes yeux un spécimen de l'écriture d'autrefois: « L'igoumène Pafnoutii a apposé sa signature... » Allons, au revoir.

— Pafnoutii? L'igoumène? Mais attendez un peu, attendez, où allez-vous donc et qu'est-ce que c'est que ce Pafnoutii? cria la générale prise de colère et presque d'inquiétude, tandis que son mari gagnait rapidement la porte.

— Oui, oui, ma chère, c'était un igoumène du temps passé... Mais je vais chez le comte, il m'attend depuis longtemps, lui-même m'avait donné rendez-vous... Prince, au revoir!

Le général partit au plus vite.

— Je sais chez quel comte il va! dit d'un ton âpre Élisabeth Prokofievna, et ses yeux se reportèrent sur le prince avec une expression de mécontentement. — Quoi donc! grommela ensuite l'irascible générale en faisant appel à ses souvenirs; — eh bien, qu'est-ce que c'est? Ah! oui; eh bien, quel igoumène?

— Maman... commença Alexandra.

Aglaé frappa du pied.

— Laissez-moi parler, Alexandra Ivanovna, interrompit sèchement la mère, — moi aussi je veux savoir. Asseyez-vous ici, prince, tenez, sur ce fauteuil, en face de moi, non, ici, au soleil; mettez-vous plus près de la lumière, que je puisse vous voir. Eh bien, quel igoumène?

— L'igoumène Pafnoutii, répondit sérieusement le prince.

4.

— Pafnoutii? C'est intéressant ; eh bien, qu'est-ce qu'il a fait ?

Élisabeth Prokofievna questionnait d'une voix brusque et impatiente, les yeux toujours fixés sur le prince. Lorsque celui-ci répondit, elle l'écouta en hochant la tête après chacune de ses paroles.

— L'igoumène Pafnoutii vivait au quatorzième siècle, commença le prince, — son monastère était situé sur les bords du Volga, dans la contrée qui s'appelle maintenant le gouvernement de Kostroma. Il était célèbre par la sainteté de sa vie ; il est allé à la Horde, a aidé à arranger certaines affaires et a mis sa signature au bas d'un papier. J'ai vu un fac-simile de ce seing, l'écriture m'a plu et je me suis appliqué à l'imiter. Tantôt, comme le général voulait voir si j'ai une assez belle main pour pouvoir être employé quelque part, j'ai tracé plusieurs phrases offrant chacune un type d'écriture différent. Entre autres phrases se trouvait celle-ci : « L'igoumène Pafnoutii a apposé sa signature », dans laquelle j'avais reproduit l'écriture même du moine. Cela a beaucoup plu au général, voilà pourquoi il en a parlé tout à l'heure.

— Aglaé, dit Élisabeth Prokofievna, — rappelle-toi : Pafnoutii, ou plutôt prends-en note, autrement je suis sûre d'oublier. Du reste, je croyais que ce serait plus intéressant. Où est donc cette signature ?

— Elle est restée, je crois, dans le cabinet du général, sur la table.

— Qu'on aille la chercher tout de suite.

— Ce n'est pas la peine, je puis vous la récrire, si vous voulez.

— Sans doute, maman, dit Alexandra, — à présent il vaudrait mieux déjeuner. Nous avons faim.

— Soit, décida la générale. — Venez, prince ; vous devez être très-affamé ?

— Oui, maintenant je mangerais volontiers, et je vous suis bien reconnaissant.

— C'est très-bien d'être poli, et je m'aperçois que vou

n'êtes pas, à beaucoup près, aussi... original qu'on me l'avait
dit en m'annonçant votre visite. Venez, asseyez-vous ici,
vis-à-vis de moi, poursuivit la générale quand on arriva
dans la salle à manger, et elle indiqua une place au prince,
— je veux vous avoir sous les yeux. Alexandra, Adélaïde,
ayez soin du prince. N'est-ce pas qu'il est loin d'être si...
malade? Peut-être même la serviette n'est-elle pas nécessaire... Prince, est-ce qu'on vous noue une serviette sous le
menton quand vous êtes à table?

— Je crois qu'on le faisait autrefois, lorsque j'avais sept
ans; mais maintenant, quand je mange, je déploye ma serviette sur mes genoux.

— C'est ainsi qu'il faut faire. Et les accès?

— Les accès? répéta le prince un peu étonné : — à présent ils sont assez rares chez moi. Du reste, je ne sais pas;
on dit que le climat de la Russie me sera nuisible.

Élisabeth Prokofievna continuait à incliner la tête après
chaque parole prononcée par le visiteur.

— Il parle bien, fit-elle observer à ses filles; — j'en suis
même surprise. Ainsi, ce n'étaient que des fadaises et des
mensonges, comme toujours. Mangez, prince, et racontez-
nous votre existence : où êtes-vous né? où avez-vous été
élevé? Je veux tout savoir; vous m'intéressez extrêmement.

Le prince remercia, et, tout en mangeant avec beaucoup
d'appétit, il recommença le récit qu'il avait dû faire plusieurs
fois déjà dans cette matinée. La générale était de plus en
plus satisfaite. Les demoiselles écoutaient aussi avec assez
d'attention. On rechercha si l'on était parents. Le prince
connaissait assez bien la série de ses ascendants, mais on
eut beau conférer les tables généalogiques, il se trouva
qu'entre lui et la générale la parenté était presque nulle.
Les grands-pères et les grands-mères auraient encore pu, à
la rigueur, cousiner ensemble. Cette aride conversation plut
fort à la générale, qui aimait beaucoup à parler de ses ancêtres,
mais n'avait presque jamais l'occasion de le faire. Aussi
était-elle de très-bonne humeur quand elle quitta la table.

— Allons tous à notre chambre de réunion, dit-elle, — on
nous y apportera le café. Nous avons une pièce commune,
expliqua-t-elle au prince, tandis qu'elle sortait avec lui de la
salle à manger, — c'est tout bonnement mon petit salon, où
nous nous réunissons, quand nous sommes seules, et où
chacune s'occupe de son affaire. Alexandra, ma fille aînée,
joue du piano, lit ou brode; Adélaïde peint des paysages et
des portraits, seulement elle ne peut rien finir; quant à Aglaé,
elle reste là sans rien faire. Moi, je ne travaille guère non
plus, je laisse mon ouvrage s'échapper de mes mains. Allons,
nous voici arrivés, asseyez-vous, prince, ici, près de la cheminée, et racontez. Je veux savoir comment vous faites un
récit. Je tiens à être parfaitement édifiée là-dessus, et, quand
je verrai la princesse Biélokonsky, je raconterai à la vieille
tout ce qui vous concerne. Je veux aussi que vous les inté-
ressiez toutes. Eh bien, parlez donc.

— Mais, maman, il est fort étrange de raconter ainsi,
observa Adélaïde en disposant son chevalet; puis la jeune
fille prit ses pinceaux et sa palette pour travailler à un
tableau commencé depuis longtemps déjà; c'était un paysage
qu'elle copiait d'après une estampe. Alexandra et Aglaé s'assirent toutes deux sur un petit divan, et, croisant les bras, se
préparèrent à écouter la conversation. Le prince remarqua
qu'il était l'objet de l'attention générale.

— Je ne raconterais rien, si on me l'ordonnait ainsi, dit
Aglaé.

— Pourquoi? Qu'est-ce qu'il y a là d'étrange? Pourquoi ne
raconterait-il pas? Il a une langue. Je veux savoir comment
il parle. Eh bien, dites quelque chose. Racontez comment
vous avez trouvé la Suisse, quelle a été votre première
impression. Vous verrez, il va commencer et il entrera très-
bien en matière.

— L'impression a été forte... fit le prince.

— Vous voyez, vous voyez! Il a commencé! interrompit
Élisabeth Prokofievna en s'adressant à ses filles.

— Laissez-le, du moins, parler, maman! dit Alexandra. —

Ce prince est peut-être un fin matois et pas du tout un idiot, murmura-t-elle à l'oreille d'Aglaé.

— C'est probable, il y a longtemps que je m'en doute, répondit celle-ci. — Et c'est une lâcheté à lui de jouer cette comédie. Dans quel intérêt fait-il cela?

— La première impression a été très-forte, répéta le prince. — Quand on m'eut emmené à l'étranger, dans les différentes villes d'Allemagne par où nous passions, je me bornais à regarder en silence, et, je m'en souviens, je ne faisais même aucune question. Je venais d'avoir une série d'accès très-violents; or chaque retour de ces attaques, chaque recrudescence de ma maladie avait pour effet de me plonger ensuite dans une hébétude complète. Je perdais alors toute mémoire, l'esprit travaillait encore, mais le développement logique de la pensée était, pour ainsi dire, interrompu. Je ne pouvais pas lier l'une à l'autre plus de deux ou trois idées. Quand les accès étaient passés, je redevenais bien portant et fort, comme vous me voyez en ce moment. Je me rappelle que j'éprouvais un chagrin insupportable; j'avais même envie de pleurer; j'étais toujours étonné et inquiet. Je me sentais au milieu de toutes choses *étrangères* et cela me tuait. Je me rappelle que ce marasme se dissipa entièrement à mon arrivée en Suisse. La circonstance qui y mit fin fut le braiement d'un âne entendu sur le marché de Bâle. L'âne m'impressionna extrêmement, il me causa, je ne sais pourquoi, un plaisir extraordinaire et mon cerveau recouvra soudain toute sa lucidité.

— Un âne? C'est étrange, observa la générale. — Du reste, il n'y a là rien d'étrange, certaines de nous s'éprennent d'amour pour des ânes, ajouta-t-elle en regardant avec colère ses filles, qui s'étaient mises à rire. — Cela se voyait déjà dans les temps mythologiques. Continuez, prince.

— Depuis lors j'aime terriblement les ânes. C'est même chez moi une sorte de sympathie. Je commençai a me renseigner sur eux, car auparavant je ne les connaissais pas. Je ne tardai pas à constater que ce sont des animaux fort utiles : laborieux, robustes, patients, économiques. Bref, cet âne me fit soudain prendre goût à la Suisse tout entière, si bien que ma tristesse disparut comme par enchantement.

— Tout cela est fort étrange, mais il n'est pas absolument nécessaire de s'étendre sur l'âne; passons à un autre sujet. Pourquoi ris-tu toujours, Aglaé? Et toi, Adélaïde? Le prince a très-bien parlé de l'âne. Il l'a vu personnellement, et toi qu'est-ce que tu as vu? Tu n'es pas allée à l'étranger?

— J'ai déjà vu un âne, maman, dit Adélaïde.

— Et moi j'en ai même entendu un, ajouta Aglaé.

Ce furent de nouveaux rires; le prince fit chorus avec les trois jeunes filles.

— C'est très-mal de votre part, déclara Élisabeth Prokofievna; — excusez-les, prince, cela ne les empêche pas d'être bonnes. Je dispute continuellement avec elles, mais je les aime. Elles sont légères, étourdies, folles.

— Pourquoi donc? répliqua en riant le prince : — à leur place, moi non plus je n'aurais pas laissé échapper l'occasion. Mais je maintiens mon éloge de l'âne : l'âne est un homme bon et utile.

— Mais vous êtes bon, prince? C'est par curiosité que je demande cela, questionna la générale.

Ces mots provoquèrent une nouvelle explosion d'hilarité.

— C'est encore ce maudit âne qui leur est revenu à l'esprit : je n'y pensais pas du tout! s'écria Élisabeth Prokofievna. — Croyez-moi, je vous prie, prince, je n'ai voulu faire aucune...

— Allusion? Oh! je n'ai pas de peine à le croire.

Et le prince riait de bon cœur.

— Vous faites fort bien de rire. Je vois que vous êtes un très-bon jeune homme, dit la générale.

— Je suis quelquefois méchant, répondit-il.

— Et moi je suis bonne, déclara inopinément Élisabeth Prokofievna, — et, si vous voulez, je suis toujours bonne; c'est mon seul défaut, car il ne faut pas être toujours bonne. Je m'emporte très-fréquemment, par exemple, contre elles, et surtout contre Ivan Fédorovitch, mais ce qu'il y a de dégoûtant, c'est que je suis on ne peut meilleure quand je me fâche. Tantôt, avant votre arrivée, je m'étais mise en colère, je faisais semblant de ne rien comprendre et de ne pouvoir pas comprendre. Cela m'arrive; je suis comme une enfant. Aglaé m'a donné une leçon; je te remercie, Aglaé. Du reste, tout cela ne signifie rien. Je ne suis pas encore aussi bête que j'en ai l'air et que mes filles voudraient le faire croire. J'ai du caractère et je ne suis pas trop honteuse. Du reste, je dis cela sans amertume. Viens ici, Aglaé, embrasse-moi. Allons... assez de mignardises, dit-elle ensuite à sa fille, qui lui baisait tendrement les lèvres et la main. — Continuez, prince; peut-être vous rappellerez-vous quelque chose de plus intéressant encore que l'âne.

— Encore une fois, observa de nouveau Adélaïde, — je ne comprends pas qu'on puisse raconter, quand on est si brusquement sommé de le faire. Moi je resterais interloquée.

— Mais le prince ne restera pas interloqué, parce que le prince est extrêmement intelligent, au moins dix fois plus intelligent que toi, et peut-être même douze. J'espère que tu le sentiras après cela. Prouvez-le-leur, prince; continuez. Au fait, on peut maintenant laisser l'âne de côté. Eh bien, qu'est-ce que vous avez vu à l'étranger, indépendamment de l'âne?

— Mais ce que le prince a dit de l'âne était déjà intelligent, remarqua Alexandra : — il a décrit d'une façon fort inté-ressante son état maladif et le rassérénement qui s'est pro-duit en lui à la suite d'un choc extérieur. J'ai toujours été curieuse de savoir comment les gens perdent la raison, puis la recouvrent. Surtout quand cela a lieu tout d'un coup.

— N'est-ce pas? n'est-ce pas? fit vivement la générale; — je vois que toi aussi, tu es parfois intelligente; allons, qu'on en finisse avec les rires! Vous en étiez resté, je crois, prince, à la nature suisse; eh bien?

Le prince poursuivit son récit :

— Nous arrivâmes à Lucerne, et on me fit faire une pro-menade sur le lac. J'en admirai la beauté, mais en même temps j'avais un poids sur le cœur.

— Pourquoi? demanda Alexandra.

— Je n'en sais rien. Je me sens toujours oppressé et inquiet quand je contemple pour la première fois une telle nature : elle me plaît et elle me trouble. Du reste, à cette époque, j'étais encore malade.

— Eh bien, non, moi je désirerais beaucoup la voir, dit Adélaïde. — Je ne comprends même pas pourquoi nous n'allons pas à l'étranger. Voilà deux ans que je cherche en vain un sujet de tableau :

« L'Orient et le Sud à présent sont usés... »

Trouvez-moi un sujet de tableau, prince.

— Je n'y entends rien. Il suffit, me semble-t-il, de regarder, et ensuite on peint.

— Je ne sais pas regarder.

— Mais pourquoi ce langage énigmatique ? Je ne comprends rien ! fit brusquement Élisabeth Prokofievna : — « Je ne sais pas regarder », dis-tu ? Qu'est-ce que cela signifie ? Tu as des yeux, tu n'as qu'à les ouvrir. Si tu ne sais pas regarder ici, ce n'est pas à l'étranger que tu apprendras. Racontez plutôt comment vous-même avez regardé, prince.

— Oui, cela vaudra mieux, ajouta la jeune artiste. — A l'étranger le prince a appris à regarder.

— Je ne sais pas ; j'y ai seulement rétabli ma santé ; j'ignore si j'ai appris à regarder. Du reste, presque tout le temps, j'ai été fort heureux.

— Heureux ! Vous savez être heureux ? questionna Aglaé : — alors, comment donc dites-vous que vous n'avez pas appris à regarder ? Il faut que vous nous instruisiez.

— Instruisez-nous, s'il vous plaît, dit en riant Adélaïde.

— Je ne puis rien enseigner, répondit le prince, qui riait lui-même ; — pendant mon séjour à l'étranger, je n'ai guère quitté ce village suisse ; je sortais rarement et je n'allais que dans le voisinage ; qu'est-ce que je vous apprendrais donc ? D'abord, je cessai seulement de m'ennuyer ; je recouvrai bientôt la santé ; puis chaque journée me devint chère et acquit, à mesure que le temps s'écoulait, un prix de plus en plus grand à mes yeux, si bien que je commençai à m'en apercevoir. Je me couchais fort content et me levais plus heureux encore. Mais d'où cela venait-il? il serait assez difficile de le dire.

— En sorte que vous n'aviez envie d'aller nulle part et n'éprouviez aucun besoin de déplacement? demanda Alexandra.

— Au commencement, si, j'avais l'humeur inquiète et vagabonde. Je pensais toujours à mon existence future; je voulais faire l'épreuve de ma destinée; à certains moments surtout le repos m'était pénible. Vous savez, on a de ces moments-là, surtout quand on est seul. Il y avait chez nous une cascade, ou, pour mieux dire, un mince filet d'eau qui tombait d'une montagne presque perpendiculairement, une eau blanche, bruyante, écumeuse. Elle se trouvait à une demi-verste de notre habitation, et il me semblait qu'elle n'en était qu'à cinquante pas. La nuit, j'aimais à l'entendre bruire; tenez, dans ces moments-là, une grande agitation s'emparait quelquefois de moi. De temps à autre il m'arrivait aussi de me trouver seul dans les montagnes au milieu du jour; autour de moi se dressaient de grands pins séculaires exhalant une odeur de résine; sur le haut d'un rocher apparaissaient les ruines d'un vieux castel féodal; notre petit village, perdu dans la vallée, se voyait à peine; le soleil était vif, le ciel bleu; partout régnait un effrayant silence. Eh bien, là aussi je me sentais pris du besoin de voyager; il me semblait que si j'allais toujours tout droit devant moi, si je franchissais la ligne où le ciel se confond avec la terre, je trouverais au delà le mot de l'énigme, une vie nouvelle mille fois plus mouvementée que la nôtre; je rêvais d'une grande ville comme Naples, pleine de palais, de bruit, d'agitation, de vie... Oui, j'avais bien des aspirations! Mais, ensuite, il me parut qu'on pouvait, même dans une prison, trouver énormément de vie.

— J'ai lu cette louable pensée dans ma *Chrestomathie,* quand j'avais douze ans, dit Aglaé.

— C'est toujours de la philosophie, observa Adélaïde; — vous êtes philosophe, et vous êtes venu nous instruire.

I.   5

— Vous avez peut-être raison, répondit le prince en souriant, — je suis philosophe en effet, et, qui sait? il se peut
aussi que j'aie l'idée d'instruire... C'est possible; vraiment,
cela se peut.

— Et votre philosophie, reprit Aglaé, — est tout à fait
celle d'Eulampia Nikolaïevna, une veuve d'employé qui vient
chez nous comme pique-assiette. Pour elle, tout le problème
de la vie se réduit au bon marché; elle ne s'applique qu'à
dépenser le moins possible, elle ne parle même que de
kopeks, et notez qu'elle a de l'argent, c'est une rusée com-
mère. Il en est de même de votre vie énorme dans une prison, et peut-être aussi de votre bonheur de quatre ans dans
un village; bonheur pour lequel vous avez vendu votre ville
de Naples, et, paraît-il, avec bénéfice, quoiqu'il ne vaille
qu'un kopek.

— Pour ce qui est de la vie en prison, on peut encore
n'être pas de cet avis, répliqua le prince; — j'ai connu un
homme qui avait subi douze ans de captivité; c'était un des
malades en traitement chez mon professeur. Il avait des
attaques; on le voyait parfois s'agiter, fondre en larmes;
une fois même il tenta de se suicider. Sa vie en prison était
fort triste, je vous l'assure, mais certainement elle valait
plus d'un kopek. Toutes ses connaissances se réduisaient à
une araignée et à un arbuste qui poussait sous sa fenêtre...
Mais j'aime mieux vous parler d'un autre homme avec qui
je me suis rencontré l'année dernière. Il y avait dans son
cas une circonstance fort étrange, — étrange surtout en ce
sens qu'elle se produit très-rarement. Cet homme avait été
un jour conduit à l'échafaud et on lui avait lu la sentence
qui le condamnait à être fusillé comme criminel politique.
Vingt minutes après, arriva la grâce de ce malheureux : une
commutation de peine lui était accordée. Mais, entre la lecture de l'arrêt de mort et celle de l'édit abaissant la peine
d'un degré, il s'écoula vingt minutes, ou, tout au moins, un
quart d'heure durant lequel l'infortuné vécut persuadé qu'il
allait mourir dans quelques instants. J'étais très-avide de

savoir quelles avaient été alors ses impressions, et plus d'une fois je le questionnai à ce sujet. Il se rappelait tout avec une netteté extraordinaire et il disait que rien de ce qui s'était passé durant ces quelques minutes ne s'effacerait jamais de sa mémoire. A vingt pas de l'échafaud autour duquel se tenaient les soldats et le peuple, on avait planté trois poteaux parce qu'il y avait un certain nombre de condamnés. On attacha les trois premiers à ces poteaux, on les revêtit du costume d'usage en pareil cas (une longue blouse blanche), et on enfonça sur leurs yeux un bonnet de nuit pour qu'ils ne vissent pas les fusils; ensuite un peloton de soldats s'aligna devant chacun de ces malheureux. L'homme dont je vous parle figurait le huitième sur la liste des condamnés, par conséquent il devait être exécuté dans la troisième série. Un prêtre, tenant une croix dans sa main, s'approcha tour à tour de chacun d'eux. Il ne leur restait plus que cinq minutes à vivre, pas davantage. Mon ami disait que ces cinq minutes lui avaient fait l'effet d'une éternité, d'une richesse immense : tant de vies lui paraissaient contenues dans ces cinq minutes qu'il avait jugé inutile de penser tout de suite au dernier moment; il avait donc partagé son temps de la manière suivante : deux minutes pour dire adieu à ses compagnons, deux minutes pour se recueillir en lui-même, une minute pour jeter un dernier regard autour de lui. Il se rappelait très-bien avoir pris ces dispositions suprêmes. Il mourait à vingt-sept ans, plein de santé et de force. En disant adieu à ses amis, il se souvenait d'avoir adressé à l'un d'eux une question assez indifférente et d'avoir écouté la réponse avec un véritable intérêt. Les adieux terminés, arrivèrent les deux minutes qu'il avait résolu de consacrer à une méditation; il savait d'avance à quoi il penserait, voici quel devait être l'objet de ses réflexions : à présent je vis, mais, dans trois minutes, que serai-je et où serai-je? Telles étaient les questions qu'il se proposait de trancher durant ce court laps de temps! Non loin de là il y avait une église dont le soleil faisait rayonner la coupole dorée. Il se

rappelait avoir tenu ses yeux obstinément fixés sur cette
coupole et sur les rayons qu'elle répercutait; il ne pouvait
en détacher ses regards, il lui semblait que ces rayons étaient
sa nouvelle nature, que, dans trois minutes, il allait se con-
fondre avec eux... L'incertitude, l'horreur de l'inconnu qu'il
sentait si proche étaient quelque chose d'épouvantable,
mais rien, disait-il, ne lui avait été alors plus pénible que
cette incessante pensée : « Si je ne mourais pas? Si la vie
m'était rendue? Quelle éternité! Et tout cela serait à moi!
Oh! alors, chaque minute serait pour moi comme une existence entière, je n'en perdrais pas une seule, je tiendrais
compte de tous mes instants pour n'en dépenser aucun inutilement! » A la fin, l'obsession de cette idée l'avait tellement
irrité qu'il aurait voulu être fusillé le plus vite possible.

Le prince s'arrêta tout à coup; son auditoire croyait qu'il
allait continuer et conclure.

— Vous avez fini? demanda Aglaé.

— Quoi! j'ai fini? répondit le prince, qui depuis une minute était devenu rêveur.

— Mais pourquoi donc avez-vous raconté cela?

— Pour rien... parce que cela m'était revenu à l'esprit...
une chose en appelle une autre...

— Votre récit manque de conclusion, observa Alexandra ;
— vous avez certainement voulu prouver, prince, qu'il n'est
pas de moment qui ne vaille plus d'un kopek, et que, parfois,
cinq minutes sont plus précieuses qu'un trésor. Tout cela
est louable, mais permettez pourtant : cet ami qui vous a
raconté ses transes... on a commué sa peine, par conséquent
on lui a donné cette « vie éternelle ». Eh bien, quel usage
a-t-il fait ensuite de ce trésor? A-t-il vécu en « tenant
compte » de chaque minute?

— Oh! non, je lui ai demandé s'il avait mis son programme
à exécution, et lui-même a reconnu qu'il n'avait pas du tout
vécu ainsi, qu'au contraire il avait perdu beaucoup, beaucoup de minutes.

— Eh bien, voilà une expérience décisive. Cela prouve

qu'en effet on ne peut pas vivre en tenant compte de tous les instants. C'est impossible.

— Oui, c'est impossible, reprit le prince, — moi-même je me suis dit cela... Et pourtant comment ne pas croire?...

— C'est-à-dire que vous croyez vivre plus intelligemment que tout le monde? interrogea Aglaé.

— Oui, j'ai eu parfois cette idée.

— Et vous l'avez encore?

— Et... je l'ai encore, répondit le prince.

Jusqu'alors il avait contemplé Aglaé avec un sourire doux et même timide, mais, après avoir prononcé ces mots, il se mit à rire et regarda gaiement la jeune fille.

— On n'est pas plus modeste! dit-elle, légèrement agacée.

— Mais que vous êtes braves tout de même! Voilà que vous riez, et moi, le récit de cet homme m'a tellement impressionné que j'en ai rêvé ensuite; oui, j'ai vu en songe ces cinq minutes...

De nouveau, il promena sur ses auditrices un regard sérieux et scrutateur.

— Vous n'êtes pas fâchées contre moi? demanda-t-il tout à coup avec une sorte de confusion, quoiqu'il regardât carrément les trois jeunes filles en pleine figure.

— Pourquoi? s'écrièrent-elles, étonnées.

— Mais parce que j'ai toujours l'air d'instruire...

Toutes se mirent à rire.

— Si vous êtes fâchées, ne le soyez plus, reprit le prince; — je le sais moi-même, j'ai moins vécu qu'un autre et j'ai moins que personne l'intelligence de la vie. Il peut m'arriver quelquefois de dire des choses fort étranges...

En achevant ces mots, il était fort troublé.

— Puisque vous dites que vous avez été heureux, par conséquent vous avez vécu non pas moins, mais plus que les autres; pourquoi donc ces excuses embarrassées? commença Aglaé d'un ton aigre. — D'ailleurs, vous n'avez pas à vous poser en triomphateur modeste, car ici vous ne triomphez pas du tout. Avec votre quiétisme, on peut remplir de bonheur une vie même de cent années. Qu'on vous montre une exécution capitale ou qu'on vous montre le petit doigt, de l'un et de l'autre cas vous tirerez une pensée également louable et vous resterez content. Comme cela, l'existence est facile.

— Pourquoi te mets-tu toujours en colère? je ne le comprends pas, dit la générale, qui depuis longtemps écoutait la discussion en observant les visages des interlocuteurs, — et je ne puis comprendre non plus de quoi vous parlez. Que vient faire ici ce petit doigt? Qu'est-ce que cela signifie? Le prince parle bien, seulement ce qu'il dit n'est pas très-gai. Pourquoi l'intimides-tu? Quand il a commencé, il riait, et maintenant il est tout soucieux.

— Laissez donc, maman. — C'est dommage, prince, que vous n'ayez pas vu d'exécution capitale, je vous demanderais une chose.

— J'ai vu une exécution, répondit le prince.

— Vous en avez vu une? s'écria Aglaé; — j'aurais dû m'en douter! Cela couronne toute l'affaire. Si vous avez vu une exécution, comment donc dites-vous que vous avez toujours vécu heureusement? Eh bien, ne vous ai-je pas dit la vérité?

— Mais est-ce qu'on exécute dans votre village? demanda Adélaïde.

— C'est à Lyon que j'ai vu cela, j'y étais allé avec Schneider, il m'avait pris avec lui. Le hasard a voulu qu'en arrivant j'assistasse à cette scène.

— Eh bien, cela vous a beaucoup plu? C'est fort édifiant? fort utile? voulut savoir Aglaé.

— Cela ne m'a pas plu du tout et j'ai été un peu malade à la suite de ce spectacle, mais j'avoue qu'il a exercé sur moi une sorte de fascination, je ne pouvais en détacher mes yeux.

— Je ne l'aurais pas pu non plus, dit Aglaé.

— Là, on n'aime pas que les femmes aillent voir des exécutions, et même les journaux blâment ensuite celles qui ont eu cette curiosité.

— S'ils trouvent que ce n'est pas l'affaire des femmes, ils veulent dire par là que c'est celle des hommes. Je les félicite de leur logique. Et, sans doute, vous êtes aussi de cet avis.

— Racontez-nous l'exécution dont vous avez été témoin, fit brusquement Adélaïde.

Cette demande parut causer un certain embarras au prince, son visage se refrogna.

— A présent je n'en aurais guère envie, répondit-il.

— On dirait que vous ne vous sentez pas la force de nous faire ce récit, remarqua Aglaé d'un ton moqueur.

— Non, c'est parce que j'ai déjà raconté tantôt cette même exécution.

— A qui l'avez-vous racontée?

— A votre valet de chambre, pendant que j'attendais...

— A quel valet de chambre? fit-on en chœur.

— Eh bien, mais à cet homme aux cheveux blancs et au visage rouge qui se tient dans l'antichambre; je suis resté là jusqu'au moment où j'ai été reçu par Ivan Fédorovitch.

— C'est étrange, observa la générale.

— Le prince est un démocrate, dit malignement Aglaé, — voyons, du moment que vous avez fait ce récit à Alexis, vous ne pouvez pas nous le refuser.

— Je veux absolument l'entendre, insista Adélaïde.

— Tout à l'heure, reprit avec animation le prince en s'adressant à la jeune fille, — quand vous m'avez demandé un sujet de tableau, l'idée m'est venue de vous en proposer un : représenter le visage d'un condamné à mort dans la minute qui précède la chute du couperet, au moment où le malheureux va être bouclé sur la bascule.

— Comment! le visage? rien que le visage? demanda Adélaïde; — ce sera un singulier sujet, et quel tableau y a-t-il donc là?

— Je ne sais pas; pourquoi donc? répliqua vivement le prince. — J'ai vu dernièrement à Bâle un tableau comme cela. Je voudrais bien vous le décrire... Je vous en parlerai un jour... il m'a beaucoup frappé.

— Plus tard, certainement, il faudra que vous me parliez du tableau de Bâle, — dit Adélaïde, — mais, à présent, expli-

quez-moi celui qu'il y a à faire avec cette exécution.
Pouvez-vous me retracer les choses comme vous vous les
représentez? Comment donc peindre ce visage? Ainsi un
visage seulement? Quel visage est-ce?

— C'était juste une minute avant la mort, s'empressa de
commencer le prince, qui, entraîné par ses souvenirs, semblait
avoir oublié tout le reste, — au moment où le condamné
venait de monter les degrés de l'échafaud et mettait le pied
sur la plate-forme. Il tourna les yeux de mon côté; je regardai
son visage et je compris tout... Du reste, comment raconter
cela? Je désirerais de tout mon cœur que vous ou quelqu'un
en fissiez un tableau; il vaudrait mieux que ce fût vous!
Alors déjà je me disais qu'une semblable peinture serait
utile. Vous savez, il faudrait ici représenter tout ce qui a
précédé, tout, tout. Il était en prison, et, comptant que les
formalités habituelles seraient observées, il croyait avoir
encore au moins huit jours devant lui. Mais, par suite de je
ne sais quelle circonstance, les délais d'usage furent abrégés.
A cinq heures du matin il dormait. C'était à la fin d'octobre;
à cinq heures il fait encore froid, et le jour n'est pas levé.
Le directeur de la prison, accompagné d'un geôlier, entra
sans bruit et posa sa main sur l'épaule du détenu. Celui-ci
se mit sur son séant. « Qu'est-ce qu'il y a? » demanda-t-il
en voyant de la lumière. « C'est aujourd'hui, entre neuf et
dix heures, que vous subirez votre peine. » Encore à moitié
endormi, le prisonnier ne pouvait croire à cette nouvelle, il
prétendait que l'ordre d'exécution n'arriverait que dans huit
jours, mais, quand il fut bien éveillé, il cessa de discuter et
garda le silence, — tels sont les détails qu'on a racontés.
Ensuite il dit: « N'importe, si brusquement, c'est pénible... »
Puis il se tut de nouveau et ne voulut plus proférer un mot.
On sait comment les choses se passent durant les trois ou
quatre heures qui suivent : c'est la visite du prêtre, c'est le
déjeuner qui se compose de bœuf, de vin et de café (eh bien,
n'est-ce pas une dérision? Que cela est cruel! pensez-vous;
mais ces gens-là n'y entendent pas malice, ils sont très-

naïvement convaincus qu'en agissant de la sorte, ils font preuve d'humanité), ensuite la toilette (vous savez ce que c'est que la toilette d'un condamné à mort?), finalement on le fait monter dans une charrette et on le conduit à l'échafaud... Lui aussi, je pense, s'est figuré, pendant le trajet, qu'il avait encore un temps infini à vivre. En chemin, sans doute, il devait se dire : « Il me reste trois rues à vivre, c'est encore long. Quand je serai arrivé au bout de cette rue-ci, j'en aurai encore une autre à suivre, et puis une troisième où il y a à droite une boutique de boulanger... Il se passera encore du temps avant que nous arrivions à cette boutique ». Autour de la charrette une foule bruyante, dix mille têtes, dix mille paires d'yeux, — il faut subir tout cela et, surtout, cette pensée : « Ils sont là dix mille et on n'exécutera aucun d'eux, c'est moi qui vais mourir! » Eh bien, voilà pour les préliminaires. Un escalier donne accès à la guillotine, devant cet escalier le condamné se mit soudain à pleurer, et c'était un homme fort, un caractère énergique; il avait été, dit-on, un grand scélérat. Le prêtre qui avait pris place à côté de lui dans la charrette ne le quittait pas d'un instant et lui parlait toujours : je présume que le malheureux ne l'entendait pas : il essayait probablement d'écouter, mais, dès le troisième mot, ne comprenait plus. A la fin, il commença à monter l'escalier; les liens qui entravaient ses pieds l'obligeaient à faire de petits pas. L'ecclésiastique, un homme intelligent, sans doute, cessa ses exhortations et se contenta de lui donner continuellement la croix à baiser. Au bas de l'escalier le criminel était déjà très-pâle, mais lorsqu'il se trouva sur l'échafaud, son visage devint tout à coup blanc comme une feuille de papier. Assurément ses jambes fléchissaient sous lui et il avait mal au cœur comme si quelque chose le serrait à la gorge en lui donnant la sensation d'un chatouillement. C'est un phénomène qui se produit dans la frayeur, dans ces moments terribles où la raison subsiste tout entière, mais n'a plus aucun empire. Si, par exemple, votre perte est inévitable, si une maison va s'écrouler sur

vous, tout d'un coup vous éprouvez une irrésistible envie de
vous asseoir, de fermer les yeux et d'attendre, — advienne
que pourra!... Le voyant dans cet état de faiblesse, le prêtre,
silencieusement et d'un geste rapide, lui approcha la croix
des lèvres, une petite croix latine, en argent. Il fit cela à
plusieurs reprises. A ce contact, le condamné paraissait se
ranimer durant quelques secondes, il ouvrait les yeux et
marchait. Il baisait la croix avidement, avec la précipitation inquiète d'un homme qui, avant de partir en voyage, a
peur d'oublier un objet dont il est dans le cas d'avoir besoin,
mais il est à croire que toute idée religieuse était absente de
sa conscience. Et il en fut ainsi jusqu'au moment où on
l'attacha sur la planche... Il est étrange que, dans ces dernières secondes, la syncope se produise rarement! Au contraire, la tête garde une vie très-intense et travaille sans
doute avec une force extrême, comme une machine en mouvement. J'imagine que toutes sortes d'idées bourdonnent
alors sous le crâne, des idées ébauchées, peut-être même
ridicules, nullement en situation, dans le genre de celles-ci :
« Tiens, ce spectateur a une verrue sur le front, le bourreau a
un bouton rouillé à son habit »... Et pourtant vous savez tout,
vous vous rappelez tout; il y a un point qu'il est impossible
d'oublier, on ne peut pas s'évanouir, et tout gravite autour
de ce point. Et penser que cela dure ainsi jusqu'au dernier
quart de seconde, lorsque la tête, déjà passée dans la lunette,
attend, *sait,* et tout d'un coup entend le fer glisser au-dessus
d'elle! On doit certainement l'entendre! Moi, si j'étais couché
sur la bascule, je prêterais l'oreille exprès et je percevrais
ce son! Il ne se produit peut-être que pendant la dixième
partie d'un instant, mais on ne peut pas ne pas l'entendre! Et,
figurez-vous, c'est encore aujourd'hui une question de savoir
si, pendant la première seconde qui suit le supplice, la tête
n'a pas conscience de sa décollation, — quelle idée! Et si cet
état persiste durant cinq secondes... Peignez l'échafaud de
façon à ne mettre en évidence que la dernière marche : le
criminel vient de la gravir, son visage est pâle comme un

morceau de papier, le prêtre présente la croix, le condamné tend avidement ses lèvres blêmes, il regarde et — *sait tout*. Une croix et une tête, voilà le tableau; le prêtre, le bourreau et ses deux aides, dans le bas quelques figures de spectateurs, — tout cela, on peut le laisser, pour ainsi dire, au troisième plan, dans un brouillard, ce n'est que l'accessoire... Voilà comment je conçois le tableau.

Le prince se tut et regarda toute la société.

— Cela, sans doute, ne ressemble pas au quiétisme, murmura Alexandra, comme se parlant à elle-même.

— Eh bien, maintenant, racontez vos amours, dit Adélaïde.

Le prince fixa sur elle un regard étonné.

— Écoutez, reprit la jeune fille avec une sorte de précipitation, — vous parlerez plus tard du tableau que vous avez vu à Bâle, maintenant je veux entendre l'histoire de vos amours; ne niez pas, vous avez été amoureux. D'ailleurs, dès que vous commencerez à raconter, vous cesserez d'être philosophe.

— Dès que votre récit est terminé, vous êtes honteux de l'avoir fait, observa brusquement Aglaé. — Pourquoi cela?

— Comme c'est bête, à la fin! dit la générale en regardant Aglaé avec indignation.

— Ce n'est pas spirituel, fit à son tour Alexandra.

— Ne la croyez pas, prince, poursuivit Élisabeth Prokofievna en s'adressant à Muichkine, — elle fait cela exprès, par entêtement; elle n'a pas été si sottement élevée; n'allez pas vous figurer je ne sais quoi parce qu'elles vous taquinent ainsi. Assurément elles ont ourdi quelque chose, mais elles vous aiment; je connais leurs visages.

— Je les connais aussi, répondit le prince en accentuant ces mots de façon à leur donner une signification particulière.

— Comment cela? demanda Adélaïde intriguée.

— Qu'est-ce que vous savez de nos visages? questionnèrent également les deux autres.

Mais le prince se taisait et avait pris un air sérieux; les trois jeunes filles attendaient sa réponse.

— Je vous le dirai plus tard, prononça-t-il à voix basse et d'un ton grave.

— Décidément vous voulez piquer notre curiosité, cria Aglaé : — et quelle solennité !

— Allons, c'est bien, reprit vivement Adélaïde, — mais si vous êtes un si bon physionomiste, certainement aussi vous avez été amoureux; par conséquent j'ai deviné juste. Racontez donc.

— Je n'ai pas été amoureux, répondit le prince, parlant toujours du même ton bas et sérieux, — je... j'ai été heureux autrement.

— Comme donc? Par quoi?

— Eh bien, je vais vous le dire, fit-il.

Son visage avait pris une expression de profonde rêverie.

VI

— Tenez, commença le prince, — en ce moment vous me considérez toutes avec une curiosité qui m'inquiète, car, si je ne la satisfais pas, vous allez vous fâcher contre moi. Non, je plaisante, se hâta-t-il d'ajouter en souriant. — Là... là il y avait toujours des enfants et je passais tout mon temps avec eux, avec eux seuls. C'étaient des enfants du village, toute une bande d'écoliers. Je ne dirai pas que je les instruisais, oh! non; il y avait pour cela le maître d'école, Jules Thibaut. Je leur apprenais bien quelque chose, si vous voulez, mais surtout je vivais avec eux, et c'est ainsi que se passèrent mes quatre ans. Il ne me fallait rien d'autre. Je leur disais tout, je ne leur cachais rien. A la fin je m'attirai le mécontentement de leurs familles, parce que les enfants en étaient venus à ne plus pouvoir se passer de moi; sans cesse ils m'entouraient, et le maître d'école finit même par devenir mon plus grand ennemi. Je m'aliénai beaucoup de personnes dans ce village, et toujours à cause des enfants. Schneider lui-même me fit des reproches à ce sujet. Et de quoi avaient-ils donc peur? On peut tout dire à un enfant, — tout. Ce qui m'a toujours étonné, c'est l'idée fausse que les adultes se font des enfants; ceux-ci ne sont même pas compris de leurs pères et mères. Il ne faut rien cacher aux enfants, sous prétexte qu'ils sont petits et qu'à leur âge on doit ignorer certaines choses. Quelle triste et malheureuse conception! Et comme les enfants s'aperçoivent bien eux-mêmes que leurs parents les prennent pour des babies ne comprenant rien, alors qu'ils comprennent tout! Les grandes personnes ne savent pas que, dans l'affaire même la plus difficile, un enfant peut donner un conseil d'une extrême importance. Oh! Dieu! quand ce joli petit oiseau fixe sur vous son regard heureux et confiant, vous avez honte de le tromper! Je les appelle des petits oiseaux parce que les petits oiseaux sont ce qu'il y a de meilleur au monde. Du reste, il y eut surtout une circonstance qui indisposa les esprits contre moi... Quant à Thibaut, sa haine était tout simplement de la jalousie; d'abord il hochait la tête et s'étonnait en voyant que les enfants saisissaient parfaitement tout ce que je leur disais, tandis qu'il ne réussissait pas à se faire comprendre d'eux; ensuite il se moqua de moi quand je lui eus dit que nous ne leur apprenions rien, lui et moi, mais que c'étaient eux, au contraire, qui nous instruisaient. Et comment a-t-il pu me jalouser et me calomnier, alors que lui-même vivait avec les enfants? Leur commerce guérit l'âme... Parmi les malades que traitait Schneider se trouvait un homme extrêmement malheureux. Je ne sais s'il peut exister une infortune pareille à la sienne. Il avait été placé dans cet établissement comme atteint d'aliénation mentale; à mon avis, il n'était pas fou, mais il souffrait épouvantablement, c'était là toute sa maladie. Et si vous saviez ce qu'à la fin nos enfants devinrent pour lui... Mais je vous parlerai plus tard de ce malade, maintenant je vais vous raconter comment tout cela a pris naissance. Dans le principe, les enfants ne m'aimaient pas. J'étais

si grand, j'ai toujours été si peu dégourdi; je sais que je suis
laid... enfin j'avais aussi contre moi ma qualité d'étranger.
Les enfants, d'abord, se moquèrent de moi, puis ils se mirent
même à me jeter des pierres, après qu'ils m'eurent surpris
embrassant Marie. Je ne l'ai embrassée qu'une seule fois...
Non, ne riez pas, se hâta d'ajouter le prince en réponse aux sourires de ses auditrices, —l'amour n'était pour rien là dedans.
Si vous aviez connu cette malheureuse créature, vous-mêmes
auriez eu, comme moi, pitié d'elle. C'était une jeune fille de
notre village; elle habitait avec sa mère une petite bicoque
éclairée par deux fenêtres. La vieille vendait du lacet, du
fil, du tabac, du savon; avec la permission des autorités
elle étalait sa marchandise sur une planche disposée devant
une de ses fenêtres; ce commerce lui rapportait quelque
menue monnaie qui la faisait vivre. Elle était malade et
avait les pieds gonflés, ce qui l'obligeait à rester toujours
assise. Marie avait vingt ans, elle était maigre et d'une faible
constitution; quoique depuis longtemps la phthisie se fût
déclarée chez elle, néanmoins elle allait travailler à la journée
dans des maisons où elle faisait le gros ouvrage : elle lavait
les parquets, lessivait le linge, balayait les cours, donnait à
manger aux bestiaux. Un commis voyageur français la
séduisit et l'emmena avec lui, mais, au bout d'une semaine,
il la planta là. Abandonnée sur un grand chemin, elle revint
chez elle en demandant l'aumône tout le long de la route;
elle arriva toute sale, tout en loques, avec des souliers hor-
riblement déchirés; elle avait marché pendant huit jours,
couchant à la belle étoile, et avait beaucoup souffert du
froid; ses pieds étaient ensanglantés, ses mains couvertes
d'engelures et de crevasses. Du reste, auparavant déjà elle
n'était pas belle; elle avait seulement de doux yeux, pleins
de bonté et d'innocence. Sa taciturnité était extraordinaire.
Une fois, — c'était avant l'incident dont je viens de parler, —
elle se mit tout à coup à chanter pendant qu'elle travaillait,
et je me souviens que le fait causa un étonnement général.
« Marie a chanté! Comment! Marie a chanté! » se disait-on

en riant. Elle fut fort confuse et, à partir de ce moment, s'enferma dans un mutisme obstiné. Alors on la traitait encore avec bienveillance, mais quand elle revint malade, les membres saignants, personne ne lui témoigna la moindre pitié! Qu'ils sont durs en pareil cas! Avec quelle sévérité ils jugent ces choses-là! La première, la vieille reçut sa fille avec colère et mépris : « A présent, tu m'as déshonorée », lui dit-elle. La première, elle l'offrit aux insultes de la foule : quand on apprit, au village, le retour de Marie, vieillards, enfants, femmes, jeunes filles, tout le monde accourut pour la voir ; presque toute la population du pays envahit la cabane de la vieille; mourant de faim, vêtue de haillons, Marie était couchée sur le plancher, aux pieds de sa mère, et pleurait. Tandis qu'affluaient les visiteurs, elle cherchait à se dérober à leur curiosité en se faisant un voile de ses cheveux épars et en tournant son visage contre le sol. Le public faisait cercle autour d'elle, on la considérait comme une vermine : les vieillards émettaient un blâme impitoyable, les jeunes gens ricanaient, les femmes éclataient en injures et montraient le même dégoût qu'à la vue d'une araignée. La mère, assise dans la chambre, loin de s'opposer à ces manifestations, les encourageait de la voix et du geste. Dans ce temps-là, elle était déjà fort malade, presque mourante : le fait est que, deux mois après, elle expira; mais, quoiqu'elle se sentît près de sa fin, elle refusa jusqu'au dernier moment de se réconcilier avec sa fille : elle ne lui disait pas un mot, l'envoyait coucher dans le vestibule et même la laissait presque sans nourriture. Elle devait mettre fréquemment ses pieds malades dans de l'eau chaude : chaque jour Marie les lui lavait, et lui prodiguait des soins que la vieille acceptait sans jamais les reconnaître par la moindre parole affectueuse. La jeune fille supportait tout avec résignation, et, plus tard, quand j'eus fait sa connaissance, je remarquai qu'elle-même approuvait tout cela, se considérant comme la dernière des créatures. Quand la vieille s'alita définitivement, les commères du village vinrent la soigner à tour de rôle, suivant l'usage

en vigueur dans ces campagnes. Alors on cessa tout à fait de
nourrir Marie; tous les villageois l'écartaient de leur seuil,
personne même ne consentait à lui donner du travail comme
autrefois. Chacun, pour ainsi dire, crachait sur elle, les hommes
ne la regardaient plus comme une femme et lui tenaient les
propos les plus orduriers. Parfois, très-rarement, quand ils
étaient ivres le dimanche, ils lui jetaient des sous par dérision; Marie les ramassait en silence. Alors déjà elle commençait à cracher le sang. A la fin, ses haillons devinrent si sor-
dides qu'elle n'osa plus se montrer dans le village; depuis
son retour, elle allait pieds nus. Les enfants de l'école, — ils
étaient plus de quarante, — se plaisaient particulièrement à
la molester et à lui jeter de la boue. Elle demanda à un paysan
la permission de garder ses vaches, il la mit à la porte. Alors,
de sa propre initiative, elle s'installa dans cet emploi, accom-
pagnant le bétail au sortir de l'étable et ne le quittant pas
de la journée. Le paysan s'aperçut qu'elle lui rendait beaucoup de services et ne la chassa point, parfois même il lui
donnait les restes de son dîner, du fromage et du pain. Il
regardait cela comme une grande bonté de sa part. Quand
la mère mourut, le pasteur n'eut pas honte de vilipender
Marie publiquement, en pleine église. Vêtue de ses misérables
guenilles, elle était agenouillée près de la bière et pleurait.
La curiosité avait attiré beaucoup de monde à la cérémonie
funèbre : on voulait voir comment la jeune fille pleurerait,
comment elle marcherait derrière le cercueil. Le pasteur,
homme jeune encore, dont toute l'ambition était de devenir
un grand prédicateur, s'adressa à la foule en lui montrant
Marie. « Voilà celle qui a causé la mort de cette femme respectable » (ce n'était pas vrai, car la vieille était malade
depuis deux ans déjà), « elle est là devant vous et elle n'ose
pas lever les yeux, parce qu'elle a été marquée par le doigt
de Dieu; elle est là, pieds nus, en haillons, — exemple pour
celles qui seraient tentées de se mal conduire! Qui donc est-
elle? C'est sa fille ! » etc. Et, figurez-vous, cette lâcheté fit
plaisir à presque tous les assistants, mais... alors arriva une

histoire, alors les enfants prirent parti pour la malheureuse, car à cette époque déjà ils étaient tous de mon côté et commençaient à aimer Marie. Voici comment la chose eut lieu. Je désirais faire un peu de bien à la jeune fille. Elle avait grand besoin d'argent, mais, pendant tout mon séjour en Suisse, je n'ai jamais eu un kopek à ma disposition. J'avais une petite épingle de diamant et je la vendis à un brocanteur. Cet homme allait de village en village et faisait le commerce des vieux habits. Il me donna huit francs de mon épingle, qui en valait certainement quarante. Je fus longtemps sans pouvoir me procurer un entretien particulier avec Marie. A la fin, nous nous rencontrâmes hors du village, dans un sentier de la montagne, derrière un arbre. Là, je lui donnai les huit francs en lui recommandant de les ménager, parce qu'à l'avenir je ne pourrais plus lui venir en aide. Ensuite je l'embrassai. « Ne me supposez aucune mauvaise intention, lui dis-je; si je vous embrasse, ce n'est point parce que je suis amoureux de vous, mais parce que vous m'inspirez une profonde pitié. Dès le commencement, en effet, j'ai toujours vu en vous une malheureuse et nullement une coupable. » Je désirais vivement la consoler, lui persuader qu'elle avait tort de se croire si au-dessous des autres, mais je ne tardai pas à m'apercevoir qu'elle ne comprenait pas mes paroles. Ce fut son attitude qui me l'apprit, car elle me dit à peine un mot, elle resta tout le temps debout devant moi, les yeux baissés, comme une personne accablée de honte. Quand j'eus fini, elle me baisa la main; je saisis aussitôt la sienne, et voulus la baiser, mais elle la retira tout de suite. Soudain nous fûmes aperçus par les enfants : toute la bande était là. Je sus plus tard qu'ils m'épiaient depuis longtemps. Ils commencèrent à rire, à siffler, à frapper leurs mains l'une contre l'autre, et Marie se hâta de fuir. Je voulus parler, mais ils me lancèrent des cailloux. Le même jour, tout le village connaissait l'histoire; la malveillance publique s'acharna de plus belle sur Marie. J'ai même entendu dire qu'il avait été

question de lui infliger un châtiment, mais, grâce à Dieu,
aucune suite ne fut donnée à cette idée. En revanche, les
enfants ne laissèrent plus de répit à leur victime; avec un
redoublement d'animosité ils se mirent à la pourchasser et
à lui jeter de la boue. Quand elle les avait à ses trousses, la
pauvre poitrinaire courait à perdre haleine pour se soustraire
à ces avanies et ils la poursuivaient en vociférant des injures.
Un jour, je faillis même me colleter avec eux. Plus tard,
j'entrepris de leur faire entendre raison, je leur parlai chaque
jour, autant du moins que cela me fut possible. Parfois ils
s'arrêtaient et m'écoutaient, mais ils n'en continuaient pas
moins à insulter Marie. Je leur expliquai combien elle était
malheureuse; ils cessèrent bientôt de l'injurier et passèrent
leur chemin sans lui rien dire. Peu à peu nous eûmes
ensemble des entretiens plus prolongés; je ne leur cachais
rien, je leur racontais tout. Ils m'écoutaient avec beaucoup
de curiosité et ils ne tardèrent pas à prendre en pitié la
jeune fille. Plusieurs, quand ils la rencontraient, la saluaient
d'un « bonjour » affable. J'imagine que Marie dut être bien
étonnée d'un tel changement à son égard. Une fois, deux
fillettes à qui on avait donné quelques victuailles allèrent
les lui porter et vinrent ensuite me l'apprendre. Elles me
dirent que Marie s'était mise à pleurer et qu'à présent elles
l'aimaient beaucoup. Bientôt tous les enfants l'aimèrent, et
en même temps ils se prirent aussi d'une soudaine affection
pour moi. Ils venaient souvent me trouver et toujours ils
me priaient de leur raconter quelque chose. Je suppose que
je racontais bien, car ils étaient très-avides de mes récits.
Par la suite, je m'adonnai à l'étude et à la lecture, uniquement
pour leur communiquer ce que j'apprenais dans les
livres; j'en usai ainsi avec eux pendant les trois années qui
suivirent. Quand Schneider et les autres me reprochaient de
parler aux enfants comme à des hommes faits et de ne leur
rien cacher, je répondais que c'était une honte de leur mentir. « D'ailleurs, ajoutais-je, en dépit de toutes vos précautions, ils sauront toujours ce que vous voulez leur laisser

ignorer, seulement ils l'apprendront d'une manière qui salira leur imagination, tandis qu'avec moi ce danger n'est pas à craindre. Chacun n'a qu'à interroger les souvenirs de sa propre enfance. » Mais ce raisonnement ne convainquait personne... Ce fut quinze jours avant la mort de sa mère que j'embrassai Marie. Lorsque le pasteur prononça son sermon, tous les enfants s'étaient déjà rangés de mon côté. Je leur appris aussitôt l'odieuse sortie que l'ecclésiastique s'était permise et je la qualifiai comme elle méritait de l'être. Tous furent révoltés; plusieurs, dans leur indignation, allèrent jusqu'à briser à coups de pierres les vitres du pasteur. Je leur représentai qu'ils avaient eu tort d'agir ainsi, néanmoins le bruit se répandit dans tout le village que j'étais l'instigateur du fait, et ce fut à partir de ce moment qu'on m'accusa de pervertir les écoliers. Ensuite, tout le monde s'aperçut qu'ils aimaient Marie, et cette découverte causa une inquiétude extrême, mais la jeune fille était heureuse. Les parents avaient beau défendre à leurs enfants de la fréquenter, les bambins allaient secrètement la trouver à l'endroit où elle gardait les vaches, et c'était assez loin, à une demi-verste environ du village; ils lui apportaient des cadeaux, quelques-uns se rendaient auprès d'elle simplement pour la serrer sur leur cœur, l'embrasser, lui dire : « Je vous aime, Marie! » après quoi ils retournaient chez eux de toute la vitesse de leurs jambes. Peu s'en fallut qu'un bonheur aussi inespéré ne fît perdre la tête à Marie; même en rêve, jamais elle n'avait entrevu cela; elle éprouvait un mélange de confusion et de joie. Les enfants et, en particulier, les petites filles tenaient surtout à l'aller voir pour lui dire que je l'aimais et que je leur parlais beaucoup d'elle. « Il nous a raconté toute votre histoire, lui disaient-ils, maintenant nous vous aimons, nous vous plaignons, et il en sera toujours ainsi ». Puis ils accouraient auprès de moi, et, avec de petites mines joyeuses, affairées, m'informaient qu'ils venaient de voir Marie et que Marie m'envoyait ses salutations. Le soir, j'allais à la cascade; là se trouvait un endroit entièrement clos du

côté du village, des peupliers l'entouraient; c'était en ce lieu
que, pendant les soirées, je recevais la visite des enfants; plusieurs y venaient même en cachette. Je crois qu'ils prenaient
un plaisir extrême à mon amour pour Marie, et, durant tout
mon séjour là-bas, c'est le seul point sur lequel je les aie
trompés. Je leur laissais croire que j'étais amoureux de Marie,
bien que j'éprouvasse seulement de la pitié pour elle; mais
voyant qu'ils me prêtaient un autre sentiment et que cette
idée leur était agréable, je me gardais de les désabuser, je
faisais semblant d'avoir été deviné par eux. Et quelle bonté
délicate chez ces petits cœurs! Pour n'en citer qu'un exemple,
il leur semblait impossible que leur bon Léon aimât tant Marie,
et que Marie fût si mal vêtue et manquât même de chaus-
sures. Imaginez-vous qu'ils lui fournirent des souliers, des
bas, du linge, et même quelques vêtements. Comment, par
quels prodiges d'ingéniosité réussirent-ils à se procurer tout
cela? c'est ce que je ne comprends pas; toute l'école se mit
à l'œuvre. Quand je les interrogeais à ce sujet, un rire joyeux
était leur seule réponse, les petites filles battaient des mains
et m'embrassaient. Quelquefois j'allais aussi voir Marie à la
dérobée. Elle devint fort malade et presque incapable de
marcher. A la fin elle cessa complétement son service à la
ferme, mais elle conduisait encore chaque matin le bétail
dans les champs. Elle s'asseyait contre un rocher perpendi-
culaire au sol et restait presque immobile jusqu'au moment
où elle ramenait les vaches à l'étable. Épuisée par la phthisie,
respirant difficilement, elle passait toute la journée dans une
sorte de somnolence, les yeux fermés, la tête appuyée contre
le rocher; son visage était émacié comme celui d'un sque-
lette, la sueur inondait son front et ses tempes. C'est dans
cet état que je la trouvais toujours. Je ne venais que pour
un moment, moi non plus je ne voulais pas qu'on me vît.
Dès que je me montrais, Marie tressaillait, ouvrait les yeux
et s'empressait de me baiser les mains. Je la laissais faire
parce que c'était un bonheur pour elle. Pendant tout le temps
de ma visite, elle tremblait et versait des larmes; parfois, à

la vérité, elle se mettait à parler, mais il était difficile de comprendre ses paroles; elle avait l'air d'une folle, tant elle était émue et exaltée. Parfois, les enfants arrivaient avec moi. D'ordinaire, en pareil cas, ils se tenaient à une certaine distance et faisaient le guet, pour que personne ne me surprît causant avec Marie; ce rôle de sentinelles leur plaisait infiniment. Lorsque nous étions partis, Marie, se retrouvant seule, restait de nouveau sans bouger, les yeux fermés, la tête appuyée contre le rocher; peut-être rêvait-elle de quelque chose. Un matin, il lui fut impossible de sortir, comme de coutume, pour mener paître le troupeau, et elle resta chez elle, dans sa petite maison vide. Les enfants l'apprirent aussitôt, et presque tous vinrent à plusieurs reprises lui faire visite ce jour-là; elle était au lit, et n'avait personne pour s'occuper d'elle. Pendant deux jours les enfants furent seuls à lui donner des soins : ils se relayaient dans l'office de garde-malade. Mais ensuite, quand on sut dans le village que Marie était mourante, de vieilles paysannes vinrent à tour de rôle s'installer à son chevet. Dans la localité on commençait, paraît-il, à avoir pitié de la jeune fille; du moins, on laissait aux enfants la liberté de l'approcher et on ne l'injuriait plus comme autrefois. La malade était toujours dans un état comateux, elle avait le sommeil agité et toussait effroyablement. Les vieilles femmes empêchaient les enfants de pénétrer dans la chambre, mais ils accouraient à la fenêtre, quelquefois pour n'y rester qu'une minute, le temps de dire : « Bonjour, notre bonne Marie. » Et elle, dès qu'elle les apercevait ou entendait leurs voix, elle était toute ranimée; aussitôt, sourde aux observations de ses garde-malades, elle se soulevait péniblement sur sa couche, adressait un signe de tête à ses petits amis, les remerciait. Ils continuaient à lui apporter des cadeaux, mais elle ne mangeait plus guère. Grâce à eux, je vous l'assure, elle mourut presque heureuse. Grâce à eux, elle oublia son malheur, elle reçut d'eux en quelque sorte son pardon, car, jusqu'à la fin, elle se considéra comme une grande coupable. Pareils à de

petits oiseaux, ils battaient des ailes à ses fenêtres et lui
criaient chaque matin : « Nous t'aimons, Marie. » Elle mourut
très-vite. Je croyais qu'elle aurait vécu plus longtemps. La
veille de sa mort, avant le coucher du soleil, j'allai la voir,
elle parut me reconnaître, je lui serrai la main pour la dernière fois; comme cette main était décharnée ! Et le lendemain matin on vint tout à coup me dire que Marie était
morte. Cette fois, bravant toutes les défenses, les enfants entrèrent dans la maison : ils couvrirent de fleurs la défunte et
lui mirent une couronne sur la tête. A l'église, le pasteur
épargna du moins la mémoire de celle que, vivante, il avait
insultée. Du reste, l'assistance se réduisait à quelques
curieux. Au moment de la levée du corps, tous les enfants
voulurent porter le cercueil; comme ils n'étaient pas assez
forts pour cela, on ne put donner satisfaction à leur désir,
mais tous suivirent le convoi en pleurant. Depuis lors, la
tombe de Marie a toujours été honorée par eux, chaque
année ils l'ornent de fleurs, ils ont planté des rosiers tout
autour. C'est surtout après cet enterrement qu'il y eut
contre moi un déchaînement général à cause de mes relations
avec les écoliers. Les principaux meneurs de cette cabale
étaient le pasteur et le maître d'école. On alla jusqu'à
défendre aux enfants de se rencontrer avec moi, et Schneider
promit de faire bonne garde. Malgré cela, nous nous voyions,
nous causions de loin par signes. Ils m'envoyaient de petites
lettres. Plus tard les choses changèrent, mais alors c'était
charmant : cette persécution contribua même à rendre plus
étroite encore mon intimité avec les enfants. Pendant la
dernière année, je me réconciliai presque avec Thibaut et
avec le pasteur, mais entre Schneider et moi les discussions
étaient fréquentes, et il me reprochait volontiers ce qu'il
appelait mon « pernicieux système avec les enfants ». Comme
si j'avais un système ! Enfin, à la veille même de mon départ,
Schneider me confia une opinion fort étrange qu'il s'était
formée sur mon compte. « J'ai acquis l'absolue conviction,
me dit-il, que vous êtes vous-même un véritable enfant,

j'entends un enfant dans le sens complet du mot. Vous avez
d'un adulte la taille et le visage, mais c'est tout. Sous le
rapport du développement, de l'âme, du caractère, peut-
être même de l'intelligence, vous n'êtes pas un homme fait
et vous resterez tel, dussiez-vous vivre jusqu'à soixante ans.
Cela me fit beaucoup rire. Évidemment il se trompe : est-ce
que j'ai l'air d'un baby? Une chose est vraie pourtant, c'est
que je n'aime pas à me trouver avec les adultes, avec les
hommes, avec les grandes personnes, et, — j'en ai fait la
remarque depuis longtemps, — je n'aime pas, parce que je
ne sais pas. Quoi qu'ils me disent, quelque bonté qu'ils me
témoignent, leur commerce m'est toujours pénible et je suis
enchanté sitôt que je puis aller rejoindre mes camarades; or
ceux-ci ont toujours été les enfants, non parce que j'étais
moi-même un enfant, mais parce que je me sentais attiré
vers le jeune âge. Dans les premiers temps de mon séjour
là-bas, lorsque, errant seul et triste, je les voyais tout à coup
sortir bruyamment de l'école avec leurs petits sacs et leurs
ardoises, avec leurs jeux, leurs rires, leurs cris, toute mon
âme s'élançait soudain vers eux. Je ne sais pas, mais j'éprouvais une sensation de bonheur extraordinairement forte
chaque fois que je les rencontrais. Je m'arrêtais et j'avais
un rire de béatitude en considérant leurs petits pieds qui
trottaient si vite, les garçons et les fillettes courant ensemble, les rires et les larmes (car, en revenant chez eux après
la classe, plusieurs trouvaient le temps de se battre, de
pleurer, de faire la paix et de jouer). Devant ce spectacle
j'oubliais mon chagrin. Ensuite, durant ces trois ans, je ne
pouvais comprendre comment ni pourquoi les hommes se
tourmentent. Mon genre d'existence me rapprochait des
enfants. Je comptais même ne jamais quitter le village et
j'étais loin de supposer que je reviendrais un jour ici, en
Russie. Il me semblait que je resterais toujours là, mais à la
fin je reconnus que Schneider ne pouvait pas me garder.
D'ailleurs, il survint une circonstance si importante que
Schneider lui-même me pressa de partir. Je vais voir ce

que c'est et conférer avec quelqu'un. Mon sort changera
peut-être complétement, mais ce n'est pas là le principal.
Le principal, c'est qu'un grand changement s'est déjà opéré
dans ma vie. J'ai laissé là-bas beaucoup de choses, beaucoup trop. Tout a disparu. En wagon, je me disais : « A présent
je vais parmi les hommes ; je ne sais rien peut-être, mais
une nouvelle vie a commencé pour moi. » J'ai décidé que je
serais honnête et ferme dans l'accomplissement de ma
tâche. Le commerce des hommes me réserve peut-être
beaucoup d'ennuis et de contrariétés. J'ai pris la résolution
d'être poli et sincère avec tout le monde; on ne peut pas
me demander plus. Peut-être qu'ici comme en Suisse on me
considérera comme un enfant, — eh bien, cela m'est égal.
Tous me prennent aussi pour un idiot; j'ai été autrefois si
malade qu'alors en effet je ressemblais à un idiot, mais est-
ce que j'en suis un maintenant que je comprends moi-même
qu'on me juge tel? J'entre et je pense : « Voilà, ils me prennent pour un idiot, mais je suis intelligent et ils ne s'en dou-
tent pas... » J'ai souvent cette idée. Quand j'ai reçu à Berlin
quelques petites lettres que les enfants m'avaient écrites,
alors seulement j'ai compris combien je les aimais. La première lettre qu'on reçoit cause une impression bien pénible !
Qu'ils étaient tristes en me reconduisant ! Un mois avant mon
départ, ils avaient pris l'habitude de me reconduire : « Léon
s'en va, Léon s'en va pour toujours ! » Nous continuions à
nous réunir chaque soir près de la cascade et nous ne par-
lions guère que de notre prochaine séparation. Parfois les
enfants retrouvaient leur ancienne gaieté, mais, au moment
de retourner chez eux, ils me serraient étroitement dans leurs
bras, ce qu'ils ne faisaient pas auparavant. Lorsque j'allai
prendre le train, tous m'accompagnèrent jusqu'à la gare qui
était située à environ une verste de notre village. Ils
s'efforçaient de maîtriser leur émotion, mais, quoi qu'ils
fissent pour ne pas pleurer, beaucoup, les petites filles surtout, avaient des larmes dans la voix. Je montai en wagon,
le train partit, tous me crièrent : « hourra! » et restèrent

sur le quai aussi longtemps qu'ils purent m'apercevoir. Moi-même je regardais toujours de leur côté... Écoutez, quand je suis entré ici tantôt, en considérant vos jolis visages, — à présent j'observe les physionomies avec beaucoup d'attention, — et en entendant vos premières paroles, je me suis senti soulagé pour la première fois depuis que j'ai quitté la Suisse. Tout à l'heure je me disais que j'étais peut-être en effet au nombre des gens heureux : je sais qu'il est rare de rencontrer des personnes qu'on aime de prime abord, et je vous ai rencontrées au sortir du wagon. Je sais fort bien qu'en général on n'ose pas parler de ses sentiments, et voilà que je vous parle des miens sans aucun embarras. Je suis misanthrope et je ne reviendrai peut-être pas chez vous d'ici à longtemps. Mais ne voyez ici aucune mauvaise pensée : si je dis cela, ce n'est pas que je ne tienne point à vous ; ne croyez pas non plus que je me sois blessé de quelque chose. Vous m'avez demandé ce que j'ai remarqué dans vos visages : je vous le dirai très-volontiers. Vous, Adélaïde Ivanovna, vous avez une figure heureuse, votre visage est le plus sympathique des trois. Outre que vous êtes fort bien de votre personne, en vous voyant on se dit : « Elle a l'air d'une bonne sœur. » Avec vos façons simples et enjouées, vous lisez vite dans le cœur des gens. Voilà l'impression que votre visage a produite sur moi. Vous, Alexandra Ivanovna, vous avez aussi une figure charmante, mais il y a peut-être chez vous un chagrin secret; votre âme est fort bonne assurément, mais vous n'êtes pas gaie. Votre physionomie rappelle celle de la madone de Holbein qu'on voit à Dresde. Eh bien, voilà aussi l'opinion que je me forme d'après votre visage; à vous de dire si j'ai deviné juste. Quant à vous, Élisabeth Prokofievna, ajouta brusquement le prince en s'adressant à la générale, — votre visage me donne à croire, ou plutôt me prouve que, malgré votre âge, vous êtes un véritable enfant, avec toutes les qualités et tous les défauts que ce mot implique. Vous ne vous fâcherez pas contre moi, parce que je parle ainsi? Vous savez, n'est-ce pas, quel respect je professe pour les enfants? Et si je viens de m'exprimer avec tant de franchise au sujet de vos visages, ne croyez pas que je l'aie fait par naïveté : oh! non, ce n'est pas cela du tout! J'avais peut-être mon idée.

VII

Quand le prince eut cessé de parler, toutes ses auditrices, y compris même Aglaé, le regardèrent gaiement, mais la plus contente était Élisabeth Prokofievna.

— Voilà l'examen passé! s'écria-t-elle. — Eh bien, mesdemoiselles, vous vous apprêtiez à le protéger comme un pauvret, et c'est tout au plus si lui-même se soucie de votre protection; il a soin de vous dire qu'il ne viendra que de loin en loin. Du coup, nous voilà mystifiées, et j'en suis bien aise; mais le plus attrapé est Ivan Fédorovitch. Bravo, prince! on leur avait ordonné tantôt de vous faire passer un examen. Mais ce que vous avez dit de mon visage est parfaitement vrai : je suis un enfant et je le sais. Je le savais avant que vous l'ayez dit; vous avez précisément exprimé d'un mot ma pensée. Je crois que votre caractère est de tout point conforme au mien, et j'en suis enchantée; nous nous ressemblons comme deux gouttes d'eau. Seulement vous êtes un homme et je suis une femme, de plus je n'ai pas été en Suisse; voilà toute la différence.

— N'allez pas si vite, maman, cria Aglaé, — le prince dit qu'il avait son idée en s'exprimant avec cette franchise et qu'il ne l'a point fait par naïveté.

— Oui, oui, firent en riant les deux autres.

— Ne riez pas, chéries, à lui tout seul il est peut-être plus malin que vous trois. Vous verrez. Mais, prince, pourquoi n'avez-vous rien dit d'Aglaé? Elle attend, et moi aussi.

— Je ne puis me prononcer dès maintenant; je remets cela à plus tard.

— Pourquoi? Vous la trouvez remarquable?

— Oh! oui, remarquable; vous êtes une beauté extraordinaire, Aglaé Ivanovna. Vous êtes si belle qu'on a peur de vous regarder.

— Et c'est tout? Mais le caractère? insista la générale.

— Il est difficile de juger la beauté. Je ne suis pas encore en mesure de le faire. La beauté est une énigme.

— C'est-à-dire que vous proposez une énigme à Aglaé, dit Adélaïde, — devine, Aglaé. Mais est-elle belle, prince?

— Extraordinairement! répondit-il en considérant d'un œil ravi celle dont il parlait; — presque comme Nastasia Philippovna, quoique le visage soit tout différent...

Étonnement des dames Épantchine, qui se regardèrent les unes les autres.

— Comme qui? fit d'une voix traînante la générale : — comme Nastasia Philippovna? Quelle Nastasia Philippovna?

— Tantôt Gabriel Ardalionovitch a montré son portrait à Ivan Fédorovitch.

— Comment? il a apporté ce portrait à Ivan Fédorovitch?

— Pour le lui faire voir. Nastasia Philippovna a donné aujourd'hui son portrait à Gabriel Ardalionovitch et celui-ci est venu le montrer.

— Je veux le voir! reprit vivement Élisabeth Prokofievna : — où est ce portrait? Si elle le lui a donné, il doit l'avoir et sans doute il est encore dans le cabinet du général. Il vient toujours travailler le mercredi et jamais il ne s'en va avant quatre heures. Qu'on fasse venir tout de suite Gabriel Ardalionovitch! Non, je ne tiens pas tant que cela à le voir. Ayez la bonté, cher prince, d'aller lui demander ce portrait et de l'apporter ici. Dites qu'on veut le voir. Faites-moi ce plaisir.

— Il est bien, mais trop naïf, observa Adélaïde, lorsque le prince fut sorti de la chambre.

— Oui, il est trop naïf, confirma Alexandra, — c'est au point qu'il en est même un peu ridicule.

L'une et l'autre semblaient n'exprimer qu'une partie de leur pensée.

— Du reste, en parlant de nos visages, il s'est adroitement tiré d'affaire, dit Aglaé, — il a flatté tout le monde, même maman.

— Trêve de mots piquants, s'il te plaît! répliqua la générale. — Ce n'est pas lui qui m'a flattée, c'est moi qui ai trouvé son appréciation flatteuse.

— Tu penses qu'il a usé d'adresse? demanda Adélaïde.

— Il ne me paraît pas si niais.

— Laisse donc! reprit avec véhémence Élisabeth Prokofievna : —à mon avis, vous êtes encore plus ridicules que lui. Il est naïf, mais c'est un malin, en prenant ce mot dans l'acception la plus noble, bien entendu. C'est tout à fait comme moi.

« Certes, j'ai commis une vilaine indiscrétion en parlant du portrait, songeait non sans remords le prince Muichkine tandis qu'il se rendait dans le cabinet d'Ivan Fédorovitch... Mais... peut-être aussi ai-je bien fait de lâcher cette parole... » Dans son esprit commençait à surgir une idée étrange, assez peu nette encore, du reste.

Gabriel Ardalionovitch n'avait pas quitté le cabinet de son patron et il était absorbé dans ses paperasses. Sans doute ce n'était pas pour rien que la Compagnie lui donnait des appointements. Son agitation fut extrême quand le prince lui demanda le portrait et lui apprit comment les dames Épantchine en avaient eu connaissance.

— E-e-eh! quel besoin aviez-vous de bavarder ainsi! vociféra-t-il, en proie à une violente colère, — vous ne savez rien... Idiot! grommela-t-il en aparté.

— Pardonnez-moi, c'est tout à fait par inadvertance que cela m'est échappé dans la conversation. J'ai dit qu'Aglaé était presque aussi belle que Nastasia Philippovna.

Gania lui demanda un récit plus détaillé; le prince raconta

tout. En l'écoutant, Gania le considérait de nouveau avec une expression moqueuse.

— Décidément Nastasia Philippovna ne vous sort pas de l'esprit... murmura-t-il, puis il devint pensif. Sa perplexité était visible. Le prince reparla du portrait. — Écoutez, prince, dit tout à coup Gania comme illuminé par une inspiration subite : — j'ai un immense service à vous demander... Mais, vraiment, je ne sais...

Il se troubla et n'acheva point. Une lutte semblait se livrer au dedans de lui-même. Le prince attendait en silence. Gania attacha encore une fois sur lui un regard pénétrant, sondeur.

— Prince, reprit-il, — là, on est maintenant, en ce qui me concerne... par suite d'une circonstance fort étrange... et ridicule... et où je ne suis pour rien... Allons, il est inutile de parler de cela ; bref, ces dames sont, paraît-il, un peu fâchées contre moi, en sorte que, d'ici à quelque temps, je ne veux pas entrer dans leurs appartements sans y être appelé. J'aurais grand besoin de parler en ce moment à Aglaé Ivanovna. J'ai, à tout hasard, écrit quelques mots (il tenait dans ses mains un petit papier soigneusement plié) — et, voilà, je ne sais comment les faire parvenir. Voulez-vous vous charger, prince, de porter cela immédiatement à Aglaé Ivanovna ? Mais il faudrait le lui remettre en mains propres et à l'insu de tout le monde, vous comprenez ? Ce n'est pas Dieu sait quel secret, il n'y a là rien de pareil... mais... Voulez-vous me rendre ce service ?

— Cela ne me plaît guère, répondit Muichkine.

— Ah ! prince, il y va d'un si grand intérêt pour moi ! supplia Gania : — elle répondra peut-être... Croyez bien qu'il faut un cas urgent, tout à fait urgent pour que je me permette de m'adresser... Par qui ferais-je porter cela ?... C'est très-important... C'est pour moi de la plus haute importance...

Consterné par le refus du prince, Gania fixait sur ce dernier un regard où se lisait une prière timide.

— Soit, je remettrai ce billet.

— Mais de façon que personne ne s'en aperçoive, insista Gania tout heureux, — voyez-vous, prince, je compte sur votre parole d'honneur.

— Je ne le montrerai à personne.

— Le pli n'est pas cacheté, mais... laissa échapper le secrétaire, et il s'arrêta confus d'avoir manifesté une crainte qu'il aurait mieux fait de garder pour lui.

— Oh ! je ne le lirai pas, répondit Muichkine sans paraître froissé le moins du monde, et, prenant le portrait, il sortit du cabinet.

Resté seul, Gania porta ses mains à sa tête.

— Un mot d'elle, et je... oui, vraiment, peut-être que je romprai !...

En attendant la réponse à son billet, il était si agité que force lui fut d'interrompre sa besogne; il se mit à se promener de long en large dans le cabinet.

Pendant ce temps, le prince regagnait, tout soucieux, l'appartement des dames Épantchine. La commission dont il venait de se charger le contrariait vivement et il ne lui était pas moins désagréable de penser que Gania écrivait à Aglaé. Mais, avant d'être arrivé aux deux pièces qui précédaient le salon, il s'arrêta tout à coup comme si quelque chose lui était brusquement revenu à l'esprit, puis il jeta un coup d'œil autour de lui, s'approcha de la fenêtre et se mit à examiner le portrait de Nastasia Philippovna.

On aurait dit qu'il voulait déchiffrer le je ne sais quoi de mystérieux qui, quelques heures auparavant, l'avait frappé dans ce visage. Son impression de tantôt était restée très-vive, et maintenant il avait hâte de la soumettre en quelque sorte à une contre-épreuve. En contemplant de nouveau ce visage qui n'avait pas de remarquable que la beauté, le prince en reçut une sensation plus forte encore que la première fois. L'orgueil et le mépris, pour ne pas dire la haine, s'accusaient dans cette physionomie avec une intensité extraordinaire, mais en même temps on y trouvait une étonnante expression de naïveté et de confiance ; ce contraste éveillait un sentiment de pitié. L'éblouissante beauté de Nastasia Philippovna avait un caractère bizarre : un visage pâle, des joues presque creuses, des yeux brûlants, cela constituait une étrange beauté ! Le prince considéra le portrait pendant un moment, et, s'étant assuré que personne ne pouvait le voir, il approcha soudain de ses lèvres l'image de la jeune femme, qu'il baisa précipitamment. Quand, une minute après, il entra dans le salon, son visage était parfaitement calme.

Mais à l'instant où il pénétrait dans la salle à manger (il y avait encore une chambre entre cette pièce et le salon), il rencontra presque à la porte Aglaé. Elle était seule.

— Gabriel Ardalionovitch m'a prié de vous remettre ceci, dit le prince en lui présentant le billet.

Aglaé s'arrêta, prit le pli et regarda le prince d'un air étrange. Sa physionomie ne trahissait pas la moindre confusion, tout au plus un certain étonnement ; encore cet étonnement paraissait-il avoir uniquement pour cause le rôle joué par le prince. Le regard tranquille et hautain de la jeune fille semblait demander à Muichkine comment il se trouvait avoir pris part à cette affaire conjointement avec Gania. Pendant deux ou trois secondes, ils restèrent debout en face l'un de l'autre ; à la fin une expression quelque peu moqueuse se montra sur le visage d'Aglaé ; elle sourit légèrement et s'éloigna.

Durant quelque temps, la générale examina en silence et d'un air assez dédaigneux le portrait de Nastasia Philippovna qu'elle affectait de tenir devant elle à une grande distance de ses yeux.

— Oui, elle est belle, déclara enfin Élisabeth Prokofievna, — très-belle même. Je l'ai vue deux fois, mais de loin. Ainsi, vous appréciez cette beauté-là ? demanda-t-elle brusquement au prince.

— Oui... je l'apprécie... répondit-il avec un certain effort.

— Celle-là précisément ?

— Oui, précisément.

— Pourquoi?

— Dans ce visage... il y a beaucoup de souffrance.. articula comme involontairement le prince, qui semblait plutôt
se parler à lui-même que répondre à son interlocutrice.

— Du reste, vous rêvez peut-être, répliqua la générale, et,
d'un geste arrogant, elle repoussa loin d'elle le portrait.
Alexandra le prit, Adélaïde s'approcha de sa sœur, toutes
deux se mirent à examiner le visage de Nastasia Philippovna.
En ce moment Aglaé rentra dans le salon.

— Quelle force! s'écria tout à coup Adélaïde qui, par-dessus l'épaule de sa sœur, contemplait avidement le portrait.

— Où? Comment, une force? questionna d'un ton bourru
Élisabeth Prokofievna.

— Une pareille beauté est une force, reprit en s'animant
Adélaïde, — avec cette beauté-là on peut révolutionner le
monde!

Elle revint pensive à son chevalet. Aglaé, après avoir donné
un rapide regard au portrait, cligna les yeux et avança la
lèvre inférieure; ensuite elle alla s'asseoir à l'écart et se
croisa les bras.

La générale sonna.

— Va dire à Gabriel Ardalionovitch de venir ici, il est
dans le cabinet, ordonna Élisabeth Prokofievna.

— Maman! fit d'un ton significatif Alexandra.

La générale, dont la mauvaise humeur était visible, ne
tint aucun compte du désir de sa fille.

— Je veux lui dire deux mots — assez! répliqua-t-elle
péremptoirement. — Voyez-vous, prince, chez nous à présent il n'y a plus que des secrets. Toujours des secrets! Il
le faut, l'étiquette l'exige, c'est bête. Et cela dans une
affaire qui réclame surtout de la clarté, de la franchise, de
l'honnêteté. On négocie des mariages; ils ne me plaisent
pas, ces mariages...

Alexandra essaya encore de la faire taire :

— Maman, pourquoi dites-vous cela?

— Eh bien, quoi, chère fille ? Est-ce qu'ils te plaisent à toi-
même ? Et qu'importe que le prince entende cela ? nous
sommes amis. Moi, du moins, je suis son amie. Dieu cherche
les braves gens, mais il ne veut pas des méchants et des
capricieux ; des capricieux surtout, qui décident une chose
aujourd'hui et qui demain en disent une autre. Vous comprenez, Alexandra Ivanovna? Elles disent, prince, que je suis
une originale, mais je sais distinguer. C'est pourquoi le
cœur est le principal et le reste ne signifie rien. Sans doute
l'esprit est nécessaire aussi... peut-être même l'esprit est-il
la chose la plus essentielle. Ne souris pas, Aglaé, il n'y a
aucune contradiction dans mes paroles : une sotte qui a du
cœur et pas d'esprit est tout aussi malheureuse que celle
qui a de l'esprit et pas de cœur. C'est une vieille vérité. Moi
je suis une sotte qui a du cœur et pas d'esprit, toi tu es une
sotte avec de l'esprit mais pas de cœur ; nous sommes toutes
deux malheureuses, nous souffrons l'une comme l'autre.

— Qu'est-ce donc qui vous rend si malheureuse, maman?
ne put s'empêcher de demander Adélaïde, qui, seule de toute
la société, semblait avoir conservé son enjouement.

— D'abord, mes savantes filles, répondit la générale, —
et, comme cela suffit largement, il est inutile de s'étendre
sur le reste. On a déjà fait assez de phrases. Nous verrons
un peu comment vous deux (je ne compte pas Aglaé), avec
votre esprit et votre faconde, vous vous tirerez d'affaire ;
nous verrons, très-honorée Alexandra Ivanovna, si vous
serez heureuse avec votre respectable monsieur... Ah!...
s'écria-t-elle en voyant entrer Gania : — voilà encore un
conjungo qui se prépare. Bonjour ! ajouta Élisabeth Prokofievna en réponse au salut du jeune homme, que, du reste,
elle n'invita pas à s'asseoir. — Vous contractez un mariage?

— Un mariage?... Comment?... Quel mariage?... balbutia
Gabriel Ardalionovitch stupéfait. Sa présence d'esprit l'avait
complétement abandonné.

— Vous vous mariez, veux-je dire, si vous préférez cette
expression?

— N-non... je... n-non, bégaya-t-il, rouge de honte. Il regarda rapidement Aglaé assise à l'écart, puis se hâta de détourner les yeux. La jeune fille ne le perdait pas de vue, et froidement, tranquillement, observait son trouble.

— Non? Vous avez dit : non? poursuivit l'impitoyable Élisabeth Prokofievna, — assez, je me souviendrai que, ce mercredi matin, en réponse à ma question, vous avez dit : « non ». Quel jour est-ce aujourd'hui, mercredi?

— Je crois que oui, maman, répondit Adélaïde.

— Elles ne savent jamais les jours. Quel quantième du mois?

— Le vingt-sept, dit Gania.

— Le vingt-sept? C'est bon à savoir. Adieu, vous avez beaucoup d'occupations, paraît-il, et moi, il est temps que je m'habille, j'ai à sortir; prenez votre portrait. Présentez mes hommages à la malheureuse Nina Alexandrovna. Au revoir, cher prince! Viens le plus souvent possible, moi j'irai exprès chez la vieille Biélokonsky pour lui parler de toi. Écoutez encore ceci, cher : je crois que c'est précisément pour moi que Dieu vous a amené de Suisse à Pétersbourg. Vous aurez peut-être aussi d'autres affaires, mais c'est surtout pour moi. Cela était précisément dans les desseins de Dieu. Au revoir, chéries. Alexandra, viens avec moi, mon amie.

La générale sortit. Écrasé, déconfit, furieux, Gania prit le portrait qui se trouvait sur la table, et s'adressa au prince en grimaçant un sourire.

— Prince, je rentre de ce pas à la maison. Si vous êtes toujours dans l'intention d'habiter chez nous, je vais vous ramener avec moi, car vous ne connaissez pas notre adresse.

— Attendez, prince, dit Aglaé, qui s'était levée brusquement, — il faut auparavant que vous écriviez quelque chose sur mon album. Papa a dit que vous étiez un calligraphe. Je vais vous le chercher à l'instant.

Sur ce, elle disparut.

— Au revoir, prince, je m'en vais aussi, dit Adélaïde.

Elle serra cordialement la main du visiteur, lui sourit d'un air aimable et se retira sans accorder un regard à Gania. Celui-ci n'attendait que le départ des dames pour donner libre cours à son irritation ; le visage enflammé de colère, les yeux étincelants, il s'élança soudain vers le prince et l'interpella violemment quoique à voix basse.

— C'est vous, proféra-t-il en grinçant des dents, — c'est vous qui leur avez parlé de mon mariage! Vous êtes un effronté bavard!

— Je vous assure que vous vous trompez, répondit le prince d'un ton calme et poli, — je ne savais même pas que vous alliez vous marier.

— Vous avez entendu tantôt Ivan Fédorovitch dire que tout serait décidé ce soir chez Nastasia Philippovna, et vous l'avez répété! Vous mentez! Comment auraient-elles su cela? Qui donc, le diable m'emporte, aurait pu le leur apprendre, sinon vous? Est-ce que la vieille ne m'a pas décoché des allusions suffisamment claires?

— Si vous avez cru trouver des allusions dans ses paroles, vous devriez mieux savoir de qui elle tient ses renseignements, moi je n'ai pas soufflé mot de cela.

— Avez-vous remis mon billet? La réponse? demanda Gania bouillant d'impatience. Mais, au même moment, Aglaé rentra, et le prince n'eut pas le temps de répondre.

— Tenez, prince, dit-elle en posant son album sur une petite table, — choisissez une page et écrivez-moi quelque chose. Voici une plume, elle est même neuve. Cela ne fait rien que ce soit une plume de fer? A ce que j'ai entendu dire, les calligraphes ne les aiment pas.

En causant avec le prince, la jeune fille ne semblait pas remarquer la présence de Gania. Mais, tandis que Muichkine se préparait à écrire, le secrétaire s'approcha d'Aglaé, qui, debout près de la cheminée, avait le prince à sa droite, et, d'une voix tremblante, entrecoupée, lui dit presque à l'oreille :

— Un mot, un seul mot de vous, — et je suis sauvé.

Le prince se retourna vivement et les regarda tous deux.
Un véritable désespoir se montrait sur le visage de Gania;
évidemment la parole qui venait de sortir de ses lèvres, il
l'avait prononcée sans réfléchir, comme un homme éperdu.
Durant quelques secondes, Aglaé le considéra avec ce même
étonnement tranquille que le prince avait remarqué tantôt
chez elle, quand il l'avait rencontrée dans la salle à manger.
En ce moment, sans doute, le plus violent mépris eût fait à
Gania une blessure moins cruelle que cet air froidement
étonné d'une femme qui ne paraissait même pas comprendre
ce qu'on lui disait.

— Que faut-il écrire? demanda le prince.

— Je vais vous dicter, répondit la jeune fille en se retournant vers lui; — vous êtes prêt? Eh bien, écrivez : « Je me
refuse à un marché. » — Maintenant mettez la date au-dessous.
Montrez.

Le prince lui tendit l'album.

— Parfait! C'est admirablement écrit! Vous avez une main
superbe! Je vous remercie. Au revoir, prince... Attendez,
ajouta-t-elle, comme se ravisant tout à coup, — venez, je
veux vous donner un souvenir.

Le prince la suivit, mais, quand elle fut entrée dans la
salle à manger, Aglaé s'arrêta.

— Lisez cela, dit-elle en lui tendant le billet de Gania.

Le prince le prit et regarda Aglaé d'un air indécis.

— Je sais bien que vous ne l'avez pas lu et que vous ne
pouvez pas être l'affidé de cet homme. Lisez, je veux que
vous lisiez.

Le billet, évidemment écrit à la hâte, était ainsi conçu :

« Aujourd'hui mon sort se décidera, vous savez de quelle
manière. Aujourd'hui je devrai donner une parole irrévocable. Je n'ai aucun droit à votre intérêt, je n'ose nourrir
aucune espérance; mais autrefois vous avez proféré un mot,
un seul mot, et ce mot a rayonné dans la nuit de mon existence, il est devenu un phare pour moi. Maintenant encore
dites un mot semblable — et vous me sauverez de ma perte!

Dites-moi seulement : *Romps tout,* et je romprai tout aujour-
d'hui même. Oh ! qu'est-ce qu'il vous en coûte de dire cela?
En sollicitant ce mot, j'implore *seulement* de vous une marque
d'intérêt et de compassion, rien de plus, *rien !* Je n'ose concevoir aucune espérance, car j'ai le sentiment de mon indi-
gnité. Mais, après avoir reçu votre mot, j'accepterai de nouveau la pauvreté, je supporterai joyeusement ma position
désespérée, j'affronterai la lutte d'un cœur léger et avec des
forces rajeunies!

« Envoyez-moi donc ce mot de pitié (de pitié *seulement,* je
vous le jure !). Ne vous fâchez pas contre un désespéré, contre
un noyé, et ne l'accusez pas d'insolence parce qu'il a osé
faire un dernier effort pour échapper à sa perte.

                                        « G. I. »

Quand le prince eut achevé sa lecture, Aglaé prit la parole
d'un ton âpre :

— Cet homme assure que le mot « *rompez tout* » ne me
compromettra pas, ne m'engagera en aucune façon, et lui-
même, comme vous voyez, m'en donne, par ce même billet,
la garantie écrite. Remarquez comme il s'est naïvement
empressé de souligner certains petits mots, et avec quelle
clarté brutale apparaît sa pensée secrète. Il sait, du reste,
que s'il rompait tout, mais de lui-même, seul, sans attendre
un mot de moi, sans même me parler de cela, enfin sans
fonder sur moi aucun espoir, il sait, dis-je, qu'en ce cas je
changerais de sentiments à son égard et je deviendrais peut-
être son amie. Il est loin d'ignorer cela ! Mais son âme est
vile, et, tout en sachant cela, il ne se décide pas, il exige
des garanties au préalable, il ne peut se résoudre à agir de
confiance; pour renoncer à cent mille roubles, il veut que je
l'autorise à espérer ma main. Quant au mot d'autrefois dont
il parle dans sa lettre et qui aurait illuminé sa vie, il
commet un impudent mensonge. Un jour je lui ai simplement témoigné quelque pitié. Mais il est insolent et effronté:
là-dessus il a immédiatement échafaudé des espérances; je

m'en suis aperçue tout de suite. Depuis lors il s'est mis à me tendre des piéges, comme il le fait encore à présent. Mais en voilà assez; prenez ce billet et rendez-le-lui sitôt que vous serez sorti de chez nous, pas avant, bien entendu.

— Et que faudra-t-il lui répondre de votre part?

— Rien, naturellement. C'est la meilleure réponse. Ainsi, vous voulez habiter dans sa demeure?

— Tantôt Ivan Fédorovitch lui-même m'y a engagé, dit le prince.

— Eh bien, prenez garde à lui : je vous préviens qu'il ne vous pardonnera pas de lui avoir rendu son billet.

Aglaé serra légèrement la main du prince et sortit. Son visage était sérieux et refrogné ; en saluant avant de se retirer, elle ne sourit même pas.

— Je suis à vous, je vais seulement prendre mon paquet, dit le prince à Gania.

Celui-ci frappa du pied avec impatience. Il était devenu noir de rage. Enfin les deux jeunes gens sortirent de la maison; le prince tenait à la main son modeste bagage.

— La réponse? la réponse? demanda violemment Gania : — que vous a-t-elle dit? Vous avez remis ma lettre?

Le prince lui tendit silencieusement son billet. Gania resta saisi de stupeur.

— Comment! c'est mon billet! s'écria-t-il : — il ne l'a pas même remis! Oh! j'aurais dû m'en douter! Oh! m-m-maudit... Ce n'est pas étonnant qu'elle n'ait rien compris tantôt! Mais comment donc, comment donc, comment donc ne l'avez-vous pas remis, oh! m-m-maud...

— Pardonnez-moi; au contraire, j'ai pu remettre tout de suite votre billet, au moment même où vous me l'aviez donné, et je l'ai remis exactement comme vous m'aviez prié de le faire. S'il se trouvait encore entre mes mains, c'est parce qu'Aglaé Ivanovna me l'a rendu tout à l'heure.

— Quand? quand?

— J'avais à peine achevé d'écrire sur son album lorsqu'elle m'a invité à venir avec elle. (Vous l'avez entendu?). Nous sommes entrés dans la salle à manger, elle m'a tendu le billet, me l'a fait lire et m'a ordonné de vous le rendre.

— Elle vous l'a fait lire! hurla Gania : — elle vous l'a fait lire! Vous l'avez lu?

Sa stupéfaction était telle qu'il restait cloué sur place, bouche béante, au milieu du trottoir.

— Oui, je l'ai lu, il y a un instant.

— Et c'est elle-même qui vous l'a donné à lire? elle-même?

— Elle-même, et soyez sûr que je ne me le serais pas permis sans cela.

Pendant une minute Gania se tut et fit de pénibles efforts pour recueillir ses idées, mais tout à coup il s'écria:

— C'est impossible! Elle ne peut pas vous l'avoir fait lire. Vous mentez! vous l'avez lu de vous-même!

— Je dis la vérité, répondit le prince sans se départir de son flegme, — et, croyez-le, je suis désolé du chagrin que cela vous cause.

— Mais, malheureux, du moins, elle vous a dit quelque chose alors? Elle a fait une réponse quelconque?

— Oui, sans doute.

— Eh bien, dites-la donc, parlez, oh! diable!

Et Gania frappa du pied à deux reprises.

— Aussitôt que j'eus lu votre billet, elle me dit que vous lui tendiez un piége, que votre intention était de la com-promettre, qu'avant de renoncer à cent mille roubles vous vouliez qu'elle vous dédommageât de ce sacrifice en vous permettant d'espérer sa main. Si vous aviez fait cela sans marchander avec elle, a-t-elle ajouté, si vous aviez tout rompu de vous-même sans lui demander de garanties préa-lables, elle serait peut-être devenue votre amie. Voilà tout, je crois. Non, il y a encore quelque chose : quand je lui ai demandé, après avoir repris le billet, ce qu'il fallait vous répondre, elle a dit que le silence serait la meilleure réponse. Il me semble qu'elle s'est exprimée ainsi, pardonnez-moi si je ne me rappelle plus exactement les mots, je vous en donne du moins le sens, tel que je l'ai compris.

Une colère immense s'empara de Gania et lui fit oublier toute retenue.

— Ah! ainsi c'est comme cela! vociféra-t-il en grinçant des dents : — ainsi on flanque mes billets par la fenêtre! Ah! elle se refuse à un marché, — ainsi je lui en propose un! Mais nous verrons! Je ne suis pas encore au bout de mon rouleau... nous verrons!... C'est moi qui aurai le dernier mot!...

Son visage était pâle et convulsé, l'écume blanchissait ses lèvres: il brandissait le poing d'un air de menace. Les deux jeunes gens cheminèrent ainsi côte à côte pendant quelques minutes. Sans s'inquiéter en aucune façon de la présence du prince, qu'il comptait absolument pour rien, Gania donnait cours à son exaspération aussi librement que s'il avait été seul dans sa chambre. Tout à coup pourtant il se fit une réflexion.

— Mais comment donc, demanda-t-il brusquement au prince, — comment donc se fait-il qu'à vous (un idiot! ajouta-t-il à part soi), à vous qu'elle connaît depuis deux heures, elle témoigne de but en blanc une telle confiance? D'où cela vient-il?

Pour que son malheur fût complet, il ne manquait plus à Gania que d'être jaloux, et voilà que subitement l'envie lui mordait le cœur.

— Je ne saurais pas vous expliquer cela, répondit le prince.

Gania fixa sur lui un regard haineux.

— C'est donc pour vous donner sa confiance qu'elle vous a emmené dans la salle à manger? En vous priant de la suivre, elle a dit qu'elle voulait vous donner quelque chose?

— Je ne puis moi-même comprendre autrement cette parole.

— Mais pourquoi donc, le diable m'emporte? Qu'est-ce que vous avez fait là? Par quoi lui avez-vous plu? Écoutez, poursuivit Gania, qui avait peine à se retrouver dans le désordre de ses pensées, — écoutez, ne pouvez-vous faire appel à vos souvenirs et me dire de quoi vous avez parlé là pendant toute la durée de votre visite? N'avez-vous pas remarqué quelque chose? Ne vous rappelez-vous rien?

— Oh! je le puis très-bien, répondit le prince, — d'abord, lorsque je fus entré et que j'eus fait connaissance avec ces dames, nous nous mîmes à parler de la Suisse.

— Passez, au diable la Suisse!

— Puis de la peine de mort...

— De la peine de mort?

— Oui; de fil en aiguille l'entretien est tombé sur ce sujet... ensuite je leur ai appris comment j'avais vécu là-bas pendant trois ans et j'ai raconté l'histoire d'une pauvre villageoise...

— Passez, au diable la pauvre villageoise! Après? cria Gania impatienté.

— Ensuite j'ai rapporté l'opinion émise par Schneider sur mon caractère, et comme quoi il m'avait vivement engagé...

— Je me moque de Schneider et de ses opinions! Après?

— Après, le cours de la conversation m'a amené à parler des visages, je veux dire de leur expression, et j'ai fait observer qu'Aglaé Ivanovna était presque aussi belle que Nastasia Philippovna. Tenez, c'est alors que j'ai lâché ce malheureux mot au sujet du portrait...

— Mais vous n'avez pas raconté, n'est-ce pas? ce que vous aviez entendu précédemment dans le cabinet? Non? non?

— Je vous répète que non.

— Mais alors d'où, diable?... Bah! Aglaé n'a pas montré le billet à la vieille?

— Je puis vous certifier de la façon la plus formelle qu'elle ne le lui a pas montré. Je suis resté là tout le temps et, si elle avait fait voir votre billet à sa mère, je m'en serais aperçu.

— Mais peut-être que vous-même n'avez pas tout remarqué... Oh! m-m-maudit idiot! s'écria Gania, hors de lui :

— il ne sait même rien raconter!

Enhardi par la patience de son interlocuteur, Gania, comme c'est le cas de bien des gens, s'abandonnait de plus en plus à la violence de son caractère. Encore un peu, et il aurait peut-être craché au visage du prince, tant il était furieux. Mais sa fureur même lui ôtait toute clairvoyance; sans cela il aurait depuis longtemps remarqué que celui qu'il appelait un « idiot » savait parfois comprendre les choses avec autant de promptitude que de finesse et les rapporter d'une façon très-satisfaisante. Cependant une surprise était réservée au colérique jeune homme.

— Je dois vous faire observer, Gabriel Ardalionovitch, dit tout à coup le prince, — qu'autrefois en effet la maladie m'avait amené à une sorte d'idiotisme; mais il y a long-temps que je suis guéri; aussi m'est-il un peu désagréable aujourd'hui de m'entendre traiter ouvertement d'idiot. Sans doute on peut vous pardonner cela, si l'on prend en considé-ration vos déconvenues, mais, dans votre mauvaise humeur, vous m'avez insulté par deux fois. Cela me déplaît, surtout quand on m'injurie ainsi à brûle-pourpoint, comme vous l'avez fait en premier lieu. Par conséquent, comme nous voici arrivés à un carrefour, le mieux est que nous nous quittions : vous allez prendre à droite pour retourner chez vous, et moi j'irai à gauche. J'ai vingt-cinq roubles, je trou-verai facilement à me loger dans un hôtel garni.

Grande fut la confusion de Gania, qui avait cru jusqu'alors avoir affaire à un imbécile. En reconnaissant son erreur, il rougit de honte et son ton insolent fit aussitôt place à une excessive politesse.

— Excusez-moi, prince, s'écria-t-il d'une voix suppliante : — pour l'amour de Dieu, excusez-moi ! Vous voyez combien je suis malheureux ! Vous ne savez presque rien encore, mais, si vous saviez tout, vous auriez à coup sûr un peu d'indul-gence pour moi, quoique, certainement, je n'en mérite pas...

— Oh! vous n'avez pas à me faire tant d'excuses, se hâta d'interrompre le prince. — Je comprends que vous soyez fort

contrarié et je m'explique ainsi vos paroles blessantes. Eh
bien, allons chez vous. Je vous accompagnerai volontiers...

« Non, à présent il est impossible de le laisser partir comme
cela, se disait mentalement Gania, qui, chemin faisant,
observait le prince d'un regard irrité, — ce fourbe m'a tiré
les vers du nez et ensuite il a brusquement levé le masque...
Ce n'est pas une circonstance à négliger. Mais nous verrons!
Tout va se décider, tout, tout! Aujourd'hui même! »

Bientôt ils arrivèrent à la maison.

VIII

Un escalier clair, large et propre conduisait au logement
de Gania, qui était situé au troisième étage et se composait
de six ou sept pièces, les unes grandes, les autres petites.
Sans rien avoir d'extraordinaire, cet appartement dépassait,
en tout cas, les moyens d'un employé chargé de famille, en
supposant même à ce dernier un traitement de deux mille
roubles. Mais Gania et les siens n'étaient installés là que
depuis deux mois, et ils avaient choisi ce local exprès pour
pouvoir y héberger des pensionnaires. Cette résolution avait
été prise sur les instances de Nina Alexandrovna et de
Barbara Ardalionovna, qui voulaient se rendre utiles et con-
tribuer dans quelque mesure aux ressources du ménage.
Gania trouvait qu'il était de très-mauvais ton de louer des
chambres; aussi avait-il combattu de tout son pouvoir le
projet de sa mère et de sa sœur, mais il avait dû s'incliner
devant le désir formel des deux femmes, et, depuis lors, quand
le jeune homme allait dans le monde, son amour-propre
souffrait cruellement. Toutes ces concessions à la nécessité
étaient pour lui de profondes blessures morales. Les moindres naiseries l'irritaient à l'excès et si, pour le moment, il
consentait encore à accepter la situation, c'était seulement

parce qu'il était décidé à la modifier du tout au tout dans le plus bref délai. Mais le moyen qu'il avait en vue pour faire cesser cet état de choses constituait lui-même un gros problème dont la solution risquait de susciter à Gania des ennuis pires que les précédents.

Le logis était coupé en deux par un corridor qui commençait à partir de l'antichambre. D'un côté se trouvaient les trois pièces qu'on louait à des personnes « particulièrement recommandées » ; il y avait en outre sur le même rang, tout au bout du corridor, près de la cuisine, une quatrième pièce, celle-ci plus petite que les autres, dans laquelle logeait le général Ivolguine lui-même, le chef de la famille; il couchait là sur un large divan; pour entrer dans l'appartement ou pour en sortir, il était obligé de passer par la cuisine et de prendre l'escalier de service. En même temps, ce réduit servait de chambre à Kolia, le jeune frère de Gabriel Ardalionovitch : c'était là que ce collégien de treize ans faisait ses devoirs, c'était là qu'il dormait sur un vieux divan, petit, étroit et couvert d'un drap troué. Mais la principale tâche de l'enfant consistait à *avoir l'œil* sur son père, qui de jour en jour avait plus besoin d'être surveillé. On donna au prince la chambre du milieu, située entre celle de Ferdychtchenko à droite, et une pièce encore inoccupée à gauche. Auparavant Gania introduisit Muichkine dans la partie de l'appartement que les Ivolguine s'étaient réservée. Le logement particulier de la famille se composait de trois pièces : une salle qui se transformait, quand il le fallait, en salle à manger; un salon qui, le soir venu, servait à Gania de cabinet et de chambre à coucher; enfin, une petite pièce toujours fermée où couchaient Nina Alexandrovna et Barbara Ardalionovna. En un mot, on était excessivement à l'étroit dans ce local; Gania se contentait de bougonner à part soi ; quoiqu'il fût et voulût être respectueux pour sa mère, on pouvait s'apercevoir à première vue qu'il était le grand despote de la famille.

Nina Alexandrovna n'était pas seule au salon; avec elle

se trouvait Barbara Ardalionovna; elles s'occupaient toutes
deux d'un ouvrage de femme en causant avec un visiteur,
Ivan Pétrovitch Ptitzine. Nina Alexandrovna, qui paraissait
âgée de cinquante ans, avait un visage maigre et défait; un
cercle noir était très-marqué au-dessous de ses yeux. Quoiqu'elle eût l'air maladif et un peu triste, sa physionomie et
son regard étaient assez agréables; dès ses premières paroles
se révélait un caractère sérieux et plein d'une véritable dignité.
Nonobstant sa mine affligée, on pressentait en elle de la fermeté et même de la résolution. Vêtue fort modestement, tout
à fait comme une vieille femme, elle portait une robe de
couleur sombre; mais son maintien, sa conversation, l'ensemble de ses manières prouvaient qu'elle avait vécu dans
la meilleure société.

Barbara Ardalionovna avait vingt-trois ans. Assez maigre,
de taille moyenne, elle était dotée d'un de ces visages qui,
sans être précisément beaux, ont néanmoins le privilége de
plaire et même de fasciner presque à l'égal de la beauté. Cette
demoiselle ressemblait fort à sa mère, aussi bien physiquement que dans sa mise, car elle n'aimait pas du tout à faire
de la toilette. Le regard de ses yeux gris pouvait parfois être
très-gai et très-affable, mais le plus souvent il était sérieux
et pensif; depuis quelque temps surtout, la physionomie de
la jeune fille avait pris une expression particulièrement soucieuse. La fermeté et la résolution se lisaient sur son visage
comme sur celui de Nina Alexandrovna; mais on devinait
chez la fille un caractère plus énergique encore et plus entre-
prenant que chez la mère. Barbara Ardalionovna s'emportait
assez facilement, et son frère lui-même avait parfois une
certaine peur de sa colère. Quelqu'un qui la craignait aussi,
c'était Ivan Pétrovitch Ptitzine, maintenant en visite chez
les dames Ivolguine. Ce monsieur approchait de la trentaine;
il était vêtu avec une élégante simplicité, et ses façons étaient
agréables, bien qu'un peu compassées. Nonobstant la gravité
de ses manières, on ne pouvait le prendre pour un fonctionnaire public, car il portait une petite barbe châtain. Il

savait causer avec esprit et agrément, mais d'ordinaire il
parlait peu. En général, l'impression qu'il produisait lui était
favorable. Il éprouvait évidemment autre chose que de
l'indifférence pour Barbara Ardalionovna, et il ne faisait pas
mystère de ses sentiments. La jeune fille, de son côté, le
traitait en ami, sans toutefois répondre encore à certaines
questions qu'il lui avait posées et dont elle s'était même
montrée mécontente. Cela, du reste, n'avait nullement découragé Ptitzine. Nina Alexandrovna l'accueillait avec beaucoup d'amabilité et, depuis quelque temps, lui témoignait
une grande confiance. On savait, d'ailleurs, qu'il exerçait
la profession de prêteur sur gages. Il était fort lié avec
Gania.

Ce dernier souhaita un bonjour très-sec à sa mère, ne dit
pas une parole à sa sœur, et se hâta d'emmener Ptitzine hors
du salon. Avant de se retirer, Gania présenta le prince en
quelques mots saccadés, mais suffisamment explicites. Nina
Alexandrovna fit un aimable accueil à Muichkine, et, apercevant Kolia qui venait d'entre-bâiller la porte, elle lui
ordonna de conduire le locataire à la chambre du milieu.
Kolia était un jeune garçon au visage souriant et assez joli;
ses manières franches et naïves respiraient la confiance.

— Où est donc votre bagage? demanda-t-il en introdui-
sant le prince dans la chambre.

— J'ai un petit paquet; je l'ai laissé dans l'antichambre.

— Je vais vous le chercher. Nous n'avons, en fait de domestiques, que la cuisinière et Matréna, de sorte que je m'occupe
aussi du service. Varia nous surveille tous et gronde. Vous
êtes arrivé de Suisse aujourd'hui, à ce que dit Gania?

— Oui.

— C'est beau, la Suisse?

— Fort beau.

— Il y a des montagnes?

— Oui.

— Je vous apporte à l'instant vos paquets.

Entra Barbara Ardalionovna.

— Matréna va mettre des draps à votre lit. Vous avez une malle?

— Non, un petit paquet. Votre frère est allé le chercher; il est dans l'antichambre.

— Il n'y a là aucun paquet, sauf ce petit-ci; où avez-vous mis vos bagages? demanda Kolia, de retour dans la chambre.

— Mais je n'en ai pas d'autres que celui-là, répondit le prince en prenant son minuscule paquet.

— A-ah! Je me demandais si Ferdychtchenko ne les avait pas subtilisés.

— Ne dis pas de sottises! fit sévèrement Varia, qui parlait aussi au prince d'un ton fort sec et à peine poli.

— Chère Babette, tu pourrais me parler plus gentiment : je ne suis pas Ptitzine, moi, tu sais.

— On pourrait encore te donner le fouet, Kolia, tant tu es encore bête. Pour tout ce dont vous aurez besoin, vous pouvez vous adresser à Matréna. On dîne à quatre heures et demie. Vous pouvez dîner avec nous ou vous faire servir dans votre chambre; c'est comme vous voudrez. Allons, viens, Kolia, ne le dérange pas.

— Je m'en vais. Quel caractère décidé!

Au moment où ils se retiraient, ils se croisèrent avec Gania.

— Le père est à la maison? demanda-t-il à Kolia, et celui-ci ayant répondu affirmativement, son frère lui dit quelque chose à l'oreille.

Kolia inclina la tête et sortit à la suite de Barbara Ardalionovna.

— Deux mots, prince : j'avais oublié de vous parler au sujet de ces... affaires. J'ai une demande à vous adresser. Si ce n'est pas vous imposer une trop grande gêne, veuillez, je vous prie, ne pas ébruiter ici ce qui s'est passé tout à l'heure entre moi et Aglaé, et ne pas raconter *là* ce que vous trouverez ici; car, ici aussi, il y a pas mal de vilaines choses. Du reste, je m'en moque... Aujourd'hui, du moins, tâchez de ne pas bavarder.

— Je vous assure que j'ai beaucoup moins bavardé que

vous ne le croyez, dit le prince, un peu blessé des reproches de Gania. Les rapports entre les deux jeunes gens ne s'amélioraient pas, au contraire.

— Eh bien, mais vous m'avez déjà attiré assez de désagréments aujourd'hui. En un mot, c'est une prière que je vous adresse.

— Notez encore ceci, Gabriel Ardalionovitch, que tantôt je ne m'étais nullement engagé au silence : pourquoi donc ne pouvais-je pas parler du portrait? Vous ne m'aviez pas prié de me taire à ce sujet.

— Oh! quelle affreuse chambre! observa Gania en promenant autour de lui un regard méprisant, — on n'y voit pas clair et les fenêtres donnent sur la cour. A tous les égards, vous arrivez mal à propos chez nous... Du reste, ce n'est pas mon affaire, je ne m'occupe pas de la location des chambres.

Ptitzine vint appeler Gania; ce dernier quitta aussitôt le prince; il aurait pourtant voulu dire encore quelque chose, mais une sorte de honte l'avait retenu, il se sentait embarrassé, et c'était sans doute pour se donner une contenance qu'il avait maugréé contre la chambre.

Le prince venait à peine de se lever et de faire un bout de toilette, lorsque sa porte s'ouvrit pour laisser apparaître un nouveau personnage.

C'était un monsieur de trente ans, plutôt grand que petit, dont les larges épaules supportaient une énorme tête frisée et roussâtre. Il avait un visage rouge et charnu, des lèvres épaisses, un nez large et aplati, de petits yeux moqueurs qui semblaient toujours adresser des signes d'intelligence à quelqu'un. En somme, l'impudence dominait dans cette physionomie. Les vêtements du nouveau venu étaient assez malpropres.

Il avait commencé par entre-bâiller la porte juste assez pour pouvoir passer sa tête dans l'ouverture; allongeant le cou, il examina la chambre durant cinq secondes. Puis, lentement, la porte s'ouvrit toute grande et sur le seuil apparut en pied le visiteur. Mais celui-ci n'entra pas tout de suite et il continua à observer le prince en clignant les yeux. A la fin, il ferma la porte derrière lui, s'approcha, prit une chaise, et, saisissant avec force le bras du prince, obligea ce dernier à s'asseoir sur le divan.

— Ferdychtchenko, fit-il, tandis qu'il attachait sur Muichkine un regard sondeur.

— Eh bien, quoi? demanda le prince presque gaiement.

— Un locataire, reprit Ferdychtchenko, les yeux toujours fixés sur le nouvel hôte des Ivolguine.

— Vous voulez faire connaissance avec moi?

— E-eh! — proféra le visiteur en ébouriffant ses cheveux et en soupirant, après quoi il se mit à regarder dans le coin opposé. — Vous avez de l'argent? ajouta-t-il soudain.

— Un peu.

— Combien au juste?

— Vingt-cinq roubles.

— Montrez.

Le prince prit son billet de vingt-cinq roubles dans la poche de son gilet et le passa à Ferdychtchenko. Celui-ci le déplia, l'examina, le retourna dans l'autre sens et ensuite l'exposa au jour.

— C'est assez étrange, remarqua-t-il d'un air songeur : — je me demande pourquoi ils brunissent. Il y a de ces billets de vingt-cinq roubles qui deviennent très-foncés tandis que d'autres, au contraire, se décolorent complétement. Tenez.

Le prince reprit son billet. Ferdychtchenko se leva.

— Je suis venu d'abord pour vous avertir de ne point me prêter d'argent, parce que je ne manquerai pas de vous en demander.

— Bien.

— Vous avez l'intention de payer ici?

— Oui.

— Moi pas; merci. Je demeure ici près de chez vous, ma porte est la première à droite, vous l'avez vue? Tâchez de ne pas venir chez moi trop souvent; je viendrai chez vous, soyez tranquille. Vous avez vu le général?

— Non.

— Et vous ne l'avez pas entendu?

— Pas davantage.

— Eh bien, vous le verrez et vous l'entendrez : même à moi il demande de l'argent à prêter! Avis au lecteur! Adieu. Est-ce qu'on peut vivre quand on s'appelle Ferdychtchenko?

— Pourquoi pas?

— Adieu.

Et il se dirigea vers la porte. Le prince sut plus tard que ce monsieur considérait en quelque sorte comme un devoir pour lui d'étonner tout le monde par son originalité et son enjouement; malheureusement il n'y réussissait jamais. Sur certains il produisait même une impression désagréable, ce qui le désolait sincèrement, sans toutefois lui faire abandonner sa tâche. Au moment où il allait sortir, le hasard lui procura une petite revanche. Près de la porte il heurta un monsieur qui entrait et que le prince ne connaissait pas : Ferdychtchenko se rangea pour laisser passer le nouveau venu, et, tandis que ce dernier pénétrait dans la chambre, il cligna les yeux derrière lui à plusieurs reprises en manière d'avertissement; après quoi il se retira satisfait.

Le nouvel arrivant était un homme de haute taille et de belle corpulence qui paraissait avoir cinquante-cinq ans au moins. Ses yeux étaient grands et un peu à fleur de tête; d'épais favoris blancs encadraient son visage charnu, flasque et d'un rouge vif; il avait aussi des moustaches. Sans un je ne sais quoi de fatigué, de flétri, d'avachi même qui se remarquait dans toute sa personne, l'extérieur de ce monsieur aurait été assez imposant. Il portait une vieille redingote plus ou moins trouée aux coudes et son linge était loin d'être propre. En s'approchant de lui, on pouvait s'apercevoir qu'il sentait l'eau-de-vie, mais ses manières, d'une distinction un peu étudiée, trahissaient l'innocent désir de frapper par un grand air de dignité. Lentement, le sourire aux lèvres, ce visiteur s'avança vers le prince, lui prit la main sans rien dire et la garda dans la sienne; en même temps il considérait avec attention le visage de Muichkine comme pour y retrouver des traits connus.

— C'est lui! c'est lui! fit-il d'un ton solennel, mais sans élever la voix : — il me semble le revoir vivant! J'ai entendu prononcer à plusieurs reprises un nom connu, un nom cher, et je me suis rappelé un passé à jamais évanoui... Le prince Muichkine?

— Lui-même.

— Le général Ivolguine, démissionnaire et malheureux. Oserais-je vous demander votre prénom et celui de votre père?

— Léon Nikolaïévitch.

— C'est cela, c'est cela! Le fils de mon ami, je puis dire, de mon camarade d'enfance, Nicolas Pétrovitch!

— Mon père s'appelait Nicolas Lvovitch.

— Lvovitch, se rectifia le général; mais il fit cela sans se hâter et avec une assurance parfaite, comme un homme dont la mémoire n'est nullement en défaut et qui a commis un simple *lapsus linguæ*. Il s'assit et, prenant aussi le prince par le bras, l'obligea à s'asseoir à côté de lui. — Je vous ai porté sur mes bras.

— Est-ce possible? demanda Muichkine; — il y a déjà vingt ans que mon père est mort.

— Oui, vingt ans; vingt ans et trois mois. Nous avons fait nos études ensemble; aussitôt après avoir terminé mon éducation, je suis entré au service militaire...

— Mon père a servi aussi dans l'armée; il était sous-lieutenant dans le régiment Vasilkovsky.

— Biélomirsky. Il a passé dans ce régiment presque la veille de sa mort. J'étais là et je lui ai rendu les derniers devoirs. Votre mère...

Le général s'arrêta comme pour laisser se calmer l'émotion qu'un triste souvenir éveillait en lui.

— Mais elle est morte six mois après; elle a été enlevée par un refroidissement, dit le prince.

— Pas par un refroidissement, croyez-en un vieillard. J'étais là et je l'ai aussi enterrée... Ce qui l'a tuée, ce n'est pas un refroidissement, mais le chagrin d'avoir perdu son prince. Oui, je me souviens aussi de la princesse! Ce que c'est que d'être jeune! Pour elle, le prince et moi, qui étions deux amis d'enfance, nous avons failli nous égorger.

Muichkine commençait à écouter avec un certain scepticisme.

— Je fus passionnément amoureux de votre mère avant son mariage, lorsqu'elle était fiancée à mon ami. Celui-ci le remarqua et en fut bouleversé. Il arrive chez moi un matin avant sept heures et m'éveille. Je m'habille, me demandant ce que cela signifie; silence de part et d'autre; je comprends tout. Le prince sort de sa poche deux pistolets. Il est convenu que nous nous battrons séparés par un mouchoir, sans témoins. A quoi bon des témoins quand, dans cinq minutes, nous devons nous envoyer l'un l'autre *ad patres?* Les armes sont chargées, le mouchoir est étendu, et chacun de nous, regardant l'autre en plein visage, lui applique son pistolet sur la poitrine. Soudain de grosses larmes jaillissent de nos yeux, nos mains tremblent. Chez tous deux, chez tous deux à la fois! Alors, naturellement, nous nous jetons dans les bras l'un de l'autre, et entre nous s'engage un combat de générosité. « Elle est à toi! » s'écrie le prince. « Elle est à toi! » m'écrié-je à mon tour. En un mot... en un mot... vous êtes venu... loger chez nous?

— Oui, pour quelque temps, peut-être, répondit le prince d'une voix un peu hésitante.

— Prince, maman vous demande, cria Kolia en entr'ouvrant la porte.

Muichkine se levait pour sortir, quand le général lui mit la main sur l'épaule et l'obligea, par une douce violence, à se rasseoir.

— Comme véritable ami de votre père, je désire vous prévenir, poursuivit le vieillard, — vous le voyez vous-même, j'ai souffert, par suite d'une catastrophe tragique; mais sans jugement! Sans jugement! Nina Alexandrovna est une femme rare. Barbara Ardalionovna, ma fille, est une fille rare! Les circonstances nous forcent à louer des chambres! C'est une chute inouïe!... Moi qui étais en passe de devenir gouverneur général!... Mais nous sommes toujours bien aises de vous avoir. Et pourtant il y a une tragédie dans ma maison!

A ces mots, le prince considéra son interlocuteur avec une curiosité plus marquée.

— Il se prépare un mariage, et un mariage rare, le mariage d'une femme équivoque et d'un jeune homme qui pourrait être gentilhomme de la chambre. On introduira cette femme dans la maison où habitent mon épouse et ma fille! Mais tant que j'aurai un souffle de vie, elle n'y entrera pas! Je me coucherai en travers de la porte, et il faudra qu'elle me passe sur le corps!... A présent, je ne parle presque plus à Gania; j'évite même de me rencontrer avec lui. Je vous préviens exprès. Du reste, ce que je vous dis, vous le verrez vous-même, puisque vous allez demeurer chez nous. Mais vous êtes le fils de mon ami, et je suis en droit d'espérer...

— Prince, veuillez, je vous prie, venir un instant au salon avec moi, interrompit Nina Alexandrovna, se montrant elle-même à l'entrée de la chambre.

— Figure-toi, ma chère, s'écria le général, — il se trouve que jadis j'ai porté le prince sur mes bras!

La vieille dame lança à son mari un coup d'œil sévère et fixa ensuite sur le prince un regard scrutateur, mais elle ne proféra pas un mot. Muichkine la suivit. Tous deux se rendirent au salon, et, quand ils furent assis, Nina Alexandrovna se hâta d'engager avec son locataire une conversation à demi-voix. Mais à peine avait-elle commencé à parler que le général entra brusquement dans la chambre. Nina Alexandrovna se tut aussitôt et, avec un dépit visible, se pencha sur son ouvrage. Le général remarqua peut-être le mécontentement de sa femme; quoi qu'il en fût, il ne s'en affecta nullement.

— Le fils de mon ami! cria-t-il en s'adressant à Nina Alexandrovna; — et cette rencontre est si inattendue! Depuis longtemps j'avais même cessé de croire la chose possible. Mais, ma chère, se peut-il que tu ne te souviennes pas de feu Nicolas Lvovitch? Tu l'as encore trouvé... à Tver?

— Je ne me souviens pas de Nicolas Lvovitch. C'est votre père? demanda-t-elle au prince.

— Oui, mais, à ce qu'il paraît, il est mort à Élisabethgrad et non à Tver, observa timidement le prince. — Je le tiens de Pavlichtcheff...

— A Tver, soutint le général; — il a été transféré dans cette ville peu de temps avant sa mort, et même sa maladie ne faisait alors que commencer. Le voyage n'a pas pu laisser de traces dans votre mémoire; vous étiez encore si petit quand il a eu lieu! Pavlichtcheff a pu se tromper, quoique ce fût un homme du plus grand mérite.

— Vous avez aussi connu Pavlichtcheff?

— C'était un homme rare, mais mon attestation est celle d'un témoin oculaire. J'ai béni sur son lit de mort...

— Mon père allait passer en jugement quand il est mort, reprit le prince, — quoique je n'aie jamais pu savoir de quoi il était accusé; il est décédé à l'hôpital.

— Oh! c'était pour l'affaire du soldat Kolpakoff, et, sans doute, le prince aurait été acquitté.

— Oui? Vous savez positivement cela? demanda le prince, dont la curiosité avait été vivement excitée par les dernières paroles du général.

— Je crois bien! s'écria celui-ci. — Le conseil de guerre s'est dissous sans avoir rien décidé. C'est une affaire impossible, une affaire mystérieuse même, on peut le dire! Le capitaine en second Larionoff, commandant de la compagnie, vient à mourir; l'emploi du défunt est momentanément confié au prince; bien. Le soldat Kolpakoff commet un larcin au préjudice d'un de ses camarades, il vole du cuir pour le vendre et boire ensuite l'argent; bien. Le prince, — notez que cela a eu lieu en présence d'un sergent-major

et d'un caporal, — le prince tance vertement Kolpakoff et
le menace des verges; très-bien. Kolpakoff va à la caserne,
se couche sur un lit de camp et, un quart d'heure après, il
meurt; parfait. Mais c'est un cas étrange, presque impossible. N'importe, on enterre Kolpakoff; le prince fait son
rapport, puis le défunt est rayé des contrôles. Rien de mieux,
n'est-ce pas? Mais, juste six mois après, quand on inspecte
la brigade, le soldat Kolpakoff, comme si de rien n'était,
est retrouvé dans la troisième compagnie du deuxième
bataillon du régiment d'infanterie Novozemliansky, appartenant à la même brigade et à la même division!

— Comment! fit le prince, au comble de l'étonnement.

— Cela ne s'est pas passé ainsi, c'est une erreur! lui dit
soudain Nina Alexandrovna en le regardant avec une sorte
d'anxiété. — Mon mari se trompe, ajouta-t-elle en français.

— Ma chère, « se trompe », c'est facile à dire, mais résous
toi-même un cas pareil! Tout le monde y a perdu son latin.
Je serais le premier à dire « qu'on se trompe »; mais, par
malheur, j'ai été témoin du fait et j'ai moi-même fait partie
de la commission. Toutes les confrontations ont prouvé que
c'était bien lui, que c'était ce même soldat Kolpakoff,
enterré six mois auparavant avec le cérémonial accoutumé
et au son du tambour. Certes le cas est rare, presque impossible, je le reconnais, mais...

— Papa, votre dîner est servi, vint annoncer Barbara Ardalionovna.

— Ah! c'est très-bien, parfait! Je mourais de faim... Mais
le cas, on peut le dire, est même psychologique...

— Le potage va encore se refroidir, gronda Varia.

— Tout de suite, tout de suite, murmura le général en
sortant de la chambre, — et on a eu beau multiplier les
enquêtes... acheva-t-il dans le corridor.

— Il vous faudra pardonner bien des choses à Ardalion
Alexandrovitch, si vous restez chez nous, dit Nina Alexandrovna au prince; — du reste, il ne vous dérangera pas
beaucoup; il dîne même seul. Vous en conviendrez vous-

même, chacun a ses défauts et ses... travers particuliers; les
gens qu'on a coutume de montrer au doigt en ont peut-être
encore moins que d'autres. J'ai une prière à vous adresser :
si mon mari vous demandait le loyer de votre chambre,
dites-lui que vous m'avez remis l'argent. Bien entendu, que
vous régliez avec Ardalion Alexandrovitch ou avec moi,
c'est la même chose pour vous; mais je vous demande cela
seulement pour la bonne règle... Qu'est-ce qu'il y a, Varia?

Varia rentra dans la chambre et présenta silencieusement
à sa mère le portrait de Nastasia Philippovna. La vieille
dame frissonna et pendant quelque temps considéra la pho-
tographie, d'abord avec effroi, puis avec une sensation de
douleur amère. A la fin, elle leva les yeux sur Varia comme
pour solliciter une explication.

— Elle-même lui en a fait cadeau aujourd'hui, dit la jeune
fille, — et ce soir tout sera décidé pour eux.

— Ce soir! répéta à demi-voix Nina Alexandrovna avec un
accent désespéré; — pourquoi? dès maintenant il n'y a plus
de doute et il ne reste non plus aucune espérance; le don de
ce portrait est un indice suffisamment clair... Et c'est lui-
même qui t'a montré cela? ajouta-t-elle d'un air surpris.

— Vous savez que depuis un grand mois nous ne nous
parlons presque plus. J'ai tout su par Ptitzine; quant au
portrait, il traînait là à terre près de la table; je l'ai ramassé.

— Prince, dit tout à coup Nina Alexandrovna à son locataire, — je voulais vous poser une question (c'est pour cela
surtout que je vous ai prié de venir ici), y a-t-il longtemps
que vous connaissez mon fils? Il a dit, je crois, que vous
étiez arrivé aujourd'hui seulement de l'étranger?

Le prince donna sur lui-même quelques explications très-
sommaires dont les deux dames ne perdirent pas un mot.

— Veuillez être persuadé qu'en vous interrogeant je ne
cherche pas à connaître les affaires de Gabriel Ardalionovitch, observa Nina Alexandrovna. — S'il y a des choses
que lui-même ne peut m'avouer, moi, de mon côté, je ne
veux pas les apprendre d'une autre bouche. Seulement, vous

savez ce que Gania a dit tantôt en votre présence; quand ensuite vous êtes sorti et que je l'ai questionné sur votre compte, il m'a répondu : « Il sait tout, il n'y a pas à se gêner! » Qu'est-ce que cela signifie? C'est-à-dire que je voudrais savoir dans quelle mesure...

Gania et Ptitzine entrèrent tout à coup; Nina Alexandrovna s'interrompit immédiatement. Le prince resta assis auprès d'elle, mais Varia se retira à l'écart. Le portrait de Nastasia Philippovna reposait, parfaitement en évidence, sur la petite table à ouvrage de Nina Alexandrovna, juste sous les yeux de la vieille dame. A sa vue, la mine de Gania se refrogna; il le prit avec colère et le lança sur son bureau, qui se trouvait à l'autre bout de la chambre.

— C'est aujourd'hui, Gania? demanda brusquement Nina Alexandrovna.

Le jeune homme tressaillit.

— Quoi, aujourd'hui? fit-il, et tout à coup il s'emporta contre le prince : — ah! je comprends, vous êtes ici!... Mais c'est donc une maladie chez vous? Vous ne pouvez pas retenir votre langue? Comprenez donc enfin, Altesse...

— Ici, la faute est à moi, Gania, et à moi seul, interrompit Ptitzine.

Gania le regarda avec étonnement.

— Mais, voyons, cela vaut mieux, Gania, d'autant plus que, d'un côté, l'affaire est finie, marmotta entre ses dents Ptitzine; puis il alla s'asseoir près d'une table à l'écart, et, tirant de sa poche un morceau de papier couvert d'une écriture tracée au crayon, il se mit à l'examiner attentivement. Gania, toujours sombre, attendait avec inquiétude une scène de famille. Il ne pensa même pas à faire des excuses au prince.

— Si tout est fini, assurément Ivan Pétrovitch a bien fait, dit Nina Alexandrovna. — Ne fronce pas le sourcil, je te prie, et ne te fâche pas, Gania; je m'abstiendrai de toute question sur ce que toi-même tu ne veux pas dire, et je t'assure que je me suis complétement soumise; sois tranquille, je t'en prie.

Elle prononça ces mots sans interrompre son ouvrage et d'un ton qui semblait fort calme. Gania fut surpris, mais, par prudence, il se tut et, les yeux fixés sur sa mère, attendit qu'elle s'expliquât plus nettement. Les querelles domestiques lui étaient fort désagréables. Nina Alexandrovna remarqua la circonspection de son fils et ajouta avec un sourire amer :

— Tu n'es pas encore rassuré et tu ne me crois pas; sois sans inquiétude, il n'y aura, de mon côté du moins, ni larmes ni prières, comme autrefois. Tout mon désir est que tu sois heureux, et tu le sais; je me suis soumise à la destinée, mais mon cœur sera toujours avec toi, soit que nous restions ensemble, soit que nous nous séparions. Naturellement, je ne réponds que pour moi; tu ne peux pas exiger la même chose de ta sœur...

— Ah! encore elle! s'écria Gania en lançant un regard fielleux à Barbara Ardalionovna. — Maman! je vous l'ai déjà juré et je vous en donne de nouveau ma parole : nul n'osera jamais vous manquer, aussi longtemps que je serai là, aussi longtemps que je vivrai. Quelque personne qui franchisse notre seuil, je réclamerai d'elle le plus entier respect pour vous...

La satisfaction de Gania était telle qu'il regardait sa mère d'un air presque apaisé, presque tendre.

— Je ne craignais rien pour moi, Gania, tu le sais; ce n'est pas à mon sujet que j'ai été inquiète et tourmentée tous ces temps-ci. On dit qu'aujourd'hui tout va être terminé pour vous. Qu'est-ce donc qui sera terminé?

— Elle a promis de déclarer ce soir, chez elle, si elle consent, oui ou non, répondit Gania.

— Depuis près de trois semaines nous évitions ce sujet d'entretien, et cela valait mieux. Maintenant que tout est fini, je me permettrai seulement de t'adresser une question : comment a-t-elle pu agréer ta recherche et même te faire cadeau de son portrait, quand tu ne l'aimes pas? Est-il possible qu'elle si... si...

— Si expérimentée, n'est-ce pas?

— Ce n'est pas ainsi que je voulais m'exprimer. Comment se fait-il que tu aies pu l'abuser à ce point sur tes sentiments?

Dans ces paroles perçait une irritation aussi soudaine que violente. Après un moment de réflexion, Gania répliqua d'un ton franchement sarcastique :

— Cette fois encore, maman, vous n'avez pas su vous contenir, la patience vous a échappé; c'est ainsi qu'ont toujours commencé toutes les querelles entre nous. Vous aviez promis de m'épargner toute interrogation, tout reproche, et voilà que vous oubliez déjà votre promesse! Nous ferons mieux de laisser cela; oui, mieux vaut n'en plus parler. Du moins, votre intention était bonne... Jamais, pour rien au monde, je ne vous quitterai; un autre, à ma place, fuirait du moins une pareille sœur. Voyez comme elle me regarde à présent! Restons-en là! J'étais déjà si content... Et qui vous dit que je trompe Nastasia Philippovna? Quant à Varia, elle fera comme il lui plaira. En voilà assez! Allons, il est plus que temps d'en finir !

A mesure qu'il parlait, Gania s'échauffait davantage. Obéissant à un inconscient besoin d'activité, il marchait à grands pas dans la chambre. Chaque fois que cette question délicate était mise sur le tapis, la conversation tournait aussitôt à l'aigre.

— J'ai dit que, si elle entrait ici, j'en sortirais, et je tiendrai parole, déclara Varia.

— Par entêtement ! vociféra Gania. — C'est aussi par entêtement que tu ne te maries pas! Pourquoi as-tu l'air de me narguer? Je me moque bien de cela, Barbara Ardalionovna; vous pouvez même, si le cœur vous en dit, mettre votre projet à exécution séance tenante. Ce sera un fameux débarras pour moi! Comment! vous vous décidez enfin à nous laisser, prince, cria-t-il à Muichkine, voyant que celui-ci se disposait à sortir.

Comme l'indiquait le son de sa voix, Gania en était arrivé

à ce degré d'irritation où l'homme, se complaisant, pour ainsi dire, dans sa colère, s'y abandonne sans aucune retenue et avec une satisfaction croissante, quelles qu'en doivent être les conséquences. Le prince, qui était déjà près de la porte, se retourna pour répondre; mais le visage affolé de son insulteur lui prouva qu'il ne manquait plus que cette goutte pour faire déborder le vase; aussi crut-il devoir se retirer sans rien dire. Lui parti, la discussion reprit son cours, plus bruyante et plus animée que jamais.

Pour regagner sa chambre, le prince devait traverser la salle, puis la pièce d'entrée, et ensuite s'engager dans le corridor. Arrivé dans l'antichambre, il s'aperçut, en passant devant la porte de sortie, que quelqu'un faisait tous ses efforts pour sonner; mais assurément il était survenu un accident à la sonnette, car elle s'agitait sans rendre aucun son. Le prince ôta le verrou, ouvrit la porte et recula d'étonnement; un frisson même parcourut tous ses membres : devant lui se trouvait Nastasia Philippovna. Il la reconnut immédiatement d'après son portrait. A la vue de Muichkine, la colère étincela dans les yeux de la visiteuse ; elle entra vivement dans l'antichambre en poussant le prince d'un coup d'épaule et dit d'une voix irritée, tandis qu'elle se débarrassait de sa pelisse :

— Si tu es trop paresseux pour raccommoder la sonnette, tu devrais du moins rester dans l'antichambre pour ouvrir quand on frappe. Allons, voilà que maintenant il a laissé tomber ma pelisse ! Quel lourdaud !

La pelisse, en effet, était par terre. Nastasia Philippovna, au lieu d'attendre qu'on la lui ôtât, s'en était dépouillée elle-même, puis, sans regarder, l'avait jetée derrière elle au prince, qui n'avait pas su la saisir au vol.

— Tu mérites d'être mis à la porte. Va m'annoncer !

Le prince voulut parler, mais son trouble était tel qu'il ne put proférer un mot; tenant toujours dans ses mains la pelisse qu'il venait de ramasser, il se dirigea vers le salon.

— Eh bien ! voilà qu'à présent il s'en va avec la pelisse !

Pourquoi emportes-tu la pelisse? Ha, ha, ha! Mais tu es fou, sans doute?

Le prince revint sur ses pas et regarda Nastasia Philippovna avec stupéfaction. En la voyant rire, il sourit lui-même, mais sa langue restait toujours comme collée à son palais. Au moment où il avait ouvert la porte à la jeune femme, il était devenu pâle; maintenant le sang lui montait tout à coup au visage.

— Mais qu'est-ce que c'est que cet idiot? cria-t-elle en trépignant de colère. —Eh bien, où vas-tu? Qui donc annonceras-tu?

— Nastasia Philippovna, balbutia le prince.

— Comment me connais-tu? lui demanda-t-elle vivement: — je ne t'ai jamais tant vu qu'aujourd'hui! Va m'annoncer... Pourquoi crie-t-on là?

— Ils se disputent, répondit le prince, et il se rendit au salon.

Au moment où il y entra, les choses menaçaient de prendre une mauvaise tournure; Nina Alexandrovna était sur le point d'oublier complétement qu'elle s'était « soumise à tout »; du reste, elle défendait Varia. Ptitzine, qui avait remis son papier dans sa poche, se tenait aussi du côté de la jeune fille. Celle-ci, dont la timidité n'était pas le défaut, recevait d'ailleurs sans sourciller les grossièretés de plus en plus brutales de son frère. D'ordinaire, en pareil cas, elle se taisait et se contentait de fixer Gania d'un air moqueur. Elle savait que la persistance de ce regard avait le don de l'exaspérer. Telle était la situation lorsque le prince, entrant dans la chambre, annonça :

— Nastasia Philippovna!

IX

Un silence général suivit ces mots; tous regardèrent le prince comme s'ils ne le comprenaient pas et désiraient ne pas le comprendre. La frayeur avait cloué Gania à sa place.

La visite de Nastasia Philippovna, dans les circonstances présentes surtout, constituait pour tout le monde l'événement le plus étrange, le plus inattendu et le plus inquiétant. D'abord, c'était la première fois que cette personne venait chez les Ivolguine. Jusqu'alors elle s'était montrée tellement dédaigneuse à leur égard que même, en causant avec Gania, elle n'avait jamais manifesté le désir de faire leur connaissance; depuis quelque temps, elle ne parlait pas plus d'eux que s'ils n'avaient pas existé. En un sens, Gania était bien aise qu'elle évitât un sujet d'entretien si scabreux pour lui; mais, au fond de son cœur, il conservait une amère rancune de cette indifférence méprisante. En tout cas, il croyait Nastasia Philippovna beaucoup plus disposée à se moquer de ses parents qu'à leur faire une politesse : elle était au courant, il le savait très-bien, de tout ce qui se passait chez lui depuis qu'il avait demandé sa main, et elle n'ignorait pas de quel œil la famille Ivolguine la considérait. *En ce moment,* c'est-à-dire après le don du portrait et quelques heures avant la soirée où elle avait promis de décider du sort de Gania, la visite de la jeune femme semblait avoir une signification facile à comprendre.

Le doute qui se lisait dans tous les yeux fixés sur le prince ne dura pas longtemps : Nastasia Philippovna apparut elle-même à l'entrée du salon et, cette fois encore, en pénétrant dans la chambre, elle poussa légèrement le prince.

— Enfin j'ai réussi à entrer!... Pourquoi y a-t-il une sonnette chez vous? dit-elle gaiement en tendant la main à Gania, qui s'était aussitôt élancé vers elle. — Quelle mine stupéfaite vous avez! Présentez-moi donc, je vous prie!...

Le jeune homme ahuri la présenta d'abord à Varia. Les deux femmes, avant de se tendre la main, échangèrent des regards étranges. Nastasia Philippovna, du reste, riait et affectait l'enjouement, mais Varia ne se donna pas la peine de feindre : longuement, d'un air sombre, elle considéra la visiteuse, sans que son visage offrît la moindre trace du sourire obligé en pareille circonstance. Gania se sentit défaillir; ce n'était pas le moment de supplier : il lança à sa sœur un coup d'œil si menaçant que la jeune fille comprit à l'instant même de quelle importance était pour son frère la présente minute. En conséquence, elle se décida à être plus aimable, et ses lèvres ébauchèrent une sorte de sourire à l'adresse de Nastasia Philippovna. (Tous les membres de la famille avaient encore beaucoup d'attachement les uns pour les autres.)

Après avoir présenté Nastasia Philippovna à sa sœur, Gania la présenta à sa mère, ou plutôt lui présenta sa mère, car, dans son trouble, le jeune homme ne savait plus ce qu'il faisait. Nina Alexandrovna fut fort convenable, mais à peine commençait-elle à parler du plaisir particulier avec lequel, etc., que la visiteuse, sans l'écouter, interpella tout à coup Gania; en même temps, bien qu'on ne l'eût pas encore invitée à prendre un siége, elle s'assit sur un petit divan, dans le coin près de la fenêtre.

— Où est donc votre cabinet? cria-t-elle. — Et... et où sont les locataires? Vous louez des chambres, n'est-ce pas?

Gania devint cramoisi et bégaya une réponse inintelligible.

— Où peut-on donc mettre des locataires? Vous n'avez pas même de cabinet! reprit Nastasia Philippovna. — Et c'est d'un bon rapport? demanda-t-elle brusquement à Nina Alexandrovna.

— Pour qu'on se donne cet embarras, il faut naturellement que cela rapporte quelque chose, répondit la vieille dame. — Du reste, nous venons seulement de...

Mais Nastasia Philippovna semblait décidée à ne pas l'écouter; elle jeta les yeux sur Gania, se mit à rire et lui cria :

— Quel visage vous avez! Oh! mon Dieu, quelle tête vous faites en ce moment!

Cette hilarité dura quelques instants. Le fait est que Gania ne se ressemblait plus à lui-même : sa stupéfaction, son effarement comique avaient disparu tout à coup, mais il était affreusement pâle et des contractions crispaient ses lèvres; silencieux, il tenait ses yeux fixés avec une expression sinistre sur la jeune femme, qui continuait à rire.

Le prince n'avait pas encore pu secouer l'espèce de catalepsie qui s'était emparée de lui à la vue de Nastasia Philippovna; il était resté comme pétrifié à l'entrée du salon. Cependant la pâleur et l'altération du visage de Gania ne laissèrent pas de le frapper; par un mouvement dont il ne fut pas le maitre, il s'avança soudain vers le jeune homme.

— Buvez de l'eau, lui dit-il tout bas. — Et ne regardez pas ainsi...

Évidemment, il ne fallait chercher aucun sous-entendu, aucune arrière-pensée dans ces paroles : elles avaient jailli spontanément de la bouche du prince, sans qu'il y attachât un sens particulier; néanmoins elles produisirent un effet extraordinaire. Il semblait que toute la colère de Gania se fût subitement reportée sur Muichkine : il le saisit par l'épaule et, silencieusement, comme s'il eût été hors d'état de proférer un mot, darda sur lui un regard chargé de haine et de rancune. Ce fut un émoi général dans le salon; Nina Alexandrovna poussa même un léger cri. Ptitzine, inquiet, s'avança vivement vers les deux hommes. Kolia et Ferdychtchenko, qui allaient entrer, s'arrêtèrent stupéfaits. Varia seule resta impassible. Debout un peu à l'écart, les bras croisés sur sa poitrine, la jeune fille continuait à tout observer du coin de l'œil.

Mais, en moins d'un instant, Gania recouvra la possession de lui-même; son emportement fit place à un rire nerveux.

— Mais que dites-vous, prince? Il faudrait appeler un médecin, n'est-ce pas? s'écria-t-il avec autant de gaieté et de bonhomie que possible; — il m'a même fait peur! Nastasia Philippovna, on peut vous le présenter; c'est un type inappréciable, quoique moi-même je ne le connaisse que depuis ce matin.

Nastasia Philippovna regarda Muichkine d'un air ébahi.

— Prince? Il est prince? Figurez-vous, tout à l'heure, dans

l'antichambre, je l'ai pris pour un laquais et je lui ai ordonné d'aller m'annoncer! Ha, ha, ha!

— N'y a pas de mal, n'y a pas de mal! dit Ferdychtchenko, qui, bien aise de voir que l'on commençait à rire, s'empressa de se mêler à la société : — ça ne fait rien : *se non è vero...*

— Et, qui plus est, je crois bien vous avoir brutalisé, prince. Pardonnez-moi, je vous prie. Ferdychtchenko, comment êtes-vous ici à pareille heure? Je pensais, du moins, ne pas vous trouver..... Qui? Quel prince? Muichkine? demanda-t-elle à Gania qui, tenant toujours le prince par l'épaule, venait d'achever la présentation.

— Il loge chez nous, répéta le jeune homme.

Il était clair qu'on faisait jouer au prince le rôle de bête curieuse; sa présence fournissait un moyen de sortir d'une situation fausse et on le jetait, pour ainsi dire, à la tête de Nastasia Philippovna; il perçut même distinctement le mot « idiot », murmuré derrière lui, probablement par Ferdychtchenko, pour l'édification de la visiteuse.

— Dites-moi, pourquoi donc m'avez-vous laissée dans l'erreur tantôt, quand je me suis si terriblement... trompée sur votre compte? reprit Nastasia Philippovna en examinant le prince des pieds à la tête avec le sans-gêne le plus cavalier; puis elle attendit impatiemment la réponse, présumant que celle-ci allait égayer tout le monde par sa bêtise.

— J'ai été surpris en vous apercevant ainsi tout d'un coup... balbutia le prince.

— Mais comment m'avez-vous reconnue? Où m'aviez-vous vue auparavant? Au fait, il me semble l'avoir vu quelque part! Et permettez-moi de vous demander pourquoi tout à l'heure vous êtes resté cloué sur place : qu'y a-t-il de si stupéfiant en moi?

— Allons donc, allons! fit plaisamment Ferdychtchenko; — mais allons donc! Oh! Seigneur, si c'était moi, que de choses je répondrais à une pareille question! Mais allons donc!... Vraiment, prince, il faut que tu sois joliment godiche!

Muichkine se mit à rire.

— Moi aussi, à votre place, je dirais bien des choses, répondit-il à Ferdychtchenko; — tantôt votre portrait m'a beaucoup frappé, ajouta-t-il en s'adressant à Nastasia Philippovna; — ensuite j'ai causé de vous avec les Épantchine... et déjà ce matin, avant d'arriver à Pétersbourg, je m'étais trouvé dans le train avec Parfène Rogojine, qui m'avait longuement parlé de vous... Au moment même où je vous ai ouvert la porte, je pensais à vous, et tout d'un coup vous m'êtes apparue.

— Mais comment donc avez-vous su que c'était moi?

— Parce que je connaissais votre portrait et...

— Et quoi encore?

— Et parce que vous répondez de tout point à l'idée que je m'étais faite de vous... Il me semble aussi vous avoir vue quelque part.

— Où? où?

— Je dois avoir déjà vu vos yeux quelque part... mais c'est impossible!... J'ai dit cela sans y faire attention... Je n'ai même jamais habité à Pétersbourg... Peut-être en songe...

— Ah çà! prince! cria Ferdychtchenko. — Non, je retire mon mot : *se non è vero*... Du reste... du reste, il dit tout cela sans y entendre malice! ajouta-t-il avec compassion.

Le prince avait proféré ces quelques phrases d'une voix inquiète, entrecoupée, comme quelqu'un à qui le souffle manque. Tout en lui dénotait une agitation extraordinaire. Nastasia Philippovna le considérait avec curiosité, mais elle ne riait plus...

Soudain, derrière le cercle qui s'était formé autour du prince et de la jeune femme, se fit entendre une voix sonore; le groupe s'entr'ouvrit pour laisser passer le père de famille lui-même, le général Ivolguine. Il était en frac, et sur sa poitrine s'étalait un plastron d'une propreté irréprochable; ses moustaches étaient teintes.

L'apparition d'Ardalion Alexandrovitch porta un coup terrible à Gania.

Ce vaniteux jeune homme, dont l'amour-propre souffrant

confinait à l'hypocondrie, avait dû avaler bien des couleuvres depuis deux mois, et voilà qu'une dernière humiliation, la plus cruelle de toutes, lui était réservée ! Il fallait qu'il connût le supplice de rougir des siens, chez lui, dans sa propre maison. Une pensée traversa alors son esprit : « Mais enfin le jeu en vaut-il la chandelle? »

En ce moment se produisait un fait dont, durant ces deux mois, la simple possibilité entrevue à l'état de cauchemar dans le silence de ses nuits le glaçait de terreur, l'affolait de honte : enfin avait lieu la rencontre de son père avec Nastasia Philippovna. Parfois, se roidissant contre lui-même, il avait essayé de se représenter le général pendant la cérémonie nuptiale, et jamais il n'en avait eu la force, tant ce tableau lui répugnait. On trouvera peut-être que Gania s'exagérait beaucoup les choses, mais c'est toujours ce qui arrive aux gens vaniteux. Après avoir longuement réfléchi à cela, il s'était juré qu'à tout prix il ferait momentanément disparaître son père : si c'était possible, il l'éloignerait même de Pétersbourg, que Nina Alexandrovna y consentît ou non. Dix minutes auparavant, lorsque Nastasia Philippovna était entrée, Gania, dans son trouble, avait complétement oublié que le général pouvait se montrer au salon; aussi n'avait-il pris aucune mesure en prévision de cet événement. Et voilà qu'Ardalion Alexandrovitch apparaissait devant tout le monde; bien plus, il s'était mis en habit, il faisait une entrée triomphale, et cela au moment même où Nastasia Philippovna ne cherchait qu'une occasion pour accabler de sarcasmes Gania et ses proches. (Le jeune homme en était persuadé.) Quel sens, en effet, pouvait avoir sa visite, sinon celui-là? Était-elle venue chez lui pour faire des avances à sa mère et à sa sœur ou pour les blesser? L'attitude respective de ces dames tranchait la question : Nina Alexandrovna et sa fille étaient assises à l'écart comme des créatures conspuées, tandis que la visiteuse semblait avoir même oublié leur présence dans la chambre... Si elle se comportait ainsi, c'est, sans doute, qu'elle avait son but !

Ferdychtchenko s'empara du général et l'amena à Nastasia
Philippovna. Le vieillard s'inclina en souriant devant la
jeune femme.

— Ardalion Alexandrovitch Ivolguine, dit-il avec dignité,
— un vieux et malheureux soldat, père d'une famille que
réjouit l'espoir de compter bientôt parmi ses membres une
si charmante...

Il n'acheva pas; Ferdychtchenko se hâta de lui avancer
une chaise sur laquelle le général se laissa choir lourdement : après son dîner, il avait toujours les jambes un peu
vacillantes; du reste, cette circonstance ne le démonta point.
Il s'assit vis-à-vis de Nastasia Philippovna, et, lentement,
avec une galanterie de haut goût, porta à ses lèvres les
petits doigts de la visiteuse. Ardalion Alexandrovitch ne se
déconcertait pas facilement. A part une certaine négligence
de tenue, son extérieur était resté assez convenable, ce que
lui-même savait fort bien. Autrefois il avait vécu dans un
monde très comme il faut, et il n'y avait pas plus de deux
ou trois ans qu'il se trouvait mis à l'index de la bonne
société. Depuis lors il s'était abandonné à divers excès, mais
il avait néanmoins conservé l'aisance et l'agrément de ses
manières. Nastasia Philippovna parut extrêmement contente
de voir Ardalion Alexandrovitch, que, sans doute, elle connaissait déjà de réputation.

— J'ai appris que mon fils... commença-t-il.

— Oui, votre fils! Vous êtes encore gentil aussi, vous,
papa! Pourquoi ne vous voit-on jamais chez moi? Est-ce
vous-même qui vous cachez, ou votre fils qui vous cache?
Vous pouvez venir chez moi sans compromettre personne.

— Les enfants du dix-neuvième siècle et leurs parents...
voulut expliquer le général.

— Nastasia Philippovna! souffrez, je vous prie, qu'Ardalion Alexandrovitch vous quitte pour un instant, on le
demande, dit à haute voix Nina Alexandrovna.

— Qu'il me quitte? Permettez, j'ai tant entendu parler de
lui, depuis si longtemps je désirais le voir! Et quelles affaires

a-t-il donc? Est-ce qu'il n'est pas en retraite? Vous ne me quitterez pas, général, vous ne vous en irez pas?

— Je vous promets qu'il reviendra, mais à présent il a besoin de repos.

— Ardalion Alexandrovitch, on dit que vous avez besoin de repos! cria Nastasia Philippovna avec la mine mécontente et grognonne d'une petite fille capricieuse à qui on retire un jouet.

Quant au général, il se prêta on ne peut plus complaisamment à la mystification.

— Mon amie! mon amie! fit-il d'un ton de reproche en s'adressant avec solennité à sa femme et en mettant la main sur son cœur.

— Vous ne vous en irez pas d'ici, maman? demanda d'une voix sonore Barbara Ardalionovna.

— Non, Varia, je resterai jusqu'à la fin.

Nastasia Philippovna ne put pas ne pas entendre la question et la réponse, mais elle n'en devint que plus gaie, et immédiatement elle se remit à accabler de questions le général. Cinq minutes après, celui-ci, fort en train, pérorait au milieu des éclats de rire de l'assistance.

Kolia tira le prince par la basque de son vêtement.

— Mais emmenez-le! Est-ce que cela est possible? Je vous en prie! — Et des larmes d'indignation brillaient dans les yeux du pauvre garçon. — Oh! maudit Ganka! ajouta-t-il à part soi.

Cependant le général continuait à répondre d'abondance aux questions de Nastasia Philippovna :

— J'ai été, en effet, très-lié avec Ivan Fédorovitch Épantchine. Moi, lui et le feu prince Léon Nikolaïévitch Muichkine, dont j'ai embrassé aujourd'hui le fils, que je n'avais pas vu depuis vingt ans, nous étions trois inséparables, quelque chose comme les trois mousquetaires : Athos, Porthos et Aramis. Mais, hélas! l'un est dans la tombe, tué par une calomnie et par une balle, l'autre est devant vous, luttant encore contre les calomnies et les balles...

— Contre les balles! s'écria Nastasia Philippovna.

— Elles sont ici, dans ma poitrine, mais je les ai reçues au siége de Kars, et, quand le temps est mauvais, je les sens. Sous tous les autres rapports, je vis en philosophe, je me promène, je joue aux dames à mon café, comme un bourgeois retiré des affaires, et je lis l'*Indépendance*. Mais, pour ce qui est de notre Porthos, Épantchine, je n'ai plus du tout de relations avec lui depuis l'histoire qui m'est arrivée en chemin de fer il y a trois ans, à l'occasion d'un bichon.

— D'un bichon? Qu'est-ce qui s'est passé? demanda avec une vive curiosité la visiteuse. — Vous avez eu une histoire avec un bichon? Permettez, et en chemin de fer!... ajouta-t-elle comme si les paroles du général lui avaient rappelé quelque chose.

— Oh! une sotte aventure, ce n'est même pas la peine de revenir là-dessus : au sujet de mistress Schmidt, gouvernante chez la princesse Biélokonsky, mais... ce n'est pas une chose à répéter.

— Si fait, racontez-la donc! reprit gaiement Nastasia Philippovna.

— Moi non plus, je n'en ai pas encore entendu parler, observa Ferdychtchenko; — c'est du nouveau.

— Ardalion Alexandrovitch! fit d'une voix suppliante Nina Alexandrovna.

— Papa, on vous demande! cria Kolia.

— L'histoire est bête et peut se raconter en deux mots, commença d'un air suffisant le général. — Il y a de cela deux ans, oui! à peu près; on venait d'inaugurer la ligne de... Ayant à faire un voyage d'une extrême importance, je prends un billet de première classe (j'étais en civil), je monte dans le train, je m'assieds et je fume. C'est-à-dire que je continue à fumer, car j'avais allumé mon cigare avant de monter en wagon. J'étais seul dans le compartiment. Il n'est pas permis de fumer, mais cela n'est pas défendu non plus, on peut donc se croire à demi autorisé à le faire, d'ailleurs la glace était baissée. Tout à coup, au moment où le train va partir, deux dames, ayant avec elles un bichon, viennent s'installer juste en face de moi : l'une, vêtue très-luxueusement, porte une robe bleu clair; l'autre, dont la mise est plus modeste, a une robe de soie noire avec une pèlerine. Ces voyageuses ne sont pas mal, elles promènent autour d'elles un regard hautain et se parlent en anglais. Moi, naturellement, je continue à fumer comme si de rien n'était. C'est-à-dire que j'avais bien eu une minute d'hésitation, mais ensuite je m'étais dit : « Bah ! puisque la fenêtre est ouverte, la fumée ne peut pas les gêner. » Le bichon repose sur les genoux de la dame à la robe bleue : il est tout petit, pas plus gros que mon poing, noir avec les pattes blanches, c'est même une rareté. Il a un collier d'argent avec une devise. Je fume toujours sans m'inquiéter de mes compagnes de voyage; je remarque seulement qu'elles paraissent fâchées, c'est sans doute mon cigare qui les met de mauvaise humeur. L'une d'elles braque sur moi un lorgnon d'écaille. Je ne m'en émeus pas, car, après tout, elles ne disent rien! Si elles avaient parlé, prévenu, fait une observation quelconque... on a une langue, c'est pour s'en servir! Mais non, elles se taisent... soudain, sans le moindre avertissement préalable, comme si elle avait subitement perdu l'esprit, la dame à la robe bleue m'arrache mon cigare des mains et le jette par la fenêtre. Le wagon vole. Je la regarde stupéfait. C'est une femme étrange, du reste, bien en chair, grosse, grande, blonde, vermeille (trop même), ses yeux fixés sur moi lancent des éclairs. Sans proférer un mot, avce une politesse parfaite, raffinée, pour ainsi dire, je m'approche du bichon, je le prends délicatement par le cou, et vlan! je l'envoie rejoindre le cigare ! A peine pousse-t-il un petit cri! Le wagon vole toujours...

— Vous êtes un monstre! s'exclama Nastasia Philippovna en riant et en battant des mains comme une petite fille.

— Bravo, bravo ! cria Ferdychtchenko. Ptitzine ne put s'empêcher de sourire, quoiqu'il eût été de ceux que l'apparition du général avait vivement contrariés. Kolia lui-même accueillit aussi par des rires et des applaudissements le récit de son père.

— Et j'étais dans mon droit, j'avais trois fois raison ! poursuivit avec feu le général triomphant, — attendu que, s'il n'est pas permis de fumer en wagon, à plus forte raison il est défendu d'y introduire des chiens.

— Bravo, papa ! cria Kolia enthousiasmé : — c'est splendide ! Moi aussi, certainement, j'aurais agi de même ! Certainement !

— Mais la dame, comment a-t-elle pris cela ? demanda Nastasia Philippovna, impatiente de connaître la fin de l'aventure.

— Elle ? Eh bien, voilà justement où l'histoire devient vilaine, répondit en fronçant le sourcil Ardalion Alexandrovitch ; — sans dire un mot, sans le plus petit avertissement, elle me flanque un soufflet ! Une femme étrange !

— Et vous, qu'est-ce que vous avez fait alors ?

Le général baissa les yeux, releva les sourcils, haussa les épaules, serra les lèvres, écarta les bras, et, après un instant de silence, dit brusquement :

— Je n'ai pas pu me contenir !

— Et vous avez tapé fort ?

— Oh ! je vous assure bien que non ! Ç'a été un scandale, mais je n'ai pas frappé fort. Je me suis borné à me défendre, à repousser son attaque. Malheureusement cette affaire était un coup monté par Satan lui-même : la dame à la robe bleue se trouvait être une Anglaise, institutrice chez la princesse Biélokonsky, ou amie de la maison, et la dame en noir était l'aînée des kniajnas [1] Biélokonsky, une vieille fille de trente-cinq ans. Or on sait quelle intimité existe entre la générale Épantchine et cette famille. Ce sont des évanouissements, des larmes, on prend le deuil du bichon favori, les six kniajnas mêlent leurs gémissements à ceux de l'Anglaise, la fin du monde, quoi ! Bien entendu, je suis allé exprimer mes regrets, j'ai fait des excuses, j'ai écrit une lettre, mais on n'a

[1] Princesses non mariées.

voulu recevoir ni moi ni ma lettre. De là est résultée ma rupture avec les Épantchine et, finalement, mon expulsion du service !

— Mais permettez, comment cela se fait-il? demanda tout à coup Nastasia Philippovna ; — il y a cinq ou six jours, j'ai lu dans l'*Indépendance,* — je lis régulièrement ce journal, — une histoire tout à fait pareille. Mais exactement la même ! Cela s'était passé dans un wagon, sur une ligne rhénane, entre un Français et une Anglaise; il y avait aussi un cigare arraché des mains et un bichon jeté par la portière, enfin le dénoûment était le même que celui de votre aventure. La similitude se retrouve jusque dans la robe de la dame, qui était bleu clair aussi !

Le général devint tout rouge; Kolia, non moins confus que son père, prit sa tête à deux mains ; Ptitzine se détourna par un brusque mouvement. Seul Ferdychtchenko continua à rire. Quant à Gania, inutile de dire que, depuis le commencement de cette conversation, il était au supplice.

— Je vous assure, balbutia Ardalion Alexandrovitch, — que la même chose m'est arrivée, à moi aussi...

— Papa a eu, en effet, maille à partir avec mistress Schmidt, l'institutrice des Biélokonsky, affirma hautement Kolia, — je m'en souviens !

— Comment! Voilà une coïncidence étrange ! Deux histoires absolument identiques dans tous leurs détails seraient arrivées aux deux bouts de l'Europe! poursuivit impitoyablement Nastasia Philippovna : — je vous enverrai l'*Indépendance belge!*

— Mais notez, répliqua le général, — que mon aventure a eu lieu deux ans plus tôt...

— Ah! voilà, cela fait une différence, reprit la visiteuse, qui riait aux larmes.

— Papa, je désirerais vous dire deux mots en particulier, fit Gania d'une voix tremblante, et machinalement il saisit son père par l'épaule. La haine la plus profonde se révélait dans le regard du jeune homme.

I. 9

Au même instant retentit un violent coup de sonnette.
On avait tiré le cordon presque à le rompre. Cela faisait
deviner une visite extraordinaire. Kolia courut ouvrir.

X

Soudain un brouhaha se produisit dans l'antichambre; il
semblait à la société réunie au salon qu'un certain nombre
de gens avaient pénétré dans l'appartement et que l'inva-
sion continuait. Plusieurs voix se faisaient entendre en
même temps; on parlait et l'on riait aussi sur le palier;
pour que ce bruit arrivât aux oreilles des personnes de la
maison, il fallait évidemment que la porte d'entrée fût
restée ouverte. Chacun échangea un coup d'œil avec son
voisin; tous se demandaient ce que pouvait être une pareille
visite. Gania s'élança dans la salle; mais déjà quelques individus s'y étaient introduits.

— Ah! voilà le Judas! s'écria quelqu'un dont le prince
reconnut la voix : — bonjour, coquin de Ganka!

— C'est lui, lui-même! observa un autre.

Le prince n'en put douter : le premier qui venait de parler était Rogojine, le second était Lébédeff.

Gania resta comme paralysé sur le seuil du salon et
regarda silencieusement entrer dans la salle, sans essayer
de leur en interdire l'accès, les dix ou douze hommes dont
se composait la suite de Parfène Rogojine. Cette société
était fort mêlée et se distinguait surtout par son mauvais
genre. Plusieurs avaient conservé leurs paletots et leurs
pelisses. A vrai dire, il n'y avait point là de gens en état
complet d'ivresse, mais tous étaient passablement gris. Ils
semblaient avoir besoin de se sentir les coudes : aucun
d'eux n'aurait osé entrer isolément; aussi marchaient-ils
en colonne serrée. Rogojine lui-même s'avançait avec cir-

conspection à la tête de sa bande, mais il n'était pas venu sans intention; son visage sombre et soucieux laissait deviner la nature des sentiments qui l'animaient. Les autres n'étaient que des comparses qu'il avait enrôlés pour lui prêter main-forte, le cas échéant. Parmi eux figurait, outre Lébédeff, le muscadin Zaliojeff, qui s'était dépouillé de sa pelisse dans l'antichambre et affectait la désinvolture d'un petit-maître. Avec lui se trouvaient deux ou trois messieurs du même genre, sans doute des fils de marchands. Signalons encore un étudiant en médecine, un Polonais habile à se fourrer partout, un petit homme obèse qui riait continuellement, un individu que son paletot aurait pu faire prendre pour un militaire, enfin un monsieur taillé en athlète qui gardait un sombre silence et paraissait compter énormément sur la force de ses poings. Sur le carré, il y avait deux dames qui regardaient dans l'antichambre, mais sans se décider à entrer; Kolia leur claqua la porte sur le nez et la ferma au crochet.

— Bonjour, coquin de Gania! Eh bien, tu n'attendais pas Parfène Rogojine! répéta le jeune marchand en allant se camper vis-à-vis de Gania, toujours debout à l'entrée du salon. Mais, au même instant, il aperçut tout à coup dans cette pièce, juste en face de lui, Nastasia Philippovna. Évidemment Rogojine était loin de penser qu'il la rencontrerait là, car la vue de la jeune femme produisit sur lui un effet extraordinaire; il devint si pâle que ses lèvres mêmes blêmirent. — Ainsi, c'est vrai! murmura-t-il à voix basse et comme en se parlant à lui-même, tandis que sa physionomie prenait une expression d'égarement; — c'est la fin!... Allons... me répondras-tu maintenant? vociféra-t-il soudain en fixant sur Gania des yeux enflammés de colère... — Allons... ah!...

Il étouffait, les mots avaient peine à sortir de son gosier. Machinalement il fit un pas pour entrer dans le salon; mais, comme il franchissait le seuil, il remarqua soudain la présence des dames Ivolguine, et, malgré son agitation, s'arrêta

un peu confus. Lébédeff l'avait accompagné ; déjà fortement
pris de boisson, l'employé ne quittait pas plus Rogojine
que s'il eût été son ombre. A leur suite venaient l'étudiant,
l'athlète, Zaliojeff, qui saluait à droite et à gauche, enfin le
petit homme obèse. Tous, dans le premier moment, se
sentirent assez gênés vis-à-vis de Nina Alexandrovna et de
Varia, mais on aurait eu tort de compter sur la durée de
cette impression ; il était clair que, quand le moment de
commencer serait venu, ils oublieraient bien vite le respect
dû aux dames.

— Comment ! toi aussi, tu es ici, prince? fit distraitement
Rogojine, un peu étonné de cette rencontre ; — et toujours
avec tes guêtres, e-eh ! soupira-t-il.

Déjà il avait oublié le prince et reporté ses yeux sur Nastasia Philippovna, vers qui il s'avançait toujours, comme
mû par une attraction magnétique.

De son côté, Nastasia Philippovna considérait les visiteurs
avec un mélange de curiosité et d'inquiétude.

Gania finit par recouvrer sa présence d'esprit ; il promena
un regard sévère sur ces intrus, et, s'adressant surtout à
Rogojine :

— Mais permettez, qu'est-ce que cela signifie, à la fin ?
dit-il d'une voix forte : — il me semble, messieurs, que vous
n'êtes pas entrés dans une écurie ; ma mère et ma sœur
sont ici.

— Nous le voyons bien, murmura entre ses dents Rogojine.

— Cela se voit, ajouta Lébédeff pour dire aussi quelque
chose.

L'athlète, croyant sans doute que le moment était venu,
fit entendre un sourd grognement.

— Mais pourtant !... reprit Gania, dont la voix atteignit
brusquement le diapason le plus élevé : — d'abord, je vous
invite tous à rentrer dans la salle, ensuite permettez que
je sache...

Rogojine ne bougea point de sa place.

— Eh! il ne sait pas! répliqua-t-il avec un sourire hai-neux : — tu ne reconnais pas Rogojine?

— J'ai pu vous rencontrer quelque part, mais...

— Voyez-vous ça : il a pu me rencontrer quelque part! Mais il n'y a pas plus de trois mois, tu m'as gagné au jeu deux cents roubles appartenant à mon père; le vieillard est mort avant que cette perte arrivât à sa connaissance; tu détournais mon attention et Kniff filait la carte. Tu ne me remets pas? Ptitzine a été témoin de la chose! Que je te montre trois roubles, que je les tire maintenant de ma poche, et, pour les gagner, tu marcheras à quatre pattes sur le boulevard Vasilievsky, — voilà ce que tu es! Voilà quelle est ton âme! En ce moment même je viens pour t'acheter tout entier; ne fais pas attention à mes bottes, j'ai beaucoup d'argent, mon ami; je t'achèterai tout entier, tout en vie... Si je veux, je vous achèterai tous! J'achèterai tout! vociféra Rogojine, chez qui l'ivresse se manifestait de plus en plus. — E-eh! cria-t-il : — Nastasia Philippovna! ne me chassez pas, je ne vous demande qu'un mot : l'épousez-vous, oui ou non?

En posant cette question, Rogojine était troublé comme s'il s'adressait à quelque divinité, mais en même temps il parlait avec l'audace du condamné qui, devant l'échafaud, n'a plus rien à ménager. Il attendit la réponse, en proie à une anxiété mortelle.

Nastasia Philippovna le toisa d'un regard hautain et mo-queur; mais, après avoir successivement jeté les yeux sur Varia, sur Nina Alexandrovna et sur Gania, elle prit soudain une autre attitude.

— Pas du tout. Qu'est-ce que vous avez? Et à quel propos l'idée vous est-elle venue de me demander cela? répondit-elle d'un ton bas et sérieux où semblait percer un certain étonnement.

— Non? non!! s'écria Rogojine, transporté de joie : -- ainsi c'est non? Mais ils m'avaient dit... Ah! allons!... Nas-tasia Philippovna! Ils prétendent que vous avez promis votre main à Ganka! A lui? Mais est-ce que c'est possible?

(Je le leur dis à tous!) Mais, moyennant cent roubles, je l'achèterai tout entier; je lui payerai son désistement mille roubles, j'irai au besoin jusqu'à trois mille, et, la veille du jour fixé pour la noce, il s'éclipsera, il m'abandonnera la propriété pleine et entière de sa fiancée! Est-ce vrai, lâche Ganka? N'est-ce pas que tu prendrais les trois mille roubles? Tiens, les voici! Je suis venu pour te faire signer une renonciation en règle; j'ai dit que je t'achèterais et je t'achèterai!

— Hors d'ici, homme ivre! cria Gania, qui, tour à tour, rougissait et pâlissait.

Une explosion de murmures accueillit cette parole. Depuis longtemps la bande de Rogojine n'attendait qu'une provocation pour intervenir. Lébédeff s'était penché à l'oreille du marchand et lui parlait avec animation.

— C'est vrai, employé! répondit Rogojine : — c'est vrai, sac à vin! Eh! soit. Nastasia Philippovna! implora-t-il en la regardant d'un air insensé; puis sa timidité fit soudain place à l'insolence : — voilà dix-huit mille roubles!

Ce disant, il jeta devant elle, sur la table, une liasse d'assignats enveloppée d'un papier blanc et ficelée avec un cordon noué en croix.

— Voilà! Et... il y en aura encore!

Ce n'était pas tout ce qu'il voulait dire, mais il n'osa pas exprimer sa pensée jusqu'au bout.

Lébédeff se pencha de nouveau à l'oreille de Rogojine et lui parla à voix basse.

— Non, non, non! l'entendit-on chuchoter d'un air consterné. On pouvait deviner que l'énormité de la somme effrayait l'employé et qu'il conseillait de proposer d'abord un chiffre de beaucoup inférieur.

— Non, mon ami, tu n'y entends rien... il est clair que, toi et moi, nous sommes des imbéciles! répliqua Rogojine, frissonnant tout à coup sous le regard enflammé de Nastasia Philippovna. — E-eh! j'ai eu tort de t'écouter, tu m'as fait faire une sottise, ajouta-t-il d'un ton qui exprimait le plus profond repentir.

En voyant la mine déconfite de Rogojine, Nastasia Philippovna partit d'un éclat de rire.

— Dix-huit mille roubles, à moi? Voilà qui sent bien son moujik! dit-elle avec un sans gêne effronté, et elle se leva comme pour s'en aller. Gania, le cœur glacé, observait toute cette scène.

— Eh bien, quarante mille, quarante et non dix-huit, reprit vivement Rogojine ; — Vanka Ptitzine et Biskoup ont promis de me remettre quarante mille roubles ce soir, à sept heures. Quarante mille! Tout sur la table !

Ce marchandage devenait franchement ignoble ; mais Nastasia Philippovna semblait prendre plaisir à le faire durer, car elle ne s'en allait pas et continuait à rire. Les dames Ivolguine s'étaient levées aussi, et, inquiètes, attendaient en silence le dénoûment de l'aventure. Les yeux de Varia lançaient des flammes, mais tout cela causait un véritable malaise à Nina Alexandrovna ; elle tremblait et paraissait sur le point de s'évanouir.

— Puisqu'il en est ainsi, — cent! Aujourd'hui même je mettrai cent mille roubles à votre disposition! Ptitzine, trouve-les-moi, c'est une affaire qui te rapportera gros!

L'usurier s'approcha vivement de Rogojine et le saisit par le bras.

— Tu as perdu l'esprit ! lui dit-il tout bas : — tu es ivre, on va faire venir la police. Songe un peu où tu es!

— Il divague sous l'influence de la boisson, observa malignement Nastasia Philippovna.

— Non, je ne divague pas, l'argent sera prêt, il le sera ce soir. Ptitzine, âme d'usurier, je compte sur toi, prends l'intérêt que tu voudras et procure-moi cent mille roubles pour ce soir; je prouverai que je n'attends pas! répliqua Rogojine, qui s'exaltait de plus en plus.

Soudain Ardalion Alexandrovitch se fâcha.

— Mais pourtant, qu'est-ce que cela veut dire? s'écria-t-il d'une voix menaçante en s'avançant vers le visiteur.

Le silence gardé jusqu'alors par le général rendait fort

comique cette sortie imprévue. Des rires se firent entendre.

— Qu'est-ce qu'il a encore, celui-là? ricana Rogojine : — viens avec moi, vieux, je te payerai à boire!

— C'est lâche! protesta Kolia, qui pleurait de honte et d'indignation.

— Mais se peut-il qu'il ne se trouve parmi vous personne pour expulser d'ici cette déhontée! s'écria brusquement Varia, toute tremblante de colère.

— C'est moi qu'on appelle une déhontée! fit avec une gaieté méprisante Nastasia Philippovna : — et moi, comme une sotte, j'étais venue les inviter à ma soirée! Voilà comme votre sœur me traite, Gabriel Ardalionovitch!

Devant l'emportement de sa sœur, Gania était d'abord demeuré anéanti, mais voyant que cette fois Nastasia Philippovna s'en allait bel et bien, il s'élança comme un forcené sur Varia, qu'il saisit violemment par la main.

— Qu'est-ce que tu as fait? hurla-t-il en la regardant comme s'il eût voulu la foudroyer sur place. Il était décidément hors de lui et incapable de raisonner.

— Qu'est-ce que j'ai fait? Où me traînes-tu? Tu veux peut-être que j'aille lui demander pardon parce qu'elle a insulté ta mère et qu'elle est venue déshonorer ta maison, homme bas? riposta Varia, qui regardait son frère avec une expression de défi superbe.

Pendant quelques instants tous deux restèrent ainsi en face l'un de l'autre. Gania tenait toujours la main de sa sœur dans la sienne. A deux reprises Varia essaya de se dégager, mais elle n'y put réussir et tout à coup, devenue furieuse, elle cracha au visage de son frère.

— Voilà une gaillarde! cria Nastasia Philippovna. — Bravo, Ptitzine! je vous félicite.

Un nuage se répandit sur les yeux de Gania; ne se connaissant plus, le jeune homme leva la main sur sa sœur. Mais au moment où cette main allait s'abattre sur le visage de Varia, un autre bras arrêta tout à coup celui de Gania.

Entre lui et la jeune fille venait de se jeter le prince.

— Finissez! assez, dit-il d'un ton ferme, bien qu'une agitation extraordinaire fît trembler tous ses membres.

— Ainsi, je te rencontrerai éternellement sur mon chemin! vociféra Gania au paroxysme de la rage et, lâchant soudain Varia, il asséna au prince un violent soufflet.

— Ah! fit Kolia en frappant ses mains l'une contre l'autre : — ah! mon Dieu!

De toutes parts retentirent des exclamations. Le prince pâlit. Il regarda Gania en plein visage avec une singulière expression de reproche; ses lèvres tremblantes firent un effort pour parler; un sourire étrange les crispa.

— Allons, moi, peu importe... mais elle... je ne le souffrirai pas!... murmura-t-il enfin. Puis, comme si la vue de Gania lui eût été trop pénible, il le quitta brusquement, et, couvrant son visage de ses mains, se retira dans un coin de la chambre; là, tourné du côté du mur, il ajouta d'une voix entrecoupée :

— Oh! combien vous aurez honte de votre action!

Le fait est que Gania semblait atterré; Kolia courut serrer Muichkine dans ses bras et lui prodigua ses caresses; après lui vinrent se grouper autour du prince Rogojine, Varia, Ptitzine, Nina Alexandrovna, — tout le monde, sans même en excepter le vieil Ardalion Alexandrovitch.

— Ce n'est rien, ce n'est rien! répondait à chacun d'eux le prince, qui avait toujours sur les lèvres le même sourire étrange.

— Et il s'en repentira! cria Rogojine : — tu auras honte, Ganka, d'avoir outragé une telle... brebis (il ne put trouver un autre mot)! Prince, mon âme, laisse-les là; crache sur eux, viens avec moi! Tu sauras comme aime Rogojine!

Nastasia Philippovna avait été, elle aussi, très-frappée et de la conduite de Gania et de la réponse du prince. Sa gaieté d'emprunt qui s'harmonisait si peu avec son visage ordinairement pâle et rêveur parut faire place à un sentiment nouveau. Cependant on voyait que la jeune femme s'efforçait de réagir contre cette impression et de conserver une physionomie moqueuse.

— Vraiment, j'ai vu sa figure quelque part! observa-t-elle soudain d'un ton sérieux, se rappelant que la même idée lui était déjà venue tout à l'heure.

— Et vous, n'êtes-vous pas honteuse de votre manière d'être? Est-ce que vous êtes telle que vous avez voulu le paraître? Mais cela est-il possible? s'écria brusquement le prince.

Ces paroles de reproche et l'émotion sincère avec laquelle Muichkine les prononça, étonnèrent Nastasia Philippovna. Quelque peu troublée, elle sourit, sans doute pour se donner une contenance, jeta les yeux sur Gania et sortit du salon. Mais avant d'être arrivée à l'antichambre, elle rentra tout à coup, s'avança vivement vers Nina Alexandrovna, lui prit la main et la porta à ses lèvres.

— En effet, je ne suis pas telle, il l'a compris, murmura-t-elle précipitamment, d'une voix émue, tandis qu'une subite rougeur colorait son visage; puis, tournant sur ses talons, elle se retira si vite que personne ne put s'expliquer pourquoi elle était rentrée. On l'avait seulement vue parler tout bas à Nina Alexandrovna et on avait cru remarquer qu'elle lui baisait la main. Mais aucun détail de cette rapide scène n'avait échappé à Varia et, lorsque la visiteuse sortit, la jeune fille la suivit d'un regard étonné.

Gania, reprenant conscience de lui-même, s'élança sur les pas de Nastasia Philippovna, mais elle avait déjà quitté le salon. Il la rejoignit sur l'escalier.

— Ne me reconduisez pas! lui cria-t-elle. — Au revoir, à ce soir! Ne manquez pas de venir, vous entendez!

Il revint dans l'appartement, troublé, soucieux, oppressé par une énigme qu'il sentait peser plus lourdement que jamais sur son âme. La pensée du prince traversa aussi son esprit... A côté de lui passa comme une trombe toute la bande de Rogojine. Ces hommes sortaient en causant bruyamment, et, dans la précipitation de leur départ, ils bousculèrent même Gania, mais celui-ci était si préoccupé qu'il le remarqua à peine. Quant à Rogojine, il s'en alla en compagnie de Ptitzine, à qui il paraissait faire les recommandations les plus pressantes.

— Tu as perdu, Ganka ! cria-t-il en sortant.

Gabriel Ardalionovitch l'accompagna d'un regard inquiet jusqu'au moment où il eut disparu.

XI

Le prince quitta le salon et se retira dans sa chambre, où Kolia vint aussitôt le consoler. Le pauvre garçon ne semblait plus pouvoir à présent se séparer de Muichkine.

— Vous avez bien fait de vous en aller, dit-il, — le vacarme va recommencer là de plus belle. Voilà notre existence de chaque jour, et c'est à cause de cette Nastasia Philippovna que tout cela arrive.

— Il y a bien des souffrances chez vous, Kolia, observa le prince.

— Oui, il y en a beaucoup. De nous ce n'est pas la peine de parler. Nous pâtissons par notre faute. Mais, tenez, j'ai un grand ami, celui-là est encore plus malheureux. Voulez-vous que je vous fasse faire sa connaissance?

— Très-volontiers. C'est un de vos camarades?

— Oui, c'est presque un camarade. Je vous expliquerai tout cela plus tard... Mais comment trouvez-vous Nastasia Philippovna? N'est-ce pas qu'elle est belle? Je ne l'avais encore jamais vue, et pourtant ce n'était pas l'envie qui me manquait. Elle m'a positivement ébloui. Je pardonnerais tout à Ganka, s'il l'épousait par amour, mais pourquoi reçoit-il de l'argent? voilà le malheur !

— Oui, votre frère ne me plaît pas beaucoup.

— Cela ne m'étonne pas! Après ce que vous... Mais, vous savez, je ne puis souffrir ces manières de voir. Parce qu'un fou, un imbécile ou un scélérat sous l'apparence d'un fou a donné un soufflet à quelqu'un, voilà cet homme déshonoré

pour la vie, à moins qu'il ne lave l'injure dans le sang ou
que son insulteur ne lui demande pardon à genoux. Selon
moi, c'est de l'absurdité et du despotisme. Le *Bal masqué* de
Lermontoff repose sur cette donnée, qui, à mon avis, est
stupide. Je veux dire qu'elle n'est pas naturelle. Mais il était
encore presque un enfant quand il a écrit ce drame.

— Votre sœur m'a beaucoup plu.

— Comme elle a craché sur la trogne de Ganka! Varka est
une intrépide! Mais vous n'avez pas fait comme elle, et je
suis sûr que ce n'est pas par manque d'audace. La voici elle-
même; quand on parle du loup, on en voit la queue. Je
savais bien qu'elle viendrait; elle est noble quoiqu'elle ait
aussi des défauts.

Varia commença par houspiller quelque peu son jeune
frère.

— Ce n'est pas ici ta place; va auprès du père. Il vous
ennuie, prince?

— Pas du tout, au contraire.

— Allons, déjà en train de gronder, ma grande sœur! C'est
ce qu'il y a de vilain chez elle. A propos, je croyais bien que
le père serait parti avec Rogojine. Sans doute, à présent, il
a des regrets. En effet, il faut que j'aille voir comment il se
comporte, ajouta Kolia en sortant.

— Grâce à Dieu, j'ai emmené maman et je l'ai couchée; il
n'y a eu aucune nouvelle scène. Gania est confus et soucieux.
Il y a de quoi, du reste. Quelle leçon!... Je suis venue,
prince, pour vous remercier encore une fois et pour vous
demander une chose : vous ne connaissiez pas encore
Nastasia Philippovna?

— Non, je ne la connaissais pas.

— Comment se fait-il donc que vous lui ayez dit en face :
« Vous n'êtes pas telle? » Vous avez bien deviné, paraît-il.
En effet, il est fort possible qu'elle ne soit pas telle. Du reste,
je n'entreprendrai pas de la déchiffrer! Sans doute, elle avait
l'intention de nous blesser, cela est évident. Auparavant,
j'avais déjà entendu raconter bien des choses étranges sur

son compte. Mais si elle venait pour nous inviter, pourquoi a-t-elle commencé par en user ainsi avec maman? Ptitzine la connaît très-bien, il dit n'avoir rien compris à sa conduite de tantôt. Et avec Rogojine? On ne peut pas, quand on se respecte, avoir une conversation pareille dans la maison de son... Maman est fort inquiète aussi à votre sujet...

— Il n'y a pas de quoi! fit le prince en agitant le bras.

— Et comme elle s'est montrée docile avec vous !...

— Docile? Comment?

— Vous lui avez dit que c'était une honte pour elle d'être ainsi, et immédiatement elle est devenue tout autre. Vous avez de l'influence sur elle, prince, ajouta Varia avec un léger sourire.

La porte s'ouvrit et, à la grande surprise des deux interlocuteurs, entra Gabriel Ardalionovitch.

La présence de sa sœur ne le déconcerta même pas; pendant quelque temps il resta debout sur le seuil; puis, résolument, il s'avança vers le prince.

— Prince, j'ai commis une lâcheté, pardonnez-moi, cher, dit-il tout à coup d'un ton pénétré. Les traits de son visage exprimaient une violente souffrance. Le prince le considéra avec étonnement et ne répondit pas tout de suite. — Eh bien, pardonnez-moi! eh bien, pardonnez-moi donc! supplia instamment Gania : — allons, si vous voulez, je vais vous baiser la main!

Profondément remué, Muichkine, sans dire un mot, ouvrit ses bras à Gania. Un baiser sincère scella leur réconciliation.

— J'étais bien loin de vous croire tel, observa enfin le prince, qui respirait avec effort : — je pensais que vous... en étiez incapable.

— Incapable de reconnaître mes torts!... Et où avais-je pris tantôt que vous étiez un idiot? Vous remarquez ce que les autres ne remarquent jamais. Avec vous on pourrait causer, mais... il vaut mieux ne rien dire!

— Il y a encore quelqu'un devant qui vous devez vous avouer coupable, dit le prince en montrant Varia.

— Non, son inimitié m'est acquise pour toujours. Soyez
sûr, prince, que je ne parle pas sans preuves; ici on ne pardonne pas sincèrement! répliqua avec vivacité Gania, et il
s'écarta de sa sœur.

— Si, je te pardonne! dit soudain Varia.

— Et tu iras ce soir chez Nastasia Philippovna?

— J'irai si tu l'exiges, mais je te le demande à toi-même :
n'est-il pas de toute impossibilité que j'y aille à présent?

— Elle n'est pas ainsi. Vois-tu, elle pose des énigmes! C'est
un jeu!

Et Gania sourit avec amertume.

— Je sais bien qu'elle n'est pas ainsi et que, de sa part,
c'est un jeu, mais quel jeu! Et puis vois, Gania, pour qui
elle te prend! Elle a baisé la main de maman, soit! Son
insolence était un jeu, je l'admets encore, mais, en somme,
elle s'est moquée de toi! Je t'assure, mon frère, que soixante-
quinze mille roubles ne compensent pas cela! Tu es encore
capable de sentiments nobles, voilà pourquoi je te parle
ainsi. Hé, toi-même, ne va pas chez elle! Prends garde! Cela
ne peut pas avoir une heureuse issue.

Sur ce, Varia, tout agitée, sortit précipitamment de la
chambre.

— Voilà comme ils sont toujours ici! dit Gania en souriant:
— vraiment, s'imaginent-ils que moi-même j'ignore cela?
Mais j'en sais bien plus qu'eux.

Comme il prononçait ces mots, il s'assit sur le divan avec
le désir évident de prolonger sa visite.

— Alors je me demande, fit assez timidement le prince,
— comment vous vous êtes décidé à affronter un pareil
tourment, sachant vous-même qu'en effet soixante-quinze
mille roubles ne le compensent pas.

— Je ne parle pas de cela, murmura Gania, — mais, à
propos, dites-moi ce que vous en pensez, je tiens à avoir
votre avis : oui ou non, soixante-quinze mille roubles valent-
ils la peine qu'on s'impose ce « tourment » ?

— Selon moi, ils n'en valent pas la peine.

— Allons, on le sait bien. Et il est honteux de se marier dans ces conditions?

— Très-honteux.

— Eh bien, sachez que je me marierai et que maintenant c'est chose absolument décidée. Tout à l'heure encore j'hésitais, mais à présent plus! Ne me faites pas d'observations! Je sais d'avance tout ce que vous pouvez dire...

— Non, ce que je dirai n'est pas ce que vous pensez. Je suis fort étonné de votre extraordinaire assurance...

— Comment? Quelle assurance?

— L'assurance où vous êtes que Nastasia Philippovna ne peut manquer de vous épouser et que c'est déjà une affaire finie; ensuite, à supposer même qu'elle vous épouse, je m'étonne que vous soyez si sûr de palper les soixante-quinze mille roubles. Du reste, il y a sans doute ici bien des choses que j'ignore.

Gania se rapprocha, par un brusque mouvement, de son interlocuteur.

— Assurément vous ne savez pas tout, dit-il, — et pourquoi donc, sans cela, me résignerais-je à tous ces ennuis?

— Il me semble que de tels cas se produisent très-fréquemment : on se marie par intérêt, et l'argent reste entre les mains de la femme.

— N-non; dans l'espèce, il n'en sera pas ainsi... Ici... ici il y a des circonstances... murmura Gania, devenu pensif et inquiet. — Mais, pour ce qui est de sa réponse, elle ne peut faire l'objet d'aucun doute, se hâta-t-il d'ajouter. — D'où concluez-vous qu'elle me refusera sa main?

— Je ne sais rien, sinon ce que j'ai vu; vous avez entendu aussi Barbara Ardalionovna dire tout à l'heure...

— Eh! ses paroles n'ont pas d'importance, elle ne sait que dire. Mais, quant à Rogojine, Nastasia Philippovna s'est moquée de lui, soyez-en sûr, je m'en suis bien aperçu. Cela était évident. Tantôt j'ai eu un peu peur, mais à présent je vois ce qui en est. Peut-être aussi m'objecterez-vous sa manière d'être avec ma mère, avec mon père et avec Varia?

— Et avec vous.

— Soit; mais il y avait ici une vieille rancune féminine, et rien de plus. C'est une femme terriblement irascible, vindicative et orgueilleuse. On dirait un employé victime d'un passe-droit! Elle voulait se montrer, afficher son mépris pour eux... et pour moi, c'est la vérité, je ne le nie pas... Et pourtant elle m'épousera. Vous n'avez pas idée des comédies dont l'amour-propre humain est capable : voyez-vous, elle me considère comme un drôle, parce que je la prends tout uniment pour sa fortune, elle une femme entretenue, et elle ne sait pas qu'un autre en userait plus lâchement encore : il s'accrocherait à elle, lui tiendrait force discours libéraux et progressistes; bref, en jouant habilement de la question des femmes, il ferait croire sans aucune peine à cette sotte vaniteuse qu'il la recherche en mariage uniquement à cause de sa « noblesse d'âme » et de « son malheur », alors qu'au bout du compte lui-même ne l'épouserait que pour son argent. Ce qui me nuit à ses yeux, c'est que je ne veux pas feindre, et il le faudrait. Mais elle, qu'est-ce qu'elle fait? N'est-ce pas la même chose? Alors pourquoi me méprise-t-elle, et joue-t-elle ces comédies? Parce que moi-même, au lieu de m'aplatir, je fais preuve de fierté. Eh bien, nous verrons!

— Se peut-il qu'avant cela vous l'ayez aimée?

— Je l'ai aimée dans le commencement. Allons, assez... Il y a des femmes qui sont bonnes comme maîtresses, mais qui ne valent rien comme épouses. Je ne dis pas que j'aie été l'amant de Nastasia Philippovna. Si elle veut vivre en paix avec moi, je vivrai en paix avec elle; si elle s'insurge, je la lâcherai tout de suite et j'emporterai l'argent avec moi. Je n'entends pas être ridicule; c'est ce que je veux éviter avant tout.

— Il me semble toujours que Nastasia Philippovna est intelligente, reprit avec précaution le prince. — Pourquoi, pressentant les tribulations qui l'attendent, donne-t-elle dans le trébuchet? Elle pourrait épouser un autre que vous. Voilà ce qui m'étonne.

— Mais ici même il y a un calcul ! Vous ne savez pas tout, prince... ici... et, en dehors de cela, elle est convaincue que je l'aime à la folie, je vous le jure. Et, savez-vous ? je suis très-porté à croire qu'elle m'aime aussi, à sa façon, s'entend, vous connaissez le proverbe : « Celui que j'aime, je le bats. » Toute la vie, elle verra en moi un valet de carreau (et il lui faut cela peut-être) ; mais, malgré tout, elle m'aimera à sa manière ; elle s'y prépare, tel est son caractère. C'est une femme foncièrement russe, je vous le dis ; mais, de mon côté, je lui réserve une surprise. Sans avoir été aucunement préméditée, la scène de tantôt avec Varia est arrivée fort à propos pour servir mes intérêts : Nastasia Philippovna a eu la preuve de mon attachement, elle a vu que, pour elle, je rompais tous mes liens de famille. Nous ne sommes pas bêtes non plus, soyez-en sûr. A propos, ne trouvez-vous pas que je bavarde beaucoup ? Au fait, j'ai peut-être tort, cher prince, de vous faire ainsi mes confidences. Mais je me suis jeté sur vous, justement parce que vous êtes le premier homme noble qui me soit tombé sous la main ; quand je dis que « je me suis jeté sur vous », ne prenez pas cela pour un calembour. Vous ne m'en voulez pas de ce qui s'est passé tout à l'heure, n'est-ce pas ? C'est peut-être la première fois, depuis deux ans, que je parle à cœur ouvert. Ici il y a terriblement peu d'honnêtes gens ; pas un n'est plus honnête que Ptitzine. Eh bien, vous riez, je crois ? Les drôles aiment les honnêtes gens, — vous ne le saviez pas ? Et je... Mais, du reste, pourquoi suis-je un drôle ? dites-le-moi franchement. Parce qu'ils m'appellent tous ainsi, à commencer par Nastasia Philippovna ? Sachez qu'après eux et après elle, moi-même je m'applique cette épithète ! Soit, va pour drôle !

— A présent, je ne vous considérerai plus jamais comme un drôle, dit Muichkine. — Tantôt je vous avais pris pour un vrai scélérat, et tout d'un coup vous m'avez causé une telle joie ! C'est une leçon, cela prouve qu'il ne faut pas juger à la légère. Maintenant, je vois que, loin d'être un scélérat, vous ne pouvez même pas être considéré comme un homme très-corrompu. A mon avis, vous faites simplement partie des gens les plus ordinaires; si vous vous distinguez par quelque chose, c'est par une grande faiblesse et un défaut complet d'originalité.

Ces paroles amenèrent un sourire venimeux sur les lèvres de Gania, mais il ne les releva point. En s'apercevant qu'il avait blessé son interlocuteur, le prince se sentit confus et il garda aussi le silence.

— Mon père vous a demandé de l'argent? questionna tout à coup Gania.

— Non.

— Il vous en demandera, ne lui en donnez pas. Et pourtant il a été un homme comme il faut, je me le rappelle. Il était reçu dans la bonne société. Mais comme la décadence arrive vite pour tous ces vieux gentlemen! Dès qu'un revers de fortune les a atteints, une transformation complète s'opère en eux. Autrefois il ne mentait pas ainsi, je vous l'assure, il avait seulement une pointe d'exaltation trop prononcée, et — voilà ce qu'il est devenu! Sans doute la faute en est au vin. Savez-vous qu'il entretient une maîtresse? A présent, ce n'est plus simplement un hâbleur inoffensif. Je ne puis comprendre la longanimité de ma mère. Il vous a raconté le siége de Kars? Ou bien il vous aura dit qu'il avait un cheval gris qui parlait? Il ne craint pas de débiter de pareilles blagues.

Et Gania partit d'un bruyant éclat de rire.

— Pourquoi me regardez-vous ainsi? demanda-t-il brusquement au prince.

— Je m'étonne de vous voir rire si franchement. En vérité, vous avez encore une gaieté enfantine. Tantôt vous êtes venu vous réconcilier avec moi et vous m'avez dit : « Si vous voulez, je vous baiserai la main », — un enfant ne se serait pas comporté autrement. Vous êtes donc encore capable de parler et d'agir avec la naïveté du jeune âge. Puis, tout d'un coup, voilà que vous m'entretenez de ce ténébreux projet, de ces soixante-quinze mille roubles. Vraiment, tout cela me semble absurde et impossible.

— Que prétendez-vous conclure de là?

— Que vous vous lancez peut-être étourdiment dans cette entreprise et que vous feriez bien d'y regarder à deux fois. Il se peut que Barbara Ardalionovna ait raison.

— Ah! de la morale! Je sais moi-même que je suis encore un gamin, répliqua vivement Gania, — et je le prouve par cela seul que j'ai engagé avec vous une semblable conversation. Ce n'est point par calcul, prince, que je me lance dans cette ténébreuse affaire, continua le jeune homme, qui, blessé dans son amour-propre, n'était plus maître de sa parole, — si je faisais un calcul, je me tromperais certainement, car je suis encore trop faible de tête et de caractère. J'obéis à une passion, à un entraînement, parce qu'il y a pour moi un but qui prime tout le reste. Vous croyez qu'une fois en possession de soixante-quinze mille roubles, je m'empresserai d'acheter une voiture. Non; alors j'achèverai d'user la vieille redingote que je porte depuis trois ans, et je renoncerai à toutes mes relations de club. Je prendrai exemple sur les gens arrivés. A dix-sept ans Ptitzine couchait dans la rue, il vendait des canifs et il a commencé avec un kopek; maintenant il possède soixante mille roubles, mais, pour en arriver là, à quelle gymnastique il a dû se livrer! Eh bien, ce sont ces débuts pénibles que je veux m'épargner, je commencerai d'emblée avec un capital; dans quinze ans on dira : « Voilà Ivolguine, le roi des Juifs. » Vous prétendez que je n'ai pas d'originalité. Remarquez-le, cher prince, rien n'est plus offensant pour un homme de notre temps et de notre race que de s'entendre dire qu'il manque d'originalité, qu'il est faible de caractère, qu'il n'a point de talents particuliers, qu'il est un homme ordinaire. Vous ne m'avez pas même fait l'honneur de me considérer comme un drôle, et, vous savez, tantôt je vous aurais volontiers mangé à cause de cela. Vous m'avez blessé plus cruellement qu'Épantchine, qui me croit capable de lui vendre ma femme (notez bien que,

de sa part, cette conjecture est purement gratuite, vu qu'il
n'a jamais été question de rien de semblable entre nous) ! Il
y a longtemps, batuchka, que cela m'exaspère, et je veux
faire fortune. Une fois riche, sachez-le, je serai un homme
original au plus haut degré. Ce qu'il y a de plus vil et de
plus haïssable dans l'argent, c'est qu'il donne même des
talents. Et il en donnera jusqu'à la fin du monde. Vous direz
que tout cela est de l'enfantillage ou de la poésie, — eh bien,
ce n'en sera que plus amusant pour moi, mais l'affaire se
fera. J'irai jusqu'au bout. Rira bien qui rira le dernier!
Pourquoi Épantchine m'outrage-t-il ainsi? Par méchanceté?
Pas du tout. Simplement parce que je suis un zéro social.
Eh bien, mais alors... Assez causé pourtant, Kolia a déjà
montré deux fois son nez, c'est-à-dire que le dîner vous
attend. Moi, je sors. Je viendrai quelquefois vous voir. Vous
ne serez pas mal chez nous; à présent on va vous considérer
comme un membre de la famille. Mais faites attention, ne
me trahissez pas. Il me semble que vous et moi nous serons
ou amis ou ennemis. Dites-moi, prince, si tantôt je vous
avais baisé la main (comme j'étais sincèrement disposé à le
faire), ne pensez-vous pas qu'après cela je serais devenu
votre ennemi?

Muichkine réfléchit un instant, puis se mit à rire.

— Vous le seriez devenu certainement, répondit-il, —
mais pas pour toujours; plus tard cela aurait été plus fort
que vous, vous m'auriez pardonné.

— Eh! Mais avec vous il faut être plus circonspect. Qui
sait? vous êtes peut-être mon ennemi? A propos; ha, ha, ha!
J'allais oublier de vous le demander : j'ai cru m'apercevoir
que Nastasia Philippovna vous plaît beaucoup; est-ce vrai,
dites?

— Oui... elle me plaît.

— Vous êtes amoureux d'elle?

— N-non.

— Il est devenu tout rouge et il souffre. Allons, c'est bien,
je ne rirai pas; au revoir. Mais, vous savez, c'est une femme

vertueuse, — pouvez-vous croire cela? Vous pensez qu'elle vit avec ce Totzky? Pas du tout! Il y a même déjà longtemps que leurs relations ont cessé. Avez-vous remarqué aussi qu'elle perd facilement la tramontane, et que, tantôt, à de certains moments, elle s'est troublée? C'est positif. Voilà pourtant les femmes qui aiment la domination! Allons, adieu!

Ganetchka sortit d'un air beaucoup plus dégagé qu'il n'était entré; il avait recouvré toute sa bonne humeur. Pendant dix minutes, le prince resta immobile et pensif.

Kolia entre-bâilla de nouveau la porte et passa sa tête par l'ouverture.

— Je ne dinerai pas, Kolia; j'ai bien déjeuné ce matin chez les Épantchine.

Entrant dans la chambre, Kolia remit au prince un pli cacheté. C'était un billet écrit par le général. On voyait sur le visage de l'enfant combien il lui en coûtait de s'acquitter de cette commission. Après avoir lu le pli, Muichkine se leva et prit son chapeau.

— C'est à deux pas d'ici, dit Kolia confus. — Il est là maintenant en train de boire. Et comment a-t-il pu se faire ouvrir un crédit dans cette maison? je n'y comprends rien. Prince, cher, s'il vous plaît, ne dites pas ici que je vous ai remis ce billet! Mille fois j'ai juré que je ne me chargerais plus de commissions semblables, mais je n'ai pas le courage de les refuser. Du reste, je vous en prie, ne vous gênez pas avec lui : donnez quelque menue monnaie et ce sera une affaire finie.

— Moi-même, Kolia, je voulais voir votre papa; j'ai à lui parler... Partons...

XII

Le prince n'eut pas loin à aller. Kolia le mena dans un café de la Litéinaïa. Au rez-de-chaussée de cet établissement, dans une petite pièce à droite, Ardalion Alexandrovitch, installé comme un vieil habitué, était assis devant une bouteille et avait en main l'*Indépendance belge*. Il attendait le prince; à peine l'eut-il vu entrer, que, laissant là son journal, il commença une explication animée et verbeuse où, du reste, Muichkine ne comprit presque rien, car le général était déjà pas mal dans les vignes.

— Je n'ai pas dix roubles, interrompit le prince, — mais en voici vingt-cinq, changez ce billet et rendez-moi quinze roubles, parce que, autrement, je resterais moi-même sans un groch.

— Oh! certainement, et soyez sûr que cela va être fait tout de suite...

— En outre, j'ai une prière à vous adresser, général. Vous n'avez jamais été chez Nastasia Philippovna?

Ardalion Alexandrovitch se rengorgea d'un air fat.

— Moi? je n'ai pas été chez elle? C'est à moi que vous dites cela? Plusieurs fois, mon cher, plusieurs fois! fit-il avec une ironie triomphante : — mais, à la fin, j'ai spontanément cessé de la voir, parce que je n'entends pas prêter les mains à une alliance inconvenante. Vous l'avez vu vous-même, vous en avez été témoin ce matin : j'ai fait tout ce que pouvait faire un père, — mais un père doux et indulgent; à présent va se montrer un père d'un autre genre, et alors nous verrons si un vieux militaire qui a bien mérité de sa patrie triomphera de l'intrigue, ou si une lorette éhontée entrera dans une noble famille.

— Je voulais justement vous demander si, à titre de connaissance, vous ne pourriez pas m'introduire ce soir chez Nastasia Philippovna. Il faut absolument que je la voie aujourd'hui, j'ai à lui parler, mais je ne sais pas du tout comment faire pour avoir accès auprès d'elle. J'ai bien été présenté tantôt, mais je n'ai pas reçu d'invitation, et la réunion d'aujourd'hui est une réunion priée. Du reste, je suis prêt à passer par-dessus certaines convenances. Qu'on se moque même de moi, cela m'est égal, pourvu que je trouve moyen d'entrer d'une façon quelconque.

— Votre idée, mon jeune ami, se rencontre tout à fait avec la mienne, tout à fait! s'écria le général enchanté, — ce n'est pas pour cette niaiserie que je vous ai appelé, poursuivit Ardalion Alexandrovitch, qui, d'ailleurs, ne laissa pas de prendre l'argent et de le mettre dans sa poche : — mon but était précisément de vous inviter à une expédition chez Nastasia Philippovna, ou, pour mieux dire, à une expédition contre Nastasia Philippovna! Le général Ivolguine et le prince Muichkine! quel effet cela fera sur elle! Moi-même, je vais l'aller voir, par manière de politesse, à l'occasion de sa fête, et je signifierai enfin ma volonté, — d'une façon détournée, pas directement, mais ce sera tout comme. Alors Gania lui-même verra ce qu'il aura à faire : si un père vieilli au service de la patrie et... en quelque sorte... et cætera, ou... Mais advienne que pourra! Votre idée est féconde au plus haut degré. Nous irons là à neuf heures, nous avons encore du temps devant nous.

— Où demeure-t-elle?

— Loin d'ici, près du Grand Théâtre, maison Mytovtzoff, au premier étage... Il n'y aura pas grand monde chez elle, quoique ce soit l'anniversaire de sa naissance, et on se retirera de bonne heure...

Depuis longtemps déjà le soir était venu; le prince restait toujours là, écoutant et attendant le général, qui commençait une quantité innombrable de récits sans en achever un seul. A l'arrivée de Muichkine, il s'était fait servir une nou-

velle bouteille qu'il avait mis une heure à boire, ensuite il
en demanda une autre et la vida également. On doit supposer qu'au cours de ces libations le général eut le temps de
raconter à peu près toute son histoire. A la fin, le prince se
leva en disant qu'il ne pouvait plus attendre. Ardalion Alexandrovitch but les dernières gouttes qui étaient restées dans
la bouteille et, d'un pas très-chancelant, sortit de la chambre.
Le prince était au désespoir. Il ne comprenait pas comment
il avait pu placer si bêtement sa confiance. Au fond, il n'avait
jamais attendu du général qu'une chose, c'était que celui-ci
l'introduisît chez Nastasia Philippovna, fût-ce au prix d'un
certain scandale, mais le scandale menaçait de dépasser les
prévisions de Muichkine. Décidément ivre, Ardalion Alexandrovitch tenait à son compagnon toutes sortes de discours
éloquents et pathétiques; il ne cessait de se répandre en
récriminations contre les différents membres de sa famille :
tout le mal venait de leur mauvaise conduite et il n'était que
temps d'y mettre une borne.

Enfin ils se trouvèrent dans la Litéinaïa. Le dégel continuait; dans les rues sifflait un vent tiède et malsain, les
voitures pataugeaient dans la boue, le pavé résonnait sous
les sabots des chevaux de sang et des rosses. Le long des
trottoirs cheminait mélancoliquement la foule mouillée des
piétons. On rencontrait des gens ivres.

— Voyez-vous ces premiers étages brillamment éclairés?
dit le général, — ce sont tous camarades à moi qui y habitent, et moi, moi qui ai plus longtemps servi, plus souffert
qu'aucun d'eux, je vais à pied jusqu'au Grand Théâtre pour
faire visite à une femme équivoque! Un homme qui a treize
balles dans la poitrine....., vous ne le croyez pas? Pourtant
c'est exprès pour moi que Pirogoff a télégraphié à Paris et
quitté momentanément Sébastopol assiégé; Nélaton, le médecin des Tuileries, a demandé au nom de la science un sauf-
conduit pour venir me visiter dans Sébastopol assiégé. On
sait cela en haut lieu : « Ah! c'est cet Ivolguine qui a treize
balles.. » Voilà comment on parle de moi! Voyez-vous cette

maison, prince? Au premier étage demeure un de mes vieux camarades, le général Sokolovitch; il habite là avec sa famille, qui est très-noble et très-nombreuse. Eh-bien, cette maison et cinq autres : trois sur la perspective Nevsky, et deux dans la Morskaïa, — voilà maintenant toutes mes relations, j'entends mes relations personnelles. Nina Alexandrovna s'est depuis longtemps soumise aux circonstances. Moi, je continue à me souvenir..... et, pour ainsi dire, à me délasser dans un cercle choisi, dans la société de mes anciens camarades et subordonnés qui n'ont pas cessé de m'adorer. Ce général Sokolovitch (du reste, il y a pas mal de temps que je ne suis allé chez lui et que je n'ai vu Anna Fédorovna)... Vous savez, cher prince, quand soi-même on ne reçoit pas, involontairement on s'abstient aussi d'aller chez les autres. Et pourtant... hum... vous avez l'air de ne pas me croire... Au fait, pourquoi ne présenterais-je pas à cette charmante famille le fils de mon meilleur ami, du compagnon de mon enfance? Le général Ivolguine et le prince Muichkine! Vous verrez une jeune fille étonnante, que dis-je une? deux, trois même, l'ornement de la capitale et de la société : beauté, éducation, tendance... question des femmes, poésie, tout cela confondu dans un heureux mélange, sans compter que chacune d'elles aura au moins quatre-vingt mille roubles de dot, ce qui ne nuit jamais..... en un mot, il faut absolument que je vous introduise dans cette maison; c'est pour moi un devoir, une obligation. Le général Ivolguine et le prince Muichkine! Tableau!

— Tout de suite? maintenant? Mais vous avez oublié..... commença le prince.

— Non, je n'oublie rien, venez! C'est ici, où vous voyez ce superbe escalier. Je m'étonne qu'il n'y ait pas de suisse, mais..... c'est fête et le suisse a quitté sa loge... Comment n'ont-ils pas encore congédié cet ivrogne? C'est à moi, à moi seul que ce Sokolovitch doit tout le bonheur qu'il a eu dans la vie et au service, mais... nous voici arrivés.

Sans plus faire d'objections, le prince suivait docilement,.

dans la crainte d'irriter Ardalion Alexandrovitch; d'ailleurs il avait le ferme espoir que le général Sokolovitch et toute sa famille s'évanouiraient peu à peu comme un mirage dépourvu de réalité, si bien que les visiteurs en seraient quittes pour redescendre l'escalier. Mais, à sa grande terreur, il s'aperçut bientôt que le général se dirigeait dans la maison comme un homme qui y a réellement des connaissances; à chaque instant celui-ci mentionnait quelque détail biographique ou topographique dont la précision ne laissait rien à désirer. Quand enfin ils furent arrivés au premier étage et que le général se mit en devoir de sonner à la porte d'un bel appartement à droite, le prince résolut décidément de s'enfuir, mais une circonstance singulière l'arrêta une minute.

— Vous vous trompez, général, dit-il, — le nom qu'on lit sur la porte est Koulakoff, et c'est chez Sokolovitch que vous allez.

— Koulakoff... Koulakoff ne prouve rien. Ce logement est celui de Sokolovitch, et c'est chez Sokolovitch que je sonne; je me moque de Koulakoff... Mais voici qu'on ouvre.

La porte s'ouvrit en effet. Le laquais apprit aux visiteurs que ses maîtres étaient absents.

— Quel dommage! Quel dommage! C'est comme un fait exprès! répéta à diverses reprises avec les marques du plus profond regret Ardalion Alexandrovitch. — Mon cher, quand vos maîtres seront de retour, vous leur direz que le général Ivolguine et le prince Muichkine désiraient donner un témoignage de leur estime particulière, et qu'ils ont été désolés, infiniment désolés...

En ce moment se montra dans l'antichambre une autre personne de la maison. C'était une dame de quarante ans, vêtue d'une robe de couleur sombre, probablement une femme de charge, peut-être même une institutrice. Entendant les noms du général Ivolguine et du prince Muichkine, elle s'approcha avec une curiosité défiante.

— Marie Alexandrovna n'est pas à la maison, dit-elle en examinant surtout le général, — elle est allée chez la grand'-mère avec mademoiselle, avec Alexandra Mikhaïlovna.

— Alexandra Mikhaïlovna est sortie aussi! Oh! mon Dieu, quel malheur! Et figurez-vous, madame, que ce malheur m'arrive toujours! Je vous prie très-humblement de remettre mes hommages et de rappeler au souvenir d'Alexandra Mikhaïlovna..... en un mot, dites-lui que je lui souhaite de tout mon cœur ce qu'elle-même se souhaitait jeudi soir, en entendant exécuter la ballade de Chopin; elle se rappellera... Je le lui souhaite sincèrement! Le général Ivolguine et le prince Muichkine !

Les traits de la dame perdirent leur expression de défiance.

— Je n'y manquerai pas, répondit-elle; puis elle fit une révérence et se retira.

En descendant l'escalier, le général témoigna encore ses plus vifs regrets de n'avoir pu mettre le prince en relation avec une si charmante famille.

— Vous savez, mon cher, je suis un peu poëte dans l'âme, avez-vous remarqué cela? Mais, du reste... du reste, je crois que nous avons fait erreur, ajouta-t-il tout à coup : — les Sokolovitch, je m'en souviens maintenant, demeurent dans une autre maison, et même, si je ne me trompe, ils doivent être à Moscou en ce moment. Oui, je me suis légèrement blousé, mais... cela ne fait rien.

— Je voudrais seulement savoir, observa le prince découragé, — si je ne dois plus compter sur vous et s'il faut que j'aille seul chez Nastasia Philippovna?

— Ne plus compter sur moi? Aller seul? Mais comment pouvez-vous me faire cette question, quand cela constitue pour moi une entreprise capitale d'où dépend dans une si large mesure le sort de toute ma famille? Vous connaissez mal Ivolguine, mon jeune ami. Qui dit « Ivolguine » dit « mur » : compte sur Ivolguine comme sur un mur, voilà comme on parlait déjà de moi dans l'escadron où j'ai débuté. Mais nous allons entrer pour une petite minute dans la maison où, depuis quelques années déjà, mon âme se délasse de ses soucis et se console de ses épreuves.

— Vous voulez passer chez vous?

— Non! Je veux... faire visite à madame Térentieff, veuve du capitaine Térentieff, mon ancien subordonné... et même mon ami... Chez cette dame je reprends courage, je retrouve la force de supporter les peines de la vie, les chagrins domestiques. Et comme aujourd'hui justement j'ai un grand fardeau moral, je...

— Il me semble, murmura le prince, — que j'ai fait une grosse sottise en vous dérangeant tantôt. D'ailleurs, maintenant vous... Adieu!

— Mais je ne puis pas vous laisser partir ainsi, mon jeune ami, je ne le puis pas! s'écria le général : — c'est une veuve, une mère de famille, et elle tire de son cœur des accents qui ont un écho dans tout mon être. Une visite chez elle, c'est l'affaire de cinq minutes; dans cette maison je n'ai pas à me gêner, je suis là, pour ainsi dire, comme chez moi; je vais me laver, faire un bout de toilette, et ensuite nous nous rendrons en fiacre au Grand Théâtre. Soyez sûr que j'ai besoin de vous pour toute la soirée... Nous y sommes, voilà la maison... Tiens, Kolia, tu es ici? Eh bien, Marfa Borisovna est-elle chez elle ou toi-même viens-tu seulement d'arriver?

— Oh! non, je suis ici depuis longtemps, répondit Kolia, qui se trouvait devant la grand'porte au moment où le général et le prince l'avaient rencontré, — je tiens compagnie à Hippolyte, il ne va pas bien, il est resté au lit ce matin. J'étais descendu pour aller acheter des cartes. Marfa Borisovna vous attend. Mais, papa, dans quel état vous êtes!... ajouta l'enfant, frappé de la tenue et de la démarche de son père. — Eh bien, allons-y!

La rencontre de Kolia détermina le prince à accompagner le général chez Marfa Borisovna, mais il était décidé à n'y rester qu'une minute. Il avait besoin de Kolia; quant au général, l'intention bien arrêtée de Muichkine était de le planter là, et il ne pouvait se pardonner d'avoir songé tout à l'heure à l'utiliser. Ils prirent l'escalier de service pour monter au quatrième étage, où habitait madame Térentieff.

— Vous voulez présenter le prince? demanda Kolia, chemin faisant.

— Oui, mon ami, je veux le présenter : le général Ivolguine et le prince Muichkine, mais qu'est-ce que?... comment?... Marfa Borisovna...

— Vous savez, papa, vous auriez mieux fait de ne pas venir! Elle vous mangera! Depuis avant-hier vous n'avez pas montré votre nez, et elle attend de l'argent. Pourquoi lui en avez-vous promis? Vous êtes toujours le même! A présent, réglez vos comptes.

Au quatrième étage, ils s'arrêtèrent devant une porte assez basse. Ardalion Alexandrovitch, visiblement décontenancé, poussa le prince en avant.

— Moi, je resterai ici, balbutia-t-il, — je veux faire une surprise...

Kolia entra le premier. La maîtresse du logis jeta un coup d'œil sur le carré, et c'en fut fait de la surprise projetée par le général. Marfa Borisovna était une dame de quarante ans, vêtue d'une camisole moldave, chaussée de pantoufles et excessivement fardée; ses cheveux formaient de petites tresses sur sa tête. Elle n'eut pas plutôt aperçu Ardalion Alexandrovitch qu'elle se mit à crier :

— Le voilà, cet homme bas et pervers, mon cœur me l'avait dit!

Le vieillard essaya de faire bonne mine à mauvais jeu.

— Entrons, cela n'a pas d'importance, murmura-t-il à l'oreille du prince.

Mais cela était plus sérieux qu'il ne voulait bien le dire. Dès que les visiteurs eurent traversé la sombre et basse antichambre pour pénétrer dans une étroite salle meublée d'une demi-douzaine de chaises de jonc et de deux petites tables de jeu, madame Térentieff, de la voix lamentable qui lui était habituelle, poursuivit le cours de ses invectives :

— Et tu n'es pas honteux, tu n'es pas honteux, barbare, tyran de ma famille! Tu m'as dépouillée de tout, tu m'as sucée jusqu'à la moelle des os! Combien de temps encore serai-je ta victime, homme sans vergogne et sans honneur!

— Marfa Borisovna, Marfa Borisovna! C'est... le prince Muichkine. Le général Ivolguine et le prince Muichkine, balbutiait Ardalion Alexandrovitch, déconcerté et tremblant.

— Croirez-vous, reprit la maîtresse du logis en s'adressant tout à coup au prince, — croirez-vous que cet homme éhonté n'a pas épargné mes enfants orphelins? Il a tout volé, tout emporté, tout vendu, tout mis en gage, il n'a rien laissé. Qu'est-ce que je ferai de tes lettres de change, homme astucieux et sans conscience? Réponds, fourbe, réponds-moi, cœur insatiable : avec quoi, avec quoi nourrirai-je mes enfants orphelins? Il arrive maintenant en état d'ivresse, il ne peut pas se tenir sur ses jambes... Par quoi ai-je irrité le Seigneur Dieu, infect drôle, réponds?

Mais cette question intéressait peu le général.

— Marfa Borisovna, voici vingt-cinq roubles... c'est tout ce que je puis... et encore je les dois à la générosité de mon noble ami, le prince! Je me suis cruellement trompé! Telle est... la vie... Et maintenant... excusez-moi, je suis faible, dit Ardalion Alexandrovitch, qui, debout au milieu de la chambre, saluait de tous côtés; — je suis faible; excusez-moi! Lénotchka! un coussin... chère!

Lénotchka, fillette de huit ans, courut aussitôt chercher un coussin et le posa sur le mauvais divan de toile cirée. Le général avait l'intention de dire encore bien des choses, mais dès qu'il eut pris place sur le divan, il se tourna du côté du mur et instantanément s'endormit du sommeil du juste. D'un air cérémonieux et affligé Marfa Borisovna montra au prince une chaise près d'une table de jeu; elle-même s'assit en face du visiteur, appuya sa joue droite sur sa main et se mit à soupirer silencieusement, les yeux fixés sur le prince. Les trois enfants, deux petites filles et un petit garçon (Lénotchka était l'aînée), s'approchèrent de la table, s'y accoudèrent et tinrent aussi leurs regards attachés sur Muichkine. De la pièce voisine sortit Kolia.

— Je suis bien aise de vous avoir rencontré ici, Kolia, lui

dit le prince, — ne pourriez-vous pas me rendre un service?
Il faut absolument que j'aille chez Nastasia Philippovna.
J'avais prié tantôt Ardalion Alexandrovitch de m'y conduire,
mais voilà qu'il s'est endormi. Servez-moi de guide, car je
ne connais pas le chemin. Du reste, je sais l'adresse : c'est
près du Grand Théâtre, maison Mytovtzoff.

— Nastasia Philippovna? Mais elle n'a jamais demeuré là
et mon père n'est même jamais allé chez elle, si vous voulez
le savoir; il est étrange que vous vous en soyez rapporté à
lui. Elle habite dans le voisinage de la rue Wladimir, aux
Cinq-Coins, c'est beaucoup plus près d'ici. Vous y allez tout
de suite? Il est maintenant neuf heures et demie. Soit, je vais
vous conduire.

Kolia et le prince partirent aussitôt. Hélas! ce dernier
n'avait pas même de quoi prendre un fiacre; ils durent aller
à pied.

— J'aurais voulu vous faire faire la connaissance d'Hippolyte, dit Kolia, — c'est le fils aîné de la dame que vous
venez de voir, et il était dans la pièce voisine; il est malade,
toute la journée il est resté couché. Mais il est fort étrange,
c'est une vraie sensitive, et j'ai pensé qu'il se trouverait
gêné en votre présence, vu que vous êtes arrivé dans un
moment... Moi, cela me confusionne moins que lui, parce
que moi, c'est mon père, tandis que lui, c'est sa mère; cela
fait une différence : ce qui déshonore une femme n'entache
pas l'honneur d'un homme. Du reste, l'opinion publique a
peut-être tort de condamner dans un sexe ce qu'elle excuse
dans l'autre. Hippolyte est un garçon magnifiquement doué,
mais il y a des préjugés dont il est l'esclave.

— Il est phthisique, dites-vous?

— Oui, à ce qu'il paraît, le mieux pour lui serait de
mourir le plus tôt possible. Certainement moi, à sa place,
j'appellerais la mort de tous mes vœux. Le sort de ses
frères et sœurs lui fait peine, ce sont les enfants que vous
avez vus. Si c'était possible, si nous avions seulement de
l'argent, lui et moi nous quitterions nos familles et nous

nous installerions ensemble dans un logement à nous. C'est
notre rêve. Mais savez-vous une chose? tout à l'heure, quand
je lui ai parlé de votre cas, il s'est fâché, il prétend que celui
qui reçoit un soufflet et n'appelle pas son insulteur sur le
terrain est un lâche. Du reste, il est fort irascible ; aussi ai-
je cessé de discuter avec lui. Ainsi, Nastasia Philippovna vous
a invité à l'aller voir?

— A vrai dire, non.

— Alors comment se fait-il que vous vous rendiez chez
elle? s'écria Kolia, dont l'étonnement fut tel qu'il s'arrêta au
milieu du trottoir : — et... et c'est dans ce costume que
vous allez en soirée?

— Vraiment, je ne sais pas comment j'entrerai. Si on me
reçoit, tant mieux; si on ne me reçoit pas, ce sera une
affaire manquée. Quant à mon costume, que faire?

— Quelque chose vous appelle chez Nastasia Philippovna?
Ou bien n'y allez-vous que pour passer le temps en « noble
compagnie » ?

— Non, ma visite a proprement pour objet... c'est-à-dire
que je vais là pour affaire... c'est difficile à expliquer,
mais...

— Allons, que ce soit pour une chose ou pour une autre,
cela vous regarde et je n'ai pas besoin de le savoir. L'important, à mes yeux, c'est que vous n'allez pas là pour le
simple plaisir de passer la soirée dans une charmante société
de cocottes, de généraux et d'usuriers. S'il en était ainsi,
prince, pardonnez-moi de vous le dire, je me moquerais de
vous et je commencerais à vous mépriser. Les honnêtes gens
sont terriblement rares ici, il n'y a même personne qui
mérite une entière estime. On prend malgré soi des airs
dédaigneux, et ils exigent tous du respect; Varia la première.
Avez-vous remarqué, prince, qu'à notre époque on ne voit
que des aventuriers? Et particulièrement chez nous, en
Russie, dans notre chère patrie. Comment tout cela s'est
organisé ainsi, — je ne le comprends pas. Il paraît que cet
ordre de choses était solide, mais maintenant qu'arrive-t-il?

On soulève tous les voiles, on met le doigt sur toutes les plaies, nous assistons à une orgie de révélations scandaleuses. Les pères sont confondus les premiers et rougissent de leur ancienne morale. Tenez, à Moscou, un père exhortait son fils à ne reculer *devant rien* pour gagner de l'argent ; la presse s'est emparée du fait et l'a livré à la connaissance du public. Regardez mon général, eh bien, qu'est-il devenu ? Mais, du reste, savez-vous une chose ? il me semble que mon général est un honnête homme, oui, je vous l'assure ! On ne peut lui reprocher que d'être adonné au désordre et à la boisson. Oui, c'est ainsi ! Il me fait même pitié ; je n'ose pas le dire, parce qu'ils se moquent tous de moi ; mais en vérité je le plains. Et que sont-ils, eux, les gens intelligents ? Des usuriers, tous, depuis le premier jusqu'au dernier ! Hippolyte fait l'apologie de l'usure, il prétend qu'elle est nécessaire, il parle de mouvement économique, de flux et de reflux, le diable sait ce qu'il dit ! Cela me fâche de l'entendre tenir ce langage, mais il est aigri. Figurez-vous que sa mère est entretenue par le général et qu'elle lui prête de l'argent à la petite semaine ! N'est-ce pas honteux ? Et savez-vous que maman, — je dis bien, — maman, Nina Alexandrovna, la générale, fournit à Hippolyte des secours de toute sorte : argent, vêtements, linge ; par l'intermédiaire d'Hippolyte elle vient même jusqu'à un certain point en aide aux babies, parce que leur mère ne s'occupe pas d'eux. Et Varia en fait autant.

— Voyez-vous, vous dites qu'il n'y a pas de gens honnêtes et forts, qu'il n'y a que des usuriers, eh bien, mais en voici, des gens forts : votre mère et Varia. Secourir autrui dans de semblables conditions, n'est-ce pas un indice de force morale ?

— Varka agit ainsi par amour-propre, par ostentation, pour ne pas se laisser vaincre par ma mère ; quant à maman, en effet... je l'estime. Oui, j'approuve et j'honore sa conduite. Hippolyte lui-même y est sensible, quelque endurci qu'il soit. D'abord il en riait et il trouvait que c'était une bassesse de la part de maman, mais maintenant il lui arrive parfois

d'en être touché. Hum! Ainsi, vous appelez cela de la force ?
J'en prends note. Gania ne sait pas cela ; lui, il dirait que c'est
favoriser le vice.

— Ah! Gania ne sait pas cela? Il y a encore, paraît-il, plusieurs choses que Gania ne sait pas, laissa échapper le prince,
devenu songeur en entendant la dernière phrase de Kolia.

— Mais vous savez, prince, vous me plaisez beaucoup. La
façon dont vous avez agi tantôt ne me sort pas de l'esprit.

— Vous me plaisez beaucoup aussi, Kolia.

— Écoutez, comment avez-vous l'intention de vivre ici?
Bientôt je me procurerai des occupations et je gagnerai
quelque chose; si vous voulez, nous demeurerons tous trois
ensemble : moi, vous et Hippolyte; nous louerons un appartement et nous prendrons le général avec nous.

— Ce sera avec le plus grand plaisir. Mais, du reste, nous
verrons. Je suis maintenant très... très-troublé. Quoi! nous
sommes déjà arrivés? C'est dans cette maison?... Quel perron
superbe! Et il y a un suisse. Allons, Kolia, je ne sais ce qui
va résulter de là.

Le prince était tout sens dessus dessous.

— Vous me raconterez cela demain! Ne vous intimidez
pas. Je vous souhaite le succès parce que moi-même je
partage entièrement vos convictions! Adieu. Je retourne
là-bas et je vais apprendre à Hippolyte la proposition que
je vous ai faite. Mais, quant à être reçu, n'ayez pas peur,
vous le serez! Elle est extrêmement originale. Prenez cet
escalier, c'est au premier étage, le suisse vous indiquera...

XIII

Le prince était fort inquiet en montant le perron, et
faisait tout son possible pour se donner du courage. « Le
pis qui puisse m'arriver, pensait-il, — c'est qu'on ne me

reçoive pas et qu'on prenne une mauvaise opinion de moi,
ou qu'on me reçoive pour me rire au nez... Eh! qu'importe? »
En effet, ce n'était pas encore là le plus effrayant, mais il se
demandait aussi : « Que ferai-je là? pourquoi y vais-je? »
Et à cette question il ne trouvait pas de réponse satisfaisante. Si même, servi par les circonstances, il pouvait, dans
un tête-à-tête avec Nastasia Philippovna, lui dire : « N'épousez
pas cet homme, vous feriez votre malheur, il ne vous
aime pas, il n'aime que votre argent, lui-même me l'a dit
et Aglaé Épantchine m'a parlé dans le même sens; je suis
venu pour vous en donner avis », — cela serait-il correct
à tous les égards? Il y avait lieu d'en douter. Une autre question encore restait à résoudre, et elle était si importante que
le prince n'osait même pas y songer; il ne savait comment
en poser les termes; dès qu'elle se présentait à son esprit,
le rouge lui montait au visage et il se mettait à trembler.
Mais, nonobstant toutes ces inquiétudes et tous ces doutes,
il finit par entrer et demanda Nastasia Philippovna.

A son grand étonnement, la bonne à qui il s'adressa (la
maîtresse du logis n'avait à son service que des femmes)
l'écouta jusqu'au bout sans manifester la moindre surprise.
Elle n'eut pas une seconde d'hésitation devant les sales bottes
du visiteur, son chapeau à larges bords, son manteau sans
manches et sa mine confuse. Après avoir débarrassé le prince
de son manteau, elle l'invita à entrer dans un salon d'attente
et alla aussitôt l'annoncer.

Nastasia Philippovna n'avait alors autour d'elle que les
plus fidèles habitués de sa demeure. Sa société était assez
peu nombreuse comparativement à celle qui, d'ordinaire, se
réunissait à pareille date chez la jeune femme. Nous devons
signaler en premier lieu la présence d'Afanase Ivanovitch
Totzky et d'Ivan Fédorovitch Épantchine. Tous deux étaient
aimables, mais dissimulaient mal l'inquiétude qu'ils éprouvaient en attendant la décision du sort de Gania. Ce dernier,
comme de juste, se trouvait là aussi : très-sombre, très-soucieux, ne se mettant point en frais d'amabilité, il restait la

plupart du temps à l'écart sans ouvrir la bouche. Il n'avait pu se résoudre à amener sa sœur, mais Nastasia Philippovna ne parut même pas remarquer l'absence de Varia; en revanche, aussitôt après avoir échangé avec Gania les compliments d'usage, elle fit allusion à la scène qui s'était passée tantôt entre lui et le prince. Le général, n'en ayant pas encore entendu parler, voulut la connaître. Alors Gania sèchement, discrètement, mais avec une entière franchise, raconta l'incident du matin et ajouta qu'il était allé demander pardon au prince. A cette occasion, il exprima en termes très-catégoriques son opinion, à savoir qu'on avait eu grand tort de faire au prince une réputation d'idiot, que, pour lui, il était d'un avis tout autre et le considérait, au contraire, comme un homme très-malin. Tandis que Gabriel Ardalionovitch émettait ce jugement, Nastasia Philippovna l'écoutait avec beaucoup d'attention et ne le quittait pas des yeux; mais la conversation ne tarda pas à tomber sur Rogojine, qui avait pris une part si considérable à l'affaire de tantôt; ce qu'on dit de lui intéressa vivement Afanase Ivanovitch et Ivan Fédorovitch; Ptitzine était en mesure de fournir des renseignements particuliers sur Parfène Séménitch, attendu que celui-ci l'avait harcelé jusqu'à neuf heures du soir, insistant de toutes ses forces pour que l'usurier lui avançât aujourd'hui même cent mille roubles. « Il est vrai qu'il avait bu, — observa à ce propos Ptitzine, — mais, quoique cent mille roubles ne se trouvent pas dans le pas d'un cheval, je crois bien qu'on pourra les lui procurer; seulement, je ne sais pas si ce sera aujourd'hui, et il devra peut-être se contenter pour le moment d'une partie de la somme; plusieurs se sont mis en campagne : Kinder, Trépaloff, Biskoup; il consent à donner tel intérêt qu'on voudra; bref, il parle comme un homme ivre et comme un héritier encore tout à la joie... » acheva le narrateur.

Toutes ces nouvelles, bien qu'avidement écoutées, n'étaient pas de nature à égayer les esprits. Nastasia Philippovna se taisait; évidemment elle ne voulait pas dire ce qu'elle pensait;

il en était de même de Gania. Le général Épantchine, dans
son for intérieur, se sentait peut-être plus inquiet qu'aucun autre : les perles offertes par lui le matin avaient été
reçues avec une amabilité trop froide et frisant même
l'ironie. Seul de toute la société, Ferdychtchenko se montrait gai ; parfois il riait bruyamment sans que rien motivât
cette hilarité, uniquement pour soutenir son rôle de bouffon.
Totzky lui-même ne semblait pas dans son assiette ; lui qui
passait pour un brillant causeur et qui, d'ordinaire, à ces
soirées, tenait le dé de la conversation, il restait muet maintenant, comme si une gêne inaccoutumée lui fermait la
bouche. Les autres visiteurs étaient un vieux professeur,
pauvre diable invité, Dieu savait pourquoi, et un inconnu tout
jeune encore, que sa timidité condamnait au silence ; en fait
de femmes, il y avait une actrice de quarante ans, aux façons
pleines de désinvolture, et une jeune dame très-belle, admirablement habillée, mais d'une taciturnité extraordinaire. Loin
d'animer la conversation, ces quatre personnes ne savaient
comment faire, la plupart du temps, pour y placer un mot.

Le prince ne pouvait donc arriver plus opportunément.
L'annonce de sa visite produisit une sensation de surprise,
et des sourires quelque peu étranges se montrèrent sur plus
d'un visage, surtout lorsqu'on eut compris à la mine étonnée
de Nastasia Philippovna qu'elle n'avait pas même songé à
l'inviter. Mais, après avoir manifesté son étonnement, la
maîtresse de la maison laissa voir tout à coup tant de satisfaction que la majorité des assistants se prépara aussitôt à
accueillir par de joyeux lazzi le visiteur inattendu.

— Que ce soit un effet de son innocence, c'est possible,
dit Ivan Fédorovitch Épantchine, — mais, bien qu'en thèse
générale il y ait quelque danger à encourager de pareilles
inclinations, dans le cas présent il n'a vraiment pas mal fait de
venir, si originale que soit cette manière de se présenter :
d'après l'idée que je me fais de lui, il nous amusera peut-être.

— D'autant plus qu'il s'est invité lui-même! se hâta d'a-
jouter Ferdychtchenko.

I.   11

— Qu'est-ce à dire? demanda sèchement le général, qui détestait le bouffon.

— Eh bien, il payera son entrée, expliqua ce dernier.

— Allons, le prince Muichkine n'est pas Ferdychtchenko, pourtant, répliqua Ivan Fédorovitch.

Rencontrer Ferdychtchenko dans un salon où cet individu se trouvait exactement sur le même pied que lui, c'était une chose que le général n'avait pas encore pu digérer.

— Hé! général, épargnez Ferdychtchenko, répondit l'autre en souriant. — J'ai des droits particuliers.

— Quels sont ces droits particuliers?

— La fois passée, j'ai eu l'honneur de les exposer à la société ; je vais recommencer aujourd'hui pour Votre Excellence. Voyez-vous, Excellence, tout le monde est spirituel, et moi je ne le suis pas. En dédommagement, j'ai obtenu la permission de dire la vérité, car il est bien connu que ceux-là seuls disent la vérité qui n'ont pas d'esprit. De plus, je suis un homme très-rancunier, toujours par suite de mon manque d'esprit. Je supporte patiemment toutes les offenses, mais jusqu'à la première disgrâce de l'offenseur : vient-il à subir quelque revers, aussitôt je me souviens et je me venge, je rue, comme a dit de moi Ivan Pétrovitch Ptitzine, qui, lui, sans doute, ne détache jamais de ruade à personne. Vous connaissez, Excellence, la fable de Kryloff : *le Lion et l'Ane?* Eh bien, tenez, c'est vous et moi : cette fable a été écrite pour nous deux.

— Il paraît que vous recommencez à dire des sottises, Ferdychtchenko, reprit d'un ton menaçant le général.

— Mais qu'avez-vous, Excellence? Soyez tranquille, je sais rester à ma place : si j'ai dit que nous étions, vous et moi, le lion et l'âne de Kryloff, c'était, bien entendu, pour m'attribuer le rôle de l'âne. Votre Excellence est le lion dont parle la fable :

« Un puissant lion, terreur des forêts,
Avait été privé de sa force par la vieillesse. »

Et moi, Excellence, je suis l'âne.

— Sur ce dernier point je suis de votre avis, observa avec une irritation mal contenue Ivan Fédorovitch.

Tout cela, sans doute, était fort grossier et d'une grossièreté préméditée; mais on le passait à Ferdychtchenko, qui avait réussi à se faire accepter comme bouffon.

— Si on me laisse entrer ici, si l'on m'y tolère, avait-il dit un jour, — c'est seulement pour que je parle dans cet esprit. Voyons, est-il possible de recevoir un homme comme moi? Je comprends bien cela. Peut-on me faire asseoir, moi un Ferdychtchenko, à côté d'un gentleman aussi raffiné qu'Afanase Ivanovitch? Reste une seule explication : on me donne place à côté de lui parce que c'est une chose inimaginable.

Mais, quoique grossières et souvent même très-blessantes, ces pasquinades semblaient faire plaisir à Nastasia Philippovna. Ceux qui désiraient fréquenter son salon étaient obligés d'en prendre leur parti et de subir Ferdychtchenko. Peut-être celui-ci ne se trompait-il pas en supposant qu'on le recevait pour vexer Totzky, à qui, dès l'abord, il avait profondément déplu. Gania, de son côté, se voyait constamment en butte aux sarcasmes du bouffon, lequel savait, par cette persécution, se concilier les bonnes grâces de Nastasia Philippovna.

— Le prince commencera par nous chanter la romance à la mode, j'en fais mon affaire, acheva Ferdychtchenko, et il regarda la maîtresse de la maison, attendant ce qu'elle allait dire.

— Je ne pense pas, Ferdychtchenko, et je vous prie de vous tenir tranquille, observa sèchement Nastasia Philippovna.

— A-ah! du moment qu'une protection particulière le couvre, je rentre mes griffes...

Mais, sans l'écouter, la jeune femme se leva et alla elle-même recevoir le visiteur.

— J'ai regretté d'avoir oublié de vous inviter tantôt, dans la précipitation de mon départ, dit-elle quand elle se trouva

en présence du prince, — je suis enchantée que vous-même
me fournissiez maintenant l'occasion de vous remercier et
de vous louer pour votre résolution.

Tandis qu'elle parlait, elle considérait Muichkine avec
attention, cherchant en quelque sorte à lire sur son visage
le motif de sa visite.

S'il avait été moins troublé, le prince aurait peut-être
répondu à ces paroles aimables; mais il fut tellement ébloui
qu'il ne put pas même proférer un mot. Nastasia Philippovna
s'en aperçut avec plaisir. Ce soir-là, elle était en grande toilette et produisait un effet extraordinaire. Prenant le prince
par le bras, elle le conduisit au salon. Sur le seuil, il s'arrêta
tout à coup et d'une voix agitée murmura :

— En vous tout est perfection... même votre maigreur et
votre pâleur..... on ne voudrait même pas se figurer autrement votre personne... J'avais une telle envie de venir chez
vous... je... pardonnez...

— Ne vous excusez pas, répondit en riant Nastasia Philippovna; — ce serait enlever à la chose son originalité. On
a donc raison quand on dit de vous que vous êtes un homme
étrange. Ainsi, vous me considérez comme une perfection,
oui?

— Oui.

— Malgré votre pénétration, vous vous trompez. Je vous
reparlerai de cela aujourd'hui même...

Elle présenta le prince à ses invités, dont une bonne moitié
le connaissaient déjà. Totzky trouva un mot aimable à dire
au nouvel arrivant. La conversation, qui languissait, parut se
ranimer un peu. Toutes les langues se délièrent, toutes les
rates s'épanouirent en même temps. Nastasia Philippovna
fit asseoir le prince à côté d'elle.

— Mais pourtant qu'y a-t-il donc d'étonnant dans l'apparition du prince? se mit à crier Ferdychtchenko, dont la voix
domina toutes les autres; — l'affaire est claire, elle s'explique
d'elle-même!

— L'affaire n'est que trop claire et ne s'explique que trop

bien par elle-même, dit brusquement Gania, qui jusqu'alors était resté silencieux.—Aujourd'hui, j'ai presque constamment observé le prince depuis l'instant où, dans le cabinet d'Ivan Fédorovitch, le portrait de Nastasia Philippovna a pour la première fois attiré ses regards. Je me rappelle très-bien qu'alors déjà il m'était venu une idée qui est à présent une absolue conviction pour moi, conviction confirmée, soit dit en passant, par les aveux que le prince lui-même m'a faits.

En prononçant cette phrase, Gania n'avait nullement l'air de plaisanter; il était, au contraire, si sérieux, si sombre même, que cela parut un peu étrange.

— Je ne vous ai pas fait d'aveux, déclara en rougissant le prince, — j'ai seulement répondu à votre question.

— Bravo! bravo! Au moins c'est de la franchise! brailla Ferdychtchenko; — c'est à la fois adroit et franc!

Une explosion de rires suivit ces paroles.

— Mais ne criez pas, Ferdychtchenko, observa à demi-voix Ptitzine, choqué de ce mauvais ton.

— Je n'attendais pas de vous de telles prouesses, prince, dit Ivan Fédorovitch; — mais êtes-vous sûr de ne pas aller sur les brisées de quelqu'un? Et moi qui vous prenais pour un philosophe! Oh! le sournois!

— Voyant le prince rougir à cette inoffensive plaisanterie, comme le ferait une innocente demoiselle, j'en conclus que c'est un noble jeune homme dont le cœur ne nourrit que les intentions les plus louables, remarqua inopinément le vieux professeur.

C'était un septuagénaire affligé d'un vice d'articulation dû à la perte de ses dents. Il n'avait pas encore dit un mot et personne ne pouvait présumer qu'il prendrait la parole durant cette soirée. Tout le monde se mit à rire de plus belle. Croyant, sans doute, que cette hilarité était un hommage rendu à son esprit, le vieillard s'y associa bruyamment, ce qui lui occasionna une violente quinte de toux. Nastasia Philippovna raffolait de tous ces vieux excentriques, sans même en excepter les iourodiviis; aussi s'empressa-t-elle de dorloter le bonhomme : après lui avoir prodigué les caresses et les baisers, elle le régala d'une nouvelle tasse de thé.

Lorsque la servante entra, sa maîtresse lui demanda une mantille dans laquelle elle s'enveloppa, et fit remettre du bois dans la cheminée.

— Quelle heure est-il? questionna ensuite la jeune femme.

— Dix heures et demie, répondit la servante.

— Messieurs, voulez-vous boire du champagne? proposa soudain Nastasia Philippovna. — J'en ai à votre disposition. Cela vous rendra peut-être plus gais. Je vous en prie, ne faites pas de façons.

Cette invitation, si naïvement faite surtout, parut fort étrange de la part d'une maîtresse de maison qui, chaque fois qu'elle recevait, se montrait toujours rigide observatrice du décorum. La soirée commençait à s'égayer, mais elle ne ressemblait pas aux précédentes. Pourtant l'offre de boire du vin ne fût pas repoussée; le général le premier l'accepta, son exemple entraîna d'abord l'actrice, puis le vieillard, puis Ferdychtchenko, et finalement tout le monde. Totzky lui-même fit comme les autres : sans doute la proposition était très-risquée; mais, pour en diminuer autant que possible le caractère inconvenant, il s'efforçait de la présenter sous les couleurs d'une agréable plaisanterie. Gania seul ne voulut rien prendre. Quant à Nastasia Philippovna, elle consentit à boire avec ses invités et annonça qu'elle viderait dans la soirée trois coupes de champagne. Devant ces soudaines et bizarres incartades on ne savait que penser; on la voyait par moments rêveuse, taciturne, morose même, et, l'instant d'après, sans cause apparente, elle s'abandonnait à un rire hystérique. Certains soupçonnaient qu'elle avait la fièvre; à la fin on remarqua qu'elle semblait attendre quelque chose, qu'elle regardait fréquemment la pendule, qu'elle devenait impatiente, distraite.

— Vous avez un peu de fièvre, paraît-il? demanda l'actrice.

— Vous pourriez même dire une forte fièvre, c'est pour cela que je me suis enveloppée dans cette mantille, répondit

Nastasia Philippovna, dont la pâleur s'accentuait, et qui, de temps à autre, avait l'air de lutter contre un violent frisson.

Un mouvement d'inquiétude se produisit parmi les visiteurs.

— Si nous laissions en repos la maîtresse de la maison? dit Totzky en regardant Ivan Fédorovitch.

— Pas du tout, messieurs! Je vous prie de vous asseoir. Votre présence m'est particulièrement nécessaire aujourd'hui, déclara d'un ton pressant et significatif Nastasia Philippovna. Et comme presque tous les invités savaient que ce même soir devait être prise une résolution très-importante, ces paroles causèrent une immense sensation. Le général et Totzky échangèrent encore un regard l'un avec l'autre, Gania s'agita convulsivement.

— On ferait bien de jouer à quelque petit jeu, suggéra l'actrice.

— J'en connais un superbe et tout nouveau, dit Ferdychtchenko; — du moins il n'a encore été expérimenté qu'une seule fois, et même l'essai a raté.

— Qu'est-ce que c'est? demanda l'actrice.

— Un jour je me trouvais en société, et, à vrai dire, tout le monde était un peu gris. Soudain quelqu'un émit la proposition suivante : sans sortir de table, chacun raconterait tout haut l'action qu'en son âme et conscience il jugerait la plus mauvaise de toute sa vie; seulement on devait être sincère; la première condition c'était la véracité, il ne fallait pas mentir.

— Voilà une étrange idée, dit le général.

— Certes, oui, Excellence, rien n'est plus étrange, mais c'est ce qui en fait le charme.

— Cette idée est ridicule, ajouta Totzky, — mais, du reste, elle se comprend : c'est une façon comme une autre de se vanter.

— Peut-être bien, en effet, Afanase Ivanovitch.

— Mais, avec un petit jeu pareil, on ne rit pas, au contraire, remarqua l'actrice.

— C'est une chose tout à fait impossible et absurde, déclara Ptitzine.

— Et cela a réussi? demanda Nastasia Philippovna.

— Non, ç'a été un fiasco abominable. Chacun y est allé de sa petite histoire, beaucoup ont raconté la vérité, et même, figurez-vous, plusieurs l'ont dite avec plaisir, mais ensuite tout le monde s'est senti honteux, on n'a pas pu y tenir! En somme, pourtant, c'était fort gai, dans son genre, naturellement.

— Mais, vraiment, ce serait gentil! reprit en s'animant tout à coup Nastasia Philippovna. — Il faudrait essayer, messieurs! Le fait est que nous n'avons pas l'air de nous amuser beaucoup. Si chacun de nous consentait à raconter quelque chose... dans ce genre... de son plein gré, bien entendu : ici, liberté complète... hein, qu'en dites-vous? Peut-être que nous pourrons y tenir? Du moins, cela ne manque pas d'originalité.

— C'est une idée géniale! s'écria Ferdychtchenko. — Du reste, les dames sont exclues, les hommes seuls auront à se confesser; on tirera au sort comme l'autre fois! Certainement, certainement! Il va de soi qu'on ne force personne : libre à celui qui voudra absolument s'abstenir, de le faire, mais ce ne sera guère aimable! Écrivez vos noms sur un morceau de papier, messieurs, et mettez-les ici, dans mon chapeau, le prince les tirera. La théorie du jeu n'a rien de compliqué : raconter la plus mauvaise action de toute sa vie, c'est une chose extrêmement facile, messieurs! Vous verrez! Si quelqu'un a une défaillance de mémoire, je me charge de compléter immédiatement ses souvenirs!

Cette proposition extravagante ne satisfaisait presque personne. Les uns fronçaient le sourcil, les autres souriaient d'un air louche, quelques-uns soulevaient des objections, mais sans trop y insister; au nombre de ceux-ci se trouvait, notamment, Ivan Fédorovitch, qui n'osait se poser en adversaire résolu d'une idée dont il voyait que la maîtresse de la maison était férue. Quand une fois Nastasia Philippovna s'était décidée à manifester un désir, il fallait, coûte que coûte, que ce désir s'accomplît, fût-il le plus insensé et le plus préjudiciable à elle-même. Maintenant elle se trémoussait comme dans un accès d'hystérie, riant d'un rire nerveux et convulsif, surtout lorsque Totzky inquiet lui faisait quelque observation. Ses yeux sombres luisaient pareils à des charbons ardents, deux taches rouges se montraient sur ses joues pâles. Peut-être son caprice s'exaspérait-il encore devant les physionomies refrognées et chagrines de plusieurs des invités; peut-être cette idée l'avait-elle séduite précisément par son brutal cynisme. Quelques-uns même étaient persuadés qu'il y avait là-dessous une arrière-pensée, un calcul. Du reste, chacun donna son consentement : en tout cas, c'était curieux, et, pour certains, fort attrayant. Ferdychtchenko surtout se distinguait par son animation.

— Mais si c'est une chose impossible à raconter... devant les dames, observa timidement le jeune homme silencieux.

— Eh bien, vous en raconterez une autre; est-ce que ce sont les vilenies qui manquent? répondit Ferdychtchenko; — eh! que vous êtes jeune!

— Mais voilà, je ne sais laquelle de mes actions je dois considérer comme la plus mauvaise, fit à son tour l'actrice.

— Les dames ne sont pas tenues de se confesser, mais si on les en dispense, on ne le leur défend pas : celles qui voudront le faire auront droit à notre reconnaissance. Les hommes eux-mêmes sont libres de ne rien raconter, si cela leur est trop désagréable.

— Mais comment ici prouver que je ne mens pas? demanda Gania : — or, si je mens, le jeu perd tout son sel. Et qui donc ne mentira pas? Personne, à coup sûr, ne dira la vérité.

— Mais c'est déjà amusant de voir comment les gens mentent. D'ailleurs toi, Ganetchka, tu peux être tranquille à cet égard, vu que ta plus vilaine action, tout le monde la connaît, sans que tu aies besoin de la dire. Mais pensez seulement à ceci, messieurs, s'écria tout à coup Ferdychtchenko dans un transport d'enthousiasme : — de quel œil nous regarderons-nous les uns les autres après ces récits, demain, par exemple?

— Mais est-ce que c'est possible? Se peut-il, vraiment, que cela soit sérieux, Nastasia Philippovna? demanda avec dignité Totzky.

— Que celui qui craint le loup n'aille pas au bois! répliqua-t-elle en souriant.

— Mais permettez, monsieur Ferdychtchenko, est-ce qu'il est possible de faire de cela un petit jeu? reprit Afanase Ivanovitch, de plus en plus alarmé; — je vous assure que de pareilles choses ne réussissent jamais; vous dites vous-même qu'une fois déjà cela n'a pas réussi.

— Comment, cela n'a pas réussi? J'ai raconté la fois passée comme quoi j'avais volé trois roubles.

— Soit; mais il n'est pas possible que vous ayez raconté cela de façon à le rendre vraisemblable et à obtenir créance. Or, comme l'a très-justement fait observer Gabriel Arda-lionovitch, la moindre apparence de mensonge suffit pour ôter au jeu tout son piquant. Dans l'espèce, la sincérité ne se comprend qu'avec une forfanterie de mauvais ton qui serait souverainement déplacée ici.

— Mais quel homme raffiné vous êtes, Afanase Ivanovitch! Même moi, vous m'étonnez! cria Ferdychtchenko; — voyez-vous, messieurs, en disant que je n'ai pas pu raconter mon vol d'une façon vraisemblable, Afanase Ivanovitch donne très-ingénieusement à entendre que je n'ai pas pu voler en réalité (parce qu'il est inconvenant d'avouer cela tout haut), et pourtant, dans son for intérieur, lui-même est peut-être intimement persuadé que Ferdychtchenko a très-bien pu voler! Mais, à notre affaire, messieurs, à notre affaire! J'ai vos noms, vous m'avez aussi donné le vôtre, Afanase Ivano-vitch, par conséquent, personne ne refuse! Prince, tirez.

Silencieusement le prince plongea sa main dans le cha-peau; le premier nom qui en sortit fut celui de Ferdych-tchenko; puis le sort désigna successivement Ptitzine, le général, Afanase Ivanovitch, le prince, Gania, etc. Les dames s'étaient abstenues de prendre part à cette loterie.

— Oh! mon Dieu, quel guignon! cria Ferdychtchenko :

— je pensais que le prince ouvrirait la marche et qu'ensuite ce serait le tour du général. Mais, grâce à Dieu, du moins Ivan Pétrovitch doit raconter après moi, c'est un dédommagement. Allons, messieurs, sans doute, je suis tenu de donner un noble exemple, mais je regrette on ne peut plus dans le moment présent d'être si peu de chose et de n'avoir rien de remarquable; mon tchin même est le plus insignifiant du monde; au fait, quel intérêt y a-t-il à savoir que Ferdychtchenko a commis une vilenie? Et quelle est ma plus mauvaise action? J'éprouve ici l'embarras des richesses. Est-ce que je raconterai encore une fois ce vol, pour prouver à Afanase Ivanovitch qu'on peut voler sans être un voleur?

— Vous me prouvez aussi, monsieur Ferdychtchenko, qu'on peut trouver un plaisir enivrant à raconter ses turpitudes, sans même y être invité par personne..... Mais, du reste..... Excusez-moi, monsieur Ferdychtchenko.

— Commencez, Ferdychtchenko, vous ne faites que bavarder inutilement et ça n'en finit plus! ordonna d'un ton de colère Nastasia Philippovna impatientée.

Tout le monde remarqua que sa gaieté fébrile avait brusquement fait place à une humeur maussade, grondeuse et irascible, mais elle n'en persistait pas moins obstinément dans son impossible fantaisie. Afanase Ivanovitch souffrait le martyre. Il enrageait même de voir le calme d'Ivan Fédorovitch : le général buvait son champagne, comme si de rien n'était, et peut-être même se disposait à raconter quelque chose quand viendrait son tour.

XIV

— Je n'ai pas d'esprit, Nastasia Philippovna, voilà pourquoi je bavarde inutilement! cria Ferdychtchenko en manière de préambule : — si j'avais autant d'esprit qu'Afanase Iva-

novitch ou qu'Ivan Pétrovitch, je resterais tout le temps
sans rien dire comme Afanase Ivanovitch et Ivan Pétrovitch.
Prince, permettez-moi de vous demander votre avis : il me
semble toujours que dans ce monde le nombre des voleurs
l'emporte de beaucoup sur celui des non-voleurs, et qu'il n'y
a même pas d'homme, quelque honnête qu'il soit, qui n'ait
commis au moins un vol dans sa vie. C'est mon idée; du
reste, je n'en conclus nullement que l'humanité tout entière
soit composée de voleurs, quoique parfois, vraiment, j'aie
une envie terrible d'admettre cette conclusion. Qu'en pensez-
vous ?

— Fi, que vous racontez bêtement! dit Daria Alexievna, —
et quelle sottise vous avancez là! Il est impossible que tout
le monde ait volé quelque chose; moi je n'ai jamais rien volé.

— Vous n'avez jamais rien volé, Daria Alexievna; mais
que dira le prince, qui soudain est devenu tout rouge?

— Il me semble qu'il y a du vrai dans ce que vous dites,
seulement vous exagérez beaucoup, répondit le prince, dont
le visage en effet s'était couvert de rougeur.

— Et vous-même, prince, n'avez-vous rien volé?

— Fi! que c'est ridicule! Songez à ce que vous dites,
monsieur Ferdychtchenko, intervint le général.

— C'est-à-dire que, mis au pied du mur, vous avez honte
de raconter et vous voulez mêler le prince à votre mauvais
cas ; c'est bien heureux pour vous qu'il ait un si bon caractère, reprit sèchement Daria Alexievna.

— Ferdychtchenko, ou racontez ou taisez-vous et restez
seul à vous connaître. Vous feriez perdre patience à n'importe qui, dit avec irritation la maîtresse du logis.

— Tout de suite, Nastasia Philippovna; mais, si le prince
a avoué, car les paroles et la rougeur du prince équivalent
pour moi à un aveu, que dirait, par exemple, quelque autre
(je ne nomme personne), s'il voulait jamais être sincère? En
ce qui me concerne, messieurs, mon récit ne comporte pas
de longs développements : c'est une affaire fort simple, fort
bête et fort vilaine. Mais je vous assure que je ne suis pas

un voleur; j'ai volé je ne sais comment. Il y a deux ans de cela, c'était un dimanche, à la campagne, chez Sémen Ivanovitch Ichtchenko. Il avait du monde à dîner. Après le repas, les hommes restèrent à table pour boire du vin. J'eus l'idée d'aller demander un morceau de piano à Marie Séménovna, la fille de notre amphitryon. En traversant la pièce du coin, j'aperçois un billet de trois roubles, un billet vert, sur la table à ouvrage de Marie Ivanovna : elle l'avait sans doute mis là pour acquitter quelque compte de ménage. Dans la chambre, personne. Je prends l'assignat et je le fourre dans ma poche, pourquoi ? — je l'ignore. Je ne comprends pas à quelle inspiration j'ai obéi. Seulement, je rentrai au plus vite à la salle à manger et je repris ma place à table. En attendant ce qui allait résulter de là, j'étais assez agité, je bavardais sans discontinuer, je racontais des anecdotes, je riais; ensuite j'allai m'asseoir auprès des dames. Au bout d'une demi-heure environ, on s'aperçut de la disparition du billet et l'on commença à interroger les servantes. L'une d'elles, Daria, fut soupçonnée. Je manifestai une curiosité et un intérêt extraordinaires; je me rappelle même que, pendant que Daria était toute troublée, je multipliais les instances pour la décider à avouer, en lui garantissant la clémence de Marie Ivanovna, et je tenais ce langage à haute voix, devant tout le monde. Tous avaient les yeux fixés sur moi et j'éprouvais un plaisir extrême à penser que je prêchais la servante, tandis que le billet se trouvait dans ma poche. Le même soir je bus ces trois roubles. J'entrai dans un restaurant et je demandai une bouteille de château-laffitte; il ne m'était encore jamais arrivé de me faire servir ainsi une bouteille sans rien prendre d'autre; j'avais hâte de dépenser cet argent. Ni alors ni plus tard, je n'ai éprouvé ce qui peut s'appeler un remords de conscience. Certainement, je ne voudrais pas recommencer; vous le croirez ou vous ne le croirez pas, peu m'importe. Eh bien, voilà tout.

— Seulement ce n'est pas, sans doute, votre pire action, dit avec mépris Daria Alexievna.

— C'est un cas psychologique et non une action, observa Afanase Ivanovitch.

— Et la servante? demanda Nastasia Philippovna sans cacher son violent dégoût.

— La servante, naturellement, a été chassée dès le lendemain. C'est une maison où on ne plaisante pas.

— Et vous l'avez laissé mettre à la porte?

— Voilà qui est exquis! Fallait-il pas que j'allasse me dénoncer? ricana Ferdychtchenko, quelque peu déconcerté d'ailleurs, car il ne pouvait s'empêcher de remarquer l'impression très-désagréable que son récit avait produite sur tous les auditeurs.

— Que c'est sale! s'exclama Nastasia Philippovna.

— Bah! vous voulez qu'un homme vous raconte la plus vilaine action de sa vie, et vous exigez par-dessus le marché qu'elle ait de l'éclat! Les actions les plus vilaines sont toujours fort sales, Nastasia Philippovna, nous allons tout à l'heure être édifiés à ce sujet en entendant Ivan Pétrovitch. D'ailleurs, combien y en a-t-il qui brillent d'un éclat extérieur et qui, ayant une voiture, voudraient à cause de cela passer pour des vertus? Des gens qui roulent carrosse, il n'en manque pas... Et par quels moyens...

En un mot, Ferdychtchenko s'était tout d'un coup fâché, et, dans son irritation, il s'oubliait, dépassait la mesure; son visage même avait pris une expression grimaçante. Quelque étrange que cela soit, il avait très-probablement compté que son récit obtiendrait un tout autre succès. Sa « jactance de mauvais ton », comme disait Totzky, lui faisait fort souvent commettre de ces « bévues ».

Tremblante de colère, Nastasia Philippovna regarda fixement Ferdychtchenko; celui-ci fut comme glacé de crainte et se tut à l'instant même : il était allé trop loin.

— Si on en restait là? demanda Afanase Ivanovitch.

— C'est mon tour, mais je profiterai de la faculté laissée à tout le monde et je ne raconterai rien, dit résolûment Ptitzine.

— Vous ne voulez pas?

— Je ne puis pas, Nastasia Philippovna; du reste, je onsidère un pareil amusement comme impossible.

— Général, je crois que votre tour est venu, dit Nastasia hilippovna à Ivan Fédorovitch, — si vous refusez aussi, out le jeu sera désorganisé et je le regretterai, car je me roposais de raconter en forme de conclusion un fait « de a propre vie », seulement je ne voulais parler qu'après ous et après Afanase Ivanovitch : il faut, en effet, que vous 'encouragiez, acheva-t-elle en souriant.

— Oh! du moment que vous faites cette promesse, s'écria vec feu le général, — je suis prêt à vous raconter toute ma ie, mais, je l'avoue, en attendant mon tour, j'avais déjà réparé mon anecdote...

Ferdychtchenko sourit malignement.

— Et rien qu'à voir Son Excellence, on peut deviner avec uel vif plaisir littéraire elle a pioché sa petite anecdote, sa observer le bouffon, bien qu'il n'eût pas encore recouvré toute son assurance.

Nastasia Philippovna regarda rapidement le général et un sourire vint aussi sur ses lèvres. Mais à chaque minute s'accusaient davantage son énervement et son irascibilité. Depuis qu'elle avait promis un récit, Afanase Ivanovitch éprouvait un surcroît d'inquiétude.

— Il m'est arrivé comme à tout le monde, messieurs, de commettre d'assez mauvaises actions dans le cours de mon existence, commença le général, — mais, chose étrange, la courte anecdote que je vais raconter est celle que je considère comme la plus vilaine de toute ma vie. Depuis lors près de trente ans se sont écoulés, et je ne puis y songer maintenant encore sans une sorte de souffrance morale. L'histoire, du reste, est excessivement bête. A cette époque-là, je venais d'être nommé enseigne. On sait bien ce que c'est qu'un enseigne : il a le sang chaud et la bourse plate. J'avais pour denchtchik[1] un certain Nikifor, qui s'occupait de mon

---

[1] Sorte d'ordonnance ou de planton.

ménage avec beaucoup de zèle : il allait à la provision,
raccommodait mes effets, tenait mon appartement en ordre
et même chipait à droite et à gauche, dès qu'il en trouvait
l'occasion, tous les objets dont l'acquisition pouvait rendre
mon intérieur plus confortable; c'était un homme très-
dévoué et très-honnète. Moi, naturellement, j'étais sévère,
mais juste. Nous dûmes séjourner pendant quelque temps
dans une petite ville. On m'envoya loger dans un faubourg,
chez la veuve d'un ancien sous-lieutenant. Cette femme était
octogénaire ou peu s'en fallait. Elle habitait une petite
maison de bois, vieille, délabrée, et sa pauvreté était telle
qu'elle n'avait même pas de servante. Autrefois on lui avait
connu une très-nombreuse famille, mais, parmi ses proches,
les uns étaient morts, les autres s'étaient dispersés ou
l'avaient oubliée. Quant à son mari, elle l'avait perdu depuis
près d'un demi-siècle. Quelques années auparavant, la veuve
avait eu avec elle une nièce ; cette dernière était une bossue,
méchante, dit-on, comme une sorcière, à ce point qu'un jour
elle mordit le doigt de sa tante. Mais la nièce vint aussi à
mourir, en sorte que depuis trois ans la vieille se trouvait
toute seule. Je m'ennuyais passablement chez elle; d'ailleurs
elle était si vide qu'on n'en pouvait rien tirer. Finalement,
elle me vola un coq. Le fait jusqu'à présent n'a pas encore
été éclairci, mais ce vol n'a pu être commis que par elle.
Nous eûmes ensemble une querelle sérieuse au sujet du coq;
puis je demandai la permission de changer de logement. On
me transféra alors à l'autre bout de la ville, chez un marchand qui était père d'une très-nombreuse famille et qui
avait une longue barbe; il me semble que je le vois encore.
Nikifor et moi, nous nous rendîmes avec joie dans cette
maison et mes adieux à la vieille furent des moins amicaux.
Trois jours après, comme j'arrivais de l'exercice, Nikifor me
dit : « Vous avez eu tort, Votre Noblesse, de laisser notre
soupière chez l'ancienne logeuse, nous n'avons plus rien pour
servir la soupe ». Naturellement, je n'y compris rien. « Comment cela? répondis-je, par quel hasard notre soupière est-

elle restée chez la logeuse? » Ce fut au tour de mon denchtchik d'être étonné. « Lorsque nous sommes partis de chez
elle, reprit-il, elle a refusé de rendre notre soupière, prétextant qu'un pot à elle avait été cassé par vous et que vous lui aviez
vous-même offert cette soupière en dédommagement. » Bien
entendu, une telle bassesse me révolta; mon sang d'enseigne
se mit à bouillonner; je ne fis qu'un saut jusqu'à la demeure
de la vieille. J'arrive, pour ainsi dire, hors de moi; je
regarde, elle est assise toute seule dans un coin du vestibule,
comme si elle s'était retirée là pour fuir l'ardeur du soleil;
elle a la joue appuyée sur la main. Je commence aussitôt
à l'invectiver dans les termes les plus violents : « Tu es une
ci, une là... » Vous savez si le vocabulaire russe est riche en
injures! Mais je l'observe et je remarque dans son aspect
quelque chose d'étrange : ses yeux grands ouverts sont
fixés sur moi, elle ne cesse de me regarder et ne profère
pas une parole, son corps a l'air de vaciller. A la fin ma
colère se calme, j'examine la vieille, je l'interroge, pas un
mot de réponse. Je ne sais que penser; les mouches bourdonnent, le soleil se couche, le silence règne dans la maison;
enfin je m'en vais fort troublé. Je ne revins pas tout de
suite chez moi : le major m'avait fait demander; après avoir
passé chez lui, j'allai donner un coup d'œil à ma compagnie;
bref, il était fort tard quand je rentrai dans mon logement.
Le premier mot de Nikifor fut : « Savez-vous, Votre Noblesse, que notre logeuse est morte? — Quand? — Mais ce
soir, il y a de cela une heure et demie. » C'était donc
pendant que je l'injuriais qu'elle avait rendu l'âme. Je vous
l'assure, cette coïncidence me frappa tellement que j'eus
peine à reprendre mes esprits. Je me mis à penser à la
défunte, et même à en rêver la nuit. Sans doute je n'ai pas
de préjugés, mais le surlendemain j'allai à son enterrement.
En un mot, à mesure que le temps passait, je songeais
davantage à la malheureuse vieille. Je me disais : Cette
femme, cette créature humaine a vécu longtemps; jadis elle
a eu des enfants, un mari, une famille, des proches; tout

cela s'agitait autour d'elle, elle était comme environnée de
sourires, et soudain tout cela a disparu, elle est restée seule
comme... comme une mouche, portant sur elle la malé-
diction de l'âge. Enfin, Dieu la rappelle à lui : au moment où
le soleil se couche, par une douce soirée d'été, ma vieille
s'envole aussi, — sans doute ce rapprochement comporte
une pensée instructive, — et voilà qu'au lieu de larmes pour
l'accompagner dans son dernier voyage, elle n'a que les
insultes d'un jeune enseigne qui, le poing sur la hanche, lui
fait une scène épouvantable à propos d'une soupière! Assurément j'ai eu tort et, si j'envisage à présent mon action
avec plus de sang-froid, je n'en continue pas moins à plaindre la pauvre femme. C'est au point, je le répète, que je
m'en étonne moi-même, car, après tout, je ne suis guère
responsable de ce qui est arrivé : pourquoi donc s'est-elle
avisée de mourir juste dans ce moment-là? Quoi qu'il en
soit, je n'ai pu calmer mes remords qu'en fondant deux lits
dans un hospice pour assurer à deux vieilles femmes malades
le repos et le bien-être durant les derniers jours de leur
existence terrestre. Cette fondation existe depuis quinze ans
et j'ai l'intention de la rendre perpétuelle : j'y pourvoirai
par mes dispositions testamentaires. Eh bien, voilà tout. Je
répète que j'ai peut-être commis beaucoup de fautes, mais
qu'en conscience je regarde cette action comme la plus
vilaine de toute ma vie.

— Loin d'être la plus vilaine de votre vie, Excellence,
l'action que vous nous avez racontée est une de celles qui
vous font le plus d'honneur; vous vous êtes joué de Ferdychtchenko! observa le bouffon.

— Au fait, général, je ne m'imaginais pas que vous aviez
si bon cœur, c'est même dommage, dit négligemment Nastasia
Philippovna.

— Dommage? Pourquoi donc? demanda avec un rire
aimable Ivan Fédorovitch, et, très-content de lui-même, il
vida son verre de champagne.

C'était maintenant le tour d'Afanase Ivanovitch, qui avait

aussi préparé un récit. Tout le monde devinait qu'il ne se déroberait pas comme Ivan Pétrovitch, et, pour certaines raisons, on était curieux de savoir ce qu'il raconterait; en même temps on observait Nastasia Philippovna. Totzky prit la parole avec une dignité extraordinaire qui seyait à son extérieur imposant (c'était, disons-le entre parenthèses, un homme de bonne mine, grand et assez gros; il avait un faux râtelier, des joues vermeilles et un peu flasques, un crâne en partie chauve, en partie couvert de cheveux blancs. Élégamment vêtu sans que sa mise eût rien d'étriqué, il se faisait surtout remarquer par la beauté de son linge. Ses mains blanches et potelées attiraient le regard. Une bague ornée de diamants brillait à l'index de sa main droite). Tant qu'il parla, la maîtresse de la maison considéra attentivement la dentelle qui garnissait sa manche et ne leva pas une seule fois les yeux sur le narrateur.

— Ce qui facilite on ne peut plus ma tâche, commença d'un ton doux et gracieux Afanase Ivanovitch, — c'est l'obligation formelle de ne raconter que la plus mauvaise action de ma vie. En pareil cas, naturellement, il ne peut pas y avoir d'hésitation : le choix est vite fait pour peu qu'on se laisse guider par la conscience et par la mémoire du cœur. Parmi les innombrables... légèretés que j'ai à me reprocher, j'avoue avec chagrin qu'il en est une dont le souvenir n'a pas cessé de m'être fort pénible. Cela date d'une vingtaine d'années; je me trouvais alors à la campagne chez Platon Ordyntzeff; il avait été nommé tout récemment maréchal de la noblesse et il était venu passer les fêtes d'hiver en province avec sa jeune femme. Justement le jour de naissance d'Anfisa Alexievna approchait et deux bals devaient avoir lieu. C'était le moment où faisait fureur dans le grand monde la *Dame aux camélias* de Dumas fils, ce délicieux roman qui, à mon avis, sera immortel et toujours jeune. Toutes les femmes en raffolaient, — celles, du moins, qui l'avaient lu. La mode avait adopté les camélias, pas une dame qui ne voulût en avoir; ces fleurs étaient devenues l'accessoire obligé d'une

toilette de bal; or, je vous le demande, pouvait-on s'en procurer aisément dans une petite localité où tout le monde se
les arrachait? Pétia Vorkhovskoï était alors amoureux fou
d'Anfisa Alexievna. Je ne sais pas, vraiment, s'il y avait
quelque chose entre elle et lui, je veux dire, s'il pouvait
avoir quelque espoir sérieux. Le pauvre garçon désirait passionnément procurer des camélias à Anfisa Alexievna pour
le prochain bal. On savait que Sophie Bezpaloff et la comtesse Sotzky, — une Pétersbourgeoise en visite chez la gouvernante, — y viendraient toutes deux avec des bouquets
blancs. Madame Ordyntzeff, pour un certain effet particulier,
en voulait de rouges. Elle mit son mari en campagne et il
s'engagea à lui trouver les fleurs tant désirées. Malheureusement, tous les camélias avaient été raflés la veille par Catherine
Alexandrovna Mytichtcheff, qui était à couteaux tirés avec Anfisa Alexievna. Le résultat se devine : attaque de nerfs, éva-
nouissement de la jeune femme, désespoir de Platon. Que Pétia
réussît là où le mari avait échoué, cela, on le comprend,
pouvait avancer singulièrement ses affaires : en pareil cas la
reconnaissance féminine n'a point de bornes. Il se démène
comme un diable dans un bénitier; mais, est-il besoin de le
dire? tous ses efforts restent infructueux. Soudain, la veille
du bal, je le rencontre à onze heures du soir chez une voisine d'Ordyntzeff, Marie Pétrovna Zoubkoff. Il est rayon-
nant. « Qu'est-ce que tu as? — J'ai trouvé! *Eurêka!* — Eh
bien, mon ami, tu m'étonnes! Où? Comment? — A Ekchaïsk
(une petite ville située à vingt verstes de là, dans un autre
district) habite un vieux et riche marchand du nom de Trépaloff, c'est un homme marié et sans enfants; sa femme et
lui élèvent des serins; tous deux ont la passion des fleurs, je
trouverai des camélias chez Trépaloff. — Ce n'est pas sûr,
et puis voudra-t-il t'en donner? — Je me mettrai à
genoux devant lui, je me roulerai à ses pieds, je ne m'en
irai pas sans en avoir! — Quand y vas-tu? — Je pars
demain, à cinq heures du matin. — Eh bien, que Dieu te
conduise! » Vous savez, j'en étais bien aise pour lui. Je

retourne chez Ordyntzeff, il était plus d'une heure du matin,
je me dispose à me coucher et tout d un coup une idée fort
originale me vient à l'esprit. Je me rends aussitôt à la cuisine,
j'éveille le cocher Savel. « Attelle-moi des chevaux d'ici à
une demi-heure! » lui dis-je en lui mettant quinze roubles
dans la main. Au bout d'une demi-heure, naturellement,
tout se trouva prêt. Anfisa Alexievna, me dit-on, avait la mi-
graine, la fièvre, le délire. Je monte en voiture et me voilà
parti pour Ekchaïsk, où j'arrive entre quatre et cinq heures.
Je descends à l'auberge en attendant le lever du jour; puis,
dès que l'aurore commence à poindre, vers sept heures, je
vais trouver Trépaloff. « Tu as des camélias? Batuchka, mon
père, secours-moi, sauve-moi, je t'en supplie à genoux!
— Non, non, pas du tout, je n'y consens pas! » me répond
le marchand, un grand vieillard aux cheveux blancs et au
visage sévère. Je tombe à ses pieds! Ceci est à la lettre, je
me prosterne devant lui! « Que faites-vous, batuchka,
que faites-vous, mon père? » reprend-il étonné, effrayé même.
« Mais c'est qu'il y va de la vie d'un homme! » lui crié-je.
« Allons, puisqu'il en est ainsi, prenez-les, que Dieu vous
assiste! » Incontinent je fais main basse sur les camélias rouges, ils remplissaient toute une serre, c'était admirable à voir.
Trépaloff soupire. Je tire cent roubles de mon porte-monnaie.
« Non, batuchka, veuillez m'épargner l'offense d'un tel procédé. — En ce cas, répliquai-je, permettez-moi, honoré
monsieur, de vous offrir ces cent roubles pour l'hôpital de
votre localité. — C'est une autre affaire, batuchka, répond-
il, j'accepte votre argent, du moment qu'il s'agit d'une bonne
œuvre, d'une action noble et agréable à Dieu; puisse-t-il
vous récompenser! » Vous savez, ce vieillard me plut : c'était,
comme on dit, un Russe de la vraie souche. Tout heureux
d'avoir si bien réussi, je me mis en route immédiatement;
je revins par des chemins de traverse, pour ne pas rencontrer Pétia. Dès que je fus arrivé, j'envoyai le bouquet à
Anfisa Alexievna, elle le reçut au moment de son réveil.
Vous pouvez vous imaginer sa joie, sa reconnaissance! Platon,

la veille encore tué, anéanti, Platon se jeta dans mes bras
en sanglotant. Hélas! tous les maris sont les mêmes depuis
la création... du mariage! Je n'ose rien ajouter, je me bor-
nerai à dire que cet incident ruina définitivement les affaires
du pauvre Pétia. Je pensais d'abord que, quand il saurait
tout, il me tuerait, et je pris même des mesures en conséquence; mais les choses suivirent un cours tout différent
de ce que j'aurais pu supposer. Pétia s'évanouit, le soir
il eut le délire, et le lendemain matin la fièvre chaude se
déclara chez lui; il sanglotait comme un enfant, il avait
des convulsions. Sa maladie dura un mois, et, dès qu'il fut
rétabli, il se fit envoyer au Caucase; bref un vrai roman!
En fin de compte, il fut tué en Crimée. Son frère, Stépan Vorkhovskoï, était déjà, à cette époque, un brillant colonel.
J'avoue que cette affaire m'a laissé de longs remords. Pourquoi ai-je causé un tel chagrin à Pétia? Passe encore si alors
j'avais été moi-même amoureux, mais non, c'était de ma
part une simple niche, un caprice de libertin, rien de plus.
Et si je ne lui avais pas soufflé ce bouquet, il vivrait peut-
être encore, il serait heureux, il n'aurait pas eu l'idée d'aller
se faire tuer par les Turcs!

Afanase Ivanovitch termina son récit avec une dignité
calme, comme il l'avait commencé. Quand il eut fini, on
remarqua que les yeux de Nastasia Philippovna brillaient
d'un éclat particulier et même que ses lèvres tremblaient.
Tous les regards se portèrent curieusement sur le narrateur
et sur la jeune femme.

— On a trompé Ferdychtchenko! On l'a mystifié! Non,
c'est ce qui s'appelle une flouerie! gémit Ferdychtchenko,
comprenant qu'il pouvait et devait glisser son petit mot.

— Mais à qui la faute si vous ne comprenez rien? Voilà,
instruisez-vous auprès des gens d'esprit! répliqua presque
triomphalement Daria Alexievna. (C'était la vieille amie,
l'âme damnée de Totzky.)

— Vous avez raison, Afanase Ivanovitch, ce petit jeu est
fort ennuyeux et il faut y mettre fin le plus tôt possible, dit

négligemment Nastasia Philippovna; — je raconterai moi-
même ce que j'ai promis et vous allez tous pouvoir jouer
aux cartes.

— Mais, avant tout, l'anecdote promise! fit avec chaleur
Ivan Fédorovitch.

Brusquement, à la surprise générale, la maîtresse de la
maison interpella Muichkine :

— Prince, commença-t-elle d'une voix vibrante, — mes
vieux amis que voici, le général et Afanase Ivanovitch, me
prêchent continuellement le mariage. Donnez-moi votre avis :
dois-je ou non me marier? Ce que vous aurez dit, je le ferai.

Afanase Ivanovitch pâlit, le général demeura stupéfait;
tous allongèrent la tête en ouvrant de grands yeux. Le sang
se glaça dans les veines de Gania.

— Avec... avec qui? demanda le prince d'une voix à peine
distincte.

— Avec Gabriel Ardalionovitch Ivolguine, répondit
Nastasia Philippovna en détachant nettement chaque syl-
labe.

Il y eut un silence de quelques secondes; il semblait que
la poitrine du prince était écrasée sous un poids terrible et
qu'aucun son n'en pouvait sortir.

— N-non... Ne vous mariez pas! murmura-t-il enfin, et il
respira avec effort.

— Ainsi soit-il! déclara Nastasia Philippovna, puis, avec
un accent d'autorité, de triomphe en quelque sorte, elle
s'adressa à Gania : — Gabriel Ardalionovitch, vous avez
entendu la décision du prince? Eh bien, c'est ma réponse;
que désormais il ne soit plus question de cette affaire!

— Nastasia Philippovna! articula d'une voix tremblante
Afanase Ivanovitch.

— Nastasia Philippovna! fit le général d'un ton pressant
mais où perçait l'inquiétude.

Toute la société était en émoi.

— Qu'est-ce qu'il y a, messieurs? poursuivit la maîtresse
de la maison, qui semblait considérer avec étonnement ses

invités : — pourquoi vous émouvoir ainsi? Et quels visages
vous avez tous!

— Mais... rappelez-vous, Nastasia Philippovna, balbutia
Totzky, — vous avez fait une promesse... entièrement libre,
et vous auriez pu jusqu'à un certain point épargner..... J'ai
peine à m'exprimer et... sans doute, je suis troublé, mais...
En un mot, maintenant, dans un pareil moment, et devant...
devant tout le monde, et tout cela si... finir par un petit jeu
semblable une affaire sérieuse, une affaire d'honneur et de
cœur... d'où dépend...

— Je ne vous comprends pas, Afanase Ivanovitch; en effet,
vous êtes tout dérouté. D'abord, que signifient ces mots :
« devant tout le monde » ? Est-ce que nous ne sommes pas
dans une société choisie et intime? Ensuite, que parlez-vous
de « petit jeu » ? Je voulais effectivement raconter une anecdote, eh bien, voilà, je l'ai racontée; est-ce qu'elle n'est pas
jolie? Et pourquoi dire que ce n'est pas sérieux? Est-ce que
cela ne l'est pas? Vous l'avez entendu, j'ai dit au prince :
« Il sera fait comme vous l'aurez dit. » S'il avait dit *oui*,
j'aurais aussitôt donné mon consentement, mais il a dit *non*,
et j'ai refusé. Est-ce que ce n'est pas sérieux? Ici toute ma
vie tenait à un cheveu; quoi de plus sérieux?

— Mais le prince, pourquoi faire intervenir ici le prince?
Et qu'est-ce enfin que le prince? grommela le général, qui
pouvait à peine contenir son indignation en voyant accorder
tant d'importance à l'opinion de Muichkine.

— Voici ce que le prince est pour moi : c'est le premier
homme dont le dévouement sincère m'ait inspiré confiance.
Il a cru en moi à première vue et je crois en lui.

Pâle, les lèvres crispées, Gania prit enfin la parole.

— Il ne me reste qu'à remercier Nastasia Philippovna de
l'extrême délicatesse dont elle... a fait preuve à mon égard,
dit-il d'une voix frémissante; — sans doute cela devait être...
Mais... le prince... Le prince dans cette affaire...

— Fait un coup de soixante-quinze mille roubles, n'est-ce
pas? interrompit brusquement Nastasia Philippovna : — c'est

cela que vous vouliez dire? Ne niez pas, vous vouliez certainement dire cela! Afanase Ivanovitch, j'avais encore quelque
chose à ajouter : gardez pour vous ces soixante-quinze mille
roubles et sachez que je vous rends votre liberté gratis. Assez!
Il faut bien que vous respiriez aussi! Neuf ans et trois mois!
Demain commencera une vie nouvelle, mais aujourd'hui c'est
ma fête, et je m'appartiens, pour la première fois depuis que
je suis au monde! Général, reprenez vos perles, donnez-les à
votre épouse, les voici; dès demain je quitterai cet appartement. Et désormais il n'y aura plus de soirées, messieurs!

Après avoir ainsi parlé, elle se leva soudain, comme si elle
eût voulu s'en aller.

— Nastasia Philippovna! Nastasia Philippovna! fit-on de
tous côtés. L'agitation était générale. Tous les visiteurs
avaient quitté leurs places et entouraient la maitresse de la
maison, écoutant avec inquiétude ces paroles saccadées,
fiévreuses, délirantes; personne n'y comprenait rien; l'ahurissement, le désarroi était à son comble. Sur ces entrefaites
retentit brusquement un coup de sonnette tout aussi fort que
celui qui tantôt avait jeté l'émoi dans la demeure de Gania.

— Ah! a-ah! Voilà le dénoûment! Enfin! Il est onze
heures et demie! cria Nastasia Philippovna; — je vous prie
de vous asseoir, messieurs, c'est le dénoûment!

Cela dit, elle s'assit elle-même. Un étrange sourire tremblait sur ses lèvres. Silencieuse, elle attendait avec anxiété,
et ses yeux ne quittaient pas la porte.

— Rogojine et les cent mille roubles, sans doute, murmura en aparté Ptitzine.

XV

La femme de chambre Katia entra fort effrayée.

— Dieu sait ce qu'il y a là, Nastasia Philippovna, dix

individus, tous ivres, ont pénétré dans l'appartement et demandent à vous voir; ils m'ont jeté le nom de Rogojine; vous le connaissez, disent-ils.

— C'est vrai, Katia, introduis-les tous à l'instant même.

— Tous!... Est-ce possible, Nastasia Philippovna? Ce sont des gens de si mauvaise mine!

— Fais-les entrer tous, Katia, tous jusqu'au dernier, n'aie pas peur; d'ailleurs, tu voudrais les empêcher d'entrer que tu n'y réussirais pas. Oh! quel bruit ils font, c'est comme tantôt! Messieurs, continua-t-elle en s'adressant à ses visiteurs, — vous trouverez peut-être mauvais que je reçoive en votre présence une telle société. Je le regrette fort et je vous fais mes excuses, mais il le faut, et je désire beaucoup que tous vous consentiez à être témoins du dénoûment. Du reste, ce sera comme il vous plaira...

Les invités ne cessaient de se regarder avec étonnement et de se parler à voix basse, mais une chose était parfaitement claire pour eux : tout cela avait été concerté, arrangé d'avance, et Nastasia Philippovna, bien que folle assurément, ne se laisserait démonter par rien. Tous étaient dévorés de curiosité. D'ailleurs, personne n'avait lieu d'être trop inquiet. Il ne se trouvait là que deux dames : Daria Alexievna et la belle mais silencieuse inconnue. La première en avait vu bien d'autres et ne s'intimidait pas facilement. La seconde ne pouvait sans doute comprendre de quoi il s'agissait. C'était une étrangère, une Allemande, qui ne savait pas un mot de russe. De plus, sa bêtise paraissait égale à sa beauté. Ses connaissances l'invitaient à leurs soirées, simplement parce qu'elle était décorative. On la montrait aux visiteurs, comme on exhibe un tableau de prix, un vase, une statue ou un écran. Quant aux hommes, Ptitzine, par exemple, se trouvait être l'ami de Rogojine; Ferdychtchenko était là comme un poisson dans l'eau; Ganetchka n'avait pas encore pu se remettre de sa stupeur, mais une force irrésistible le clouait à son pilori; le vieux professeur ne comprenait guère ce qui se passait : témoin de l'agitation extraordinaire à laquelle étaient en proie la maîtresse de la maison et son entourage, il avait envie de pleurer et tremblait littéralement de frayeur, mais le vieillard aurait mieux aimé mourir que d'abandonner dans un pareil moment Nastasia Philippovna, qu'il adorait comme un grand-père peut adorer sa petite-fille. Pour ce qui est d'Afanase Ivanovitch, certes, il lui répugnait fort de se compromettre dans de telles aventures, mais l'affaire l'intéressait trop, nonobstant la tournure insensée qu'elle avait prise, et puis deux ou trois petits mots, tombés des lèvres de Nastasia Philippovna, l'avaient tellement intrigué, qu'il ne voulait pas s'en aller sans en avoir l'explication. Totzky résolut donc de rester jusqu'à la fin, et l'attitude d'un spectateur silencieux fut celle qu'il crut devoir adopter comme la plus compatible avec sa dignité. Seul, le général Épantchine, blessé de la façon incivile dont on venait de lui rendre son cadeau, se refusait à supporter plus longtemps toutes ces excentricités. Si tout à l'heure, sous l'influence de la passion, il avait poussé la condescendance jusqu'à daigner prendre place à côté de Ptitzine et de Ferdychtchenko, à présent se réveillaient chez Ivan Fédorovitch le respect de lui-même, le sentiment du devoir, la conscience de ce qu'il devait à son rang social et à sa position dans le service. Bref, il ne cacha point qu'un homme comme lui ne pouvait se commettre avec Rogojine et ses compagnons.

Nastasia Philippovna l'interrompit dès les premiers mots :

— Ah! général, je n'y pensais plus! Mais soyez sûr que j'avais prévu ce désagrément pour vous. Si cela vous choque tant, je n'insiste pas pour vous retenir, quoique j'eusse désiré, en ce moment surtout, vous voir auprès de moi. En tout cas, je vous suis bien reconnaissante de votre visite et de votre flatteuse attention, mais si vous avez peur...

— Permettez, Nastasia Philippovna, s'écria le général dans un élan de générosité chevaleresque, — à qui parlez-vous? Mais c'est par dévouement qu'à présent je resterai auprès de vous, et s'il y a, par exemple, quelque danger... D'ailleurs, j'avoue que ma curiosité est excitée au plus haut point. Je craignais seulement qu'ils n'abîmassent les tapis ou ne brisassent quelque chose... A mon avis, il ne faudrait pas les recevoir, Nastasia Philippovna !

— Rogojine lui-même! annonça Ferdychtchenko.

— Qu'en pensez-vous, Afanase Ivanovitch? demanda tout bas le général à Totzky : — est-ce qu'elle n'est pas folle? J'entends : folle, au sens propre du mot, dans l'acception médicale, — hein?

— Je vous ai dit qu'elle avait toujours eu une prédisposition à cela, murmura d'un air fin Afanase Ivanovitch.

— Et puis la fièvre...

Depuis sa visite chez Gania, la bande de Rogojine s'était enrichie de deux nouvelles recrues : un vieillard débauché qui avait rédigé dans son temps un petit canard scandaleux, et un sous-lieutenant en retraite. Il circulait une anecdote sur le compte du premier : on racontait qu'il avait un faux râtelier monté en or, et qu'un jour il lui était arrivé de le mettre en gage pour se procurer l'argent nécessaire à une orgie. L'officier semblait un concurrent et un rival pour le monsieur fier de ses poings; personne parmi les compagnons de Rogojine ne le connaissait; on l'avait ramassé sur la perspective Nevsky, où il sollicitait, avec des phrases à la Marlinsky, la charité des passants, sous le fallacieux prétexte qu'au temps de sa splendeur il donnait des quinze roubles d'un coup aux gens qui lui demandaient l'aumône. De prime abord, les deux concurrents éprouvèrent de l'antipathie l'un pour l'autre. L'athlète se sentait blessé par l'admission du « solliciteur » dans la bande; naturellement taciturne, il se bornait à proférer parfois un grognement d'ours et à considérer avec un souverain mépris le « solliciteur », lorsque celui-ci, homme du monde évidemment et politique délié, cherchait à s'insinuer dans ses bonnes grâces. A première vue, le sous-lieutenant paraissait être de ceux qui suppléent à la force par l'adresse et le savoir-faire; d'ailleurs, il était plus petit que l'athlète. Délicatement, sans engager une discussion proprement dite, mais avec une intention manifeste, il fit plusieurs fois allusion aux avantages de la boxe anglaise, c'est-à-dire qu'il se montra un pur zapadnik[1]. Au mot de « boxe », les lèvres de l'athlète esquissaient un sourire dédaigneux, il ne faisait pas à son adversaire l'honneur d'une réfutation en règle, mais, sans rien dire, comme par hasard, il exhibait une chose éminemment nationale, — un poing énorme, musculeux, couvert de poils roux, et chacun restait convaincu que si cette chose profondément nationale s'abattait sur un objet, elle le mettrait à coup sûr en capilotade.

Absorbé depuis le matin par la pensée de la visite qu'il devait faire à Nastasia Philippovna, Rogojine s'était efforcé de calmer l'excitation bachique de ses compagnons et il y avait en grande partie réussi. Lui-même était presque complétement dégrisé, mais les émotions ressenties durant cette journée sans analogue dans sa vie l'avaient rendu à peu près fou. Une seule idée subsistait dans son esprit, l'idée pour la réalisation de laquelle il s'était donné un mal effroyable depuis cinq heures jusqu'à onze heures. Peu s'en fallait qu'il n'eût aussi fait perdre la tête à Kinder et à Biskoup, ses hommes d'affaires en cette circonstance. A la fin pourtant les cent mille roubles lui furent versés, mais à quel prix ! L'intérêt était fabuleux, au point que Biskoup lui-même baissa la voix par pudeur, lorsqu'il en parla à Kinder.

Comme tantôt, Rogojine ouvrait la marche ; ses acolytes le suivaient, pénétrés sans doute du sentiment de leurs prérogatives, mais néanmoins quelque peu inquiets. C'était surtout, et Dieu sait pourquoi, Nastasia Philippovna qui leur faisait peur. Plusieurs d'entre eux pensaient même qu'on allait immédiatement les jeter tous en bas de l'escalier. Parmi ces poltrons se trouvait l'élégant, l'irrésistible Zaliojeff. Mais les autres, notamment l'athlète, sans faire montre de leurs dispositions hostiles, nourrissaient *in petto* un mépris pro-

[1] Partisan des idées et des institutions de l'Occident européen.

fond, haineux même, à l'endroit de Nastasia Philippovna, et se rendaient chez elle comme ils seraient allés à l'assaut d'une position ennemie. Toutefois, le luxe des deux premières pièces leur inspira un respect involontaire et presque craintif : il y avait là tant de choses toutes nouvelles pour eux, des meubles rares, des tableaux, une grande statue de Vénus ! Sans doute cette crainte instinctive s'alliait à une curiosité effrontée, et elle ne les empêcha pas d'envahir le salon à la suite de leur chef; mais, en apercevant le général Épantchine parmi les hôtes de Nastasia Philippovna, l'athlète, le « solliciteur » et plusieurs autres furent dans le premier moment si déconcertés qu'ils commencèrent à reculer peu à peu et rentrèrent dans la pièce précédente. Quelques-uns seulement firent bonne contenance. Au nombre de ces intrépides figurait Lébédeff : il marchait presque côte à côte de Rogojine, comprenant quelle était l'importance d'un homme qui possédait un million quatre cent mille roubles en beaux deniers comptants, et qui maintenant même tenait à la main cent mille roubles. Il faut du reste noter que tous, sans même en excepter le docte Lébédeff, avaient une idée fort peu nette des limites de leur pouvoir, et qu'ils ne savaient pas bien si à présent tout leur était permis en effet. A de certains moments Lébédeff se serait prononcé pour l'affirmative avec la dernière énergie, mais, à d'autres, il sentait le besoin de se remémorer, à tout hasard, divers petits articles du code.

Au rebours de ce qu'éprouvait sa bande en pénétrant dans le salon, Rogojine n'eut pas plutôt aperçu Nastasia Philippovna que tout le reste cessa d'exister pour lui. Il pâlit et s'arrêta un instant; on pouvait deviner que son cœur battait avec violence. Timidement, d'un air effaré, il regarda durant quelques secondes la maîtresse de la maison. Tout à coup, comme si la raison l'avait complétement abandonné, il s'avança vers la table d'un pas presque chancelant; en chemin il se heurta à la chaise de Ptitzine, et marcha avec ses bottes sales sur les dentelles qui bordaient la superbe robe de la belle Allemande; il ne le remarqua pas et ne fit point d'excuses. Arrivé près de la table, il y déposa un objet étrange qu'il tenait devant lui, serré dans ses deux mains, en traversant le salon. C'était un paquet haut de trois verchoks et long de quatre, soigneusement enveloppé dans un numéro de la *Gazette de la Bourse;* ce paquet était lié avec une ficelle comme celles que l'on noue autour des pains de sucre. Ensuite Rogojine laissa tomber ses bras, et, silencieux, attendit en quelque sorte son arrêt. Il portait exactement le même costume que tantôt, sauf qu'il avait au cou une écharpe toute neuve en soie rouge et verte, avec un gros diamant monté en épingle et figurant un scarabée; ses mains n'étaient pas propres, mais à l'une d'elles on voyait une bague enrichie de brillants. Lébédeff s'arrêta à trois pas de la table. Katia et Pacha, les servantes de Nastasia Philippovna, étaient accourues, et, derrière les portières à demi soulevées, regardaient avec inquiétude.

La maîtresse du logis considéra curieusement Rogojine.

— Qu'est-ce que c'est? demanda-t-elle en montrant des yeux l'« objet ».

— Les cent mille roubles! répondit-il presque mystérieusement.

— Ah! mais il a tenu parole. Quel homme! Asseyez-vous, je vous prie, ici, sur cette chaise; plus tard je vous dirai quelque chose. Qui est-ce qui est avec vous? Toute votre société de tantôt? Eh bien, qu'ils entrent, qu'ils s'asseyent. Ils peuvent prendre place sur ce divan, et en voici encore un autre. Tenez, il y a là deux fauteuils... Pourquoi ne veulent-ils pas? Qu'est-ce qu'ils ont donc?

Le fait est que plusieurs, positivement intimidés, avaient battu en retraite et attendaient dans la pièce voisine. Ceux qui étaient restés dans le salon déférèrent à l'invitation de Nastasia Philippovna; seulement, ils s'assirent assez loin de la table et, pour la plupart, dans les coins; les uns cherchaient encore à s'effacer, les autres recouvraient progressivement leur aplomb; ce phénomène s'opérait même avec une rapidité singulière. Rogojine prit la chaise qui lui avait

été indiquée, mais, au bout d'un instant, il se leva et ne se
rassit plus. Peu à peu il commençait à remarquer les visiteurs. A la vue de Gania, il eut un sourire haineux, et murmura à part soi : « Tiens! » La présence du général et d'Afanase Ivanovitch ne produisit guère d'impression sur lui; à
peine fit-il attention à eux. Mais, en apercevant le prince à
côté de Nastasia Philippovna, sa surprise fut telle que, malgré
lui, ses yeux restèrent longtemps attachés sur Muichkine; il
semblait ne pouvoir s'expliquer cette rencontre. Par moments
il y avait lieu de supposer qu'il était en proie à un véritable
délire. Indépendamment des diverses secousses de la journée,
sa dernière nuit s'était passée tout entière en wagon et il
n'avait pas dormi depuis près de quarante-huit heures.

— Messieurs, c'est cent mille roubles qu'il y a là, dans ce
sale paquet, dit Nastasia Philippovna en s'adressant à toute
sa société d'un air de défi impatient et fiévreux. — Tantôt
il s'est mis à crier comme un fou qu'il m'apporterait le soir
cent mille roubles, et je l'attendais toujours. Il m'a marchandée : il a commencé par me proposer dix-huit mille
roubles, puis quarante mille, et finalement il est allé jusqu'à
cent mille : les voici. Tout de même il a tenu parole! Oh!
comme il est pâle!... Tout cela s'est passé ce matin chez
Ganetchka; j'étais allée faire visite à sa maman, à ma future
famille; là, sa sœur m'a crié aux oreilles : « Est-il possible
qu'on ne chasse pas d'ici cette déhontée! », et elle a craché
au visage de son frère, de Ganetchka. C'est une jeune fille
qui a du caractère!

— Nastasia Philippovna! fit le général d'un ton de reproche.
Il commençait à comprendre tant bien que mal la situation

— Quoi, général? C'est inconvenant, n'est-ce pas? Mais
j'en ai fini avec les manières! Pendant cinq ans j'ai posé pour la
vertu farouche dans ma loge du Théâtre Français, j'ai rebuté
tous ceux qui ont recherché mes faveurs, je me suis donné
des airs de prude hautaine; eh bien, à présent j'en ai assez!
Voilà qu'après mes cinq années de vertu il est venu, sous
vos yeux, déposer cent mille roubles sur la table, et sans

doute son équipage m'attend à la porte. Il m'a estimée cent mille roubles! Ganetchka, je le vois, tu es encore fâché contre moi? Mais se peut-il que tu aies songé à me faire entrer dans ta famille? Moi, la maîtresse de Rogojine! Qu'est-ce que disait le prince tout à l'heure?

— Je n'ai pas dit que vous étiez la maîtresse de Rogojine, vous ne l'êtes pas! déclara le prince d'une voix tremblante.

Daria Alexievna ne put se contenir.

— Nastasia Philippovna, assez, matouchka, assez, chère! s'écria-t-elle tout à coup; — puisque tu es si fatiguée d'eux, envoie-les promener! Et se peut-il que, même pour cent mille roubles, tu consentes à t'en aller avec un tel homme? A la vérité, cent mille roubles méritent considération; eh bien, prends les cent mille roubles et, lui, mets-le à la porte, voilà comme il faut faire avec eux; ah! si j'étais à ta place, comme je te les balancerais tous, ça ne traînerait pas!

Daria Alexievna prononça ces mots avec emportement. C'était une bonne femme et elle s'emballait très-vite.

— Ne te fâche donc pas, Daria Alexievna, répondit en souriant Nastasia Philippovna, — dans ce que je lui ai dit, il n'y avait pas de colère. Lui ai-je fait quelque reproche? Vraiment je ne puis comprendre comment j'ai eu cette sotte idée de vouloir entrer dans une famille honorable. J'ai vu sa mère, je lui ai baisé la main. Et si tantôt je me suis montrée insolemment railleuse chez toi, Ganetchka, je l'ai fait exprès : je voulais voir moi-même une dernière fois jusqu'où tu pouvais aller. Eh bien, tu m'as étonnée, en vérité. Je m'attendais à beaucoup de choses, mais pas à cela! Et tu as pu consentir à m'épouser, sachant que la veille, pour ainsi dire, de ton mariage, le général ici présent m'avait offert de telles perles et que je les avais acceptées! Et Rogojine? Dans ta maison, devant ta mère et ta sœur, il m'a marchandée, et cela ne t'a pas empêché de venir ensuite demander ma main! Peu s'en est fallu même que tu n'aies amené ta sœur! Rogojine aurait-il dit vrai quand il a prétendu que, pour trois roubles, tu marcherais à quatre pattes sur le boulevard Vasilievsky?

— Oui, il marcherait à quatre pattes, affirma Rogojine à voix basse, mais d'un air profondément convaincu.

— Passe encore, si tu mourais de faim, mais tu touches, dit-on, un beau traitement! Et, non content d'introduire dans ta maison une créature déshonorée, tu épouserais, par-dessus le marché, une femme qui t'est odieuse! (car tu me détestes, je le sais!) Non, maintenant, je crois que, pour de l'argent, un pareil homme assassinerait. A présent, la soif du gain les a tous enfiévrés à un tel point qu'ils en sont comme fous. Les enfants eux-mêmes se font usuriers, ou bien ils prennent un rasoir, enroulent de la soie autour de la char-nière, puis tout doucement, par derrière, s'approchent de leur ami et l'égorgent comme un mouton : j'ai lu le fait il n'y a pas longtemps. Eh bien, tu es un déhonté! Je suis une déhontée; mais tu es pire que cela. Quant à l'homme aux bouquets, je n'en parle pas...

— C'est vous qui dites cela, c'est vous, Nastasia Philip-povna! s'écria, en frappant ses mains l'une contre l'autre, le général véritablement désolé : — vous si délicate, vous qui avez des pensées si fines, et voilà! Quel langage! Quelles paroles!

Nastasia Philippovna partit d'un éclat de rire.

— A présent je suis ivre, général, je veux rigoler! Aujour-d'hui, c'est mon jour de fête, mon jour de triomphe, je l'atten-dais depuis longtemps. Daria Alexievna, vois-tu cet amateur de fleurs, ce monsieur aux camélias? Il est là assis et il rit de nous...

— Je ne ris pas, Nastasia Philippovna, je me borne à écouter très-attentivement, répliqua avec dignité Totzky.

— Eh bien, voilà, pourquoi, au lieu de lui rendre sa liberté, l'ai-je tourmenté pendant cinq années entières? Méritait-il cela? Il est simplement tel qu'il doit être... Il trouvera encore que c'est moi qui ai des torts envers lui : il m'a fait donner de l'éducation, m'a entretenue comme une comtesse, a dépensé pour moi une masse d'argent; déjà en province il avait cherché à me marier avec un homme honorable, et ici il m'a trouvé

Ganetchka; figure-toi, voilà cinq ans que j'ai cessé de vivre avec lui et pendant tout ce temps j'ai continué à recevoir son argent, persuadée que j'avais raison d'en user ainsi! Je m'étais tout à fait faussé l'esprit! Tu dis : Prends les cent mille roubles, et mets l'homme à la porte, s'il te répugne d'être sa maîtresse. C'est vrai que cela me répugne... Il y a longtemps que j'aurais pu me marier, et pas avec Ganetchka, mais cela me répugnait aussi. Et pourquoi ai-je ainsi passé mes cinq ans à me nourrir de fiel? Tu le croiras ou tu ne le croiras pas, il y a quatre ans je me suis parfois demandé si je n'épouserais pas mon Afanase Ivanovitch. C'était par méchanceté que je songeais alors à cela; bien des idées, à cette époque-là, se sont succédé dans ma tête; mais, vraiment, je me serais fait épouser! Le croiras-tu? lui-même me faisait des avances en ce sens. Sans doute ce n'était pas sincère de sa part, mais il est si passionné que je l'aurais mené jusqu'au conjungo si j'avais voulu. Ensuite, grâce à Dieu, j'ai réfléchi qu'il ne méritait pas tant de haine. Et alors j'ai ressenti soudain un tel dégoût pour lui que, si même il avait demandé ma main, je la lui aurais refusée. Et pendant cinq années entières j'ai posé pour la femme comme il faut! Non, mieux vaut rouler dans la rue, c'est là ma vraie place! Ou nocer avec Rogojine, ou dès demain me faire blanchisseuse! Car rien de ce que j'ai sur le corps ne m'appartient; en partant, je lui laisserai tout, jusqu'au dernier chiffon, et, quand je n'aurai plus rien, qui est-ce qui voudra de moi? Demande donc à Gania s'il consentira alors à me prendre pour femme! Mais Ferdychtchenko lui-même ne me prendra pas!...

— Ferdychtchenko ne vous prendra peut-être pas, Nastasia Philippovna, dit le bouffon, — je suis un homme franc; en revanche, le prince vous prendra! Tenez, vous êtes là à vous lamenter, mais regardez donc le prince! Il y a déjà longtemps que je l'observe...

Nastasia Philippovna se tourna avec curiosité vers Muichkine.

— C'est vrai? demanda-t-elle.

— Oui, fit-il à voix basse.

— Vous me prendrez comme cela, sans rien?

— Oui, Nastasia Philippovna...

— Voilà encore une nouvelle anecdote! murmura le général. — C'était à prévoir!

Le prince fixa un regard triste, sévère et pénétrant sur le visage de Nastasia Philippovna, qui continuait à l'examiner.

— En voilà encore un qui s'est rencontré! reprit-elle tout à coup en s'adressant de nouveau à Daria Alexievna; — et ce qu'il en dit, c'est de bon cœur, je le connais. J'ai trouvé un bienfaiteur! Mais, du reste, on a peut-être raison quand on dit que... qu'il n'est pas comme un autre. De quoi vivras-tu, si tu es assez amoureux pour épouser, toi, prince, la maîtresse de Rogojine?...

— En vous épousant, Nastasia Philippovna, j'épouserai une honnête femme et non la maîtresse de Rogojine, répondit le prince.

— C'est moi qui suis honnête?

— Oui.

— On voit cela dans les romans : ce sont de vieilles fadaises, cher prince, mais à présent le monde est devenu plus raisonnable, et tout cela est absurde! D'ailleurs, comment peux-tu penser à te marier? tu aurais plutôt besoin d'une bonne que d'une femme!

Le prince se leva et d'une voix tremblante, timide, mais en même temps avec la physionomie d'un homme profondément convaincu, il répondit :

— Je ne sais rien, Nastasia Philippovna, je n'ai rien vu, vous avez raison, mais je... je me tiendrai pour honoré par votre choix, loin de croire que je vous fais honneur en vous épousant. Moi, je ne suis rien; vous, vous avez connu la souffrance et vous êtes sortie pure d'un pareil enfer : c'est beaucoup. Pourquoi donc êtes-vous honteuse et voulez-vous partir avec Rogojine? C'est un accès de fièvre... Vous avez rendu soixante-quinze mille roubles à monsieur Totzky et vous annoncez l'intention de lui laisser tout ce qui est chez vous, personne ici ne serait capable d'en faire autant. Je vous... Nastasia Philippovna... je vous aime. Je mourrais pour vous, Nastasia Philippovna. Je ne permets à personne de dire un mot sur vous, Nastasia Philippovna... Si nous sommes pauvres, je travaillerai, Nastasia Philippovna...

En entendant les dernières paroles du prince, Ferdychtchenko et Lébédeff se mirent à rire, le général lui-même manifesta sa mauvaise humeur par une sorte de gloussement. Ptitzine et Totzky ne purent s'empêcher de sourire, mais ils le firent aussi discrètement que possible. Les autres restèrent bouche béante d'étonnement.

— ... Mais peut-être qu'au lieu d'être pauvres, nous serons très-riches, Nastasia Philippovna, poursuivit le prince de la même voix timide. — Du reste, je ne sais rien de positif, et c'est dommage que durant toute cette journée je n'aie pu me procurer aucun renseignement; mais, étant en Suisse, j'ai reçu une lettre d'un monsieur Salazkine, de Moscou, et, d'après ce qu'il m'écrit, un héritage fort important me serait échu. Voici cette lettre...

Ce disant, le prince tirait une lettre de sa poche.

— Mais est-ce qu'il a toute sa tête? murmura le général : — c'est une vraie maison de fous!

Il y eut un instant de silence.

— Vous avez dit, je crois, prince, que cette lettre vous avait été adressée par Salazkine? demanda Ptitzine : — c'est un homme très-connu dans son cercle, il a une grande réputation comme agent d'affaires, et, si cet avis émane en effet de lui, vous pouvez le tenir pour certain. Par bonheur, je connais l'écriture de Salazkine, vu que j'ai été dernièrement en relations d'affaires avec lui... Si vous me permettiez de jeter un coup d'œil sur ce papier, je pourrais peut-être vous dire quelque chose.

Sans proférer un mot, le prince, d'une main tremblante, tendit la lettre à Ptitzine.

— Mais qu'est-ce que c'est? Qu'est-ce que c'est? dit le

I. 13

général, qui regardait tout le monde d'un air insensé : — se peut-il que cet héritage existe?

Tous les yeux se portèrent sur Ptitzine tandis qu'il lisait la lettre. Ce nouvel incident survenu après tant d'autres circonstances énigmatiques intriguait au plus haut point toute la société. Ferdychtchenko ne tenait pas en place; Rogojine, ahuri, regardait avec inquiétude tantôt le prince, tantôt Ptitzine. Daria Alexievna, en attendant que l'affaire s'éclaircît, était comme sur des épines. Lébédeff perdit toute retenue; il quitta son coin, vint se pencher derrière Ptitzine et se mit à lire la lettre par-dessus l'épaule de l'usurier, avec la mine d'un homme qui craint de recevoir une gifle en punition de son indiscrète curiosité.

XVI

— La chose est sûre, déclara enfin Ptitzine en repliant la lettre et en la remettant au prince. — En vertu d'un testament inattaquable de votre tante, vous allez entrer, sans la moindre difficulté, en possession d'une très-grosse fortune.

— C'est impossible! laissa échapper le général.

L'étonnement se peignit de nouveau sur tous les visages.

Ptitzine expliqua, en s'adressant surtout à Ivan Fédorovitch, que, cinq mois auparavant, le prince avait perdu une tante qu'il n'avait jamais connue personnellement : la défunte, sœur aînée de la mère du prince, était la fille d'un marchand moscovite de la troisième ghilde, Papouchine, qui, après avoir fait faillite, était mort dans la pauvreté. Mais le frère aîné de ce Papouchine, décédé récemment aussi, était un riche marchand. Un an auparavant, ses deux fils uniques étaient morts à un mois de distance l'un de l'autre, et le vieillard avait été si affecté de leur perte que lui-même n'avait pas tardé à les suivre au tombeau. Il était veuf, et toute sa fortune avait passé à sa nièce, la tante du prince, une femme très-pauvre qui avait été recueillie chez des étrangers. Au moment où lui arrivait l'héritage de Papouchine, cette tante, atteinte d'hydropisie, était sur le point de mourir, mais elle avait aussitôt chargé Salazkine de se mettre à la recherche du prince et elle avait eu le temps de faire son testament. A ce qu'il semblait, ni le prince ni le docteur chez qui il habitait en Suisse n'avaient voulu attendre l'avis officiel, et, après avoir reçu la lettre de Salazkine, le prince s'était hâté de partir...

— Je ne puis vous dire qu'une chose, acheva Ptitzine en s'adressant au prince, — c'est que tout cela doit être parfaitement exact et que vous pouvez prendre comme argent comptant tout ce que Salazkine vous écrit quant à la validité du testament fait en votre faveur. Je vous félicite, prince! Peut-être aussi recevrez-vous un million et demi, si pas plus. Papouchine était un marchand fort riche.

— Ah çà! il va bien, le dernier des princes Muichkine! fit bruyamment Ferdychtchenko.

— Hourra! cria d'une voix de rogomme Lébédeff.

— Et je lui ai prêté tantôt vingt-cinq roubles comme à un pauvre diable, ha, ha, ha! C'est de la fantasmagorie, tout simplement! dit le général ébahi; — eh bien, je vous félicite, je vous félicite!

Et, quittant sa place, il alla embrasser le prince. Les autres se levèrent à leur tour et s'approchèrent aussi de Muichkine. Même les compagnons de Rogojine qui s'étaient esquivés du salon commençaient à y rentrer. C'était un pêle-mêle d'exclamations confuses; des voix s'élevaient pour demander du champagne, tout le monde se bousculait. Durant un instant Nastasia Philippovna fut presque oubliée, ses invités ne songeaient plus qu'ils se trouvaient en soirée chez elle. Mais peu à peu tous se rappelèrent presque simultanément que le prince venait de lui proposer le mariage. Par suite de cet incident, l'affaire prenait une couleur bien plus extravagante encore. Totzky, profondément surpris, haussait les épaules; presque

seul il était resté à sa place, tandis que le reste de la société
se groupait tumultueusement autour de la table. Tous assu-
rèrent plus tard qu'à partir de ce moment l'aliénation mentale avait commencé à se déclarer chez Nastasia Philippovna.
La jeune femme n'avait pas quitté son siège; pendant
quelque temps elle promena sur l'assistance un regard
étrange, étonné; on aurait dit qu'elle ne comprenait pas la
situation et tâchait de se l'expliquer. Puis, tout à coup, elle
se tourna vers le prince et, fronçant les sourcils d'un air
menaçant, elle l'examina avec attention; mais cela ne dura
qu'un instant; peut-être l'idée lui était-elle venue soudain
qu'il n'y avait là qu'un jeu, une plaisanterie; en ce cas, un
seul coup d'œil jeté sur le prince dut suffire pour la détromper. Elle devint pensive, ensuite une sorte de sourire inconscient se montra sur ses lèvres.

— Ainsi, je suis princesse! murmura-t-elle à part soi d'un
ton moqueur, et, regardant tout à coup Daria Alexievna, elle
se mit à rire. — Le dénoûment est inattendu..... je... je ne
me l'étais pas figuré ainsi... Mais pourquoi donc restez-vous
debout, messieurs? Je vous en prie, asseyez-vous, félicitez-
moi de mon mariage avec le prince! Quelqu'un, je crois, a
demandé du champagne; Ferdychtchenko, allez dire qu'on
en apporte. Katia, Pacha, ajouta-t-elle soudain en apercevant ses servantes à l'entrée de la chambre, — venez ici;
savez-vous que je vais me marier? J'épouse un prince! Le
prince Muichkine, qui a un million et demi, me prend pour
femme!

— Eh bien, que Dieu t'assiste, matouchka, il est temps!
Il ne faut pas laisser échapper l'occasion! s'écria Daria
Alexievna, toute remuée par l'événement.

— Mais assieds-toi donc près de moi, prince, poursuivit
Nastasia Philippovna, — là, c'est bien; ah! voilà qu'on
apporte le vin, félicitez-moi donc, messieurs!

— Hourra! crièrent une foule de voix. Beaucoup, et parmi
eux presque tous les compagnons de Rogojine, se pressèrent
autour des bouteilles de champagne. Ils criaient et ne deman-

daient qu'à faire du tapage; mais plusieurs, malgré l'étrangeté des circonstances, sentaient que la situation se modifiait. D'autres étaient troublés et attendaient avec inquiétude la péripétie finale. Un bon nombre, il est vrai, se disaient tout bas les uns aux autres que c'était la chose la plus ordinaire du monde et qu'on avait vu bien souvent des princes prendre pour épouses des bohémiennes. Rogojine lui-même contemplait cette scène sans paraître y rien comprendre, un sourire forcé donnait à son visage une expression grimaçante.

— Prince, cher, rentre dans ton bon sens! murmura d'un air épouvanté le général, qui s'était approché du prince à la dérobée et le tirait par la manche.

Nastasia Philippovna s'en aperçut et se mit à rire.

— Non, général! Maintenant je suis princesse, vous l'avez entendu, — le prince ne souffrira pas qu'on m'insulte! Afanase Ivanovitch, félicitez-moi; à présent, je prendrai place partout à côté de votre femme; c'est avantageux d'avoir un pareil mari, qu'en pensez-vous? Un homme à la tête d'un million et demi, un prince et, qui plus est, dit-on, un idiot; que peut-on désirer de mieux? Maintenant seulement va commencer une vraie vie! Tu as manqué le coche, Rogojine! Remporte ton paquet, j'épouse le prince et je serai plus riche que toi.

Mais Rogojine avait enfin compris de quoi il s'agissait. Une souffrance indicible se montra sur son visage. Il frappa ses mains l'une contre l'autre, et un gémissement s'exhala de sa poitrine.

— Désiste-toi! cria-t-il au prince.

Ces mots provoquèrent une hilarité générale.

— Tu veux qu'il se désiste en ta faveur, n'est-ce pas? dit avec un écrasant mépris Daria Alexievna : — voyez-vous ce paysan qui est venu déposer de l'argent sur la table! Le prince épouse, tandis que toi tu n'as en vue que la débauche!

— J'épouserai aussi, j'épouserai tout de suite, à l'instant! Je donnerai tout...

— Tu sors du cabaret, tu es ivre, on devrait te mettre à la porte! reprit Daria Alexievna, pleine d'indignation.

Les rires redoublèrent.

— Tu entends, prince, fit Nastasia Philippovna en s'adressant à Muichkine, — voilà comment un moujik marchande ta future!

— Il est ivre, observa le prince. — Il vous aime beaucoup.

— Et plus tard n'auras-tu pas honte d'avoir épousé une femme qui a failli s'en aller avec Rogojine?

— Vous aviez alors l'esprit troublé par la fièvre, maintenant encore vous êtes agitée, comme en délire.

— Et tu ne te sentiras pas honteux quand par la suite on te dira que ta femme a été l'entretenue de Totzky?

— Non, je ne m'en sentirai pas honteux... Ce n'est pas de votre propre gré que vous avez appartenu à Totzky.

— Et jamais tu ne me feras de reproches?

— Je ne vous en ferai jamais.

— Allons, prends garde, ne réponds pas pour toute la vie!

— Nastasia Philippovna, reprit le prince d'une voix douce où perçait comme un accent de commisération, — je vous ai dit tout à l'heure que je me tiendrais pour honoré d'obtenir votre main, loin de croire que je vous fais honneur en vous épousant. A ces mots vous avez souri, et j'ai aussi entendu rire autour de moi. Peut-être me suis-je exprimé ridiculement et ai-je été moi-même ridicule; mais il m'a toujours semblé que je..... comprenais en quoi consiste l'honneur, et je suis sûr d'avoir dit la vérité. Tout à l'heure vous vouliez vous perdre, irrévocablement, car jamais par la suite vous ne vous seriez pardonné cela : mais vous n'êtes coupable de rien. Il est impossible que votre vie soit définitivement perdue. Qu'importe que Rogojine soit venu chez vous, et que Gabriel Ardalionovitch ait voulu vous tromper? Pourquoi revenir sans cesse là-dessus? Ce que vous avez fait, peu de gens, je le répète, seraient capables de le faire, et si vous avez voulu partir avec Rogojine, ç'a été sous l'influence de la fièvre. Maintenant encore vous êtes souffrante, et vous devriez vous coucher. Vous ne seriez pas restée avec Rogojine; dès demain vous vous seriez faite blanchisseuse. Vous êtes fière, Nastasia Philippovna, mais peut-être êtes-vous malheureuse au point de vous croire réellement coupable. Vous avez besoin de beaucoup de soins, Nastasia Philippovna. Je vous soignerai. Tantôt j'ai vu votre portrait, et j'ai cru y retrouver des traits connus. Il m'a aussitôt semblé que vous m'appeliez... Je... je vous estimerai toute ma vie, Nastasia Philippovna, acheva brusquement le prince devenu rouge, sans doute en se rappelant devant quelle société il s'épanchait ainsi.

Ptitzine, scandalisé, baissait la tête et regardait le plancher. Totzky songeait à part soi : « C'est un idiot, mais ii sait que la flatterie est le meilleur moyen de réussir auprès des femmes; la nature le lui a appris! » Le prince remarqua aussi que Gania, de son coin, fixait sur lui des yeux étincelants, comme s'il eût voulu le foudroyer sur place.

— Voilà un brave homme! dit tout haut Daria Alexievna attendrie.

— Une créature cultivée mais perdue! murmura à demi-voix Ivan Fédorovitch.

Totzky prit son chapeau avec l'intention de filer à l'anglaise. Lui et le général convinrent du regard qu'ils s'en iraient ensemble.

— Merci, prince! Personne jusqu'à présent ne m'avait parlé ainsi, dit Nastasia Philippovna. — On n'a jamais songé qu'à m'acheter, et aucun homme comme il faut ne m'avait encore demandée en mariage. Vous avez entendu, Afanase Ivanovitch? Comment trouvez-vous le langage du prince? Presque inconvenant, n'est-ce pas?... Rogojine! ne t'en va pas tout de suite. Du reste, je vois que tu n'es pas pressé de t'en aller. Je partirai peut-être encore avec toi. Où voulais-tu m'emmener?

— A Ékatérinhoff, répondit de son coin Lébédeff. Rogojine tremblant ne put que regarder Nastasia Philippovna avec de grands yeux; il n'en croyait pas ses oreilles et semblait

étourdi comme s'il avait reçu un violent coup sur la tête.

— Mais, voyons, à quoi penses-tu, matouchka? C'est positivement un accès; est-ce que tu es devenue folle? s'écria
dans son épouvante Daria Alexievna.

Nastasia Philippovna se leva d'un bond.

— Tu croyais donc que c'était sérieux? répliqua-t-elle en
riant; — tu as pu penser que je perdrais l'existence de ce
baby? Mais c'est bon pour Afanase Ivanovitch de prendre
des enfants en sevrage! Partons, Rogojine! Aboule ton paquet!
Peu importe que tu veuilles m'épouser, donne l'argent tout
de même. Il n'est pas encore dit que je me marierai avec
toi. Parce que tu m'as offert le mariage, tu croyais garder tes
banknotes? Tu plaisantes! Je suis une déhontée! J'ai été la
concubine de Totzky... Prince! maintenant c'est Aglaé Épantchine qu'il te faut, et non Nastasia Philippovna; si tu m'épou-
sais, Ferdychtchenko te montrerait au doigt! Tu n'as pas
peur de cela; mais moi, je crains de causer ton malheur et
d'encourir plus tard tes reproches! Quant à l'honneur que je
te ferais, dis-tu, en t'accordant ma main, Totzky sait à quoi
s'en tenir là-dessus. Mais, Ganetchka, avec Aglaé Épantchine
tu t'es trompé; savais-tu cela? Si tu n'avais pas marchandé
avec elle, elle aurait certainement consenti à t'épouser! Voilà
comme vous êtes tous! il faut choisir entre la fréquentation
des courtisanes et celle des honnêtes femmes; si on pratique
à la fois les unes et les autres, on doit nécessairement s'em-
brouiller!... Eh, le général regarde, bouche béante...

— C'est Sodome, Sodome! répétait le général en haussant
les épaules. Il avait quitté la place qu'il occupait sur le divan
et tout le monde s'était de nouveau levé. Nastasia Philippovna paraissait avoir perdu l'usage de la raison.

— Est-ce possible? gémissait le prince en se tordant les
mains.

— Tu avais donc pris cela au sérieux? Mais j'ai peut-être
aussi mon amour-propre, toute déhontée que je suis! Tantôt,
tu disais que j'étais une perfection : belle perfection qui se
fourre dans le bourbier pour la gloriole de fouler aux pieds

un million et un titre de princesse! Allons, quelle femme puis-je être pour toi après cela? Afanase Ivanovitch, telle que vous me voyez, j'ai jeté un million par la fenêtre! Et vous pensiez que j'allais m'estimer bien heureuse d'épouser Ganetchka, moyennant une dot de soixante-quinze mille roubles? Garde tes soixante-quinze mille roubles, Afanase Ivanovitch (tu n'es pas même allé jusqu'à la centaine; Rogojine a été plus chic que toi!); mais je consolerai moi-même Ganetchka, il m'est venu une idée. Maintenant je veux m'amuser, je suis une fille des rues! J'ai passé dix ans en prison, maintenant le bonheur est arrivé pour moi! Qu'est-ce que tu attends, Rogojine? Partons!

— Partons! cria le jeune homme, que la joie faisait presque délirer : — holà, vous... tous... du vin! Ouf!...

— Fais chercher du vin, j'en boirai. Et il y aura de la musique?

— Oui, oui, il y en aura! N'approche pas! vociféra Rogojine hors de lui en voyant que Daria Alexievna s'avançait vers Nastasia Philippovna. — Elle est à moi! toute à moi! Ma reine! mon bien suprême!

Suffoqué par la joie, il allait et venait autour de la jeune femme en criant à chacun : « N'approche pas! » Tous ses compagnons avaient envahi la chambre. Les uns buvaient, les autres criaient et riaient; tous étaient fort animés et n'éprouvaient plus la moindre gêne. Ferdychtchenko tâchait de s'accrocher à cette bande. Le général et Totzky firent encore un mouvement pour se retirer. Gania tenait aussi son chapeau à la main, mais il restait immobile et silencieux, comme ne pouvant s'arracher au spectacle qu'il avait sous les yeux.

— N'approche pas! criait Rogojine.

— Mais pourquoi brailles-tu ainsi? lui dit en riant Nastasia Philippovna; — je suis encore maîtresse chez moi; si je veux, je puis te faire jeter à la porte. Je n'ai pas encore pris ton argent, il est toujours là sur la table; apporte-le ici, donne-moi tout le paquet! C'est dans ce paquet que se trou-

vent les cent mille roubles? Fi, quelle horreur! Qu'est-ce
que tu dis, Daria Alexievna? Mais est-ce que je pouvais faire
son malheur? (Elle montrait le prince.) Lui se marier? Il a
encore besoin d'une niania; voilà que le général s'apprête à
remplir cet office auprès de lui, — comme il le dorlote!
Regarde, prince, ta future a pris l'argent, parce que c'est
une prostituée, et tu voulais l'épouser! Mais pourquoi
pleures-tu? Cela t'est pénible, n'est-ce pas? Allons, ris, fais
comme moi (en parlant ainsi, Nastasia Philippovna avait
elle-même deux grosses larmes sur les joues). Fie-toi au
temps, — tout cela se passera! Mieux vaut se raviser maintenant que plus tard... Mais pourquoi pleurez-vous tous?
Voilà aussi Katia qui pleure! Qu'est-ce que tu as, Katia,
chère? Je ne vous laisserai pas sans ressources, toi et Pacha;
mes dispositions sont déjà prises; maintenant adieu! Une
honnête fille comme toi, je l'ai forcée à me servir, moi une
prostituée... Cela vaut mieux, prince, en vérité, cela vaut
mieux, plus tard tu m'aurais méprisée et nous n'aurions pas
été heureux! Point de protestations, je n'y crois pas! Et
puis comme ç'aurait été bête!... Non, mieux vaut que nous
nous disions franchement adieu. A quoi bon caresser des
chimères? Moi-même, vois-tu, j'y suis portée! Est-ce que
moi-même je n'ai pas rêvé de toi? Tu as raison, il y a longtemps que ces rêves hantent mon esprit; pendant ces cinq ans
que j'ai passés toute seule dans le village de Totzky, bien des
fois je me suis figuré qu'un homme comme toi, honorable,
bon, beau, un peu bête même, viendrait tout à coup me
dire : « Ce n'est pas votre faute, Nastasia Philippovna, et je
vous adore! » Mais quel réveil succédait à ces rêves! C'était
à devenir folle... Celui-ci arrivait : chaque année il venait
passer deux mois à la campagne, ensuite il s'en allait, me
laissant souillée, avilie, outragée, furieuse. Mille fois j'ai
voulu me jeter à l'eau, mais j'ai été lâche, je n'en ai pas eu
le courage ; allons, maintenant... Rogojine, tu es prêt?

— C'est prêt! N'approche pas!

— C'est prêt! firent plusieurs voix.

Nastasia Philippovna prit le paquet dans ses mains.

— Ganka, il m'est venu une idée : je veux t'indemniser, car pourquoi perdrais-tu tout? Rogojine, c'est vrai que, pour trois roubles, il marcherait à quatre pattes sur le boulevard Vasilievsky?

— Oui.

— Eh bien, écoute, Gania, je veux m'offrir une dernière fois le spectacle de ta belle âme; toi-même tu m'as tourmentée pendant trois longs mois; maintenant c'est mon tour. Tu vois ce paquet : il contient cent mille roubles! Je vais à l'instant le jeter dans la cheminée, dans le feu, là, devant tout le monde, en présence de toute la société! Dès qu'il sera tout entier entouré par la flamme, va le prendre dans la cheminée, — mais sans gants, les mains nues, les manches retroussées, — et retire-le du feu! Si tu fais cela, le paquet est à toi, tout l'argent t'appartient! Tu te brûleras bien un peu les doigts, mais il s'agit de cent mille roubles, songes-y! C'est l'affaire d'un moment! Et j'admirerai ton âme en te voyant ramasser mon argent au milieu des flammes. Je prends tout le monde à témoin que le paquet sera à toi! Si tu ne le retires pas, il brûlera, car je ne souffrirai pas qu'un autre y touche. Arrière! Otez-vous tous! Cet argent m'appartient! Rogojine me le donne pour passer la nuit avec moi. Cet argent est à moi, Rogojine?

— Il est à toi, ma joie! Il est à toi, ma reine!

— Eh bien, écartez-vous tous, je fais ce que je veux! Qu'on me laisse agir comme bon me semble! Ferdychtchenko, attisez le feu!

— Nastasia Philippovna, je n'en ai pas la force! répondit Ferdychtchenko stupéfait.

— E-eh! fit la jeune femme, et, prenant les pincettes, elle éparpilla deux bûches qui brûlaient sans flamber, puis, dès qu'elle eut obtenu un feu clair, elle y jeta le paquet.

Une clameur s'éleva dans tout le salon; plusieurs firent même le signe de la croix.

— Elle est folle! elle est folle! criait-on de tous côtés.

— Est-ce que nous ne... est-ce que nous ne devrions pas la lier? dit tout bas le général à Ptitzine, — ou envoyer chercher... Elle est folle, voyons, elle est folle? C'est de la folie?

— N-non, ce n'est peut-être pas tout à fait de la folie, répondit Ptitzine, qui, tremblant et pâle comme un linge, n'avait pas la force de détacher ses yeux du paquet livré aux flammes.

Ivan Fédorovitch s'adressa à Totzky :

— Elle est folle? N'est-ce pas de la folie? répéta-t-il.

— Je vous ai dit que c'était une femme excentrique, murmura Afanase Ivanovitch, qui avait aussi changé de couleur.

— Mais, pourtant, cent mille roubles!...

— Seigneur, Seigneur! entendait-on dans la foule. Avides de contempler cette scène, tous les visiteurs se pressaient autour de la cheminée, tous proféraient des exclamations... Plusieurs même étaient montés sur des chaises, pour voir par-dessus les têtes. Daria Alexievna, effrayée, passa précipitamment dans la pièce voisine et se mit à chuchoter à l'oreille des servantes. La belle Allemande s'enfuit.

— Matouchka! Karalevna[1]! Toute-puissante! cria Lébédeff, qui se traînait aux genoux de Nastasia Philippovna en tendant les bras vers la cheminée : — cent mille roubles! Cent mille! Je les ai vus moi-même, le paquet a été fait sous mes yeux! Matouchka! Miséricordieuse! Ordonne-moi de me jeter dans le feu : je m'y fourrerai tout entier, j'y plongerai ma tête grise!... Une femme malade, impotente, treize enfants orphelins, un père enterré la semaine passée, un homme qui meurt de faim, Nastasia Philippovna!

Et il voulut s'avancer vers la cheminée.

— Arrière! vociféra la maîtresse de la maison en le repoussant : — rangez-vous tous! Gania, pourquoi restes-tu là? Ne sois pas honteux! Va ramasser le paquet! C'est le bonheur pour toi!

[1] Fille de roi.

Mais durant cette journée Gania avait déjà trop souffert et il n'était pas préparé à cette dernière épreuve. La foule s'écarta, le laissant face à face avec Nastasia Philippovna; tous deux se trouvaient à trois pas l'un de l'autre. Debout tout près de la cheminée, la jeune femme attendait et son regard étincelant ne quittait pas Gania. Celui-ci, en frac, ganté, son chapeau à la main, restait vis-à-vis d'elle sans mot dire, et, les bras croisés, contemplait le feu. Un sourire insensé errait sur son visage livide. A la vérité, il ne pouvait détourner ses yeux du feu, du paquet déjà atteint par la flamme; mais il semblait que quelque chose de nouveau se produisait dans son âme; on aurait dit qu'il avait juré de supporter jusqu'au bout cette torture; il ne bougeait pas de sa place; tout le monde eut, au bout de quelques instants, la certitude qu'il laisserait brûler les cent mille roubles.

— Eh, ils vont être consumés, c'est le respect humain qui te retient, lui criait Nastasia Philippovna, — après cela, tu te pendras, je ne plaisante pas!

En tombant sur le feu qui brillait entre les deux tisons calcinés, le paquet avait eu d'abord pour effet de l'éteindre. Mais une petite flamme bleue restait encore adhérente à l'extrémité de la bûche inférieure. A la fin la longue et étroite langue de feu lécha aussi le paquet, qui soudain s'alluma dans toute son étendue, projetant en l'air une flamme d'un vif éclat.

Un cri s'échappa de toutes les poitrines.

— Matouchka! suppliait toujours Lébédeff, et il fit encore un mouvement pour s'approcher de la cheminée; mais Rogojine l'écarta violemment.

La vie de Parfène Séménitch semblait avoir passé tout entière dans ses yeux, qu'il ne pouvait détacher de Nastasia Philippovna; il nageait dans l'extase, il était au troisième ciel.

— Voilà, c'est une reine! répétait-il sans cesse en s'adressant au premier qu'il apercevait à côté de lui : — voilà comme nous sommes, nous autres! Eh bien, quel est celui de vous, marauds, qui en ferait une pareille, hein?

Le prince gardait le silence et observait tout d'un air attristé.

— Qu'on me donne seulement un millier de roubles, et je retire le paquet avec mes dents! déclara Ferdychtchenko.

— Je saurais bien, moi aussi, le retirer avec mes dents! cria l'athlète dans un véritable accès de désespoir. — Le d-diable m'emporte! Ça brûle, tout est flambé! ajouta-t-il en voyant briller la flamme.

— Ça brûle! ça brûle! fit-on d'une commune voix; presque tous voulaient se précipiter vers la cheminée.

— Gania, ne fais pas de manières, je te le dis pour la dernière fois!

Ne se connaissant plus, Ferdychtchenko s'approcha vivement du jeune homme et le tira par la manche :

— Vas-y! vociféra-t-il, — vas-y, fanfaron! Ça brûle! O m-m-maudit!

Gania repoussa Ferdychtchenko avec force, tourna sur ses talons et se dirigea vers la porte, mais, avant d'avoir fait seulement deux pas, il commença à chanceler et tomba comme une masse sur le parquet.

— Il s'est évanoui! s'exclamèrent les assistants.

— Matouchka, ça brûle! gémit Lébédeff.

— Cent mille roubles inutilement brûlés! entendait-on partout dans la foule.

— Katia, Pacha, de l'eau pour lui, de l'esprit-de-vin! ordonna Nastasia Philippovna, puis elle prit les pincettes et retira le paquet. Presque tout le papier qui l'entourait extérieurement était consumé, mais on s'aperçut tout de suite que l'intérieur n'avait pas été atteint. Protégé par une triple enveloppe, l'argent était intact. Tout le monde respira plus librement.

— Il n'y a d'un peu endommagé qu'un millier de roubles, tout le reste est sauf, dit avec attendrissement Lébédeff.

— La somme entière lui appartient! Tout le paquet est à lui! Vous entendez, messieurs! reprit à haute voix Nastasia Philippovna, en déposant le paquet à côté de Gania; —

après tout, il ne l'a pas retiré, il a su se vaincre! Donc, il
y a chez lui plus d'amour-propre que d'avidité. Ce n'est
rien, il va reprendre ses sens! Sans cela, il m'aurait tuée,
peut-être... tenez, voilà qu'il revient à lui. Général, Ivan
Pétrovitch, Daria Alexievna, Katia, Pacha, Rogojine, vous
l'avez entendu? Le paquet est à lui, à Gania. Je le lui donne
en toute propriété, pour l'indemniser... allons, peu importe
pourquoi! Vous le lui direz. Qu'il le trouve là, à côté de
lui, quand il reprendra connaissance... Rogojine, partons!
Adieu, prince, pour la première fois j'ai vu un homme! Adieu,
Afanase Ivanovitch, merci!

Toute la bande amenée par Rogojine se pressa tumultueusement vers la sortie, à la suite de son chef et de Nastasia Philippovna. Celle-ci trouva dans la salle ses servantes
qui lui donnèrent sa pelisse; la cuisinière Marfa accourut de
la cuisine. La jeune femme les embrassa toutes.

— Mais est-il possible, matouchka, que vous nous quittiez
pour toujours? Où allez-vous donc? Et un jour de naissance
encore! demandaient les bonnes éplorées en baisant la main
de leur maîtresse.

— Je m'en vais sur la rue, Katia, tu l'as entendu, c'est là
ma place, sans cela je me ferais blanchisseuse! J'en ai assez
d'Afanase Ivanovitch! Saluez-le de ma part, et ne gardez
pas un mauvais souvenir de moi...

Le prince sortit en toute hâte de l'appartement, tandis
que, devant le perron, Rogojine et ses acolytes s'entassaient
dans quatre traîneaux garnis de clochettes. Le général parvint à le rattraper sur le palier.

— Je t'en prie, prince, sois raisonnable! dit-il en le prenant par le bras: — laisse-la! Tu vois comme elle est! C'est
en père que je te parle...

Le prince le regarda, mais, sans proférer un mot, il se
dégagea et descendit l'escalier quatre à quatre.

Près du perron, au moment où la caravane venait de se
mettre en route, le général remarqua que le prince prenait un
fiacre et criait au cocher de suivre les troïkas jusqu'à Ékaté-

rinhoff. Ivan Fédorovitch monta ensuite dans sa voiture,
attelée d'un trotteur gris, et regagna sa demeure, rapportant
avec lui les perles de tantôt, que, nonobstant son agitation,
il n'avait pas oublié de reprendre. Chemin faisant, il caressait de nouvelles espérances, formait de nouveaux calculs au
milieu desquels se glissa à deux reprises l'image séduisante de Nastasia Philippovna ; le général soupira :

— C'est dommage! Franchement, c'est dommage! Une
femme perdue! Une femme folle!... Eh bien, mais maintenant le prince n'a pas besoin de Nastasia Philippovna.....
En somme, il vaut mieux que les choses se soient arrangées
ainsi.

Deux autres invités de Nastasia Philippovna qui s'étaient
décidés à faire un bout de chemin à pied échangeaient, tout
en se promenant, des considérations morales du même
genre.

— Vous savez, Afanase Ivanovitch, c'est quelque chose
comme ce qui a lieu, dit-on, chez les Japonais, observait
Ivan Pétrovitch Ptitzine : — là-bas, paraît-il, un homme
insulté va trouver son insulteur et lui dit : « Tu m'as offensé,
c'est pourquoi je viens m'ouvrir le ventre sous tes yeux. »
Il le fait comme il le dit, et sans doute éprouve un plaisir
extraordinaire à se venger de cette façon. Il y a d'étranges
caractères dans le monde, Afanase Ivanovitch!

— Ah! vous pensez que c'est quelque chose comme cela?
répondit en souriant Totzky, — hum! Du reste, votre comparaison est ingénieuse et spirituelle. Mais vous avez vu
pourtant vous-même, très-cher Ivan Pétrovitch, que j'ai fait
tout ce que j'ai pu; je ne puis pas faire l'impossible, convenez-en. Vous reconnaîtrez aussi qu'il y avait dans cette
femme des qualités rares... des côtés brillants. Tantôt, au
milieu de cette cohue, je n'ai pas voulu parler, mais j'avais
envie de lui crier, en réponse à ses reproches, qu'elle était
elle-même ma meilleure justification. A qui, en effet, cette
femme ne ferait-elle pas oublier la raison et... tout? Voyez,
ce moujik, Rogojine, lui a apporté cent mille roubles! Met-

tons que tout ce qui vient de se passer là soit éphémère, romanesque, inconvenant; en revanche, avouez-le, cela ne manque ni de couleur ni d'originalité. Mon Dieu, que n'aurait-on pu faire d'un pareil caractère joint à une pareille beauté! Mais, en dépit de tous les efforts, en dépit même de l'éducation, tant de dons sont perdus! Un diamant brut, — je l'ai dit plus d'une fois...

Et Afanase Ivanovitch poussa un profond soupir.

DEUXIÈME PARTIE

I

Deux jours après l'étrange aventure par laquelle se termine la première partie de notre récit, le prince Muichkine s'empressa de se rendre à Moscou pour entrer en possession de son héritage inattendu. On a dit alors que d'autres causes encore avaient pu provoquer ce brusque départ; mais nous avons assez peu de renseignements sur ce point, comme en général sur l'existence du prince à Moscou et pendant les six mois qu'il resta absent de Pétersbourg. Ceux-là mêmes qui, pour certaines raisons, pouvaient n'être pas indifférents à son sort, demeurèrent durant tout ce temps presque sans nouvelles de lui. Quelques bruits arrivèrent bien, de loin en loin, aux oreilles de plusieurs d'entre eux, mais c'étaient des rumeurs étranges pour la plupart, et presque toujours en contradiction les unes avec les autres. Nulle part, naturellement, on ne s'intéressait plus au prince que chez les Épantchine, à qui, en partant, il n'avait même pas dit adieu. A la vérité, le général l'avait vu alors, et même deux ou trois fois; ils s'étaient entretenus sérieusement ensemble. Mais si Ivan Fédorovitch personnellement avait vu le prince, il n'avait pas fait part de cette circonstance à sa famille. Au début, c'est-à-dire pendant tout le premier mois qui suivit

le départ de Muichkine, il était reçu chez les Épantchine de
ne pas parler de lui. Élisabeth Prokofievna fut la seule qui,
tout au commencement, dérogea à cette règle en déclarant
« qu'elle s'était cruellement trompée sur le prince ». Puis,
deux ou trois jours après, elle ajouta, mais cette fois en
termes généraux et sans nommer personne, « que le trait le
plus caractéristique de sa vie avait été de se tromper sans
cesse sur les gens ». Et enfin, dix jours plus tard, à la suite
d'une scène qu'elle venait de faire à ses filles, elle prononça
ces mots : « Assez d'erreurs! Il n'y en aura plus désormais. »
Force nous est de signaler ici l'humeur chagrine qui pendant
assez longtemps se manifesta chez tous les membres de la
famille Épantchine. Les rapports tendus, difficiles, tour-
naient vite à l'aigre; il semblait qu'on se cachât mutuelle-
ment quelque chose; tous les visages étaient refrognés. Le
général s'absorbait jour et nuit dans sa besogne, jamais on
ne l'avait vu plus occupé d'affaires, notamment du service.
A peine faisait-il de temps à autre une fugitive apparition
au milieu des siens. Quant aux demoiselles, sans doute elles
se gardaient bien de rien dire devant leurs parents, et peut-
être ne parlaient-elles guère davantage lorsqu'elles se trouvaient seules ensemble. C'étaient des jeunes filles fières,
hautaines, parfois même réservées vis-à-vis l'une de l'autre.
D'ailleurs, elles se comprenaient non pas seulement au premier mot, mais au premier regard, ce qui, dans bien des cas,
rendait la conversation superflue.

Un observateur étranger, s'il s'en était rencontré un là,
n'aurait pu conjecturer qu'une chose : à en juger par toutes
les données précédentes, le prince avait laissé une impression particulière dans l'esprit des Épantchine, bien qu'il ne
leur eût fait qu'une seule visite. Peut-être cela s'expliquait-
il simplement par la curiosité que certaines aventures
bizarres du prince étaient de nature à éveiller. Quoi qu'il en
soit, l'impression subsistait.

Peu à peu les bruits répandus dans la ville devinrent de
plus en plus confus et incohérents. On parlait, à la vérité,

d'un jeune prince fort sot (personne ne pouvait dire au juste comment il s'appelait), qui, ayant hérité tout à coup d'une fortune énorme, avait épousé une célébrité des bals publics parisiens en déplacement à Pétersbourg. Mais d'autres prétendaient que l'énorme héritage avait été fait par un général, et que l'époux de la cascadeuse française était un marchand russe immensément riche; ils ajoutaient que le jour de son mariage cet homme, étant ivre, avait, par pure gloriole, brûlé à la flamme d'une bougie pour sept cent mille roubles de titres du dernier emprunt. Du reste, on cessa bientôt de s'occuper de toutes ces histoires, vu l'impossibilité de les tirer au clair. Par exemple, la bande de Rogojine, où se trouvaient des gens qui auraient pu fournir quelques renseignements, partit tout entière pour Moscou à la suite de son chef après avoir fait une noce de huit jours au Waux-Hall d'Ékatérinhoff. Nastasia Philippovna avait assisté à cette orgie monstre, et un petit nombre d'intéressés apprirent indirectement qu'elle avait disparu le lendemain; on la croyait réfugiée à Moscou, supposition que semblait confirmer le départ de Rogojine pour cette ville.

Divers racontars circulèrent également sur le compte de Gabriel Ardalionovitch Ivolguine, qui était aussi assez connu dans un certain monde. Mais une circonstance ne tarda pas à faire taire les mauvaises langues : le jeune homme tomba gravement malade et on ne le vit plus ni dans la société, ni même à son bureau. Sa maladie dura un mois; quand il eut recouvré la santé, il se démit de son emploi et la Compagnie dont il était le secrétaire dut pourvoir à son remplacement. Pas une seule fois non plus il n'alla chez le général Épantchine, si bien que ce dernier le remplaça aussi... Les ennemis de Gabriel Ardalionovitch auraient pu supposer qu'il n'osait plus se montrer nulle part, tant il se sentait honteux de tout ce qui lui était arrivé. Pourtant il s'en fallait de beaucoup que sa maladie fût une feinte; bien plus, elle avait eu pour effet de le rendre hypocondriaque, maussade, irritable. Ce même hiver, Barbara Ardalionovna épousa

Ptitzine. Toutes les connaissances des Ivolguine s'expliquèrent le mariage de la jeune fille par ce fait que Gania, ayant renoncé à ses occupations, avait cessé de subvenir aux besoins de la famille et même était devenu une charge pour elle.

Chez les Épantchine on ne parlait pas plus de Gabriel Ardalionovitch que s'il n'avait jamais existé. Et pourtant, là, tout le monde avait appris (très-vite même) un détail fort curieux sur son compte : après sa désagréable aventure chez Nastasia Philippovna, Gania, rentré chez lui, ne s'était pas couché et avait attendu avec une impatience fiévreuse le retour du prince. Celui-ci, qui était allé à Ékatérinhoff, en revint vers sept heures du matin. Alors Gania se rendit à la chambre de Muichkine et déposa sur la table la liasse d'assignats dont Nastasia Philippovna lui avait fait cadeau, lorsqu'il gisait sans connaissance. Il pria instamment le prince de rendre ce présent à la jeune femme dès qu'il en trouverait l'occasion. En entrant dans la chambre, Gania était animé de sentiments hostiles et presque désespéré, mais ces dispositions se modifièrent dès qu'il eut échangé quelques mots avec le prince. Il passa deux heures chez lui, et, durant tout ce temps, ne cessa de sangloter. Ils se quittèrent en amis.

Cette nouvelle, dont toute la famille du général eut connaissance, était parfaitement exacte, comme on le sut plus tard. Sans doute il doit paraître étrange que des faits semblables aient pu s'ébruiter si vite : par exemple, tout ce qui s'était passé chez Nastasia Philippovna parvint, presque dès le lendemain, aux oreilles des dames Épantchine. Quant aux nouvelles concernant Gabriel Ardalionovitch, on aurait pu supposer qu'elles les tenaient de Barbara Ardalionovna, car des relations fort intimes s'étaient soudain établies entre la sœur de Gania et les filles du général, au grand étonnement d'Élisabeth Prokofievna. Mais, quoique Varia eût cru nécessaire de se lier étroitement avec les demoiselles Épantchine, elle ne leur aurait certainement pas parlé de son frère.

C'était une personne qui, dans son genre, ne manquait pas
de fierté, bien qu'elle se fût faufilée dans une maison d'où
son frère avait été, pour ainsi dire, mis à la porte. Les
Épantchine et elle se connaissaient déjà auparavant, mais
s'étaient peu vus jusqu'alors. Du reste, maintenant même,
Varia ne se montrait guère au salon, et elle prenait l'escalier
de service, comme si elle ne faisait qu'entrer en passant.
Élisabeth Prokofievna ne lui témoignait jamais aucune
bienveillance, quoiqu'elle eût beaucoup d'estime pour Nina
Alexandrovna, la mère de Barbara Ardalionovna. Cette
liaison causait à la générale autant de surprise que de
mécontentement : elle ne voyait là qu'un caprice de ses filles,
qui « voulaient toujours en faire à leur tête et ne savaient
qu'inventer pour la contrarier ». Néanmoins, Barbara Ardalionovna continua ses visites après comme avant son
mariage.

Un mois s'était écoulé depuis le départ du prince, lorsque
la générale Épantchine reçut une lettre de la vieille princesse
Biélokonsky, qui, quinze jours auparavant, était allée voir sa
fille aînée, mariée à Moscou. Ce que son amie lui mandait,
Élisabeth Prokofievna le garda pour elle, mais divers indices
permirent à son entourage de constater que la lecture de ce
pli l'avait mise dans un état particulier d'excitation, d'agitation même. Elle devint étrangement causeuse avec ses
enfants et commença à leur parler de choses fort extraordinaires; il était visible qu'elle avait envie de s'expliquer,
mais qu'elle ne pouvait s'y résoudre. Le jour où elle reçut
la lettre, elle combla ses trois filles de caresses, embrassa
même Aglaé et Adélaïde, enfin leur fit une sorte de confession
à laquelle, du reste, ni l'une ni l'autre ne comprit rien. La
générale alla jusqu'à se relâcher de sa rigueur envers son
mari, à qui elle battait froid depuis un mois. Bien entendu,
le lendemain elle s'en voulut fort d'avoir montré tant de
sensibilité la veille, et, avant le dîner, elle avait déjà eu le
temps de se quereller avec tout le monde; mais, vers le soir,
l'horizon s'éclaircit de nouveau. Bref, durant huit jours, on

la vit mieux disposée qu'elle ne l'était depuis longtemps.

Au bout de la semaine arriva une seconde lettre de la princesse Biélokonsky, et, cette fois, Élisabeth Prokofievna se décida à parler. Elle déclara avec solennité que « la vieille Biélokonsky » (quand elle parlait de la princesse, elle ne l'appelait jamais autrement) lui donnait des nouvelles très-consolantes de cet... « original, eh bien, voilà, du prince ! » La vieille l'avait cherché à Moscou, s'était informée de lui et avait obtenu de très-bons renseignements ; à la fin, le prince était allé lui-même la voir et avait produit sur elle une impression peu ordinaire. Invité à venir chaque matin chez elle de une heure à deux, il y allait tous les jours, et elle n'était pas encore fatiguée de ses visites. La générale ajouta que la « vieille » avait introduit le prince dans deux ou trois bonnes maisons. « Tant mieux s'il ne vit pas en loup et s'il n'est pas honteux comme un imbécile ! » Les demoiselles à qui étaient faites toutes ces communications remarquèrent aussitôt que leur maman leur cachait une bonne partie du contenu de la lettre. Peut-être avaient-elles été mises au courant par Barbara Ardalionovna, qui pouvait savoir beaucoup de choses par son mari. Ptitzine, en effet, était plus à même que personne d'être bien renseigné sur les faits et gestes du prince à Moscou. Ce fut un nouveau grief de la générale contre Varia.

En tout cas, la glace était rompue et il devenait maintenant possible de parler tout haut du prince. D'autre part, cette circonstance révélait une fois de plus l'intérêt très-vif que Muichkine avait éveillé chez tous les membres de la famille Épantchine. La générale s'étonna même de l'impression produite sur ses filles par les nouvelles de Moscou. De leur côté, les demoiselles relevèrent une étrange contradiction entre les paroles et la conduite de leur maman : elle leur avait si solennellement déclaré que « le trait le plus caractéristique de sa vie avait été de se tromper sans cesse sur les gens », et en même temps elle avait recommandé le prince à l'attention de la « puissante » princesse Biélokonsky ; or

ce n'était pas une mince affaire que d'appeler sur quelqu'un
l'attention de la « vieille », car il s'en fallait de beaucoup
que celle-ci eût la bienveillance banale.

Dès que la glace eut été rompue, le général parla, lui aussi.
Du reste, les renseignements qu'il fournit se rapportaient
exclusivement au « côté positif du sujet ». Très-soucieux
des intérêts du prince, Ivan Fédorovitch l'avait fait sur-
veiller, lui et surtout son conseil Salazkine, par deux messieurs de Moscou, des hommes sûrs et influents dans leur
genre. Tout ce qu'on disait de l'héritage était vrai, au fond;
seulement le bruit public en avait beaucoup exagéré l'importance. Les affaires de Papouchine étaient passablement
embrouillées; il se trouvait avoir laissé des dettes; plusieurs
prétendants revendiquaient la succession; de plus, sourd à
toutes les observations, le prince avait agi avec un défaut
complet de sens pratique. Certes, le général lui souhaitait
sincèrement tout le succès possible; il se plaisait à le déclarer, maintenant que la « glace du silence » était rompue, car
« ce garçon, bien qu'il ne fût pas tout à fait comme un autre »,
méritait cela, en somme. Mais, en cette circonstance, il avait
entassé sottises sur sottises. Par exemple, beaucoup des
créanciers du défunt marchand appuyaient leurs réclama-
tions sur des documents contestables, sans valeur; d'autres
même, devinant qu'ils avaient affaire à un homme bonasse,
ne produisaient absolument aucune pièce à l'appui de leurs
dires. Eh bien, les amis du prince avaient eu beau lui représenter que les droits de toutes ces petites gens étaient nuls,
il avait soldé presque tous les créanciers, et cela uniquement
parce que quelques-uns d'entre eux paraissaient, en effet,
avoir souffert.

La générale observa que la vieille Biélokonsky lui avait
écrit dans le même sens, et que « c'était bête, fort bête; on
ne guérit pas un imbécile », ajouta-t-elle d'un ton roide,
mais l'expression de son visage montrait combien elle était
contente des agissements de cet « imbécile ». En fin de
compte, le général remarqua que sa femme s'intéressait au

prince comme à un fils, et qu'elle s'était mise en frais de gentillesses pour Aglaé; ce que voyant, Ivan Fédorovitch crut devoir pendant quelque temps accentuer son attitude d'homme positif.

Mais cette agréable disposition d'esprit ne dura guère. Au bout de deux semaines s'effectua un brusque revirement, la mine d'Élisabeth Prokofievna redevint grincheuse, et le général, après avoir plusieurs fois haussé les épaules, dut encore se résigner à « la glace du silence ». Le fait est que quinze jours auparavant il avait reçu sous main un avis assez obscur dans son laconisme, mais en revanche parfaitement exact : on lui mandait qu'après s'être enfuie à Moscou, Nastasia Philippovna y avait été découverte par Rogojine; ensuite elle avait de nouveau disparu et il l'avait encore retrouvée; finalement elle s'était presque engagée à l'épouser. Et voilà que deux semaines plus tard une nouvelle stupéfiante parvenait à Son Excellence : pour la troisième fois Nastasia Philippovna s'était éclipsée; maintenant elle se cachait quelque part en province, et, de son côté, le prince Muichkine avait aussi disparu de Moscou, laissant le soin de toutes ses affaires à Salazkine. « Est-il parti avec elle ou pour la rejoindre? on ne le sait pas, mais il y a là du louche », acheva le général. Ces informations ne s'accordaient que trop bien avec celles qui avaient été transmises aussi à Élisabeth Prokofievna. Bref, deux mois après le départ du prince, on avait presque complétement cessé de parler de lui à Pétersbourg, et dans la maison d'Ivan Fédorovitch « la glace du silence » n'était plus rompue. Les jeunes filles, toutefois, ne laissaient pas d'être renseignées, grâce à Barbara Ardalionovna.

Pour en finir avec ces bruits et ces nouvelles, ajoutons qu'au printemps beaucoup de changements se produisirent chez les Épantchine, en sorte qu'il leur aurait été difficile de ne pas oublier le prince, qui lui-même ne se rappelait nullement à leur attention. Dans le cours de l'hiver on résolut enfin d'aller passer l'été à l'étranger. *On*, c'était Élisabeth Prokofievna et ses filles : le général, bien entendu, jugeait son

temps trop précieux pour se permettre une « vaine distraction ». Le voyage fut décidé sur les instances réitérées des
demoiselles : elles étaient persuadées que leurs parents ne
voulaient pas les emmener à l'étranger, parce qu'ils n'avaient
en tête que de leur trouver des maris. Peut-être les parents
pensèrent-ils de leur côté que les épouseurs se rencontrent
partout et que, loin de gâter les affaires, ce déplacement
pourrait au contraire les arranger. Disons en passant qu'il
n'était plus question du mariage de Totzky avec Alexandra
Ivanovna : les pourparlers que le lecteur connaît n'avaient
été suivis d'aucune demande formelle de la part d'Afanase
Ivanovitch. L'avortement de l'union projetée remplit de joie
Élisabeth Prokofievna; par contre, son mari s'en consola difficilement. Peu après, le général apprit qu'une Française de
la haute société, une marquise légitimiste, avait fait la conquête de Totzky : ce dernier était sur le point d'épouser la
belle étrangère, qui allait l'emmener à Paris et de là en Bretagne. « Allons, c'est un homme à la mer », décida Ivan
Fédorovitch.

Tandis que les dames Épantchine se disposaient à partir
pour l'étranger l'été suivant, une circonstance survint tout
à coup qui changea de nouveau la face des choses, et, à la
grande satisfaction des parents, entraîna l'ajournement du
voyage. A Pétersbourg arriva, venant de Moscou, un certain
prince Chtch..., homme connu, du reste, et connu de la
façon la plus honorable. C'était un de ces honnêtes et
modestes pionniers du progrès, comme on en a vu dans ces
derniers temps, qui désirent sincèrement se rendre utiles,
travaillent sans cesse, et se distinguent par une faculté pré-
cieuse, celle de trouver toujours quelque chose à faire. Sans
se mettre en vedette, sans se mêler aux luttes violentes et
stériles des partis, sans se croire une personnalité de premier
ordre, le prince ne laissait pas de comprendre très-nettement
les besoins de l'époque contemporaine. Il était d'abord entré
au service, ensuite il avait figuré dans les états provinciaux;
en dehors de cela, il collaborait, en qualité de membre

correspondant, aux travaux de plusieurs sociétés scientifiques russes. Conjointement avec un technologiste de sa connaissance, il avait fait modifier avantageusement le tracé primitif d'une de nos principales voies ferrées. Agé de trente ans, homme du meilleur monde, il possédait en outre une fortune « sérieuse, indiscutable », comme disait le général, qui, après avoir rencontré le prince chez le comte, son supérieur, était entré en rapport avec lui à l'occasion d'une affaire assez importante. Par suite d'une curiosité particulière, Chtch... ne répugnait nullement à se lier avec les « hommes d'affaires » russes. Il arriva que le prince fit aussi connaissance avec la famille Épantchine. Adélaïde Ivanovna produisit sur lui une impression assez forte. Vers la fin de l'hiver, il demanda la main de la jeune fille. Le prétendant plut beaucoup à Adélaïde, ainsi qu'à Élisabeth Prokofievna. Le général fut enchanté. On se décida naturellement à différer le voyage et il fut convenu que la noce aurait lieu au printemps.

Au surplus, Élisabeth Prokofievna et ses deux autres filles auraient pu partir soit au milieu, soit à la fin de l'été, et aller séjourner un mois ou deux à l'étranger pour se distraire un peu du chagrin qu'Adélaïde devait laisser dans la maison paternelle en l'abandonnant. Mais il survint encore quelque chose : à la fin du printemps (le mariage d'Adélaïde avait été un peu retardé et renvoyé au milieu de l'été), le prince Chtch... introduisit chez les Épantchine un de ses parents éloignés, un certain Eugène Pavlovitch R..., avec qui, du reste, il était assez lié. C'était un jeune homme de vingt-huit ans, aide de camp de l'Empereur, beau, bien né, spirituel, brillant, « moderne », fort instruit et puissamment riche. Quant au dernier point, le général se tenait toujours sur ses gardes. Il allait aux informations : « en effet, il paraît y avoir de la fortune, mais il faut encore s'assurer du fait ». La vieille Biélokonsky avait écrit de Moscou pour recommander dans les termes les plus chaleureux ce jeune aide de camp « d'avenir ». Toutefois Eugène Pavlovitch s'était acquis une célébrité légèrement scabreuse : le bruit public lui attri-

buait une foule d'aventures galantes. Lorsqu'il eut vu Aglaé,
il se mit à fréquenter assidûment la maison Épantchine. A
la vérité, rien n'avait encore été dit, même par voie d'allusion; néanmoins les parents estimèrent qu'il n'y avait pas
lieu de penser à un voyage pour cet été. Aglaé elle-même
était peut-être d'un autre avis.

Cela se passait très-peu de temps avant la rentrée en scène
de notre héros. A en juger d'après les apparences, on avait
alors complétement oublié à Pétersbourg le pauvre prince
Muichkine. Si maintenant il reparaissait tout à coup au
milieu de ses connaissances, il devait faire l'effet d'un
homme tombé du ciel. Cependant, il nous reste encore à
signaler un fait pour terminer cette introduction.

Après le départ du prince, Kolia Ivolguine avait d'abord
continué à vivre comme par le passé, c'est-à-dire qu'il allait
au gymnase, visitait son ami Hippolyte, surveillait le général et secondait Varia dans les soins du ménage. Mais les
locataires ne tardèrent pas à s'éclipser : trois jours après la
scène chez Nastasia Philippovna, Ferdychtchenko disparut
et l'on n'eut plus de ses nouvelles; on disait, sans toutefois
l'affirmer, qu'il buvait quelque part. Le prince alla à Moscou,
de sorte que les chambres louées en garni restèrent vides.
Plus tard, lorsque Varia se fut mariée, Nina Alexandrovna
et Gania allèrent habiter avec elle chez Ptitzine, à Ismaï-
lovsky Polk; pour ce qui est du général Ivolguine, il lui
arriva vers le même temps quelque chose d'absolument
imprévu : son amie, madame Térentieff, à qui il avait
souscrit, à différentes époques, pour deux mille roubles de
billets, le fit enfermer à la prison pour dettes. Cette manière
d'agir causa une profonde surprise au pauvre Ardalion Alexandrovitch, « décidément victime de sa confiance illimitée dans
la noblesse du cœur humain ». En prenant la douce habitude
de signer des lettres de change et des billets à ordre, le
général n'avait jamais cru possible que ces papiers lui atti-
rassent des ennuis. L'événement lui prouva qu'il s'était
trompé. « Fiez-vous aux gens après cela, montrez une noble

confiance! » s'écriait-il d'un ton plein d'amertume, tandis qu'assis avec ses nouveaux amis de la maison Tarasoff, il leur racontait *inter pocula* des anecdotes sur le siége de Kars et sur un soldat ressuscité. Du reste, il s'accommodait parfaitement de sa position. Ptitzine et Varia disaient que c'était là sa vraie place; Gania partageait entièrement cette façon de voir. Seule, la pauvre Nina Alexandrovna pleurait en secret (ce qui même étonnait son entourage) et, toujours souffrante, allait voir le détenu le plus souvent possible.

Depuis l'« accident du général », comme disait Kolia, ou plutôt depuis le mariage de sa sœur, le jeune garçon s'était presque complétement émancipé; ses proches ne le voyaient plus guère, et il était rare qu'il revînt coucher à la maison. Il avait fait, disait-on, beaucoup de connaissances nouvelles; de plus, il était devenu un visiteur assidu de la prison pour dettes, où il accompagnait toujours Nina Alexandrovna. Chez lui, on s'abstenait de l'interroger. Varia, qui le traitait toujours si sévèrement autrefois, ne le questionnait pas au sujet de ses absences. Tout le monde au logis remarqua avec surprise que Gania, nonobstant son hypocondrie, adressait la parole à son frère et que des relations amicales s'étaient établies entre eux. Jusqu'alors il n'en avait pas été ainsi. Le jeune homme, ne voyant dans son cadet qu'un galopin sans conséquence, lui témoignait auparavant le dédain le plus grossier et le menaçait sans cesse de lui tirer les oreilles, ce qui mettait Kolia hors de lui. Il semblait qu'à présent Gania eût besoin de son frère. Ce dernier, de son côté, se sentait disposé à lui pardonner bien des choses, depuis qu'il savait que Gania avait refusé les cent mille roubles de Nastasia Philippovna.

Trois mois après le départ du prince, la famille Ivolguine fut informée que Kolia avait brusquement fait connaissance avec les Épantchine et qu'il était très-bien reçu par les demoiselles. Varia l'apprit très-vite; Kolia, du reste, n'avait pas prié sa sœur de l'introduire, il s'était présenté lui-même. Peu à peu on le prit en affection chez les Épantchine. La générale commença par l'accueillir très-froidement, mais bientôt il lui plut parce qu'il était « franc et point flatteur ». Personne ne méritait mieux que Kolia d'être qualifié de la sorte; il avait su se placer vis-à-vis de ses nouveaux amis sur un pied d'égalité et d'indépendance complètes; si, parfois, il lisait à la générale des livres et des journaux, c'était parce qu'il aimait à faire plaisir. Du reste, la « question des femmes » faillit le brouiller avec Élisabeth Prokofievna; au cours d'une discussion très-vive à ce sujet, il déclara à la vieille dame qu'elle était une despote et qu'il ne remettrait plus le pied chez elle. Quelque invraisemblable que cela puisse paraître, le surlendemain de la querelle, la générale lui envoya par un domestique un mot pour le prier de revenir. Kolia ne fit point l'entêté et arriva immédiatement. Aglaé était la seule dont il n'eût pu gagner les bonnes grâces et qui lui parlât toujours avec hauteur. Pourtant, il était dit que l'enfant étonnerait aussi jusqu'à un certain point l'orgueilleuse jeune fille. Un jour, Kolia profita d'un moment où ils se trouvaient en tête-à-tête et lui tendit une lettre en se bornant à dire qu'il avait ordre de la lui remettre en mains propres. Aglaé regarda d'un air menaçant le « présomptueux gamin », mais celui-ci se retira aussitôt. Elle déplia la lettre et lut ce qui suit :

« Jadis vous m'avez honoré de votre confiance. Peut-être m'avez-vous complétement oublié maintenant. Comment se fait-il que je vous écrive? Je n'en sais rien; mais je ne puis résister au désir de me rappeler à vous, à vous particulièrement. Bien des fois j'ai eu grand besoin de vous trois, mais parmi vous trois je ne voyais que vous. Vous m'êtes nécessaire, très-nécessaire. En ce qui me concerne, je n'ai rien à vous écrire, rien à vous raconter. D'ailleurs, je n'y tiens pas; je désirerais fort votre bonheur. Êtes-vous heureuse? Voilà tout ce que je voulais vous dire.

« Votre frère, Pr. L. MUICHKINE. »

Après avoir lu ces quelques lignes passablement absurdes,

Aglaé rougit soudain et devint pensive. Il nous serait difficile de reproduire le cours de ses idées. Elle se posa notamment la question suivante : « Montrerai-je cette lettre à quelqu'un? » Elle se sentait comme honteuse. A la fin, avec un sourire étrange et moqueur, elle jeta le billet dans le tiroir de sa table. Le lendemain elle l'en retira et le mit dans un gros livre, comme elle avait coutume de le faire pour les papiers qu'elle voulait pouvoir retrouver tout de suite. Ce fut seulement huit jours plus tard qu'elle s'avisa de regarder ce qu'était ce livre. Il se trouva être le *Don Quichotte de la Manche*. Aglaé partit d'un éclat de rire, sans que nous puissions dire pourquoi.

Nous ne savons pas non plus si la jeune fille montra à quelqu'une de ses sœurs la lettre qu'elle avait reçue.

Mais, après une seconde lecture de ce billet, une question s'offrit brusquement à son esprit : se peut-il que le prince ait choisi ce gamin présomptueux et fanfaron pour son correspondant? Peut-être même est-ce le seul qu'il possède ici? Bien que d'un air très-méprisant, elle ne laissa pas d'interroger Kolia. Ce dernier, toujours susceptible, ne fit pas, cette fois, la moindre attention au mépris d'Aglaé; il déclara en termes brefs et assez secs qu'il avait, à tout hasard, offert ses services et donné son adresse au prince au moment du départ de celui-ci, mais que c'était la première commission dont le prince le chargeait et la première lettre qu'il recevait de lui; pour prouver ses paroles, il présenta à la jeune fille la lettre qui lui avait été adressée à lui-même. Aglaé n'hésita pas à en prendre connaissance. Voici ce que le prince écrivait à Kolia :

« Cher Kolia, soyez assez bon pour remettre le billet ci-inclus à Aglaé Ivanovna. Portez-vous bien.

« Votre affectionné, Pr. L. MUICHKINE. »

— C'est ridicule pourtant de se fier à un pareil moutard, dit Aglaé d'un ton injurieux en rendant la lettre à Kolia, et, sur cette observation blessante, elle le quitta.

Kolia ne put supporter ce dédain : exprès pour la circonstance il s'était fait prêter par Gania une écharpe verte encore toute neuve, sans dire à son frère pourquoi il la lui demandait. Il fut cruellement mortifié.

II

On était au commencement de juin, et depuis une semaine Pétersbourg jouissait d'une température exceptionnellement agréable. Les Épantchine possédaient à Pavlovsk une somptueuse villa. Élisabeth Prokofievna fut soudain prise du désir de s'y rendre avec sa famille, et, deux jours après, on se transporta à la campagne.

Le lendemain ou le surlendemain du départ des Épantchine, le prince Léon Nikolaïévitch Muichkine arriva de Moscou par un train du matin. Personne n'était venu à sa rencontre à la gare; toutefois, au sortir du wagon, dans la foule massée autour des voyageurs, le prince aperçut tout à coup deux yeux ardents dont le regard offrait une expression étrange. Il essaya de rechercher à qui appartenaient ces deux yeux, mais il ne distingua plus rien. Si fugitive qu'eût été cette vision, elle lui laissa une impression déplaisante. D'ailleurs, le prince était déjà triste et soucieux, quelque chose semblait le préoccuper.

Son cocher le conduisit à un mauvais hôtel situé non loin de la Litéinaïa. Le prince loua deux petites chambres sombres et mal meublées; puis il se lava, changea de vêtements et se hâta de sortir.

Si un de ceux qui l'avaient connu six mois auparavant, lors de son premier séjour à Pétersbourg, avait jeté les yeux sur lui en ce moment, il aurait sans doute constaté un changement fort avantageux dans son extérieur. Pourtant c'eût été une erreur peut-être. La mise seule du prince avait

subi une transformation complète : il était maintenant vêtu
d'habits faits par un des bons tailleurs de Moscou; mais, au
défaut de suivre la mode de trop près, cette toilette joignait
celui d'être portée par un homme qui n'avait nullement les
façons d'un petit-maître; aussi, un observateur enclin à la
moquerie aurait-il pu trouver là matière à rire. Mais qu'est-ce
qui ne prête pas à la risée?

Le prince prit une voiture et se fit conduire aux Sables.
Dans une des rues de la Nativité, il découvrit bientôt la
maison qu'il cherchait. C'était une petite maisonnette en
bois dont il remarqua avec surprise l'air avenant, propre et
bien tenu; autour de cette habitation il y avait un enclos
où on cultivait des fleurs. Les fenêtres donnant sur la rue
étaient ouvertes et laissaient arriver au dehors un flot inces-
sant de paroles bruyantes, presque criardes, comme si quelqu'un faisait une lecture à haute voix ou même prononçait
un discours; celui qui parlait était de temps à autre interrompu par des rires sonores. Le prince entra dans la cour
et monta le perron. Une cuisinière aux manches retroussées
jusqu'aux coudes lui ouvrit la porte. Le visiteur demanda
monsieur Lébédeff.

— Mais il est là, répondit-elle, en montrant du doigt le
« salon ». Cette pièce, tapissée d'un papier bleu foncé, était
meublée convenablement et même avec une certaine pré-
tention, c'est-à-dire qu'il s'y trouvait une table ronde, un
divan, une pendule de bronze placée sous une cloche, une
glace étroite adossée au trumeau et un petit lustre suspendu
au plafond par une chaînette de bronze. Lorsque le prince
entra, monsieur Lébédeff, debout au milieu de la chambre,
tournait le dos à la porte. Vu la chaleur, le maître de la maison ne portait aucun vêtement par-dessus son gilet; il pérorait en se frappant la poitrine. Ses auditeurs étaient un garçon
de quinze ans, à la mine rieuse et point sotte, qui tenait un
livre dans ses mains; une jeune fille de vingt ans toute vêtue
de deuil et portant sur ses bras un enfant à la mamelle; une
fillette de treize ans, en deuil aussi, qui riait fort, et, en

riant, ouvrait démesurément la bouche; enfin un assez beau
jeune homme de vingt ans, couché sur le divan. Ce dernier
avait de longs et épais cheveux bruns, de grands yeux noirs,
un léger soupçon de barbe et de favoris. Il devait interrompre
fréquemment l'orateur pour le contredire, ce qui, apparemment, excitait l'hilarité des autres personnes présentes.

— Loukian Timoféitch, hé, Loukian Timoféitch! Voyez
donc ça! Mais regarde donc par ici!... Allons, il n'y a rien
à faire!

Et, après avoir esquissé un geste de découragement, la
cuisinière se retira toute rouge de colère.

Lébédeff tourna la tête, et, en apercevant le prince, il resta
quelque temps comme pétrifié; puis il s'élança vers lui avec
un sourire servile, mais, avant qu'il se fût approché du visiteur, la stupéfaction le cloua de nouveau à sa place.

— Ex-ex-excellentissime prince! eut-il pourtant la force
de s'écrier.

Soudain, comme s'il n'eût pu encore recouvrer sa présence
d'esprit, il se retourna, et, de but en blanc, fondit sur la jeune
fille en deuil qui avait un enfant dans ses bras; le mouvement fut si brusque qu'elle recula un peu; mais aussitôt
Lébédeff la quitta pour se précipiter vers la petite fille de
treize ans qui, debout sur le seuil de la pièce voisine, laissait
voir encore sur son visage les traces d'une hilarité mal
étouffée. La fillette ne put retenir un cri et s'enfuit immédiatement à la cuisine. Lébédeff se mit à frapper du pied,
mais, rencontrant le regard du prince qui le considérait d'un
air abasourdi, il murmura en manière d'explication :

— Pour... le respect, hé, hé, hé!

— Vous avez bien tort de... commença le prince.

— Tout de suite, tout de suite, tout de suite... comme un
tourbillon!

Et Lébédeff sortit précipitamment de la chambre. Le prince
regarda avec étonnement la jeune fille, le garçon de quinze
ans et l'individu couché sur le divan; tous riaient. Le visiteur fit chorus avec eux.

— Il est allé mettre un frac, dit l'enfant.

— Comme tout cela est vexant! observa le prince, — je pensais... Dites-moi, il...

— Vous croyez qu'il est ivre? cria l'homme étendu sur le divan; — pas du tout! Il a bu trois ou quatre petits verres, peut-être cinq, mais qu'est-ce que cela? c'est le nombre réglementaire.

Au moment où le prince allait prendre la parole, il fut prévenu par la jeune fille, dont le gracieux visage respirait une entière franchise :

— Jamais il ne boit beaucoup le matin, dit-elle ; — si vous êtes venu le trouver pour affaire, parlez-lui maintenant. C'est le moment. Quand il revient le soir, il est ivre; à présent il passe la plus grande partie de la nuit à pleurer et il nous lit à haute voix des passages de l'Écriture sainte, parce que notre mère est morte il y a cinq semaines.

— Il s'est sauvé parce que, assurément, il lui était difficile de vous répondre, reprit en riant le personnage couché sur le divan. — Je parie qu'il vous trompe et qu'en ce moment même il rumine quelque chose.

Lébédeff rentra, il venait de passer un habit.

— Depuis cinq semaines! Pas plus de cinq semaines! répéta-t-il en clignant les yeux et en tirant un mouchoir de sa poche pour essuyer des larmes : — orphelins !

— Mais pourquoi avoir mis un vêtement tout troué ? demanda la jeune fille : — vous avez là, derrière la porte, une redingote neuve; est-ce que vous ne l'avez pas vue?

— Tais-toi, libellule ! gronda Lébédeff. — Foin de toi ! ajouta-t-il en trépignant. Mais cette fois elle ne fit que rire de la colère paternelle.

— Pourquoi voulez-vous me faire peur? Je ne suis pas Tania, moi, je ne m'enfuirai pas. Et, tenez, vous allez réveiller Lubotchka et elle aura encore des convulsions... Pourquoi crier ainsi?

— Allons, allons, c'est tout... répondit le maître de la maison, pris soudain d'une vive inquiétude, et, s'élançant

vers l'enfant qui dormait sur les bras de sa fille, il le bénit
plusieurs fois d'un air effrayé. —Seigneur, conserve-le, Seigneur, préserve-le ! Cet enfant à la mamelle est ma fille
Luboff, continua-t-il en s'adressant au prince, — elle est
née en légitime mariage de ma défunte femme Hélène,
décédée en couches. Et ce vanneau est ma fille Viéra, en
deuil... Et celui-ci, celui-ci, oh ! celui-ci...

— Pourquoi t'interromps-tu? cria le jeune homme : —
allons, continue, ne te trouble pas.

— Altesse ! fit avec élan Lébédeff, — avez-vous lu dans
les journaux l'assassinat de la famille Jémarine?

— Oui, répondit le prince un peu étonné.

— Eh bien, voilà le vrai meurtrier de la famille Jémarine,
c'est lui, lui-même !

— Qu'est-ce que vous dites? répliqua le visiteur.

— C'est une manière allégorique de parler : il est le second assassin futur d'une deuxième famille Jémarine, s'il
s'en rencontre une. Il s'y prépare...

Tous se mirent à rire. L'idée vint au prince que peut-être,
en effet, Lébédeff l'entretenait à dessein de choses oiseuses
parce qu'il pressentait des questions embarrassantes et voulait gagner du temps.

— C'est un factieux! un conspirateur! vociféra Lébédeff,
qui semblait ne pouvoir plus se contenir : — eh bien, une
si mauvaise langue, un fornicateur, un monstre pareil, ai-je
le droit de le considérer comme mon propre neveu, comme
le fils unique de ma défunte sœur Anisia?

— Mais tais-toi donc, tu es ivre! Le croirez-vous, prince?
à présent il s'est avisé d'exercer la profession d'avocat; il
cultive l'éloquence et chez lui ne cesse de tenir à ses enfants des discours d'un style élevé. Il y a cinq jours il a
plaidé devant la justice de paix. Et pour qui donc a-t-il
parlé? Une vieille femme dépouillée de cinq cents roubles,
tout son avoir, par un coquin d'usurier, l'avait instamment
supplié de prendre en main ses intérêts : eh bien, au lieu
de plaider pour elle, il a défendu l'usurier, un Juif nommé

Zeidler, parce que celui-ci lui avait promis cinquante roubles...

— C'était cinquante roubles si j'obtenais gain de cause, et cinq roubles seulement en cas de perte, rectifia Lébédeff.

Il donna cette explication d'un ton calme et posé qui formait un contraste aussi étrange que subit avec l'animation de ses paroles précédentes.

— Eh bien, naturellement, il a fait fiasco; la justice n'est plus rendue comme autrefois, et il a seulement excité la risée. Mais malgré cela il est resté très-content de lui-même. « Juges impartiaux, a-t-il dit, songez qu'un malheureux vieillard, privé de l'usage de ses jambes, vivant d'un travail honorable, est dépouillé de son dernier morceau de pain; rappelez-vous la sage parole du législateur : Que la clémence règne dans les tribunaux. » Et figurez-vous que chaque matin, ici, il nous récite d'un bout à l'autre cette même plaidoirie, telle qu'il l'a prononcée là-bas; nous l'avons entendue aujourd'hui pour la cinquième fois; au moment où vous êtes arrivé, il était encore en train de la débiter, tant elle lui plait. Il s'en pourlèche les babines. Et il se dispose à plaider encore pour quelqu'un. Vous êtes, je crois, le prince Muichkine? Kolia m'a dit n'avoir jamais rencontré d'homme plus intelligent que vous dans le monde...

— Non, non, il n'y a pas d'homme plus intelligent dans le monde! s'empressa de confirmer Lébédeff.

— Cette opinion n'a peut-être aucune importance. L'un vous aime et l'autre vous cajole; moi, je n'ai nullement l'intention de vous flatter, soyez-en convaincu. Mais vous n'êtes pas dépourvu de sens : eh bien, soyez juge entre lui et moi. Allons, veux-tu que nous prenions le prince pour arbitre? ajouta-t-il en s'adressant à son oncle. — Je suis bien aise, prince, que le hasard vous ait amené ici.

— Je le veux! fit avec force Lébédeff, et machinalement il jeta un regard sur le public qui s'était de nouveau rapproché des deux interlocuteurs.

I. 15

— Mais pourquoi êtes-vous en désaccord? dit le prince, dont le visage s'était refrogné.

Outre qu'il avait mal à la tête, il était de plus en plus persuadé que Lébédeff ne jouait pas franc jeu avec lui et se plaisait à différer le moment d'une explication.

— Voici l'exposé de l'affaire. Je suis son neveu, sur ce point il a dit la vérité, quoiqu'il mente toujours. Je n'ai pas terminé mes études universitaires, mais je veux les achever et j'y parviendrai, car j'ai du caractère. En attendant, je vais, pour subsister, occuper un emploi de vingt-cinq roubles dans un chemin de fer. Indépendamment de cela, j'avoue qu'il m'est déjà venu en aide deux ou trois fois. J'avais vingt roubles et je les ai perdus au jeu. Croirez-vous, prince, que j'aie été assez lâche, assez bas pour jouer cet argent?

— Celui qui te l'a gagné est un drôle, un drôle que tu n'aurais même pas dû payer, cria Lébédeff.

— Oui, c'est un drôle, mais je devais le payer, reprit le jeune homme. — Quant à être un drôle, il en est un certainement, et je ne dis pas cela parce qu'il t'a rossé. Prince, c'est un officier chassé du service, un ex-lieutenant qui a fait partie de la bande de Rogojine et qui est professeur de boxe. Tous ces gens-là flânent sur le pavé maintenant que Rogojine les a licenciés. Mais le pis, c'est que, le connaissant pour un drôle, un coquin, un filou, je n'en ai pas moins joué avec lui, et qu'en risquant mon dernier rouble (nous jouions aux palki), je pensais à part moi : Si je perds, j'irai trouver mon oncle Lébédeff, je lui ferai des courbettes, il ne me refusera pas un secours. C'est cela qui est une bassesse, une vraie bassesse, une lâcheté consciente d'elle-même !

— En effet, c'est une lâcheté consciente d'elle-même ! observa également Lébédeff.

— Allons, attends encore un peu avant de triompher, répliqua violemment le neveu, dont ces mots avaient ému la susceptibilité : — il jubile ! Je suis venu le trouver ici, prince, et je lui ai tout avoué ; j'ai agi noblement, je ne me suis pas ménagé; j'ai, au contraire, qualifié ma conduite en termes aussi sévères que possible, tout le monde ici en a été témoin. Pour occuper l'emploi dont je parlais tout à l'heure, il faut absolument que je me requinque un peu, car je suis mis comme un va-nu-pieds. Tenez, regardez mes bottes! Il m'est impossible de me rendre à mon poste dans cette tenue, et si, passé le terme fixé, je n'ai point paru à mon bureau, la place sera donnée à un autre; je devrai alors tâcher de me caser ailleurs. A présent, je lui demande en tout et pour tout quinze roubles, je m'engage à ne plus jamais faire appel à son obligeance, et, de plus, je promets de lui rembourser, dans un délai de trois mois, le montant intégral de ma dette. Je tiendrai parole. Je sais vivre de pain et de kvass durant des mois entiers, parce que j'ai du caractère. Mon traitement, pour trois mois, sera de soixante-quinze roubles : l'argent que je lui demande, ajouté aux sommes empruntées précédemment, formera un total de trente-cinq roubles, ainsi j'aurai de quoi payer. Allons, le diable m'emporte, qu'il exige les intérêts qu'il voudra! Est-ce qu'il ne me connaît pas? Demandez-le-lui, prince : l'argent qu'il m'a prêté autrefois, est-ce que je ne le lui ai pas rendu? Pourquoi donc maintenant est-il si serré? Il m'en veut parce que j'ai payé ce lieutenant; il n'y a pas d'autre raison! Voilà quel est cet homme, rien pour lui, rien pour autrui!

— Et il ne s'en ira pas! vociféra Lébédeff : — il s'est installé ici et il y reste!

— Je te l'ai déjà dit, je ne m'en irai pas avant d'avoir obtenu ce que je demande. Pourquoi souriez-vous, prince? Vous avez l'air de me désapprouver ?

— Je ne souris pas, mais je trouve qu'en effet vous êtes un peu dans votre tort, répondit avec répugnance le visiteur.

— Parlez donc franchement, dites, sans biaiser, que je suis tout à fait dans mon tort : pourquoi ce « un peu » ?

— Si vous voulez, je dirai que vous êtes tout à fait dans votre tort.

— Si je veux! Voilà qui est plaisant! Pensez-vous donc
que je m'abuse sur l'inconvenance flagrante de ma manière
d'agir? Je sais fort bien moi-même que son argent est à lui
et que mon procédé ressemble à une tentative d'extorsion.
Mais vous, prince... vous ne connaissez pas la vie. Si on ne
leur donne pas une leçon, ils ne comprendront rien. Il faut les
instruire. Mes intentions sont parfaitement honnêtes; en
conscience, je ne lui ferai rien perdre, je lui rembourserai le
capital avec les intérêts. Il a aussi obtenu une satisfaction
morale : il a vu mon abaissement. Que lui faut-il donc de
plus? Et à quoi sera-t-il bon, s'il ne veut rendre aucun service? Voyez un peu ce qu'il fait lui-même! Demandez-lui
donc comment il en use avec les autres, comment il trompe
les gens! De quelle façon s'y est-il pris pour acquérir cette
maison? Je donne ma tête à couper s'il ne vous a pas déjà
mis dedans et s'il ne projette pas de vous tromper encore!
Vous souriez, vous ne le croyez pas?

— Il me semble que tout cela n'a pas grand rapport avec
votre affaire, remarqua le prince.

— Voilà trois jours que je couche ici, cria le jeune homme
sans s'arrêter à cette observation, — et que n'ai-je pas appris
déjà! Figurez-vous que cet ange, cette jeune fille maintenant orpheline qui est ma cousine germaine et sa fille, il la
soupçonne, il cherche toutes les nuits si un bon ami n'est
pas caché dans sa chambre! Il vient aussi à pas de loup dans
cette pièce-ci et regarde sous le divan qui me sert de lit. La
défiance lui a fait perdre la raison; il voit des voleurs dans
chaque coin. La nuit, il est continuellement sur pied, il se
relève au moins sept fois pour s'assurer que les fenêtres et
les portes sont bien fermées, pour jeter un coup d'œil dans
le poêle. Ce même homme, qui plaide en faveur des fripons,
quitte son lit trois fois par nuit et vient se mettre en prière
ici dans la salle; il s'agenouille, se cogne le front contre le
sol pendant une demi-heure, et pour qui ne prie-t-il pas?
Qu'est-ce qui ne défile pas dans ses *oremus* d'ivrogne? Il a
prié pour le repos de l'âme de la comtesse Du Barry, je l'ai

entendu de mes oreilles ; Kolia l'a entendu aussi : il a complétement perdu l'esprit !

— Vous voyez, vous entendez comme il me bafoue, prince ! s'écria en rougissant Lébédeff hors de lui. — Je puis être un ivrogne, un débauché, un être malfaisant, un voleur, mais j'ai du moins une chose pour moi : il ne sait pas, ce persifleur, que, quand il est venu au monde, c'est moi qui l'ai emmailloté, moi qui l'ai lavé. Ma sœur Anisia avait perdu son mari et se trouvait dans la misère ; moi, qui n'étais pas moins pauvre qu'elle, j'ai passé des nuits entières à la veiller ; je soignais la mère et l'enfant, malades tous deux ; j'allais en bas voler du combustible chez le dvornik ; mourant de faim, je chantais en faisant claquer mes doigts pour endormir le baby, bref je lui ai servi de niania, et voilà qu'à présent il se moque de moi ! Et quand même j'aurais fait un signe de croix pour le repos de l'âme de la comtesse Du Barry, que t'importe ? Prince, il y a trois jours, j'ai lu, pour la première fois de ma vie, la biographie de cette femme dans un dictionnaire historique. Sais-tu, toi, ce qu'elle était, la Du Barry ? Parle, le sais-tu, oui ou non ?

— Allons, il n'y a que toi qui le saches, n'est-ce pas ? grommela le jeune homme en affectant un ton railleur.

— C'était une comtesse qui, sortie du bourbier, a gouverné comme une reine, et à qui une grande impératrice a écrit de sa propre main une lettre où elle l'appelait : « Ma chère cousine ». Au lever du Roi (sais-tu ce que c'était que le lever du Roi ?), un cardinal, un nonce du Pape, s'offrait à lui mettre ses bas de soie : un si haut et si saint personnage regardait cela comme un honneur ! Connaissais-tu ce détail ? Je vois à ta mine que tu l'ignorais ! Eh bien, comment est-elle morte ? Réponds, si tu le sais !

— Laisse donc ! tu es assommant !

— Voici quelle fut sa mort : après tant d'honneurs, après s'être vue quasiment souveraine, elle a été guillotinée par le bourreau Samson ; elle était innocente, mais il fallait cela pour la satisfaction des poissardes de Paris. Sa frayeur était

telle qu'elle ne comprenait rien à ce qui lui arrivait. Lorsque
Samson lui fit courber la tête et la poussa à coups de pied
sous le couperet, elle se mit à crier : « Encore un moment,
monsieur le bourreau, encore un moment! » Eh bien, pour
cette minute, le Seigneur lui pardonnera peut-être, car il est
impossible à l'âme humaine d'imaginer une situation plus
douloureuse. En lisant ce récit, j'avais le cœur serré comme
par des tenailles. Et que t'importe, vermisseau, qu'en faisant
ma prière du soir, j'aie songé à implorer la miséricorde
divine pour cette grande pécheresse? Si je l'ai fait, c'est
peut-être parce que, depuis qu'elle est morte, personne sans
doute ne lui a jamais accordé un pieux souvenir. Et dans
l'autre monde il lui sera agréable de penser qu'il s'est rencontré sur la terre un pécheur comme elle, qui, une fois du
moins, a prié pour le salut de son âme. Pourquoi ris-tu? Tu
ne le crois pas, athée. Mais qu'en sais-tu? D'ailleurs, ta relation est infidèle : si tu as écouté ma prière, tu dois savoir
que je n'ai pas prié pour la seule comtesse Du Barry; voici
ce que j'ai dit : « Donne, Seigneur, le repos à l'âme de la
grande pécheresse qui fut la comtesse Du Barry, et à tous ses
pareils »; or c'est tout autre chose, car il y a beaucoup de
grandes pécheresses qui lui ressemblent, beaucoup de gens
aussi qui ont connu toutes les vicissitudes de la fortune et
qui maintenant, dans l'autre monde, souffrent, gémissent et
attendent. J'ai également prié alors pour toi, ainsi que pour
les insolents et les effrontés, tes pareils, puisque tu tiens à
savoir comment je prie.....

— Allons, c'est bien, en voilà assez, prie pour qui tu voudras, que le diable t'emporte! interrompit violemment le
neveu. — C'est un érudit que nous avons là, vous ne le saviez
pas, prince? ajouta-t-il avec un sourire forcé : — à présent
il ne fait que lire toutes sortes de livres et de mémoires...

— Votre oncle, après tout... n'est pas un homme dépourvu
de sensibilité, observa le prince.

Il devait faire un effort sur lui-même pour adresser la
parole au neveu, qui lui déplaisait extrêmement.

— Oh! comme vous le vantez! Voyez, il porte la main à sa poitrine et il fait la bouche en cœur, vos paroles l'ont tout de suite affriolé. Ce n'est pas un homme dépourvu de sensibilité, soit, mais c'est un fripon, voilà le malheur. De plus, il est adonné à la boisson et il a l'esprit détraqué, comme tout individu qui depuis plusieurs années se livre à l'ivrognerie. Il aime ses enfants, je veux bien le reconnaître, il respectait ma tante, sa défunte femme... Il a même de l'affection pour moi, et il ne m'a pas oublié dans son testament.

— Je ne te laisserai rien! cria avec colère l'employé.

— Écoutez, Lébédeff, commença d'un ton ferme le visiteur en se détournant du jeune homme, — je sais par expérience que, quand vous voulez, vous êtes un homme sérieux... J'ai fort peu de temps à moi, et si vous... Pardon, quels sont vos noms? je les ai oubliés.

— Ti-ti-Timoféi.

— Et?

— Loukianovitch.

Tout le monde dans la chambre se mit à rire.

— Il ment! cria le neveu : — ici encore il faut qu'il mente! Prince, il ne s'appelle pas du tout Timoféi Loukianovitch, mais bien Loukian Timoféiévitch. Allons, dis-moi, pourquoi as-tu menti? Loukian ou Timoféi, n'est-ce pas tout un pour toi, et qu'est-ce que cela peut faire au prince? Il ment sans la moindre nécessité, en vertu de l'habitude, je vous l'assure!

— Est-il possible que ce soit vrai? demanda impatiemment le prince.

— Je m'appelle en effet Loukian Timoféiévitch, reconnut d'un air confus Lébédeff, qui baissa humblement les yeux et porta de nouveau la main à son cœur.

— Mais pourquoi donc avez-vous répondu comme vous l'avez fait? Ah! mon Dieu!

— Pour m'amoindrir moi-même, murmura Lébédeff en baissant la tête avec une humilité croissante.

— Eh, qu'est-ce que c'est que cet amoindrissement? Si

seulement je savais où trouver maintenant Kolia! reprit le
prince en faisant un mouvement comme pour se retirer.

— Je vais vous apprendre où est Kolia, dit le jeune
homme.

— Non, non, non! fit précipitamment Lébédeff.

— Kolia a passé la nuit ici, mais ce matin il est parti à la
recherche de son général, que vous avez, Dieu sait pourquoi,
prince, fait sortir de prison en payant ses dettes. Hier, le
général avait promis de venir loger ici et il n'est pas venu.
Selon toute probabilité, il est allé coucher à l'hôtel de la
Balance, tout près d'ici. Kolia est donc là, à moins qu'il ne
se soit rendu à Pavlovsk, chez les Épantchine. Il avait de
l'argent, et hier déjà il voulait y aller. Ainsi il ne peut être
qu'à la *Balance* ou à Pavlovsk.

— A Pavlovsk, à Pavlovsk!... Mais allons au jardin...
nous y prendrons du café...

Et Lébédeff, saisissant le prince par le bras, l'entraîna hors
de la chambre. Ils traversèrent la cour et entrèrent dans un
charmant petit jardin où, grâce au beau temps, tous les
arbres avaient déjà revêtu leur parure d'été. Lébédeff fit
asseoir le visiteur sur un banc de bois peint en vert, devant
une table de même couleur dont le pied était fiché dans le
sol, et il prit place en face de lui. Au bout d'un instant, on
apporta le café. Le prince ne refusa pas d'en prendre. Le
maître de la maison continuait à le regarder en plein visage
avec une expression de servilité passionnée.

— Je ne connaissais pas encore votre intérieur, dit le
prince, qui paraissait songer à tout autre chose.

— Or-orphelins, commença Lébédeff en donnant à sa
physionomie un air de tristesse, mais il s'interrompit. Le
prince regardait distraitement devant lui, et, sans doute,
avait déjà oublié ce qu'il venait de dire. Il s'écoula encore
une minute; Lébédeff attendait, les yeux toujours fixés sur
le visiteur.

— Eh bien, quoi? fit celui-ci s'arrachant à sa rêverie : —
ah, oui! Voyons, vous savez vous-même, Lébédeff, de quoi

il s'agit entre nous : c'est votre lettre qui m'a fait venir. Parlez.

L'employé se troubla, il voulut dire quelque chose, mais ne put proférer que des sons inintelligibles. Le prince attendait avec un triste sourire sur les lèvres.

— Je vous comprends fort bien, je crois, Loukian Timoféiévitch : vous ne m'attendiez certainement pas. Vous ne pensiez pas que je quitterais mon gîte au premier avis reçu de vous, et vous m'avez écrit pour l'acquit de votre conscience. Vous voyez pourtant que je suis venu. Allons, assez de finasseries, cessez de servir deux maîtres. Rogojine est ici depuis trois semaines, je sais tout. Avez-vous réussi à la lui vendre comme l'autre fois, oui ou non? Dites la vérité.

— C'est lui-même, le monstre, qui l'a découverte, lui-même...

— Ne l'injuriez pas; vous avez sans doute à vous plaindre de lui...

— Il m'a battu, roué de coups! répondit avec une véhémence extraordinaire Lébédeff; — à Moscou, il a lancé un chien contre moi, il a mis à mes trousses un lévrier, une terrible bête qui m'a donné la chasse tout le long d'une rue.

— Vous me prenez pour un petit enfant, Lébédeff. Dites-moi, c'est sérieusement qu'elle vient de le quitter à Moscou?

— Sérieusement, sérieusement, et cette fois encore à la veille même de la noce. Il comptait déjà les minutes quand elle a filé à Pétersbourg. Arrivée ici, elle est venue immédiatement me trouver : « Sauve-moi, Loukian, procure-moi un asile et ne dis rien au prince... » Elle vous craint, prince, encore plus que lui, et ici c'est de la haute sagesse!

Ce disant, Lébédeff, d'un air finaud, appuya son doigt sur son front.

— Et maintenant vous les avez rapprochés l'un de l'autre?

— Excellentissime prince, comment pouvais-je... comment pouvais-je empêcher ce rapprochement?

— Allons, assez, je saurai tout par moi-même. Dites-moi seulement où elle est maintenant. Chez lui?

— Oh, non! pas du tout! Elle fait encore ménage à part. Je suis libre, dit-elle, et vous savez, prince, elle insiste beaucoup sur ce point. Je suis complétement libre, ne cesse-t-elle de répéter. Elle continue à habiter dans la Pétersbourgskaïa, chez ma belle-sœur, comme je vous l'ai écrit.

— Elle y est en ce moment même?

— Oui, à moins qu'elle ne soit à Pavlovsk : le beau temps l'aura peut-être décidée à se transférer à la campagne, chez Daria Alexievna. Je suis tout à fait libre, dit-elle. Pas plus tard qu'hier, elle a encore fait sonner bien haut sa liberté dans une conversation avec Nicolas Ardalionovitch. Mauvais signe! ajouta en souriant Lébédeff.

— Kolia va souvent la voir?

— C'est un garçon étourdi, inconcevable, et sans discrétion.

— Il y a longtemps que vous n'êtes allé chez elle?

— J'y vais chaque jour, chaque jour.

— Alors vous y êtes allé hier?

— N-non; je n'y suis pas allé depuis trois jours.

— Quel dommage que vous ayez un peu bu, Lébédeff! Sans cela, je vous demanderais quelque chose.

— Soyez tranquille, je ne suis pas ivre du tout, répondit l'employé, qui s'apprêta à écouter.

— Dites-moi, comment était-elle quand vous l'avez quittée?

— C'est une femme qui cherche...

— Qui cherche?

— Elle a toujours l'air de chercher, comme si elle avait perdu quelque chose. L'idée seule de son prochain mariage lui répugne, elle y voit un affront pour elle. De *lui* elle se soucie comme d'une écorce d'orange, pas plus; je me trompe, elle pense à lui avec crainte, avec terreur; elle défend même qu'on aborde ce sujet d'entretien. Ils ne se voient que par nécessité... et il sent cela très-bien! Mais il faut en passer par là!... Elle est inquiète, moqueuse, double, emportée...

— Double et emportée?

— La preuve qu'elle est emportée, c'est que, la fois passée, elle a failli me prendre aux cheveux pour une parole dite par moi. J'ai entrepris de la guérir par la lecture de l'Apocalypse.

— Comment? demanda le prince, croyant avoir mal entendu.

— Par la lecture de l'Apocalypse. Cette dame a l'imagination inquiète, hé! hé! De plus, j'ai observé en elle un goût prononcé pour les sujets de conversation sérieux, quelque indifférents qu'ils soient. Elle les aime beaucoup, et c'est même la flatter que de les traiter avec elle. Oui. Or je suis ferré sur l'explication de l'Apocalypse et je m'en occupe depuis quinze ans. Elle a reconnu avec moi que nous sommes à l'époque figurée par le troisième cheval, le noir, et par le cavalier qui tient en main une mesure, car dans notre siècle tout repose sur la mesure et sur les contrats, tous les hommes ne cherchent que leur droit : « Une mesure de froment pour un denier et trois mesures d'orge pour un denier... » Mais, avec cela, ils veulent aussi conserver un esprit libre, un cœur pur, un corps sain et tous les dons de Dieu. Or, en se fondant sur le droit seul, ils ne les conserveront pas, et ensuite viendra le cheval pâle et celui qui s'appelle Mort, puis l'enfer... Tel est le sujet de nos entretiens, lorsque nous nous trouvons ensemble, — et cela a fortement agi sur elle.

— Vous croyez vous-même à ces choses-là? demanda le prince en jetant un regard étrange sur son interlocuteur.

— J'y crois et je les explique. Je suis un pauvre, un mendiant, un atome dans la circulation humaine. Qui respecte Lébédeff? Il sert de cible à tout le monde; chacun, pour ainsi dire, le bourre de coups de pied. Mais ici, dans cette explication, je suis l'égal d'un grand personnage. Tel est le pouvoir de l'esprit! J'ai fait trembler un haut fonctionnaire... sur son fauteuil, en le touchant par l'esprit! Il y a deux ans, à la veille de Pâques, Sa Haute Excellence, Nil Alexiévitch, dont j'étais alors le subordonné, voulut m'entendre et me fit exprès appeler dans son cabinet par Pierre Zakharitch.

« Est-il vrai, me dit-il quand nous fûmes seul à seul, que tu expliques la prophétie relative à l'Antechrist? — Oui », n'hésitai-je pas à répondre, et je me mis à commenter la vision allégorique de l'Apôtre. Il commença par sourire, mais les supputations numériques et les similitudes le firent trembler. Il me pria de fermer le livre, me congédia et me porta sur le tableau des récompenses. Cela se passait au moment des fêtes de Pâques, et, huit jours plus tard, Nil Alexiévitch rendait son âme à Dieu.

— Qu'est-ce que vous dites, Lébédeff?

— La vérité. Il a fait une chute en bas de sa voiture après son dîner... sa tempe a été donner contre une borne et il est mort immédiatement. C'était un homme de soixante-treize ans, au visage assez coloré, à la chevelure blanche; il s'inondait d'eaux de senteur et souriait toujours, comme un petit enfant. Pierre Zakharitch se rappela alors mon entretien avec le défunt. « Tu l'avais prophétisé », me dit-il.

Le prince se leva. Lébédeff fut surpris, désappointé même, en voyant que son visiteur se préparait déjà à s'en aller.

— Vous êtes devenu fort indifférent, hé, hé! osa-t-il observer avec une liberté respectueuse.

— Vraiment, je ne me sens pas très-bien, j'ai la tête lourde, c'est sans doute l'effet du voyage, répondit le prince en fronçant le sourcil.

— Si vous alliez à la campagne? suggéra timidement Lébédeff.

Le prince restait pensif.

— Voyez-vous, moi-même je vais dans trois jours me transporter à la campagne avec tout mon monde. La santé du baby exige ce déplacement, et, pendant notre absence, on fera ici, dans la maison, toutes les réparations nécessaires. Je vais aussi à Pavlovsk.

— Vous aussi, vous allez à Pavlovsk? demanda brusquement le prince. — Mais qu'est-ce que cela veut dire? Tout le monde ici va donc à Pavlovsk? Et vous avez aussi là une maison de campagne, dites-vous?

— Tout le monde ne va pas à Pavlovsk. Pour ce qui est de moi, Ivan Pétrovitch Ptitzine m'a cédé une des villas qu'il a acquises à bon marché. La localité est agréable, bien habitée; on est là sur une hauteur, au milieu de la verdure; la vie n'y coûte pas cher; joignez à cela l'agrément d'entendre de la musique et vous comprendrez pourquoi tant de gens vont à Pavlovsk. Moi, du reste, je m'installerai dans un petit pavillon; quant à la maison proprement dite...

— Vous l'avez louée?

— N-n-non. Pas... pas tout à fait.

— Louez-la-moi, proposa soudain le prince.

Évidemment Lébédeff n'avait eu en vue que de lui faire dire cette parole. Depuis trois minutes cette idée hantait son esprit. Pourtant il n'était pas en peine de trouver un locataire : en ce moment déjà sa maison de campagne était occupée par un amateur de villégiature et celui-ci avait déclaré que peut-être il la louerait. Lébédeff savait fort bien que, dans l'espèce, ce « peut-être » équivalait à un « certainement ». Mais il songea tout à coup qu'il ferait une affaire très-avantageuse en louant sa villa au prince, ce à quoi l'autorisait pleinement le langage vague tenu par l'occupant actuel. « La chose prend une tournure toute nouvelle », pensa l'employé. La proposition du prince le transporta de joie, et, quand ce dernier lui demanda le prix, il fit un geste de la main pour écarter cette question.

— Allons, comme vous voudrez; je m'informerai; vous ne perdrez rien.

Tous deux sortaient déjà du jardin.

— Mais si vous... je pourrais... si vous le désiriez, très-honoré prince, je pourrais vous communiquer, sur ce même sujet, quelque chose de fort intéressant, murmura Lébédeff, qui, dans sa satisfaction, redoublait de cajoleries auprès du visiteur.

Celui-ci s'arrêta.

— Daria Alexievna possède aussi une petite villa à Pavlovsk.

— Eh bien?

— Une certaine personne est liée avec elle, et, paraît-il, compte lui faire souvent visite à Pavlovsk. Elle a un but.

— Eh bien?

— Aglaé Ivanovna...

— Oh, assez, Lébédeff ! interrompit le prince avec une sensation pénible, comme si on l'avait touché à un endroit douloureux. — Tout cela... ne signifie rien. J'aimerais mieux savoir quand vous partirez. Pour moi, le plus tôt sera le mieux, car je suis descendu à l'hôtel...

Tout en causant, ils étaient sortis du jardin ; sans rentrer dans la maison, ils traversèrent la cour et s'approchèrent de la porte.

— Eh bien, voici ce qu'il y a de mieux à faire, répondit Lébédeff : — quittez votre hôtel, venez dès aujourd'hui loger chez moi, et, après-demain, nous partirons tous ensemble pour Pavlovsk.

— Je verrai, dit le prince d'un air songeur, et il se retira.

Lébédeff le regarda s'éloigner, frappé de la distraction subite du visiteur, qui, en sortant, n'avait pensé ni à lui dire adieu, ni même à le saluer. Cet oubli devait d'autant plus étonner l'employé qu'il connaissait la politesse irréprochable du prince.

III

Il était déjà près de midi. Le prince savait que le seul membre de la famille Épantchine qu'il pouvait, — et encore tout au plus, — trouver à la ville, était le général, retenu à Pétersbourg par son service. S'il avait la chance de rencontrer Ivan Fédorovitch, peut-être celui-ci le prendrait-il avec lui pour l'emmener aussitôt à Pavlovsk, mais il y avait une visite que le prince tenait beaucoup à faire auparavant. Au risque de manquer le général et d'avoir à remettre au lendemain son voyage à Pavlovsk, il résolut d'aller à la recherche de la maison où il désirait tant se rendre.

En un sens, du reste, cette visite ne laissait pas d'être délicate pour lui, et il hésitait fort à accomplir une démarche qui lui paraissait risquée. La maison, il le savait, était située rue aux Pois, non loin de la Sadovaïa, et il se mit en route dans l'espoir que, chemin faisant, il aurait le temps de prendre une résolution définitive.

En arrivant à l'endroit où les deux rues se croisent, le prince s'étonna de son extraordinaire agitation; il n'avait pas prévu que son cœur battrait si violemment. Une maison dont il était encore éloigné attira son attention, probablement parce qu'elle offrait un aspect particulier. Plus tard le prince se rappela qu'il s'était dit : « C'est certainement cette maison-là. » Il s'approcha avec une curiosité extrême pour vérifier sa conjecture, sentant qu'il lui serait fort désagréable d'avoir deviné juste. C'était une grande et sombre maison de trois étages; dénuée de tout cachet artistique, elle attristait le regard par le ton vert sale de sa façade. Quelques demeures semblables, bâties à la fin du siècle dernier, subsistent encore (en fort petit nombre, il est vrai) avec leur physionomie primitive dans ces rues de Pétersbourg où tout se transforme si vite. Solidement construites, elles se font remarquer par l'épaisseur de leurs murs et l'excessive rareté de leurs croisées. Au rez-de-chaussée, le plus souvent occupé par une boutique de changeur, les fenêtres sont parfois grillées. Le skopetz a son appartement au-dessus du local où il exerce son commerce. Au dehors comme au dedans, on sent là quelque chose de sec, d'inhospitalier et de mystérieux. D'où provient cette impression? il serait difficile de l'expliquer. Cela tient sans doute à l'ensemble des lignes architecturales. Ces maisons sont presque exclusivement habitées par des marchands. Au moment où il approchait de la grand'porte, le prince y vit un écriteau ainsi conçu : « Maison de Rogojine, bourgeois notable héréditaire. »

Triomphant de ses hésitations, il ouvrit la porte vitrée, qui se referma bruyamment sur lui, et il monta au deuxième étage par un escalier de parade en pierre. Cet escalier obscur et grossièrement construit était enfermé dans une cage peinte en rouge. Le prince savait que Rogojine occupait avec sa mère et son frère tout le second étage de cette maison maussade. Le domestique qui vint ouvrir introduisit le visiteur sans l'annoncer, et Muichkine eut à marcher longtemps à la suite de son guide. Ils traversèrent d'abord une salle de parade lambrissée de marbre, parquetée de chêne et garnie d'un lourd mobilier dans le style de 1820; puis ils s'engagèrent dans un dédale de petites pièces qui n'étaient pas de plain-pied les unes avec les autres; sans cesse il leur fallait monter ou descendre deux ou trois marches. A la fin ils frappèrent à une porte que Parfène Séménitch ouvrit lui-même. En apercevant le prince, il pâlit et resta pendant un certain temps comme pétrifié; son regard avait une fixité effarée, et le sourire qui crispait ses lèvres indiquait le comble de la stupeur : l'apparition de Muichkine semblait lui faire l'effet d'un événement impossible, presque d'un miracle. Cela même étonna le visiteur, qui, pourtant, s'était attendu à quelque chose de pareil.

— Parfène, je suis peut-être venu mal à propos, je vais m'en aller, dit-il d'un air confus.

— Non, non, tu es venu à propos! répondit Rogojine, reprenant enfin conscience de lui-même, — entre, je te prie!

Ils se tutoyaient. A Moscou, ils s'étaient vus fréquemment, et même plusieurs des moments qu'ils avaient passés ensemble leur avaient laissé à tous deux une impression ineffaçable. Maintenant ils se retrouvaient en face l'un de l'autre après une séparation de plus de trois mois.

Le visage de Rogojine était toujours pâle et légèrement convulsé. Quoiqu'il eût fait entrer le visiteur, il restait en proie à une agitation extraordinaire. Tandis qu'il invitait le prince à s'asseoir près de la table, celui-ci par hasard se retourna vers lui et surprit dans son regard une expression si étrange qu'il s'arrêta net. En même temps, un souvenir récent, sombre et pénible revint à l'esprit de Muichkine. Debout, immobile, il considéra pendant quelque temps les yeux de Rogojine, lesquels, dans le premier moment, parurent briller d'un éclat plus vif encore. A la fin, Parfène Séménitch sourit, mais il était un peu troublé et comme interdit.

— Pourquoi me regardes-tu si fixement? murmura-t-il : — assieds-toi !

Le prince s'assit.

— Parfène, dit-il, — parle-moi franchement, savais-tu ou ne savais-tu pas que je viendrais aujourd'hui à Pétersbourg ?

— Je me doutais bien que tu viendrais, répondit Rogojine, — et tu vois que je ne me trompais pas, continua-t-il avec un sourire aigre, — mais comment pouvais-je savoir que tu arriverais aujourd'hui ?

Il prononça ces mots avec une sorte de brusquerie irritée qui ajouta encore à l'étonnement et à l'embarras du visiteur.

— Quand même tu l'aurais su, pourquoi te fâcher ainsi? reprit doucement le prince.

— Mais toi, à quel propos m'adresses-tu cette question?

— Tantôt, en sortant du wagon, j'ai aperçu une paire d'yeux tout pareils à ceux que tu dardais sur moi par derrière il y a un instant.

— Bah! A qui donc appartenaient-ils? murmura d'un air louche Rogojine.

Le prince crut remarquer qu'il frissonnait.

— Je ne sais pas; c'était dans la foule, il se peut même que j'aie été dupe d'une illusion; je suis maintenant sujet à cela. Ami Parfène, je me sens presque dans l'état où j'étais il y a cinq ans, lorsque j'avais des attaques.

— Eh bien, en effet, tu as peut-être eu la berlue; je ne sais pas... dit entre ses dents Rogojine.

Malgré ses efforts pour donner à son visage une expression bienveillante, le sourire affable qu'il avait en ce moment sur les lèvres jurait avec l'ensemble de sa physionomie.

— Alors tu vas retourner à l'étranger? demanda-t-il, puis tout à coup il ajouta : — Te rappelles-tu notre voyage en wagon de Pskoff à Pétersbourg, l'automne dernier? Tu te souviens de ton manteau et de tes guêtres?

Et Parfène Séménitch éclata soudain d'un rire cette fois franchement haineux; on aurait dit qu'il était bien aise de donner ainsi une issue à sa colère.

— Tu t'es fixé ici définitivement? interrogea le prince en parcourant des yeux le cabinet.

— Oui, je suis chez moi. Où veux-tu donc que j'habite?

— Nous ne nous étions pas vus depuis longtemps. J'ai entendu raconter à ton sujet d'étranges choses.

— Qu'est-ce qu'on ne raconte pas? répliqua sèchement Rogojine.

— Pourtant tu as licencié toute ta bande, tu restes dans la maison paternelle, tu ne fais pas de fredaines. C'est bien. La maison est-elle à toi ou vous appartient-elle en commun?

— Elle est à ma mère. Le corridor sépare son appartement du mien.

— Et où loge ton frère?

— Mon frère Sémen Séménitch habite dans le pavillon.

— Il est marié?

— Il est veuf. Pourquoi tiens-tu à savoir cela?

Le prince le regarda sans répondre; il était devenu soudain pensif et probablement n'avait pas entendu la question de Rogojine. Celui-ci ne la renouvela pas et attendit. Il y eut un silence.

— Tout à l'heure, étant encore à cent pas de cette maison, j'ai deviné que c'était la tienne, dit le prince.

— Comment cela?

— Je ne le sais pas bien. Ta maison a la physionomie de toute votre famille; les Rogojine, en y habitant, semblent l'avoir marquée de leur empreinte; mais si tu me demandes comment je suis arrivé à cette conclusion, je ne puis te l'expliquer. C'est sans doute un délire. J'ai peur même en voyant comme cela m'agite. Auparavant je ne me serais même pas imaginé que tu demeurais dans une telle maison, et sitôt que je l'eus aperçue, je me dis : « Ce doit être là sa demeure ! »

— Vraiment ! fit avec un sourire vague Parfène Séménitch, qui n'avait pas compris grand'chose à la pensée obscure du prince. — C'est mon grand-père qui a fait bâtir cette maison, observa-t-il. — Des skoptzi, les Khloudiakoff, y ont toujours habité, et nous en avons encore pour locataires à présent.

— Quelle obscurité ! Il ne fait pas gai chez toi, dit le visiteur en examinant de nouveau le cabinet.

C'était une vaste pièce, haute, sombre et encombrée de meubles ; on y voyait surtout de grandes tables à écrire, des bureaux, des armoires remplies de livres d'affaires et de papiers. Un large divan en maroquin rouge servait évidemment de lit à Rogojine. Sur la table près de laquelle Parfène Séménitch l'avait fait asseoir, le prince aperçut deux ou trois livres dont l'un, l'*Histoire* de Solovieff, était ouvert ; un signet marquait l'endroit où le lecteur s'était interrompu. Aux murs étaient suspendus dans des cadres en partie dédorés quelques tableaux à l'huile tellement enfumés qu'on pouvait difficilement en reconnaître les sujets. Un portrait de grandeur naturelle attira l'attention du prince : il représentait un quinquagénaire vêtu d'une redingote de coupe allemande, mais à longs pans ; le personnage figuré sur cette toile portait au cou deux médailles, il avait la barbe blanche, courte et clair-semée, le visage jaune et sillonné de rides, le regard défiant, sournois et chagrin.

— Ce n'est pas ton père ? demanda le prince.

— Si, c'est lui, répondit avec un sourire désagréable Rogojine, comme s'il eût pensé que le visiteur faisait cette question pour décocher ensuite quelque plaisanterie désobligeante à l'adresse du défunt.

— Ce n'était pas un vieux-croyant ?

— Non, il allait à l'église, mais la vérité est qu'il manifestait des préférences pour l'ancien culte. Il tenait aussi les skoptzi en grande estime. Cette pièce était son cabinet avant de devenir le mien. Pourquoi m'as-tu demandé si c'était un vieux-croyant?

— Ta noce aura lieu ici?

— O-oui, répondit Parfène Séménitch, qui frissonna presque à cette question inattendue.

— Ce sera bientôt?

— Tu sais toi-même si cela dépend de moi.

— Parfène, je ne suis pas ton ennemi et je ne veux te traverser en rien. Je te le répète maintenant, comme je te l'ai déjà déclaré une fois, dans une circonstance analogue à celle-ci. Quand ton mariage se préparait à Moscou, ce n'est pas moi qui l'ai empêché, tu le sais. La première fois, *elle-même* s'est, pour ainsi dire, échappée de dessous la couronne[1], et est accourue vers moi, me priant de la « sauver » de toi. Je te cite ses propres paroles. Plus tard, elle m'a quitté à mon tour; tu l'as retrouvée, et, au moment où tu allais la conduire à l'autel, elle t'a de nouveau planté là, dit-on, pour se réfugier ici. Est-ce vrai? Lébédeff me l'a écrit, voilà pourquoi je suis venu. Quant au raccommodement qui a eu lieu ici entre vous, j'en ai eu la première nouvelle hier en wagon; j'ai appris cela par un de tes anciens amis, Zaliojeff, si tu veux le savoir. En me rendant à Pétersbourg, j'avais un but : je voulais *la* décider à aller à l'étranger, dans l'intérêt de sa santé; le corps et l'âme sont très-malades chez elle, la tête surtout, et, à mon avis, elle a besoin de grands soins. Mon intention n'était pas de la conduire moi-même à l'étranger : je l'aurais fait partir, mais je ne l'aurais pas accompagnée. Je te dis la vérité vraie. Si, en effet, vous êtes maintenant remis ensemble, je ne me montrerai pas devant sés yeux et ne te ferai plus aucune visite. Tu sais toi-même que je ne

---

[1] Durant la cérémonie nuptiale une couronne est placée sur la tête de chacun des époux.

cherche pas à te tromper, car j'ai toujours été sincère avec
toi. Jamais je ne t'ai caché ma manière de voir à ce sujet,
et je t'ai toujours dit que ton mariage avec *elle* causerait
infailliblement sa perte. A toi aussi il sera fatal... peut-être
encore plus qu'à elle. Si vous vous brouilliez de nouveau,
j'en serais fort content, mais personnellement je ne ferai
rien pour vous désunir. Sois donc tranquille et ne me soupçonne pas. D'ailleurs, tu sais toi-même si j'ai jamais été ton
rival dans le sens véritable du mot, même quand elle s'est
réfugiée auprès de moi. Voilà que tu ris; je sais ce qui te
fait rire. Oui, nous avons vécu là-bas, séparés l'un de l'autre,
habitant chacun une ville différente, et tu es parfaitement
instruit de tout cela. Je t'ai déjà expliqué que « je ne *l*'aime
pas d'amour, mais de compassion ». Je crois la définition
exacte. Tu m'as dit alors que tu comprenais ces mots; est-ce
vrai? Les as-tu compris? Quelle expression de haine il y a
dans ton regard! Je suis venu pour te mettre l'esprit en
repos, car toi aussi, tu m'es cher. Je t'aime beaucoup, Parfène. Maintenant, je m'en vais et je ne reviendrai jamais.
Adieu.

Le prince se leva.

Rogojine ne bougea point de sa place.

— Reste encore avec moi, dit-il doucement en appuyant
sa tête sur sa main droite : — je ne t'ai pas vu depuis longtemps.

Le visiteur s'assit. La conversation fut momentanément
interrompue.

— Quand tu n'es pas devant moi, je me prends aussitôt
à te haïr, Léon Nikolaïévitch. Durant ces trois mois que j'ai
passés sans te voir, j'étais à chaque instant furieux contre
toi, et je t'aurais volontiers empoisonné. C'est la vérité.
Maintenant, il n'y a pas un quart d'heure que tu es avec moi,
et déjà toute ma haine disparaît, tu me redeviens aussi cher
qu'autrefois. Reste donc encore un moment...

— Lorsque je suis avec toi, tu me crois, mais je ne t'ai
pas plutôt quitté que le soupçon succède chez toi à la con-

fiance. Tu es tout le portrait de ton père ! répondit le prince avec un sourire amical.

Il s'efforçait de cacher le sentiment qu'il éprouvait.

— Je crois à ta voix quand nous sommes ensemble. Je comprends bien qu'on ne peut pas nous mettre sur la même ligne, toi et moi...

— Pourquoi as-tu ajouté cela? Et voilà que tu es encore fâché, dit le prince, en fixant un regard étonné sur Rogojine.

— Mais ici, mon ami, on ne demande pas notre avis, on a décidé sans nous consulter, reprit Parfène Séménitch, et, après un silence, il poursuivit à voix basse : — chacun de nous a même sa façon particulière d'aimer, c'est-à-dire que nous différons en tout l'un de l'autre. Tu dis que tu as pour elle un amour de compassion. Elle ne m'inspire à moi aucun sentiment de ce genre. D'ailleurs, elle me déteste au plus haut point. A présent, je rêve d'elle chaque nuit : il me semble toujours la voir se moquant de moi avec un autre. C'est ainsi, mon ami. Elle va être ma femme et elle ne se soucie pas plus de moi que du soulier qu'elle vient de quitter. Le croiras-tu? je ne l'ai pas vue depuis cinq jours, parce que je n'ose lui faire visite. « Pourquoi es-tu venu? » me demanderait-elle. C'est peu qu'elle m'ait couvert de honte...

— Comment t'a-t-elle couvert de honte? Qu'est-ce que tu dis?

— Comme s'il ne le savait pas! Mais, voyons, elle m'a quitté pour s'enfuir avec toi, elle s'est échappée « de dessous a couronne », ce sont les expressions mêmes dont tu t'es servi tout à l'heure.

— Mais toi-même tu ne crois pas que...

— Est-ce qu'elle ne m'a pas déshonoré à Moscou avec un officier, avec Zemtujnikoff? Je sais de science certaine qu'elle m'a déshonoré, et cela après avoir fixé elle-même le jour de la cérémonie nuptiale.

— C'est impossible! s'écria le prince.

— Je le sais positivement, reprit avec conviction Rogojine. — Elle n'est pas ainsi, diras-tu? Mon ami, il ne faut pas dire cela, c'est simplement absurde. Avec toi elle ne sera pas ainsi, une pareille chose lui fera horreur; mais avec moi il en est tout autrement. Tu peux en être sûr. Elle me considère comme la dernière des vermines. Son affaire avec Keller n'a été pour elle qu'une façon de se moquer de moi. Mais tu ne sais pas encore le tour qu'elle m'a joué à Moscou ! Et combien d'argent j'ai dépensé !...

— Mais... comment donc l'épouses-tu maintenant?... Que feras-tu après? demanda le prince avec terreur.

Un regard sinistre fut la seule réponse de Rogojine.

— Il y a aujourd'hui cinq jours que je n'ai été chez elle, continua-t-il après un instant de silence. — Je crains toujours qu'elle ne me mette à la porte. Je suis encore ma maîtresse, dit-elle, si je veux, je te chasserai définitivement et j'irai à l'étranger (elle m'a dit qu'elle irait à l'étranger, observa-t-il comme entre parenthèses, et ses yeux se fixèrent avec une expression particulière sur ceux du prince); quelquefois, à la vérité, elle se contente de me faire peur et de se moquer de moi. Mais, à d'autres moments, elle fronce les sourcils, prend une mine sévère, ne prononce pas une parole; voilà ce que je crains. Je ne me présenterai pas les mains vides, décidai-je un jour : eh bien, elle m'a accueilli par des railleries et ensuite s'est mise en colère. Je lui apportais un châle comme peut-être elle n'en avait pas encore vu, quoiqu'elle ait vécu dans le luxe autrefois; elle en a fait cadeau à sa femme de chambre Katka. Et pas moyen de risquer le moindre mot pour demander quand notre mariage aura lieu ! Quelle position que celle d'un prétendu qui n'ose pas aller voir sa future ! Je reste ici et, quand je ne puis plus y tenir, je vais rôder le plus secrètement possible aux abords de sa maison, ou je me cache quelque part dans un coin. Une fois, après être demeuré ainsi en faction devant sa porte presque jusqu'à l'aurore, je crus remarquer quelque chose. Elle, de son côté, m'aperçut par la fenêtre: « Qu'est-ce que tu me ferais, dit-elle, si tu découvrais que je te trompe? » Je ne pus m'empêcher de lui répondre : « Tu le sais toi-même. »

— Qu'est-ce qu'elle sait?

— Eh! le sais-je? reprit avec un rire sardonique Parfène Séménitch. — Dans le temps, à Moscou, j'ai eu beau l'espionner, je n'ai pu la surprendre avec personne. Un jour je lui dis : « Tu as promis de m'épouser, tu vas entrer dans une famille honnête, et sais-tu, toi, ce que tu es? Voici ce que tu es! »

— Tu le lui as dit?

— Oui.

— Eh bien?

« Bien loin de vouloir être ta femme, répondit-elle, je ne consentirais peut-être pas à te prendre pour laquais. — N'importe, repris-je, je ne m'en irai pas d'ici! — Eh bien, répliqua-t-elle, je vais faire venir Keller, je lui parlerai et il te jettera à la porte. » Je m'élançai sur elle et je la meurtris de coups.

— Ce n'est pas possible! s'écria le prince.

— Je te dis la vérité, poursuivit d'une voix douce Rogojine, dont, pourtant, les yeux étincelaient. — Pendant trente-six heures je restai sans dormir, sans manger, sans boire, je ne quittai pas sa chambre, je m'agenouillai devant elle. « Je mourrai, lui dis-je, je ne m'en irai pas avant que tu m'aies pardonné, et si tu donnes ordre de m'expulser, je me jetterai à l'eau, car que ferai-je désormais sans toi? » Durant toute cette journée-là, elle fut comme une folle : tour à tour elle pleurait, prenait un couteau pour me tuer, ou m'accablait d'injures. Elle appela Zaliojeff, Keller, Zemtujnikoff, etc., me montra à eux et me fit honte devant tout ce monde. « Messieurs, allons tous ensemble au théâtre, qu'il reste ici, puisqu'il ne veut pas s'en aller, ce n'est pas lui qui m'empêchera de sortir. Je vais donner des ordres pour qu'on vous serve du thé, Parfène Séménitch, car vous devez avoir faim, n'ayant rien mangé aujourd'hui. » Elle revint seule du théâtre. « Ce sont des poltrons et des lâches, commença-t-elle, ils ont peur de toi et veulent m'effrayer : il ne s'en ira pas, disent-ils, il vous assassinera peut-être. Eh bien, quand j'irai me coucher, je ne fermerai pas la porte de ma chambre; voilà comme j'ai peur de toi! Il faut que tu le saches et que tu le voies! As-tu pris du thé? — Non, répondis-je, et je n'en prendrai pas. — Tu mets de l'amour-propre à bouder contre ton ventre, mais cela ne te va guère. » Et elle fit comme elle l'avait dit : elle ne ferma point sa porte. Le lendemain, au sortir de sa chambre à coucher, elle m'interpella en riant : « Tu es fou sans doute? Ainsi, tu veux te laisser mourir de faim? — Pardonne-moi, lui dis-je. — Je ne veux pas te pardonner, je ne t'épouserai pas, c'est dit. Se peut-il que tu aies passé la nuit entière sur ce fauteuil, que tu n'aies pas dormi? — Non, je n'ai pas dormi. — Quel homme intelligent! Et tu ne veux toujours pas boire de thé, tu ne veux pas dîner? — Je te l'ai dit, je ne prendrai rien; pardonne-moi! — Si seulement tu savais combien cela te va mal! reprit-elle, c'est comme une selle sur le dos d'une vache! Tu crois peut-être m'effrayer, mais qu'est-ce que cela me fait que tu te prives de nourriture? Libre à toi de ne pas manger, je m'en moque un peu! » Elle se fâcha, mais ce ne fut pas pour longtemps et bientôt elle se remit à plaisanter. Je m'étonnai même de trouver en elle si peu de colère, car c'est une femme haineuse et vindicative. Une explication me vint alors à l'esprit : elle me méprise trop, pensai-je, pour pouvoir me garder longtemps rancune. Et c'est la vérité. « Sais-tu, me demanda-t-elle, ce que c'est que le pape de Rome? — J'en ai entendu parler, répondis-je. — Tu n'as pas appris l'histoire universelle, Parfène Séménovitch? — Je n'ai rien appris. — Eh bien, voici une chose que je vais te donner à lire : un pape était fâché contre un empereur et, avant d'obtenir son pardon, celui-ci dut rester trois jours sans boire, sans manger, agenouillé, pieds nus, devant le palais du pape. Pendant les trois jours que cet empereur passa à genoux, quelles furent, selon toi, ses pensées? Quels serments fit-il au fond de son âme?... Mais attends, ajouta-t-elle, je te lirai cela moi-même! » Elle courut chercher un livre : « C'est de la poésie », dit-elle, et elle se mit à me lire un monologue en vers dans lequel cet empereur abreuvé d'humiliations jurait de se venger du pape. « Est-il possible que cela ne te plaise pas, Parfène Séménitch? — Tout ce que tu viens de lire est très-juste, répondis-je. — Ah! tu trouves que c'est juste; par conséquent, peut-être que toi-même tu te dis : Quand elle sera ma femme, je lui ferai payer tout ça! — Je ne sais pas, repris-je, peut-être est-ce mon idée en effet. — Comment, tu ne sais pas? — Non, je ne sais pas, ce n'est point à cela que je pense maintenant. — Et à quoi penses-tu donc maintenant? — Vois-tu, quand tu te lèves de ta place, quand tu passes à côté de moi, je te regarde et je te suis des yeux; j'entends le froufrou de ta robe et mon cœur défaille dans ma poitrine; tu quittes la chambre, je me rappelle toutes tes paroles avec l'intonation de chacune d'elles; durant toute cette nuit je n'ai pensé à rien, je ne cessais d'écouter le bruit de ta respiration, j'ai remarqué que tu t'es remuée deux fois en dormant... — Mais les coups que tu m'as donnés, ricana-t-elle, tu n'y penses pas, tu les a oubliés? — Peut-être bien que je n'y pense pas, je n'en sais rien. — Et si je ne te pardonne pas, si je refuse de t'épouser? — Je te l'ai dit, je me noierai. — Tu me tueras peut-être auparavant. » En prononçant ces mots, elle devint songeuse. Ensuite elle se fâcha et sortit. Une heure après, je la vis reparaître, elle était fort sombre. « Parfène Séménovitch, me dit-elle, je t'épouserai, non que j'aie peur de toi, mais parce qu'il m'est égal de me perdre. D'ailleurs, autant cela qu'autre chose! Assieds-toi, on va te servir à dîner. Et quand je t'aurai épousé, je te serai fidèle, n'en doute pas. » Elle s'arrêta un instant, puis reprit : « Après tout, tu n'es pas un laquais, comme je l'avais cru jusqu'à présent. » Elle fixa alors le jour de notre mariage, et, la semaine suivante, elle me planta là pour venir ici demander un asile à Lébédeff. Quand je la retrouvai à Pétersbourg, elle me dit : « Je ne renonce pas absolument à t'épouser, je veux seulement attendre autant qu'il me plaira, parce que je suis toujours ma maîtresse. Tu peux faire de même, si bon te semble. » Voilà quelles sont à présent nos relations... Qu'est-ce que tu penses de tout cela, Léon Nikolaïévitch?

— Toi-même, qu'en penses-tu? demanda le prince, les yeux tristement fixés sur Rogojine.

— Mais est-ce que je pense? s'écria ce dernier.

Il voulait encore ajouter quelque chose et pourtant il se tut : aucune parole n'aurait pu rendre le tourment qu'il éprouvait.

Le visiteur se leva avec l'intention de se retirer.

— Quoi qu'il en soit, je ne me mettrai pas sur ton chemin, dit-il à voix basse.

Ces mots prononcés d'un air distrait semblaient moins s'adresser à Rogojine que répondre à une pensée secrète du prince.

— Sais-tu ce que je vais te dire? fit tout à coup Parfène Séménitch avec une animation dont témoignait l'éclat de ses yeux : — je ne comprends pas que tu me la cèdes ainsi! Est-ce que tu as complétement cessé de l'aimer? Auparavant tu étais tourmenté, je le voyais bien. Pourquoi donc es-tu accouru si précipitamment à Pétersbourg? Par compassion? (Et un sourire méchant fit grimacer son visage.) Hé, hé!

— Tu penses que je te trompe? demanda le prince.

— Non, je te crois; seulement, je n'y comprends rien. Autant que j'en puis juger, ta compassion est encore plus intense que mon amour.

L'altération de ses traits ne laissait aucun doute sur la colère qui l'agitait.

— L'amour et la haine se confondent chez toi, remarqua en souriant le prince, — mais l'amour passera, et alors ce sera peut-être encore pire. Je te dis, ami Parfène...

— Que je l'assassinerai?

Le prince frissonna.

— Tu la haïras violemment à cause de l'amour que tu éprouves maintenant pour elle et de toutes les souffrances

que tu endures en ce moment. Ce qui m'étonne on ne peut
plus, c'est qu'elle consente encore à devenir ta femme. Hier,
quand j'ai appris cela, j'ai eu peine à y croire, et il m'en est
resté une impression des plus pénibles. Deux fois déjà elle a
refusé de t'épouser, au moment de recevoir la bénédiction
nuptiale elle a pris la fuite, sans doute elle obéissait à un
pressentiment!... Qu'est-ce donc qui maintenant la pousse
à t'accorder sa main? Ton argent? C'est absurde. D'ailleurs,
tu dois déjà avoir passablement ébréché ta fortune. Le simple
désir de se marier? Mais elle pourrait faire un autre choix.
N'importe qui serait pour elle un meilleur parti que toi, car
tu l'assassineras, et peut-être ne le comprend-elle que trop
bien maintenant. L'ardeur de ton amour? Il se peut que ce
soit cela en effet... J'ai entendu dire qu'il y a des femmes
qui tiennent précisément à être aimées ainsi... mais...

Le prince, pensif, n'acheva pas sa phrase.

— Pourquoi as-tu encore souri en regardant le portrait de
mon père? demanda Rogojine, qui observait avec une extrême
attention les moindres changements de physionomie dont
le visage de son interlocuteur lui offrait le spectacle.

— Pourquoi j'ai souri? L'idée m'était venue que, sans ce
malheureux amour qui a fait dérailler ton existence, tu
serais devenu tout pareil à ton père, et cela en fort peu de
temps. Tu resterais cloîtré dans cette maison, seul avec une
femme obéissante et muette; tu n'ouvrirais la bouche que
pour prononcer de loin en loin quelque parole sévère; tu te
défierais de tout le monde et tu ne sentirais même pas le
besoin de te confier à quelqu'un; sombre et taciturne, tu te
contenterais de gagner de l'argent. Tout au plus, arrivé au
déclin de l'âge, tu vanterais parfois les vieux livres et tiendrais pour le signe de la croix fait avec deux doigts [1]...

— Moque-toi. Ce que tu me dis là, elle me l'a dit mot pour
mot dernièrement, après avoir aussi contemplé ce portrait.

---

[1] Les orthodoxes font le signe de la croix avec trois doigts, les héré-
tiques ne se servent que de l'index et du médius.

C'est prodigieux comme vous vous accordez maintenant en tout...

— Mais est-ce qu'elle est déjà venue chez toi? questionna avec curiosité le prince.

— Oui. Elle considéra longuement le portrait, m'interrogea au sujet du défunt. « Voilà ce que tu aurais été, finit-elle par me dire en souriant; tu as des passions fortes, Parfène Séménitch, des passions qui te conduiraient vite en Sibérie, aux travaux forcés, si tu n'avais pas aussi de l'intelligence, mais tu es fort intelligent. (Le croiras-tu? elle a dit cela, c'était la première fois que je l'entendais parler ainsi!) Tu renoncerais vite aux folies de jeunesse, et, comme tu es un homme dépourvu d'instruction, tu te mettrais à amasser de l'argent; tu resterais, comme ton père, dans cette maison avec tes skoptzi; peut-être, à la fin, te convertirais-tu toi-même à leur religion; tu aimerais tant les richesses que tu ferais une fortune non pas de deux millions, mais de dix, quitte ensuite à mourir de faim sur tes sacs d'or, car tu es extrême en tout. » Je te répète presque textuellement ses paroles. Jamais encore elle ne m'avait tenu un pareil langage! Elle me parle toujours de riens ou me décoche des railleries; dans cette circonstance même elle commença en riant, mais ensuite son visage s'assombrit; elle visita toute cette demeure, et elle paraissait effrayée. « Je changerai tout cela, lui dis-je, je transformerai complétement cette maison ou j'en achèterai une autre, quand nous nous marierons. — Non, non, répondit-elle, il ne faut faire ici aucun changement, nous conserverons cette installation. Je veux vivre près de ta mère, lorsque je serai ta femme. » Je la présentai à ma mère; elle lui témoigna un respect vraiment filial. La pauvre femme est malade, il y a deux ans que ses facultés intellectuelles sont altérées, et, depuis la mort de mon père, elle est tout à fait comme un enfant; muette, impotente, elle se borne à saluer d'une inclination de tête ceux qui la visitent. Je crois bien que, si on ne lui donnait pas à manger, elle resterait des trois jours sans s'en apercevoir. Je pris la main droite de ma mère et lui joignis les doigts : « Bénissez-la, matouchka, dis-je, elle va m'épouser. » Elle baisa avec sentiment la main de la vieille. « Ta mère a certainement beaucoup souffert », me dit-elle. Le livre que voici attira son attention : « Eh bien, fit-elle, tu t'es mis à la lecture de l'histoire russe? (Elle-même m'avait justement dit à Moscou : « Tu devrais t'instruire un peu, lire au moins l'*Histoire russe* de Solovieff, tu ne sais rien du tout. ») Tu as raison, approuva-t-elle, continue. Si tu veux, je te donnerai moi-même une liste des ouvrages que tu dois lire avant tous les autres. » Et jamais, jamais jusqu'alors elle ne m'avait parlé de la sorte, si bien que ce langage me stupéfia; pour la première fois je respirai comme un homme vivant.

— J'en suis enchanté, Parfène, enchanté, dit le prince avec une satisfaction sincère. — Qui sait? Dieu mettra peut-être l'union entre vous.

— Cela n'arrivera jamais! fit Rogojine d'un ton véhément.

— Écoute, Parfène, si tu l'aimes tant, se peut-il que tu ne veuilles pas mériter son estime? Et si tu le veux, se peut-il que tu ne l'espères pas? Tout à l'heure, j'ai dit que je trouvais incompréhensible qu'elle consentît à t'épouser; mais, quoique je ne puisse m'expliquer le fait, une chose pourtant reste incontestable pour moi, c'est qu'il doit y avoir à cela une cause suffisante, rationnelle. Elle est convaincue de ton amour, mais elle est, à coup sûr, persuadée aussi que tu possèdes certaines qualités. Il ne peut pas en être autrement! Le récit que tu viens de faire confirme cette assertion. Tu dis toi-même qu'elle a pu te tenir un langage tout différent de celui auquel elle t'avait accoutumé. Tu es soupçonneux et jaloux, c'est pourquoi tu as exagéré tout ce que tu as remarqué de mauvais. Certes, elle ne te juge pas aussi défavorablement que tu le dis. Autrement, t'épouser, ce serait pour elle, en quelque sorte, se noyer de propos délibéré ou aller, en connaissance de cause, au-devant du couteau. Est-ce que c'est possible? Qui va, sciemment, chercher la mort?

Parfène écouta jusqu'à la fin avec un sourire amer les

chaleureuses paroles de son interlocuteur. Sa conviction paraissait inébranlable.

— Quel sombre regard tu fixes en ce moment sur moi, Parfène! fit le prince péniblement impressionné.

— Se noyer ou aller au-devant du couteau! dit Rogojine, sortant enfin de son mutisme. — Hé! mais elle m'épouse parce qu'elle s'attend bien à périr de ma main! Vraiment, prince, se peut-il que tu n'aies pas encore deviné de quoi il retourne?

— Je ne te comprends pas.

— Peut-être bien qu'en effet il ne comprend pas, hé, hé! On prétend que tu... n'es pas comme tout le monde. Elle en aime un autre, voilà le fait! Elle l'aime maintenant tout comme elle est maintenant aimée de moi. Et cet autre, sais-tu qui il est? C'est *toi!* Eh bien, tu l'ignorais?

— Moi!

— Oui. Son amour pour toi a pris naissance le jour de sa fête. Seulement, elle juge un mariage avec toi impossible, parce qu'elle te couvrirait de honte et ferait le malheur de ta vie. « On sait qui je suis », dit-elle. Elle n'a jamais varié jusqu'à présent dans son langage. Elle-même m'a déclaré cela en face, sans détours. Toi, elle craint de te perdre et de te déshonorer, mais, en ce qui me concerne, aucun scrupule de ce genre ne l'arrête; moi, on peut m'épouser, — voilà la considération dont elle m'honore, note aussi cela!

— Mais comment se fait-il qu'elle t'ait quitté pour se réfugier auprès de moi et qu'ensuite...?

— Elle soit revenue à moi! Hé! mais en est-on encore à compter les fantaisies qui lui viennent tout d'un coup à l'esprit? Actuellement elle se trouve dans une sorte d'état fébrile. Un jour elle me crie : « Je t'épouse comme je me jetterais à l'eau. Marions-nous bien vite! » Elle-même hâte les préparatifs, fixe la date de la cérémonie; puis, quand le moment approche, elle s'effraye, ou d'autres idées lui passent par la tête. Dieu le sait, tu l'as bien vu : elle pleure, elle rit, elle s'agite fiévreusement. Et si elle s'est sauvée loin

de toi, qu'y a-t-il là d'étonnant? Elle t'a quitté parce
qu'elle a reconnu combien elle t'aimait. Elle n'était plus
capable de résister à sa passion. Tu disais tantôt que j'avais
cherché après elle dans Moscou; c'est une erreur : pour se
dérober à toi, elle-même s'est réfugiée auprès de moi. « Fixe
le jour, me dit-elle, je suis prête! Fais venir du champagne!
Allons chez les Tsiganes! » Sans moi, il y a longtemps qu'elle
se serait jetée à l'eau, tu peux en être sûr. Si elle ne se noie
pas, c'est parce que j'offre peut-être encore plus de danger
que la rivière. Elle m'épousera par colère, si elle m'épouse.

— Mais, toi, comment donc... comment donc... s'écria le
prince.

Il n'en put dire davantage et regarda Rogojine avec
terreur.

Celui-ci sourit.

— Pourquoi donc n'achèves-tu pas? Veux-tu que je te
dise quelle idée t'occupe en ce moment même : « Comment
donc maintenant peut-elle l'épouser? Comment laisser faire
ce mariage? » Je sais bien à quoi tu penses...

— Je ne suis pas venu ici pour cela, Parfène; je te le
répète, ce n'est pas cela que j'avais dans l'esprit...

— Il se peut que tu ne sois pas venu pour cela et que tu
aies eu autre chose dans l'esprit, mais maintenant c'est,
pour sûr, à cela que tu songes, hé, hé! Allons, assez! pourquoi es-tu si bouleversé? Se peut-il que ce soit vraiment
pour toi une révélation? Tu m'étonnes!

— Tout cela est de la jalousie, Parfène, tout cela est une
maladie, tu as démesurément exagéré tout cela... balbutia
le prince, en proie à une agitation extraordinaire. — Qu'est-
ce que tu as?

— Laisse, dit Rogojine, et, arrachant vivement des mains
du visiteur un petit couteau que celui-ci avait pris sur la
table, à côté du livre, il se hâta de le remettre en place.

— Je m'en doutais, quand je suis arrivé à Pétersbourg,
j'en avais, pour ainsi dire, le pressentiment... continua le
prince, — je ne voulais pas venir ici! Je voulais oublier

tout cela, l'extirper de mon cœur! Allons, adieu... Mais qu'est-ce que tu as?

Tout en parlant, Muichkine, distrait, avait repris le petit couteau par un mouvement machinal, et, de nouveau, Parfène Séménitch s'était empressé de le lui retirer des mains pour le jeter sur la table. Ce couteau n'avait rien d'extraordinaire; la lame, emmanchée dans un bois de cerf, était longue de trois verchoks et demi, et large en proportion.

Voyant que sa persistance à lui arracher des mains cet objet avait attiré l'attention du prince, Rogojine saisit le couteau avec colère, le fourra dans le livre et jeta celui-ci sur une autre table.

— Tu t'en sers pour couper les pages, n'est-ce pas? demanda le prince, qui semblait ne pouvoir secouer le fardeau d'une préoccupation obsédante.

— Oui, pour couper les pages.....

— C'est un couteau de jardin?

— Oui. Est-ce qu'on ne peut pas couper les pages d'un livre avec un couteau de jardin?

— Mais il... il est tout neuf.

— Eh bien, qu'importe? Est-ce que je ne puis pas acheter un couteau neuf? répliqua dans un transport de colère Parfène Séménitch, dont l'irritation s'était accrue à chaque parole prononcée par le visiteur.

Celui-ci eut un frisson; il regarda fixement Rogojine, puis, sortant soudain de sa rêverie, il se mit à rire.

— Eh! quelle idée! Pardonne-moi, mon ami, quand j'ai la tête lourde comme maintenant, et que j'éprouve les atteintes de cette affection..... je suis sujet à des absences ridicules. Ce n'était pas du tout cela que j'avais envie de te demander... je ne me rappelle plus la question que je voulais te faire... Adieu...

— Pas par là, dit Rogojine.

— Je l'avais oublié!

— Par ici, par ici, je vais te conduire.

IV

Ils passèrent par les mêmes chambres que le prince
avait déjà traversées; Rogojine marchait un peu en avant,
Muichkine le suivait. Ils entrèrent dans la vaste salle aux
murs de laquelle étaient appendus plusieurs tableaux, — des
portraits d'évêques et des paysages, — où l'on ne pouvait
rien distinguer. Au-dessus de la porte qui donnait accès dans
la pièce suivante était accrochée une toile d'une configura-
tion assez bizarre : longue d'environ deux archines et demie,
elle ne mesurait pas plus de six verchoks en hauteur. C'était
une descente de croix. En l'apercevant, le prince parut se
rappeler quelque chose; toutefois il ne voulait pas s'attarder
à examiner cette peinture, pressé qu'il était de sortir d'une
maison où il se sentait fort mal à l'aise. Mais Rogojine s'arrêta tout à coup devant le tableau.

— Toutes ces toiles, dit-il, — mon feu père les a achetées
dans des ventes; il aimait cela. Aucune ne lui a coûté plus
d'un rouble ou deux. Un connaisseur est venu les visiter ici,
il a dit que c'étaient toutes croûtes, sauf celle qui se trouve
au-dessus de cette porte et qui a été payée deux roubles
comme les autres. Du vivant de mon père, quelqu'un lui
en a offert trois cent cinquante roubles, et Ivan Dmitritch
Savélieff, un marchand qui raffole de la peinture, est allé
jusqu'à quatre cents.

— C'est... c'est une copie de Hans Holbein, fit le prince
après avoir examiné le tableau, — et, autant que j'en puis
juger sans être grand connaisseur, une copie excellente. J'ai
vu l'original à l'étranger et je ne saurais l'oublier. Mais...
qu'est-ce que tu as?

Sans plus s'occuper du tableau, Rogojine s'était soudain
remis en marche. A la vérité, ces façons singulières s'expli-

quaient encore chez un homme distrait et irritable comme l'était en ce moment Parfène Séménitch; néanmoins, le prince trouva étrange qu'il négligeât de répondre et mît fin si brusquement à une conversation commencée par lui.

— Je voulais depuis longtemps te demander une chose, Léon Nikolaïtch : crois-tu en Dieu, oui ou non? reprit tout à coup Rogojine après avoir fait quelques pas.

— Quelle étrange question! et..... comme tu regardes!.... ne put s'empêcher d'observer le prince.

Rogojine resta un moment silencieux.

— J'aime à contempler ce tableau, murmura-t-il comme s'il avait oublié sa question.

— Ce tableau! s'écria le prince subitement frappé d'une idée ; — ce tableau! Mais en considérant ce tableau un homme peut perdre la foi!

— Oui, on la perd, reconnut Parfène Séménitch au grand étonnement de son interlocuteur.

Ils étaient arrivés à la porte de sortie.

— Comment? fit le prince qui s'arrêta soudain : — mais qu'est-ce que tu dis? C'était presque une plaisanterie de ma part, et toi tu parles si sérieusement! Et pourquoi m'as-tu demandé si je crois en Dieu?

— Pour rien, par simple curiosité. C'est une idée que j'avais depuis longtemps. Il y a maintenant beaucoup d'incrédules. Quelqu'un m'a dit que chez nous, en Russie, les athées étaient plus nombreux qu'en aucun autre pays : est-ce vrai? tu dois savoir cela, toi qui as vécu à l'étranger.....

Rogojine avait sur les lèvres un sourire venimeux; après avoir fait sa question, il ouvrit brusquement la porte, et, la main appuyée sur le bouton de la serrure, attendit que le visiteur se retirât. Celui-ci sortit, passablement étonné, il est vrai. Rogojine le suivit sur le palier et referma la porte de son logement. Tous deux restèrent en face l'un de l'autre; ils semblaient avoir oublié où ils étaient et ce qu'ils avaient à faire.

— Adieu, dit le prince en tendant la main à Parfène Séménitch.

— Adieu, fit ce dernier, et il serra avec force, mais tout à fait machinalement, la main qu'on lui présentait.

Le prince descendit une marche et se retourna.

— A propos de la foi, commença-t-il en souriant (évidemment il ne voulait pas quitter ainsi Rogojine), — la semaine passée, j'ai fait en deux jours quatre rencontres différentes. Un matin, voyageant en chemin de fer, je me suis trouvé avoir pour compagnon de route S....., avec qui j'ai causé pendant quatre heures. J'avais déjà beaucoup entendu parler de lui et je savais, notamment, qu'il était athée. C'est un homme fort instruit, et je me réjouissais de pouvoir m'entretenir avec un vrai savant. De plus, il est parfaitement élevé, en sorte qu'il m'a parlé tout à fait comme si j'avais été son égal sous le rapport de l'intelligence et de l'instruction. Il ne croit pas en Dieu. Seulement, j'ai été frappé d'une chose, c'est que tout ce qu'il disait semblait étranger à la question. J'avais déjà fait une remarque analogue chaque fois qu'il m'était arrivé précédemment de causer avec des incrédules ou de lire leurs livres : il m'avait toujours paru que tous leurs arguments, même les plus spécieux, portaient à faux. Je ne le cachai pas à S..., mais sans doute je m'exprimai en termes trop peu clairs, car il ne me comprit pas.... Le soir je m'arrêtai dans une ville de district; à l'hôtel où je descendis, tout le monde s'entretenait d'un assassinat qui avait été commis dans cette maison la nuit précédente. Deux paysans d'un certain âge, deux vieux amis, qui n'étaient ivres ni l'un ni l'autre, avaient bu le thé, puis étaient allés se coucher (ils avaient demandé une chambre pour eux deux). L'un de ces voyageurs avait remarqué, depuis deux jours, une montre d'argent, retenue par une chaînette en perles de verre, que son compagnon portait et qu'il ne lui connaissait pas auparavant. Cet homme n'était pas un voleur, il était honnête, et fort à son aise pour un paysan. Mais cette montre lui plut si fort, il en eut une envie si furieuse, qu'il ne put se maîtriser; il prit un couteau, et dès que son ami eut le dos tourné, il s'approcha de lui à pas de loup, visa la place, leva les yeux au ciel, se signa et murmura dévotement cette prière : « Seigneur, pardonne-moi par les mérites du Christ! » Il égorgea son ami d'un seul coup, comme un mouton, puis il lui prit la montre.

Rogojine éclata de rire. Il y avait même quelque chose d'étrange dans cette subite gaieté d'un homme qui jusqu'alors était resté si sombre.

— Voilà, j'aime ça! Non, il n'y a pas mieux que ça! criait-il d'une voix entrecoupée et presque haletante : — l'un ne croit pas du tout en Dieu, et l'autre y croit à un tel point qu'il fait une prière avant d'assassiner les gens!... Non, prince, mon ami, on n'invente pas ces choses-là! Ha, ha, ha! Non, il n'y a pas mieux que ça!...

— Le lendemain matin, j'allai me promener dans la ville, continua le prince dès que l'hilarité de Rogojine fut un peu calmée et ne se manifesta plus que par le tremblement convulsif des lèvres, — je rencontre un soldat ivre festonnant sur le trottoir pavé en bois. Il m'accoste : « Barine, achète-moi cette croix d'argent, je te la cède pour deux grivnas; une croix en argent! » Il avait en main une croix que sans doute il venait d'ôter de son cou; elle était attachée à un petit cordon bleu. Mais, au premier coup d'œil, on voyait qu'elle était en étain; elle avait huit pointes et reproduisait fidèlement le type byzantin. Je tirai de ma poche une pièce de deux grivnas, je la donnai au soldat et me passai sa croix au cou; la satisfaction d'avoir floué un sot barine se manifesta sur son visage et je suis persuadé qu'il alla immédiatement dépenser au cabaret le produit de cette vente. Alors, mon ami, tout ce que je voyais chez nous faisait sur moi la plus forte impression; auparavant, je ne comprenais rien à la Russie : dans mon enfance, j'avais vécu comme hébété, et plus tard, pendant les cinq années que j'avais passées à l'étranger, il ne m'était resté du pays natal que des souvenirs en quelque sorte fantastiques. Je continue

donc ma promenade en me disant : « Non, j'attendrai encore
avant de condamner ce Judas. Dieu sait ce qu'il y a au fond
de ces faibles cœurs d'ivrognes. » Une heure après, comme je
revenais à l'hôtel, je rencontrai une paysanne qui portait
dans ses bras un enfant à la mamelle. La femme était encore
jeune, l'enfant pouvait avoir six semaines. Il souriait à sa
mère, et cela pour la première fois depuis sa naissance.
Tout à coup je vis la paysanne se signer si pieusement,
si pieusement! « Pourquoi fais-tu cela, ma chère? » lui de-
mandai-je. (Alors je questionnais toujours.) — Eh bien »,
me répondit-elle, « autant une mère est joyeuse quand elle
remarque le premier sourire de son nourrisson, autant Dieu
éprouve de joie chaque fois que, du haut du ciel, Il voit un
pécheur élever vers Lui une fervente prière. » C'est une
femme du peuple qui m'a dit cela, presque dans ces mêmes
termes, qui a exprimé cette pensée si profonde, si fine, si
véritablement religieuse, où se trouve tout le fond du chris-
tianisme, c'est-à-dire la notion de Dieu considéré comme
notre père, et l'idée que Dieu se réjouit à la vue de l'homme
comme un père à la vue de son enfant, — la principale
pensée du Christ! Une simple paysanne! A la vérité, elle
était mère... et, qui sait? c'était peut-être la femme de ce
soldat. Écoute, Parfène, voici ma réponse à ta question de
tout à l'heure : le sentiment religieux, dans son essence, ne
peut être entamé par aucun raisonnement, par aucune
faute, par aucun crime, par aucun athéisme; il y a ici
quelque chose qui reste et restera éternellement en dehors
de tout cela, quelque chose que n'atteindront jamais les
arguments des athées. Mais le principal, c'est que nulle
part on ne remarque mieux cela que dans le cœur du Russe,
et voilà ma conclusion! C'est une des toutes premières
impressions que j'ai reçues de notre Russie. Il y a à faire,
Parfène! Il y a à faire dans notre monde russe, crois-moi.
Rappelle-toi les entretiens qu'à une certaine époque nous
avons eus ensemble à Moscou... Et je ne voulais pas du tout
revenir ici maintenant! Ce n'était certes pas ainsi que je

comptais me rencontrer avec toi!... Eh bien, mais quoi!...
Adieu, au revoir! Que Dieu ne t'abandonne pas!

Il tourna les talons et descendit l'escalier.

— Léon Nikolaïévitch! cria du carré Parfène, quand le
prince fut arrivé en bas : — la croix que tu as achetée à ce
soldat, l'as-tu sur toi ?

— Oui.

Et, ce disant, le prince s'arrêta.

— Montre-la donc !

Encore une fantaisie bizarre! Après un moment de réflexion, Muichkine remonta, et, sans ôter sa croix de son
cou, la fit voir à Rogojine.

— Donne-la-moi, dit celui-ci.

— Pourquoi? Est-ce que tu?...

Le prince aurait préféré ne pas se séparer de cette croix.

— Je la porterai et je te donnerai la mienne à la place.

— Tu veux que nous échangions nos croix? Soit, Parfène, s'il en est ainsi, je ne demande pas mieux; fraterni-
sons !

Le prince tendit sa croix d'étain à Parfène, qui lui
donna sa croix d'or. Celui-ci, pourtant, restait silencieux.
En vain les deux hommes venaient de fraterniser : le prince
remarquait avec une pénible surprise que le visage de Rogojine exprimait encore la défiance et que, par moments du
moins, un sourire amer, presque railleur, continuait à plis-
ser ses lèvres. A la fin, Parfène Séménitch prit, sans proférer un mot, la main de Muichkine; pendant un certain
temps il parut hésiter; puis, tout à coup, d'une voix
presque inintelligible, il dit au prince : « Viens avec moi »,
et l'entraîna à sa suite. Ils traversèrent le palier du premier étage et sonnèrent à une porte vis-à-vis de celle par
où ils étaient sortis. On ne tarda pas à leur ouvrir. Une
vieille femme toute voûtée et portant un mouchoir noir
noué autour de sa tête fit silencieusement une profonde
révérence à Rogojine. Il lui adressa à la hâte une question,
et, sans attendre la réponse, introduisit le prince dans l'ap-

partement. Là encore c'étaient des pièces sombres dont la
propreté extraordinaire avait quelque chose de glacial ; les
meubles vieux et d'un aspect sévère étaient recouverts de
housses blanches fort propres. Sans se faire annoncer,
Rogojine passa avec le prince dans une sorte de petit salon
coupé en deux par une cloison en acajou derrière laquelle
se trouvait apparemment une chambre à coucher. Dans un
coin du salon, près du poêle, était assise sur un fauteuil
une petite vieille qui ne paraissait pas encore trop âgée;
son visage resté assez plein et assez agréable avait un certain air de santé, mais ses cheveux étaient tout blancs et
on s'apercevait à première vue qu'elle était tout à fait
tombée en enfance. Vêtue d'une robe de laine noire, elle
avait au cou un grand mouchoir noir et sur la tête un bonnet blanc très-propre garni de rubans noirs. Ses pieds
étaient posés sur un tabouret. A côté d'elle tricotait en
silence une autre vieille d'un âge plus avancé qui, comme
elle, était vêtue de deuil et coiffée d'un bonnet blanc, —
quelque parasite sans doute. Probablement, aucune conversation n'avait jamais lieu entre ces deux femmes. Lorsque
Rogojine entra avec son compagnon, la première vieille
sourit, et, pour témoigner sa joie de leur visite, les salua à
plusieurs reprises d'un aimable signe de tête.

— Ma mère, dit Rogojine après lui avoir baisé la main, —
voici mon grand ami, le prince Léon Nikolaïévitch Muichkine; nous avons échangé nos croix; à Moscou, pendant un
temps, il a été un frère pour moi, je lui dois beaucoup.
Bénis-le, ma mère, comme tu bénirais un fils. Attends, vieille,
donne-moi ta main, que je te dispose les doigts...

Mais, sans attendre que Parfène lui prît la main, la vieille
la leva, rapprocha trois doigts, et, par trois fois, fit pieusement le signe de la croix sur le prince. Cette bénédiction
fut accompagnée d'un nouveau salut affectueusement adressé
à Muichkine.

— Eh bien, allons-nous-en, Léon Nikolaïévitch, dit Rogojine, — je ne t'avais amené que pour cela...

Quand ils se retrouvèrent sur le palier, il ajouta :

— Vois-tu, elle ne comprend rien à ce qu'on dit, et mes paroles sont certainement restées lettre close pour elle ; pourtant elle t'a béni ; c'est donc qu'elle-même avait envie de le faire... Allons, adieu, le moment est venu de nous quitter.

Et il ouvrit la porte de son appartement.

Le prince fixa sur Rogojine un regard chargé de tendres reproches.

— Mais laisse-moi au moins t'embrasser avant que nous nous séparions, homme étrange que tu es! s'écria-t-il, et il lui tendit les bras. Parfène leva aussi les siens, mais presque immédiatement les laissa retomber. Un combat se livrait en lui, et, ne voulant pas embrasser le prince, il évitait de le regarder.

— N'aie pas peur! Quoique j'aie pris ta croix, je n'assassinerai pas pour une montre! murmura-t-il avec un rire étrange. Mais tout à coup une transformation complète s'opéra dans sa physionomie : il devint affreusement pâle, ses lèvres commencèrent à frémir et ses yeux à flamboyer. Levant les bras, il serra avec force le prince contre sa poitrine et dit d'une voix étranglée :

— Eh bien, prends-la, puisque la destinée le veut! Elle est à toi! Je te la cède!... Souviens-toi de Rogojine!

Sur ce, il s'éloigna précipitamment du prince, et, sans le regarder, rentra à la hâte dans son appartement, dont il ferma la porte avec bruit.

V

Il était déjà tard, près de deux heures et demie, et, quand le prince arriva chez Épantchine, il ne le trouva pas. Après avoir remis sa carte, Muichkine résolut d'aller demander Kolia à la *Balance :* en cas d'absence de son jeune ami, il lui laisserait un mot. A la *Balance,* on apprit au visiteur que Nicolas Ardalionovitch était sorti depuis le matin : « Si, par hasard, quelqu'un vient pour moi », avait-il recommandé en partant, « vous direz que je rentrerai peut-être à trois heures. Si à trois heures et demie je ne suis pas ici, c'est que je serai allé dîner à Pavlovsk, chez la générale Épantchine. » Le prince se décida à attendre, et, pour tuer le temps, se fit servir à dîner.

A trois heures et demie, et même à quatre heures, Kolia n'était pas encore de retour. Le prince quitta l'hôtel, et, machinalement, se mit à aller tout droit devant lui. La journée était splendide comme il arrive parfois à Pétersbourg au commencement de l'été. Pendant quelque temps Muichkine se promena sans but. Il ne connaissait pas bien la ville. Quelquefois il s'arrêtait dans un carrefour, sur une place, sur un pont; à un moment donné il entra dans une confiserie pour s'y reposer un peu. Parfois il examinait les passants avec beaucoup de curiosité, mais le plus souvent il ne faisait attention à personne et ne remarquait même pas le chemin qu'il suivait. L'esprit inquiet, douloureusement tendu, il éprouvait en même temps un besoin extraordinaire de solitude. Loin de tenter aucun effort pour se soustraire à ce supplice moral, il voulait être seul pour s'y abandonner passivement. Il refusait avec dégoût de résoudre les questions qui surgissaient dans son âme et dans son cœur. « Eh bien, est-ce que tout cela est ma faute? » murmurait-il à part soi, sans presque avoir conscience de ses paroles.

A six heures, le prince se trouva à la gare du chemin de fer de Tzarskoïé Sélo. La solitude lui était bientôt devenue insupportable; un élan passionné emportait maintenant son cœur, et, durant un instant, ce fut comme une vive clarté qui illumina les ténèbres au milieu desquelles s'agitait son âme. Il prit un billet pour Pavlovsk; son impatience de partir était extrême; mais sans doute quelque chose le poursuivait qui était une réalité et non une imagination, comme peut-être il inclinait à le croire. Au moment où il allait monter en wagon, il jeta soudain le billet qu'il venait de prendre; puis, troublé et pensif, il sortit de la gare. Quelque temps après, dans la rue, un souvenir lui revint brusquement à l'esprit. Il acquit la subite conscience d'une occupation à laquelle il se livrait depuis longtemps déjà, mais dont il ne s'était pas aperçu jusqu'alors : plusieurs heures auparavant, à la *Balance* déjà, ou peut-être même avant d'y arriver, il s'était tout d'un coup mis à chercher quelque chose autour de lui. Ensuite il n'y avait plus pensé, cet oubli avait duré longtemps, une demi-heure, et voilà que de nouveau il se surprenait promenant de tous côtés des regards curieux et inquiets.

Mais, comme il venait de constater en lui ce phénomène morbide et tout à fait inconscient jusqu'alors, un autre souvenir très-intéressant pour le prince se réveilla soudain dans sa mémoire : il se rappela qu'au moment où il avait remarqué qu'il cherchait toujours quelque chose autour de lui, il se trouvait sur le trottoir, devant la fenêtre d'un boutiquier, et examinait avec une curiosité extrême un des articles mis à l'étalage. A présent, il voulait absolument vérifier l'exactitude de ce souvenir : était-il, en effet, tout à l'heure, cinq minutes auparavant peut-être, devant la fenêtre de cette boutique? N'avait-il pas rêvé cela, ou fait quelque confusion? La boutique existait-elle réellement, ainsi que la marchandise qu'il croyait y avoir vue? Le fait est que le prince se sentait aujourd'hui dans un état particulièrement maladif, analogue à celui qui autrefois précédait ses attaques d'épilepsie. Il savait que, durant cette période avant-courrière de l'accès, il était extraordinairement distrait, et que souvent même il confondait les choses et les personnes, s'il ne les fixait pas avec un effort spécial d'attention. Mais il y avait un motif particulier qui le poussait à s'assurer de la réalité du fait; parmi les articles mis en montre à la fenêtre de la boutique se trouvait un objet que le prince avait examiné; il l'avait même évalué soixante kopeks, il se le rappelait, nonobstant le trouble et le désarroi de ses idées. Par conséquent, si cette boutique existait et si la chose en question figurait réellement à l'étalage, c'était proprement cette chose qui avait décidé le prince à s'arrêter. Il fallait donc qu'elle eût pour lui un intérêt bien vif, puisqu'elle avait captivé son attention au moment même où il sortait de la gare, en proie à une agitation si pénible.

Il marchait en regardant à droite avec une sorte d'angoisse; l'impatience et l'inquiétude faisaient battre son cœur. Mais voici cette boutique! Il en était déjà à cinq cents pas lorsqu'il avait eu l'idée de rebrousser chemin. Voici également cet objet de soixante kopeks. « Sans doute, il ne vaut pas plus! » se dit encore le prince en le revoyant, et il se mit à rire. Mais c'était une gaieté hystérique; il se sentait fort oppressé. A présent il avait le souvenir très-net qu'ici même, étant debout devant cette fenêtre, il s'était brusquement retourné, comme tantôt, quand il avait surpris sur lui les yeux de Rogojine. Après s'être assuré qu'il ne s'était pas trompé (ce dont il n'avait jamais douté d'ailleurs), il s'éloigna aussitôt de la boutique. Tout cela demandait à être examiné sans délai; il était clair maintenant qu'à la gare le prince n'avait pas non plus été le jouet d'une illusion, qu'il lui était arrivé quelque chose de très-réel, et que cet incident se rattachait à l'objet de son inquiétude précédente. Mais, cette fois encore, un insurmontable sentiment de dégoût prit le dessus dans l'âme du prince : il ne voulut réfléchir à rien et donna un tout autre cours à ses pensées.

Il songea notamment à un phénomène qui précédait ses attaques d'épilepsie, lorsque celles-ci se produisaient à l'état de veille. Au milieu de l'abattement, du marasme mental, de l'anxiété qu'éprouvait le malade, il y avait des moments où son cerveau s'enflammait tout à coup, pour ainsi dire, et où toutes ses forces vitales atteignaient subitement un degré prodigieux d'intensité. La sensation de la vie, de l'existence consciente, était presque décuplée dans ces instants rapides comme l'éclair. Une clarté extraordinaire illuminait l'esprit et le cœur. Toutes les agitations se calmaient; tous les doutes, toutes les perplexités se résolvaient d'emblée en une harmonie supérieure, en une tranquillité sereine et joyeuse, pleinement rationnelle et motivée. Mais ces moments radieux n'étaient encore que le prélude de la seconde finale, celle à laquelle succédait immédiatement l'accès. Cette seconde, assurément, était inexprimable. Quand plus tard, rendu à la santé, le prince réfléchissait là-dessus, il se disait souvent : « Ces instants fugitifs où se manifeste la plus haute conscience de soi-même et par conséquent aussi la vie la plus haute, ne sont dus qu'à la maladie, à la rupture des conditions normales, et, s'il en est ainsi, il n'y a pas là de vie supérieure, mais, au contraire, une vie de l'ordre le plus bas.» Cela pourtant ne l'empêchait pas d'aboutir à une conclusion des plus paradoxales : « Qu'importe que ce soit une maladie, une tension anormale, si le résultat même, tel que, revenu à la santé, je me le rappelle et l'analyse, renferme au plus haut degré l'harmonie et la beauté ; si, dans cette minute, j'ai une sensation inouïe, insoupçonnée jusqu'alors, de plénitude, de mesure, d'apaisement, de fusion, dans l'élan d'une prière, avec la plus haute synthèse de la vie? » Ce galimatias paraissait au prince parfaitement compréhensible et n'avait d'autre tort à ses yeux que de rendre trop faiblement sa pensée. Qu'il y eût là, en effet, « beauté et prière », que ce fût réellement « la plus haute synthèse de la vie », il ne pouvait ni en douter, ni même admettre sur ce point la possibilité d'un doute. Mais n'avait-il pas dans ce moment des visions analogues aux rêves fantastiques et abrutissants que procure l'ivresse du haschich, de l'opium, ou du vin? Il pouvait sainement juger de cela lorsque l'état maladif avait cessé. Ces instants ne se caractérisaient, — pour les définir d'un mot, — que par l'extraordinaire accroissement du sens intime. Si, dans cette seconde-là, c'est-à-dire dans le dernier moment de conscience qui précédait l'accès, le malade pouvait se dire clairement et en connaissance de cause : « Oui, pour ce moment on donnerait toute une vie!» sans doute ce moment, à lui seul, valait toute une vie. Du

reste, quant à la partie dialectique de sa conclusion, le
prince en faisait bon marché : il voyait trop bien que la
conséquence évidente de ces « minutes supérieures », c'était
l'hébétude, l'obscurcissement des facultés, l'idiotisme. Là-
dessus, bien entendu, point de contestation possible. Sa conclusion, c'est-à-dire le jugement qu'il portait sur cette minute, renfermait à coup sûr une erreur, mais la réalité de
la sensation ne laissait pas de le troubler un peu. Quoi de
plus insolent qu'un fait? Or le fait avait lieu : durant cette
seconde-là, le prince s'avouait à lui-même que par le bonheur immense et pleinement senti dont elle était remplie,
cette seconde valait toute une existence. « Dans ce moment,
— disait-il un jour à Rogojine, du temps où ils se voyaient
fréquemment à Moscou, — dans ce moment il me semble
que je comprends le mot extraordinaire de l'Apôtre : *Il n'y
aura plus de temps.* » Et il ajoutait avec un sourire : « C'est
sans doute à cette même seconde que faisait allusion
l'épileptique Mahomet quand il disait qu'il visitait toutes
les demeures d'Allah en moins de temps qu'il n'en fallait à sa cruche d'eau pour se vider. » Oui, à Moscou il
avait eu de fréquents rapports avec Rogojine, et ce n'avait
pas été là le seul sujet de leurs entretiens. « Rogojine a dit
tantôt que j'avais été alors un frère pour lui; il l'a dit aujourd'hui pour la première fois », pensa le prince à part soi.

Il songeait à cela, assis sur un banc, sous un arbre, dans
le jardin d'Été. Il était environ sept heures. La solitude régnait dans le jardin. La température étouffante présageait
un orage. La disposition contemplative dans laquelle se
trouvait alors le prince n'était pas sans charme pour lui. Il
attachait son esprit à chaque objet extérieur, et cela lui
plaisait : il s'efforçait toujours d'oublier quelque chose,
d'échapper à l'idée du présent, mais, au premier regard
jeté autour de lui, il retrouvait immédiatement sa sombre
pensée, la pensée qu'il aurait tant voulu écarter. Il se souvint que tantôt, en dînant au traktir, il avait causé avec le
garçon d'un assassinat fort étrange qui avait été commis ré-

cemment et dont tout le monde s'entretenait. Mais à peine s'était-il rappelé cela qu'un nouveau phénomène se produisit brusquement en lui.

C'était un désir violent, inéluctable, une sorte de tentation contre laquelle sa volonté n'avait aucune force. Il se leva du banc, quitta le jardin et prit la direction de la Pétersbourgskaïa. Tantôt, sur le quai de la Néva, il avait prié un passant de lui indiquer ce quartier; on lui avait montré le chemin pour y aller, mais alors il n'y avait pas été. D'ailleurs, il savait qu'il était inutile de faire cette course aujourd'hui. Il avait depuis longtemps l'adresse ; il pouvait facilement trouver la maison de la parente de Lébédeff, mais il était presque sûr qu'elle ne serait pas là. « Elle est assurément allée à Pavlovsk, autrement Kolia aurait laissé un mot à la *Balance*, comme c'était convenu. » Si donc il se rendait là maintenant, ce n'était sans doute pas pour la voir. Un autre aimant l'attirait, une curiosité sombre, poignante. Il lui était venu subitement à l'esprit une nouvelle idée.....

Mais pour lui c'était déjà beaucoup que de marcher et de savoir où il allait : au bout d'une minute il cheminait sans presque remarquer la route qu'il suivait. Creuser davantage sa « subite idée » était tout à coup devenu pour le prince une tâche répugnante et presque impossible. Il observait avec un douloureux effort d'attention tout ce qui s'offrait à ses yeux; il regardait le ciel, la Néva. Rencontrant un petit enfant, il se mit à lui parler. Peut-être aussi l'état épileptique s'accusait-il de plus en plus chez lui. L'orage qui se préparait depuis longtemps semblait sur le point d'éclater, et déjà le tonnerre s'était fait entendre. L'air était extrêmement lourd...

Comme on est quelquefois poursuivi par la fatigante réminiscence d'un motif musical, à présent le prince était sans cesse obsédé par l'image du neveu de Lébédeff qu'il avait vu tout à l'heure. Bizarre association d'idées, il se représentait toujours le jeune homme sous l'aspect de l'assassin dont Lébédeff lui-même avait parlé tantôt en présentant son

neveu au visiteur. Oui, tout dernièrement encore Muichkine
avait lu quelque chose au sujet de cet assassin. Depuis son
arrivée en Russie, il avait vu dans les journaux ou entendu
raconter beaucoup d'histoires de ce genre; il suivait assidûment tout cela. Et tantôt la conversation qu'il avait eue
avec le garçon du restaurant, et qui l'avait tant intéressé,
roulait justement sur l'assassinat des Jémarine. Le garçon avait été de son avis, il se le rappelait. Il se rappelait aussi le garçon : ce n'était pas un imbécile, mais un
homme posé et circonspect; « du reste, Dieu sait ce qu'il
est. Dans un pays qu'on ne connaît pas, il est difficile de
déchiffrer les gens ». Toutefois, il commençait à croire passionnément à l'âme russe. Oh! durant ces six mois il avait
fait quantité de découvertes qui avaient été pour lui des
surprises inouïes! Mais l'âme d'autrui est un mystère et
l'âme russe est pleine de ténèbres. Par exemple, il a longtemps pratiqué Rogojine; une amitié étroite, « fraternelle »,
les unit l'un à l'autre, — eh bien, connaît-il Rogojine? Mais,
du reste, quel chaos, quelle absurdité, quelle laideur il y a
parfois dans tout cela! Et quel vilain être que ce neveu de
Lébédeff! Mais à quoi vais-je penser? (continuait à songer
le prince). Est-ce qu'il est l'auteur de ce crime? Est-ce qu'il a
assassiné ces six personnes? Il me semble que je confonds...
comme c'est étrange! La tête me tourne..... Mais quel sympathique et charmant visage que celui de la fille aînée de
Lébédeff, celle qui tenait un enfant sur ses bras! Quelle physionomie innocente et presque enfantine! Quel rire presque
enfantin! C'est étrange que je ne me sois pas rappelé plus
tôt ce visage : il m'était à peu près sorti de la mémoire.
Mais ce qu'il y a de positif, ce qui est sûr comme deux et
deux font quatre, c'est que Lébédeff adore aussi son neveu!

Pourquoi, du reste, se pressait-il tant de les juger? Pou-
vait-il, après une première visite, prononcer ainsi sur eux?
Voilà qu'aujourd'hui Lébédeff lui avait offert une énigme :
s'attendait-il, en effet, à trouver un pareil homme dans
Lébédeff? Est-ce qu'auparavant il connaissait Lébédeff sous

cet aspect? Lébédeff et la comtesse Du Barry! Seigneur! Si Rogojine tue, du moins ce ne sera pas une chose aussi étourdissante, on n'y verra pas un tel chaos. Un instrument fabriqué sur commande, d'après un dessin, et six personnes mises en état de délire! Y a-t-il chez Rogojine un instrument qu'il ait fait faire d'après un dessin? Mais... est-ce qu'il est décidé que Rogojine assassinera? s'écria le prince pris d'un tremblement soudain. « N'est-ce pas un crime, une bassesse de ma part, que de hasarder avec cette cynique franchise une semblable conjecture? » poursuivit-il, tandis que le rouge de la honte couvrait son visage. Il restait stupéfait, comme cloué au sol. Tout lui revenait en même temps à la mémoire : les deux incidents survenus tantôt, l'un à la gare de Pavlovsk, l'autre à celle de Nikolaïeff, la question que Rogojine lui avait carrément adressée au sujet des *yeux*, la croix de Rogojine qu'il portait maintenant sur lui, la bénédiction que Rogojine avait demandée pour lui à sa mère, et, enfin, sur l'escalier, cet embrassement chaleureux, cette renonciation suprême, — et, après tout cela, le prince s'était surpris cherchant continuellement quelque chose autour de lui, il s'était occupé de cette boutique, de cet objet... quelle bassesse! Et après tout cela, il s'en allait maintenant là-bas avec « un but particulier », avec « une idée subite » ! Rempli de désespoir et de douleur, il voulut immédiatement revenir sur ses pas, retourner chez lui, à son hôtel; il fit même volte-face et commença à rebrousser chemin; mais au bout d'une minute il s'arrêta, réfléchit, puis se remit à marcher dans la direction première.

D'ailleurs, il était déjà dans la Péterbourgskaïa, il se trouvait près de la maison. Mais maintenant il n'y va plus avec le même but que tout à l'heure, avec « une idée particulière » ! Et comment avait-il pu en être ainsi? Oui, sa maladie revient, cela est incontestable; il aura peut-être une attaque dans la journée. C'est l'accès qui a amené cette éclipse intellectuelle, cette « idée » ! A présent, les ténèbres sont dissipées, le démon est chassé, les doutes n'existent plus,

la joie est dans son cœur! Et — il ne l'a pas vue depuis si longtemps, il a besoin de la voir, et... oui, il voudrait à présent
rencontrer Rogojine, il le prendrait par le bras et ils iraient
ensemble... Son cœur est pur; est-ce qu'il est le rival de
Rogojine? Demain il ira lui-même dire à Rogojine qu'il l'a
vue; il a volé à Pétersbourg, comme disait tantôt Rogojine,
uniquement pour la voir! Peut-être bien la trouvera-t-il, il
n'est pas absolument sûr qu'elle soit à Pavlovsk!

Oui, il faut que maintenant leurs situations respectives
soient nettement établies, qu'ils n'aient plus de mystères
l'un pour l'autre, qu'il n'y ait plus de ces renoncements
sombres et passionnés, comme celui de Rogojine tantôt, et
que tout cela se fasse librement et... au grand jour. Est-ce
que l'âme de Rogojine ne peut supporter la lumière? Il dit
qu'il ne l'aime pas ainsi, qu'en lui il n'y a pas de pitié,
« aucune compassion semblable ». Il est vrai qu'ensuite il
a ajouté : « Ta compassion est peut-être plus forte encore
que mon amour » ; — mais il se calomnie. Hum!... Rogojine
s'adonne à la lecture, — est-ce que ce n'est pas de la « compassion », ou, du moins, un commencement de « compassion » ? La seule présence de ce livre ne prouve-t-elle pas
qu'il sait pleinement ce qu'il est par rapport à *elle?* Et son
récit tantôt? Non, il y a là autre chose et plus qu'un entraînement passionnel. D'ailleurs, a-t-elle un visage à n'inspirer
que la passion? Et même, à présent, ce visage peut-il l'inspirer? Il provoque une impression de souffrance, il saisit
l'âme tout entière, il... Et un souvenir douloureux, poignant,
traversa soudain le cœur du prince.

Oui, poignant. Il se rappela combien, dernièrement encore,
il avait souffert quand, pour la première fois, il avait remarqué en elle des symptômes de folie. Alors c'était presque
du désespoir qu'il avait éprouvé. Et comment avait-il pu la
laisser partir lorsqu'elle l'avait quitté pour revenir à Rogojine? Il aurait dû courir lui-même après elle, au lieu d'attendre
qu'on lui donnât des nouvelles de la fugitive. Mais... est-il
possible que Rogojine ne se soit pas encore aperçu qu'elle

est folle? Hum... Rogojine explique tout par d'autres causes, par la passion! Et quelle jalousie insensée! Que signifie le projet dont il a parlé tantôt? Qu'est-ce qu'il a voulu dire? (Le prince rougit tout à coup et quelque chose comme un frisson agita son cœur.)

Pourquoi, du reste, penser à cela? Ici, il y a de la folie des deux côtés. Un amour passionné du prince pour cette femme pourrait à peine se concevoir, ce serait presque de l'inhumanité, de la barbarie. Oui, oui! Non, Rogojine se calomnie; il a un grand cœur, capable de souffrir et de compatir. Quand il saura toute la vérité, quand il aura reconnu combien est à plaindre cette créature détraquée, privée de raison, — ne lui pardonnera-t-il pas alors tout le passé, tout ce qu'il a souffert? Ne deviendra-t-il pas son serviteur, son frère, son ami, sa providence? La compassion sera pour Rogojine lui-même une école où il se formera. La compassion est la principale et peut-être la seule loi de l'existence humaine. Oh! quel tort impardonnable il s'est donné, combien il a été bassement injuste envers Rogojine! Non, ce n'est pas « l'âme russe » qui est « pleine de ténèbres », c'est la sienne qui est ténébreuse, s'il a pu imaginer une telle abomination! Pour quelques paroles chaudes et cordiales dites à Moscou, Rogojine l'appelle son frère, et lui... Mais c'est l'effet de la maladie, d'un délire! Tout cela va se dissiper!... De quel air sombre Rogojine a dit tantôt qu'il perdait la foi! Cet homme doit cruellement souffrir. Il aime, dit-il, à regarder ce tableau; non, il ne le contemple pas volontiers, mais il éprouve sans doute un besoin de le contempler. Rogojine n'est pas seulement une âme passionnée; c'est un lutteur : il veut reconquérir de vive force sa foi perdue. C'est maintenant pour lui un martyre que d'en être privé... Oui! croire à quelque chose! Croire à quelqu'un! Et qu'il est étrange pourtant, ce tableau de Holbein!... Ah! voici la rue! Tiens, ce doit être cette maison-ci, nº 16, « maison de la veuve du secrétaire de collège Filisoff ». C'est ici!

Le prince sonna et demanda Nastasia Philippovna.

La maîtresse du logis lui répondit elle-même que Nastasia Philippovna était partie dans la matinée pour se rendre à Pavlovsk, chez Daria Alexievna, et que peut-être elle y resterait plusieurs jours. Madame Filisoff était une petite femme de quarante ans, elle avait un visage en lame de couteau et des yeux perçants dont le regard dénotait l'astuce. Quand, avec une certaine apparence de mystère, elle demanda le nom du visiteur, celui-ci refusa d'abord de le donner, mais presque aussitôt après il se ravisa et insista vivement pour qu'on remît son nom à Nastasia Philippovna. Ces instances attirèrent l'attention particulière de madame Filisoff, et elle donna à ses traits une expression qui semblait vouloir dire : « Ne vous inquiétez pas, j'ai compris ». Évidemment, le nom du prince avait produit sur elle une impression très-forte. Le visiteur la regarda d'un air distrait, puis il se retira et reprit le chemin de son hôtel. Mais en sortant de chez madame Filisoff, il n'était plus le même que quand il avait sonné à sa porte. Un changement extraordinaire et, pour ainsi dire, instantané venait encore de s'opérer en lui : de nouveau il cheminait pâle, faible, souffrant, agité; ses genoux fléchissaient, et un sourire vague, égaré, flottait sur ses lèvres blêmes : son « idée subite » avait été tout d'un coup confirmée et justifiée... de nouveau il croyait à son démon !

Mais était-elle confirmée? Mais était-elle justifiée? Pourquoi encore ce tremblement, cette sueur froide et, dans son âme, cette obscurité glaciale? Parce que tout à l'heure encore il avait aperçu ces *yeux?* Mais il avait quitté le jardin d'Été uniquement pour les voir! C'était là son « idée subite ». Il tenait absolument à s'assurer que *là,* près de cette maison, il rencontrerait les « yeux de tantôt ». Voilà le désir fiévreux qui l'avait poussé à faire cette course, et, puisqu'il s'attendait à les voir, pourquoi donc leur présence l'avait-elle saisi, bouleversé à ce point? Oui, c'étaient *les mêmes* yeux (à présent, plus moyen d'en douter!) qui, le matin, dans la foule, lui avaient lancé un regard de flamme, au moment où il descendait du train à la gare de Nikolaïeff, les mêmes (tout à

fait les mêmes!) que, quelques heures plus tard, chez Rogojine, il avait surpris fixés sur lui par derrière. Tantôt Rogojine avait nié. « A qui appartenaient donc ces yeux? »
avait-il demandé en grimaçant un sourire. Tout à l'heure
encore, à la gare du chemin de fer de Tzarskoïé Sélo, lorsque
le prince était sur le point de monter en wagon pour se
rendre auprès d'Aglaé, il avait soudain revu ces yeux, pour
la troisième fois depuis le commencement de la journée;
alors il avait eu une terrible envie de s'avancer vers Rogojine et de *lui* dire « à qui appartenaient les yeux! » Mais il
s'était enfui éperdu de la gare et n'avait recouvré ses esprits
que devant la boutique d'un coutelier, dans l'instant où il
évaluait à soixante kopeks un couteau avec un manche en
bois de cerf. Un démon étrange, épouvantable, s'était définitivement attaché à lui et ne voulait plus le lâcher. Tandis
que le prince rêvait, assis sous un tilleul, dans le jardin d'Été,
ce démon lui avait murmuré tout bas : « Si Rogojine, depuis le
matin, s'acharne ainsi à te suivre et à épier chacune de tes
démarches, à coup sûr, en constatant que tu n'as pas pris le
train de Pavlovsk (ce qui sans doute aura été une découverte
terrible pour lui), il ne manquera pas de se rendre *là,* à cette
maison, dans la Péterbourgskaïa; il ira certainement t'y
guetter, toi qui, ce matin même, lui as donné ta parole
d'honneur que tu ne *la* verrais pas, et que tu n'étais pas
venu à Pétersbourg pour cela. » Là-dessus, le prince s'était
précipitamment dirigé vers cette maison, et quoi d'étonnant qu'il ait, en effet, rencontré là Rogojine? Il n'avait vu
qu'un homme malheureux, dans une disposition d'esprit
fort sombre mais trop facile à comprendre. Bien plus, ce
malheureux ne se cachait pas, cette fois. Oui, tantôt Rogojine avait nié, menti; mais, à la gare de Tzarskoïé Sélo, il
avait à peine dissimulé sa présence. Si l'un des deux s'était
dérobé, c'était plutôt le prince que Rogojine. Et maintenant,
près de la maison, celui-ci se tenait à cinquante pas de côté;
les bras croisés, il attendait debout sur l'autre trottoir. On
ne pouvait guère ne pas le voir et il semblait s'être mis

exprès en évidence. Il était là comme un accusateur, comme
un juge, et non comme... et non comme quoi?

Mais pourquoi donc, au lieu de s'avancer vers lui, le prince
s'était-il éloigné sans avoir l'air de le remarquer, quoique
leurs yeux se fussent rencontrés? (Oui, leurs yeux s'étaient
rencontrés! les deux hommes avaient échangé un regard.)
Est-ce que tantôt lui-même ne voulait pas le prendre par le
bras et aller *là* avec lui? Lui-même ne se proposait-il pas
d'aller le lendemain lui dire qu'il avait été chez elle? Est-ce
que tout à l'heure, arrivé à mi-chemin de la maison, il
n'avait pas triomphé de son démon et senti une joie soudaine inonder son âme? Ou bien y avait-il, en effet, aujour-
d'hui chez Rogojine, c'est-à-dire dans l'ensemble de ses
paroles, de ses mouvements, de ses actes, de ses regards,
quelque chose qui fût de nature à justifier les affreux pres-
sentiments du prince et les odieuses insinuations de son démon? Ce je ne sais quoi qui saute aux yeux, mais qu'il est
difficile d'analyser et de raconter, dont on ne peut se rendre
un compte exact, et qui pourtant impressionne au point de
déterminer la conviction?...

Quelle conviction? (Oh! combien la monstruosité de cette
conviction faisait souffrir le prince, et quels reproches il
s'adressait à lui-même!) Dis donc, si tu l'oses, en quoi elle
consiste! ne cessait-il de se répéter avec un accent de défi,
— formule toute ta pensée, aie le courage de l'exprimer
nettement, clairement, sans détours! Oh! je suis un misé-
rable! poursuivit-il indigné, rouge de honte, — comment
désormais pourrai-je lever les yeux sur cet homme! Oh!
quelle journée! Oh! Dieu, quel cauchemar!

Ainsi se désolait le prince en revenant de la Péterbourgskaïa. Arrivé au terme de cette longue et pénible route, il
éprouva soudain un violent désir, celui d'aller à l'instant chez
Rogojine : quand ce dernier rentrerait, le prince l'embras-
serait avec confusion, avec larmes; il lui dirait tout, et ce
serait une affaire finie. Mais déjà il était près de son hôtel...
Combien lui avaient déplu tantôt cet hôtel, ces corridors,

toute cette maison, sa chambre! A première vue, il avait pris
tout cela en aversion, et plusieurs fois, durant la journée,
son cœur s'était soulevé à la pensée qu'il lui faudrait y revenir..... « Mais qu'est-ce que c'est? Voilà que, comme une
femme malade, je crois aujourd'hui à toute sorte de pres-
sentiments! » se dit-il, et tandis qu'il se moquait ainsi de lui-
même, il s'arrêta devant la grand'porte. Parmi les circonstances de la journée, il y en avait une surtout qui en ce
moment occupait son esprit, mais maintenant il l'envisageait
avec sang-froid, dans la plénitude de son bon sens, et non
plus sous l'influence d'un cauchemar. Il s'était tout à coup
rappelé le couteau qu'il avait remarqué tantôt sur la table
de Rogojine. « Mais pourquoi donc, au fait, Rogojine n'au-
rait-il pas sur sa table autant de couteaux que bon lui
semble? » fit le prince, profondément étonné de ses soupçons.
Il éprouva la même surprise en songeant à sa station devant
la boutique du coutelier. « Mais enfin quel lien peut-il y
avoir!... » s'écria-t-il, et il n'acheva pas. Suffoqué de honte,
presque désespéré, il resta cloué à sa place, tout près de la
porte. C'est ce qui arrive parfois aux gens : un souvenir
insupportable, humiliant surtout, en se réveillant, a pour
effet ordinaire de paralyser momentanément chez eux la
faculté locomotrice. « Oui, je suis un homme sans cœur et
un lâche! » répéta-t-il avec irritation, et il fit un brusque
mouvement pour entrer, mais... il s'arrêta de nouveau.

Sous cette grand'porte où il ne faisait jamais bien clair,
régnait alors une obscurité profonde : en même temps que
le prince arrivait devant la maison, le nuage orageux qui
couvrait le ciel avait crevé et la pluie tombait à torrents.
Lorsque Muichkine, resté un instant immobile, voulut s'arracher de sa place, il aperçut tout à coup, dans la pénombre,
un homme qui se trouvait du côté intérieur de la porte,
tout à l'entrée de l'escalier. Cet homme semblait attendre
quelque chose, mais il disparut immédiatement. Le prince
n'eut pas le temps de l'examiner, et, sans doute, il n'aurait
pu dire avec certitude qui c'était. D'ailleurs, dans un hôtel,

il y a un continuel va-et-vient de gens qui entrent et qui
sortent. Mais aussitôt il fut persuadé, entièrement, invinci-
blement persuadé qu'il avait reconnu cet homme, que c'était
Rogojine. Au bout d'un instant, le prince, dont le cœur dé-
faillait, s'élança à sa suite dans l'escalier. « Tout va être
éclairci! » murmurait-il à part soi avec une conviction
étrange.

L'escalier qu'il montait si précipitamment conduisait aux
corridors du premier et du second étage, le long desquels
étaient situées les chambres de l'hôtel. Comme dans toutes
les vieilles maisons, c'était un escalier de pierre, étroit et
sombre, qui tournait autour d'un gros pilier. Au niveau du
premier étage, ce pilier présentait un enfoncement, une sorte
de niche, large d'un pas environ, et d'une profondeur moitié
moindre. Un homme pourtant aurait pu s'y introduire. Malgré l'obscurité, le prince, en arrivant sur le palier, s'aperçut
tout de suite que quelqu'un était caché dans cette niche. Il
voulut passer à côté sans regarder à droite, mais, après
avoir fait un pas, il ne put s'empêcher de retourner la tête.

Les deux yeux de tantôt, *les mêmes,* s'offrirent soudain à
son regard. L'homme qui se cachait là avait aussi fait un
pas hors de la niche. Pendant une seconde, tous deux restèrent face à face, si rapprochés qu'ils se touchaient presque.
Tout à coup le prince saisit Rogojine par les épaules et le
ramena en arrière, vers l'escalier, pour mieux examiner ses
traits.

Un éclair s'alluma dans les yeux de Parfène Séménitch,
une rage forcenée se manifesta sur son visage défiguré par
un affreux sourire. Sa main droite se leva, brandissant
quelque chose qui brillait dans l'obscurité; le prince ne
pensa pas à l'arrêter. Autant qu'il s'en souvint plus tard, il
se contenta de crier :

— Parfène, je ne le crois pas !...

Puis il lui sembla voir tout à coup quelque chose s'entr'ouvrir devant lui : une lumière *intérieure* extraordinaire
éclaira son âme. Cela dura peut-être une demi-seconde;

néanmoins le prince garda un souvenir très-net du commencement, des premiers cris qui s'échappèrent spontanément de sa poitrine et que tous ses efforts eussent été impuissants à contenir. Ensuite la conscience s'éteignit en lui.

C'était un retour de la maladie qui depuis fort longtemps déjà l'avait quitté. On sait avec quelle soudaineté se produisent les attaques d'épilepsie. En un clin d'œil le visage se décompose effroyablement, l'altération du regard est surtout frappante. Des convulsions s'emparent de tout le corps et crispent tous les muscles de la face. De la poitrine sortent des cris horribles, inimaginables, ne ressemblant à rien, — des cris qui n'ont plus aucun rapport avec la voix humaine. En entendant ces hurlements, il est très-difficile, sinon impossible, de se figurer que le malade lui-même les profère; on croirait plutôt qu'ils proviennent d'un autre être qui se trouve au dedans de ce malheureux. Bref, en présence d'un homme affligé du mal caduc, beaucoup de gens éprouvent une terreur indicible et même quelque peu mystique. Ce fut sans doute cette impression d'épouvante qui arrêta soudain le bras de Rogojine, déjà levé sur le prince. Celui-ci tomba tout à coup à la renverse et roula le long de l'escalier en se cognant la nuque contre les marches de pierre. A cette vue, et sans comprendre encore ce qui venait de se passer, Rogojine descendit les degrés quatre à quatre; arrivé en bas, il tourna l'obstacle humain qui lui barrait le passage, et, comme un fou, s'élança hors de l'hôtel.

Secoué par de violentes convulsions, le corps du malade avait roulé jusqu'au bas de l'escalier qui, du premier étage au rez-de-chaussée, ne comptait pas plus de quinze marches. Au bout de cinq minutes, on aperçut le prince gisant sur le sol, et un rassemblement se forma autour de lui. Comme la tête avait abondamment saigné, on se demanda d'abord si l'on était en présence d'un accident ou d'un crime. Toutefois plusieurs devinèrent bientôt qu'il s'agissait d'un cas d'épilepsie; une des personnes de la maison reconnut dans le prince un voyageur arrivé le matin à l'hôtel. A la fin, la lumière se fit tout entière, grâce à une heureuse circonstance.

Après avoir promis d'être à la *Balance* pour quatre heures, Kolia Ivolguine s'était néanmoins rendu à Pavlovsk; mais il refusa de dîner chez la générale Épantchine, et, revenu à Pétersbourg, se hâta d'aller à la *Balance,* où il arriva vers sept heures du soir. Le mot laissé par le prince lui ayant appris que ce dernier était en ville, il courut immédiatement à l'adresse indiquée sur le billet. Lorsqu'on lui eut dit, à l'hôtel, que le prince était sorti, Kolia descendit au buffet, où il attendit le retour de Muichkine en prenant du thé et en écoutant jouer de l'orgue. Sur ces entrefaites, le hasard voulut qu'il entendît parler autour de lui d'une attaque survenue à quelqu'un; mû par un pressentiment, il alla aussitôt à l'endroit où se trouvait le malade, et il reconnut le prince. Sur-le-champ furent prises les mesures nécessaires. On transporta le prince dans sa chambre. Il revint à lui, mais il fut assez longtemps sans recouvrer toute sa connaissance. Le docteur appelé pour examiner les plaies de la tête prescrivit une fomentation et déclara que ces contusions n'avaient absolument rien de dangereux. Une heure après, le prince commençant à avoir une conscience assez nette de ce qui l'entourait; Kolia le fit monter en voiture et l'emmena chez Lébédeff. L'employé reçut le malade avec les plus grandes démonstrations de dévouement et de respect. Il hâta même à cause de lui le départ pour la campagne; le surlendemain, tout le monde se rendit à Pavlovsk.

VI

La villa de Lébédeff était petite, mais commode et même jolie. La partie destinée à être mise en location avait été ornée avec un soin particulier. Sur la terrasse assez vaste qui s'étendait devant la maison on voyait une rangée d'orangers, de citronniers et de jasmins plantés dans de grandes caisses de bois peintes en vert. Ces arbres, suivant Lébédeff, donnaient à sa propriété un aspect vraiment enchanteur. Quelques-uns se trouvaient déjà là lorsqu'il avait fait l'acquisition de l'immeuble; charmé de l'effet qu'ils produisaient, il s'empressa d'en acheter d'autres pour les joindre aux premiers. Quand les caisses contenant ces végétaux exotiques eurent été amenées à la villa et mises en place, Lébédeff sortit à plusieurs reprises de chez lui pour aller dans la rue jouir du coup d'œil, et chaque fois il grossissait mentalement la somme qu'il comptait demander à son futur locataire.

Dans l'état d'affaissement physique et moral où le prince se trouvait, cette maison de campagne lui plut beaucoup. Du reste, le jour du départ pour Pavlovsk, c'est-à-dire le surlendemain de l'accès, il avait à peu près recouvré les apparences de la santé, quoique, en fait, il se sentît encore souffrant. Tous les visages qui l'entouraient depuis trois jours lui causaient une impression agréable : il était bien aise de voir, non-seulement Kolia, devenu son inséparable, mais toute la famille de Lébédeff (sauf le neveu, qui avait disparu de la maison) et Lébédeff lui-même. Ce fut aussi avec plaisir qu'avant de quitter Pétersbourg, il reçut la visite du général Ivolguine.

Il était déjà tard quand on arriva à Pavlovsk; ce même jour, néanmoins, plusieurs personnes vinrent voir le prince et se réunirent sur la terrasse de la villa. Gania se présenta le premier. Le prince eut peine à le reconnaître, tant le jeune homme était changé et maigri. Ensuite se montrèrent Varia et Ptitzine, qui étaient aussi en villégiature dans la localité. Quant au général Ivolguine, il ne bougeait pour ainsi dire pas de chez Lébédeff et semblait avoir transféré en même temps que lui ses pénates à Pavlovsk. Lébédeff l'empêchait autant que possible d'approcher du prince et s'efforçait de le tenir près de lui; l'employé parlait à Arda-

lion Alexandrovitch comme à un ami; on aurait pu les
prendre pour de vieilles connaissances. Le prince remarqua
durant ces trois jours qu'ils avaient parfois de longues conversations ensemble : on les entendait souvent crier, discuter : ils devaient même s'entretenir de matières scientifiques, ce qui, évidemment, faisait plaisir à Lébédeff. Il
paraissait ne pouvoir se passer du général. Mais ce n'était
pas seulement Ardalion Alexandrovitch, c'était aussi sa
propre famille que Lébédeff cherchait à écarter du prince,
depuis qu'on s'était transféré à la campagne. Sous prétexte
que son locataire avait besoin de repos, il avait établi
autour de lui une sorte de cordon sanitaire. En vain Muichkine protestait contre ce luxe de précautions, Lébédeff frappait du pied et s'empressait d'éloigner ses filles, sans même
en excepter Viéra, sitôt que celles-ci faisaient mine de se
diriger vers la terrasse où se trouvait le prince.

— D'abord, elles n'auront plus aucun respect, si on leur
laisse prendre tant de liberté; et en second lieu c'est même
inconvenant pour elles... finit-il par déclarer en réponse à
une question directe du prince.

— Mais pourquoi donc? répliqua ce dernier : — vraiment,
toute cette surveillance que vous exercez m'assomme, et
voilà tout. Seul, je m'ennuie, je vous l'ai déjà dit plusieurs
fois, et vous-même vous ne faites que m'agacer encore plus
avec vos continuels mouvements de mains et vos mystérieuses allées et venues.

Le fait est que Lebédeff, si jaloux de protéger contre
tout importun la tranquillité du malade, entrait lui-même
presque à chaque instant chez le prince. Régulièrement il
commençait par entre-bâiller la porte, passait sa tête par
l'ouverture et parcourait des yeux la chambre, comme pour
s'assurer que le prince était là, qu'il n'avait pas pris la fuite;
puis, marchant sur la pointe du pied, Lébédeff s'approchait
tout doucement du fauteuil de son locataire, que cette subite
apparition effrayait parfois. Il ne manquait jamais de s'informer si le prince n'avait besoin de rien; quand celui-ci,

à la fin, lui disait de le laisser en repos, il obéissait silencieusement, tournait sur ses talons, et, tout en se dirigeant
à pas de loup vers la porte, ne cessait d'agiter les bras
comme pour faire signe que sa visite n'avait pas d'importance, qu'il ne dirait pas un mot de trop, qu'il sortait et
ne reviendrait pas ; cela pourtant ne l'empêchait point de
reparaître au bout de dix minutes ou d'un quart d'heure.
Kolia avait libre accès auprès du prince, ce dont Lébédeff
était tout à fait désolé, indigné même. Lorsque les deux
amis causaient ensemble, il passait une demi-heure à
écouter leur conversation derrière la porte. Kolia s'en
aperçut, et, naturellement, fit part de cette découverte au
prince.

— Vous vous croyez donc mon maître pour me tenir
ainsi sous clef? dit vivement ce dernier à son propriétaire;
— du moins, à la campagne, j'entends qu'il en soit autrement. Soyez persuadé que je recevrai qui je voudrai et que
j'irai où il me plaira.

— Sans le plus petit doute, répondit Lébédeff en agitant
les bras.

Le prince le regarda fixement des pieds à la tête.

— Eh bien, Loukian Timoféiévitch, vous avez transporté
ici la petite armoire que vous aviez, dans votre chambre à
coucher, au-dessus de votre chevet?

— Non, je l'ai laissée là.

— Pas possible !

— On ne peut pas la déplacer, il faudrait pratiquer une
brèche dans la muraille... Elle tient bien.

— Mais vous avez peut-être la pareille ici?

— J'en ai même une meilleure, une meilleure; c'est même
ce qui m'a décidé à acheter cette maison de campagne.

— A-ah ! Qui avez-vous refusé d'introduire auprès de moi
tantôt? Il y a une heure.

— C'est..... c'est le général. En effet, je ne l'ai pas introduit, et il n'a pas besoin d'aller chez vous. Prince, cet
homme, je l'estime profondément; c'est..... c'est un grand

homme, vous ne le croyez pas? Eh bien, vous verrez, mais pourtant..... vous feriez mieux, excellentissime prince, de ne pas le recevoir chez vous.

— Pourquoi cela? permettez-moi de vous le demander. Pourquoi aussi, Lébédeff, marchez-vous maintenant sur la pointe des pieds et vous approchez-vous toujours de moi comme si vous vouliez me glisser un secret dans l'oreille?

— Je suis bas, je suis bas, je le sens, reprit l'employé, et, en faisant cette réponse inattendue, il se frappait la poitrine d'un air contrit, — mais le général ne sera-t-il pas trop hospitalier pour vous?

— Comment, trop hospitalier?

— Oui. D'abord, il se propose d'habiter chez moi; soit, mais il ne doute de rien, il se fourre tout de suite dans la famille. Plusieurs fois déjà nous avons examiné ensemble nos parentés respectives; il s'est trouvé que nous étions beaux-frères. Vous êtes aussi, paraît-il, du côté maternel, son neveu à la mode de Bretagne; il me l'a encore expliqué hier. Si vous êtes son neveu, il en résulte, excellentissime prince, que je suis aussi votre parent. Passe encore pour cela, c'est une petite faiblesse, mais tout à l'heure il m'assurait que toute sa vie, depuis sa nomination au grade d'enseigne jusqu'au 11 juin de l'année dernière, il a eu chaque jour à sa table au moins deux cents personnes. Finalement, il a été jusqu'à me dire qu'on ne se levait même pas de table : on dînait, on soupait et on prenait le thé pendant quinze heures consécutives; cela a duré ainsi trente années de suite sans la moindre interruption; à peine prenait-on le temps de changer la nappe. Quand quelqu'un s'en allait, il était aussitôt remplacé par un autre. Les jours de fête, le général avait chez lui jusqu'à trois cents convives, et il en a même eu sept cents lorsque a été célébré le millième anniversaire de la fondation de l'empire russe. C'est une passion, on est inquiet quand on apprend cela; il est terrible de recevoir chez soi des gens qui font si grandement les choses; aussi, je me demandais si un pareil homme ne serait pas trop hospitalier pour vous et pour moi.

— Mais vous avez, paraît-il, les meilleures relations avec lui?

— Des relations fraternelles; je prends cela comme une plaisanterie; que nous soyons beaux-frères, peu m'importe, — c'est plutôt un honneur pour moi. Même à travers les deux cents personnes et le millième anniversaire de l'empire russe, je distingue en lui un homme très-remarquable. Je parle sincèrement. Tout à l'heure, prince, vous disiez qu'en m'approchant de vous j'avais l'air de vouloir vous confier un secret; eh bien, justement, j'en ai un à vous communiquer : une certaine personne vient de me faire savoir qu'elle désirerait beaucoup avoir une entrevue secrète avec vous.

— Pourquoi donc secrète? En aucune façon. J'irai moi-même chez elle, peut-être aujourd'hui.

— Pas du tout, pas du tout, reprit Lébédeff en agitant le bras; — si elle a peur, ce n'est pas de ce que vous croyez. A propos : le monstre vient chaque jour s'informer de votre santé, savez-vous cela?

— Vous le traitez trop souvent de monstre, cela m'est très-suspect.

— Vous ne pouvez avoir aucun soupçon, aucun, répondit aussitôt Lébédeff, — je voulais seulement vous dire que la personne en question n'a pas peur de lui, et que sa crainte est tout autre, tout autre.

— Mais de quoi donc a-t-elle peur? dites-le tout de suite, fit le prince, impatienté, en voyant les grimaces mystérieuses de son interlocuteur.

— C'est précisément là le secret.

Et Lébédeff sourit.

— Le secret de qui?

— Le vôtre. Vous-même m'avez défendu, excellentissime prince, de parler devant vous... murmura l'employé, et heureux d'avoir irrité au plus haut point la curiosité de Muichkine, il acheva brusquement : — Elle a peur d'Aglaé Ivanovna.

Le prince fronça le sourcil et garda le silence pendant une minute.

— Vraiment, Lébédeff, je quitterai votre maison, dit-il tout à coup. — Où sont Gabriel Ardalionovitch et les Ptitzine? Chez vous? Vous les avez aussi fait entrer chez vous?

— Ils vont venir, ils vont venir. Et même le général les suivra. J'ouvrirai toutes les portes et j'appellerai toutes mes filles, toutes, à l'instant, à l'instant, fit à voix basse Lébédeff effrayé, et il courut d'une porte à l'autre en agitant les bras.

Kolia se montra en ce moment sur la terrasse; il arrivait du dehors et il annonça qu'Élisabeth Prokofievna le suivait, accompagnée de ses trois filles.

Ému de cette nouvelle, Lébédeff s'approcha vivement du prince.

— Faut-il ou non faire entrer les Ptitzine et Gabriel Ardalionovitch? Faut-il introduire le général? demanda-t-il.

— Pourquoi pas? Tous ceux qui veulent me voir! Je vous assure, Lébédeff, que dès le début vous avez mal compris ma situation; vous êtes dans une erreur continuelle. Je n'ai pas le plus petit motif pour me cacher à qui que ce soit, répondit gaiement le prince.

En le voyant rire, Lébédeff crut devoir rire aussi. Quoique extrêmement agité, l'employé éprouvait une satisfaction visible.

Kolia avait dit vrai : il précédait seulement de quelques pas les dames Épantchine. Tandis qu'elles arrivaient de la terrasse, d'autres visiteurs qui se trouvaient déjà dans la maison, mais chez Lébédeff, firent aussi leur apparition : c'étaient les Ptitzine, Gania et Ardalion Alexandrovitch.

Il n'y avait qu'un instant que la famille Épantchine avait appris, par Kolia, la maladie du prince et son installation à la campagne. Jusqu'alors la générale était restée dans une pénible incertitude. L'avant-veille, Ivan Fédorovitch avait communiqué aux siens la carte du prince et il n'en avait pas fallu davantage pour persuader à Élisabeth Prokofievna que Muichkine allait immédiatement leur faire visite à Pavlovsk. Les demoiselles eurent beau objecter qu'il n'y avait peut-être pas lieu de compter sur un tel empressement de la part d'un homme qui n'avait pas écrit un mot depuis six mois, et qui, d'ailleurs, pouvait être retenu à Pétersbourg par des affaires, ces observations ne servirent qu'à irriter la générale; elle était prête à parier que le prince arriverait le lendemain, « au plus tard ». Le lendemain, elle l'attendit pendant toute la matinée, puis pour le dîner, puis enfin pour le soir; quand la nuit fut tout à fait venue, Élisabeth Proko-fievna, prise de colère, se mit à quereller son entourage à propos de tout, sans souffler mot, naturellement, de celui qui était la vraie cause de sa mauvaise humeur. Toute la journée suivante, elle garda le même silence au sujet du prince. Pendant le dîner, une parole imprudente d'Aglaé donna lieu à un petit incident. « Maman est fâchée parce que le prince ne vient pas », lâcha inopinément la jeune fille. Là-dessus, le général ayant fait remarquer que « ce n'était pas sa faute », Élisabeth Prokofievna se leva et sortit furieuse de la salle à manger. Enfin, vers le soir, Kolia arriva et il raconta tout ce qu'il savait concernant les aventures du prince. Au bout du compte, la générale triomphait; néan-moins Kolia reçut une forte semonce : «Il flâne ici des jour-nées entières, on ne peut pas se débarrasser de lui, et, quand il devrait venir, il ne vient pas; il aurait bien pu envoyer un mot s'il ne jugeait pas à propos de se déranger. » En s'entendant dire qu' « on ne pouvait pas se débarrasser de lui », Kolia aurait volontiers pris la mouche, mais il se réserva de manifester son mécontentement une autre fois, et même, si le mot avait été moins blessant, peut-être l'au-rait-il pardonné, tant lui plaisaient l'agitation et l'inquié-tude d'Élisabeth Prokofievna à la nouvelle de la maladie du prince. Elle insista longtemps sur la nécessité d'envoyer tout de suite un exprès à Pétersbourg et de faire venir par le premier train une célébrité médicale de première gran-

deur. Ses filles l'en dissuadèrent ; toutefois elles ne voulurent
pas rester en arrière de leur maman, lorsque celle-ci se dis-
posa à aller voir le malade.

— Il est au lit de mort, dit avec animation Élisabeth Prokofievna, — et nous ici, nous observerons encore l'étiquette?
Est-il ou n'est-il pas un ami de notre maison?

— Mais il ne faut pas entrer dans l'eau sans avoir sondé le
gué, observa Aglaé.

— Eh bien, n'y va pas. D'ailleurs, il vaut mieux que tu
restes ici. Eugène Pavlitch va venir, il n'y aurait personne
pour le recevoir.

Après ces paroles, Aglaé, comme bien on pense, s'empressa
de se joindre à sa mère et à ses sœurs, ce qui, du reste, avait
toujours été son intention. Le prince Chtch... était venu
voir Adélaïde, et, sur la demande de la jeune fille, il consentit immédiatement à accompagner les dames. Dès les
premiers temps de sa liaison avec la famille Épantchine, il
avait entendu parler du prince dans cette maison, et ce qu'on
lui en avait dit l'avait fort intéressé. Lui-même se trouvait
connaître Muichkine : trois mois auparavant ils s'étaient rencontrés quelque part et avaient passé quinze jours ensemble
dans une petite ville. Chtch... avait raconté aux dames
diverses particularités sur le prince, et, en général, il parlait
de lui en termes très-sympathiques. Aussi ce fut avec un
sincère plaisir qu'il accepta la proposition de faire visite à
une ancienne connaissance. Cette fois Ivan Fédorovitch ne
se trouvait pas à la maison. Eugène Pavlovitch n'était pas
encore arrivé non plus.

De la villa des Épantchine à celle de Lébédeff il n'y avait
pas plus de trois cents pas. En entrant chez le prince, ce fut
pour Élisabeth Prokofievna une première contrariété d'apercevoir autour de lui toute une société, sans compter que parmi
ces visiteurs il y en avait deux ou trois qu'elle détestait
cordialement. Ensuite, la générale, qui s'attendait à trouver
un moribond, fut fort étonnée quand elle vit s'avancer au-
devant d'elle un jeune homme souriant, mis avec élégance,

et, autant qu'on en pouvait juger à première vue, très-bien portant. Elle demeura stupéfaite, et son désappointement causa un plaisir extraordinaire à Kolia. Sans doute il aurait très-bien pu la détromper avant qu'elle sortît de sa villa, mais le malicieux gymnasiste n'avait eu garde de le faire, pressentant la colère comique que ne manquerait pas d'éprouver la générale lorsqu'elle trouverait le prince, son cher ami, en bonne santé. Kolia poussa même l'indélicatesse jusqu'à s'applaudir tout haut de son succès, pour achever de vexer Élisabeth Prokofievna, avec qui, nonobstant leurs relations d'amitié, il était continuellement en pique.

— Attends un peu, mon cher, ne te presse pas, ne gâte pas ton triomphe! répondit-elle en prenant place sur un fauteuil que le prince lui avait avancé.

Lébédeff, Ptitzine et Ardalion Alexandrovitch se hâtèrent de faire asseoir les jeunes filles. Le général offrit une chaise à Aglaé. Lébédeff en présenta une aussi au prince Chtch..., ce qu'il fit en s'inclinant jusqu'à la ceinture. Varia, comme de coutume, échangea à voix basse de chaleureux compliments avec les demoiselles.

— C'est vrai, prince, que je croyais te trouver au lit, tant la peur m'avait grossi les choses, et, pourquoi mentirais-je? sur le moment ta bonne mine m'a mise en colère, mais, je te le jure, cela n'a duré qu'une minute, je n'avais pas encore eu le temps de réfléchir. Quand je réfléchis, je parle et j'agis toujours plus intelligemment; je crois qu'il en est de même de toi. En réalité, la guérison de mon propre fils, si j'en avais un, me ferait peut-être moins de plaisir que la tienne; si tu ne le crois pas, c'est pour toi qu'est la honte et non pour moi. Mais ce méchant garçon se permet de me jouer bien d'autres tours. Tu le protéges, paraît-il; aussi je te préviens qu'un beau matin je me priverai, sois-en sûr, de l'honneur et du plaisir de cultiver plus longtemps sa connaissance.

— Mais de quoi suis-je donc coupable? cria Kolia : — j'aurais eu beau vous assurer que le prince était presque

rétabli, vous n'auriez pas voulu me croire, parce qu'il était
beaucoup plus intéressant de se le représenter au lit de mort.

— Pour combien de temps es-tu ici? demanda Élisabeth
Prokofievna au prince.

— Pour tout l'été et, peut-être, pour plus longtemps.

— Tu es seul? Tu n'es pas marié?

— Non, je ne suis pas marié, répondit le prince, que cette
pointe naïvement lancée fit sourire.

— Pourquoi souris-tu? ce sont des choses qui arrivent.
Parlons maintenant de ton habitation : pourquoi n'es-tu pas
venu loger chez nous? Nous avons tout un pavillon qui est
inoccupé. Du reste, fais comme tu veux. C'est là ton propriétaire? demanda-t-elle à demi-voix en montrant d'un
signe de tête Lébédeff. — Pourquoi fait-il toujours des grimaces?

En ce moment, Viéra, qui portait, comme toujours, le
baby dans ses bras, sortit de la maison et s'approcha de la
terrasse. Lébédeff tournait autour des chaises et ne savait
décidément où se mettre, mais il ne songeait nullement à
s'en aller. Il n'eut pas plutôt aperçu sa fille qu'il s'élança
vers elle en agitant les bras pour l'éloigner de la terrasse;
il s'oublia même jusqu'à frapper du pied.

— Il est fou? dit brusquement la générale.

— Non, il...

— Il est ivre, peut-être? Ta société n'est pas des mieux
composées, ajouta-t-elle après avoir embrassé du regard
les autres visiteurs; — mais quelle jolie jeune fille! Qui est-ce?

— C'est Viéra Loukianovna, la fille de ce Lébédeff.

— Ah!... Elle est fort gentille. Je veux faire sa connaissance.

A peine Lébédeff eut-il entendu ces paroles qu'il courut
chercher Varia pour la présenter à la générale.

— Des orphelins, des orphelins! commença-t-il d'un ton
pathétique en s'approchant d'Élisabeth Prokofievna; — et
cet enfant qu'elle a sur les bras est aussi un orphelin : c'est
sa sœur, ma fille Luboff, née, en légitime mariage, de ma

défunte épouse Hélène, qui, il y a de cela six semaines, est
morte en couches, par la volonté de Dieu... oui... elle lui
tient lieu de mère, quoiqu'elle ne soit que sa sœur et rien
de plus que sa sœur... rien de plus, rien de plus...

— Et toi, batuchka, tu n'es rien de plus qu'un imbécile,
excuse-moi. Allons, assez, tu le comprends toi-même, je
pense, répliqua la générale avec une indignation extraordinaire.

Lébédeff s'inclina profondément.

— C'est la vérité vraie! répondit-il avec le plus grand
respect.

— Écoutez, monsieur Lébédeff, on dit que vous expliquez
l'Apocalypse, est-ce vrai? demanda Aglaé.

— C'est la vérité vraie... depuis quinze ans.

— J'ai entendu parler de vous. Il a même été question de
vous dans les journaux, je crois?

— Non, c'est d'un autre commentateur que les journaux
ont parlé, mais celui-là est mort, et c'est moi qui l'ai remplacé, dit Lébédeff ivre de joie.

— Nous sommes voisins, ayez donc la bonté de venir un
de ces jours m'expliquer l'Apocalypse; je n'y comprends rien.

— Je ne puis pas ne pas vous prévenir, Aglaé Ivanovna,
que tout cela n'est de sa part que du charlatanisme, intervint brusquement le général Ivolguine, qui s'était assis à
côté d'Aglaé et depuis longtemps brûlait de lui adresser la
parole; — sans doute la campagne a ses droits et ses plai-
sirs, continua Ardalion Alexandrovitch, — et recevoir un
intrus si extraordinaire pour l'entendre pérorer sur l'Apocalypse, est une fantaisie comme une autre, je dirai même
une fantaisie remarquable au point de vue de l'esprit, mais
je..... Vous avez l'air de me regarder avec étonnement? Le
général Ivolguine, j'ai l'honneur de me présenter. Je vous ai
portée sur mes bras, Aglaé Ivanovna.

— Enchantée. Je connais Barbara Ardalionovna et Nina
Alexandrovna, murmura la jeune fille, qui faisait tous ses
efforts pour ne pas éclater de rire.

Élisabeth Prokofievna rougit de colère. Elle ne pouvait souffrir le général, qu'elle avait connu autrefois, mais avec qui, depuis fort longtemps, elle avait cessé toutes relations.

— Tu mens, selon ton habitude, batuchka, jamais tu ne l'as portée sur tes bras, dit-elle d'une voix indignée à Ardalion Alexandrovitch.

— Vous l'avez oublié, maman, mais la vérité est qu'il m'a portée, à Tver, assura soudain Aglaé. — Nous habitions alors Tver. C'était quand j'avais six ans, je m'en souviens. Il m'a fait un arc et une flèche, il m'a appris à tirer, et j'ai tué un pigeon. Vous rappelez-vous le pigeon que nous avons tué ensemble?

— Et à moi il a apporté un casque de carton et une épée de bois, je m'en souviens aussi! cria Adélaïde.

— Moi aussi, je me le rappelle, ajouta Alexandra : — vous vous êtes querellées à propos du pigeon blessé, et on vous a mises chacune dans un coin; Adélaïde est restée là avec son casque et son épée.

En disant à Aglaé qu'il l'avait portée sur ses bras, le général ne croyait dire qu'une parole en l'air : c'était un simple préambule pour engager la conversation, une phrase dont il avait coutume de se servir chaque fois qu'il voulait entrer en rapport avec des jeunes gens. Mais, dans le cas présent, il se trouva avoir dit la vérité, et une vérité que lui-même avait oubliée. Aussi, lorsque Aglaé lui eut rappelé le pigeon qu'ils avaient tué ensemble, la mémoire du vieillard se réveilla instantanément, et, comme il arrive souvent au déclin de l'âge, tous les détails d'un passé lointain se représentèrent à lui. Il serait difficile de dire ce qui, dans ces souvenirs, pouvait affecter si vivement le pauvre général, alors un peu gris, selon son habitude. Quoi qu'il en soit, il éprouva soudain une émotion extraordinaire.

— Je m'en souviens, je me rappelle tout! s'écria-t-il. — J'étais alors capitaine d'état-major. Vous étiez si mignonne, si gentillette! Nina Alexandrovna... Gania... J'ai été chez vous... j'y étais reçu. Ivan Fédorovitch...

— Et tu vois où tu en es arrivé maintenant! reprit la

générale. — Pourtant tu n'as pas noyé dans la boisson tout
sentiment noble, puisque cela a produit un tel effet sur toi!
Mais tu as empoisonné l'existence de ta femme. Au lieu
d'être un guide pour tes enfants, tu t'es fait mettre dans une
prison pour dettes. Retire-toi d'ici, batuchka, va te cacher
quelque part, derrière une porte, dans un petit coin, et
pleure; rappelle-toi ton ancienne innocence, peut-être que
Dieu te pardonnera. Va donc, va, je te parle sérieusement.
Le meilleur moyen de se corriger, c'est de songer au passé
avec regret.

Mais elle aurait pu se dispenser d'insister : le général avait
la sensibilité des ivrognes d'habitude et, comme tous les
individus que la boisson a fait déchoir d'une position brill-
lante, il ne songeait à son heureux passé qu'avec un cruel
chagrin. Il se leva et, docilement, se dirigea vers la porte.
Cette humilité désarma aussitôt Élisabeth Prokofievna.

— Ardalion Alexandrovitch, batuchka! lui cria-t-elle : —
reste encore une petite minute; nous sommes tous pécheurs;
quand tu sentiras que ta conscience t'adresse moins de
reproches, viens chez moi, nous passerons un moment
ensemble, nous jaserons sur le passé. Moi-même, je suis
peut-être cinquante fois plus coupable que toi; allons, maintenant adieu, va-t'en, tu n'as que faire ici... acheva-t-elle,
prise d'une inquiétude soudaine en le voyant revenir.

— Pour le moment, vous feriez mieux de ne pas le sur-
veiller, dit le prince à Kolia, qui s'élançait déjà sur les pas
de son père. — Autrement, d'ici à une minute il se fâchera,
et rien ne subsistera de ses bonnes dispositions présentes.

— C'est juste, laisse-le tranquille; tu iras le retrouver
dans une demi-heure, décida Élisabeth Prokofievna.

— Voilà ce que c'est que de faire entendre la vérité à un
homme, ne fût-ce qu'une fois dans sa vie; il a été ému jusqu'aux larmes! se permit d'observer Lébédeff.

— Eh bien, toi aussi, batuchka, tu dois être quelque chose
de propre, si ce que j'ai entendu dire est vrai, lui envoya
immédiatement Élisabeth Prokofievna.

Peu à peu se précisa la situation réciproque des diverses personnes réunies chez le prince. Celui-ci, naturellement, était en mesure d'apprécier et appréciait tout l'intérêt que lui témoignaient la générale et ses filles. Il leur déclara que lui-même, avant leur visite, avait l'intention de les aller voir, nonobstant sa maladie et malgré l'heure avancée. Élisabeth Prokofievna lui répondit, en regardant les visiteurs, que rien ne l'empêchait de mettre sur-le-champ ce projet à exécution. Ptitzine, homme très-poli, ne tarda pas à battre en retraite vers le pavillon de Lébédeff; il aurait bien voulu emmener l'employé avec lui. Ce dernier promit de l'aller bientôt rejoindre; Varia qui, pendant ce temps, causait avec les jeunes filles, ne bougea pas de sa place. Elle et son frère étaient fort contents du départ de leur père. Gania se retira peu après Ptitzine. Durant les quelques minutes qu'il avait passées sur la terrasse, sous les yeux des dames Épantchine, il avait eu une attitude modeste mais digne, et ne s'était nullement laissé troubler par les regards sévères d'Élisabeth Prokofievna, qui, à deux reprises, l'avait toisé des pieds à la tête. De fait, ceux qui l'avaient connu jadis pouvaient le croire très-changé. Sa manière d'être plut beaucoup à Aglaé.

— C'est Gabriel Ardalionovitch qui vient de sortir? demanda-t-elle de but en blanc.

Elle aimait assez à jeter ainsi au milieu de la conversation des autres une brusque question qui ne s'adressait à personne en particulier.

— Oui, répondit le prince.

— Je l'ai à peine reconnu. Il est bien changé et... à son avantage.

— J'en suis bien aise pour lui, reprit Muichkine.

— Il a été très-malade, fit remarquer Varia.

Elle prononça ces mots d'un ton de commisération où néanmoins perçait la joie.

L'observation d'Aglaé avait surpris et presque inquiété sa mère.

— Sous quel rapport a-t-il gagné? demanda avec colère

Élisabeth Prokofievna : — où as-tu pris cela? Il n'est pas
mieux du tout. Qu'est-ce que tu trouves mieux?

— Il n'y a rien de mieux que le « chevalier pauvre »!
cria tout à coup Kolia, inamovible derrière la chaise de la
générale.

— C'est aussi ce que je pense, dit en riant le prince Chtch...

— Je suis tout à fait de cet avis, ajouta solennellement
Adélaïde.

— Quel « chevalier pauvre »? questionna la générale intriguée, et elle regarda d'un air vexé tous ceux qui venaient
de parler; mais remarquant qu'Aglaé rougissait, elle poursuivit avec irritation : — quelque absurdité sans doute!
Qu'est-ce que ce « chevalier pauvre »?

— Est-ce la première fois que ce gamin, votre favori,
dénature les paroles d'autrui? répondit Aglaé avec une indignation mêlée de mépris.

Elle était fort sujette aux boutades, mais dans ses sorties
les plus violentes en apparence se laissait presque toujours
apercevoir quelque chose de si enfantin, que parfois il était
impossible, en la regardant, de conserver son sérieux. Cela,
naturellement, ajoutait encore à l'exaspération de la jeune
fille : elle ne comprenait pas de quoi on riait, ni « comment
on pouvait, comment on osait rire ». Dans le cas présent,
l'emportement d'Aglaé provoqua l'hilarité de ses sœurs et
du prince Chtch... Kolia, triomphant, riait aux éclats. Aglaé
se fâcha pour tout de bon, ce qui la rendit deux fois plus
belle. Son agitation et le dépit qu'elle en éprouvait lui
seyaient admirablement.

— N'a-t-il pas souvent travesti vos paroles? continua-
-t-elle.

— Je me fonde sur une exclamation proférée par vous-
même! répliqua vivement Kolia. — Il y a un mois, vous
avez feuilleté *Don Quichotte,* et vous vous êtes écriée en propres
termes : « Il n'y a pas mieux que le chevalier pauvre! » Je
ne sais de qui vous parliez alors : si c'était de Don Quichotte, d'Eugène Pavlitch ou d'un autre encore; toujours

est-il que vos paroles s'appliquaient à quelqu'un ; ensuite a
eu lieu une longue conversation.....

— Je vois, mon cher, que tu te permets trop dans tes
conjectures, interrompit avec colère Élisabeth Prokofievna.

— Mais est-ce que je suis le seul ? reprit hardiment Kolia :
— tout le monde a parlé alors et parle encore maintenant ; —
tenez, tout à l'heure le prince Chtch..., Adélaïde Ivanovna et
les autres ont déclaré qu'ils étaient pour le « chevalier pauvre » ; par conséquent le « chevalier pauvre » existe, il doit
nécessairement exister, et, selon moi, sans Adélaïde Ivanovna, il y a longtemps que nous saurions tous qui il est.

— Quelle est ma faute ? demanda en souriant Adélaïde.

— C'est de n'avoir pas voulu faire son portrait ! Aglaé
Ivanovna vous avait priée de reproduire les traits du « chevalier pauvre » ; elle vous avait donné tout le sujet du
tableau, tel qu'elle-même le concevait, vous rappelez-vous
le sujet ? Vous n'avez pas voulu...

— Mais comment aurais-je fait son portrait ? Qui aurais-je
représenté ? D'après les indications données, ce « chevalier
pauvre »

> Ne levait devant personne
> La visière d'acier de son casque.

Dès lors, quel visage pouvait-on lui donner ? Il aurait fallu
peindre une visière ? Un anonyme ?

— Je n'y comprends rien, qu'est-ce que c'est que cette
visière ? cria la générale agacée.

A part soi, elle commençait à deviner de qui on parlait
ainsi à mots couverts. (Le « chevalier pauvre » était une
dénomination conventionnelle dont sans doute les jeunes
filles, entre elles, avaient depuis longtemps coutume de se
servir.) Mais cette plaisanterie mécontentait d'autant plus
Élisabeth Prokofievna qu'elle voyait l'embarras du prince
Léon Nikolaïévitch : ce dernier, en effet, était aussi confus
qu'un enfant de dix ans.

— Est-ce que cette sottise va durer indéfiniment ? poursuivit-elle. — M'expliquera-t-on, oui ou non, ce que c'est

que ce « chevalier pauvre »? C'est donc un secret bien terrible qu'on a si peur de le dévoiler?

De nouveaux rires furent la seule réponse qu'obtint la
générale.

— Il s'agit tout bonnement d'une étrange poésie russe
intitulée : *le Chevalier pauvre,* finit par dire le prince
Chtch..., évidemment désireux de changer au plus tôt la
conversation; — c'est un morceau qui n'a ni commencement ni fin. Il y a juste un mois, on riait tous ensemble
après le dîner et on cherchait, comme à l'ordinaire, un sujet
pour le futur tableau d'Adélaïde Ivanovna. Vous savez que c'est
depuis longtemps la tâche commune de toute la famille. Tous
les suffrages se sont portés sur le « chevalier pauvre »; qui
l'a proposé le premier? je ne m'en souviens pas...

— C'est Aglaé Ivanovna! cria Kolia.

— Peut-être, je ne dis pas le contraire, seulement je ne
m'en souviens pas, reprit le prince Chtch... — Les uns ont
ri de ce sujet, les autres ont dit qu'il ne pouvait pas y en
avoir de plus élevé, mais que, pour représenter le « chevalier pauvre », il fallait, en tout cas, un visage : on a
passé en revue les têtes de toutes les connaissances, pas
une ne convenait, et la chose en est restée là. Voilà tout. Je
ne comprends pas pourquoi Nicolas Ardalionovitch s'est avisé
de rappeler tout cela. Ce qui alors était plaisant et avait
de l'à-propos, manque tout à fait d'intérêt maintenant.

— C'est qu'il y a là-dessous quelque nouvelle sottise,
quelque persiflage injurieux, déclara sévèrement Élisabeth
Prokofievna.

— Il n'y a aucune sottise, il n'y a qu'une profonde estime,
dit brusquement Aglaé, qui prononça ces mots avec une
gravité inattendue. Toute trace de son agitation précédente
avait disparu. Bien plus, à en juger d'après certains indices,
elle-même à présent semblait voir avec plaisir le développement que prenait la plaisanterie. Ce changement s'était
opéré chez la jeune fille alors précisément que la confusion
du prince devenait le plus manifeste.

— Ils rient comme des fous, et tout d'un coup ils témoignent de leur profonde estime! Cela n'a pas de sens! Pourquoi de l'estime? Réponds tout de suite : que veux-tu dire en parlant ici de ta profonde estime? reprit d'un ton courroucé la générale.

— Je répète les mots : profonde estime, répondit Aglaé avec le même sérieux qu'auparavant, — parce que dans ces vers est représenté un homme capable d'avoir un idéal et de lui consacrer toute sa vie. Cela ne se rencontre pas si souvent à notre époque. Cette poésie ne nous dit pas en quoi consistait proprement l'idéal du « chevalier pauvre », mais on voit que c'était une image radieuse, « l'image d'une beauté pure », et que l'amoureux chevalier portait même, au lieu d'écharpe, un chapelet autour de son cou. A la vérité, il y a encore là une devise obscure, énigmatique, les lettres A. N. B. qu'il avait tracées sur son écu...

— A. N. D., rectifia Kolia.

— Moi je dis A. N. B., et je veux dire ainsi, répliqua avec colère Aglaé, — en tout cas, une chose est claire, c'est que, quelle que fût sa dame, quoi qu'elle fît, peu importait à ce pauvre chevalier. Il l'avait choisie, il avait cru à sa « beauté pure », cela suffisait pour que désormais il ne cessât de s'incliner devant elle; s'étant une fois déclaré son serviteur, il devait, fût-elle ensuite devenue une voleuse, croire en elle et rompre des lances pour sa beauté pure. Le poëte a voulu, semble-t-il, incarner dans un type extraordinaire la notion de l'amour platonique, telle que la concevaient les chevaliers du moyen âge. Naturellement, tout cela est un idéal. Dans le « chevalier pauvre », ce sentiment est arrivé au plus haut degré, à l'ascétisme; il faut avouer que la faculté d'aimer ainsi prouve beaucoup en faveur de celui qui la possède; c'est un trait de caractère qui dénote une âme profonde, et, en un sens, est très-louable. Le « chevalier pauvre », c'est Don Quichotte, mais un Don Quichotte sérieux et non-comique. D'abord, je ne comprenais pas ce personnage et j'en faisais des gorges chaudes, mais maintenant j'aime le « chevalier pauvre », et, surtout, je respecte ses hauts faits.

Ainsi finit Aglaé, et, en l'observant, il était difficile de reconnaître si elle parlait sérieusement ou pour rire.

— Eh bien, il est sot et j'en dirai autant de ses hauts faits! déclara la générale. — Mais, en fait de sottises, toi aussi, matouchka, tu en as dégoisé long : toute une leçon! A mon avis, ce rôle-là ne te va pas. En tout cas, ce n'est pas permis. Quels sont ces vers? Récite-les, tu dois les savoir! Je veux absolument connaître cette poésie. Je n'ai jamais pu souffrir les vers, c'était sans doute un pressentiment. Pour l'amour de Dieu, prince, prends patience, c'est évidemment la seule chose que nous ayons à faire, toi et moi, ajouta-t-elle en s'adressant à son hôte.

Elle était très-fâchée.

Le prince Léon Nikolaïévitch voulut parler, mais sa confusion ne lui permit pas de proférer un mot. Seule Aglaé, qui venait de s'accorder tant de licences durant sa « leçon », était parfaitement à son aise et paraissait même contente. On aurait dit qu'elle s'était préparée d'avance à réciter les vers en question et qu'elle attendait seulement qu'on l'y invitât. Toujours sérieuse et grave, la jeune fille se leva immédiatement et vint se camper au milieu de la terrasse, vis-à-vis du fauteuil où le prince était assis. Tous la considéraient d'un air étonné; la plupart : les sœurs, la mère, le prince Chtch..., voyaient avec un sentiment désagréable cette nouvelle gaminerie qui frisait positivement l'inconvenance. Cependant il était visible qu'Aglaé trouvait un grand plaisir dans toute cette mise en scène par laquelle elle préludait à la récitation des vers. Élisabeth Prokofievna fut sur le point de la renvoyer brutalement à sa place. Mais au moment même où Aglaé commençait à déclamer la célèbre ballade, deux messieurs causant à haute voix se entrèrent sur la terrasse. C'était Ivan Fédorovitch Épantchine qui arrivait suivi d'un jeune homme. A leur apparition, un certain mouvement se produisit dans la société.

VII

Agé de vingt-huit ans, grand, bien fait, le compagnon du
général avait un visage beau et intelligent; ses grands yeux
noirs pétillaient d'esprit et de malice. Aglaé, sans même
tourner la tête de son côté, continua à débiter les vers
en affectant toujours de ne regarder que le prince et de
s'adresser exclusivement à lui. Muichkine comprenait fort
bien qu'il y avait dans tout cela un calcul. Sa situation était
gênante, mais l'arrivée des deux messieurs lui permit, du
moins, de la modifier un peu. En les apercevant, il se leva
à demi, adressa de loin un salut aimable au général et fit
signe de ne pas troubler la récitation; puis il se plaça derrière son siége et appuya son bras gauche sur le dossier, de
façon à écouter la suite de la ballade dans une position plus
commode et moins « ridicule » qu'assis dans un fauteuil. A
deux reprises Élisabeth Prokofievna invita par un geste im-
périeux les nouveaux visiteurs à s'arrêter. L'attention du
prince se porta tout particulièrement sur le compagnon du
général : il se doutait que ce jeune homme était Eugène
Pavlovitch Radomsky, dont il avait déjà beaucoup entendu
parler, et à qui il avait plus d'une fois pensé. Un détail seulement déroutait le prince : il avait ouï dire qu'Eugène
Pavlovitch était militaire, et le nouveau venu portait le
costume civil. Tant que dura la récitation des vers, ce personnage eut sur les lèvres un sourire moqueur, comme s'il
avait entendu parler, lui aussi, du « chevalier pauvre ».

« C'est peut-être lui-même qui a imaginé cela », se dit le
prince.

Cependant Aglaé mettait dans son débit une telle chaleur,
elle paraissait si profondément pénétrée de la pensée du
poëte et prononçait chaque mot avec tant de conviction

que non-seulement elle captiva l'attention générale, mais qu'on s'étonna moins de la gravité renforcée avec laquelle tout à l'heure elle avait si solennellement pris place au milieu de la terrasse : ce pouvait être l'effet de l'impression naïve produite sur la jeune fille par les vers qu'elle s'était chargée de faire entendre. Ses yeux brillaient, et deux fois un léger frisson d'enthousiasme parcourut son beau visage. Elle récita ce qui suit :

Il y avait dans le monde un chevalier pauvre,
Silencieux et simple ;
Son visage était pâle et morne,
Son âme franche et audacieuse.

Il avait eu une vision
Que l'esprit ne peut concevoir,
Et cette impression dans son cœur
S'était profondément gravée.

Dès lors, brûlé d'un feu intérieur,
Il ne regarda plus les femmes,
Et ne voulut plus jusqu'au tombeau
Dire un mot à aucune d'elles.

Il portait autour de son cou
Un chapelet au lieu d'écharpe,
Et ne levait devant personne
La visière d'acier de son casque.

Plein d'un amour pur,
Fidèle au doux rêve,
Il avait écrit avec son sang
Les lettres A. M. D. sur son écu.

Et, dans les déserts de la Palestine,
Tandis que, parmi les rochers,
Les paladins couraient au combat
En nommant à haute voix leurs dames,

Il s'écriait avec un accent farouche :
Lumen cœli, sancta Rosa !
Et, comme un tonnerre, sa menace
Terrifiait les musulmans.

De retour à son lointain castel,
Il y vécut dans une réclusion sévère,
Toujours silencieux, toujours triste,
Et mourut comme un insensé.

Plus tard, en se rappelant toute cette scène, le prince fut longtemps tourmenté par une question insoluble pour lui :

comment pouvait-on unir un sentiment si vrai, si beau \
une raillerie si maligne et si peu déguisée? Qu'il y eût là
une dérision, le prince n'en doutait pas et il avait de bonnes
raisons pour en être persuadé : Aglaé, en récitant les vers,
s'était permis de substituer aux lettres A. M. D. les lettres
N. PH. B. Il était sûr d'avoir bien entendu (la suite prouva
qu'il ne se trompait pas). En tout cas, la plaisanterie d'Aglaé,
— c'était sans doute une plaisanterie, bien qu'un peu roide,
— avait été préméditée. Depuis un mois tout le monde parlait (et riait) du « chevalier pauvre ». Et pourtant, au lieu
de souligner ironiquement ces lettres, au lieu d'appuyer
dessus pour en faire ressortir le sens caché, Aglaé les prononça au contraire avec un sérieux si imperturbable, avec
une simplicité si naïve et si innocente qu'on pouvait penser
qu'elles se trouvaient réellement dans le texte. Le prince
ressentit comme une morsure au cœur. Élisabeth Prokofievna, naturellement, ne remarqua pas la variante intro-
duite dans la ballade. Le général Ivan Fédorovitch comprit
seulement qu'on déclamait des vers. Parmi les autres auditeurs, beaucoup saisirent l'allusion, mais ils ne firent semblant de rien. Quant à Eugène Pavlovitch (le prince l'aurait
volontiers parié), non-seulement il comprit, mais il s'efforça
de montrer qu'il comprenait : son sourire franchement moqueur ne pouvait avoir une autre signification.

— Que c'est beau ! s'écria la générale transportée d'admiration, dès qu'Aglaé eut fini : — de qui sont ces vers?

— De Pouchkine, maman, ne nous faites pas honte de
notre crime, nous en avons conscience! répondit Adélaïde.

— Même avec vous, on n'est pas encore devenue si bête!
répliqua aigrement Élisabeth Prokofievna. — Dès que nous
serons rentrées, vous me donnerez ces vers de Pouchkine !

— Mais je crois que nous n'avons rien de Pouchkine à la
maison.

— Il y en a deux volumes en fort mauvais état qui traî-
nent depuis un temps immémorial, ajouta Alexandra.

— Qu'on envoie tout de suite acheter l'ouvrage à la ville,

qu'on fasse partir Fédor ou Alexis par le premier train, — Alexis plutôt. Aglaé, viens ici! Embrasse-moi, tu as très-bien débité cette poésie, mais si ton émotion était sincère, ajouta-t-elle presque tout bas, — je te plains; si c'était un jeu de ta part, je n'approuve pas tes sentiments, de sorte que, dans un cas comme dans l'autre, tu as eu tort. Comprends-tu? Va, madame, j'aurai encore à te parler, mais nous nous éternisons ici.

Pendant ce temps, le prince adressait les compliments d'usage au général, qui lui présentait Eugène Pavlovitch Radomsky.

— Je l'ai, pour ainsi dire, cueilli en route, il ne fait que d'arriver; il a su que je venais ici et que tous les nôtres y étaient.....

— J'ai su aussi que vous y étiez, interrompit Eugène Pavlovitch, — et comme depuis longtemps je me proposais de rechercher, non pas seulement votre connaissance, mais votre amitié, je n'ai pas voulu perdre de temps. Vous êtes malade? Je viens seulement d'apprendre.....

— Je vais très-bien et je suis enchanté de faire votre connaissance; j'ai déjà beaucoup entendu parler de vous et me suis même entretenu à votre sujet avec le prince Chtch...., répondit Léon Nikolaïévitch en tendant la main au visiteur.

Après l'échange des politesses accoutumées, les deux hommes se serrèrent la main, en même temps chacun d'eux jeta sur le visage de l'autre un coup d'œil rapide, mais pénétrant. La conversation ne tarda pas à devenir générale. Le prince, dont la curiosité était alors fort éveillée, observait tout et peut-être même s'imaginait voir des choses qui n'existaient pas réellement. Il remarqua que le costume civil d'Eugène Pavlovitch causait à toute la société un étonnement extraordinaire, au point de faire oublier momentanément tout le reste. Il y avait pour croire que ce changement de tenue constituait un fait d'une importance exceptionnelle. Adélaïde et Alexandra stupéfaites questionnaient Eugène Pavlovitch. Le prince Chtch..., parent du jeune homme, semblait très-inquiet : Ivan Fédorovitch parlait avec une sorte d'agitation. Aglaé seule resta impassible : elle se borna à regarder un instant Eugène Pavlovitch, curieuse seulement de voir s'il était mieux en civil qu'en militaire, puis elle détourna la tête et ne fit plus attention à lui. Élisabeth Prokofievna s'abstint aussi de toute question, quoique peut-être elle ne fût pas non plus exempte d'une certaine inquiétude. Le prince crut s'apercevoir qu'Eugène Pavlovitch n'était pas dans les bonnes grâces de la générale.

— Il m'a étonné, renversé ! répétait Ivan Fédorovitch en réponse à toutes les questions. — Je ne voulais pas le croire, quand je l'ai rencontré tantôt à Pétersbourg. Et pourquoi si brusquement, voilà le problème ? Il est lui-même le premier à crier qu'il ne faut pas casser les vitres.

Comme Eugène Pavlovitch le rappela à la société, il avait depuis longtemps annoncé l'intention de quitter le service ; mais, chaque fois qu'il manifestait ce dessein, c'était en ayant l'air de badiner, si bien qu'il n'y avait pas moyen de prendre ses paroles au sérieux. Du reste, il parlait toujours des choses sérieuses sur le ton de la plaisanterie, en sorte qu'avec lui on ne savait jamais à quoi s'en tenir, surtout si lui-même voulait qu'il en fût ainsi.

— Je renonce au service temporairement, pour quelques mois, un an tout au plus, dit en riant Radomsky.

— Mais vous n'aviez aucun besoin de le quitter, autant du moins que je connais vos affaires, reprit le général toujours fort animé.

— Et visiter mes terres ? Vous-même me l'avez conseillé ; d'ailleurs, je veux aussi aller à l'étranger...

La conversation prit bientôt un autre cours, sans, toutefois, que l'agitation se calmât. Le prince, observateur attentif de tout ce qui se passait autour de lui, trouvait fort étrange l'émoi provoqué par une circonstance si insignifiante. « Pour sûr, il doit y avoir quelque chose là-dessous », pensait-il.

— Ainsi le « chevalier pauvre » est encore sur le tapis? demanda Eugène Pavlovitch en s'approchant d'Aglaé.

Au grand étonnement du prince, elle regarda le jeune homme d'un air profondément surpris comme pour lui donner à entendre qu'il ne pouvait être question entre eux du « chevalier pauvre » et qu'elle ne savait même pas ce qu'il voulait dire.

— Mais ce n'est pas le moment, il est trop tard à présent pour envoyer chercher un Pouchkine à la ville, il est trop tard! répétait sur tous les tons Kolia à Élisabeth Prokofievna; — je vous le dirai trois mille fois : il est trop tard!

Eugène Pavlovitch, qui s'était empressé de quitter Aglaé, joignit ses observations à celles du gymnasiste.

— Oui, en effet, il est trop tard maintenant pour envoyer à la ville, je crois même que les magasins sont fermés à Pétersbourg, il est plus de huit heures, dit-il après avoir regardé sa montre.

— On a attendu jusqu'à présent, on peut bien patienter encore jusqu'à demain, fit à son tour Adélaïde.

— D'ailleurs, ajouta Kolia, — pour les gens du grand monde il est inconvenant de tant s'intéresser à la littérature. Demandez à Eugène Pavlovitch. Il est beaucoup plus comme il faut d'avoir un char à bancs avec des roues rouges.

— Vous avez encore pris cela dans quelque recueil périodique, Kolia, remarqua Adélaïde.

— Mais c'est là qu'il puise tout ce qu'il dit, reprit Eugène Pavlovitch, — il emprunte des phrases entières aux revues critiques. J'ai depuis longtemps le plaisir de connaître la conversation de Nicolas Ardalionovitch. Cette fois pourtant, il ne répète pas ce qu'il a lu. Nicolas Ardalionovitch fait évidemment allusion à mon char à bancs jaune à roues rouges. Seulement je l'ai changé, vous retardez.

Le prince avait prêté l'oreille aux paroles de Radomsky... Il lui sembla que ce dernier se tenait fort bien, qu'il était modeste, enjoué; taquiné par Kolia, il lui avait répondu amicalement et tout à fait comme à un égal : cela surtout plut au prince.

— Qu'est-ce que c'est? demanda Élisabeth Prokofievna à Viéra, la fille de Lébédeff, qui, debout devant elle, avait dans les mains quelques volumes de grand format, très-élégamment reliés et presque neufs.

— C'est Pouchkine, répondit la jeune fille. — Notre Pouchkine. Papa m'a ordonné de vous l'offrir.

— Comment cela? Est-ce possible? fit avec surprise la générale.

— Pas en cadeau, pas en cadeau! Je n'oserais pas me permettre cela! dit précipitamment Lébédeff, qui, jusqu'alors masqué par sa fille, se montra tout à coup; — pour le prix qu'il vaut. C'est notre propre Pouchkine, l'exemplaire de notre famille, l'édition d'Annenkoff, introuvable aujourd'hui. Je le cède pour le prix qu'il vaut. Je propose respectueusement à Votre Excellence de l'acheter, désirant ainsi étancher la noble soif littéraire qui la dévore.

— Ah! si tu veux le vendre, c'est bien, merci. Tu ne perdras rien, n'aie pas peur; seulement ne te contorsionne pas, je te prie, batuchka. J'ai entendu parler de toi, tu es, dit-on, très-érudit, il faudra que nous causions ensemble un jour ou l'autre; tu m'apporteras toi-même ces livres?

— Avec vénération et... respect! répondit Lébédeff, dont la satisfaction se traduisait par des grimaces extraordinaires, et il prit les volumes des mains de sa fille.

— Eh bien, apporte-les avec ou sans respect, pourvu que tu n'en perdes pas en route; seulement, je mets à cela une condition, ajouta Élisabeth Prokofievna en regardant fixement l'employé, — tu ne franchiras pas le seuil de ma porte, je n'ai pas l'intention de te recevoir aujourd'hui. Ta fille Viéra, tu peux l'envoyer tout de suite si tu veux : elle me plaît beaucoup.

— Pourquoi donc ne parlez-vous pas d'eux? dit impatiemment Viéra à son père : — si on ne les annonce pas, ils entreront tout de même : ils ont commencé à faire du tapage. Léon Nikolaïévitch, poursuivit-elle en s'adressant au prince qui avait déjà pris son chapeau, — il y a là quatre hommes

qui depuis longtemps déjà demandent à vous voir, ils attendent chez nous en maugréant, et papa ne veut pas les introduire auprès de vous.

— Quels sont ces visiteurs? interrogea le prince.

— Ils disent qu'ils sont venus pour affaire; seulement, si
on ne les laisse pas entrer, ce sont des gens capables de vous
arrêter dans la rue. Il vaut mieux que vous les receviez,
Léon Nikolaïévitch, après cela vous en serez débarrassé.
Gabriel Ardalionovitch et Ptitzine sont là qui cherchent à
leur faire entendre raison, ils n'écoutent rien.

— Le fils de Pavlichtcheff! Le fils de Pavlichtcheff! Ce
n'est pas la peine, ce n'est pas la peine! fit Lébédeff en agitant les bras : — il n'y a pas lieu de les entendre, ce serait
même inconvenant à vous, excellentissime prince, de vous
déranger pour eux. Voilà. Ils ne le méritent pas...

— Le fils de Pavlichtcheff! Mon Dieu! s'écria le prince
extrêmement troublé : — je sais..... mais je..... j'avais chargé
Gabriel Ardalionovitch de cette affaire. Il vient de me dire...

Mais déjà Gabriel Ardalionovitch sortant de la maison
apparaissait sur la terrasse; Ptitzine le suivait. De la pièce
voisine arrivait un bruit de voix parmi lesquelles on distinguait surtout l'organe sonore du général Ivolguine, qui,
semblait-il, voulait crier plus fort que les autres. Kolia
courut aussitôt à la chambre où on faisait ce tapage.

— C'est très-intéressant! observa tout haut Eugène Pavlovitch.

« Ainsi, il sait la chose! » pensa le prince.

— Comment, le fils de Pavlichtcheff? Et... quel peut être
le fils de Pavlichtcheff? demandait le général Épantchine
étonné, et il promenait un regard curieux sur tous les
visages, s'apercevant avec surprise qu'il était le seul à
ignorer cette nouvelle histoire.

En effet, l'attente se lisait dans tous les yeux, chacun avait
l'esprit en suspens. Le prince ne comprenait pas comment
une affaire qui lui était toute personnelle pouvait déjà avoir
éveillé un intérêt si vif et si général.

Aglaé s'avança vers lui d'un air particulièrement grave.

— Ce sera très-bien, dit-elle, — si vous terminez à l'instant et *vous-même* cette affaire, mais souffrez que nous soyons tous vos témoins. On veut vous salir, prince, il faut que votre justification soit un triomphe, et d'avance je m'en réjouis pour vous.

— Moi aussi, je veux que justice soit faite une bonne fois de cette impudente revendication, cria la générale, — arrange-les bien, prince, ne les ménage pas! J'ai les oreilles rebattues de cette affaire et je me suis fait beaucoup de mauvais sang à ton occasion. Mais ce sera curieux à voir. Fais-les venir, nous resterons ici. Aglaé a eu une bonne idée. Vous avez entendu parler de cela, prince? demanda-t-elle au prince Chtch...

— Sans doute, répondit-il, — j'en ai entendu parler chez vous. Mais je suis surtout désireux de voir ces jeunes gens.

— Ce sont des nihilistes, n'est-ce pas?

— Non, ce n'est pas qu'ils soient nihilistes, expliqua en s'approchant Lébédeff, qui était, lui aussi, fort secoué, — c'est un autre groupe, un groupe particulier. Au dire de mon neveu, ils sont plus avancés que les nihilistes. Vous avez tort, Excellence, de croire que votre présence les intimidera; rien ne les intimide. Parmi les nihilistes on rencontre des hommes instruits, savants même; ceux-ci vont plus loin en ce sens qu'ils sont des hommes d'action. C'est, à proprement parler, un dérivé du nihilisme, mais on ne les connaît qu'indirectement et par ouï-dire, car ils ne se manifestent pas dans des articles de journaux. Ils vont droit au fait; par exemple, il ne s'agit pas pour eux de démontrer que Pouchkine est stupide ou que la Russie doit être mise en pièces; non, mais s'ils ont fortement envie de quelque chose, ils se croient le droit de ne reculer devant aucun obstacle et d'escoffier, au besoin, huit personnes. Pourtant, prince, je ne vous conseillerais pas...

Mais déjà le prince s'était levé pour aller ouvrir la porte aux visiteurs.

— Vous les calomniez, Lébédeff, dit-il en souriant, — vous avez toujours sur le cœur la conduite de votre neveu. Ne le croyez pas, Élisabeth Prokofievna. Je vous assure que les Gorsky et les Daniloff ne sont que des exceptions, et que ceux-ci... sont seulement... dans l'erreur... Cependant je n'aimerais pas à les recevoir ici, devant toute la société. Excusez-moi, Élisabeth Prokofievna, ils vont venir, je vous les montrerai, et ensuite je les emmènerai ailleurs. Donnez-vous la peine d'entrer, messieurs!

C'était plutôt une autre idée qui l'inquiétait, le tourmentait cruellement : cette affaire n'était-elle pas un coup monté par quelqu'un? N'avait-on pas donné le mot à ces gens-là pour qu'ils se présentassent au moment où il avait du monde chez lui, parce qu'on espérait que l'explication tournerait à sa confusion et non à son triomphe? Mais le prince se reprocha amèrement sa « perverse et monstrueuse défiance ». Il serait peut-être mort de honte si quelqu'un avait pu lire dans son esprit une telle pensée, et, lorsque entrèrent ses nouveaux visiteurs, il était tout disposé à croire qu'il valait infiniment moins qu'aucune des personnes réunies autour de lui.

On vit s'avancer quatre individus que suivait le général Ivolguine fort échauffé et en veine d'éloquence. « Celui-là est certainement pour moi! » se dit le prince avec un sourire. Kolia s'était glissé dans ce groupe : il parlait avec feu à Hippolyte, qui faisait partie de la bande et écoutait son ami d'un air moqueur.

Le prince offrit des siéges à ces messieurs. Ils étaient tous fort jeunes, et cette extrême jeunesse prêtait à leur démarche un caractère plus insolite encore. Ivan Fédorovitch Épantchine, qui ne comprenait rien à l'incident, s'indigna même à la vue de pareils jouvenceaux, et il aurait à coup sûr protesté d'une façon quelconque, sans la passion, étrange pour lui, avec laquelle sa femme s'intéressait aux affaires personnelles du prince Léon Nikolaïévitch. Il resta, moitié par curiosité, moitié par bonté d'âme, espérant que sa présence pourrait être utile, et, en tout cas, qu'elle imposerait aux adversaires du prince. Mais le salut que lui adressa de loin le général Ivolguine eut pour effet d'irriter de nouveau Ivan Fédorovitch; il fronça le sourcil et se décida à garder un silence absolu.

Du reste, parmi ces jeunes gens se trouvait un homme de trente ans, l'ancien officier devenu boxeur, qui avait fait partie de la bande de Rogojine et qui autrefois donnait des quinze roubles d'aumône aux mendiants. On devinait qu'il s'était joint aux autres en bon camarade pour leur prêter un appui moral et, au besoin, matériel. Celui qui passait pour le « fils de Pavlichtcheff », bien qu'il se fût présenté sous le nom d'Antip Bourdovsky, était un jeune homme de vingt-deux ans, blond, maigre et plutôt grand que petit. Il se distinguait par la pauvreté, la malpropreté même de sa mise : les manches de sa redingote étaient luisantes de graisse; son gilet crasseux, boutonné jusqu'en haut, ne laissait voir aucune trace de linge; une sale écharpe de soie noire, tortillée en forme de corde, entourait son cou. Ce visiteur ne s'était pas lavé les mains; son regard avait quelque chose d'innocemment effronté; son visage, extraordinairement bourgeonné, n'exprimait pas la moindre ironie, pas la plus petite réflexion, rien que le stupide enivrement de son droit, joint à un besoin étrange d'être et de se sentir toujours lésé. Il parlait d'une voix agitée et, dans la précipitation de son débit, articulait difficilement les mots, si bien qu'on l'aurait pu prendre pour un bègue ou même pour un étranger, quoique le plus pur sang russe coulât dans ses veines.

Il était accompagné du neveu de Lébédeff, que le lecteur connaît déjà, et d'Hippolyte Térentieff. Ce dernier n'avait guère que dix-sept ou dix-huit ans. Sa physionomie était intelligente, mais témoignait d'une irritation continuelle. Sa maigreur cadavérique, sa pâleur jaunâtre, l'éclat de ses yeux, les taches rouges de ses joues, tout en lui révélait à première vue une victime de la phthisie. Il toussait constamment; un râle suivait chacune de ses paroles et presque chaque souffle qui sortait de sa poitrine. Il semblait n'avoir plus que deux ou trois semaines à vivre.

Hippolyte était très-fatigué, et, avant qu'aucun de ses compagnons s'assît, il se laissa tomber sur une chaise. Les autres firent, en entrant, quelques cérémonies; ils étaient un peu confus, bien que, dans la crainte de le laisser voir, ils s'efforçassent de se donner un air imposant. Bref, leur attitude n'était pas celle qu'on aurait attendue de gens qui faisaient profession de mépriser tous les préjugés, toutes les inutiles niaiseries mondaines, et de ne rien admettre en dehors de l'intérêt personnel.

— Antip Bourdovsky, bégaya précipitamment le « fils de Pavlichtcheff ».

— Wladimir Doktorenko, articula nettement et même avec une nuance d'orgueil le neveu de Lébédeff, comme s'il eût été fier de s'appeler Doktorenko.

— Keller! murmura l'ancien officier.

— Hippolyte Térentieff! cria ce dernier d'une voix glapissante.

A la fin tous prirent place sur une rangée de chaises en face du prince, puis ils froncèrent les sourcils, et, pour se donner une contenance, firent passer leurs casquettes d'une main dans l'autre. Chacun se disposait à parler et pourtant chacun se taisait; ils attendaient d'un air de défi. « Non, mon ami, tu ne nous attraperas pas! » disaient clairement leurs visages. On sentait qu'au premier mot proféré par quelqu'un, tous aussitôt prendraient la parole à la fois et feraient assaut de loquacité.

VIII

— Messieurs, je n'attendais aucun de vous, commença le prince, — moi-même j'ai été malade jusqu'à ce jour. Il y a un mois, ajouta-t-il en s'adressant à Antip Bourdovsky, — j'ai remis votre affaire entre les mains de Gabriel Ardalionovitch Ivolguine, comme je vous l'ai fait savoir alors. Du reste, je ne refuse pas d'avoir avec vous une explication personnelle, seulement vous conviendrez que l'heure... je vous propose de passer avec moi dans une autre pièce, si vous n'en avez pas pour longtemps... Je suis ici en ce moment avec des amis, et croyez...

— Des amis... tant qu'il vous plaira, mais pourtant permettez, interrompit soudain d'un ton fort tranchant mais sans élever encore trop la voix le neveu de Lébédeff, — permettez-nous de vous déclarer que vous auriez pu en user un peu plus poliment avec nous, et ne pas nous faire poser deux heures dans votre antichambre...

— Et sans doute... et je... et c'est agir en prince! Et c'est... vous êtes donc général! Et je ne suis pas votre laquais! Et je, je... se mit tout à coup à vociférer Antip Bourdovsky.

Il était en proie à une agitation extraordinaire; ses lèvres frémissaient, sa bouche lançait des jets de salive, et dans le tremblement de sa voix s'accusait l'exaspération d'une âme ulcérée. Mais il parlait si vite qu'on ne put pas comprendre dix mots de sa virulente apostrophe.

— C'est un procédé princier! glapit Hippolyte.

— Si l'on en avait usé ainsi avec moi, grommela le boxeur, — je veux dire, si cela s'adressait directement à moi, comme homme noble, eh bien, à la place de Bourdovsky... je...

— Messieurs, j'ignorais que vous étiez ici, on vient seulement de me l'apprendre, je vous l'assure, répéta le prince.

— Nous n'avons pas peur de vos amis, quels qu'ils soient, prince, parce que nous sommes dans notre droit, reprit le neveu de Lébédeff.

De nouveau se fit entendre la voix sifflante d'Hippolyte.

— De quel droit, permettez-nous de vous le demander, dit-il avec véhémence, — de quel droit soumettriez-vous

l'affaire de Bourdovsky au jugement de vos amis? Mais nous
ne voulons peut-être pas du jugement de vos amis; on comprend trop bien ce que peut être le jugement de vos amis!...

Un pareil début promettait une discussion orageuse. Le
prince en était consterné; à la fin pourtant il réussit à placer un mot au milieu des vociférations de ses visiteurs.

— Si vous, monsieur Bourdovsky, vous ne désirez point
parler ici, déclara-t-il, — je vous renouvelle ma proposition de passer immédiatement dans une autre pièce, et,
pour ce qui est de vous tous, je vous répète que j'ai seulement appris il y a un instant...

— Mais vous n'avez pas le droit, vous n'avez pas le
droit, vous n'avez pas le droit!... vos amis... Voilà!... bégaya
Bourdovsky, qui examinait toute la société d'un air défiant et
s'échauffait d'autant plus qu'il se sentait moins rassuré, —
vous n'avez pas le droit!

Cela dit, il s'arrêta court, puis, penchant tout son corps
en avant, il fixa sur le prince le regard interrogateur de ses
grands yeux myopes et striés de petites veines rouges. Cette
fois tel fut l'étonnement du prince que lui-même se tut et
considéra aussi Bourdovsky en ouvrant de grands yeux.

— Léon Nikolaïévitch! fit soudain Élisabeth Prokofievna :
— tiens, lis cela tout de suite, à l'instant, cela concerne
directement ton affaire.

D'un geste brusque elle lui tendit une feuille humouris-
tique hebdomadaire et lui montra du doigt un article. Au
moment où les visiteurs étaient entrés, Lébédeff, qui cherchait à capter les bonnes grâces de la générale, s'était vivement élancé vers elle; sans dire un mot, il avait tiré ce
journal de la poche de côté de sa redingote et le lui avait
mis sous les yeux en lui indiquant une colonne entourée
d'un trait au crayon. Ce qu'Élisabeth Prokofievna avait eu
le temps de lire l'avait toute bouleversée.

— Au lieu d'en faire la lecture tout haut, ne vaut-il pas
mieux que je lise cela seul... plus tard?... balbutia le prince
fort troublé.

— Eh bien, lis, toi, lis tout de suite, à haute voix, à
haute voix! dit la générale à Kolia, et elle retira impatiemment le journal des mains du prince pour le passer au
gymnasiste : — lis tout haut, de façon à être entendu de
tout le monde!

Femme de premier mouvement, Élisabeth Prokofievna
levait parfois toutes les ancres et se lançait en pleine mer
sans songer aux tempêtes possibles. Ivan Fédorovitch eut un
tressaillement d'inquiétude. Mais les autres n'éprouvèrent
tout d'abord que de la surprise et de la curiosité. Kolia
déplia le journal et commença à haute voix la lecture de
l'article suivant, que Lébédeff s'était empressé de lui
désigner :

« *Prolétaires et rejetons, épisode des brigandages du jour et
de chaque jour! Progrès! Réforme! Justice!* »

« Il se passe d'étranges choses dans notre Russie soi-
disant sainte, à cette époque de réformes et de grandes com-
pagnies, dans ce siècle de patriotisme où chaque année des
centaines de millions s'en vont à l'étranger, où l'on encourage l'industrie et où les mains laborieuses sont paraly-
sées, etc., etc. ; nous n'en finirions pas, messieurs, par
conséquent, allons droit au fait. Il est arrivé une singulière
affaire à l'un des rejetons de notre défunte aristocratie. (*De
profundis !*) Les grands-pères de ces rejetons s'étaient ruinés
à la roulette, les pères ont été forcés de servir comme officiers ou sous-officiers et on en a vu plus d'un mourir à la
veille de passer en jugement pour d'innocentes légèretés
commises dans le maniement des deniers publics. Quant aux
fils, tantôt ils naissent idiots comme le héros de notre récit,
tantôt ils vont s'échouer sur les bancs de la cour d'assises,
où, du reste, ils sont acquittés par le jury dans des vues
d'édification ; tantôt enfin ils se signalent par quelqu'une de
ces équipées scandaleuses qui étonnent le public et ajou-
tent une honte de plus à toutes celles dont regorge notre
époque. Il y a six mois, c'est-à-dire l'hiver dernier, notre
rejeton revint en Russie chaussé de guêtres comme un

étranger, et tremblant de froid sous un méchant manteau aussi peu ouaté que possible. Il arrivait de Suisse, où il avait suivi avec succès un traitement contre l'idiotisme *(sic!)*. Il faut avouer que la chance l'a favorisé, car, sans parler de son intéressante maladie, dont il a trouvé la guérison en Suisse (peut-on guérir de l'idiotisme? vous figurez-vous cela?), son exemple démontre la justesse du proverbe russe : « A une certaine classe de gens — le bonheur! » Jugez vous-mêmes : notre baron était encore à la mamelle lorsqu'il perdit son père; ce dernier, qui servait dans l'armée avec le grade d'officier, mourut au moment où il allait, dit-on, passer en conseil de guerre pour avoir perdu au jeu tout l'argent de sa compagnie et peut-être aussi pour avoir fait fustiger outre mesure un de ses subordonnés (rappelez-vous l'ancien temps, messieurs!); l'orphelin fut élevé grâce à la charité d'un propriétaire russe fort riche. Ce personnage, que nous appellerons P..., possédait au bon vieux temps quatre mille âmes serves (des âmes serves! comprenez-vous, messieurs, une telle expression? Moi, je ne la comprends pas. Il faut en chercher le sens dans un dictionnaire, car ces choses d'hier sont déjà inintelligibles pour nous). C'était, à ce qu'il semble, un de ces fainéants, de ces parasites russes, qui passaient à l'étranger leur existence désœuvrée, séjournant en été aux eaux et en hiver à Paris, pour le plus grand profit des entrepreneurs de bals publics. On peut affirmer que le gérant du Château des Fleurs a empoché (l'heureux homme!) le tiers au moins des sommes payées aux seigneurs russes par leurs paysans à l'époque du servage. Quoi qu'il en soit, l'insouciant P... éleva princièrement l'orphelin, il lui donna des gouverneurs et des gouvernantes (jolies, sans doute) que lui-même fit venir de Paris. Mais l'aristocratique enfant, dernier rejeton de sa noble race, était idiot. Les institutrices recrutées au Château des Fleurs eurent beau faire : leur élève arriva à l'âge de vingt ans sans avoir appris à parler en aucune langue, pas même en russe. Du reste, l'ignorance de ce dernier idiome était encore

excusable. A la fin, P... eut une idée baroque : il s'imagina
qu'en Suisse on pouvait faire d'un idiot un homme d'esprit.
A vrai dire, cette fantaisie n'avait rien que de logique: un
parasite, un propriétaire devait naturellement se figurer
que l'intelligence était une denrée vénale comme toutes
les autres et qu'en Suisse surtout on pouvait l'acheter avec
de l'argent. Le traitement, confié à un célèbre professeur
helvétique, dura cinq ans et coûta des milliers de roubles:
l'idiot, pas n'est besoin de le dire, ne devint point intelligent, mais on prétend qu'il commença à ressembler à un
homme, — plus ou moins, bien entendu. Sur ces entrefaites,
P... fut emporté par une mort subite. Comme il arrive
d'ordinaire, il n'avait pas fait de testament, et il laissa ses
affaires en désordre. On vit surgir un tas d'héritiers avides
qui se souciaient fort peu des derniers rejetons de leur race
traités en Suisse aux frais du défunt pour un cas d'idiotisme
héréditaire. Tout idiot qu'il était, le rejeton essaya pourtant de flouer son professeur, et pendant deux ans, dit-on,
il réussit à se faire soigner chez lui gratis, en lui cachant
la mort de son bienfaiteur. Mais le professeur était lui-
même un joli charlatan; inquiet, à la fin, de ne plus recevoir d'argent, effrayé surtout de l'appétit de son pensionnaire, il le chaussa de ses vieilles guêtres, lui fit cadeau
d'un mauvais manteau dont il ne pouvait plus se servir
et l'expédia *nach Russland* dans un wagon de troisième
classe. On pourrait croire que le bonheur avait tourné le
dos à notre héros. Il n'en était rien : la fortune, qui tue par
la faim des populations entières, prodigue d'un seul coup tous
ses dons au petit aristocrate, comme la *Nuée* de Kryloff qui
passe par-dessus une plaine desséchée pour aller se déverser
dans l'Océan. Presque au moment où il arrivait à Pétersbourg, meurt à Moscou un parent de sa mère (laquelle, bien
entendu, sortait d'une famille bourgeoise); c'était un vieux
marchand barbu, un raskolnik, qui n'avait pas d'enfants;
il laisse un héritage de plusieurs millions en belles espèces
sonnantes, et tout cela passe à notre rejeton, à notre baron

guêtré, naguère traité comme idiot dans une maison de
santé helvétique! Aussitôt changement de décors! Autour
de notre baron guêtré, qui s'était d'abord toqué d'une demi-
mondaine célèbre, se réunit soudain une multitude d'amis, il
se découvre même des parents; bien plus, tout un essaim de
jeunes filles nobles brûle de s'unir à lui en légitime mariage.
Peut-on en effet rêver un parti plus avantageux? Aristocrate, millionnaire, idiot, il a tout pour lui! On ne trouverait pas son pareil même en le cherchant avec la lanterne
de Diogène; on ne se le procurerait pas, même en le faisant faire sur commande!... »

— C'est... je ne comprends pas cela! s'écria Ivan Fédorovitch transporté d'indignation.

— Cessez, Kolia, supplia le prince.

De toutes parts des exclamations se faisaient entendre.

— Qu'il lise! Qu'il lise, coûte que coûte! ordonna Élisabeth Prokofievna, qui évidemment ne se contenait qu'au prix
d'un violent effort sur elle-même. — Prince, si on cesse de
lire, je me brouille avec toi.

Force fut à Kolia d'obéir. Le visage en feu, il poursuivit
d'une voix tremblante la lecture de l'article :

« Mais, tandis que notre jeune millionnaire se trouvait,
pour ainsi dire, dans l'Empyrée, survint une circonstance
d'un genre tout autre. Un beau matin arrive chez lui un
homme au visage calme et sévère, à la mise modeste, mais
distinguée. Dans un langage poli quoique digne et conforme
à la justice, le visiteur en qui on devine un esprit progressiste, expose brièvement le motif qui l'amène : il est avocat;
une affaire lui a été confiée par un jeune homme, il vient de
la part de son client. Ce jeune homme n'est ni plus ni moins
que le fils de P..., quoiqu'il porte un autre nom. Dans sa
jeunesse, le voluptueux P... avait séduit une jeune fille
pauvre et honnête; c'était une serve, mais elle avait reçu
une éducation européenne. Ensuite, voyant qu'elle était
devenue enceinte, il s'était empressé de la marier à un
homme d'un noble caractère qui aimait depuis longtemps

cette jeune fille. D'abord il vint en aide au ménage, mais il dut bientôt y renoncer, le mari, dans sa noblesse d'âme, ne voulant recevoir de lui aucune assistance. Peu à peu l'insouciant barine oublia et son ancienne maîtresse et l'enfant issu des relations qu'il avait eues avec elle; puis, comme on sait, il mourut sans avoir fait de testament. Le fils de P..., né après le mariage de sa mère, trouva un véritable père dans l'homme généreux dont il portait le nom. Mais celui-ci étant venu à mourir, l'orphelin resta seul pour subvenir à ses besoins et à ceux d'une mère souffrante, valétudinaire, privée de l'usage de ses jambes. Tandis qu'elle habitait dans une province éloignée, il se mit à courir le cachet dans la capitale, et, grâce à un noble travail de tous les jours, il se créa des ressources qui lui permirent d'abord de suivre les cours du gymnase, puis d'entrer à l'Université. Mais qu'est-ce qu'on gagne à donner chez les marchands russes des leçons payées dix kopeks, surtout quand on a à sa charge l'entretien d'une mère malade et infirme? C'est à peine même si la mort de cette dernière a diminué pour le jeune homme les difficultés de l'existence. Maintenant, voici une question : comment, pour être juste, notre rejeton devait-il raisonner? Sans doute, lecteur, vous pensez qu'il s'est dit : « Toute ma vie j'ai été comblé de bienfaits par P...; il a sacrifié des dizaines de mille roubles pour m'élever, me donner des institutrices et m'entretenir en Suisse dans une maison de santé. Or voici qu'à présent j'ai des millions, et le fils de P..., ce noble jeune homme bien innocent des fautes d'un père léger et oublieux, s'épuise misérablement à courir le cachet. Tout ce qui a été fait pour moi aurait dû, en bonne justice, être fait pour lui. Ces sommes énormes qui ont été dépensées dans mon intérêt, au fond n'étaient pas à moi. Je n'en ai bénéficié que par une erreur de l'aveugle fortune; elles revenaient au fils de P... C'est lui qui devait en profiter, et non moi, à qui P... s'est intéressé par pur caprice, au mépris de ses devoirs paternels. Pour agir en homme vraiment noble, délicat, juste, je devrais céder la moitié de mon héritage au fils de mon bienfaiteur; mais comme je fais passer l'économie avant tout, et que, d'autre part, je comprends très-bien que cette affaire n'est pas juridique, je ne donnerai pas la moitié de mes millions. Toutefois je commettrais une bassesse trop criante, une infamie trop éhontée, si maintenant, du moins, je ne rendais pas au fils de P... les dizaines de mille roubles que ce dernier a dépensées pour me guérir de l'idiotisme. Ici c'est simplement une affaire de conscience et de stricte justice. Que serais-je devenu, en effet, si P... ne s'était pas chargé de mon éducation et si, au lieu de s'occuper de moi, il avait pris soin de son fils? »

« Mais non, messieurs! Nos rejetons ne raisonnent pas ainsi. L'avocat qui, par pure amitié pour le jeune homme et presque malgré lui, presque de force, avait pris en main ses intérêts, eut beau invoquer toutes les considérations de justice, de délicatesse, d'honneur et même de simple calcul, le pensionnaire de la maison de santé suisse resta inébranlable. Tout cela ne serait rien encore, mais voici ce qui est réellement impardonnable et ce qu'aucune maladie intéressante ne saurait excuser : ce millionnaire, à peine sorti des guêtres de son professeur, ne put même pas comprendre que le noble jeune homme qui se tue à donner des leçons lui demandait non une charité, non un secours, mais son droit et son dû, bien que cette créance ne soit pas juridique; que même, à proprement parler, il ne demandait rien et que c'étaient seulement ses amis qui faisaient une démarche en sa faveur. Avec la tranquille insolence d'un richard fort de ses millions, notre rejeton tire majestueusement de son portefeuille un billet de cinquante roubles et l'envoie au noble jeune homme par manière d'humiliante aumône. Vous ne le croyez pas, messieurs? Vous êtes révoltés, scandalisés, vous éclatez en cris d'indignation, et pourtant il a fait cela! Bien entendu, l'argent lui a été aussitôt renvoyé, ou, pour mieux dire, jeté au visage. L'affaire n'est pas du ressort des tribunaux, il ne reste donc qu'à la livrer au jugement de l'opinion publique; c'est ce que nous faisons, en garantissant au lecteur l'exactitude de tous les détails que nous venons de raconter ».

Quand Kolia eut fini, il passa vivement le journal au prince; puis, sans dire un mot, il courut se cacher dans un coin et couvrit son visage de ses mains. Un inexprimable sentiment de honte s'était emparé de lui; son âme enfantine, peu familiarisée encore avec les turpitudes humaines, était révoltée au delà de toute mesure. Il lui semblait qu'il venait de se passer quelque chose d'extraordinaire, une catastrophe subite, et que lui-même en était presque la cause, par cela seul qu'il avait lu tout haut ce factum.

Mais tous les autres paraissaient éprouver une impression du même genre.

Les demoiselles se sentaient gênées et honteuses. Élisabeth Prokofievna, violemment irritée, s'efforçait de se contenir; peut-être aussi regrettait-elle amèrement son intervention dans l'affaire; à présent elle gardait le silence. Chez le prince s'était produit ce qui a lieu souvent en pareil cas chez les gens très-timides : la conduite d'autrui lui causait une telle honte, il était si humilié pour ses visiteurs, que dans le premier moment il n'osa même pas les regarder. Ptitzine, Varia, Gania, Lébédeff lui-même, — tous avaient l'air un peu confus. Chose plus étrange encore, Hippolyte et le « fils de Pavlichtcheff » paraissaient légèrement étonnés aussi; le mécontentement du neveu de Lébédeff était visible. Seul le boxeur restait parfaitement calme, il tordait ses moustaches avec une gravité compassée, et, s'il baissait un peu les yeux, ce n'était point certes par confusion, mais, semblait-il, par une noble modestie, comme un homme qui ne veut pas triompher insolemment. Il était clair que l'article lui plaisait au plus haut point.

— C'est le diable sait quoi, grommela à demi-voix Ivan Fédorovitch, — cinquante laquais, certainement, se sont réunis pour composer cela.

— Permettez-moi de vous demander, monsieur, comment

vous pouvez émettre des conjectures si injurieuses! dit Hippolyte tout tremblant.

— Cela, cela, cela pour un homme noble... vous en conviendrez vous-même, général, si l'auteur est un homme noble, cela est une insulte! gronda tout à coup le boxeur qui continuait à tordre ses moutaches, tandis que des mouvements saccadés secouaient ses épaules et son corps.

— D'abord, il ne vous appartient pas de m'appeler « monsieur »; ensuite, je n'entends vous donner aucune explication, répondit avec véhémence Ivan Fédorovitch; puis, sans ajouter un mot, il se leva, se dirigea vers l'escalier qui mettait la terrasse en communication avec la rue, et resta debout sur la première marche, le dos tourné au public. Le général était indigné contre Élisabeth Prokofievna, qui, même en ce moment, ne pensait pas à se retirer.

— Messieurs, messieurs, permettez-moi donc enfin de parler, messieurs, s'écria le prince, agité et anxieux, — je vous en prie, causons de façon à nous comprendre. Je laisse de côté l'article, messieurs, je me borne à faire observer qu'il est faux d'un bout à l'autre; je le dis, parce que vous le savez vous-mêmes; c'est une honte. Décidément, je m'étonne même que l'un de vous ait écrit cela.

— J'ignorais jusqu'à ce moment l'existence de cet article, déclara Hippolyte; — je ne l'approuve pas.

— Je savais qu'il avait été écrit, mais... moi non plus je n'aurais pas conseillé de le publier, parce que c'était trop tôt, dit à son tour le neveu de Lébédeff.

— Je savais, mais j'ai le droit... je... commença à baragouiner le « fils de Pavlichtcheff ».

— Comment! c'est vous-même qui avez rédigé tout cela? demanda le prince en considérant Bourdovsky avec curiosité : — mais ce n'est pas possible!

— On pourrait vous contester le droit de poser des questions semblables, observa le neveu de Lébédeff.

— Je m'étonnais seulement que monsieur Bourdovsky eût pu... mais... voici ce que je voulais dire : du moment que vous avez déjà livré cette affaire à la publicité, pourquoi donc vous êtes-vous tant formalisés tout à l'heure, quand j'ai commencé à en parler devant mes amis?

— Enfin! murmura Élisabeth Prokofievna indignée.

Lébédeff n'y tint plus; en proie à une sorte de fièvre, il se faufila brusquement parmi les chaises.

— Et même, prince, cria-t-il, — vous oubliez que si vous avez consenti à les recevoir et à les entendre, c'est uniquement par un effet de votre bon cœur qui n'a pas son pareil, car ils n'avaient nullement le droit d'exiger cela, d'autant plus que vous aviez déjà confié cette affaire à Gabriel Ardalionovitch, ce qui a encore été une immense bonté de votre part. Vous oubliez aussi, excellentissime prince, qu'ayant en ce moment chez vous vos amis, une société d'élite, vous ne pouvez sacrifier une telle compagnie pour ces messieurs, et qu'il ne dépend que de vous de les faire jeter tous à la porte immédiatement. Comme maître de la maison, ce serait même avec le plus grand plaisir que je...

— Parfaitement juste! approuva bruyamment le général Ivolguine.

— Assez, Lébédeff, assez, assez..... commença le prince, mais une clameur d'indignation couvrit ses paroles.

— Non, excusez, prince, excusez, maintenant cela ne suffit plus! cria le neveu de Lébédeff, dont la voix domina toutes les autres : — il faut à présent poser la question avec netteté, car il est clair qu'on ne la comprend pas. On fait intervenir ici la chicane juridique, et, en se fondant sur cette chicane, on menace de nous mettre à la porte! Vraiment, prince, nous croyez-vous assez bêtes pour ne pas comprendre nous-mêmes que notre affaire n'est nullement juridique, et qu'à considérer la chose au point de vue légal nous n'avons pas le droit de vous réclamer un rouble? Mais nous savons aussi que, si le droit positif est contre nous, en revanche, nous avons de notre côté le droit humain, le droit naturel, le droit du bon sens et de la conscience, dont les prescriptions, lors même qu'elles ne figurent pas dans les misérables codes des jurisconsultes, n'en obligent pas moins tout homme noble et honnête, c'est-à-dire tout homme d'un jugement sain. Si nous sommes venus ici sans craindre qu'on nous jetât à la porte (comme vous nous en avez menacés tout à l'heure) à cause du caractère impératif de notre réclamation et aussi de l'inconvenance d'une visite faite à une heure si avancée, — du reste, il n'était pas tard quand nous sommes arrivés, mais vous nous avez fait attendre dans votre antichambre, — si, dis-je, nous sommes entrés sans rien craindre, c'est précisément parce que nous comptions trouver en vous un homme de bon sens, je veux dire un homme d'honneur et de conscience. Oui, cela est vrai, nous ne nous sommes pas présentés humblement, à la manière de vos flatteurs et de vos parasites, mais la tête haute, comme il sied à des hommes indépendants; nous n'avons pas formulé une prière, mais une sommation fière et libre (vous entendez, nous ne sollicitons pas, nous exigeons, notez ce point!). Nous vous le demandons carrément et avec dignité : croyez-vous, dans l'affaire de Bourdovsky, avoir le droit pour vous? Reconnaissez-vous que Pavlichtcheff vous a comblé de bienfaits et peut-être même sauvé de la mort? Si vous le reconnaissez (ce qui va de soi), avez-vous l'intention, maintenant que vous êtes millionnaire, trouvez-vous conforme à la justice d'indemniser le malheureux fils de Pavlichtcheff, quoiqu'il porte le nom de Bourdovsky? Oui ou non? Si c'est *oui*, en d'autres termes, si vous possédez ce que vous appelez dans votre langage de l'honneur et de la conscience, et ce que nous nommons, avec plus de justesse, du bon sens, alors faites droit à notre demande, et ce sera une affaire finie. Donnez-nous satisfaction, sans prières et sans remercîments de notre part; n'en attendez pas de nous, car ce que vous ferez sera fait non pour nous, mais pour la justice. Si vous refusez de nous satisfaire, c'est-à-dire si vous répondez : *non*, nous nous retirerons sur-le-champ et l'affaire sera terminée. Mais nous vous dirons en face, devant toutes les personnes présentes, que vous êtes un homme d'un esprit

grossier et d'un développement inférieur ; nous vous dénie-
rons ouvertement le droit de parler désormais de votre
honneur et de votre conscience, parce que ce droit, vous
voulez l'acheter à trop bon marché. J'ai fini. J'ai posé la
question. Chassez-nous donc maintenant, si vous l'osez. Vous
pouvez le faire, vous avez la force. Mais rappelez-vous que
nous exigeons, et que nous ne sollicitons pas. Nous exigeons,
nous ne sollicitons pas !...

Sur ces mots prononcés avec une extrême chaleur, le
neveu de Lébédeff s'arrêta.

— Nous exigeons, nous exigeons, nous exigeons, et nous
ne sollicitons pas !... bégaya Bourdovsky, rouge comme un
homard.

Après le discours du neveu de Lébédeff, un certain mouvement se produisit dans la société ; des murmures même
se firent entendre, quoique, à l'exception de Lébédeff toujours fort animé, tous évitassent avec un soin marqué de
s'immiscer dans l'affaire. Chose étrange, l'employé qui évidemment était pour le prince semblait fier de l'éloquence
de son neveu ; du moins il promenait sur le public un regard
où perçait une vaniteuse satisfaction.

— Selon moi, commença le prince d'un ton assez bas, —
selon moi, vous avez parfaitement raison, monsieur Doktorenko, dans la moitié de ce que vous venez de dire ; je consens même à vous faire la part beaucoup plus large encore,
et je serais tout à fait d'accord avec vous si, dans vos paroles,
vous n'aviez pas perdu de vue quelque chose. Ce qui vous a
échappé, je ne suis pas en état de vous le dire d'une façon
bien précise, mais certainement il manque quelque chose
à votre langage pour être tout à fait juste. Du reste, laissons
cela et revenons à l'affaire. Dites-moi, messieurs, pourquoi
avez-vous publié cet article ? Il ne renferme pas un mot qui
ne soit une calomnie ; aussi, messieurs, selon moi, vous avez
fait une bassesse.

— Permettez !...

— Monsieur !...

— Cela... cela... cela... firent tous ensemble les visiteurs, violemment émus.

— Pour ce qui est de l'article, répliqua Hippolyte de sa voix glapissante, — je vous ai déjà dit que ni les autres ni moi ne l'approuvons! Voici celui qui l'a écrit! ajouta-t-il en montrant le boxeur assis à côté de lui : — il a rédigé cela, je le reconnais, sans plus respecter la langue que les convenances, il y a mis son style d'ancien troupier. C'est un imbécile doublé d'un chevalier d'industrie, j'en conviens, et je ne me gêne pas pour le lui dire tous les jours à lui-même. Mais, en somme, il était à moitié dans son droit : la publicité est le droit légitime de chacun, et, par conséquent aussi, celui de Bourdovsky. Que lui-même réponde de ses sottises. Quant à la protestation que tantôt j'ai élevée au nom de tous contre la présence de vos amis, je crois nécessaire de vous expliquer, messieurs, que j'ai protesté uniquement pour affirmer notre droit, mais qu'en réalité nous désirons même qu'il y ait des témoins; tout à l'heure déjà, avant d'entrer ici, nous étions tous quatre d'accord là-dessus. Quels que soient vos témoins, fussent-ils même vos amis, peu nous importe. Comme ils ne peuvent pas ne pas reconnaître le droit de Bourdovsky (vu que ce droit est palpable, mathématique), il vaut encore mieux que ces témoins soient vos amis : la vérité n'en ressortira qu'avec plus d'évidence.

— C'est vrai, nous étions d'accord sur ce point, confirma le neveu de Lébédeff.

— Si tel était votre désir, pourquoi donc tantôt avez-vous commencé par jeter les hauts cris? demanda le prince étonné.

Le boxeur avait une terrible envie de placer son petit mot; excité sans doute par la présence des dames, il se sentait tout gaillard.

— Quant à l'article, prince, dit-il, — je m'en reconnais l'auteur, bien qu'il vienne d'être éreinté par mon maladif ami, à qui, en raison de son triste état de santé, j'ai l'habitude de pardonner beaucoup de choses. Mais je l'ai composé et publié sous forme de correspondance dans le journal d'un

ami sincère. Je l'ai seulement lu à Bourdovsky, et 'encore
pas tout entier; il m'a immédiatement autorisé à le publier,
mais convenez que je pouvais le faire paraître, même sans
avoir son consentement. La publicité est un droit universel,
noble et bienfaisant. J'espère que vous-même, prince, êtes
trop progressiste pour le nier...

— Je ne nie rien, mais avouez que votre article...

— Est roide, voulez-vous dire? Mais c'est en quelque sorte
l'intérêt de la société qui veut cela, convenez-en vous-même,
et enfin est-il possible de passer sous silence un fait criant?
Tant pis pour les coupables, mais le bien de la société avant
tout. Quant à certaines inexactitudes, à certaines hyperboles,
pour ainsi dire, vous conviendrez aussi que l'important, c'est
l'initiative, le but, l'intention. Avant tout, il s'agit d'un
exemple bienfaisant, plus tard nous examinerons les cas
particuliers; et enfin, en ce qui concerne le style, eh bien, c'est,
pour ainsi dire, un morceau humoristique, et enfin tout le
monde écrit comme cela, convenez-en vous-même! Ha, ha!

— Mais vous vous êtes complétement fourvoyés, je vous
l'assure, messieurs! cria le prince, — vous avez publié l'article dans la supposition que je ne consentirais jamais à
satisfaire monsieur Bourdovsky; partant de là, vous avez
voulu, par cette publication, m'intimider et tirer vengeance
de mon e! us présumé. Mais que saviez-vous de mes intentions? Il se peut que j'aie résolu de donner satisfaction à monsieur Bourdovsky. Je vous déclare maintenant sans détour,
devant toutes les personnes présentes, que je le satisferai...

— Voilà, enfin, la parole noble et intelligente d'un homme
intelligent et très-noble! proclama le boxeur.

— Mon Dieu! s'écria involontairement Élisabeth Prokofievna.

— C'est intolérable! grommela le général.

— Permettez donc, messieurs, permettez, supplia le prince,
— je vais exposer l'affaire : il y a cinq semaines, me trouvant
à Z..., j'ai reçu la visite de Tchébaroff, votre fondé de pouvoir, monsieur Bourdovsky. Vous avez fait de lui, monsieur

Keller, un portrait extrêmement flatteur dans votre article, poursuivit le prince en se tournant avec un sourire vers le boxeur; — mais il ne m'a pas plu du tout. J'ai compris à première vue que ce Tchébaroff était la cheville ouvrière de tout cela, et que, pour parler franchement, il vous avait peut-être amené, monsieur Bourdovsky, à produire cette réclamation en abusant de votre simplicité.

— Vous n'avez pas le droit... je ne suis pas... simple... cela... balbutia Bourdovsky fort agité.

— Vous n'avez nullement le droit de faire de pareilles suppositions, observa d'un ton d'autorité le neveu de Lébédeff.

— C'est offensant au plus haut degré! vociféra Hippolyte; — c'est une supposition blessante, fausse et hors de propos.

— Pardon, messieurs, pardon, s'excusa aussitôt le prince : — je vous en prie, pardonnez-moi; j'avais pensé qu'il valait mieux procéder de part et d'autre avec une entière franchise, mais, du reste, c'est comme vous voudrez. J'ai répondu à Tchébaroff que, n'étant pas à Pétersbourg, j'allais immédiatement charger un ami de suivre cette affaire et que je vous le ferais savoir, monsieur Bourdovsky. Je n'hésite pas à vous le dire, messieurs, c'est précisément l'intervention de Tchébaroff qui m'a fait soupçonner ici une filouterie... Oh! ne vous offensez pas de mes paroles, messieurs : pour l'amour de Dieu, ne soyez pas si susceptibles! s'écria le prince effrayé en voyant que Bourdovsky se fâchait de nouveau et que les autres recommençaient à protester : — si je dis que j'ai considéré cette affaire comme une filouterie, il n'y a là rien qui puisse vous être personnel! Je ne connaissais alors personnellement aucun de vous, j'ignorais vos noms; j'ai jugé d'après Tchébaroff seul; je parle en général, car... si vous saviez seulement combien on m'a floué depuis que j'ai fait un héritage!

— Prince, vous êtes terriblement naïf, remarqua d'un ton moqueur le neveu de Lébédeff.

— Et avec cela — prince et millionnaire! Quoique vous ayez peut-être, en effet, le cœur bon et simple, pourtant vous ne

pouvez pas, sans doute, échapper à la loi commune, déclara
hautement Hippolyte.

— Peut-être, c'est fort possible, s'empressa d'admettre le
prince, — quoique je ne comprenne pas de quelle loi commune vous parlez. Mais je continue, seulement ne vous for-
malisez pas mal à propos; je vous jure que je n'ai pas la
moindre intention de vous blesser. Et qu'est-ce que c'est
que cela, en effet, messieurs? On ne peut pas dire une seule
parole sincère sans qu'aussitôt vous vous gendarmiez! Mais,
d'abord, j'ai été stupéfait quand Tchébaroff m'a appris
qu'il existait un « fils de Pavlichtcheff », et que ce fils se trouvait dans une situation si affreuse. Pavlichtcheff a été mon
bienfaiteur et l'ami de mon père. (Ah! pourquoi, monsieur
Keller, avez-vous dans votre article imputé à mon père des
faits absolument controuvés? Il n'a dissipé aucune somme
appartenant à sa compagnie et n'a maltraité aucun de ses
subordonnés, — de cela je suis positivement convaincu; et
comment votre main ne s'est-elle pas refusée à écrire une
pareille calomnie?) Mais vos assertions en ce qui concerne
Pavlichtcheff, celles-là sont tout à fait intolérables! De cet
homme si noble vous n'hésitez pas à faire un libertin, vous
le traitez de voluptueux avec autant d'assurance que si vous
disiez la vérité, et pourtant il n'y a jamais eu au monde
d'homme plus chaste! C'était même un savant remarquable;
il était en correspondance avec plusieurs célébrités scientifiques, et il a dépensé beaucoup d'argent dans l'intérêt de la
science. Quant à son cœur, quant à ses bonnes actions, oh!
sans doute, vous avez été dans le vrai en écrivant qu'alors
j'étais presque idiot et que je ne pouvais rien comprendre
(le russe, pourtant, je le parlais et le comprenais), mais je
puis apprécier tout ce qu'à présent je me rappelle...

— Permettez, cria Hippolyte, — ne sera-ce pas trop senti-
mental? Nous ne sommes pas des enfants. Vous vouliez aller
droit au fait, il est plus de neuf heures, n'oubliez pas cela.

— Soit, soit, messieurs, reprit le prince; — tout d'abord,
j'avais accueilli cette nouvelle avec défiance, puis je me dis

que je me trompais peut-être et que Pavlichtcheff pouvait,
en effet, avoir eu un fils. Mais je fus profondément étonné
de la facilité avec laquelle ce fils révélait le secret de sa
naissance et déshonorait sa mère. Car Tchébaroff, dans son
entretien avec moi, m'avait déjà menacé de la publicité.....

— Quelle bêtise! interrompit violemment le neveu de
Lébédeff.

— Vous n'avez pas le droit..... vous n'avez pas le droit!
cria Bourdovsky.

— Le fils n'est pas responsable des désordres de son père.
et la mère n'est pas coupable, ajouta avec feu Hippolyte.

— C'était, me semble-t-il, une raison de plus pour épargner..., observa timidement le prince.

— Prince, non-seulement vous êtes naïf, mais peut-être
vous dépassez les limites de la naïveté, dit avec un sourire
sarcastique le neveu de Lébédeff.

— Et quel droit aviez-vous?... fit de la voix la plus étrange
Hippolyte.

— Aucun, aucun! se hâta de reconnaître le prince : — en
cela vous avez raison, je l'avoue, mais ç'a été involontaire,
et immédiatement je me suis dit que je n'avais pas à considérer ici mes sentiments personnels, que si moi-même je
me croyais tenu de faire droit à la demande de monsieur Bourdovsky par égard pour la mémoire de Pavlichtcheff, je devais y faire droit en tout état de cause, c'est-à-dire, que
j'estimasse ou non monsieur Bourdovsky. Si j'ai parlé de cela,
messieurs, c'est seulement parce qu'il m'a semblé peu naturel
qu'un fils livrât ainsi à la publicité le secret de sa mère...
Bref, voilà surtout ce qui m'a convaincu que Tchébaroff devait
être une canaille et que, lui-même avait trompé monsieur
Bourdovsky pour le pousser à cette tentative d'escroquerie.

— Mais c'est impossible! s'écrièrent les visiteurs, dont
plusieurs même se dressèrent brusquement sur leurs pieds.

— Messieurs! Mais d'après cela j'ai jugé aussi que le malheureux monsieur Bourdovsky devait être un homme simple,
sans défense, un instrument commode entre les mains des

filous; c'est pourquoi je ne m'en suis cru que plus obligé
de lui être utile, comme au « fils de Pavlichtcheff », —
d'abord en l'arrachant à l'influence de monsieur Tchébaroff,
puis en devenant pour lui un guide affectueux et dévoué;
enfin, j'ai résolu de lui donner dix mille roubles, c'est-à-dire
l'équivalent de tous les frais que, suivant mon estimation,
Pavlichtcheff a pu faire pour moi..

— Comment! seulement dix mille! cria Hippolyte.

— Eh bien, prince, vous n'êtes pas fort sur l'arithmétique,
ou bien vous êtes très-fort, quoique vous vous donniez des
airs de benêt, répliqua à son tour le neveu de Lébédeff.

— Je n'accepte pas dix mille roubles, dit Bourdovsky.

— Antip! accepte! murmura vivement le boxeur en se
penchant derrière la chaise d'Hippolyte pour donner ce conseil à son ami; — prends toujours ça en attendant; pour le
reste, nous verrons plus tard!

— Permettez, monsieur Muichkine, vociféra Hippolyte : —
comprenez que nous ne sommes pas des imbéciles, de plats
imbéciles, comme le pensent apparemment tous vos visiteurs, ces dames qui nous regardent avec des sourires si
méprisants, et surtout ce monsieur du grand monde (il montrait Eugène Pavlovitch), que naturellement, je n'ai pas l'honneur de connaître, mais dont je crois avoir quelque peu
entendu parler...

— Permettez, permettez, messieurs, encore une fois vous
ne m'avez pas compris! interrompit avec agitation le prince :
— d'abord, vous, monsieur Keller, dans votre article, vous
avez singulièrement exagéré l'importance de ma fortune :
je suis loin de posséder des millions, mon héritage n'est peut-
être que le huitième ou le dixième de ce que vous supposez.
En second lieu, il s'en faut de beaucoup que mon entretien en Suisse ait coûté des dizaines de mille roubles :
Schneider recevait six cents roubles par an, et encore ma
pension n'a été payée que pendant les trois premières années.
Quant aux jolies institutrices que Pavlichtcheff aurait fait
venir de Paris, elles n'ont jamais existé que dans l'imagina-

tion de monsieur Keller; c'est encore une calomnie. A mon avis, le total des sommes qui ont été dépensées pour moi reste fort au-dessous de dix mille roubles, mais je me suis arrêté à ce chiffre, et vous conviendrez vous-mêmes que, réglant une dette, je ne pouvais pas offrir davantage à monsieur Bourdovsky, si bien disposé que je fusse pour lui : la délicatesse même ne me le permettait pas, car j'aurais eu l'air, non de m'acquitter envers lui, mais de lui faire une aumône. Je ne sais pas, messieurs, comment vous ne comprenez pas cela! Du reste, je comptais bien ne pas m'en tenir là, mon intention était d'intervenir amicalement, par la suite, pour adoucir le sort du malheureux monsieur Bourdovsky. Évidemment il a été trompé, car, sans cela, il n'aurait pas pu consentir à une bassesse telle que, par exemple, la révélation scandaleuse au sujet de sa mère dans l'article de monsieur Keller... Mais enfin, messieurs, pourquoi vous emportez-vous encore? Nous ne parviendrons donc jamais à nous comprendre! Eh bien, l'événement m'a donné raison! Je viens de me convaincre par mes propres yeux que ma conjecture était juste! ajouta le prince en s'échauffant.

Il voulait calmer ses auditeurs, et il ne s'apercevait pas que ses paroles avaient pour seul effet de les irriter encore plus.

— Comment? De quoi vous êtes-vous convaincu? lui demandèrent-ils avec colère.

— D'abord, j'ai pu à présent me faire une idée très-exacte de monseiur Bourdovsky, je vois moi-même ce qu'il est... C'est un homme innocent, mais que tout le monde trompe! Un homme sans défense..... Aussi dois-je être indulgent pour lui. En second lieu, Gabriel Ardalionovitch, que j'avais chargé de cette affaire et dont j'étais sans nouvelles depuis longtemps, —car je me trouvais en voyage, et, revenu à Pétersbourg, j'ai été malade pendant trois jours, — Gabriel Ardalionovitch, il y a une heure, dès sa première entrevue avec moi, m'a appris qu'il avait éventé tous les desseins de Tchébaroff, qu'il possédait des preuves, et que Tchébaroff était précisément ce que j'avais supposé. Je sais, messieurs, que beaucoup de gens me considèrent comme un idiot. Sur ma réputation d'homme qui dénoue facilement les cordons de sa bourse, Tchébaroff a cru qu'il était très-aisé de me flouer, surtout en exploitant la reconnaissance que je garde à Pavlichtcheff. Mais le principal, c'est que... écoutez donc, messieurs, laissez-moi achever !..... le principal, c'est qu'il se trouve à présent que monsieur Bourdovsky n'est pas du tout le fils de Pavlicht-cheff ! Gabriel Ardalionovitch m'a communiqué tout à l'heure cette découverte, et il assure qu'il s'est procuré des preuves positives. Eh bien, que vous en semble ? Est-ce impossible à croire après tous les tours qu'on m'a déjà joués ? Notez qu'il existe, paraît-il, des preuves positives ! Je ne le crois pas encore, moi-même je ne le crois pas, soyez-en sûrs ; pour le moment je reste dans le doute, parce que Gabriel Ardalio-novitch n'a pas encore eu le temps de me donner tous les détails ; mais que Tchébaroff soit une canaille, il n'y a plus lieu d'en douter maintenant ! Il a trompé et le malheureux monsieur Bourdovsky, et vous tous, messieurs, qui êtes venus noblement soutenir votre ami (car il a évidemment besoin d'appui, je comprends cela !) ; il a abusé de votre crédulité à tous pour vous impliquer dans une affaire d'escroquerie, attendu qu'au fond cette revendication n'est pas autre chose !

— Comment ! une escroquerie ?... Comment ! il n'est pas le « fils de Pavlichtcheff » ?... Comment est-ce possible ?...

Ces exclamations n'exprimaient que bien faiblement la profonde stupeur dans laquelle les paroles du prince avaient plongé toute la société de Bourdovsky.

— Mais certainement, c'est une escroquerie ! Voyons, du moment que monsieur Bourdovsky n'est pas le fils de Pav-lichtcheff, sa réclamation ne constitue ni plus ni moins qu'une tentative d'escroquerie (en supposant, bien entendu, qu'il savait la vérité !), mais le fait est qu'on l'a trompé ; j'insiste sur ce point pour le justifier, je répète que sa simplicité le rend digne de pitié et qu'il ne peut rester sans appui ; autre-ment il aurait agi comme un fripon dans cette affaire. Mais je suis persuadé qu'il ne comprend rien! J'étais moi-même dans une situation semblable avant d'aller en Suisse; je balbutiais aussi des mots incohérents, — on veut exprimer sa pensée et on ne peut pas..... Je comprends cela; je puis d'autant mieux compatir à la position de monsieur Bourdovsky, que je me suis vu à peu près dans le même état que lui, il m'est permis d'en parler! Et enfin, quoiqu'il n'y ait plus maintenant de « fils de Pavlichtcheff », et que tout cela se trouve être une mystification, néanmoins je ne changerai rien à ce que j'ai décidé, et je suis prêt à donner dix mille roubles en souvenir de Pavlichtcheff. Avant la réclamation de monsieur Bourdovsky, je me proposais de fonder avec cet argent une école pour honorer la mémoire de mon bienfaiteur, mais je l'honorerai tout aussi bien en offrant ces dix mille roubles à monsieur Bourdovsky, vu que, s'il n'est pas le « fils de Pavlichtcheff », il a été traité par lui presque comme un fils. C'est même cette circonstance qui a permis à un fourbe de le tromper; il s'est cru de bonne foi « fils de Pavlichtcheff »! Écoutez donc, messieurs, Gabriel Ardalionovitch; il faut en finir avec cette affaire, ne vous fâchez pas, ne vous agitez pas, asseyez-vous! Gabriel Ardalionovitch va à l'instant vous expliquer tout cela, et moi-même, je l'avoue, je suis extrêmement désireux de connaître la chose dans tous ses détails. Il dit qu'il est même allé voir votre mère à Pskoff, monsieur Bourdovsky : elle n'est pas morte le moins du monde, comme le prétend le journal qu'on nous a lu tout à l'heure... Asseyez-vous, messieurs, asseyez-vous!

Le prince s'assit et réussit enfin à faire rasseoir toute la société de monsieur Bourdovsky. Durant les dix ou vingt dernières minutes, impatienté par de continuelles interruptions, il avait élevé la voix et mis une extrême vivacité dans son langage. A présent sans doute il regrettait amèrement plusieurs paroles qui lui étaient échappées dans le feu de la discussion. Si on ne l'avait pas en quelque sorte poussé à bout, il ne se serait pas permis de formuler si ouvertement certaines conjectures. Mais dès qu'il se fut assis, de poignants remords déchirèrent son cœur. Outre qu'il avait « offensé » Bourdovsky en déclarant devant témoins qu'il le supposait atteint de la maladie dont lui-même s'était guéri en Suisse, il se reprochait, comme une grossière indélicatesse de lui avoir offert les dix mille roubles en présence de tout le monde. « J'aurais dû attendre jusqu'à demain et lui offrir cet argent lorsque nous nous serions trouvés seul à seul, — pensait le prince, — maintenant il est trop tard, le mal est fait! Oui, je suis un idiot, un véritable idiot! » décida-t-il à part soi, pénétré de honte et de douleur.

Jusqu'alors Gabriel Ardalionovitch était resté à l'écart et n'avait pas ouvert la bouche. Sur l'invitation du prince, il vint se placer à côté de lui, puis, d'une voix calme et nette, commença à rendre compte de la mission confiée à ses soins. Toutes les conversations cessèrent instantanément. Tous, — et en particulier la société de Bourdovsky, — se mirent à écouter avec une curiosité extraordinaire.

I X

— Vous ne nierez pas sans doute, dit Gabriel Ardaliono-vitch à Bourdovsky, qui, visiblement ahuri, l'écoutait de toutes ses oreilles en fixant sur lui de grands yeux étonnés, — vous ne voudrez pas nier sérieusement que vous ne soyez né juste deux ans après le mariage légitime de votre honorée mère avec monsieur le secrétaire de collége Bour-dovsky, votre père. Rien n'est plus facile que d'établir par des faits l'époque de votre naissance; aussi ne peut-on voir qu'un jeu de l'imagination de monsieur Keller dans la ver-sion si offensante pour votre mère et pour vous qu'il a donnée de cet événement; du reste, son but, en altérant ainsi la vérité, était de rendre votre droit plus évident et de servir vos intérêts. Monsieur Keller dit qu'il vous a au préalable donné connaissance de son article sans toutefois vous le lire en entier... assurément il ne vous a pas lu ce passage...

— Je ne le lui ai pas lu, en effet, interrompit le boxeur, — mais tous les faits m'avaient été communiqués par un personnage compétent, et je...

— Pardon, monsieur Keller, reprit Gabriel Ardaliono- vitch, — laissez-moi parler. Je vous assure qu'il sera fait mention de votre article en son lieu; alors vous pourrez présenter vos explications, mais pour le moment il vaut mieux ne pas anticiper. Tout à fait accidentellement, par l'entremise de ma sœur, Barbara Ardalionovna Ptitzine, j'ai obtenu de son amie intime, la veuve Viéra Alexievna Zoub- koff, propriétaire, une lettre écrite à cette dame il y a vingt-quatre ans par Nicolas Andréiévitch Pavlichtcheff, alors à l'étranger. Après m'être mis en rapport avec Viéra Alexievna, je me suis adressé, sur ses indications, au colo- nel en retraite Timoféi Fédorovitch Viazovkine, parent éloigné et autrefois grand ami de monsieur Pavlichtcheff. Il a remis entre mes mains deux autres lettres de Nicolas Andréiévitch, écrites également à l'étranger. Ces trois do- cuments, leurs dates et les faits qu'ils mentionnent prouvent mathématiquement, de la façon la plus irréfu- table, que dix-huit mois juste avant votre naissance, monsieur Bourdovsky, Nicolas Andréiévitch s'est rendu à l'étranger (où il a passé trois années consécutives). Votre mère, comme vous le savez, n'a jamais quitté la Russie... Il est trop tard pour que je lise ces lettres maintenant; je me borne à constater le fait. Mais si vous voulez, mon- sieur Bourdovsky, venir chez moi demain matin avec des témoins (aussi nombreux qu'il vous plaira) et des experts en écriture, je me fais fort de vous prouver l'exactitude absolue de ce que j'avance. Dès lors, naturellement, la question sera tranchée.

Les paroles de Gabriel Ardalionovitch causèrent une sen- sation profonde. Un mouvement général se produisit dans l'auditoire. Bourdovsky lui-même se leva brusquement.

— S'il en est ainsi, j'ai été trompé, trompé, mais pas par Tchébaroff; il y a longtemps, longtemps ; je ne veux pas d'experts, je ne veux pas aller chez vous, je vous crois, je me désiste... je refuse les dix mille roubles... adieu...

Il prit sa casquette et recula sa chaise pour s'en aller.

— Si cela vous est possible, monsieur Bourdovsky, restez encore cinq minutes, lui dit d'un ton aimable Gabriel Ardalionovitch. — J'ai encore à révéler quelques faits de la plus haute importance, surtout pour vous, en tout cas, très-curieux. A mon avis, il est indispensable que vous les connaissiez, et vous-même peut-être n'aurez pas à regretter que cette affaire soit complétement éclaircie.

Bourdovsky reprit silencieusement sa place et baissa la tête comme un homme plongé dans une profonde rêverie. Après lui se rassit de même le neveu de Lébédeff, qui s'était levé pour accompagner son ami; quoique Doktorenko n'eût perdu ni sa présence d'esprit ni son assurance, il paraissait fort désappointé. Hippolyte avait l'air maussade, chagrin et surtout étonné. En ce moment, du reste, il eut un si violent accès de toux que le mouchoir qu'il avait porté à ses lèvres fut couvert de sang. Le boxeur était presque terrifié.

—Eh, Antip! cria-t-il d'une voix lamentable. —Je t'avais bien dit l'autre jour... avant-hier, que tu n'étais peut-être pas le fils de Pavlichtcheff!

Les assistants accueillirent ces mots par des rires à demi étouffés; deux ou trois s'esclaffèrent bruyamment.

— Le fait que vous venez de communiquer, monsieur Keller, est très-précieux, reprit Gabriel Ardalionovitch. — Néanmoins, les données les plus exactes m'autorisent pleinement à affirmer que monsieur Bourdovsky, bien que parfaitement instruit, sans doute, de l'époque de sa naissance, ne connaissait pas du tout la circonstance de ce séjour de Pavlichtcheff à l'étranger, où Nicolas Andréiévitch a passé la plus grande partie de sa vie, ne revenant jamais en Russie que pour un temps très-court. En outre, le voyage dont il s'agit est, en soi, un fait trop insignifiant pour que les amis intimes de Pavlichtcheff s'en souviennent eux-mêmes après un laps de plus de vingt années ; à plus forte raison monsieur Bourdovsky devait-il l'ignorer, lui qui n'était pas encore né alors. Sans doute, comme l'événement l'a prouvé, il n'est pas impossible aujourd'hui de retrouver la preuve de ce déplacement. Mais je dois avouer que mon enquête a été puissamment aidée par le hasard et qu'elle pouvait fort bien ne pas aboutir. Aussi était-il réellement presque impossible à monsieur Bourdovsky et même à Tchébaroff de se renseigner, en supposant qu'ils aient eu l'idée de le faire. Mais ils ont pu aussi n'y pas songer...

Hippolyte coupa soudain la parole à Gabriel Ardaliononovitch.

— Permettez, monsieur Ivolguine, fit-il avec irritation, — à quoi bon tout ce galimatias (excusez-moi)? L'affaire est maintenant élucidée, nous consentons à admettre le point principal; pourquoi donc entrer dans tous ces détails pénibles et blessants? Vous voulez peut-être vanter l'habileté de vos recherches, faire mousser devant le prince et devant nous vos rares talents d'enquêteur et de *détective ?* Ou bien prétendez-vous excuser Bourdovsky, le disculper, en prouvant qu'il s'est engagé par ignorance dans cette affaire? Mais c'est de l'insolence, monsieur! Bourdovsky, vous devriez le savoir, n'a besoin ni d'être excusé, ni d'être disculpé par vous! C'est une offense pour lui, et sa situation est déjà bien assez délicate, bien assez pénible sans cela ; comment donc ne le comprenez-vous pas?...

— Assez, monsieur Térentieff, assez, répliqua Gabriel Ardalionovitch, — calmez-vous, ne vous irritez pas ; vous êtes très-souffrant, à ce qu'il paraît? Je compatis à votre état. En ce cas, si vous voulez, j'ai fini, c'est-à-dire que je serai forcé de résumer brièvement des faits dont, suivant ma conviction, il ne serait pas inutile de donner un exposé complet, ajouta-t-il en remarquant dans l'auditoire une agitation qui ressemblait à de l'impatience. — Je désire seulement établir, pour l'édification de tous les intéressés, que si Pavlichtcheff a témoigné tant de bienveillance à votre mère, monsieur Bourdovsky, c'est uniquement parce qu'elle était la sœur d'une jeune fille dont il avait été amoureux dans sa première jeunesse et qu'il aurait certainement épousée si elle n'était pas morte subitement. J'ai des preuves que cette circonstance absolument certaine n'a laissé qu'un souvenir très-faible, ou, pour mieux dire, qu'elle est maintenant tout à fait oubliée. Je pourrais expliquer comment votre mère, quand elle n'avait encore que dix ans, fut recueillie par monsieur Pavlichtcheff, qui pourvut à son éducation et plus tard lui constitua une dot importante. Cette affectueuse sollicitude inquiéta les nombreux collatéraux de Nicolas Andréié-vitch; ils lui supposèrent même l'intention d'épouser sa protégée. Mais, en fin de compte, arrivée à l'âge de vingt ans, elle donna sa main à un employé qui remplissait les fonctions d'arpenteur, monsieur Bourdovsky. Je pourrais même prouver péremptoirement que la jeune fille fit un mariage d'inclination. Des faits recueillis par moi il résulte que votre père, monsieur Bourdovsky, après avoir touché les quinze mille roubles formant la dot de sa femme, quitta le service pour se lancer dans des entreprises commerciales; comme c'était un homme tout à fait dépourvu d'esprit pratique, il fut trompé, perdit tout ce qu'il avait, puis se mit à boire pour oublier son malheur. Ces excès abrégèrent son existence, et il mourut huit ans après avoir épousé votre mère. Celle-ci, — elle-même le déclare, — resta dans la misère et serait morte de faim sans la généreuse assistance de Pavlichtcheff, qui lui alloua une pension annuelle de six cents roubles. Ensuite, d'innombrables témoignages établissent qu'il s'attacha extrêmement à vous dès votre jeune âge. De ces témoignages corroborés par l'attestation de votre mère, il ressort que Pavlichtcheff vous aima surtout parce que, dans votre enfance, vous paraissiez bègue, chétif et malingre. Or Nicolas Andréiévitch, — la chose m'est démontrée, — eut toute sa vie une prédilection particulière pour tous les disgraciés de la nature, surtout les enfants. Suivant moi, ce fait est de la plus haute importance dans l'espèce. Enfin, pour achever de mettre en lumière mes talents d'enquêteur, j'ajouterai que j'ai découvert un autre fait capital : en voyant combien Pavlichtcheff avait d'affection pour vous (c'est grâce à lui que vous êtes entré au gymnase et que vous avez fait vos études sous une surveillance particulière), ses parents et ses domestiques se persuadèrent peu à peu que vous étiez son fils, et que votre père n'avait été qu'un mari trompé. Mais, détail essentiel à noter, cette idée ne s'accrédita au point de devenir une conviction positive et générale que dans les dernières années de la vie de Pavlichtcheff, alors que tous les collatéraux tremblaient pour l'héritage, que les faits primitifs étaient oubliés et qu'il n'y avait plus moyen de tirer la chose au clair. Vous aussi, sans doute, monsieur Bourdovsky, vous avez eu vent de cette conjecture et vous n'avez pas hésité à l'admettre comme la vérité la plus certaine. Votre mère, dont j'ai eu l'honneur de faire la connaissance, était au courant de tous ces bruits, mais jusqu'à présent elle ignore (je le lui ai caché) que vous, son fils, vous y avez prêté une oreille si complaisante. A Pskoff, monsieur Bourdovsky, j'ai trouvé votre très-honorée mère malade et plongée dans la misère où elle est tombée depuis la mort de Pavlichtcheff. Elle m'a appris avec des larmes de reconnaissance que vous seul la faites vivre ; elle attend beaucoup de vous dans l'avenir et croit ardemment à vos futurs succès...

— C'est insupportable, à la fin ! dit avec impatience le neveu de Lébédeff. — A quoi bon tout ce roman?

— C'est révoltant d'inconvenance! ajouta Hippolyte, bondissant de colère.

Mais Bourdovsky garda le silence et ne fit même aucun mouvement.

— A quoi bon? Pourquoi? reprit avec un étonnement moqueur Gabriel Ardalionovitch. — Mais, d'abord, mon-

sieur Bourdovsky est peut-être maintenant tout à fait convaincu que monsieur Pavlichtcheff l'a aimé par grandeur
d'âme et non par devoir paternel. A tout le moins était-il
nécessaire d'apprendre ce fait à monsieur Bourdovsky, qui
tout à l'heure, après la lecture de l'article, a soutenu et
approuvé monsieur Keller. Je parle ainsi parce que je vous
considère comme un homme noble, monsieur Bourdovsky.
En second lieu, il est avéré qu'il n'y a eu ici absolument
aucune intention de friponnerie, même chez Tchébaroff. Je
tiens à le déclarer bien haut, car tantôt, dans l'entraînement
de la conversation, le prince a laissé entendre que moi aussi
je croyais à une tentative de vol. Ici, au contraire, tout le
monde a été de bonne foi, et, quoique Tchébaroff soit peut-
être en effet un grand fripon, dans cette affaire il apparaît
seulement comme un avocat madré. Il a vu là une cause qui
pouvait lui rapporter beaucoup d'argent, et ce n'était pas
mal calculé : il avait spéculé d'une part sur le désintéressement du prince et sa respectueuse reconnaissance pour feu
Pavlichtcheff, d'autre part sur le point de vue chevaleresque
sous lequel le prince envisage les obligations d'honneur et
de conscience. Quant à monsieur Bourdovsky, étant donnés
ses principes, on peut même affirmer qu'il s'est engagé dans
cette affaire sans aucune pensée d'intérêt personnel : il s'y
est décidé à l'instigation de Tchébaroff et de son entourage,
qui lui ont représenté cela comme un service à rendre à la
vérité, au progrès et à l'humanité. Bref, la conclusion qui
se dégage nettement de tous les faits exposés, c'est qu'en
dépit de toutes les apparences monsieur Bourdovsky est un
homme irréprochable; aussi le prince peut-il maintenant,
de meilleur cœur encore que tantôt, lui offrir son amitié
et le secours effectif dont il a parlé tout à l'heure...

— Chut! Gabriel Ardalionovitch, chut! cria le prince positivement effrayé, mais il était trop tard.

— J'ai dit, j'ai déjà répété trois fois, vociféra Bourdovsky
irrité, — que je ne voulais pas d'argent. Je ne le prendrai
pas... pourquoi?... je n'en veux pas... je m'en vais!

Il s'éloignait précipitamment de la terrasse, lorsque le neveu de Lébédeff le saisit par le bras et lui dit quelque chose à voix basse. Bourdovsky revint brusquement sur ses pas; puis, tirant de sa poche une grande enveloppe revêtue d'une adresse et non cachetée, il la jeta sur une petite table qui se trouvait à côté du prince.

— Voilà l'argent!... Vous n'avez pas osé!... L'argent!...

— Ce sont les deux cent cinquante roubles que vous avez osé lui envoyer comme une aumône par l'entremise de Tchébaroff, expliqua Doktorenko.

— Dans l'article il est dit : cinquante! cria Kolia.

— Pardon! dit le prince en s'approchant de Bourdovsky : — je me suis donné de grands torts envers vous, Bourdovsky, mais je ne vous ai pas envoyé cela comme une aumône, croyez-le bien. Maintenant encore je suis coupable... je vous ai offensé tantôt. (Le prince était fort ému, il paraissait accablé de fatigue, et ne prononçait que des paroles incohérentes.) J'ai parlé de friponnerie... mais ce mot ne s'appliquait pas à vous, je me suis trompé. J'ai dit que vous étiez... comme moi... malade. Mais vous n'êtes pas comme moi, vous... donnez des leçons, vous soutenez votre mère. J'ai dit que vous aviez déshonoré votre mère, mais vous l'aimez; elle-même dit... je ne savais pas... Gabriel Ardalionovitch ne m'avait pas tout dit tantôt... pardonnez-moi. J'ai osé vous offrir dix mille roubles, mais j'ai eu tort, j'aurais dû faire cela autrement, et maintenant... il n'y a plus moyen, car vous me méprisez...

— Mais c'est une maison de fous! cria Élisabeth Prokofievna.

— Certainement, c'est une maison de fous! observa d'un ton roide Aglaé, mais ces mots se perdirent dans le bruit général; tout le monde parlait à haute voix, chacun faisait ses commentaires, les uns discutaient, les autres riaient. Ivan Fédorovitch Épantchine était au comble de l'indignation; d'un air de dignité blessée il attendait Élisabeth Prokofievna. Le neveu de Lébédeff reprit la parole :

— Mais, prince, il faut vous rendre justice, vous savez tirer parti de votre..... disons maladie, pour nous servir d'un mot poli; vous vous êtes pris d'une façon si adroite pour offrir votre amitié et votre argent, que maintenant il n'est plus possible à un homme noble de les accepter. C'est ou trop d'ingénuité ou trop de malice... du reste, vous savez mieux que personne lequel de ces deux termes est applicable ici.

— Permettez, messieurs, cria Gabriel Ardalionovitch, qui venait de vérifier le contenu de l'enveloppe, — il n'y a ici que cent roubles, et non deux cent cinquante. Je fais remarquer cela, prince, pour qu'il n'y ait pas de malentendu.

— Laissez, laissez, dit le prince en invitant du geste Gabriel Ardalionovitch à se taire.

— Non, ne « laissez » pas! répliqua vivement le neveu de Lébédeff. — Votre « laissez », prince, est outrageant pour nous. Nous ne nous cachons pas, nous appelons le grand jour sur nos actes. Oui, il n'y a là que cent roubles au lieu de deux cent cinquante; mais est-ce que ce n'est pas la même chose?...

— N-non, ce n'est pas la même chose, observa d'un air de surprise naïve Gabriel Ardalionovitch.

— Ne m'interrompez pas; nous ne sommes pas aussi bêtes que vous le croyez, monsieur l'avocat, s'écria avec emportement le neveu de Lébédeff, — il est clair qu'il y a une différence entre cent roubles et deux cent cinquante; mais l'important ici c'est le principe, c'est l'initiative, et, s'il manque cent cinquante roubles, ce n'est qu'un détail. Le fait à considérer, c'est que Bourdovsky n'accepte pas votre aumône, Altesse, et vous la jette au visage; or, à ce point de vue-là, peu importe qu'il y ait cent roubles ou deux cent cinquante. Bourdovsky a refusé dix mille roubles : vous l'avez vu; il n'aurait même pas rapporté cent roubles, s'il était un malhonnête homme! Ces cent cinquante roubles ont été donnés à Tchébaroff pour le couvrir de ses frais de déplacement. Moquez-vous plutôt de notre maladresse, de notre

inintelligence dans la conduite des affaires; d'ailleurs, vous
n'avez rien négligé déjà pour nous ridiculiser; mais ne vous
avisez pas de dire que nous sommes de malhonnêtes gens.
Ces cent cinquante roubles, monsieur, nous nous cotiserons
tous les quatre pour les rendre au prince; dussions-nous
verser la somme rouble par rouble, nous la rembourserons
tout entière avec les intérêts. Bourdovsky est pauvre, Bourdovsky n'a pas des millions, et Tchébaroff, après son voyage,
a présenté sa note. Nous comptions gagner... Qui, à sa place,
aurait agi autrement?

— Comment, qui? s'exclama le prince Chtch...

— Ici je deviendrai folle! cria Élisabeth Prokofievna.

— Cela rappelle, remarqua en riant Eugène Pavlovitch, —
le fameux plaidoyer d'un avocat qui, dernièrement, défendait
un individu accusé d'avoir assassiné six personnes pour les
voler, et invoquait la pauvreté comme une excuse en faveur
du prévenu. « Il est tout naturel, conclut-il, que, dans la
misère où il était, mon client ait songé à tuer ces six personnes. Qui de nous, messieurs, à sa place, n'aurait pas eu
la même idée? »

— Assez! fit brusquement Élisabeth Prokofievna, presque
tremblante de colère : — il est temps de mettre fin à ce
galimatias!...

En proie à une surexcitation effrayante, elle rejeta sa tête
en arrière, et son regard flamboyant, plein de menaces et de
défis hautains, enveloppa toute la société, où, sans doute, en
ce moment, elle ne distinguait plus les amis des ennemis.
Après s'être longtemps contenue, elle éprouvait un besoin
irrésistible de passer maintenant sa colère sur quelqu'un.
Ceux qui connaissaient Élisabeth Prokofievna comprirent
tout de suite qu'il se produisait en elle quelque chose de
particulier. « Elle a de ces crises, disait le lendemain Ivan
Fédorovitch au prince Chtch..., mais il est fort rare qu'elles
soient aussi violentes que celle d'hier, cela lui arrive peut-être
une fois en trois ans. »

—Assez, Ivan Fédorovitch! Laissez-moi! s'écria Élisabeth

Prokofievna : — pourquoi m'offrez-vous maintenant votre
bras? Vous n'avez pas su tantôt m'arracher d'ici; vous êtes
mari, vous êtes père de famille; votre devoir était de m'emmener en me tirant par l'oreille si, dans ma sottise, je refusais
de vous obéir et de m'en aller. Vous auriez dû au moins penser à vos filles! Mais à présent nous trouverons notre chemin
sans vous, voilà de la honte pour toute une année!... Attendez,
je veux encore remercier le prince!... Merci, prince, pour le
plaisir que tu nous as procuré! Ç'a été une distraction pour
moi que d'entendre cette jeunesse..... C'est une bassesse,
une bassesse! C'est un chaos, un scandale, on ne voit pas
cela en rêve! Mais est-il possible qu'il y ait beaucoup de
pareilles gens? Tais-toi, Aglaé! Tais-toi, Alexandra! Ce n'est
pas votre affaire! Ne tournez pas ainsi autour de moi, Eugène
Pavlitch, vous m'excédez!... Ainsi, mon cher, tu vas jusqu'à
leur demander pardon (ces mots s'adressaient au prince) :
— « Pardonnez-moi, dit-il, d'avoir osé vous offrir une fortune... » Et toi, fanfaron, pourquoi ris-tu? ajouta-t-elle, prenant soudain à partie le neveu de Lébédeff, — « nous refu-
sons les dix mille roubles, nous ne sollicitons pas, nous
exigeons! » Comme s'il ne savait pas que dès demain cet
idiot ira chez eux pour leur offrir de nouveau son amitié et
son argent! Tu iras, n'est-ce pas? Tu iras? Voyons, iras-tu,
oui ou non?

— J'irai, répondit avec douceur et humilité le prince.

— Vous l'avez entendu! Toi aussi, tu comptes là-dessus,
poursuivit la générale en s'adressant derechef à Doktorenko,
— tu es dès maintenant aussi sûr de ton affaire que si tu
avais déjà l'argent dans ta poche, et voilà que tu fais le
fendant pour nous jeter de la poudre aux yeux..... Non,
mon cher, à d'autres! moi, je ne suis pas dupe de toutes
ces simagrées... je lis dans votre jeu!...

— Élisabeth Prokofievna! s'écria le prince.

— Retirons-nous, Élisabeth Prokofievna, il est plus que
temps, nous emmènerons le prince avec nous, dit en souriant et du ton le plus calme possible le prince Chtch...

Les demoiselles se tenaient à l'écart, presque effrayées, leur père était positivement épouvanté. Le langage tenu par la générale étonnait tout le monde. Quelques-uns qui se trouvaient à une certaine distance du reste de la société souriaient furtivement et causaient à voix basse; le visage de Lébédeff exprimait le dernier degré de l'extase.

— Du chaos et des scandales, madame, on en trouve partout, — observa Doktorenko, qui, du reste, était passablement décontenancé.

— Mais pas de pareils! Pas de pareils à ceux dont vous nous donnez maintenant le spectacle, batuchka! répliqua avec une sorte de rage hystérique Élisabeth Prokofievna. — Mais me laisserez-vous enfin? dit-elle violemment à son entourage, qui essayait de la faire taire; — non, si, comme vous-même, Eugène Pavlitch, venez de nous le raconter, un avocat, en plein tribunal, a déclaré trouver tout naturel qu'un homme qui est dans la misère escoffie six personnes, eh bien, c'est que nous touchons à la fin du monde. Je n'avais pas encore entendu parler de cela. A présent, je m'explique tout! Mais ce bègue, est-ce qu'il n'assassinera pas? (Elle montrait Bourdovsky, qui la considérait avec une stupéfaction extraordinaire.) Je parie qu'il assassinera! Il ne voudra pas de ton argent, c'est possible, il refusera tes dix mille roubles parce que sa conscience ne lui permet pas de les accepter, mais il ira assassiner nuitamment, et il fera main-basse sur le contenu d'une cassette. Il volera en toute tranquillité de conscience! A ses yeux, ce n'est pas un acte malhonnête, c'est « l'élan d'un noble désespoir », c'est une « négation », c'est le diable sait quoi!... Pouah! tout est sens dessus dessous, tout le monde marche les jambes en l'air. Une jeune fille a été élevée dans la maison paternelle : tout d'un coup, au milieu de la rue, elle saute dans un drojki : « Adieu, maman, j'ai épousé l'autre jour un tel, Karlitch ou Ivanitch! » Ainsi, vous trouvez cela bien? Selon vous, c'est estimable, c'est naturel d'agir de la sorte? La question des femmes? Tenez, dernièrement, continua-t-elle

en montrant Kolia, — ce morveux me soutenait que c'était l
le sens de la « question des femmes ». Mais, en supposant même
que votre mère soit une sotte, vous n'en devez pas moins la
traiter avec humanité... Pourquoi tantôt êtes-vous entrés si
insolemment? « Accorde-nous tous les droits, mais toi ne
te permets pas de souffler mot en notre présence. Prodigue-
nous tous les témoignages du respect le plus profond, mais
toi, nous te traiterons plus mal que le dernier des laquais! »
Dans leur article, ils l'ont calomnié comme des mécréants,
et voilà les hommes qui cherchent la vérité, qui luttent pour
le droit! « Nous ne sollicitons pas, nous exigeons; vous
n'entendrez de nous aucune parole de remerciment, parce
que vous agirez pour la satisfaction de votre propre conscience! » Quelle morale! Mais, voyons, si vous déclarez
que la générosité du prince ne vous inspirera aucune reconnaissance, il peut vous répondre que lui-même ne se croit
tenu à aucune reconnaissance envers Pavlichtcheff, ce dernier n'ayant agi, lui aussi, que pour la satisfaction de sa
propre conscience. Or vous n'avez compté que sur cette
gratitude du prince à l'endroit de Pavlichtcheff: vous ne lui
avez pas prêté d'argent, il ne vous en doit pas : sur quoi
donc comptiez-vous, sinon sur la reconnaissance? Et quand
vous faites appel à ce sentiment chez les autres, pourquoi
vous-même prétendez-vous vous en affranchir? Ils sont fous!
Ils déclarent la société sauvage et inhumaine, parce qu'elle
méprise une jeune fille séduite. Mais si vous tenez la société
pour inhumaine, vous reconnaissez par cela même qu'elle
fait souffrir la jeune fille. Comment donc pouvez-vous livrer
celle-ci, par vos articles, au mépris de la société, sans voir que
vous lui faites une situation pénible? Des fous! Des vaniteux !
Ils ne croient pas en Dieu, ils ne croient pas au Christ ! Mais
vous êtes tellement rongés de vanité et d'orgueil que vous
finirez par vous dévorer les uns les autres, c'est moi qui
vous le prédis! Et n'est-ce pas de l'absurdité, cela, n'est-ce
pas un monstrueux chaos? Et après cela cet éhonté ira encore
leur demander pardon! Mais y a-t-il beaucoup de gens comme

vous? Pourquoi souriez-vous? Parce que je n'ai pas eu honte
de me commettre avec vous? Oui, je me suis déshonorée,
il n'y a plus rien à faire!... Mais toi, ne te moque pas de
moi, saligaud! (cette sortie était dirigée contre Hippolyte) :
il a à peine le souffle et il pervertit les autres. Tu as endoc-
triné cet enfant (elle montrait de nouveau Kolia); il a la
tête tournée par toi, tu lui enseignes l'athéisme, tu ne crois
pas en Dieu, et l'on pourrait encore te donner le fouet,
monsieur, mais peste soit de vous! Ainsi, prince Léon Nikolaïévitch, tu iras demain chez eux, tu iras? demanda-t-elle
pour la seconde fois au prince, d'une voix presque haletante.

— Oui.

— Eh bien, après cela je ne veux plus te connaître!

Elle fit un brusque mouvement pour se retirer, puis tout
à coup elle se retourna.

— Et tu iras chez cet athée? poursuivit la générale en
montrant Hippolyte. — Mais pourquoi as-tu l'air de me
narguer? vociféra-t-elle furieuse, et elle s'élança soudain vers
le malade, dont le sourire moqueur la mettait hors d'elle-
même

De tous les côtés à la fois se firent entendre des exclamations :

—Élisabeth Prokofievna! Élisabeth Prokofievna! Élisabeth
Prokofievna!

— Maman, c'est une honte! cria Aglaé.

S'étant vivement approchée d'Hippolyte, la générale lui
avait empoigné le bras et le serrait avec force, tandis que
ses yeux étincelants de colère étaient fixés sur le visage du
jeune homme.

— Ne vous inquiétez pas, Aglaé Ivanovna, répondit-il
tranquillement, — votre maman voit bien qu'on ne peut
pas se ruer sur un moribond... je suis prêt à expliquer
pourquoi je riais... je serai enchanté qu'on me permette...

Un violent accès de toux qui dura une minute entière
l'empêcha d'achever sa phrase.

— Il est mourant et il pérore toujours! s'écria Élisabeth

Prokofievna. (Elle lâcha le bras d'Hippolyte, et ce fut presque avec terreur qu'elle le vit essuyer le sang qui lui était venu aux lèvres.) — Pourquoi parles-tu? Tu devrais aller te coucher...

— C'est ce que je ferai, murmura-t-il d'une voix rauque, — dès que je serai rentré, je me coucherai tout de suite... je mourrai dans quinze jours, je le sais... Botkine lui-même me l'a déclaré la semaine dernière... C'est pourquoi, si vous le permettez, je voudrais vous dire deux mots d'adieu.

— Mais tu es fou, je pense? C'est absurde! Il faut te soigner; à quoi bon une conversation en ce moment? Va te coucher, va! cria la générale effrayée.

— Quand je me coucherai, ce sera pour ne plus me relever, répondit en souriant Hippolyte; — hier déjà je voulais prendre le lit pour ne plus le quitter jusqu'à la mort, mais, comme mes jambes pouvaient encore me porter, je me suis accordé deux jours de répit... pour venir aujourd'hui ici avec eux... Seulement, je suis fort fatigué...

— Mais assieds-toi, assieds-toi; pourquoi restes-tu debout?

Et Élisabeth Prokofievna s'empressa d'avancer elle-même un siége au malade.

— Je vous remercie, reprit-il doucement, — asseyez-vous en face de moi, là, causons... il faut absolument que nous causions, Élisabeth Prokofievna, maintenant je tiens à cela... poursuivit Hippolyte en souriant de nouveau à la générale.

— Songez que je me trouve aujourd'hui pour la dernière fois au grand air et en société, que dans quinze jours, certainement, je ne serai plus de ce monde. Ce sont donc en quelque sorte mes adieux que je ferai aux hommes et à la nature. Je ne suis pas très-sentimental et pourtant, figurez-vous, je suis bien aise que tout cela ait eu lieu ici à Pavlovsk : au moins on a de la verdure sous les yeux.

— Mais pourquoi parler maintenant? répliqua Élisabeth Prokofievna, de plus en plus effrayée, — tu es tout fiévreux. Tantôt tu ne cessais de crier, et à présent tu peux à peine respirer, tu t'es essouflé.

— Je vais me reposer. Pourquoi ne voulez-vous pas satisfaire mon dernier désir?... Savez-vous, depuis longtemps déjà je rêvais de faire votre connaissance, Élisabeth Prokofievna; j'avais beaucoup entendu parler de vous... par Kolià; presque seul il reste constamment auprès de moi... Vous êtes une femme originale, une femme excentrique, je viens de le voir moi-même... savez-vous que je vous ai même aimée un peu?

— Seigneur, et j'ai été, vraiment, sur le point de le frapper!

— Vous en avez été empêchée par Aglaé Ivanovna; voyons, je ne me trompe pas? C'est bien là votre fille Aglaé Ivanovna? Elle est si belle que tantôt, en entrant ici, je l'ai reconnue tout de suite, quoique je ne l'eusse jamais vue auparavant. Laissez-moi, du moins, contempler la beauté une dernière fois dans ma vie, dit Hippolyte en grimaçant un sourire, — vous êtes ici avec le prince, avec votre mari, avec toute une société. Pourquoi me refusez-vous la satisfaction d'un dernier désir?

— Une chaise! cria Élisabeth Prokofievna, mais elle-même en prit une et s'assit en face d'Hippolyte. — Kolia, ordonna-t-elle, — tu t'en iras avec lui, tu le reconduiras, et demain je ne manquerai pas moi-même...

— Si vous le permettiez, je demanderais au prince une petite tasse de thé... Je n'en puis plus. Savez-vous ce qu'il faut faire, Élisabeth Prokofievna? vous vouliez, je crois, emmener le prince prendre le thé chez vous : restez ici, passons la soirée ensemble, et certainement le prince nous offrira du thé à tous. Pardonnez-moi d'en user avec ce sans façon... Mais je vous connais, vous êtes bonne, le prince est bon aussi... nous sommes tous de très-bonnes gens, c'en est même comique...

Le prince se mit en mouvement; Lébédeff sortit en toute hâte, suivi de Varia.

— Et c'est vrai, répondit d'un ton tranchant la générale, — parle, mais sans trop élever la voix et sans t'exalter. Tu as excité ma pitié... Prince! Tu ne mériterais pas que je

boive du thé chez toi, mais n'importe, je resterai tout de
même ; seulement, je ne fais d'excuses à personne ! A personne !
C'est absurde !... Du reste, si je t'ai tancé, prince, pardonne-
moi, — si tu veux, s'entend. Du reste, je ne retiens personne,
ajouta-t-elle soudain en s'adressant d'un air courroucé à son
mari et à ses filles, comme s'ils s'étaient donné quelque grave
tort envers elle, — je saurai bien revenir toute seule à la
maison...

Mais on ne la laissa pas achever. On s'empressa d'accourir
auprès d'elle. Aussitôt le prince pria tout le monde de rester
pour prendre le thé et s'excusa de n'avoir pas encore pensé
à faire cette invitation. Le général murmura quelques mots
polis et demanda aimablement à Élisabeth Prokofievna si
elle n'avait pas froid sur la terrasse. Peu s'en fallut même
qu'il ne demandât à Hippolyte s'il était depuis longtemps à
l'Université, mais il ne le fit pas. Eugène Pavlovitch et le
prince Chtch... devinrent tout à coup extrêmement gais et
aimables. Adélaïde et Alexandra paraissaient encore étonnées, mais leur physionomie exprimait maintenant de la
satisfaction en même temps que de la surprise ; bref, tous
semblaient fort contents que la crise d'Élisabeth Prokofievna
fût passée. Seule Aglaé conservait un visage sombre, et, silencieuse, se tenait assise à l'écart. Tous les autres visiteurs restèrent aussi ; personne ne voulut se retirer, pas même le
général ; Ivolguine mais Lébédeff, en passant, dit tout bas à
ce dernier quelques mots qui ne durent pas lui être agréables, car il alla immédiatement se fourrer dans un coin. Le
prince ne manqua pas d'inviter aussi Bourdovsky et ses
compagnons à prendre le thé chez lui. Cette proposition les
mit assez mal à l'aise. Ils murmurèrent entre leurs dents
qu'ils attendraient Hippolyte ; puis tous trois, s'éloignant du
reste de la société, allèrent s'asseoir dans un coin de la terrasse. Le thé fut servi incontinent : Lébédeff en avait sans
doute fait faire pour lui et les siens avant l'arrivée des visiteurs. Onze heures sonnèrent.

X

Après avoir trempé ses lèvres dans la tasse que lui avait offerte Viéra Lébédeff, Hippolyte la déposa sur la table et promena ses yeux autour de lui. Il avait l'air confus, presque interdit.

— Voyez un peu, Élisabeth Prokofievna, commença-t-il avec une sorte de précipitation étrange : — ces tasses de porcelaine qui ont, paraît-il, une grande valeur ne sortent jamais du chiffonnier de Lébédeff; sa femme les lui a apportées en dot et il les tient toujours sous clef. Voilà pourtant qu'il nous a fait servir du thé dans ces tasses, c'est en votre honneur, bien entendu, il est si content...

Il voulait encore ajouter quelque chose, mais il resta court.

— Il s'est troublé, je m'y attendais! dit tout à coup Eugène Pavlovitch à l'oreille du prince : — c'est mauvais signe, qu'en pensez-vous? Pour sûr, à présent, sous l'influence du dépit, il va accoucher de quelque excentricité telle qu'Élisabeth Prokofievna elle-même ne pourra pas y tenir.

Le prince l'interrogea du regard.

— Vous n'avez pas peur d'une excentricité? poursuivit Eugène Pavlovitch. — Moi non plus, je la désire même, et ce uniquement pour la punition de notre chère Élisabeth Prokofievna; je tiens fort à ce qu'elle reçoive une leçon aujourd'hui même, tout de suite, et je ne m'en irai pas avant. Vous paraissez avoir la fièvre.

— Plus tard; laissez. Oui, je suis souffrant, répondit avec impatience le prince, qui avait à peine écouté Radomsky. Il venait d'entendre prononcer son nom, Hippolyte parlait de lui.

— Vous ne le croyez pas? disait le malade avec un rire

nerveux : — cela se comprend, mais le prince n'hésitera pas un instant à le croire et il ne s'en étonnera pas du tout.

— Entends-tu, prince? fit Élisabeth Prokofievna en se retournant vers lui : — entends-tu?

On riait dans ce groupe. Lébédeff, accouru précipitamment auprès de la générale, se livrait devant elle à une pantomime pleine d'animation.

— Il prétend que ce grimacier, ton propriétaire... a retouché l'article de ce monsieur, l'article qu'on a lu tantôt et où tu es drapé d'une si belle façon.

Le prince considéra Lébédeff avec étonnement.

— Pourquoi ne dis-tu rien? reprit Élisabeth Prokofievna en frappant du pied.

— Eh bien, murmura le prince, qui continuait à examiner Lébédeff, — je vois qu'il l'a retouché.

— C'est vrai? demanda-t-elle vivement à l'employé.

Il porta la main à son cœur.

— C'est la pure vérité, Excellence! déclara-t-il sans la moindre hésitation.

En entendant cette réponse, faite du ton le plus ferme, la générale faillit sauter en l'air.

— On dirait qu'il s'en vante! s'écria-t-elle.

— Je suis bas, je suis bas! commença à balbutier Lébédeff, qui se frappait la poitrine et inclinait profondément la tête.

— Et qu'est-ce que cela me fait que tu sois bas? Il pense qu'il n'a qu'à dire : Je suis bas, pour se tirer d'affaire. Et tu n'es pas honteux, prince, je te le demande encore une fois, tu n'es pas honteux de vivre avec de pareilles fripouilles? Jamais je ne te pardonnerai!

— Le prince me pardonnera! dit avec conviction et attendrissement Lébédeff.

Keller quitta soudain sa place et s'approcha brusquement d'Élisabeth Prokofievna.

— C'est seulement par noblesse, madame, commença-t-il d'une voix sonore, — et pour ne pas trahir un ami compromis, que tantôt j'ai gardé le silence sur ces retouches, bien qu'il ait offert de nous jeter en bas de l'escalier, comme vous l'avez entendu vous-même. Pour rétablir la vérité, je déclare que j'ai en effet eu recours à ses services et que je les lui ai payés six roubles. Toutefois je ne l'ai nullement prié de corriger mon style : je me suis adressé à lui, comme à un personnage compétent, afin d'être renseigné sur les faits dont la plupart m'étaient inconnus. Quant aux guêtres, à l'appétit chez le professeur suisse, au chiffre de cinquante roubles substitué à celui de deux cent cinquante, pour ce qui est de tous ces détails, en un mot, ils lui appartiennent et il a reçu pour cela six roubles, mais il n'a pas corrigé le style.

— Je dois faire observer que j'ai corrigé seulement la première partie de l'article, reprit Lébédeff avec une impatience fiévreuse, tandis qu'on riait de plus belle autour de lui, — mais au milieu nous n'avons plus été d'accord et nous nous sommes querellés au sujet d'une pensée, en sorte que je n'ai pas revu la seconde partie. On ne peut donc pas m'attribuer les nombreuses incorrections qui s'y trouvent...

— Voilà de quoi il se préoccupe! cria Élisabeth Prokofievna.

— Permettez-moi de vous demander quand cet article a été retouché, fit Eugène Pavlovitch en s'adressant à Keller.

— Hier matin, répondit celui-ci, — nous avons eu une entrevue que chacun de nous s'était engagé sur l'honneur à tenir secrète.

— C'est quand il rampait devant toi et t'assurait de son dévouement. Oh! les gens de rien! Je ne veux pas de ton Pouchkine, et que ta fille ne mette pas les pieds chez moi!

Élisabeth Prokofievna allait se lever, lorsque, voyant rire Hippolyte, elle l'interpella tout à coup avec irritation :

— Eh bien, mon cher, tu as voulu me rendre ridicule, n'est-ce pas?

— A Dieu ne plaise, répliqua-t-il avec un sourire forcé, — mais je suis on ne peut plus frappé de votre extraordinaire excentricité, Élisabeth Prokofievna; c'est exprès, je l'avoue, que je vous ai signalé la duplicité de Lébédeff; je savais quel effet cela produirait sur vous, sur vous seule, car le prince pardonnera, il a certainement pardonné déjà... peut-être même a-t-il cherché dans son esprit et découvert une excuse à Lébédeff, n'est-ce pas vrai, prince?

Il haletait; à mesure qu'il parlait, son étrange agitation ne faisait que croître.

— Eh bien?... dit avec colère la générale surprise de son ton : — eh bien?

— J'ai déjà entendu raconter sur votre compte beaucoup de choses du même genre... elles m'ont fait un grand plaisir... j'ai appris à vous estimer au plus haut point... continua Hippolyte.

Ses paroles ressemblaient à des antiphrases; on y devinait une intention épigrammatique, mais, en même temps, il était excessivement agité, regardait autour de lui d'un air soupçonneux, se troublait et perdait à chaque instant le fil de ses idées. Tout cela, joint à son visage de phthisique et à l'expression délirante qu'offraient ses yeux enflammés, attirait forcément l'attention sur le jeune homme.

— Je pourrais m'étonner (quoique, du reste, je l'avoue, je ne connaisse pas du tout le monde), que non-seulement vous-même soyez restée tantôt dans la société de gens comme mes amis et moi, qui ne sommes nullement de votre bord, mais que vous ayez laissé ces... demoiselles entendre jusqu'au bout la lecture d'un article scandaleux, bien que les romans leur aient déjà tout appris. Du reste, je puis me tromper... car je ne sais trop ce que je dis, mais, en tout cas, quelle autre personne que vous pouvait..... sur la demande d'un galopin (eh bien, oui, d'un galopin, je le reconnais encore), pouvait passer la soirée avec lui et prendre... intérêt à tout... pour en avoir honte le lendemain... (je conviens, du reste, que je ne m'exprime pas bien), je loue tout cela on ne peut plus et je l'estime profondément, quoique la physionomie de Son Excellence votre mari montre qu'il trouve cela fort déplacé... Hi, hi!

Il éclata de rire et soudain fut pris d'un accès de toux qui, pendant deux minutes, ne lui permit plus de parler.

— Il a perdu la respiration! observa froidement Élisabeth Prokofievna en considérant le malade avec plus de curiosité que de compassion : — allons, cher garçon, en voilà assez, finissons-en!

A bout de patience, Ivan Fédorovitch prit brusquement la parole.

— Permettez-moi de vous faire observer à mon tour, monsieur, commença-t-il d'un ton fâché, — que ma femme est ici chez le prince Léon Nikolaïévitch, notre commun ami et voisin, et qu'en tout cas ce n'est pas à vous, jeune homme, de juger les actions d'Élisabeth Prokofievna, pas plus qu'il ne vous appartient de formuler tout haut, en ma présence, une opinion sur ce que peut exprimer mon visage. Oui. Et si ma femme est restée ici, poursuivit le général avec une irritation croissante, — c'est plutôt, monsieur, l'étonnement qui en est cause : tout le monde comprendra que des jeunes gens étranges aient pu attirer un instant l'attention d'une personne curieuse de la vie contemporaine. Moi-même je suis resté aussi, comme je m'arrête parfois dans la rue, quand je vois quelque chose qu'on peut regarder comme... comme... comme...

Voyant Son Excellence embarquée dans une comparaison dont elle ne pouvait pas sortir, Eugène Pavlovitch vint à son secours :

— Comme une rareté.

— C'est cela, voilà le mot que je cherchais, justement, comme une rareté, reprit avec satisfaction le général. — Mais, quoi qu'il en soit, le plus étonnant pour moi, je dirai même, le plus affligeant, si la grammaire autorise cette locution, c'est que vous, jeune homme, n'ayez même pas su comprendre qu'Élisabeth Prokofievna est restée avec vous parce que vous êtes malade, — si toutefois vous allez mourir en effet; — qu'elle a obéi, pour ainsi dire, à un sentiment de pitié éveillé en elle par vos paroles plaintives, monsieur, et que son nom, ses qualités, sa position sociale la mettent à l'abri de toute souillure... Élisabeth Prokofievna! achevat-il pourpre de colère : — si tu veux partir, nous prendrons congé de notre bon prince, et...

— Je vous remercie de la leçon, général, interrompit avec une gravité inattendue Hippolyte, qui considérait Ivan Fédorovitch d'un air pensif.

— Partons, maman, cela n'en finit plus!... dit violemment Aglaé, et elle se leva.

— Encore deux minutes, si tu veux bien, cher Ivan Fédorovitch, répondit avec dignité Élisabeth Prokofievna à son mari, — il me semble qu'il a une forte fièvre et qu'il ne fait que délirer; ses yeux me le prouvent; dans l'état où il est, il n'y a pas moyen de le laisser retourner à Pétersbourg. Léon Nikolaïévitch, pourrait-il loger chez toi? Cher prince, vous ne vous ennuyez pas? demanda-t-elle brusquement au prince Chtch... — Alexandra, ta coiffure est défaite, viens ici, ma chère.

Elle arrangea les cheveux de sa fille, qui n'étaient nullement en désordre, puis l'embrassa. Elle ne l'avait appelée auprès d'elle que pour lui donner ce baiser.

— Je vous croyais susceptible de développement... reprit Hippolyte sortant de sa rêverie. — Oui! voilà ce que je voulais dire, ajouta-t-il tout à coup avec la joie d'un homme qui vient de recouvrer la mémoire d'une chose oubliée : — tenez, Bourdovsky veut sincèrement défendre sa mère, n'est-il pas vrai? Et il se trouve que lui-même la déshonore. Le prince veut venir en aide à Bourdovsky : il lui offre dans la sincérité de son âme sa tendre amitié et une grosse somme d'argent; seul de vous tous peut-être, il n'éprouve pas d'éloignement pour lui. Eh bien, les voilà vis-à-vis l'un de l'autre comme deux ennemis déclarés... Ha, ha, ha!... Vous détestez tous Bourdovsky parce que sa manière d'agir à l'égard de sa mère vous choque, vous répugne, n'est-ce pas? Est-ce vrai? Est-ce vrai? Tous vous aimez passionnément la beauté et la distinction des formes, vous ne tenez qu'à cela, n'est-il pas vrai? (Je soupçonnais depuis longtemps que vous ne teniez qu'à cela!) Eh bien, sachez que pas un de vous peut-être n'a aimé sa mère comme Bourdovsky aime la sienne! Vous, prince, je le sais, vous avez secrètement envoyé de l'argent à la mère de Bourdovsky par l'entremise de Ga-netchka. Eh bien, je parie, continua-t-il avec un sourire hystérique, — je parie qu'à présent Bourdovsky vous accuse d'indélicatesse, qu'il vous reproche d'avoir manqué de respect à sa mère! Oui, positivement! Ha, ha, ha!

De nouveau le souffle s'arrêta dans son gosier et il se mit à tousser.

— Allons, c'est tout? C'est tout maintenant, tu as tout dit? Eh bien, à présent, va te coucher, tu as la fièvre, reprit impatiemment Élisabeth Prokofievna, dont le regard inquiet ne quittait pas le malade. — Ah! Seigneur! Mais il parle encore!

— Vous riez, je crois? Pourquoi riez-vous toujours de moi? J'ai remarqué que vous ne cessiez de vous moquer de moi? fit-il observer d'un ton irrité à Eugène Pavlovitch. Ce dernier riait en effet.

— Je voulais seulement vous demander, monsieur... Hippolyte... pardonnez-moi, j'ai oublié votre nom de famille.

— Monsieur Térentieff, dit le prince.

— Oui, Térentieff, je vous remercie, prince, on l'a dit tantôt, mais je ne me le rappelais plus..... je voulais vous demander, monsieur Térentieff, si ce que j'ai entendu dire de vous est vrai : vous seriez d'avis, paraît-il, qu'il vous suffirait de vous mettre à une fenêtre et de haranguer le peuple pendant un quart d'heure pour lui faire partager immédiatement toutes vos idées et le décider à vous suivre?

— Il est fort possible que j'aie dit cela... répondit Hippolyte, qui semblait chercher dans ses souvenirs. — Certainement, je l'ai dit! poursuivit-il avec une animation soudaine, et il ajouta en fixant sur Eugène Pavlovitch un regard assuré : — eh bien, qu'en concluez-vous?

— Absolument rien; je ne vous demandais cela qu'à titre de renseignement complémentaire.

Eugène Pavlovitch n'en dit pas plus, mais Hippolyte continua à le regarder, attendant impatiemment une nouvelle parole de lui.

— Eh bien, est-ce que tu as fini ? demanda Élisabeth Prokofievna à Radomsky; — finis vite, batuchka, il est temps qu'il se couche. Ou bien n'as-tu plus rien à dire? (Elle était très-fâchée.)

— Soit, j'ajouterai encore quelque chose, reprit en souriant Eugène Pavlovitch : — selon moi, tout ce qu'ont dit vos amis, monsieur Térentieff, et tout ce que vous venez d'exposer avec un talent si incontestable, se ramène à cette thèse : le triomphe du droit avant tout, indépendamment de tout, à l'exclusion de tout le reste, et peut-être même avant d'avoir recherché en quoi consiste le droit. Il est possible que je me trompe ?

— Certainement, vous vous trompez, je ne vous comprends même pas... après?

Des murmures se faisaient entendre aussi dans le coin où se trouvaient Bourdovsky et ses compagnons. Le neveu de Lébédeff protestait à demi-voix.

— Mais j'ai presque fini, répondit Eugène Pavlovitch, — je voulais seulement faire observer que de ces prémisses on peut facilement déduire le droit de la force, j'entends le droit du poing et du bon plaisir personnel. Du reste, c'est à cette conclusion que très-souvent déjà on a abouti dans le monde. Proudhon s'est arrêté au droit de la force. Pendant la guerre d'Amérique, plusieurs des libéraux les plus avancés se sont déclarés partisans des planteurs pour cette raison que, la race nègre étant inférieure à la race blanche, le droit de la force se trouvait du côté des blancs...

— Eh bien?

— C'est-à-dire, sans doute, que vous ne niez pas le droit de la force?

— Après?

— Au moins, vous êtes conséquent; je voulais seulement noter que du droit de la force au droit des tigres et des crocodiles, ou même à Daniloff et à Gorsky, il n'y a pas loin.

— Je n'en sais rien; après?

Hippolyte écoutait à peine Eugène Pavlovitch; ses *eh bien*, ses *après*, il les proférait machinalement, par une vieille habitude de conversation, et sans que la curiosité y fût pour rien.

— Mais il n'y a pas d'après... c'est tout.

— Du reste, je ne vous en veux pas, déclara à brûle-pourpoint Hippolyte, et, sans presque se rendre compte de ce qu'il faisait, il tendit en souriant la main à son interlocuteur. Ce geste étonna d'abord Eugène Pavlovitch; néanmoins ce fut de l'air le plus sérieux qu'il toucha la main qu'on lui offrait en signe de pardon.

— Je ne puis pas, dit-il d'un ton trop respectueux pour être sincère, — ne pas vous remercier de la bienveillance avec laquelle vous m'avez laissé parler, car, comme j'ai eu maintes fois l'occasion de le remarquer, nos libéraux ne permettent jamais à autrui d'avoir son opinion personnelle, et ils répondent tout de suite à leur adversaire par des injures, quand ils ne recourent pas à des arguments plus désagréables encore...

— Ce que vous dites est parfaitement vrai, observa le général Ivan Fédorovitch; puis, croisant ses mains derrière son dos, il alla, d'un air très-ennuyé, reprendre sa place près de l'escalier de la terrasse, où il bâilla de colère.

— Allons, assez, batuchka, dit soudain Élisabeth Prokofievna à Eugène Pavlovitch, — vous m'assommez...

Hippolyte se leva tout à coup, soucieux et presque effrayé.

— Il est temps que je vous laisse, fit-il en considérant la société avec confusion; — je vous ai retenus; je voulais vous dire tout..... je pensais que tous. ... pour la dernière fois... c'était une fantaisie...

Évidemment il avait comme de subits réveils d'animation durant lesquels il sortait de son demi-délire; alors, rendu pour quelques instants à la pleine conscience de lui-même, le malade parlait, rappelait les idées qui, depuis longtemps déjà peut-être, le hantaient sur son lit de souffrance pendant ses longues et ennuyeuses nuits d'insomnie.

— Allons, adieu! dit-il brusquement. — Vous croyez qu'il m'est facile de vous dire : adieu? Ha, ha!

Sentant combien sa question était *gauche,* il souriait de colère. Puis, comme vexé de ne pouvoir jamais dire ce qu'il aurait voulu, il reprit à haute voix avec un accent irrité :

— Excellence, j'ai l'honneur de vous inviter à mon enterrement, si toutefois vous daignez l'honorer de votre présence... je vous adresse à tous, messieurs, la même invitation qu'au général...

De nouveau, il se mit à rire, mais c'était le rire d'un insensé. Élisabeth Prokofievna inquiète s'approcha de lui et le saisit par le bras. Il la regarda fixement sans cesser de rire; toutefois, son visage ne tarda pas à reprendre une expression sérieuse.

— Savez-vous que je suis venu ici pour voir des arbres? Ceux que voici... (il montrait les arbres du parc), ce n'est pas ridicule, hein? Dites, il n'y a là rien de ridicule? demanda-il avec insistance à Élisabeth Prokofievna, et tout à coup il devint songeur; un instant après, il releva la tête et se mit à chercher des yeux quelqu'un dans la foule. Il cherchait Eugène Pavlovitch, qui se trouvait non loin de lui, à droite, à la même place qu'auparavant. Mais Hippolyte l'avait oublié et il promenait ses regards sur toute la société. — Ah! vous n'êtes pas parti! dit-il, quand il eut enfin aperçu Radomsky : — tantôt, vous ne cessiez de rire, parce que j'ai pensé à me mettre à la fenêtre pour haranguer le peuple pendant un quart d'heure... Mais vous savez que je n'ai pas dix-huit ans ; couché sur ce lit ou debout devant cette fenêtre, j'ai passé tant de temps à réfléchir sur toutes sortes de choses..... que..... Un mort n'a pas d'âge, vous savez, Je me disais encore cela la semaine passée en m'éveillant la nuit..... Savez-vous de quoi vous avez le plus peur? Vous craignez par-dessus tout notre sincérité, quoique vous nous méprisiez! C'est aussi une idée qui m'est venue cette nuit-là... Vous croyez que j'avais l'intention de me moquer de vous tout à l'heure, Élisabeth Prokofievna? Non, toute pensée de moquerie était loin de mon esprit, je ne voulais que faire votre éloge..... Kolia m'a dit que le prince vous appelait un enfant... c'est bien... Mais, voyons... j'avais encore quelque chose à dire...

Il couvrit son visage de ses mains et recueillit ses idées.

— Voici : tantôt, quand vous avez voulu vous en aller, j'ai pensé tout d'un coup : Ces gens qui sont là, je ne les verrai plus jamais, plus jamais! Et c'est aussi la dernière fois que je vois des arbres : désormais je n'aurai plus sous les yeux qu'un mur de briques rouges, le mur de la maison Meyer..... vis-à-vis de ma fenêtre....., eh bien, dis-leur tout cela... essaye de le leur dire; voilà une belle jeune fille..... tu es un mort, présente-toi comme tel, dis-leur qu' « un cadavre peut tout dire »... et que la princesse Marie Alexievna ne grondera pas, ha, ha!... Vous ne riez pas? ajouta-t-il en promenant un regard inquiet autour de lui. — Mais, vous savez, sur mon oreiller il m'est venu bien des idées... vous savez, j'ai acquis la conviction que la nature est très-moqueuse..... Tout à l'heure vous disiez que j'étais un athée, mais vous savez que cette nature..... Pourquoi riez-vous encore? Vous êtes bien durs! fit-il soudain en considérant ses auditeurs avec une expression de reproche attristé : — je n'ai pas perverti Kolia, acheva-t-il d'un ton tout autre, sérieux et convaincu, comme si un souvenir lui revenait à l'esprit.

— Personne, personne ne se moque de toi ici, calme-toi! dit Élisabeth Prokofievna, douloureusement émue; — demain un nouveau docteur viendra te voir; l'autre s'est trompé; mais assieds-toi, ne reste pas sur tes jambes! Tu as le délire...

Ah! que faire maintenant de lui? s'écria-t-elle toute angoissée, et elle le fit asseoir dans un fauteuil.

Une petite larme brillait sur la joue de la générale. A cette vue, Hippolyte resta comme frappé de stupeur; puis il allongea timidement le bras vers le visage d'Élisabeth Prokofievna, toucha avec le doigt cette petite larme, et sourit d'un sourire enfantin.

—Je... vous... commença-t-il joyeusement, —vous ne savez pas comme je vous..... il me parlait toujours de vous avec un tel enthousiasme, tenez, lui, Kolia... j'aime son enthousiasme. Je ne le pervertissais pas! Seulement, lui aussi je le quitterai... je voulais les quitter tous, tous, — mais parmi eux, il n'y en avait aucun, aucun..... Je voulais être un homme d'action, j'avais le droit... Oh! que de choses je voulais! Maintenant, je ne veux plus rien, je renonce à toute volonté, je me suis juré de ne plus rien vouloir; qu'ils cherchent sans moi la vérité! Oui, la nature est moqueuse! Pourquoi, continua-t-il avec une chaleur soudaine, —pourquoi crée-t-elle les meilleurs êtres en vue de se moquer d'eux ensuite? Le seul être qui sur la terre ait été reconnu parfait, la nature, en le montrant aux hommes, lui a donné pour mission de dire des choses qui ont fait couler des torrents de sang à noyer l'humanité tout entière, si ce sang avait été versé en une seule fois! Oh! il vaut mieux que je meure! Moi aussi je dirais quelque affreux mensonge, la nature arrangerait ainsi les choses!... Je n'ai dépravé personne... Je voulais vivre pour le bonheur de tous les hommes, pour la recherche et la vulgarisation de la vérité... Je regardais par la fenêtre le mur de la maison Meyer, et je me disais que je n'aurais qu'à parler pendant un quart d'heure pour convaincre tout le monde, tout le monde; or voici qu'une fois dans ma vie je suis entré en rapport... avec vous, sinon avec la foule! Eh bien, qu'en est-il résulté? Rien! Il en est résulté que vous me méprisez! Donc, je suis un imbécile, donc je suis inutile, donc il est temps que je disparaisse! Et je n'aurai réussi à laisser aucun souvenir! Pas un son, pas une trace, pas une action! je n'ai pas propagé une seule idée!..... Ne vous moquez pas de l'imbécile! Oubliez-le! Oubliez-le à jamais... je vous en prie, n'ayez pas la cruauté de vous souvenir de lui! Savez-vous que, si je n'étais pas phthisique, je me tuerais?...

Quoiqu'il parût avoir envie de parler encore longtemps, il se tut, se laissa tomber dans son fauteuil, et, couvrant son visage de ses mains, se mit à pleurer comme un petit enfant.

— Eh bien, maintenant, que voulez-vous qu'on fasse de lui? s'écria Élisabeth Prokofievna, qui s'élança vers le malade, lui prit la tête et la serra avec force contre sa poitrine, tandis qu'il sanglotait convulsivement. — Allons, allons, allons! Allons, ne pleure donc pas, allons, assez, tu es un bon enfant! Dieu te pardonnera à cause de ton ignorance, allons, assez, sois homme... Et puis, tout à l'heure, tu seras honteux d'avoir pleuré...

— Là-bas, dit Hippolyte en s'efforçant de relever un peu sa tête, — j'ai un frère et des sœurs, des enfants en bas âge, de pauvres petits innocents... *Elle* les pervertira! Vous êtes une sainte! vous êtes vous-même... un enfant, — sauvez-les! Arrachez-les à cette... elle... c'est une honte... Oh! venez-leur en aide, secourez-les, Dieu vous rendra cela au centuple, pour l'amour de Dieu, pour l'amour du Christ!...

— Parlez donc, enfin, Ivan Fédorovitch; que faire maintenant? cria d'une voix irritée Élisabeth Prokofievna : — je vous en prie, rompez votre majestueux silence! Si vous ne prenez pas une décision, sachez que moi-même je passerai la nuit ici; votre autocratie m'a assez tyrannisée!

La générale questionnait avec exaltation, avec colère, et attendait une réponse immédiate. Mais, dans des cas semblables, les assistants, fussent-ils même nombreux, se contentent d'observer en silence : ils ne veulent rien prendre sur eux, se réservant d'exprimer plus tard leurs idées. Parmi les personnes réunies chez le prince il y en avait qui, comme Barbara Ardalionovna, par exemple, seraient volontiers restées là jusqu'au lendemain matin sans proférer un seul mot.

Assise un peu à l'écart, la sœur de Gania n'avait pas ouvert la bouche depuis le commencement de la soirée, mais elle écoutait tout avec une attention extraordinaire : peut-être avait-elle ses raisons pour cela.

— Mon avis, ma chère, opina le général, — c'est qu'à présent une garde-malade vaudrait mieux ici que votre agitation ; peut-être aurait-on besoin aussi pour la nuit d'un homme sobre sur qui on puisse compter. En tout cas, il faut consulter le prince et... laisser immédiatement le malade en repos. Demain, on pourra encore s'occuper de lui.

— Il va être minuit, nous partons. Viendra-t-il avec nous ou restera-t-il chez vous? demanda d'un ton fâché Doktorenko au prince.

— Si vous voulez, vous pouvez rester auprès de lui, répondit Muichkine, — ce n'est pas la place qui manque ici.

Soudain, à l'étonnement de tout le monde, monsieur Keller s'avança vivement vers le général.

— Excellence, fit-il avec élan, — si l'on a besoin, pour la nuit, d'un homme sûr, je suis prêt à me sacrifier pour mon ami... c'est une telle âme! Depuis longtemps je le considère comme un grand homme, Excellence! Mon article s'est ressenti de mon défaut de culture, mais lui, quand il critique, il sème des perles, Excellence!...

Ivan Fédorovitch se détourna du boxeur avec un geste de désespoir.

— S'il reste, j'en serai enchanté; sans doute il lui serait difficile de retourner à Pétersbourg, dit le prince en réponse aux véhémentes interrogations d'Élisabeth Prokofievna.

— Mais tu dors, n'est-ce pas? Si tu ne veux pas, batuchka, eh bien, je le ramènerai chez moi! Seigneur, mais lui-même peut à peine se tenir debout! Voyons, tu es malade?

N'ayant pas trouvé le prince au lit de mort, Élisabeth Prokofievna l'avait cru, sur sa bonne mine, beaucoup mieux portant qu'il ne l'était. Mais sa récente maladie, les pénibles souvenirs qui s'y rattachaient, le tracas de la soirée, l'incident du « fils de Pavlichtcheff », et maintenant celui d'Hippolyte, — tout cela avait irrité l'impressionnabilité du prince au point de le mettre dans une sorte d'état fiévreux. D'ailleurs, un nouveau souci, une nouvelle crainte même, pourrait-on dire, se lisait en ce moment dans ses yeux : il considérait Hippolyte d'un air inquiet, comme s'il s'attendait encore à quelque chose de sa part.

Tout à coup Hippolyte se leva; son visage, affreusement pâle et défait, était celui d'un homme accablé de honte. Ce sentiment se manifestait surtout dans le regard haineux et craintif qu'il fixait sur la société, comme aussi dans le sourire égaré qui crispait ses lèvres frémissantes. Il baissa soudain les yeux, et, avec le même sourire, alla d'un pas chancelant rejoindre Bourdovsky et Doktorenko, qui se trouvaient à l'entrée de la terrasse : il s'était décidé à partir avec eux.

— Eh bien, voilà ce que je craignais! s'écria le prince. — Cela devait arriver!

Hippolyte se retourna brusquement vers lui, en proie à une rage forcenée qui faisait trembler tous les muscles de son visage.

— Ah, c'est ce que vous craigniez! « Cela devait arriver », selon vous? Eh bien, sachez que si je hais quelqu'un ici... cria-t-il d'une voix rauque et sifflante qui sortait de sa bouche avec des flots de salive — (je vous hais tous, tous!); mais vous, vous, âme jésuitique, petite âme de mélasse, idiot, millionnaire bienfaisant, je vous déteste plus que tous et que tout au monde! Il y a longtemps que je vous ai compris et que je me suis mis à vous haïr; du jour où j'ai entendu parler de vous, je vous ai exécré de toutes les forces de mon âme... C'est vous qui venez de machiner tout cela! C'est vous qui avez provoqué en moi cet accès! Vous avez amené un moribond à se déshonorer, c'est vous, vous, vous qui êtes cause de ma lâche pusillanimité! Je vous tuerais si je restais en vie! Je n'ai pas besoin de vos bienfaits, je n'en accepterai de personne, entendez-vous, de personne, je ne veux rien! J'avais le délire, n'ayez pas l'audace de triompher!... Je vous maudis tous une fois pour toutes!

L'haleine lui manquant, il dut s'arrêter.

— Il a eu honte de ses larmes! dit tout bas Lébédeff à
Élisabeth Prokofievna : — « Cela devait arriver! » Ah! quel
homme que le prince! Il avait lu dans son âme...

Mais la générale ne daigna pas regarder l'employé. Le
buste fièrement redressé, la tête rejetée en arrière, elle considérait « ces petites gens » avec une curiosité méprisante.
Quand Hippolyte eut fini, Ivan Fédorovitch haussa les épaules.
Sa femme le toisa du haut en bas d'un air courroucé comme
pour lui demander compte de son mouvement, puis elle se
tourna vers le prince :

— Merci, prince, merci, excentrique ami de notre maison,
pour l'agréable soirée que vous nous avez procurée à tous.
Maintenant, j'en suis sûre, vous êtes tout joyeux parce qu'il
vous a été donné de nous associer, nous aussi, à vos extravagances... Assez, cher ami de notre maison, merci de nous
avoir enfin fourni l'occasion de vous bien connaître!

D'une main tremblante de colère elle se mit à arranger
sa mantille en attendant le départ de « ceux-là ». En ce
moment arriva le drojki de louage que, sur l'ordre de Doktorenko, le jeune fils de Lébédeff était allé chercher un quart
d'heure auparavant. Le général crut devoir dire son petit
mot après sa femme :

— Le fait est, prince, que moi-même je ne m'attendais
pas... après tout... après toutes les relations amicales... et,
enfin, Élisabeth Prokofievna...

— Allons, comment est-ce possible! s'écria Adélaïde qui
s'approcha vivement du prince et lui tendit la main.

Il sourit distraitement à la jeune fille. Soudain il eut
comme la sensation d'une brûlure en entendant quelques
mots qu'une voix saccadée murmurait à son oreille.

— Si vous ne mettez pas, à l'instant même, ces vilaines
gens à la porte, toute ma vie, toute ma vie je vous haïrai!
lui disait tout bas Aglaé. Elle semblait hors d'elle-même,
mais elle se détourna avant que le prince eût pu l'examiner.
Du reste, il n'y avait plus personne à mettre à la porte :
sur ces entrefaites, on était parvenu tant bien que mal à

faire monter Hippolyte en voiture, et le drojki était parti.

— Eh bien, est-ce que cela va encore durer longtemps, Ivan Fédorovitch? Qu'en pensez-vous? Ne serai-je pas bientôt délivrée de ces mauvais gamins?

— Mais moi, ma chère... moi, naturellement, je suis prêt et... le prince...

Ivan Fédorovitch tendit cependant la main à Muichkine, mais, sans attendre que celui-ci la serrât, il courut rejoindre Élisabeth Prokofievna, qui se retirait en donnant tous les signes d'une violente indignation. Adélaïde, son fiancé et Alexandra firent à leur hôte des adieux sincèrement affectueux. Eugène Pavlovitch se trouvait avec eux, et seul il était gai.

— Ce que j'avais prévu est arrivé! Seulement c'est dommage que vous aussi, mon pauvre prince, ayez eu à en souffrir, murmura-t-il avec le sourire le plus aimable.

Aglaé sortit sans prendre congé.

Mais cette soirée devait se terminer par une dernière aventure; une autre rencontre des plus inattendues était réservée à Élisabeth Prokofievna.

Au moment où la générale descendait l'escalier conduisant au chemin (qui faisait le tour du parc), un élégant équipage, une calèche attelée de deux chevaux blancs, passa au galop devant la villa du prince. Deux dames en grande toilette étaient assises dans la voiture. Mais, dix pas plus loin, celle-ci s'arrêta tout à coup, et une des dames se retourna vivement, comme si elle venait d'apercevoir par hasard une figure de connaissance.

— Eugène Pavlovitch! C'est toi? cria soudain une voix fraîche et mélodieuse dont le son fit frissonner le prince et peut-être un autre encore : — eh bien, je suis enchantée de t'avoir enfin trouvé! J'ai envoyé deux exprès chez toi à Pétersbourg! On t'a cherché toute la journée!

Eugène Pavlovitch s'arrêta sur l'escalier : ces mots avaient fait sur lui l'effet d'un coup de foudre. Élisabeth Prokofievna resta immobile aussi, quoiqu'elle n'éprouvât point l'épouvante et la stupeur qui clouaient Radomsky sur place. La

fierté, le froid mépris avec lesquels tantôt elle avait considéré les « petites gens » se montrèrent de nouveau dans ses
yeux, lorsqu'elle dévisagea l'insolente. Un instant après, elle
regarda fixement Eugène Pavlovitch.

— Il y a du nouveau! poursuivit la voix sonore : — ne
t'inquiète pas des lettres de change souscrites à Koupféroff;
Rogojine les lui a rachetées pour trente mille roubles, j'ai
obtenu cela de lui. Tu peux encore être tranquille pendant
trois mois. Avec Biskoup et toute cette fripouille nous nous
arrangerons, ce sont des connaissances à nous! Ainsi tout va
bien, comme tu vois. Sois gai. A demain!

La calèche se remit en marche et ne tarda pas à disparaître.

— C'est une folle! cria enfin Eugène Pavlovitch, qui, rouge
d'indignation, promenait autour de lui des regards ahuris :
— je ne sais pas du tout ce qu'elle a voulu dire! Quelles
lettres de change? Qui est-elle?

Élisabeth Prokofievna le regarda encore pendant deux
secondes; puis, brusquement, elle prit le chemin de sa villa,
et les autres la suivirent. Une minute après, le prince vit
revenir vers lui Eugène Pavlovitch en proie à une agitation
extraordinaire.

—Prince, franchement, vous ne savez pas ce que cela signifie?

— Je n'en sais rien, répondit le prince, qui lui-même
paraissait bouleversé.

— Non?

— Non.

— Ni moi non plus, reprit avec un rire soudain Eugène
Pavlovitch. — Je vous en donne ma parole d'honneur, je ne
comprends rien à ces lettres de change!..... Mais qu'est-ce
que vous avez? Vous semblez sur le point de défaillir?

— Oh! non, non, je vous assure, non...

FIN DU TOME PREMIER.

PARIS. TYPOGRAPHIE DE E. PLON, NOURRIT ET Cie, RUE GARANCIÈRE, 8.

www.ingramcontent.com/pod-product-compliance
Lightning Source LLC
Chambersburg PA
CBHW050738030726
47505CB00002B/317